U0914230

四庫全書選刊 文津閣本

御選唐宋詩醇

第二册

廣陵書社

目録

欽定四庫全書

集部

御選唐宋詩醇 卷二十三 二十四

詳校官山東道御史臣溫常綬

總校官編修臣朱鈐

校對官編修臣劉汝藝

謄録監生臣楊熙

欽定四庫全書

御選唐宋詩醇卷二十三

太原白居易詩五

賦得古原草送别

離離原上草一歲一枯榮野火燒不盡春風吹又生遠芳侵古道晴翠接荒城又送王孫去萋萋滿别情

復齋漫録曰野火燒不盡春風吹又生不若劉長卿春入燒痕青之句語簡而意盡

尭山堂外紀曰白樂天初至京以所業謁顧著作況況覩姓名熟視曰長安米貴大不易居及披卷首篇曰咸陽原上草一歲一枯榮野火燒不盡春風吹又生乃嗟賞曰道得箇語居易何難前言戲之耳因為延譽聲名遂振

旅次景空寺宿幽上人院

不與人境接寺門開向山暮鐘寒鳥聚秋雨病僧閑月隱雲樹外螢飛廊宇間幸投花界宿暫得静心顔

思致清幽閒晚唐宗派

同李十一醉憶元九

花時同醉破春愁醉折花枝當酒籌忽憶故人天際去
計程今日到梁州

意淺情深格調最近王龍標

本事詩曰元和四年三月元微之為御史鞫獄梓潼樂天兄弟送別後旬日與李侍郎建閒遊曲江及慈恩寺飲酣作詩後旬日得元書果以是日至褒仍寄

詩曰夢君兄弟曲江頭也到慈恩寺院遊驛吏喚人排馬去忽驚身在古梁州千里神遇若合符契

同錢員外禁中夜直

宮漏三聲知半夜好風涼月滿松筠此時閒坐寂無語
藥樹影中唯兩人

禁中夜作書與元九

心緒萬端書兩紙欲封重讀意遲遲五聲宮漏初鳴後
一點窗燈欲滅時

汪立名曰按元和十二年公在江州作書與微之封題有詩昔憶封書與君夜金鑾殿後欲明天今夜封書在何處廬山巷裡曉燈前即指此書也

八月十五日夜禁中獨直對月憶元九

銀臺金闕夕沉沉獨宿相思在翰林三五夜中新月色
二千里外故人心渚宮東面煙波冷浴殿西頭鐘漏深
猶恐清光不同見江陵卑濕足秋陰

次聯本色語屬對極工後來惟蘇軾深得此妙他人效

顰則淺率無味矣

八月十五日夜聞崔大員外翰林獨直對酒翫月因懷禁中清景偶題是詩

秋月高懸空碧外仙郎靜翫禁闈間歲中唯有今宵好
海內無如此地閒皓色分明雙闕牓清光深到九門關
遥聞獨醉還惆悵不見金波照玉山

絢爛之極乃造平淡此詩家漸老漸熟之境非淺學所可貌為也

村夜

霜草蒼蒼蟲切切村南村北行　絶獨出門前望野田
月明蕎麥花如雪

一味真朴不暇妝點自具蒼老之致七絶中之近古者

聞蟲

暗蟲唧唧夜緜緜況是秋陰欲雨天猶恐愁人暫得睡
聲聲移近卧牀前

王昭君

漢使却迴憑寄語黄金何日贖蛾眉君王若問妾顔色
莫道不如宫裏時

舊事翻新思路自別後二句揔從贖字生出此與李商
隱詩金薤本是無情物不許文君憶故夫二句用意極
相似然彼近尖刻此則深厚乃中晚之判也

詩人玉屑曰古今人作昭君詞多矣余獨愛樂天一
絶其意優游而不迫切然樂天賦此詩年甚少

題盧秘書夏日新栽竹二十韻

湘竹初封植盧生此考槃久持霜節苦新托露根難等
度須當砌疎稠要滿欄買憐分薄俸栽稱作閒官葉翦
藍羅碎莖抽玉琯端幾聲清淅瀝一簇緑檀欒未夜青
嵐入先秋白露團拂肩摇翡翠熨手弄琅玕韻透窗風
起陰鋪砌月殘炎天聞覺冷窄地見疑寛梢動勝摇扇
枝低好掛冠碧籠煙羃羃珠灑雨珊珊晩簟晴雲展陰
芽蟄虺蟠愛從抽馬策惜未截魚竿松韻徒煩聽桃夭
不足觀梁慚當家杏臺陋本司蘭撑撥詩人興勾牽酒
客歡靜連蘆簟滑涼拂葛衣單豈止消時暑應能保歲
寒莫同凡草木一種夏中看

正寫旁寫虚寫實寫曲盡新栽竹之趣雕鎪組織異樣
新鮮既不笨拙又不纖巧此變盛唐之格調而自出機
杼者也晚唐以後多學此種

欲與元八卜鄰先有是贈

平生心迹最相親欲隱墙東不為身明月好同三徑夜
緑楊宜作兩家春每因暫出猶思伴豈得安居不擇鄰

何獨終身數相見子孫長作隔墻人

句句細貼一層深一層

題王侍御池亭

朱門深鎖春池滿岸落薔薇水浸莎畢竟林塘誰是主
主人來少客來多

贈楊秘書巨源 自註楊嘗有贈盧洺州詩云三刀夢益州一箭取遼城由是知名

早聞一箭取遼城相識雖新有故情清句三朝誰是主
白鬚四海半為兄貧家雖草時時入瘦馬尋花處處行

不用更教詩過好折君官職是聲名

結是戲語歐陽修謂愈窮愈工則有慨乎其言之也

鷰子樓三首 并序

徐州故張尚書有愛妓曰盼盼善歌舞雅多風態予為校書郎時遊徐泗間張尚書宴予酒酣出盼盼以佐歡歡甚予因贈詩云醉嬌勝不得風嫋牡丹花盡歡而去爾後絕不相聞迨茲僅一紀矣昨日司勳員外郎張仲素繢之訪予因吟新詩有鷰子樓三首詞甚婉麗詰其由為盼盼作也繢之從事武寧軍累年頗知盼盼始末云尚書既沒歸葬東洛而彭城有張氏舊第第中有小樓名鷰子盼盼念舊愛而不嫁居是樓十餘年幽獨塊然于今尚在予愛繢之新詠感彭城舊遊因同其題作三絕句

滿窗明月滿簾霜被冷燈殘拂卧床鷰子樓中霜月夜
秋來只為一人長

鈿暈羅衫色似煙幾回欲著即潸然自從不舞霓裳曲
疊在空箱十一年

今春有客洛陽回曾到尚書墓上來見說白楊堪作柱
爭教紅粉不成灰

一唱三歎餘音繞梁以此風調雖起王昌齡李白輩為之何以復加

襄陽舟夜

下馬襄陽郭移舟漢陰驛秋風截江起寒浪連天白本
是多愁人復此風波夕

江夜舟行

煙淡月濛濛舟行夜色中江鋪滿槽水帆展半檣風叫曙嗷嗷雁啼秋唧唧蟲只應催北客早作白鬚翁

浦中夜泊

暗上江隄還獨立水風霜氣夜稜稜回看深浦停舟處蘆荻花中一點燈

舟中讀元九詩

把君詩卷燈前讀詩盡燈殘天未明眼痛滅燈猶暗坐

逆風吹浪打船聲

字字沉著二十八字中無限曲折元微之聞樂天左降江州詩云殘燈無焰影幢幢此夕聞君謫九江垂死病中驚起坐暗風吹雨入寒窗居易以為此句他人尚不可聞況僕心哉此詩真可謂同調

歲晚旅望

朝來暮去星霜換陰慘陽舒氣序牽萬物秋霜能壞色四時冬日最凋年煙波半露新沙地鳥雀羣飛欲雪天向晚蒼蒼南北望窮陰旅思兩無邊

倚天拔地字字奇警與杜甫閣下詩極相似

望江州

江迴望見雙峯表知是潯陽西郭門猶去孤舟三四里水煙沙雨欲黃昏

東南行一百韻寄通州元九侍御澧州李十一舍人果州崔二十二使君開州韋大員外庾三十二補闕杜十四拾遺李二十助教員外竇七校書

南去經三楚東來過五湖山頭看候館水面問征途地遠窮江界天低極海隅飄零同落葉浩蕩似乘桴漸覺鄉原異深知土產殊夷音語嘲哳蠻態笑睢盱水市通闤闠煙村混舳艫吏徵漁戶稅人納火田租亥日饒鰕蟹寅年足虎貙成人男作丱事鬼女為巫樓暗攢倡婦隄長簇販夫夜船論鋪賃春酒斷瓶沽見果皆盧橘聞禽悉鷓鴣山歌猿獨叫野哭鳥相呼嶺徼雲成棧江郊水當郭月移翹柱鶴風汎颭檣烏鼇礙潮無信蛟驚浪不

虞鼉鳴江擂鼓蜃氣海浮圖樹裂山魈穴沙含水弩樞
喘牛犁紫芋羸馬放青菰繡面誰家婢頭頭幾歲奴泥
中采菱芡燒後拾樵蘇禺膩愁烹鱉盤腥厭膾鱸鍾儀
徒戀楚張翰浪思呉氣序涼還熱光陰旦復晡身方逐
萍梗年欲近桑榆渭北田園廢江西歲月徂憶歸恒慘
澹懷舊忽踟躕自念咸秦客嘗為鄒魯儒蘊藏經國術
輕棄度關繻賦力淩鸚鵡詞鋒敵轆轤戰文重掉鞅射
策一彎弧崔杜鞭齊下元韋轡並驅名聲逼揚馬交分

過蕭朱世務輕摩揣周行竊覬覦風雲皆會合雨露各
霑濡共遇昇平代偏慚固陋軀承明連夜直建禮拂晨
趨美服頒王府珍羞降御厨議高通白虎諫切伏青蒲
柏殿行陪宴花樓走看酺神旗張鳥獸天籟動笙竽戈
劍星芒耀魚龍電策驅定場排越妓促坐進呉歈縹緲
疑仙樂嬋娟勝畫圖歌鬟低翠羽舞汗墮紅珠別選閒
遊伴潛招小飲徒一杯愁已破三醆氣彌粗軟美仇家
酒幽閒葛氏姝十千方得斗二八正當壚論笑杓胡律

談憐鞏囁嚅李酣尤短竇庾醉更蔫迂鞍馬呼教住骰
盤唱遣輸長驅波卷白連擲采成盧籌併頻逃席觥嚴
別置盂濫危邪可灌頹玉不勝扶入視中樞草歸乘内
廐駒醉曾衝宰相驕不揖金吾日近恩雖重雲高勢却
孤翻身落霄漢失腳到泥塗博望移門籍潯陽佐郡符
時情變寒暑世利算錙銖望日辭雙闕明朝別九衢播
還分郡國次第出京都秦嶺馳三驛商山上二邘峴陽
亭寂寞夏口路崎嶇大道全生棘中丁盡執殳江關未

徹警淮寇尚稽誅林對東西寺山分大小姑廬峯蓮刻
削湓水帶縈紆九派吞青草孤城覆綠蕪黃昏鍾寂寂
清曉角嗚嗚春色辭門柳秋聲到井梧殘芳悲鶗鴂暮
節感茱萸㦪折金英菊花飄雪片蘆波紅日斜沒沙白
月平鋪幾見林抽筍頻驚燕引雛歲華何倏忽年少不
須臾眇默思千古蒼茫想八區孔窮緣底事顏夭有何
辜龍智猶經醢龜靈未免刳窮通應已定聖哲不能逾
況我身謀拙逢他厄運拘漂流隨大海鍛鍊任洪爐險

阻嘗之矣栖遲命也夫沉冥消意氣窮餓耗肌膚防瘴和殘藥迎寒補舊襦書牀鳴蟋蟀琴匣網蜘蛛貧室如懸磬端憂劇守株時遭人指點數被鬼揶揄兀兀都疑夢昏昏半是愚女驚朝不起妻怪夜長吁萬里抛朋侶三年隔友于自然悲聚散不是問榮枯去夏微之瘧今春席八殂天涯書達否泉下哭知無謾寫詩盈卷空盛酒滿壺只添新悵望豈復舊歡娛壯志因愁減衰容與病俱相逢應不識滿頷白髭鬚

波瀾壯闊筆力沉雄較代書百韻更勝杜甫而下罕與為儷　圖字一韻重押以字義不同也唐宋人往往有之

許彥周詩話曰春色辭門柳秋聲到井梧此語未易及也

馮舒曰先敘東南行情景因情景追念前時以見題之後先輕重與代書一篇體勢殊甚各致其情文章變化因物賦形多類此也

汪立名曰按洪氏隆興職方乘嶺南村落有市謂之墟以其不常會多虛日也西蜀曰痎言如痎疾間而後作江南惡以痎稱因止曰亥獨徐筠水志云荆吳俗以寅申巳亥日集於市觀公詩用亥日甚多則徐氏之說為是

初到江州寄翰林三李杜三學士

早攀雲霄上天衢晚落風波委世途雨露施恩無厚薄蓬蒿隨分有榮枯傷禽側翅驚弓箭老婦低顏事舅姑碧落三山曾識面年深記得姓名無

喻意頗俚俗一入文人之口便極風雅其情深也

庾樓曉望

獨憑朱檻立凌晨山色初明水色新竹霧曉籠銜嶺月蘋風暖送過江春子城陰處猶殘雪衙鼓聲前未有塵三百年來庾樓上曾經多少望鄉人

中兩聯寫景一遠一近結十四字如生鐵鑄成有千鈞之力

春末夏初閒遊江郭二首

閒出乘輕屐徐行踏軟沙觀魚傍溢浦看竹入楊家自注溢浦多魚浦西有楊侍郎宅多好竹林迸穿籬筍藤飄落水花雨裡釣舟小風颭酒旗斜嫩剝青菱角濃煎白茗芽淹留不知夕城樹欲棲鴉

柳影繁初合鶯聲澀漸稀早梅迎夏結殘絮送春飛西日韶光盡南風暑氣微展張新小簟熨貼舊生衣綠蟻杯香嫩紅絲鱠縷肥故園無此味何必苦思歸

清氣溢素襟句句切春末夏初景色

題元八溪居

溪風漠漠樹重重水檻山窗次第逢晚葉尚開紅躑躅秋房初結白芙蓉聲來枕上千聲鶴影落杯中五老峯更娓殷勤留客意魚鮮飯細酒香濃

通首娟靜腹聯對句更超妙

江樓早秋

南國雖多熱秋來亦不遲湖光朝霽後竹氣晚涼時樓閣宜佳客江山入好詩清風水蘋葉白露木蘭枝欲作雲泉計須營伏臘資匡廬一步地官滿更何之

送客之湖南

年年漸見南方物事事堪傷北客情山鬼趫跳唯一足峽猿哀怨過三聲帆開青草湖中去夜濕黃梅雨裏行別後雙魚難定寄近來潮不到溢城

青草湖黃梅雨時地一併醒出屬對工切渾成

百花亭晚望夜歸

百花亭上晚徘徊雲影陰晴掩復開日色悠揚映山盡雨聲蕭颯度江來鬢毛過病雙如雪心緒逢秋一似灰向夜欲歸愁未了滿湖明月小船廻

次聯有氣勢蘇軾詩天外黑風吹海立浙東飛雨過江來二句本此而下字更奇

西樓

小郡大江邊危樓夕照前青蕪卑濕地白露泬寥天鄉國此時阻家書何處傳仍聞陳蔡戍轉戰已三年

神似杜甫

庾樓新歲

歲時銷旅貌風景觸鄉愁牢落江湖意新年上庾樓

唐汝詢曰此登樓而感謫宦也羈旅之貌隨時而銷懷鄉之愁觸景而發人情之常也若乃牢落江湖之意則於新年登庾樓而益甚焉

上香鑪峰

倚石攀蘿歇病身青筇竹杖白紗巾他時畫出廬山障

便是香鑪峰下人

早發楚城驛

雨過塵埃滅沿江道徑平月乘殘夜出人趁早涼行寂歷閒唫動冥濛暗思生荷塘翻露氣稻壟瀉泉聲宿犬聞鈴起栖禽見火驚曨曨烟樹色十里始天明

汪立名曰按太平寰宇記貞觀八年廢楚城縣歸潯陽詳其地即舊屬柴桑又云按圖經晉建興元年始立群領潯陽柴桑彭澤上甲九江等五縣則潯陽柴桑各有其地自後併潯陽入柴桑後廢柴桑為潯陽於是潯陽柴桑合一縣而名異

建昌江

建昌江水縣門前立馬教人喚渡船忽似往年歸蔡渡草風沙雨渭河邊

香鑪峯下新卜山居草堂初成偶題東壁

五架三間新草堂石階桂柱竹編牆南簷納日冬天暖北戶迎風夏月涼灑砌飛泉纔有點拂窗斜竹不成行

來春更葺東廂屋紙閣蘆簾著孟光

重題

長松樹下小谿頭斑鹿胎巾白布裘藥圃茶園為產業野麋林鶴是交遊雲生澗戶衣裳潤嵐隱山廚火燭幽最愛一泉新引得清泠屈曲遶階流

日高睡足猶慵起小閣重衾不怕寒遺愛寺鐘欹枕聽香爐峯雪撥簾看匡廬便是逃名地司馬仍為送老官心泰身寧是歸處故園可獨在長安

觸景怡情及時行樂遷謫之感毫不挂懷全是一團真
趣流露筆墨間

編集拙詩成一十五卷因題卷末戲贈元九李二
十

一篇長恨有風情十首秦吟近正聲每被老元偷格律
苦教短李伏歌行世間富貴應無分身後文章合有名
莫怪氣粗言語大新排十五卷詩成

自負語實是苦心語末學詆訶居易殆杜甫所謂爾曹
身與名俱滅不廢江河萬古流也

湖上閒望

藤花浪拂紫茸條菰葉風帆綠剪刀閒弄水芳生楚思
時時合眼詠離騷

江樓夜吟元九律詩成三十韻

昨夜江樓上吟君數十篇詞飄朱檻底韻墮淥江前清
楚音諧律精微思入元叔將白雪麗奪盡碧雲妍寸截
金為句雙雕玉作聯八風淒間發五彩爛相宣水扣聲
聲冷珠排字字圓文頭交比繡筋骨軟於綿澒湧同波
浪錚鏦過管絃醴泉流出地鈞樂下從天神鬼聞如泣
魚龍聽似禪星迴疑聚集月落為留連鴈感無鳴者猿
愁亦悄然交流遷客淚停住賈人船闇被歌姬乞潛聞
思婦傳斜行題粉壁短卷寫紅箋肉味經時忘頭風當
日痊老張知定伏短李愛應顛道屈才方展身閒業始
專天教聲烜赫理合命迍邅顧我文章劣知他氣力全
功夫雖共到巧拙尚相懸各有詩千首俱拋海一邊白
頭吟處變青眼望中穿酬答朝妨食披尋夜廢眠老償

文債負宿結字因緣每歎陳夫子常嗟李謫仙名高折
人爵思苦減天年不得當時遇空令後代憐相悲今若
此湓浦與通川

起聯點題因極贊元九之詩道屈才方展四句作轉軸
顧我文章劣至宿結字因緣敘自己之詩并及遭際每
歎陳夫子至空令後代憐又舉古人之能詩不遇者以
況兩人結出現在之地含蓄不盡其説詩處譬如飲水

冷暖自知又如食蜜中邊皆甜兩人同調可方伯牙鍾
期矣

送客春遊嶺南二十韻

已訝遊何遠仍嗟別太頻離容君蹙促贈語我慇勤迢
遞天南面蒼茫海北濵訶陵國分界交趾郡為隣蓊鬱
三光晦溫暾四氣勻陰晴變寒暑昏曉錯星辰瘴地難
為老蠻陬不易馴土民稀白首洞主盡黃巾戰艦猶驚
浪戎車未息塵紅旗圍卉服紫綬裹文身麪苦桄榔裛
漿酸橄欖新牙檣迎海舶銅鼓賽江神不凍貪泉暖無
霜毒草春雲煙蟒蛇氣刀劍鱷魚鱗路足羇棲客官多
謫逐臣天黃生颶母雨黑長楓人迴使先傳語征軒早
返輪須防盃裏蠱莫愛橐中珍北與南殊俗身將貨孰
親嘗聞君子誡憂道不憂貧

前叙嶺南風土物產之異結處規以不貪忠告善道所
以致殷勤也送遠詩如此用意乃為深厚泛作安慰語
便淺

方回曰大抵中唐人善言風土如西北風沙酪漿氈
幄之區東南水國蠻島夷洞之外無不曲盡其妙樂
天此詩亦可謂曲盡南中之樂矣

輟耕錄曰南人方言曰溫暾者得懷暖也王建宮詞
新晴草色暖溫暾

得行簡書聞欲下峽先以此寄

朝來又得東川信欲取春初發梓州書報九江聞罷喜
路經三峽想還愁瀟湘瘴霧加餐飯灩澦驚波穩泊舟
欲寄兩行迎爾淚長江不肯向西流

南湖早春

風迴雲斷雨初晴返照湖邊暖復明亂點碎紅山杏發
平鋪新綠水蘋生翅低白雁飛仍重舌澀黃鸝語未成
不道江南春不好年年衰病減心情

刻畫早春有色澤腹聯尤警

題韋家泉池

泉落青山出白雲縈村繞郭幾家分自從引作池中水

深淺方圓一任君

點額魚

龍門點額意何如紅尾青鬐却返初見說在天行雨若
為龍未必勝為魚

比體即曳尾泥中意

夜送孟司坊

潯陽白司馬夜送孟功曹江闇管弦急樓明燈火高湖
波翻似箭霜草殺如刀且莫開征棹陰風正怒號

一氣旋折全以神行不知是情是景筆墨之痕俱化五
律中此種境界開自老杜意到筆隨非可以規倣而得
者也

湖亭與行簡宿

潯陽少有風情客招宿湖亭盡却回水檻虛涼風月好
夜深誰共阿憐來

贈江客

江柳影寒新雨地塞鴻聲急欲霜天愁君獨向沙頭宿
水繞蘆花月滿船

清冷逼人

潯陽秋懷贈許明府

霜紅二林葉風白九江波暝色投煙鳥秋聲帶雨荷馬
閒無處出門冷少人過鹵莽還鄉夢依稀望闕歌共思
除醉外無計奈愁何試問陶家酒新篘得幾多

題遺愛寺前溪松

偃亞長松樹侵臨小石溪靜將流水對高共遠峯齊翠

蓋煙籠密花幢雪壓低與僧清影坐借鶴穩枝棲筆寫
形難似琴偷韻易迷暑天風槭槭晴夜露淒淒獨契依
為舍閒行繞作蹊棟梁君莫采留著拌幽棲

詠物善取神韻故著題而不呆板若過於求切轉蹈剪
綵為花之弊

聞楊十二新拜省郎遙以詩賀

文昌新入有光輝紫界宮墻白粉闈曉日雞人傳漏箭
春風侍女護朝衣雪飄歌句高難和鶴拂煙霄老慣飛

官職聲名俱入手近來詩客似君稀

穩稱中自饒風致對句輕出句必分外精警固由機熟亦本思長

送韋侍御量移金州司馬

春歡雨露同霑澤冬歎風霜獨滿枝留滯多時如我少遷移好處似君稀卧龍雲到須先起蟄燕雷驚尚未飛莫恨東西溝水別滄溟長短擬同歸

江西裴常侍以優禮見待又蒙贈詩輒叙鄙誠用伸感謝

一從簪笏事金貂每借温顔放折腰長覺身輕離泥滓忽驚手重捧瓊瑤馬因回顧雖增價桐遇知音已半焦他日秉鈞如見念壯心直氣未全銷

優禮贈詩分對工細一結有身分還謫之久一味感恩倖澤豈復能自樹立耶

別草堂

三間茅舍向山開一帶山泉繞舍迴山色泉聲莫惆悵三年官滿却歸來

行次夏口先寄李大夫

連山斷處大江流紅旆逶迤鎮上游幕下翺翔秦御史軍前奔走漢諸侯曾陪劍履升鸞殿欲謁旌幢入鶴樓假著緋袍君莫笑恩深始得向忠州

用事典切聲調高亮七律中正法眼藏與劉禹錫最相似

重贈李大夫

早接清班登玉陛同承別詔直金鑾鳳巢閣上容身穩鶴鎖籠中展翅難流落多年應是命量移遠郡未成官慚君獨不欺顛顇猶作銀臺舊眼看

御選唐宋詩醇卷二十三

欽定四庫全書

御選唐宋詩醇卷二十四

太原白居易詩六

江州赴忠州至江陵以來舟中示舍弟五十韻

昔作咸秦客常思江海行今來仍盡室此去又專城典午猶為幸分憂固是榮筭篁州乘送艛艓驛船迎共載皆妻子同遊即弟兄寧辭浪迹遠且貴賞心并雲展帆高掛飇馳櫂迅征泝流從漢浦循路轉荆衡山逐時移

色江隨地改名風光近東早水木向南清夏口煙孤起湘川雨半晴日煎紅浪沸月射白沙明北渚寒留雁南枝暖待鶯駢朱桃露萼點翠柳含萌亥市魚鹽聚神林鼓笛鳴壺漿椒葉氣歌曲竹枝聲繫纜憐沙靜垂綸愛岸平水餐紅粒稻野茹紫花菁甌泛茶如乳臺粘酒似餳膽長抽錦纈藕脆削瓊英容易來千里斯須進一程未曾勞氣力漸覺有心情卧穩添春睡行遲帶酒醒忽愁牽世網便欲濯塵纓早接文場戰曾爭翰苑盟掉頭稱俊造翹足取公卿且昧隨時義徒輸報國誠衆排思易失偏壓勢先傾虎尾憂危切鴻毛性命輕燭蛾誰救護蠶繭自纏縈斂手辭雙闕回眸望兩京長沙拋賈誼漳浦卧劉楨鵬鳥鳴還歇蟾蜍破又盈年光同激箭鄉思極摇旌潦倒親知笑衰羸舊識驚烏頭應感白魚尾為勞頳劒學將何用丹燒竟不成孤舟萍一葉雙鬢雪千莖老見人情盡閑思物理精如湯探冷熱似博鬬輸贏險路應須避迷途莫共爭此心知止足何物要經營

玉向泥中潔松經雪後貞無妨隱朝市不必謝寰瀛但在前非悟期無後患嬰多知非景福少語是元亨晦即全身藥明為伐性兵昏昏隨世俗蠢蠢學黎甿烏以能言羈龜緣入夢烹知之一何晚猶足保餘生

議論與叙事相間而行才氣瀾翻潮湧一筆掃就

題岳陽樓

岳陽城下水漫漫獨上危樓凭曲闌春岸綠時連夢澤夕波紅處近長安猿攀樹立啼何苦鴈點湖飛渡亦難

此地唯堪畫圖障華堂張與貴人看
結語振踈洞庭之險更不待實寫
入峽次巴東
不知遠郡何時到猶喜全家此去同萬里王程三峽外
百年生計一舟中巫山暮足霑花雨隴水春多逆浪風
兩片紅旌數聲鼓使君艛艓上巴東
量移涉險非樂境也中兩聯寫舟行之苦落句偏結得
有氣色

容齋隨筆曰杜子美詩夜足霑沙雨春多逆水風樂
天巫山隴水二句全用之
郡齋暇日憶廬山草堂兼寄二林僧社三十韻皆
敘貶官以來出處之意
諫諍知無補遷移分所當不堪匡聖主只合事空王龍
象投新社鵷鸞失故行沈吟辭北闕誘引向西方便住
雙林寺仍開一草堂平治行道路安置坐禪牀手版支
為枕頭巾閣在墻先生烏几舄居士白衣裳竟歲何曾
悶終身不擬忙滅除殘夢想換盡舊心腸世界多煩惱
形神久損傷正從風鼓浪轉作日銷霜吾道尋知止君
恩偶未忘忽蒙頒鳳詔兼謝剖魚章蓮靜方依水葵枯
重仰陽三車猶夕會五馬已晨裝去似尋前世來如別
故鄉眉低出鷲嶺腳重下蛇岡漸望廬山遠彌愁峽路
長香爐峯隱隱巴字水茫茫瓢挂留庭樹經收在屋梁
春抛紅藥圃夏憶白蓮塘唯擬捐塵事將何答寵光有
期追永遠無政繼龔黃南國秋猶熱西齋夜暫涼閒吟

四句偈靜對一爐香身老同卬井心空是道場覓僧為
去伴留俸作歸糧為報山中侶憑看竹下房會應歸去
在松菊莫教荒
一路順敘熨帖中鍼線細密宛轉斡旋無一毫痕跡此
種長律正不易得
陰雨
嵐霧今朝重江山此地深灘聲秋更急峽氣曉多陰望
闕雲遮眼思鄉雨滴心將何慰幽獨賴此北窗琴

送蕭處士遊黔南

能文好飲老蕭郎身似浮雲鬢似霜生計抛來詩是業

家園忘郤酒為鄉江從巴峽初成字猿過巫陽始斷腸

不醉黔中爭去得磨圍山月正蒼蒼

音節悲涼聞清歌應唤柰何也

竹枝詞四首

瞿塘峽口水煙低白帝城頭月向西唱到竹枝聲咽處

寒猿闇鳥一時啼

竹枝苦怨怨何人夜静山空歇又聞蠻兒巴女齊聲唱

愁殺江樓病使君

巴東船舫上巴西波面風生雨脚齊水蓼冷花紅簇簇

江蘺溼葉碧淒淒

江畔誰人唱竹枝前聲斷咽後聲遲怪來調苦縁詞苦

多是江州司馬詩

聲韻悠揚最合竹枝之體

唐汝詢曰冷煙斜月之景竹枝悲咽之聲即寒猿暗

鳥尚不勝情況可使愁人聽之耶

巴水

城下巴江水春來似麴塵軟沙如渭曲斜岸憶天津影

蘸新黄柳香浮小白蘋臨流搔首坐惆悵為何人

别種東坡花樹兩絶

三年留滯在江城草樹禽魚盡有情何處殷勤重回首

東坡桃李種新成

花林好住莫顦顇春至但知依舊春樓上明年新太守

不妨還是愛花人

深情違語

别橋上竹

穿橋迸竹不依行恐礙行人被損傷我去自慚遺愛少

不教君得似甘棠

太平樂詞二首

歲豐仍節儉時泰更銷兵聖念長如此何憂不太平

湛露浮堯酒熏風起舜歌願同堯舜意所樂在人和

閨怨詞三首 錄二首

珠箔籠寒月紗窗背曉燈夜來巾上淚一半是春氷

關山征戍遠閨閣別離難苦戰應顦顇寒衣不要寬

二詩意在言外有盛唐人遺意

長洲苑

春入長洲草又生鷓鴣飛起少人行年深不辨娃宮處夜夜蘇臺空月明

憶江柳

曾栽楊柳江南岸一別江南兩度春遥憶青青江岸上不知攀折是何人

一氣直下節促而意長

初除主客郎中知制誥與王十一李七元九三舍人中書同宿話舊感懷

閑宵靜話喜還悲聚散窮通不自知已分雲泥行異路忽驚雞鶴宿同枝紫垣曹署榮華地白髮郎官老醜時莫怪不如君氣味此中來校十年遲

居易以元和十年貶江州司馬十五年冬自忠州召還拜尚書司門員外郎轉主客郎中知制誥在外凡六年矣撫今追昔無限感慨悲喜二字為一篇綱領第三句悲第四句喜第五句喜第六句悲末二句喜中有悲其實悲之意多於喜深厚蘊藉細玩自知居易非沾沾於祿位者故曰聚散窮通不自知蓋其安命素矣

見于給事暇日上直寄南省諸郎官詩因以戲贈

倚作天仙弄地仙誇張一日抵千年黃麻勑勝長生籙白紵詞嫌內景篇雲彩誤居青瑣地風流合在紫微天東曹漸去西垣近鶴駕無妨更著鞭

蔡寬夫詩話曰唐制諫議大夫班給事中上中書舍人班又次之然自外入為諫議者歲滿始遷給事中歲滿始遷舍人蓋以下為進故有上坡下坡之說樂天贈于給事詩雲彩誤居青瑣地四句雖以為戲亦當時實事也

西省北院新搆小亭種竹開窗東通騎省與李常

侍隅窗小飲因題四韻

結託白鬢伴因依青竹叢題詩新壁上過酒小窗中深院晚無日虛檐涼有風金貂醉看好回首紫垣東

蘇軾曰元祐元年予為中書舍人時執政患本省事多泄漏欲於舍人廳後作露籬禁同省往來予白諸公應須簡要清通何必栽籬插棘諸公笑而止明年竟作之暇日讀樂天此詩乃知唐時西掖後作窓以通東省而今日本省不得往來可嘆也

送客南遷

我説南中事君應不願聽曾經身困苦不覺語丁寧燒處愁雲夢波時憶洞庭春畬煙勃勃秋瘴露冥冥蚊蚋經冬活魚龍欲雨腥水蟲能射影山鬼解藏形穴掉巴蛇尾林飄鴆鳥翎颶風千里黑䔄草四時青客似驚弦雁舟如委浪萍誰人勸言笑何計慰漂零慎勿琴離膝長須酒滿缾大都從此去宜醉不宜醒

將欲詳説南中之苦而先著君應不願聞五字曲折深摯中幅鋪敘風土物產末結出送之之情此詩與前送客遊嶺南同一機局然彼係宦遊故規以不貪此係遷謫故進以自遣義各有取爾

方回曰樂天一貶江州司馬移忠州刺史後歸朝為中書舍人出知杭州名復為蘇州未嘗遠貶其殆借此題以誇筆端之富妙于鋪叙南土之景歟

舊房

遠壁秋聲蟲絡絲入檐新影月低眉牀帷半故簾旌斷

仍是初寒欲夜時

平平寫景悽然欲絶此種意境非三唐以後所能到

新昌新居書事四十韻因寄元郎中張博士

冒寵已三遷歸朝始二年囊中貯餘俸園外買閑田狐兔同三徑蒿萊共一壥新園聊劃穢舊屋且扶顛檐漏移傾瓦梁攲換蠧椽平治繞臺路整頓近階甎巷狹開容駕牆低壘過肩門閭堪駐蓋堂室可鋪筵丹鳳樓當後青龍寺在前市街塵不到官樹影相連省吏嫌坊遠

豪家笑地偏敢勞賓客訪或望子孫傳不覓他人愛唯將自性便等閒栽樹木隨分占風煙逸致因心得幽期遇境牽松聲疑澗底草色勝河邊虛潤氷銷地晴和日出天苔行滑如簟莎坐軟於縧簾每當山卷帷多待月褰籬東花掩映窗北竹嬋娟迹慕青門隱名慚紫禁仙假歸思晚沐朝去戀春眠拙薄才無取疎慵職不專題牆書命筆酤酒率分錢柏杵舂靈藥銅缾漱暖泉鑪香穿蓋散籠燭隔紗燃陳室何曾埽陶琴不要弦屏除俗

事盡養活道情全尚有妻孥累猶為組綬纏終須抛爵祿漸擬斷腥羶大底宗莊叟私心事竺乾浮榮水劃字真諦火生蓮梵部經十二元書字五千是非都付夢語默不妨禪博士官猶令郎中病已痊多同僻處住久結靜中緣緩步攜筇杖徐吟展蜀箋老宜閒語話悶憶好詩篇蠻榼來方瀉蒙茶到始煎無辭數相見鬢髮各蒼然

鋪叙新居詩中有畫或議其俚俗瑣碎然不可及處正在此入他人手必不能如此詳細過求詳悉必不能如此位置妥帖竹頭木屑皆非棄物亦顧其用之者何如耳

勤政樓西老柳

半朽臨風樹多情立馬人開元一株柳長慶二年春

不著一字盡得風流

偶題閣下廳

靜愛青苔院深宜白髮翁貌將松共瘦心與竹俱空暖

有低檐日春多颺幕風平生閒境界盡在五言中

喜張十八博士除水部員外郎

老何歿後吟聲絕雖有郎官不愛詩無復篇章傳道路空留風月在曹司長嗟博士官猶屈亦恐騷人道漸衰今日聞君除水部喜於身得省郎時

一氣呵成句句轉筆筆靈章法亦本杜甫不襲其貌而得其神故佳宋人如楊廷秀輩有意摹仿此種徒成油腔滑調耳

方回曰何遜以詩名老杜頌之曰能詩何水曹張籍是除樂天賀之五十六字如一直說話自然條暢

晚庭逐涼

送客出門後移牀下砌初趁涼行繞竹引睡卧看書老更為官拙慵多向事疎松窗倚藤杖人道似僧居

梨園弟子

白頭垂淚話梨園五十年前雨露恩莫問華清今日事滿山紅葉鎖宮門

暮江吟

一道殘陽鋪水中半江瑟瑟半江紅可憐九月初三夜露似真珠月似弓

寫景奇麗是一幅著色秋江圖

聽彈湘妃怨

玉軫朱絃瑟瑟徽吳娃徵調奏湘妃分明曲裏愁雲雨似道蕭蕭郎不歸自注江南新詞有云暮雨蕭蕭郎不歸

逢張十八員外籍

旅思正茫茫相逢此道傍曉嵐林葉闇秋露草花香白髮江城守青衫水部郎客亭同宿處忽似夜歸鄉

重到江州感舊遊題郡樓十一韻

掌綸知是忝剖竹信為榮才薄官仍重恩深責尚輕昔徵從典午今出自承明鳳詔休揮翰漁歌欲濯纓還乘小艛艓却到古湓城醉客臨江待禪僧出郭迎青山滿眼在白髮半頭生又校三年老何曾一事成重過蕭寺宿再上庾樓行雲水新秋思閭閻舊日情郡民猶認得

司馬詠詩聲

全首著意重到二字落句意與神會情景逼真

題别遺愛草堂兼呈李十使君自注李亦廬山人常隱白鹿洞

曾住鑪峯下書堂對藥臺斬新蘿徑合依舊竹窗開砌水新開沒池荷手自栽五年方暫至一宿又須回縱未長歸得猶勝不到來君家白鹿洞聞道亦生苔

草堂記中有清泉白石實聞斯言之語縱未長歸得二句殆自為解嘲耶

遯叟詩話曰白樂天用斬新亦出杜斬新花蘂未應飛斬字正形容其新在可解不可解之間

舟中晚起

日高猶掩水窗眠枕簟清涼八月天泊處或依酤酒店宿時多伴釣魚船退身江海應無用憂國朝廷自有賢且向錢塘湖上去冷吟閒醉二三年

前四句即目之景皆退身無用實事也第六句忽接云憂國朝廷自有賢此豈無意於國悻悻然漫諉之他人

者蓋言既不用乞身遠出繫心不忘觸境生感不覺衝口而出既而思之無可如何且惟冷吟閒醉而已命意深厚直與杜甫同調非劉禹錫輩輕薄者所及

晚興

極浦收殘雨高城駐落暉山明虹半出松闇鶴雙歸將吏隨衙散文書入務稀閒吟倚新竹筠粉汙朱衣

夜歸

半醉閒行湖岸東馬鞭敲鐙轡瓏璁萬株松樹青山上十里沙堤明月中樓角漸移當路影潮頭欲過滿江風歸來未放笙歌散畫戟門開蠟燭紅

次聯已盡西湖之景五六從空中摹擬而得潮頭欲過滿江風較許渾山雨欲來風滿樓句更為濶大

汪立名曰按西湖蘇白堤相傳二公始築新書亦云居易為杭州刺史始築堤捍錢唐湖几公初到杭州詩已有十里沙堤句又錢唐湖石函記但云修築河堤加高數尺别杭民詩注云增築湖堤築不自公始

明矣或以公詩有綠楊陰東白沙堤為白堤所自來然公詩如護江堤白蹋晴沙亦用白沙不獨湖堤也況公所修湖堤在湖之東北接連下湖舊志近昭慶有石函橋溜水橋是其故址即李泌設閘洩水引灌六井處今杭人率指蘇堤之西為白隄益不相涉又有指石徑塘為白堤者不知張祜已有斷橋荒蘚合之句矣白詩誰開湖寺西南路草綠帬腰一道斜自注云孤山寺在湖洲中草綠時望如帬腰正指今石

徑塘也

臘後歲前遇景詠意

海梅半白柳微黄凍水初融日欲長度臘都無苦霜霰
迎春先有好風光郡中起晚聽衙鼓城上行慵倚女墻
公事閒身且健使君殊未厭餘杭

郡齋暇日辱常州陳郎中使君早春晚坐水西館
書事詩十六韻見寄亦以十六韻酬之

新年多暇日晏起褰簾坐睡足心更慵日高頭未裹徐

傾下藥酒稍爇煎茶火誰伴寂寥身無弦琴在左遥思
毘陵館春深物𡟲娜波拂黄柳梢風摇白梅朶衙門排
曉戟鈴閣閑朝鎖太守水西來朱衣垂素舸良辰不易
得佳會無由果五馬正相望雙魚忽前墮魚中獲瑰寶
持玩何磊砢一百六十言字字靈珠顆上申心款曲下
叙時轗軻才富不如君道孤還似我敢辭官遠慢且貴
身安妥勿復問榮枯寘心無不可

還思毘陵館至佳會無由果一段先托起一層以下再
叙入寄詩便曲折有致行文最忌直遂詩亦何必不然
學者參此思過半矣

題小橋前新竹招客

雁齒小紅橋垂檐低白屋橋前何所有苒苒新生竹皮
開坼褐錦節露抽青玉筠翠如可餐粉霜不忍觸閑吟
聲未已幽翫心難足管領好風煙輕欺凡草木誰能有
月夜伴我林中宿為君傾一杯狂歌竹枝曲

筠翠一聯寫得浮筠膩粉光動紙上曲盡新竹姿致

病中逢秋招客夜酌

不見詩酒客卧來半月餘合和新藥草尋檢舊方書晚
霽煙景度早凉窗戶虚雪生衰鬢久秋入病心初卧簟
蘄竹冷風襟邛葛疎夜來身校健小飲復何如

洛下卜居

三年典郡歸所得非金帛天竺石兩片華亭鶴一隻飲
啄供稻粱苞裹用茵席誠知是勞費其奈心愛惜遠從
餘杭郭同到洛陽陌下擔拂雲根開籠展霜翮貞姿不

可雜高性宜其適遂就無塵坊仍求有水宅東南得幽境樹老寒泉碧池畔多竹陰門前少人迹未請中庶禄且脫雙驂易（自注：買履道宅價不足因以兩馬償之）豈獨為身謀安吾鶴與石

清況可掬却是抒寫真趣非矯語鳴廉也鶴石分承細寫一句結足不曰點綴新居而曰安鶴與石妙甚

郡中西園

閑園多芳草春夏香靡靡深樹足佳禽旦暮鳴不已院

門閑松竹庭徑穿蘭芷愛彼池上橋獨來聊徙倚魚依藻長樂鷗見人暫起有時舟隨風盡日蓮照水誰知郡府内景物閑如此始悟喧靜縁何嘗繫遠邇

妙諦從心遠地偏悟出

九日宴集醉題郡樓兼呈周殷二判官

前年九日餘杭郡呼賓命宴虚白堂去年九日到東洛今年九日來吴鄉兩邊蓬鬢一時白三處菊花同色黄一日日知添老病一年年覺惜重陽江南九月未摇落柳青蒲緑稻穟香姑蘇臺榭倚蒼靄太湖山水含清光可憐假日好天色公門吏靜風景凉榜舟鞭馬取賓客掃樓拂席排壺觴胡琴錚鏦指撥刺吴娃美麗眉眼長笙歌一曲思凝絶金鈿再拜光低昂日脚欲落備燈燭風頭漸高加酒漿觥盞豔飛菡萏葉舞鬟擺落茱萸房半酣憑檻起四顧七堰八門六十坊遠近高低寺間出東西南北橋相望水道脉分棹鱗次里閭棊布城册方人煙樹色無隙罅十里一片青茫茫自問有何才與政

高廳大館居中央銅魚今乃澤國節刺史自古吴都王郊無戎馬郡無事門有棨戟腰有章盛時儻來合慚媿壯歲忽去還感傷從事醒歸應不可使君醉倒亦何妨請君停杯聽我語此語真實非虚狂五旬已過不為夭七十為期蓋是常須知菊酒登高會從此多無二十場

以九日起以宴集結中幅鋪陳吴中山水人物城市之勝可作圖經

霓裳羽衣歌（自注：和微之）

我昔元和侍憲皇曾陪内宴宴昭陽千歌百舞不可數
就中最愛霓裳舞舞時寒食春風天玉鉤欄下香案前
案前舞者顔如玉不著人家俗衣服虹裳霞帔步搖冠
鈿瓔纍纍珮珊珊娉婷似不任羅綺顧聽樂懸行復止
磬簫箏笛遞相攙擊擫彈吹聲邐迤散序六奏未動衣
陽臺宿雲慵不飛中序擘騞初入拍秋竹竿裂春冰坼
飄然轉旋廻雪輕嫣然縱送遊龍驚小垂手後柳無力
斜曳裾時雲欲生煙蛾斂略不勝態風袖低昂如有情

上元點鬟招萼綠王母揮袂别飛瓊繁音急節十二遍
跳珠撼玉何鏗錚翔鸞舞了却收翅唳鶴曲終長引聲
當時乍見驚心目凝視諦聽殊未足一落人間八九年
耳冷不曾聞此曲湓城但聽山魈語巴峽唯聞杜鵑哭
移領錢塘第二年始有心情問絲竹玲瓏箜篌謝好箏
陳寵觱栗沈平笙清絃脆管纖纖手教得霓裳一曲成
虚白亭前湖水畔前後祇應三度按便除庶子抛却來
聞道如今各星散今年五月至蘇州朝鐘暮角催白頭
貪看案牘常侵夜不聽笙歌直到秋秋來無事多閒悶
忽憶霓裳無處問聞君部内多樂徒問有霓裳舞者無
答云七縣十萬户無人知有霓裳舞唯寄長歌與我來
題作霓裳羽衣譜四幅花牋碧間紅霓裳實録在其中
千姿萬狀分明見恰與昭陽舞者同眼前髣髴覩形質
昔日今朝想如一疑從魂夢呼名來似著丹青圖寫出
我愛霓裳君合知發於歌詠形於詩君不見我歌云驚
破霓裳羽衣曲又不見我詩云曲愛霓裳未拍時由來

能事皆有主楊氏創聲君造譜君言此舞難得人須是
傾城可憐女吴妖小玉飛作煙越豔西施化為土嬌花
巧笑久寂寥娃館苧蘿空處所如君所言誠有是君試
從容聽我語若求國色始翻傳但恐人間廢此舞妍媸
優劣寧相遠大都只在人擡舉李娟張態君莫嫌亦擬
隨宜且教取

我昔元和侍憲皇至唳鶴曲終長引聲叙霓裳羽衣之
節奏聲容也當時乍見驚心目至聞道如今各星散叙

自已之仕途遷移而選伎以教霓裳也今年五月至蘇
州至似著丹青圖寫出叙微之之寄霓裳羽衣譜也我
愛霓裳君合知至末以和詩意作結而言此舞之不可
失其傳也曰就中最愛霓裳舞教得霓裳一曲成無人
知有霓裳舞恰與昭陽舞者同但恐人間廢此舞叙次
分明層層照應可當一篇霓裳羽衣記情致纏綿往復
極一唱三歎之妙
夢溪筆談曰葉法善引明皇入月宮聞仙樂及上歸

但記其半遂於笛中寫之會西涼府都督楊敬述進
婆羅門曲與其聲調相符遂以月中所聞為散序用
敬述所進為其腔而名霓裳羽衣曲其說出鄭嵎津
陽門詩注與公自注不同又蒲州逍遥樓楣上有唐
人横書類梵字相傳是霓裳譜字訓不通莫知是非
或謂今燕部有獻仙音曲乃其遺聲然霓裳本謂之
道調法曲今獻仙音乃小石調耳未知孰是
韻語陽秋曰霓裳羽衣舞始於開元盛於天寶今寂
不傳矣賴有白詩可見一二爾虹裳二句言所飾之
服也散序二句及繁音二句言所奏之曲也而唐會
要謂破陣樂亦白桃李花望瀛霓裳羽衣總名法曲
今世所傳望瀛亦十二徧散序無拍曲終亦長引聲
若樂奏望瀛亦可髣髴其遺意云

小童薛陽陶吹觱篥歌 自注和浙西李大夫作

翦削乾蘆插寒竹九孔漏聲五音足近來吹者誰得名
關璀老死李袞生袞今又老誰其嗣薛氏樂童年十二

指點之下師授聲含嚼之間天與氣潤州城高霜月明
吟霜思月欲發聲山頭江底何悄悄猿聲不喘魚龍聽
翕然聲作疑管裂詘然聲盡疑刀截有時婉軟無筋骨
有時頓挫生稜節急聲員轉促不斷轢轢轔轔似珠貫緩聲
展引長有條有條直直如筆描下聲乍墜石沉重高聲
忽舉雲飄蕭明旦公堂陳宴席主人命樂娛賓客碎絲
細竹徒紛紛宮調一聲雄出羣衆音覼縷不落道有如
部伍隨將軍嗟爾陽陶方稚齒下手發聲已如此若教

頭白吹不休但恐聲名壓關李

全是摹老杜觀舞劒器行而變化出之筆力峭勁詞意奇警在集中又高一格

汪立名曰按李德裕有霜夜對月聽小童暘陶吹觱栗歌羅隱詩平泉上相東征日曾爲暘陶吹觱栗吳江太守會稽侯相次三篇皆俊逸大守謂公會稽侯謂元也然元相集中已失此詩桂苑叢談曰咸通中姑臧公自梁移鎮淮海郡寡勝遊之地且風亭月觀

既已荒凉於戲馬臺建玉鉤道開翔池沿建亭臺既畢號曰賞心有淛右小校薛陽陶監押度支運米入城公喜其姓名試詢之果是舊人及問往日蘆管之事有朱崖陸暢元白所撰歌篇一軸公益喜之以蘆管奏於茲亭其管絶微每一篳栗管中常容三管聲聲如天際自然來云

雙石

蒼然兩片石厥狀怪且醜俗用無所堪時人嫌不取結從胚渾始得自洞庭口萬古遺水濱一朝入吾手擔舁來郡內洗刷去泥垢孔黑煙痕深罅青苔色厚老蛟蟠作足古劒插爲首忽疑天上落不似人間有一可支吾琴一可貯吾酒峭絶高數尺坳泓容一斗五絃倚其左一杯置其右窪罇酌未空玉山頹已久人皆有所好物各求其偶漸恐少年場不容垂白叟迴頭問雙石能伴老夫否石雖不能言許我爲三友

觸手明通游戲自在此種詩境開自居易而蘇軾效之

軾集中楊康功石一首本此

和微之四月一日作

四月一日天花稀葉陰薄泥新燕影忙蜜熟蜂聲樂麥風低冉冉稻水平漠漠芳節或蹉跎遊心稍牢落春華信爲美夏景亦未惡颭浪嫩青荷重欄晚紅藥吳宮好風月越郡多樓閣兩地誠可憐其奈久離索

喜雨

圃旱憂葵菫農旱憂禾菽人各有所私我旱憂松竹松

乾竹焦死眷眷在心日灑葉漑其根汲水勞僮僕油雲忽東起凉雨凄相續似面洗垢塵如頭得膏沐千柯習習潤萬葉欣欣緑千日澆灌功不如一霢霂方知宰生靈何異活草木所以聖與賢同心調玉燭

千日澆灌功不如一霢霂口頭尋常語却是至理喜宇意纔寫得盡末四句推廣言之小中見大蓋濟人利物之心無時或忘也

六年春贈分司東都諸公 時為河南尹

我為同州牧內媿無才術忝擢恩已多遭逢幸非一偶當歉賤歲適值民安日郡縣徹空虛鄉閭盗奔逸其間最幸者朝客多分秩行接鴛鷺羣坐成芝蘭室時聯拜表騎閒動題詩筆夜雪秉燭遊春風攜榼出花教鶯點撿柳付風排列法酒瀲清漿含桃蝎紅實洛童調金管盧女鏗瑶瑟黛慘歌思深腰凝舞拍密每因同醉樂自覺忘衰疾始悟肘後方不如杯中物生涯隨日過世事何時畢老子苦乖慵希君數牽率

偶當歉賤歲四句先將境內承平之況吏治之善特筆提寫以下接入宴遊之樂便自不妨此其所以可幸也儻四境不治而從事宴遊是曠官也方自媿之不暇何以幸為韋應物詩云邑有流亡媿俸錢與此作兩得之矣

和微之詩二十三首 并序 錄三首

微之又以近作二十三首寄來命僕繼和其間瘀絮四百字車斜二十篇者流皆韻劇辭殫瓌奇恠譎又

題云奉煩只此一度乞不見辭意欲定霸取威置僕於窮地耳大凡依次用韻韻同而意殊約體為文文成而理勝此足下素所長者僕何有焉今足下果用所長過蒙見窘然敵則氣作急則計生四十二章麾埽並畢不知大敵以為何如夫斲石破山先觀鑱迹發矢中的兼聽弦聲以足下來章惟求相困故老僕報語不覺大誇況曩者唱酬近來因繼已十六卷凡千餘首矣其為敵也當今不見其為多也從古未聞

所謂天下英雄唯使君與操耳戲及此者亦欲三千里外一破愁顏勿示他人以取笑誚樂天白

和三月三十日四十韻

送春君何在君在山陰署憶我蘇杭時春遊亦多處爲君歌往事豈敢辭勞慮莫怪言語狂須知酬答遽江南臘月半水凍凝如瘀寒景尚蒼茫和風已吹噓女牆城似竈雁齒橋如鋸魚尾上奫淪草芽生沮洳律遲太蔟管日暖羲和馭布澤木龍催迎春土牛助雨師習習灑

雲將飄飄翥四野萬里晴千山一時曙杭土麗且康蘇民富而庶善惡有懲勸剛柔無吐茹兩衙少辭牒四境稀書疏俗以勞倈安政因閒暇著仙亭日登眺虎邱時遊豫尋幽駐旌軒選勝廻賓御舟移溪鳥避樂作林猨覷池古莫邪沈石奇羅刹踞水苗泥易耨畬粟灰難鉏紫蕨抽出畦白蓮埋在淤萎花紅帶艷溼葉黃含菸鏡動波颭菱雪廻風旋絮手經攀桂馥齒爲嘗梅楚坐并船脚鼓行多馬蹄蹋聖賢清濁醉水陸鮮肥飫魚膾芥醬調水葵鹽豉絮雖微五袴歌幸免兆人詛但令樂不荒何必遊無倨吳苑僕尋罷越城公尚據舊遊幾客存新宴誰人與莫空文舉酒强下何曾箸江上易優游城中多毀譽分應當自盡事勿求人恕我既無子孫君仍畢婚娶久爲雲雨別終擬江湖去范蠡有扁舟陶潛有籃轝兩心苦相憶兩口遙相語最恨七年春春來各一處

和韻奇險正自章妥句適寫景歷歷如畫引人入勝但

令樂不荒何必遊無倨分應當自盡事勿求人恕尤見道之語

和酬鄭侍御東陽春悶放懷追越遊見寄

君得嘉魚置賓席樂如南有嘉魚時勁氣森爽竹竿竦妍文煥爛芙蓉披載筆在幕名已重補衮於朝官尚卑一緘疏入掩谷永三都賦成排左思自言拜辭主人後離心蕩颺風前旗東南門館別經歲春眼悵望秋心悲（自注：已上叙嘉魚）昨日嘉魚來訪我方駕同出何所之樂遊原

頭春尚早百舌新語聲椑椑日趁花忙向南圻風催柳
急從東吹流年儵恍不饒我美景鮮妍來為誰紅塵三
條界阡陌碧草千里鋪郊畿餘霞斷時綺幅裂斜雲展
處羅文紕暮鐘遠近聲互動暝鳥高下飛追隨酒酣將
歸未能去悵然回望天四垂生何足養嵇著論途何足
泣揚漣洏胡不花下伴春醉滿酌綠酒聽黃鸝嘉魚點
頭時一歎聽我此言不知疲語終興盡各分散東西軒
騎分逶迤此詩勿遣閒人見見恐與他為笑資白首舊
寮知我者憑君一詠向周師自注周判官師範蘇杭舊判官去範字叶韻

整麗踈宕七古正則

和順之琴者

陰陰花院月耿耿蘭房燭中有弄琴人聲貌俱如玉清
泠石泉引雅澹風松曲遂使君子心不愛凡絲竹

欽定四庫全書

集部

御選唐宋詩醇 卷二十五 卷二十六

詳校官山東道御史臣温常綬

總校官 編修臣朱鈐

校對官編修臣劉汝蕃

謄錄監生臣楊熙

欽定四庫全書

御選唐宋詩醇卷二十五

太原白居易詩七

秋池二首

身閒無所為心閒無所思況當故園夜復此新秋池岸闇鳥栖後橋明月出時菱風香散漫桂露光參差靜境多獨得幽懷竟誰知悠然心中語自問來何遲

朝衣薄且健晚簟清仍滑社近燕影稀雨餘蟬聲歇閑中得詩境此境幽難說露荷珠自傾風竹玉相戛誰能一同宿共翫新秋月暑退早涼歸池邊好時節

中隱

大隱住朝市小隱入丘樊丘樊太冷落朝市大囂諠不如作中隱隱在留司官似出復似處非忙亦非閑不勞心與力又免饑與寒終歲無公事隨月有俸錢君若好登臨城南有秋山君若愛遊蕩東城有春園君若欲一醉時出赴賓筵洛中多君子可以恣歡言君若欲高臥但自深掩關亦無車馬客造次到門前人生處一世其道難兩全賤即苦凍餒貴則多憂患唯此中隱士致身吉且安窮通與豐約正在四者間

胸中無罣礙乃得此空明灑脫之境

葺池上舊亭

池月夜凄凉池風曉蕭颯欲入池上冬先葺園中閣向暖窗戶開迎寒簾幕合苔封舊瓦木水照新朱蠟軟火深土爐香醪小瓷榼中有獨宿翁一燈對一榻

翫止水

動者樂流水靜者樂止水利物不如流鑒形不如止淒清早霜降淅瀝微風起中面紅葉開四隅綠萍委廣狹八九丈灣環有涯涘淺深三四尺洞徹無表裏淨分鶴翘足澄見魚掉尾迎眸洗眼塵隔胃蕩心滓定將禪不別明與誠相似清能律貪夫淡可交君子豈唯空狎翫亦取相倫擬欲識靜者心心源只如此

見理透體物精晉人無此分寸宋人無此灑脫

聞崔十八宿予新昌敝宅時予亦宿崔家依仁新亭一宵偶同兩興暗合因而成詠聊以寫懷

陋巷掩敝廬高居敞華屋新昌七株松依仁萬莖竹松前月臺白竹下風池綠君向我齋眠我在君亭宿平生有微尚彼此多幽獨何必本主人兩心聊自足

池上夜境

晴空星月落池塘澄鮮淨綠表裏光露簟清瑩迎夜滑風襟瀟灑先秋凉無人驚處野禽下新睡覺時幽草香

但問塵埃能去否濯纓何必問滄浪

遊坊口懸泉偶題石上 自注時為河南尹

濟源山水好老尹知之久常日聽人言今秋入吾手孔山刀劍立沁水龍蛇走危磴上懸泉澄灣轉坊口虛明見深底淨綠無纖垢仙櫂浪悠揚塵纓風斗藪巖寒松栢短石古苺苔厚錦座纓高低翠屏張左右雖無安石妓不乏文舉酒談笑逐身來管絃隨事有時逢杖錫客或值垂綸叟相與澹忘歸自辰將及酉公門欲返駕溪路猶迴首早晚重來遊心期罷官後

中幅刻畫山水景致頗近選體起結香山本色

詠興五首 并序 錄三首

七年四月予罷河南府歸履道第廬舍自給衣儲自充無欲無營或歌或舞頹然自適蓋河洛間一幸人也遇興發詠偶成五章各以首句命為題目

出府歸吾廬

出府歸吾廬靜然安且逸更無客干謁時有僧問疾家

僮十餘人櫪馬三四匹慵發經旬卧興來連日出出遊愛何處嵩碧伊瑟瑟況有清和天正當疎散日身閒自為貴何必居榮秩心足即非貧豈唯金滿室吾觀權勢者苦以身徇物炙手外炎炎履冰中慄慄朝飢口忘味夕惕心憂失但有富貴名而無富貴實

胸有真得信手拈來自饒天趣此種詩境的是從淵明脫化而出但不無繁簡古近之別必以字句形迹求之是耳食之見也

池上有小舟

池上有小舟舟中有胡牀牀前有新酒獨酌還獨嘗熏若春日氣皎如秋水光可洗機巧心可蕩塵垢腸岸曲舟行遲一曲進一觴未知幾曲醉醉入無何鄉寅緣潭島間水竹深青蒼身閑心無事白日為我長我若未忘世雖閑心亦忙世若未忘我雖退身難藏我今異于是身世交相忘

四月池水滿

四月池水滿龜游魚躍出吾亦愛吾池池邊開一室人魚雖異族其樂歸于一且與爾為徒逍遙同過日爾無羡滄海蒲藻可委質吾亦忘青雲衡茅足容膝况吾與爾輩本非蛟龍匹假如雲雨來祇是池中物

會心不遠熟讀蒙莊方有此悟境

秋涼閑卧

殘暑晝猶長早涼秋尚嫩露荷散清香風竹含踈韻幽閑竟日卧衰病無人問薄暮宅門前槐花深一寸

嫩字奇當是從秋老想出却從未經人道

代鶴

我本海上鶴偶逢江南客感君一顧恩同來洛陽陌洛陽寡族類皎皎唯兩翼貌是天與高色非日浴白主人誠可戀其奈軒庭窄飲啄雜雞群年深損標格故鄉渺何處雲水重重隔誰念深籠中七換摩天翮

比意深遠

立秋夕有懷夢得

露簟荻竹青風扇蒲葵輕一與故人别再見新蟬鳴是夕涼飈起閑境入幽情迴燈見棲鶴隔竹聞吹笙夜茶一兩杓秋吟三數聲所思渺千里雲水長洲城

琢句清雅似王維

秋日與張賓客舒著作同遊龍門醉中狂歌凡二百三十八字

秋天高高秋光清秋風嫋嫋秋蟲鳴嵩峯餘霞錦綺卷伊水細浪鱗甲生洛陽閑客知無數少出遊山多在城

商嶺老人自追逐逢丘逸士相逢迎南出鼎門十八里
莊店邐迤橋道平不寒不熱好時節鞍馬穩快衣衫輕
並轡踟躕下西岸扣舷容與繞中汀開懷曠達無所繫
觸目勝絕不可名荷衰欲黃荇猶綠魚樂自躍鷗不驚
翠藻蔓長孔雀尾彩船櫓急寒雁聲家醖一壺白玉液
野花數把黃金英晝遊四看西日暮夜語三及東方明
暫停杯觴輟吟詠我有狂言君試聽丈夫一生有二志
兼濟獨善難得并不能救療生民病即須洗濯塵土纓

況吾頭白眼已暗終日戚促何所成不如展眉開口笑
龍門醉臥香山行

南池早春有懷

朝遊北橋上晚憩南塘畔西日雪全銷東風氷盡泮莚
莚魚尾棹瞥瞥鵝毛換泥暖草芽生沙虛泉脈散晴芳
冒苔鳥宿潤侵蒲岸路下日初長江南春欲半時光共
抛擲人事堪嗟歎倚櫂忽尋思去年池上伴

妙于體物息心靜觀得之

北窗三友

今日北窗下自問何所為欣然得三友三友者為誰琴
罷輒舉酒酒罷輒吟詩三友遞相引循環無已時一彈
愜中心一詠暢四肢猶恐中有間以醉彌縫之豈獨吾
拙好古人多若斯嗜詩有淵明嗜琴有啓期嗜酒有伯
倫三人皆吾師或乏儋石儲或穿帶索衣絃歌復觴詠
樂道知所歸三師去已遠高風不可追三友遊甚熟無
日不相隨左擲白玉卮右拂黃金徽興酣不疊紙走筆

操狂詞誰能持此詞為我謝親知縱未以為是豈以我
為非

猶恐中有間以醉彌縫之濁醪妙理如是正從三日不
飲覺形神不復相親語化出有三友便有三師涉筆成
趣

裴侍中晉公以集賢林亭即事詩二十六韻見贈
猥蒙徵和才拙詞繁輒廣為五百言以伸酬獻

三江路千里五湖天一涯何如集賢第中有平津池池

勝主見覺景新人未知竹森翠琅玕水深洞琉璃水竹
以為質質立而文隨文之者何人公來親指麾疏鑿出
人意結構得地宜虛襟一搜索勝槩無遁遺因下張沼
沚依高築階基嵩峯見數片伊水分一支南溪修且直
長波碧逶迤北館壯復麗倒影紅參差東島號晨光杲
曜迎朝曦西嶺名夕陽杳曖留落暉前有水心亭動蕩
架漣漪後有開閣堂寒溫變天時幽泉鏡泓澄怪石山
欹危春葩雪漠漠夏果珠離離主人命方舟宛在水中

坻親賓次第至酒樂前後施解纜始登汎山遊仍水嬉
沿洄無滯礙向背窮幽奇瞥過遠橋下飄旋深澗陲管
絃去縹緲羅綺來霏微棹風逐舞迴梁塵隨歌飛宴餘
日云暮醉客未放歸高聲索彩牋大笑催金卮唱和筆
走疾問答杯行遲一詠清兩耳一酣暢四肢主客忘貴
賤不知倶是誰客有詩魔者吟哦不知疲乞公殘紙墨
一埽狂歌詞維公社稷臣赫赫文武姿十授丞相印五
建大將旗四朝致勳華一身冠皐夔去年才七十決赴
懸車期公志不可奪君恩亦難違從容就中道俛僶來
保釐貂蟬雖未脫鸞鳳已不羈歷徵今與古獨步無等
夷陸賈功業少二疏官秩卑乘舟范蠡懼辟穀留侯飢
豈若公今日身安家國肥羊祜在漢南空留峴首碑柳
惲在江南祇賦汀洲詩謝安入東山但說攜蛾眉山簡
醉高陽唯聞倒接䍦豈如公今日餘力兼有之願公壽
如山安樂長在茲願我比蒲稗永得相因依

三江路千里至夏果珠離離詳敘林亭結構之勝公來

親指麾五句特筆提寫平章風月行所無事是大作用
人間中經濟也主人命方舟至不知倶是誰極言宴飲
之樂客有詩魔者至鸞鳳已不羈入到自已歷敘衆之
功名出處數行一筆寫出歷徵今與古至餘力兼有之
又歷舉古人作襯見其兼有衆美願公壽如山四句以
祝頌意作結洋洋大篇一氣呵成又復莊重得體真絶
大手筆亦惟度足以當之

新唐書裴度傳度治第東都集賢里沼石林叢岑繚

幽勝午橋作別墅具燠館凉臺號緑野堂激波其下度野服蕭散與白居易劉禹錫為文章把酒窮晝夜相歡不問人間事

晚歸香山寺因詠所懷

我年日已老我身日已閑閑出都門望但見水與山闌塞碧巖巖伊流清濛濛中有古精舍軒戶無扃關岸草歇可藉徑蘿行可攀朝隨浮雲出夕與飛鳥還吾道本迂拙世途多險艱甞聞嵇呂輩尤悔生疏頑巢悟入箕

頴皓知返商嶺豈唯樂肥遯聊復袪憂患吾亦從此去終老伊嵩間

劇談録曰樂天為少傅分務洛師情與高逸盧尚書簡辭有別墅近枕伊水冬日與羣從子姪同遊倚欄眺嵩洛俄而霰雪微下情興益高因話廉察金陵常記江南煙水每見居人以葉舟浮泛就食菰米鱸魚近來思之如在心目良久忽見二人衣簑笠循岸而來牽引篷艇船頭覆青幕中有白衣人與衲僧偶坐船後有小竈安桐甑丱角童煮茗泝流過于檻前舟中吟嘯方酣問之乃是白傅與僧佛光自建春門往香山精舍此一段可謂天然圖畫

洛陽有愚叟

洛陽有愚叟白黒無分別浪迹雖似狂謀身亦不拙點檢盤中飯非精亦非糲點檢身上衣無餘亦無闕天時方得所不寒復不熱體氣正調和不飢仍不渴閒將酒壺出醉向人家歇野食或烹鮮寓眠多擁褐抱琴榮啓

樂荷鍤劉伶達放眼看青山任頭生白髮不知天地內更得幾年活從此到終身盡為閒日月

茗溪漁隱曰放眼看青山任頭生白髮其超放如此

閒居自題

門前有流水牆上多高樹竹徑繞荷池縈迴百餘步波閒戲魚鼈風靜下鷗鷺寂無城市喧渺有江湖趣吾廬在其上偃臥朝復暮洛下安一居山中亦慵去時逢過客愛問是誰家住此是白家翁閉門終老處

菩提寺上方晚望香山寺寄舒員外

晚登西寶剎靜望東精舍反照轉樓臺輝輝似圖畫氷浮水明滅雪壓松偃亞石闌僧上來雲汀雁飛下西京鬧于市東洛閒如社曾憶舊遊無香山明月夜

真畫景畫家却無下筆處

小臺

新樹低如帳小臺平似掌六尺白藤牀一莖青竹杖風飄竹皮落苔印鶴迹上幽境與誰同閒人自來往

似王亦似韋

池上作 自注西溪南潭皆池中勝處也

西溪風生竹森森南潭萍開水沉沉叢翠萬竿湘岸色空碧一泊松江心浦派縈迴誤遠近橋島向背迷窺臨澄瀾方丈若萬頃倒影咫尺如千尋泛然獨遊邈然坐坐念行心思古今菟裘不聞有泉沼西河亦恐無雲林豈如白翁退老地樹高竹密池塘深華亭雙鶴白矯矯太湖四石青岑岑眼前盡日更無客膝上此時惟有琴洛陽冠蓋自相索誰肯來此同抽簪

小閣閒坐

閣前竹蕭蕭閣下水潺潺拂簟卷簾坐清風生其間靜聞新蟬鳴遠見飛鳥還但有巾挂壁而無客叩關二疏返故里四老歸舊山吾亦適所願求閒而得閒

起四句颯然而來紙上有聲

遊平泉宴浥澗宿香山石樓贈座客

逸少集蘭亭季倫宴金谷金谷太繁華蘭亭闕絲竹何

如今日會浥澗平泉曲杯酒與管絃貧中隨分足紫鮮林筍嫩紅潤園桃熟采摘助盤筵芳滋盈口腹閒吟暮雲碧醉藉春草綠舞妙豔流風歌清叩寒玉古詩惜晝短勸我令秉燭是夜勿言歸相攜石樓宿

和夢得洛中早春見贈七韻

衆皆賞春色君獨憐春意春意竟如何老夫知此味燭餘減夜漏衾暖添朝睡恬和臺上風虛潤池邊地開遲花養豔語嬾鶯含思似訝隔年齋如勸迎春醉何日同

宴遊心期二月二（自注：此日出齋故云）

開遲花養艷語嬾鶯含思十字刻畫工絶寫春意處為實尤奇

李盧二中丞各創山居俱誇勝絶然去城稍遠来往頗勞歎居新泉實在宇下偶題十五韻聊戲二君

龍門蒼石壁（李所有也）浥澗碧潭水（盧所有也）各在一山隅迢迢幾十里清錦碧屏風惜哉信為美愛而不得見亦與無

相似聞君每来去矻矻事行李脂轄復裹糧心力頗勞止来如吾舍下石與泉甚邇鑿鑿復濺濺晝夜流不已洛石千萬拳襯波鋪錦綺海珉一兩片澈瀨含宫徵緑宜春濯足淨可朝漱齒繞砌紫鱗游拂簾白鳥起何言屨道叟便是滄浪子君若趁歸程請君先到此願以瀉漫聲洗君塵土耳

夢上山（自注：時足疾未平）

夜夢上嵩山獨擕藜杖出千巖與萬壑遊覽皆周畢夢中足不病健似少年日既悟神返初依然舊形質始知形神內形病神無疾形神兩是幻夢寐俱非實晝行雖蹇澀夜步頗安逸晝夜既平分其間何得失

一片悟境形病神無疾五字尤有至理

錢塘湖春行

孤山寺北賈亭西水面初平雲腳低幾處早鶯爭暖樹誰家新燕啄春泥亂花漸欲迷人眼淺草纔能沒馬蹄最愛湖東行不足緑楊陰裏白沙堤

西湖晚歸回望孤山寺贈諸客

柳湖松島蓮花寺晚動歸橈出道場盧橘子低山雨重棕櫚葉戰水風涼煙波澹蕩摇空碧樓殿參差倚夕陽到岸請君回首望蓬萊宫在海中央

句法挺健由字法生新也重字戰字摇字倚字俱下得警拔遂覺全首生動故曰鍊句不如鍊字

杭州春望

望海樓明照曙霞護江隄白蹋晴沙濤聲夜入伍員廟

柳色春藏蘇小家紅袖織綾誇柿蒂青旗酤酒趁梨花誰開湖寺西南路草綠裙腰一道斜

入字藏字極寫望中之景落句結足春意

汪立名曰按能改齋漫録云劉次莊樂府解題曰錢塘蘇小歌蘇小非唐人世見樂天夢得詩多稱詠遂謂之同時耳按郭茂倩所編引廣題曰蘇小小錢塘名娼也蓋南齊時人西陵在錢塘江之西故古詞云何處結同心西陵松柏下

湖亭晚歸

盡日湖亭卧心閒事亦稀起因殘醉醒坐待晚涼歸松雨飄藤帽江風透葛衣柳堤行不厭沙軟絮霏霏

孤山寺遇雨

拂波雲色重灑葉雨聲繁水鷺雙飛起風荷一向翻空濛連北岸蕭颯入東軒或擬湖中宿留船在寺門

餘杭形勝

餘杭形勝四方無州傍青山縣枕湖遶郭荷花三十里拂城松樹一千株夢兒亭古傳名謝教妓樓新道姓蘇獨有使君年太老風光不稱白髭鬚

江樓夕望招客

海天東望夕茫茫山勢川形濶復長燈火萬家城四畔星河一道水中央風吹古木晴天雨月照平沙夏夜霜能就江樓銷暑否比君茅舍校清涼

高瞻遠矚坐馳可以役萬景他人有此眼力無此筆力

江樓晚眺景物鮮奇吟翫成篇寄水部張籍員外

澹煙踈雨間斜陽江色鮮明海氣涼蜃散雲收破樓閣虹殘水照斷橋梁風翻白浪花千片鴈點青天字一行好著丹青圖畫取題詩寄與水曹郎

起句便是極好畫景中四句四面摹寫總為鮮明二字設色落句以圖畫結足歸到寄詩之意篇法極緊

晚興

草淺馬翩翩新晴薄暮天柳條春拂面衫袖醉垂鞭立語花隄上行吟水寺前等閒消一日不覺過三年

春題湖上

湖上春來似畫圖亂峯圍繞水平鋪松排山面千重翠月點波心一顆珠碧毯線頭抽早稻青羅裙帶展新蒲未能拋得杭州去一半勾留是此湖

畫圖二字是詩眼下五句皆實寫畫圖中景以不舍意作結而曰一半勾留言外正有餘情

別州民

耆老遮歸路壺漿滿別筵甘棠無一樹那得淚潸然稅重多貧戶農饑足旱田唯留一湖水與汝救凶年今春增築錢塘湖堤貯水以防天旱故云

後四句經濟政績具見其中慈惠之意藹然言表必如此留心民事方許詩酒遊遨彼長日惟消一局棋者那得借口風流也

西湖留別

征途行色慘風煙祖帳離聲咽管絃翠黛不須留五馬皇恩只許住三年綠藤陰下鋪歌席紅藕花中泊妓船

處處回頭盡堪戀就中難別是湖邊

答微之誇越州州宅

賀上人回得報書大誇州宅似仙居厭看馮翊風沙久喜見蘭亭煙景初日出旌旗生氣色月明樓閣在空虛知君暗數江南郡除卻餘杭盡不如

中二聯敘越州風景微之所誇也結句戲以折之樂天自誇也

酬微之自注微之題云郎務稍簡因得整集舊詩并連綴刪削封章諫草繁長箱笥僅踰百軸偶成自歎兼寄樂天

滿囊填箱唱和詩少年為戲老成悲聲聲麗曲敲寒玉句句妍辭綴色絲吟翫獨當明月夜傷嗟同是白頭時由來才命相磨折天遣無兒欲怨誰自注微之句云天遣兩家無嗣子欲將文字付誰人故以此荅之

陸龜蒙有云淫畋漁者謂之暴天物天物且不可暴又可抉摘削露其情狀乎天能不致罰耶長吉天東野窮玉溪生官不挂朝籍而死正坐是哉由此觀之元白之

無後未必非天之致罰也玩落句意香山其自知之矣

微之整集舊詩及文筆為百軸以七言長句寄樂

天樂天次韻酬之餘思未盡加為六韻

海内聲華併在身篋中文字絶無倫遥知獨對封章草
忽憶同為獻納臣走筆往來盈卷軸除官遞互掌絲綸
制從長慶詞高古詩到元和體變新各有文姬才稚齒
俱無通子繼餘塵琴書何必求王粲與女猶勝與外人

答微之見寄 自注時在郡樓對雪

可憐風景浙東西先數餘杭次會稽禹廟未勝天竺寺
錢湖不羨若耶溪擺塵野鶴春毛暖拍水沙鷗濕翅低
更對雪樓君愛否紅欄碧甃點銀泥

腹聯先將雪意寫透結句點出好景如畫

得湖州崔十八使君書喜與杭越隣郡因成長句

代賀兼寄微之

三郡何因此結緣貞元科第忝同年故情歡喜開書後
舊事思量在眼前越國封疆吞碧海杭城樓閣入青煙
吳興卑小君應屈為是蓬萊最後仙 自注貞元初同登科崔君名最在後當時崔自詠云人間不會雲間事應笑蓬萊最後仙

逐句相承篇法綿密却滅盡針線之迹由其律熟而氣厚也

汪立名曰按紀事崔元亮刺湖州時白公刺杭元微之以觀察刺越有唱和詩號三州唱和集

贈侯三郎中

老愛東都好寄身足泉多竹少埃塵年豐最喜唯貧客

秋冷先知是瘦人幸有琴書堪作伴苦無田宅可為隣
洛中縱未長居得且與田蘇遊過春

善以文言道俗情本色語倍覺雅馴

履道新居二十韻

履道坊西角官河曲北頭林園四隣好風景一家秋門
閉深沉樹池通淺沮溝拔青松直上鋪碧水平流籬菊
黄金合窗筠綠玉稠疑連紫陽洞似到白蘋洲僧至多
同宿賓來輒少留豈無詩引興兼有酒銷憂移榻臨平

岸擕茶上小舟果穿閙鳥啄萍破見魚遊地與塵相遠
人將境共幽汎潭菱點鏡沉浦月生鈎廚曉煙孤起庭
寒雨半收老飢初受粥瘦冷早披裘洛下招新隱秦中
忘舊遊辭章留鳳閣班籍寄龍樓病愜宮曹靜閒慚俸
禄優琴書中有得衣食外何求濟世才無取謀身智不
周應須共心語萬事一時休

竟體穩洽拔青松直上一聯鍊句尤挺健

夢行簡

天氣妍和水色鮮閒吟獨步小橋邊池塘草緑無佳句
虛卧春窗夢阿憐

習用語妙于點化

渡淮

淮水東南濶無風渡亦難孤煙生乍直遠樹望多圓春
浪棹聲急夕陽帆影殘濤流宜映月今夜重吟看

自到郡齋僅經旬日方專公務未及宴遊偷閒走
筆題二十四韻兼寄常州賈舍人湖州崔郎中仍
呈吳中諸客

渭北離鄉客江南守土臣涉途初改月入境已經旬甲
郡標天下環封極海濱版圖十萬戸兵籍五千人自顧
才能少何堪寵命頻冒榮慚印綬虛忝負絲綸候病須
通脈防流要塞津救煩無若靜補拙莫如勤削使科條
簡攤令賦役均以茲為報效安敢不躬親襦袴提于手
韋弦佩在紳敢辭稱俗吏且願活疲民常未徹黃霸湖
猶借寇恂愧無鐺脚政徒忝犬牙隣制誥誇黃絹詩篇

占白蘋銅符拋不得瓊樹見無因警寐鐘傳夜催衙鼓
報晨唯知對胥吏未暇接親賓色變雲迎夏聲殘鳥過
春麥風非逐扇梅雨異隨輪武寺山如故王樓月自新
池塘閒長草絲竹廢生塵暑遣燒神酎晴教曬舞茵待
還公事了亦擬樂吾身

中幅極盡理煩治劇之畧蓋到郡經旬而規模已定矣
一結即先憂後樂意乃知居易實具經世之才而當時
未竟其用為可惜也分司以後時不可為不得已托詩

酒以自娛耳救煩無若靜補拙莫如勤十字凡為守令
者當錄置座右

故衫

闇澹緋衫稱老身半披半曳出朱門袖中吳郡新詩本
襟上杭州舊酒痕殘色過梅看向盡故香因洗嗅猶存
曾經爛漫三年著欲棄空箱似少恩

所詠止一衫而衫之色香襟袖衫之時地歲月歷歷清
出并著衫之人身分性情亦曲曲傳出却又渾成熨貼

無一點安排痕迹亦絕不假一字纖巧雕琢此香山擅
場處李商隱輩豈能辨此

泛太湖書事寄微之

煙渚雲帆處處通飄然舟似入虛空玉杯淺酌巡初匝
金管徐吹曲未終黃夾纈林寒有葉碧琉璃水淨無風
避旗飛鷺翩翻白驚鼓跳魚撥剌紅澗雪壓多松偃蹇
巖泉滴久石玲瓏書為故事留湖上吟作新詩寄浙東
軍府威容從道盛江山氣色定知同報君一事君應羨
五宿澄波皓月中

病中多雨逢寒食

水國多陰常嬾出老夫饒病愛閒眠三旬臥度鶯花月
一半春消風雨天薄暮何人吹觱篥新晴幾處縛鞦韆
綵繩芳樹長如舊唯是年年換少年

頸聯何其蘊藉宋人年年不帶看花眼不是愁中即病
中之句便覺徑直少味

重答劉和州 自注來篇云蘇州刺史例能詩西掖吟來替左司又云若共吳王鬭百草不如唯是欠西施

分無佳麗敵西施敢有文章替左司隨分笙歌聊自樂
等閒篇詠被人知花邊妓引尋香徑月下僧留宿劍池
可惜當時好風景吳王應不解吟詩

不敢替左司但可傲睨吳王即蘇軾云識字劣能欺項
籍也

城上夜宴

留春不住登城望惜夜相將秉燭遊風月萬家河兩岸

笙歌一曲郡西樓詩聽越客吟何苦酒被吳娃勸不休從道人生都是夢夢中歡笑亦勝愁

六月三日夜聞蟬

荷香清露墜柳動好風生微月初三夜新蟬第一聲乍聞愁北客靜聽憶東京我有竹林宅別來蟬再鳴不知池上月誰撥小船行

一片空明詩境至此纔許當一清字直是天分高絕鈍根人何從學步

晚起

卧聽鼕鼕衙鼓聲起遲睡足長心情華簪脫後頭雖白堆案拋來眼校明閒上籃轝乘興出醉回花舫信風行明朝更濯塵纓去聞道松江水最清

河亭晴望 九月八日

風轉雲頭斂煙銷水面開晴虹橋影出秋雁櫓聲來郡靜官初罷鄉遥信未迴明朝是重九誰勸菊花杯

氣味近老杜

夢蘇州水閣寄馮侍御

揚州驛裏夢蘇州夢到花橋水閣頭覺後不知馮侍御此中昨夜共誰遊

吳郡志載顯宅北禪寺唐司勳郎中陸洿嘗居之有花橋水閣

太湖石

煙翠三秋色波濤萬古痕削成青玉片截斷碧雲根風氣通巖穴苔紋護洞門三峯具體小應是華山孫

律法渾成腹聯刻畫絕警結句陡健有力

秘省後廳

槐花雨潤新秋地桐葉風翻欲夜天盡日後廳無一事白頭老監枕書眠

寄殷協律 自注多敘江南舊遊

五歲優游同過日一朝消散似浮雲琴詩酒伴皆拋我雪月花時最憶君幾度聽雞歌白日亦曾騎馬詠紅裙吳娘暮雨蕭蕭曲自別江南更不聞

無限感慨治語更淒凉

臨都驛答夢得六言二首

揚子津頭月下臨都驛裏燈前昨日老於前日去年春似今年

謝守歸為秘監馮公老作郎官前事不須問著新詩且更吟看

節短音長

春詞

低花樹映小妝樓春入眉心兩點愁斜倚欄干背鸚鵡

思量何事不回頭

艷體妙于蘊藉

送敏中歸豳寧幕

六十衰翁兒女悲傍人應笑爾應知弟兄垂老相逢日杯酒臨歡欲散時前路加餐須努力今宵盡醉莫推辭司徒知我難為別直過秋歸未訝遲

情景一湧而出清空如話倍覺沉著深摯惻惻動人棣華雁影浮詞不掃自去

池窗

池晚蓮芳謝窗秋竹意深更無人作伴唯對一張琴

送鶴與裴相臨別贈詩

司空愛爾爾須知不信聽吟送鶴詩羽翮勢高寧惜別稻粱恩厚莫愁飢夜棲少共雞爭樹曉浴先饒鳳占池穩上青雲勿回顧的應勝在白家時

腹聯便是一生得力處豈徒贈鶴兼可風世正與送崔

考功赴闕意同

馮班曰比興忠厚

烏夜啼

城上歸時晚庭前宿處危月明無葉樹霜滑有風枝啼澀飢喉咽飛低凍翅垂畫堂鸚鵡鳥冷暖不相知

夜景刻畫極警一結托興尤深

送東都留守令狐尚書赴任

翠華黃屋未東巡碧洛青嵩付大臣地稱高情多水竹

山宜閒望少風塵龍門即擬為遊客金谷先憑作主人
歌酒家家花處處莫空管領上陽春

汪立名曰按寶歷二年敬宗欲幸東都諫者皆不聽已使按修宮闕賴裴度婉言而罷明年為文宗太和元年令狐楚以三年春留守東都故公首句及此蓋文宗方勵精圖治盡反敬宗弊政未東巡之語有微辭焉

想東遊五十韻 并序

太和三年春予病免官後憶遊浙右數郡兼思到越一訪微之故兩浙之間一物以上想皆在目吟且成篇不能自休盈五百字亦猶孫興公想天台山而賦之也

海內時無事江南歲有秋生民皆樂業地主盡賢侯郊靜銷戎馬城高逼斗牛平河七百里沃壤二三州坐有湖山趣行無風浪憂食寧妨解纜寢不廢乘流泉石諳天竺煙霞識虎丘餘芳認蘭澤遺詠思蘋洲菡萏紅塗粉菰蒲綠潑油鱗差漁戶舍綺錯稻田溝紫洞藏仙窟玄泉貯怪湫精神昂老鶴姿彩媚潛虯靜閱天工妙閒窺物狀幽投竿出比目擲果下獼猴味苦蓮心小漿甜蔗節稠橘苞從自結藕孔是誰鏤逐日移潮信隨風變櫂謳遞夫交烈火候吏次鳴騶梵塔形疑踊閶門勢欲浮客迎攜酒榼僧待置茶甌小宴閒談笑初筵雅獻酬稍催朱蠟炬徐動碧牙籌圖琖飛蓮子長裾曳石榴柘枝隨畫鼓調笑從香毬幕颭雲飄檻簾褰月露鉤舞繁

紅袖凝 去聲 歌切翠眉愁經營寧歇杯盤未許收良辰宜酩酊卒歲好優遊膾縷鮮仍細尊醪滑且柔飽餐為日計穩睡是身謀名姓空虛得官知止足休自嫌猶屑屑眾笑太悠悠物表疏形役人寰足悔尤蛾須遠燈燭兔勿近罝罘幻世春來夢浮生水上漚百憂中莫入一醉外何求未死癡王湛無兒老鄧攸蜀琴安膝上周易在牀頭去去無程客行行不繫舟勞君頻問訊勸我少淹留 自注自此後並屬微之 雲雨多分散關山苦阻修一吟江月

別七兒日星周珠玉傳新什鵷鸞念故儔懸旌心宛轉
東楚意綢繆驛舫粧青雀宮槽秣紫騮鏡湖期遠泛禹
穴約冥搜預埽題詩壁先開望海樓飲思親履舄宿憶
並衾裯志氣吾衰也風情子在不應須相見後別作一
家遊

洋洋纚纚一氣轉旋細意熨貼層次井然起伏照應極
變化斷續之妙

將至東都先寄令狐留守

黃鳥無聲葉滿枝閑吟想到洛城時惜逢金谷三春盡
恨拜銅樓一月遲詩境忽來還自得醉鄉潛去與誰期
東都添箇狂賓客先報壺觴風月知

詩境忽來還自得蕭子顯所謂須其自來不以力構也
杜甫詩成覺有神亦是此意

晚桃花

一樹紅桃亞拂池竹遮松蔭晚開時非因斜日無由見
不是閒人豈得知寒地生材遺校易貧家養女嫁常遲
春深欲落誰憐惜白侍郎來折一枝

比意深婉總從一晚字生情寒地生材句自是主意以
貧家養女句更切桃花故仍以上句作陪律法極細

阿崔

謝病臥東都羸然一老夫孤單同迫道遲暮過商瞿豈
料鬢成雪方看掌弄珠已衰寧望有雖晚亦勝無蘭入
前春夢桑懸昨日弧里閭多慶賀親戚共歡娛膩剃新
胎髮香綳小繡襦玉芽開手爪酥顆點肌膚弓冶將傳

汝琴書勿墜吾未能知壽夭何暇慮賢愚乳氣初離㲉
啼聲漸變雛何時能反哺供養白頭烏

寫小兒初生端詳入細一結喜極不覺慮其將來軟語
心酸逼真老人情景此種自讓香山獨步

御選唐宋詩醇卷二十五

欽定四庫全書

御選唐宋詩醇卷二十六

太原白居易詩八

池上小宴問程秀才

洛下園林好自知江南景物暗相隨淨淘紅粒署香飯薄切紫鱗烹水葵雨滴蓬聲青雀舫浪摇花影白蓮池停杯一問蘇州客何似吴松江上時

橋亭卯飲

卯時偶飲齋時卧林下髙橋橋上亭松影過窗眠始覺竹風吹面醉初醒就荷葉上包魚鮓當石渠中浸酒缾生計悠悠身兀兀甘從妻唤作劉伶

蔡寛夫詩話曰吴中作鮓多用龍溪池中蓮葉包爲之後數日取食比瓶中氣味特妙觀樂天詩葢昔人已有此法也

西風

西風來幾日一葉已先飛新霽乘輕屐初凉换熟衣淺渠消慢水踈竹漏斜暉薄暮青苔巷家僮引鶴歸

蕭踈淡遠

題岐王舊山池石壁

樹深藤老竹迴環石壁重重錦翠斑俗客看來猶解愛忙人到此亦須閑况當霽景凉風後如在千巖萬壑間黄綺更歸何處去洛陽城内有商山

一氣相生珠圓玉潤此七律正宗也况當一聯開宋調而氣味自厚

履道池上作

家池動作經旬别松竹琴魚好在無樹暗小巢藏巧婦渠荒新葉長慈姑不因車馬時時到豈覺林園日日蕪猶喜春深公事少每來花下得踟蹰

和令狐相公寄劉郎中兼見示長句

日月天衢仰面看尚淹池鳳滯臺鸞碧幢千里空移鎮赤筆三年未轉官别後縱吟終少興病來雖飲不多歡酒軍詩敵如相遇臨老猶能一據鞍

豪極香山變調

期宿客不至

風飄雨灑簾帷故竹映松遮燈火深宿客不來嫌冷落

一尊酒對一張琴

唐人七絶每著意前半此詩上二句字字用意已寫透

冷落光景下二句一拍自合

晚歸府

晚從履道來歸府街路雖長尹不嫌馬上涼於牀上坐

綠槐風透紫蕉衫

自為寫照風致瀟灑視宋祁兩行紅燭攤書者何如

從龍潭寺至少林寺題贈同遊者

山屐田衣六七賢搴芳蹋翠弄潺湲九龍潭月落杯酒

三品松風飄管絃強健且宜遊勝地清涼不覺過炎天

始知駕鶴乘雲外別有逍遙地上仙

元相公輓歌詞三首 錄一首

銘旌官重威儀盛騎吹聲繁鹵簿長後魏帝孫唐宰相

六年七月葬咸陽

嚴重簡括可當一篇墓誌

酬李二十侍郎

筍老蘭長花漸稀衰翁相對惜芳菲殘鶯著雨慵休囀

落絮無風凝不飛行掇木芽供野食坐牽蘿蔓挂朝衣

十年分手今同醉醉未如泥莫道歸

頷聯似賦似比意致纏綿深人無淺語

池上閒詠

青莎臺上起書樓綠藻潭中繫釣舟日晚愛行深竹裏

月明多上小橋頭開嘗新酒還成醉亦出中門便當遊

一部清商聊送老白鬚蕭颯管絃秋

天機清妙吐屬自然不知者或以為開宋派矣

和高僕射罷節度讓尚書授少保分司喜遂遊山

水之作

暫辭八座罷雙旌便作登山臨水行能以忠貞酬重任

不將富貴礙高情朱門出去簪纓從絳帳歸來歌吹迎

鞍轡鬧裝光滿馬何人信道是書生

送考功崔郎中赴闕

稱意新官又少年秋涼身健好朝天青雲上了無多路
却要徐驅穩著鞭

規戒深摯

同諸客題于家公主舊宅

平陽舊宅少人遊應是遊人到即愁布穀鳥啼桃李院
絡絲蟲怨鳳凰樓臺傾滑石猶殘砌簾斷真珠不滿鉤

聞道至今簫史在髭鬚雪白向明州

寫景穠麗倍覺蒼涼一結黯然神傷不堪卒讀

汪立名曰按周益公英華辨證于家公主憲宗之女
永昌公主下嫁頔之子季友元和間卒追封梁國謚
惠康于頔家河南後徙京兆居易所題舊宅在洛中
言公主已亡而簫史尚在後又有寄明州于駙馬使
君詩云留滯三年在浙東及海味腥鹹之語皆指明
州也英華作韶州是誤以于季友為于琮也琮尚宣
宗廣德公主在大中十三年居易殁已久至貶韶州
則在咸通十三年相去更遠矣

菩提寺上方晚眺

樓閣高低樹淺深山光水色暝沉沉嵩煙半卷青綃幕
伊浪平鋪綠綺衾飛鳥滅時宜極目遠風來處好開襟
誰知不離簪纓內長得逍遥自在心

楊柳枝詞八首 録四首

依依嫋嫋復青青勾引春風無限情白雪花繁空撲地

綠絲條弱不勝鶯

紅板江橋青酒旗館娃宮暖日斜時可憐雨歇東風定
萬樹千條各自垂

蘇州楊柳任君誇更有錢塘勝館娃若解多情尋小小
綠楊深處是蘇家

葉含濃露如啼眼枝嫋輕風似舞腰小樹不禁攀折苦
乞君留取兩三條

四詩風格不減盛唐

春早秋初因時即事兼寄浙東李侍郎

春早秋初晝夜長可憐天氣好年光和風細動簾帷暖清露微凝枕簟涼窗下曉眠初減被池邊晚坐乍移牀閒從蕙草侵階緑靜任槐花滿地黄理曲管絃聞後院熨衣燈火映深房四時新景何人别遥憶多情李侍郎

春早秋初起句揭出以下兩兩分寫言下俱有情在結以多情一句收足點睛欲飛

送姚杭州赴任因思舊遊

與君細話杭州事為我留心莫等閒閭里固宜勤撫恤樓臺亦要數躋攀笙歌縹緲虚空裏風月依稀夢想間且喜詩人重管領遥飛一醆賀江山

不曰賀詩人而曰賀江山立言特妙感舊傳衣頌姚揚已幾層意思總攝在内真仙筆也

種柳三詠

白頭種松桂早晚見成林不及栽楊柳明年便有陰春風為催促副取老人心

從君種楊柳夾水意如何準擬三年後青絲拂緑波仍教小樓上對唱柳枝歌

更想五年後千千條麴塵路傍深映月樓上暗藏春愁殺閒遊客聞歌不見人

姚寬叢語曰唐人詠柳使麴塵字者極多禮記月令薦鞠衣於上帝告桑事注云如鞠塵色周禮内司服鞠衣鄭司農云鞠衣黄桑服也色如鞠塵象桑葉始生此用之柳又象其花絮之穗耳

韋七自太子賓客再除秘書監以長句賀而餞之

自注韋往年嘗與予同為秘監

離筵莫愴且同歡共賀新恩拜舊官屈就商山伴麋鹿好歸芸閣狎鵷鸞落星石上蒼苔古畫鶴廳前白露寒老監姓名應在壁相思試為拂塵看

曲折盡意雍容大雅

九年十一月二十一日感事而作自注其日獨遊香山寺

禍福茫茫不可期大都早退似先知當君白首同歸日

是我青山獨往時顧索素琴應不暇憶牽黄犬定難追
麒麟作脯龍為醢何似泥中曳尾龜

東坡志林曰樂天為王涯所讒謫江州司馬甘露之禍樂天在洛適遊香山寺有白首同歸二句不知者以為幸之也樂天豈幸人之禍者哉蓋悲之也

汪立名曰按白首同所歸乃潘岳石崇臨刑時語太和九年甘露事李訓鄭注舒元輿王涯賈餗皆被害味詩中同歸句本就事而言不專指王涯也公自蘇

州召還秩位漸崇見機引退官之禍固早計及者何致追憾王涯況公之遷謫本由宦官惡之附宦官者成之豈反以中人誅夷士大夫為快幸禍之說益出章子厚謗所謂以小人心度君子腹耳

春來頻與李二賓客郭外同遊因贈長句

風光引步酒開顔送老消春嵩洛間朝踏落花相伴出
暮隨飛鳥一時還我為病叟誠宜退君是才臣豈合閒
可惜濟時心力在放教臨水復登山

觀此詩可知香山未嘗一刻忘世豈獨為他人惋惜耶

三月三日

畫堂三月初三日絮撲窗紗燕拂簷蓮子數杯嘗冷酒
柘枝一曲試春衫階臨池面勝看鏡户映花藂當下簾
指點樓南翫新月玉鉤素手兩纖纖

閒居春盡

閒泊池舟靜掩扉老身慵出客來稀愁應暮雨留教住
春被殘鶯喚遣歸揭甕偷嘗新熟酒開箱試著舊生衣

冬裘夏葛相催促垂老光陰速似飛

鍊句鍊字後來陸游得法於此

香山避暑二絶

六月灘聲如猛雨香山樓北暢師房夜深起凭欄干立
滿耳潺湲滿面涼
紗巾草履竹疎衣晚下香山蹋翠微一路涼風十八里
卧乘籃轝睡中歸

前首如對北風圖自然毛髮淅灑次首北窗高枕無此

恬適真足破除熱惱

贈談客

上客清談何亹亹幽人閒思自寥寥請君休說長安事

膝上風清琴正調

移牀遠客那容著一點塵氛

答夢得秋庭獨坐見贈

林梢隱映夕陽殘庭際蕭疎夜氣寒霜草欲枯蟲思急

風枝未定鳥棲難容衰見鏡同惆悵身健逢杯且嘉歡

應是天教相暖熱一時垂老與閒官

頷聯近晚唐却非孟郊輩所及

酬夢得霜夜對月見懷

淒清冬夜景摇落長年情月帶新霜色碪和遠雁聲暖

憐爐火近寒覺被衣輕枕上酬佳句詩成夢不成

初冬月夜得皇甫澤州手札并詩數篇因遣報書

偶題長句

清冷玉韻兩三章落泊銀鈎七八行心逐報書懸鴈足

夢尋來路繞羊腸水南地空多明月山北天寒足早霜履道所居在水南澤州在太行之北地也最恨潑醅新熟酒迎冬不待共君

嘗

鴈足羊腸虛實巧對與履道池上巧婦慈姑同一句法

然香山佳處不在此

寄獻北都留守裴令公 并序

司徒令公分守東洛移鎮北都一心勤王三月成政

形容盛德實在歌詩況辱知音敢不先唱輙奉五言四

十韻寄獻以抒下情

天上中台正人間一品高休明值堯舜勳業過蕭曹始

擅文三捷終兼武六韜動人名赫赫憂國意忉忉盪䕺

擒封豕平齊斬巨鼇兩河収土宇四海定波濤寵重移

宮籥恩新換閫旄保釐東宅静守護北門牢晉國封疆

濶并州士馬豪胡兵驚赤幟邊雁避烏號令下流如水

仁霑澤似膏路喧歌五袴軍醉感單醪將校森貔武賓

僚儼雋髦客無煩夜柝吏不犯秋毫神在臺駘助魂亡

獫狁逃德星銷彗孛霖雨減腥臊烽戍高臨代關河遠控洮汾雲晴漠漠朔吹冷颼颼豹尾交牙戟虯鬚捧佩刀通天白犀帶照地紫麟袍羌管吹楊柳燕姬酌蒲萄銀含鑿落琖金屑琵琶槽遥想從軍樂應忘報國勞紫微留北闕緑野寄東臯忽憶前時會多慚下客叨清宵陪讌話美景從遊遨花月還同賞琴詩雅自操朱絃拂宫徵洪筆振風騷近竹開方丈依林架桔槔春池八九曲畫舫兩三艘徑滑苔粘屐潭深水没篙緑絲縈岸柳

紅粉映樓桃為穆先陳醴招劉共藉糟舞鬟金翡翠歌頸玉蠐螬盛德終難過明時豈易遭公雖慕張范帝未舍伊臯眷戀心方結踟躕首已搔鸞凰上寥廓燕雀任蓬蒿欲獻文狂簡徒煩思鬱陶可憐四百字輕重抵鴻毛

通首分兩大段看前半敘度平蔡齊之勲業及移鎮北都之治績而以紫微留北闕二句鎖住緑野東臯已拖到昔時宴集事後半敘自已從前交誼而以盛德終難過四句繚繞前文述度之罷遇末方結到獻詩之意此詩與前集賢林亭即事五古一篇皆香山極用意之作高華雅贍杜甫嗣音惜結句未免弩末

看夢得題答李侍郎詩詩中有文星之句因戲和之

看題錦繡報瓊瓌俱是人天第一才好遣文星守躔次亦須防有客星來

戲語雅趣

早春憶遊思黯南莊因寄長句

南莊勝處心常憶借問軒車早晚遊美景難忘竹廊下好風爭奈柳橋頭冰消見水多於地雪霽看山盡入樓若待春深始同賞鶯殘花落却堪愁

好句疑仙觸境而得著意求之便之自然之趣

杪秋獨夜

無限少年非我伴可憐清夜與誰同歡娱牢落中心少親故凋零四面空紅葉樹飄風起後白鬚人立月明中

前頭更有蕭條物老菊衰蘭三兩叢

答閒上人來問因何風疾

一牀方丈向陽開勞動文殊問疾來欲界凡夫何足道四禪天始免風災自注色界四天初禪具三災二禪無火災三禪無水災四禪無風災

戲語作擺脱耳亦是小機鋒禪理不必如是不必不如是

夜聞箏中彈瀟湘送神曲感舊

縹緲巫山女歸來七八年殷勤湘水曲留在十三絃苦調吟還出深情咽不傳萬重雲水思今夜月明前

一氣轉折靈空縹緲落句不減江上峯青

戲禮經老僧

香火一爐燈一盞白頭夜禮佛名經何年飲著聲聞酒直到如今醉未醒

解此可以面壁九年不立文字

夢得前所酬篇有鍊盡美少年之句因思往事兼詠今懷重以長句答之

鍊盡少年成白首憶初相識到今朝昔饒春桂長先折今伴寒松取後凋生事縱貧猶可過風情雖老未全銷聲華寵命人皆得若箇如君歷七朝自注夢得貞元中及今凡仕七朝也

春盡日宴罷感事獨吟自注開成五年三月三十日作

五年三月今朝盡客散筵空獨掩扉病共樂天相伴住春隨樊素一時歸閒聽鶯語移時立思逐楊花觸處飛金帶縋腰衫委地年年衰瘦不勝衣

未免有情誰能遣此然亦不堪回想矣

前有別柳枝絶句夢得繼和云春盡絮飛留不得隨風好去落誰家又復戲答

柳老春深日又斜任他飛向別人家誰能更學孩童戲尋逐春風捉柳花

時熱少見客因詠所懷

冠櫛心多嬾逢迎興漸微況當時熱甚幸遇客來稀濕灑池邊地涼開竹下扉露牀青篾簟風架白蕉衣院靜留僧宿樓空放妓歸衰殘強歡宴此事久知非

宣州崔大夫閣老忽以近詩數十首見示吟諷之下竊有所喜因成長句寄題郡齋

謝元暉殁吟聲寢郡閣寥寥筆硯閒無復新詩題壁上虛教遠岫列窗間忽驚歌雪今朝至必恐文星昨夜還再喜宣城章句動飛觴遥賀敬亭山

句句相生白描高手

晚池汎舟遇景成詠贈呂處士

岸淺橋平池面寬飄然輕棹汎澄瀾風宜扇引開懷入樹愛舟行仰卧看別境客稀知不易能詩人少詠應難惟憐呂叟時相伴同把磻溪舊釣竿

好句俱以不經意得之香山晚年詩境如是

和楊尚書罷相後夏日遊永安水亭兼招本曹楊侍郎同行

道行無喜退無憂舒卷如雲得自由良冶動時為哲匠巨川濟了作虛舟竹亭陰合偏宜夏水檻風涼不待秋遥愛翩翩雙紫鳳入同官署出同遊

如題順寫層層俱到頷聯對句尤勝可謂句中有句

五年秋病後獨宿香山寺

經年不到龍門寺今夜何人知我情還向暢師房裏宿新秋月色舊灘聲

舊字下得奇却妙

飲徒歌伴今何在雨散雲飛盡不迴從此香山風月夜祇應長是一身來

早入皇城贈王留守僕射

津橋殘月曉沉沉風露凄凄禁署深城柳宮槐謾搖落悲愁不到貴人心

山中五絶句 錄三首

嶺上雲

嶺上白雲朝未散田中青麥旱將枯自生自滅成何事能逐東風作雨無

石上苔

漠漠斑斑石上苔幽芳靜緑絶纖埃路傍凡草榮遭遇

曾得七香車輾來

澗中魚

海水桑田欲變時風濤翻覆沸天池鯨吞蛟鬬波成血

深澗游魚樂不知

比體暗指甘露事

和敏中洛下即事

昨日池塘春草生阿連新有好詩成花園到處鶯呼入

駿馬遊時客避行水暖魚多似南國人稀塵少勝西京

洛中佳境應無限若欲諳知問老兄

送敏中新授户部員外郎西歸

千里歸程三伏天官新身健馬翩翩行衝赤日加餐飯

上到青雲穩著鞭長慶老郎唯我在客曹故事望君傳

前鴻後雁行難續相去迢迢二十年自注長慶初予為主客郎中知制誥遷中書舍人去今二十一年也

舊唐書武宗聞居易名欲相之以問李德裕德裕言居易病廢敏中文類其兄有器識即除翰林學士時方為庫部郎中未逾三年入相

覽盧子蒙侍御舊詩多與微之唱和感今傷昔因贈子蒙題於卷後

早聞元九詠君詩恨與盧君相識遲今日逢君開舊卷

卷中多道贈微之相看掩淚情難說別有傷心事豈知

聞道咸陽墳上樹已抽三丈白楊枝

清空一氣直從肺腑中流出不知是血是淚筆墨之痕俱化

汪立名曰北夢瑣言云白太保與元相國友善以詩道著名時號元白其集內有哭元相詩云相看掩淚俱無語等句洎自撰墓志云與劉夢得為詩友殊不言元公人疑其隙終也按此語在醉吟先生傳中非墓志也傳末曰於時開成三年先生之齒六十有七則是微之歿久矣其所謂如滿為空門友韋楚為山水友夢得為詩友皇甫朗之為酒友皆就當時在洛之人而言非該舉平生也且公晚年哭微之作甚多

有夢微之詩云夜來携手夢同遊晨起盈巾淚莫收
又聞歌者唱微之詩云時向歌中聞一句未容傾耳
已傷心感悼悽愴如在初歿隙終之語豈不大謬邪
又考史傳皆作白少傅即公詩内止有少傅官傳語
並無稱大保者不知何所本也

新小灘

石淺沙平流水寒水邊斜插一漁竿江南客見生鄉思
道似嚴陵七里灘

喜入新年自詠 自注時年七十一

白鬚如雪五朝臣又值新年第七旬老過占他藍尾酒
病餘収得到頭身銷磨歲月成高位比類時流是幸人
大歷年中騎竹馬幾人得見會昌春

每句中含一喜字結處収應五朝筆力健舉老年精神
魄力如是真不可及

夏日與閑禪師林下避暑

落景牆西塵土紅伴僧閒坐竹泉東緑蘿潭上不見日
白石灘邊長有風熱惱漸知隨念盡清涼常願與人同
每因毒暑悲親故多在炎方瘴海中 自注是歲潮韶等郡皆有親友謫居

稽古録曰開成五年楊嗣復貶潮州李珏貶韶州

談氏小外孫玉童

外翁七十孫三歲笑指琴書欲遣傳自念老夫今耄矣
因思稚子更茫然中郎餘慶鍾羊祜子幼能文似馬遷
才與不才爭料得東牀空後且嬌憐 自注談氏初逝

楊柳枝詞

一樹春風千萬枝嫩於金色軟於絲永豐西角荒園裏
盡日無人屬阿誰

風致翩翩

雲溪友議曰居易有妓樊素善歌小蠻善舞嘗為詩
曰櫻桃樊素口楊柳小蠻腰年既高邁而小蠻方豐
豔因楊柳詞以託意云

詔取永豐柳植禁苑感賦

一樹衰殘委泥土雙枝榮耀植天庭定知元象今春後

柳宿光中添兩星

雲溪友議曰宣宗朝國樂唱前詞上問誰作永豐在何處左右具以對遂因東使命取永豐柳兩枝植於禁中居易感上知其名且好尚風雅又為詩一章

池上篇 并序

都城風土水木之勝在東南偏東南之勝在履道里里之勝在西北隅西閈北垣第一第即白氏叟樂天退老之地地方十七畝屋室三之一水五之一竹九

之一而島樹橋道間之初樂天既為主喜且曰雖有臺無粟不能守也乃作池東粟廩又曰雖有子弟無書不能訓也乃作池北書庫又曰雖有賓朋無琴酒不能娛也乃作池西琴亭加石樽焉樂天罷杭州刺史時得天竺石一華亭鶴二以歸始作西平橋開環池路罷蘇州刺史時得太湖石白蓮折腰菱青板舫以歸又作中高橋通三島逕罷刑部侍郎時有粟千斛書一車洎臧獲之習筦磬絃歌者指百以歸先是潁川陳孝山與釀法酒味甚佳博陵崔晦叔與琴韻甚清蜀客姜發授秋思聲甚淡宏農楊貞一與青石三方長平滑可以坐臥太和三年夏樂天始得請為太子賓客分秩於洛下息躬於池上凡三任所得四人所與洎吾不才身今率為池中物矣每至池風春池月秋水香蓮開之旦露清鶴唳之夕拂楊石舉陳酒援崔琴彈姜秋思頹然自適不知其他酒酣琴罷又命樂童登中島亭合奏霓裳散序聲隨風飄或凝

或散悠揚於竹煙波月之間者久之曲未竟而樂天陶然已醉睡於石上矣睡起偶詠非詩非賦阿龜握筆因題石間視其粗成韻章命為池上篇云爾

十畝之宅五畝之園有水一池有竹千竿勿謂土狹勿謂地偏足以容膝足以息肩有堂有庭有橋有船有書有酒有歌有絃有叟在中白鬚飄然識分知足外無求焉如鳥擇木姑務巢安如鼃居坎不知海寬靈鶴怪石紫菱白蓮皆吾所好盡在吾前時飲一杯或吟一篇妻

琴熈熈鷄犬閒閒優哉游哉吾將終老乎其間

池上佳境詳於序中詩更不靦縷淡淡寫來自見老潔識分知足四字是樂天一生得力處真實受用在此序中未及詩中特為清出可為奢汰逾分營營無厭者痛下針砭

汪立名曰按公有奉和牛思黯太湖石兼呈夢得詩其末云共嗟無此分虛管太湖來自注與夢得俱典姑蘇而不獲此石而此詩序中又云罷蘇州刺史時

得太湖石𡵚歸洛既久舊物皆不復存邪

齒落辭 并序

開成二年予春秋六十六瘠黑衰白老狀具矣而雙齒又墮慨然感歎者久之因為齒落辭以自廣其辭曰

嗟嗟乎雙齒自吾有之耳俾爾嚼肉咀蔬銜杯漱水豐吾膚革滋吾血髓從幼逮老勤亦至矣幸有輔車非無斷齶胡然捨我一旦雙落齒雖無情吾豈無情老與齒別齒隨涕零我老日來爾去不迴嗟嗟乎雙齒孰謂而來哉孰謂而去哉齒不能言請以意宣為口中之物忽乎六十餘年昔君之壯也血剛齒堅今君之老矣血衰齒寒輔車斷齶日削月朘上參差而下卼臲曾何足以少安嘻君其聽哉女長辭姥臣老辭主髮衰辭頭葉枯辭樹物無細大功成者去君何嗟嗟獨不聞諸道經我身非我有也蓋天地之委形君何嗟嗟又不聞諸佛說是身如浮雲須臾變滅由是而言君何有焉所宜委百

骸而順萬化胡為乎嗟嗟於一牙一齒之間吾應曰吾過矣爾之言然

游戲名通莊子寓言之旨也後段分三層功成者去一層是盛衰相尋之理道經一層歸於曠達佛說一層衷諸虛無小中見大視韓愈落齒詩更覺波瀾不竭

不能忘情吟 并序

樂天既老又病風乃錄家事會經費去長物妓有樊素者年二十餘綽綽有歌舞態善唱楊枝人多以曲

名名之由是名聞洛下籍在經費中將放之馬有駱
者駟壯駿穩乘之亦有年籍在經物中將鬻之圉人
牽馬出門馬驤首反顧一鳴聲音間似知去而旋戀
者素聞馬嘶慘然立且拜婉孌有辭自注辭具下辭畢泣
下予聞素言亦愍默不能對且命迴勒反袂飲素酒
自飲一杯快吟數十聲聲成文文無定句句隨吟之
短長也凡二百五十五言噫予非聖達不能忘情又
不至於不及情者事來攪情情動不可柅因自哂題

其篇曰不能忘情吟吟曰
鬻駱馬兮放楊柳枝掩翠黛兮頓金羈馬不能言兮長
鳴而却顧楊柳枝再拜長跪而致辭辭曰主乘此駱五
年凡千有八百日銜橛之下不驚不逸素事主十年凡
三千有六百日巾櫛之間無違無失今素貌雖陋未至
衰摧駱力猶壯又無虺隤即駱之力尚可以代主一步
素之歌亦可以送主一杯一旦雙去有去無迴故素將
去其辭也苦駱將去其鳴也哀此人之情也馬之情也
豈主君獨無情哉予俯而歎仰而咍且曰駱駱爾勿嘶
素素爾勿啼駱反廐素反閨吾疾雖作年雖頹幸未及
項籍之將死何必一日之內棄騅兮而別虞兮乃目素
兮素兮為我歌楊柳枝我姑酌彼金罍我與爾歸醉鄉
去來

借樊素語問答成篇亦因序中摹寫盡致故作此變化
避就之法

冷齋夜話曰東坡南遷侍兒王朝雲者請從行東坡

嘉之作詩有不學楊枝別樂天句其序云世謂樂天
有鬻駱放楊枝詞嘉其至老病不忍去也然夢得詩
曰春盡絮飛留不得隨風好去落誰家樂天亦云病
與樂天相伴住春同樊素一時歸則是樊素竟去也

江南喜逢蕭九徹因話長安舊遊戲贈五十韻

憶昔嬉遊伴多陪歡宴場寓居同永樂幽會共平康師
子尋前曲聲兒出內坊花深態奴宅竹錯得憐堂庭晚
開紅藥門閑蔭綠楊經過悉同巷居處盡連牆時世高

梳髻風流澹作妝戴花紅石竹帔暈紫檳榔鬢動懸蟬
翼釵垂小鳳行拂胷輕粉絮煖手小香囊選勝移銀燭
邀歡舉玉觴爐煙凝麝氣酒色注鵝黃急管停還奏繁
絃慢更張雪飛迴舞袖塵起繞歌梁舊曲翻調笑新聲
打義揚多情推阿軟巧語許秋孃風暖春將暮星迴夜
未央宴餘添粉黛坐久換衣裳結伴歸深院分頭入洞
房綵帷開翡翠羅薦拂鴛鴦留宿爭牽袖貪眠各占牀
綠窗籠水影紅壁背燈光索鏡收花鈿邀人解袷襠暗

嬌妝靨笑私語口脂香怕曉聽鐘坐羞明映縵藏眉殘
蛾翠淺鬟解綠雲長聚散知無定憂歡事不常離筵開
夕宴別騎促晨裝去住青門外留連滻水傍車行遥寄
語馬駐共相望雲雨分何處山川共異方野行初寂寞
店宿乍悽惶別後嫌宵永愁來厭歲芳幾看花結子頻
見露為霜歲月何超忽音容坐渺茫往還書斷絕來去
夢遊揚自我辭秦地逢君客楚鄉當嗟異岐路忽喜共
舟航話舊堪垂淚思鄉數斷腸愁雲接巫峽淚竹近瀟
湘月落江湖闊天高節候涼浦深煙渺渺沙冷月蒼蒼
紅葉江楓老青蕪驛路荒野風吹蟋蟀湖水浸菰蔣帝
路何由見心期不可忘舊遊千里外往事十年強春晝
提壺飲秋林摘橘嘗強歌還自感縱飲不成狂永夜長
相憶逢君各共傷殷勤萬里意并寫贈蕭郎

通首分三段憶昔嬉遊伴直起至鬟解綠雲長一段敘長安舊遊也聚散知無定二句作一轉至來去夢遊揚一段敘別後星霜屢易也自我辭秦地以下敘正面撫

今追昔滿目蒼涼殊有對此茫茫百端交集之感末以贈字作結篇法完密

送劉郎中赴任蘇州

仁風膏雨去隨輪勝境歡遊到逐身水驛路穿兒店月花船棹入女湖春（自注：語兒店女墳湖皆勝地也）宣城獨詠窗中岫柳惲單題汀上蘋何似姑蘇詩太守吟詩相繼有三人（自注：頃吳郎日劉嘗贈予詩云蘇州刺史例能詩西掖吟來替左司故有三人之戲耳）

汪立名曰按語兒即禦兒吳越分境越國西北置禦

兒與吳分為界通典注云在嘉興縣南有地名禦兒也國語曰吾用禦兒臨之今俗作語字又吳改禾興為嘉興隋廢唐武德四年復置九年省入吳縣貞觀八年復置屬蘇州女墳湖吳地記云吳王葬女取土成湖又郡國志王女墳在郭西云闔廬食蒸魚嘗半而與女女怒自殺闔廬痛之葬於國西閶門外文石為槨金鼎玉杯銀尊珠襦悉以送女又記云以水繞墳因名女墳湖白蘋洲在湖州霅溪之東南去州一

里洲上有魯公顏真卿芳菲亭內有梁太守柳惲詩云河洲采白蘋日暮江南春因以為名以上並見太平寰宇記

靈巖寺

館娃宮畔千年寺水濶雲多客到稀聞說春來更惆悵
百花深處一僧歸

寄韜光禪師

一山門作兩山門兩寺原從一寺分東澗水流西澗水
南山雲起北山雲前臺花發後臺見上界鐘聲下界聞
遥想吾師行道處天香桂子落紛紛

江立名曰按方輿勝覽虔州有天竺寺在水東三里東坡天竺寺詩香山居士留遺跡一首序云予年十二先君自虔州歸謂予言近城山中天竺寺有白樂天親書一山門作兩山門詩筆勢奇逸墨蹟如新今四十年予來訪之則詩已亡有刻石存耳感涕不已而作是詩又東坡書樂天此詩後云唐韜光禪師自

錢塘天竺來住是山樂天守蘇日以此詩寄之慶歷中先君遊此猶見樂天真蹟後四十七年軾南遷過虔復經此寺徒見石刻而已紹聖元年八月十七日是此詩因寄虔州也但韜光禪師本住靈隱故詩中有天香桂子語咸淳臨安志靈山之陰壯澗之陽即靈隱寺靈山之南南澗之陽即天竺寺二澗流水號錢源泉遶寺峰南北而下至峯前合為一澗有橋號合澗又云靈隱天竺兩山由一門又入又云東坡虔

州天竺寺詩引云云據此則樂天詩非為杭作故舊志不收但據公贈杭州上天竺辨才二詩一云想見南北山花發前後臺一云南北一山門上下兩天竺又皆采白詩語始附著於此以俟知者要之白詩自是寄杭州後韜光移錫與詩俱去故遺跡在處耳

御選唐宋詩醇卷二十六

欽定四庫全書

集部

御選唐宋詩醇卷二十七

詳校官山東道御史臣温常綬

總校官編修臣朱鈐

校對官編修臣劉汝蕃

謄録監生臣楊熙

欽定四庫全書

御選唐宋詩醇卷二十七

昌黎韓愈詩一

[illegible]其詩亦卓絕千古論者常以文[illegible]無解嫛夫唐人以詩名家者多[illegible]不重於韓詩可也直斥其詩為不[illegible]也大抵議韓詩者謂詩自有體此押韻之文格不近詩又豪放有餘深婉不足常苦意與語俱盡蓋自劉攽沈括時有異同而黃曾直陳師道輩遂羣相訾謷歷宋元明異論間出此實昧於昌黎得力之所在未嘗沿波以討其源則真不辨詩體者也夫六義肇興體裁斯別言簡而意該節短而韻長含吐抑揚雖重複其詞而彌有不盡之味此風人之旨也至於二雅三頌鋪陳終始竭情盡致義存乎揚厲而不病其夸情迫於呼號而不嫌其激其為體迥異於風非特詞有繁簡其意之隱顯固殊焉千古以來寧有以少含蓄為雅頌

之病者乎然則唐詩如王孟一派源出於風而愈則本之雅頌以大暢厥辭者也其生平論詩專主李杜而於治水之航磨天之刃慷慨追慕誠欲效其震蕩乾坤陵暴萬類而後得盡吐其奇傑之氣其視清微淡遠雅詠溫恭殊不足以盡吾才然偶一為之餘力亦足以相及如琴操及南溪諸作具在特性所不近不多作耳而仰攻者顧執多少之數以判優絀之數乎擬桃源為樂土而輒謂洪河太華之駴人求仙佛之元虛而反以聖賢經天緯地為多事此其說固不待智者而決也今試取韓詩讀之其壯浪縱恣擺去拘束誠不減於李其渾涵汪茫千彙萬狀誠不減於杜而風骨峻嶒腕力矯變得李杜之神而不襲其貌則又拔奇於二子之外而自成一家夫詩至足與李杜鼎立而論定猶有待於千載之後甚矣詩道之難言也然元稹固嘗推杜而抑李歐陽修又主退之不主子美李杜已然在愈故應不免彼自鳴自息者又烏足與深辯哉茲集所登為古詩者什八

為律詩者什二蓋愈詩偏以古勝此自有定論也聯句之盛前此未有以非一人所得專美姑置不録若夫集外遺詩如嘲鼾睡解唱歌淺俚醜惡假託無疑直應削去而不容列諸集中者也

元和聖德詩 并序

臣愈頓首再拜言臣伏見皇帝陛下即位以來誅流姦臣朝廷清明無有欺蔽外斬楊惠琳劉闢以收夏蜀東定青徐積年之叛海内怖駭不敢違越郊天告

廟神靈歡喜風雨晦明無不從順太平之期適當今日臣蒙被恩澤日與羣臣序立紫宸殿陛下親望穆穆之光而其職業又在以經籍教導國子誠宜率先作歌詩以稱道盛德不可以辭語淺薄不足以自效為解輒依古作四言元和聖德詩一篇凡千有二十四字指事實録具載明天子文武神聖以警動百姓耳目傳示無極其詩曰

皇帝即阼物無違拒曰暘而暘曰雨而雨維是元年有盜在夏欲覆其州以踵近武皇帝曰嘻豈不在我負鄙為艱縱則不可出師征之其衆十旅軍其城下告以福禍腹敗枝披不敢保聚擲首陴外降幡夜豎疆外之險莫過蜀土韋皐去鎮劉闢守後血人於牙不肯吐口開庫啗士曰隨所取汝張汝弓汝鼓汝鼓汝為表書求我帥汝事始上聞在列咸怒皇帝曰然嗟遠士女苟附而安則且付與讀命於庭出節少府朝發京師夕至其部闢喜謂黨汝振而伍蜀可全有此不當受萬牛臠炙萬

甕行酒以錦纏股以紅帕首有恇其兇有餌其誘其出穰穰隊以萬數遂劫東川遂據城阻皇帝曰嗟其又可許爰命崇文分卒禁禦有安其驅無暴我野日行三十徐壁其右闢黨聚謀鹿頭是守崇文奉詔進退規矩戰不貪殺擒不濫數四方節度整兵頓馬上章請討俟命起坐皇帝曰嘻無汝煩苦荊并洎梁在國門户出師三千各選爾醜四軍齊作殷其如阜或拔其角或脫其距長驅洋洋無有齟齬八月壬午闢棄城走載妻與妾包

裒稚乳是日崇文入處其宇分散逐捕搜原剔藪闚窮見窘無地自奭俯視大江不見洲渚遂自顛倒若杵投臼取之江中枷脰械手婦女纍纍啼哭拜叩來獻闕下以告廟社周示城市咸使觀覩解脫攣索夾以砧斧婉婉弱子赤立傴僂牽頭曳足先斷腰膂次及其徒體骸撐拄末乃取闢駭汗如寫揮刀紛紜爭刌膾脯優賞將吏扶珪綴組帛堆其家粟塞其庾哀憐陣歿廩給孤寡贈官封墓周帀宏溥經戰伐地寬免租簿施令酬功急

疾如火天地中間莫不順序幽恒青魏東盡海浦南至徐蔡區外雜虜怛威赧德踧踖蹈舞掉棄兵革私習簋簠來請來覲十百其耦皇帝曰吁伯父叔舅各安爾位訓厥毗晦正月元日初見宗祖躬執百禮登降拜俯薦於新宮視瞻梁梠感見容色淚落入俎侍祠之臣助我惻楚乃以上辛於郊用牡除於國南鱗筍毛簴廬幕周施開揭磊砢獸盾騰挐圓壇帖妥天兵四羅旂常婀娜駕龍十二魚魚雅雅宵昇於郊奠璧獻斝衆樂驚作轟豗融冶紫焰嘘呵高靈下墮羣星從坐錯落侈哆日君月妃煥赫婐姬瀆鬼濛鴻嶽祗嶪峩飫沃羶薌産祥降嘏鳳皇應奏舒翼自拊赤麟黄龍逶陀結糾卿士庶人黄童白叟踴躍歡呀失喜噎歐乾清坤夷境落褰舉帝車迴來日正當午幸丹鳳門大赦天下滌濯刬磢磨滅瑕垢續功臣嗣拔賢任耇孩養無告仁滂施厚皇帝神聖通達今古聽聰視明一似堯禹生知法式動得理所天錫皇帝為天下主并包畜養無異細鉅億載萬年敢

有違者皇帝儉勤盥濯陶瓦斥遣浮華好此綈紵敕戒四方侈則有咎天錫皇帝多麥與黍無召水旱耗於雀鼠億載萬年有富無窶皇帝正直別白善否擅命而狂既翦既去盡逐羣姦靡有遺侶天錫皇帝厖臣碩輔博問遐觀以置左右億載萬年無敢余侮皇帝大孝慈祥悌友怡怡愉愉奉皇太后洩於族親濡及九有天錫皇帝與天齊壽登兹太平無怠永久億載萬年為父為母博士臣愈職是訓詁作為歌詩以配吉甫

典雅處似毛詩贊峭處似秦碑華潤處似文選然通體贊峭居多首尾頌揚亦彌與秦碑為近　誅闢一段借以悚動藩鎮前人論之詳矣至幽恒青魏一段寫諸道震懾而朝廷慰安鎮撫得體有威尤是最著意處

穆修曰退之元和聖德詩淮西碑柳雅章之類皆辭嚴義偉制作如經能崒然聳唐德於盛漢之表

筆墨閒録曰此序乃司馬遷之文非相如文也

張栻曰誦退之聖德頌至婉婉弱子赤立傴僂牽頭曳足

先斷腰膂處世榮舉子由之說曰此李斯頌秦所不忍言而退之自謂無愧於風雅何其陋也此說如何曰退之筆力高得斬截處即斬截他豈不知此所以為此言者必有說蓋欲使藩鎮聞之畏罪懼禍不敢叛耳今人讀之至此猶且寒心況當時藩鎮乎此正是合於風雅處只如牆有茨桑中諸詩或以為不必載而迺山乃曰此衛為夷狄所滅之由退之之言亦此意也退之之意過於子由遠矣大抵前輩不可輕議

樊汝霖曰此詩蘇黄門獨謂不然且曰此特憲宗命崇文誅一劉闢爾其言闢棄城走爭刌膾脯何其瑣屑之甚謂之造語工則可謂之得雅體未也詩載文王伐崇武王伐紂固自有體退之獨不到此耶亦其少年所為文也按公時年四十不可謂少大抵德不足則夸憲宗功烈固偉比文武則有閒矣王荆公嘗論詩曰周頌之詞約約所以為嚴德盛故也魯頌之詞侈侈所以為夸德不足故也是詩也其亦魯頌之謂歟

彥周詩話曰韓退之元和聖德詩云駕龍十二魚魚雅雅其深於詩者耶

琴操十首

將歸操　孔子之趙聞殺鳴犢作

狄之水兮其色幽幽我將濟兮不得其由涉其淺兮石齧我足乘其深兮龍入我舟我濟而悔兮將安歸尤歸兮歸兮無與石鬬兮無應龍求

喻意奇警

猗蘭操　孔子傷不逢時作

蘭之猗猗揚揚其香不採而佩於蘭何傷今天之旋其曷為然我行四方以日以年雪霜貿貿薺麥之茂子如不傷我不爾覯薺麥之茂薺麥之有君子之傷君子之守

薺麥二語妙於和平君子二語妙於斬截寫得安土樂天意出

龜山操　孔子以季桓子受齊女樂諫不從望龜山而作

龜之氛兮不能雲雨龜之枿兮不中梁柱龜之大兮祇以奄魯知將隳兮哀莫余伍周公有鬼兮嗟余歸輔

一結深扃

越裳操　周公作

雨之施物以孳我何意於彼為自周之先其艱其勤以有疆宇私我後人我祖在上四方在下厥臨孔威敢戲以侮孰荒於門孰治於田四海既均越裳是臣

我何意於彼為不享其贄不臣其人妙用盡此六字四海既均越裳是臣愈淡愈妙所謂不著一字盡得風流也

李光地曰孰荒於門孰治於田言豈有荒於門而能治於田者見非安近無以服遠起下兩句意

拘幽操　文王羑里作

目窈窈兮其凝其盲耳肅肅兮聽不聞聲朝不日出兮夜不見月與星有知無知兮為死為生嗚呼臣罪當誅

兮天王聖明

伊川程子曰退之作琴操有曰臣罪當誅兮天王聖明道文王意中事前後之人道不到此徐仲車言退之拘幽操謂文王囚羑里作乃云臣罪當誅兮天王聖明可謂知文王之用心矣凱風七子之母猶不能安其室而云母氏聖善我無令人重自責也

岐山操　周公為大王作

我家於豳自我先公伊我承序敢有不同今狄之人將

土我疆民為我戰誰使死傷彼岐有岨我往獨處爾莫余追無思我悲

履霜操　尹吉甫子伯奇無罪為後母譖而見逐自傷作

父兮兒寒母兮兒饑兒罪當笞逐兒何為兒在中野以宿以處四無人聲誰與兒語兒寒何衣兒饑何食兒行於野履霜以足母生衆兒有母憐之獨無母憐兒寧不悲

結處獨呼母憐更得神解

雉朝飛操　牧犢子七十無妻見雉雙飛感之而作

雉之飛於朝日羣雌孤雄意氣横出當東而西當啄而飛隨飛隨啄羣雌粥粥嗟我雖人曾不如彼雉雞生身七十年無一妾與妃

别鵠操　商陵穆子娶妻五年無子父母欲其改娶其妻聞之中夜悲嘯穆子感之而作

雄鵠銜枝來雌鵠啄泥歸巢成不生子大義當乖離江漢水之大鵠身鳥之微更無相逢日且可繞樹相隨飛

殘形操　曾子夢見一狸不見其首作

有獸維狸兮我夢得之其身孔明兮而頭不知吉凶何為兮覺坐而思巫咸上天兮識者其誰

滄浪詩話曰韓退之琴操高古正是本色非唐賢所及

漁隱叢話曰唐子西語録云古樂府命題皆有主意

後之人用樂府為題者直當代其人措辭如公無渡河須作妻止其夫之辭太白輩或失之惟退之琴操得體琴操柳子厚不能作子厚皇雅退之亦不能作也

沈德潛曰琴操諸篇深婉忠厚得風雅之正

南山詩

吾聞京城南茲維羣山囿東西兩際海巨細難悉究山經及地志茫昧非受授團辭試提挈挂一念萬漏欲休

諒不能粗叙所經覯嘗昇崇邱望戢戢見相湊晴明出
稜角縷脉碎分繡蒸嵐相澒洞表裏忽通透無風自飄
簸融液煦柔茂横雲時平凝點點露數岫天空浮脩眉
濃緑畫新就孤撐有巉絶海浴褰鵬噣春陽潛沮洳濯
濯吐深秀巖巒雖嵂崒輭弱類含酎夏炎百木盛蔭鬱
增埋覆神靈日歊歊雲氣爭結構秋霜喜刻轢磔卓立
癯瘦參差相疊重剛耿陵宇宙冬行雖幽墨冰雪工琢
鏤新曦照危峨億丈恒高袤明昏無停態頃刻異狀候

西南雄太白突起莫閒簉藩都配德運分宅占丁戊逍
遥越坤位詆訐陷乾竇空虛寒兢兢風氣較搜漱朱維方
燒日陰霰縱騰糅昆明大池北去覿偶晴晝綿聯窮俯
視倒側困清漚微瀾動水面踊躍躁猱狖驚呼惜破碎
仰喜呀不仆前尋徑杜墅岔蔽畢原陋崎嶇上軒昂始
得觀覽富行行將遂窮嶺陸煩互走勃然思坼裂擁掩
難恕宥巨靈與夸蛾遠賈期必售還疑造物意固護蓄
精祐力雖能排斡雷電怯呵詬攀緣脱手足蹭蹬抵積

甃茫如試矯首堛塞生怐愁慼容喪蕭爽近新迷遠舊
拘官計日月欲進不可又因緣窺其湫凝湛閟陰嘼魚
蝦可俯掇神物安敢寇林柯有脱葉欲墮鳥驚救爭銜
彎環飛投棄急哺鷇旋歸道迴睨達枿壯復奏吁嗟信
奇怪峙質能化貿前年遭譴謫探歷得邂逅初從藍田
入顧眄勞頸脰時天晦大雪淚目苦矇瞀峻塗拖長冰
直上若懸溜褰衣步推馬顛蹶退且復蒼黄忘遐睎所
矚纔左右杉篁咤蒲蘇杲耀攢介胄專心憶平道脱險

逾避臭昨來逢清霽宿願忻始副崢嶸躋冢頂倏閃雜
鼯鼬前低劃開闊爛漫堆衆皺或連若相從或蹙若相
鬭或妥若弭伏或竦若驚雊或散若瓦解或赴若輻凑
或翩若船遊或決若馬驟或背若相惡或向若相佑或
亂若抽筍或嵲若注灸或錯若繪畫或繚若篆籀或羅
若星離或蓊若雲逗或浮若波濤或碎若鋤耨或如賁
育倫賭勝勇前購先强勢已出後鈍嗔詎譳或如帝王
叢尊集朝賤幼雖親不褻狎雖遠不悖謬或如臨食案

肴核紛飣餖又如遊九原墳墓包槨柩或纍若盆甖或揭若甑㭼或覆若曝鼈或頽若寢獸或蜿若藏龍或翼若搏鷙或齊若友朋或隨若先後或迸若流落或顧若宿留或戾若仇讎或密若婚媾或儼若峨冠或翻若舞袖或屹若戰陣或圍若蒐狩或靡然東注或偃然北首或如火熺焰或若氣饙餾或行而不輟或遺而不收或斜而不倚或弛而不彀或赤若禿鬝或熏若柴槱或如龜坼兆或若卦分繇或前橫若剝或後斷若姤延延離又

屬夬夬叛還遘喁喁魚闖萍落落月經宿誾誾樹牆垣巘巘架庫廄參參削劍戟煥煥銜瑩琇敷敷花披萼闟闟屋摧霤悠悠舒而安兀兀狂以狃超超出猶奔蠢蠢駭不懋大哉立天地經紀肖營腠厥初孰開張僶俛誰勸侑創茲朴而巧戮力忍勞疚得非施斧斤無乃假詛呪鴻荒竟無傳功大莫酬僦嘗聞於祠官芬苾降歆嗅斐然作歌詩惟用贊報酭

入手虛冒開局嘗昇崇邱以下總敘南山大槩春陽四段敘四時變態太白昆明兩段言南山方隅連亘之所自項刻異狀侯以上只是大略遠望未嘗身歷瞻太白俯昆明眺望乃有專注而猶未登涉也徑杜墅上軒昂志窮觀覽奚蹭蹬不進僅一窺龍湫止馬遭貶由藍田行則又跋陟艱危無心觀覽也層層頓挫引滿不發直至昨來逢清霽以下乃舉憑高縱目所得景象傾囊倒篋而出之疊用或字從北山詩化出比物取象盡態極妍然後用大哉一段煞住通篇氣脉逶迤筆勢竦峭蹊徑曲折包孕宏深非此手亦不足以稱題也

潛溪詩眼曰孫莘老嘗謂老杜北征勝退之南山詩王平甫以為南山勝北征終不能相服時山谷尚少乃曰若論工巧則北征不及南山若書一代之事以與國風雅頌相為表裏則北征不可無而南山雖不作未害也二公之論遂定

洪興祖曰此詩似上林子虛賦才力小者不可到也

晁說之曰韓文公詩號狀體謂鋪叙而無含蓄也若

雖親不褻狎雖遠不悖謬該於理多矣

顧嗣立曰此等長篇亦從騷賦化出然却與焦仲卿妻杜陵北征諸長篇不同者彼則實叙事情此則虚摹物狀公以畫家之筆寫得南山靈異縹緲光怪陸離中間連用五十一或字復用十四疊字正如駿馬下岡手中脫轡忽用大哉立天地數語作収又如枯聲忽驚萬籟皆寂

謝自然詩

果州南充縣寒女謝自然童騃無所識但聞有神仙輕生學其術乃在金泉山繁華榮慕絶父母慈愛捐凝心感魑魅慌忽難具言一朝坐空室雲霧生其間如聆笙竽韻來自冥冥天白日變幽晦蕭蕭風景寒簷楹暫明滅五色光屬聯觀者徒傾駭躑躅詎敢前須臾自輕舉飄若風中煙茫茫八紘大影響無由緣里胥上其事郡守驚且歎驅車領官吏甿俗爭相先入門無所見冠屨同蛇蟬皆云神仙事灼灼信可傳余聞古夏后象物知神姦山林民可入魍魎莫逢旃逶迤不復振後世恣欺謾幽明紛雜亂人鬼更相殘秦皇雖篤好漢武洪其源自從二主來此禍竟連連木石生怪變狐狸騁妖患莫能盡性命安得更長延人生處萬類知識最為賢奈何不自信反欲從物遷往者不可悔孤魂抱深冤來者猶可誡余言豈空文人生有常理男女各有倫寒衣及饑食在紡績耕耘下以保子孫上以奉君親苟異於此道皆為棄其身噫乎彼寒女永託異物羣感傷遂成詩昧

者宜書紳

前叙後斷排斥不遺餘力人詫其白日飛昇吾獨為孤魂究痛警世至深切矣　凝心感魑魅一語包括半部楞嚴

李光地曰世固自有仙道自韓子言之則皆鬼魅所為也信乎曰其入於鬼魅者多矣故首曰凝心感魑魅後曰木石生怪變狐狸騁妖患而中叙其昇舉之候風寒幽晦則非休徵可知然韓子本意雖視仙道

猶鬼道也故曰莫能盡性命安得更長延其記夢云
安能從汝巢神山則直謂世無仙道但窟宅巖崖尊
彼異物耳

顧嗣立曰公排斥佛老是生平得力處此篇全以議
論作詩詞嚴義正明目張膽原道佛骨表之亞也

集山錄曰謝自然居果州南充縣年十四修道不食
築室於金泉山貞元十年十一月二十日辰時白日
升天士女數千人咸共瞻仰須臾五色雲遮亘一川
天樂異香散漫刺史李堅表聞詔褒美之

秋懷詩十一首

牕前兩好樹衆葉光薿薿秋風一披拂策策鳴不已微
燈照空牀夜半偏入耳愁憂無端來感歎成坐起天明
視顏色與故不相似義和驅日月疾急不可恃浮生雖
多塗趨死惟一軌胡為浪自苦得酒且歡喜

白露下百草蕭蘭共雕悴青青四牆下已復生滿地寒
蟬暫寂寞蟋蟀鳴自恣運行無窮期稟受氣苦異適時
各得所松柏不必貴

彼時何卒卒我志何曼曼犀首空好飲廉頗尚能飯學
堂日無事驅馬適所願茫茫出門路欲去聊自勸歸還
閱書史文字浩千萬陳跡竟誰尋賤嗜非貴獻丈夫意
有在女子乃多怨

秋氣日惻惻秋空日凌凌上無枝上蜩下無盤中蠅豈
不感時節耳目去所憎清曉卷書坐南山見高稜其下
澄秋水有蛟寒可罾惜哉不得往豈謂吾無能

用意與同谷六歌畧同

離離挂空悲慼慼抱虛警露泫秋樹高蟲弔寒夜永斂
退就新懦趨營悼前猛歸愚識夷塗汲古得脩綆名浮
猶有恥味薄真自幸庶幾遺悔尤即此是幽屏

此首特多見道之言

葛立方曰此則陶潛歸去來辭覺今是昔非之意似
有所悟也

今晨不成起端坐盡日景蟲鳴室幽幽月吐牕冏冏喪

懷若迷方浮念劇含梗塵埃慵伺候文字浪馳騁尚須勉其須王事有朝請

秋夜不可晨秋日苦易暗我無汲汲志何以有此感寒雞空在棲缺月煩屢瞰有琴具徽絃再鼓聽愈淡古聲久埋滅無由見真濫佇心逐時趨苦勉祇能暫有如乘風船一縱不可纜不如覷文字丹鉛事點勘豈必求贏餘所要石與甔

李光地曰首言其汲汲求志而患日之不足也又言

淡古之音世無知者佇心逐時性所不堪如乘風之船不能自返故惟有讀書以自樂苟暫得甔石之儲便浩浩乎無求矣

卷卷落地葉隨風走前軒鳴聲若有意顛倒相追奔空堂黃昏暮我坐默不言童子自外至吹燈當我前問我我不應饋我我不餐退坐西壁下讀詩盡數編作者非今士相去時已千其言有感觸使我復悽酸顧謂汝童子置書且安眠丈夫屬有念事業無窮年

李光地曰言誦古人詩與古人相感默然安寢而志乎無窮之業詩所謂獨寐寤宿永矢弗告者歟

霜風侵梧桐衆葉著樹乾空堦一片下琤若摧琅玕謂是夜氣滅望舒霣其團青冥無依倚飛轍危難安驚起出戶視倚楹久汍瀾憂愁費晷景日月如跳丸迷復不計遠為君駐塵鞍

一葉之落寫得如許奇峭此等蹊徑從何處開出聯句云腸胃繞萬象可想見落筆時意思

暮暗來客去羣囂各收聲悠悠偃宵寂亹亹抱秋明世累忽進慮外憂遂侵誠強懷張不滿弱念缺已盈詰屈避語穽冥茫觸心兵敗虞千金弃得比寸草榮知恥足為勇晏然誰汝令

鮮鮮霜中菊既晚何用好揚揚弄芳蝶爾生還不早運窮兩值遇婉孌死相保西風蟄龍蛇衆木日凋槁由來命分爾泯滅豈足道

秋懷詩抑塞磊落所謂寒士失職而志不平者昔人謂東

野詩讀之令人不歡觀昌黎此等作真乃異曲同工固
宜有臭味之合也

樊汝霖曰秋懷詩十一首文選詩體也唐人最重文選學公以六經之文為諸儒倡文選弗論也獨於李邦墓誌之曰能暗記論語尚書毛詩左氏文選而公詩如自許連城價傍砌看紅藥眼穿長訝雙魚斷之句皆取諸文選故此詩往往有其體

後山詩話曰韓詩如秋懷別元協律南溪始泛皆佳作也

御選唐宋詩醇卷二十七

欽定四庫全書

御選唐宋詩醇卷二十八

昌黎韓愈詩二

赴江陵途中寄贈王二十補闕李十一拾遺李二十六員外翰林三學士

孤臣昔放逐血泣追愆尤汗漫不省識恍如乘桴浮或自疑上疏上疏豈其由是年京師旱田畝少所收上憐民無食征賦半已休有司恤經費未免煩徵求富者既云急貧者固

已流傳聞閭里間赤子棄渠溝持男易斗粟掉臂莫肯酬我時出衢路餓者何其稠親逢道邊死佇立久咿嚘歸舍不能食有如魚中鉤適會除御史誠當得言秋拜疏移閤門為忠寧自謀上陳人疾苦無令絕其喉下陳畿甸內根本理宜優積雪驗豐熟幸寬待蠶麰天子惻然感司空歎綢繆謂言即施設乃反遷炎州同官盡才俊偏善柳與劉或慮語言洩傳之落寃讎二子不宜爾將疑斷還不中使臨門遣頃刻不得留病妹臥牀褥分知隔明幽悲啼乞就別百請不頷頭弱妻

抱稚子出拜忘慙羞僶俛不廻顧行行詣連州朝為青
雲士暮作白首囚商山季冬月氷凍絶行輈春風洞庭
浪出沒驚孤舟逾嶺到所任低顔奉君侯酸寒何足道
隨事生瘡疣遠地觸途異吏民似猿猴生獰多忿很辭
舌紛嘲啁白日屋簷下雙鳴鬬鵂鶹有蛇類兩首有蠱
羣飛游窮冬或揺扇盛夏或重裘颶起最可畏訇哮簸
陵邱雷霆助光怪氣象難比侔癘疫忽潛遘十家無一瘳
猜嫌動置毒對案輒懷愁前日遇恩赦私心喜還憂果

然又羈縶不得歸耡耰此府雄且大騰凌盡戈矛棲棲
法曹掾何處事卑陬生平企仁義所學皆孔周早知大
理官不列三后儔何況親犴獄敲搒發姦偷懸知失事
勢恐自罹罝罘湘水清且急涼風日脩脩胡為首歸路
旅泊尚夷猶昨者京師至嗣皇傳冕旒赫然下明詔首
罪誅共吺復聞顛夭輩峨冠進鴻疇班行再肅穆璜珮
鳴琅璆佇繼貞觀烈邊封脫兠鍪三賢推侍從卓犖傾
枚鄒高議參造化清文煥皇猷協心輔齊聖政理同毛

輶小雅詠鳴鹿食苹貴呦呦遺風邈不嗣豈憶嘗同裯
失志早衰換前期擬蜉蝣自從齒牙缺始慕舌為柔因
疾鼻又塞漸能等薰蕕深思罷官去畢命依松楸空懷
焉能果但見歲已遒殷湯閔禽獸解網祝蛛蝥雷煥掘
寶劒冤氛銷斗牛茲道誠可尚誰能借前籌殷勤謝吾
友明月非暗投

此自陽山量移江陵而寄王涯李建李程意在牽復耳
有求於人易涉貶屈而齒缺鼻塞等語借失志衰換寫
意似有懲創然只以詼諧出之固知倔強猶昔不肯折

却腰骨也意纏綿而詞悽婉神味極似小雅

舊唐書愈轉監察御史德宗晚年宮市之弊愈嘗上
章數千言極論之不聽怒貶為連州陽山令量移江
陵府掾曹
洪興祖曰貞元十九年公自博士拜監察御史是時
有詔以旱饑蠲租之半有司徵愈急公與張署李方
叔上疏言關中天下根本民急如是請寬民徭而免

田租天子惻然卒為幸臣所讒貶連州陽山令幸臣李實也舊書云云疏今不傳則公之被黜坐論此兩事也方崧卿曰公陽山之貶寄三學士詩叙述其詳而行狀但云為幸臣所惡出宰陽山神道碑亦只云因疏關中旱饑專政者惡之則其非為論宮市明矣然行狀且謂為幸臣所惡而公詩云或自疑上疏上疏豈其由則又未必皆上疏之罪也又曰同官盡才俊偏善柳與劉或慮語言洩傳之落冤讎又岳陽樓詩云

前年出官由此禍最無妄姦猜畏彈射斥逐恣欺誑是蓋為王叔文韋執誼等所排矣憶昨行云伾文未揃崖州熾雖得赦宥常愁猜是其為叔文等所排豈不明甚特無所歸咎駕其罪於上疏耳

此日足可惜一首贈張籍

此日足可惜此酒不足嘗捨酒去相語共分一日光念昔未知子孟君自南方自矜有所得言子有文章我名屬相府欲往不得行思之不可見百端在中腸維時月魄死冬日朝在房驅馳公事退聞子適及城命車載之至引坐於中堂開懷聽其說往往副所望孔丘歿已遠仁義路久荒紛紛百家起詭怪相披猖長老守所聞後生習為常少知誠難得純粹古已亡譬彼植園木有根易為長留之不遣去館置城西旁歲時未云幾浩浩觀湖江衆夫指之笑謂我知不明兒童畏雷電魚鼈驚夜光州家舉進士選試繆所當馳辭對我策章句何煒煌相公朝服立工席歌鹿鳴禮終樂亦闋相拜送於庭之

子去須臾赫赫流盛名竊喜復竊歎諒知有所成人事安可恒奄忽令我傷聞子高第日正從相公喪哀情逢吉語惝怳難為雙暮宿偃師西徒展轉在牀夜聞汴州亂遶壁行傍徨我時留妻子倉卒不及將相見不復期零落甘所丁驕女未絕乳念之不能忘忽如在我所耳若聞啼聲中途安得返一日不可更俄有東來說我家免罹殃乘船下汴水東去趨彭城從喪朝至洛還走不及停假道經盟津出入行澗岡日西入軍門羸馬顛且

傴主人願少留延入陳壺觴卑賤不敢辭忽忽心如狂飲食豈知味絲竹徒轟轟平明脫身去決若驚鳧翔黄昏次汜水欲過無舟航號呼久乃至夜濟十里黄中流上灘潬沙水不可詳驚波暗合沓星宿爭翻芒轅馬蹢躅鳴左右泣僕童甲午憩時門臨泉窺鬬龍東西出陳許陂澤平茫茫道邊草木花紅紫相低昂百里不逢人角角雄雉鳴行行二月暮乃及徐南疆下馬步堤岸上

船拜吾兄誰云經艱難百口無夭殤僕射南陽公宅我睢水陽篋中有餘衣盎中有餘糧閉門讀書史窗户忽已涼日念子來遊子豈知我情别離未爲久辛苦多所經對食每不飽共言無倦聽連延三十日晨坐達五更我友二三子宦遊在西京東野窺禹穴李翱觀濤江蕭條千萬里會合安可逢淮之水舒舒楚山直叢叢子又捨我去我懷焉所窮男兒不再壯百歲如風狂高爵尚可求無爲守一鄉

追溯與籍結交之始至今日重逢别去而其中歷叙已之崎嶇險難意境紆折時地分明摹刻不傳之情并覼縷不必詳之事倥偬雜沓真有波濤夜驚風雨驟至之勢若後人爲之鮮不失之冗散者須玩其勁氣直達處數十句如一句尤須玩其通篇章法摶捖操縱筆力如一髮引千鈞庶可神明於規矩之外

六一詩話曰退之筆力無施不可而嘗以詩爲文章末事故其詩曰多情懷酒伴餘事作詩人也然其資談笑助諧謔叙人情狀物態一寓於詩而曲盡其妙

此在雄文大手固不足論而予獨愛其工於用韻也蓋其得韻寬則波瀾横溢泛入傍韻乍還乍離出入回合殆不可拘以常格如此日足可惜之類是也得韻窄則不復傍出而因難見巧愈險愈奇如病中贈張十八之類是也余嘗與聖俞論此謂譬如善馭良馬者通衢廣陌縱横馳逐惟意所之至於水曲蟻封疾徐中節而不少蹉跌乃天下之至工也聖俞戲曰前史言退之爲人木强若寬韻可自足而輒傍出窄韻難獨

用而反不出豈非其拗强而然歟坐客皆為之笑也
漁隱叢話曰唐子西謂退之作古詩有故避屬對者
淮之水舒舒楚山直叢叢是也
某氏曰按此篇押二光字二鳴字二更字二狂字胡
仔謂退之好重疊用韻以盡已之意蓋不恤其為病
也
容齋四筆曰退之此首贈張籍凡百四十句雜用東冬
江陽庚青六韻及其亡也籍作詩祭之凡百六十六

句用陽庚二韻其語鏗鏘震厲全做韓體所謂乃出
二侍女合彈琵琶箏者是也
李光地曰首敘與籍相遇之初中言汴州之亂避難至徐復
與籍相見而惜其去也按詩易書春秋及秦漢以上古文用
韻東冬江為一部陽一部青一部庚則半入陽而半入青也
蒸自為一部支微齊佳灰為一部而支韻字半入歌
歌麻為一部而麻韻字半入虞魚虞為一部蕭肴豪尤
為一部尤韻字又以其半入支與虞馬真文元寒刪
先為一部侵覃鹽咸為一部此長洲顧寧人氏所區
別凡十部以合古韻其援据詳明而證驗的確矣顧
氏譏韓公不識古韻蓋謂此詩及元和聖德之類然
顧氏之學以質於詩書古文合者為多至聲氣之元
歌樂之用古人所以協律同文之本則似有未能明
者蓋東冬江陽庚青蒸七韻原為一部以其元乃一
氣所生而用之以叶歌曲則收聲必同故也真文元
寒刪先及侵覃鹽咸皆然至支微齊魚虞歌麻諸韻

又各部之根凡各部中字生音起韻皆從此而得應
自為一部而通同之欲其源派分明故亦別為三部
歌麻也魚虞也支微齊也然魚虞之韻能生蕭肴豪
尤故蕭肴豪尤與魚虞同一收聲而可以通用支微齊能生佳灰
故佳灰與支微齊同一收聲而可以通用也至歌麻
與魚虞雖別部而尤相近蓋古人讀魚虞字皆如模
字讀麻字皆如歌字緣歌模兩部相近其收聲亦頗
同則魚虞可通於蕭肴豪尤者歌麻亦可通矣如東

冬七韻真文六韻侵覃四韻雖亦支微魚虞齊歌麻
所生然翻轉於齒舌脣鼻間而得之非喉音直切所
生如蕭肴豪尤佳灰者比故各自為部而不可相通
也退之此詩正用東冬等一部聖德詩則用歌魚虞
尤等上聲一部謝自然詩則用真文等一部皆極本
窮源得古韻之精意其學博而見卓矣且三代秦漢
古書如此者頗衆第主於先入則不察耳歐公以為
有意泛入旁韻以見奇又或以為當以叶聲求之此
固淺近之論而顧氏之顯為譏斥亦未免茍訾

也

顧嗣立曰洪興祖謂此詩雜用韻又疊用韻俞瑒云
此詩用韻非雜也古庚陽二韻原自相通觀鹿鳴采
芑之詩自見卻非俗說通用轉用之例也其入東韻者
桑中之詩亦然按少陵飲中八仙歌嘗疊用韻此詩
中間敘次亦彷彿彭衙北征光景

歸彭城

天下兵又動太平竟何時訏謨者誰子無乃失所宜前
年關中旱閭井多死飢去歲東郡水生民為流屍上天
不虛應禍福各有隨我欲進短策無由至彤墀刳肝以
為紙瀝血以書辭上言陳堯舜下言引龍夔言詞多感
激文字少葳蕤一讀已自怪再尋良自疑食芹雖云美
獻御固已癡緘封在骨髓耿耿空自奇昨者到京師屢
陪高車馳周行多俊異議論無瑕疵見待頗異禮未能
去毛皮到口不敢吐徐徐俟其巇歸來戎馬間驚顧似
羈雌連日或不語終朝見相欺莫閒輙騎馬茫茫詣空

陂遇酒即酩酊君知我為誰

憂時傷亂感憤無聊騎馬空陂不減途窮之哭周行俊
異數語風刺微婉所謂中朝大官老於事詎肯感激徒
媕娿也　刳肝瀝血句從少陵鳳凰臺詩化出又庾信
經藏碑有皮紙骨筆之句退之雖不喜用釋典然運化
前人詞語自無嫌也

醉贈張秘書

人皆勸我酒我若耳不聞今日到君家呼酒持勸君為此座上客及余各能文君詩多態度藹藹春空雲東野動驚俗天葩吐奇芬張籍學古淡軒鶴避雞羣阿買不識字頗知書八分詩成使之寫亦足張吾軍所以欲得酒為文俟其醺酒味既冷冽酒氣又氛氳性情漸浩浩諧笑方云云此誠得酒意餘外徒繽紛長安衆富兒盤饌羅羶葷不解文字飲惟能醉紅裙雖得一餉樂有如聚飛蚊今我及數子固無蕕與薰險語破鬼膽高詞媲

皇墳至寶不雕琢神功謝鋤耘方今向泰平元凱承華勛吾徒幸無事庶以窮朝曛

石林詩話曰韓退之贈張籍云君詩多態度藹藹春空雲司空圖記戴叔倫語云詩人之辭如藍田日暖良玉生煙亦是形似之微妙者但學者不能味其言耳

顧嗣立曰東野二句即薦士詩所謂敷柔肆紆餘奧榮華肖天秀是也張籍二句即調張籍詩所謂騰身跨汗漫不著織女襄是也亡友犀月嘗謂東野文昌兩君所得極不相似而同為公所許足見公之才大可謂知言矣

西清詩話曰張文潛云東坡嘗言退之詩長安衆富兒盤饌羅羶葷不解文字飲惟能醉紅裙疑若清苦自餙者至云艷姬踏筵舞清眸射劍戟則知此老子箇中與復不淺文潛戲答曰愛文字飲者與俗人沽酒同科

趙堯夫曰或問魯直阿買是退之何人答云退之姪必有所據而云

送惠師

惠師浮屠者乃是不羈人十五愛山水超然謝朋親脱冠翦頭髮飛步遺蹤塵發跡入四明梯空上秋旻遂登天台望衆壑皆嶙峋夜宿最高頂舉頭看星辰芒光相照燭南北爭羅陳茲地絶翔走自然嚴且神微風吹木石澎湃聞韶鈞夜半起下視溟波銜日輪魚龍驚踴躍

叫嘯成悲辛怪氣或紫赤敲磨共輪囷金鵶既騰翥六合俄清新常聞禹穴奇東去窺甌閩越俗不好古流傳失其真幽蹤邈難得聖路嗟長堙逥臨浙江濤屹起高峨岷壯志死不息千年如隔晨是非竟何有棄去非吾倫凌江詣廬嶽浩蕩極遊巡崔峷没雲表陂陀浸湖淪是時雨初霽懸瀑垂天紳前年往羅浮步戞南海濱大哉陽德盛欒茂恒留春鵬鶱墮長翮鯨戲側脩鱗自來連州寺曾未造城闉日攜青雲客探勝窮崖濱太守邀

不去羣官請徒頻囊無一金資翻謂富者貧昨日忽不見我令訪其鄰奔波自追及把手問所因顧我却興歎君寧異於民離合自古然辭別安足珍吾聞九疑好夙志今欲伸斑竹啼舜婦清湘沉楚臣銜山與洞庭此固道所循尋嵩方抵洛歷華遂之秦浮游靡定處偶往即通津吾言子當去子道非吾遵江魚不池活野鳥難籠馴吾非西方教憐子狂且醇吾嫉惰遊者憐子愚且諄去矣各異趣何為浪霑巾

送靈師

佛法入中國爾來六百年齊民逃賦役高士著幽禪官吏不之制紛紛聽其然耕桑日失隷朝署時遺賢靈師皇甫姓胤胄本蟬聯少小涉書史早能綴文篇中間不得意失跡成延遷逸志不拘教軒騰斷牽攣圍碁鬬白黑生死隨機權六博在一擲梟盧叱迴旋戰詩誰與敵浩汗横戈鋋飲酒盡百醆嘲諧思逾鮮有時醉花月高唱清且緜四座咸寂默杳如奏湘絃尋勝不憚險黔江屢

洄沿瞿塘五六月驚電讓歸船怒水忽中裂千尋墮幽泉環迴勢益急仰見團團天投身豈得計性命甘徒捐浪沫蹙翻涌漂浮再生全同行二十人魂骨俱坑填靈師不挂懷冒涉道轉延開忠二州牧詩賦時多傳失職不把筆珠璣為君編强留費日月密席羅嬋娟昨者至林邑使君數開筵逐客三四公盈懷贈蘭荃湖游泛湍沉溪宴駐潺湲別語不許出行裾動遭牽鄰州競招請書札何翩翩十月下桂嶺乘寒恣窺緣落落王員外爭

迎獲其先自從入賓館占愜久能專吾徒頗攜被接宿窮歡妍聽說兩京事分明皆眼前縱橫雜謠俗瑣屑咸羅穿材調真可惜朱丹在磨研方將斂之道且欲冠其顛韶陽李太守高步淩雲煙得客輒忘食開囊乞繒錢手持南曹叙宇重青瑶鐫古氣參象繫高標摧太元維舟事干謁披讀頭風痊還如舊相識傾壺暢幽悁以此復留滯歸驂幾時鞭

退之闢佛却頻作贈浮屠詩前篇但叙其放浪山水後篇則干謁飲博無所不有其所以稱浮屠者皆彼法之所戒良以不拘彼法乃始近於吾徒且欲人其人而已并未假明先王之道以道之也二僧遊走諸方行止亦畧相似而兩作各開生面絶不雷同是其匠心布置處

其氏曰按後漢明帝夢見金人問羣臣或曰西方有神名曰佛其形長丈六尺而金色於是遣使天竺問佛道法圖畫形像以歸其教因流入中國此詩據漢明帝時言之耳故其佛骨表云自後漢時流入中國

又云漢明帝時始有佛法也漢武故事昆邪王殺休屠王來降得其金人之神置之甘泉宫則是佛入中國始自漢武至成哀間已有經矣杜致行守編亦曰漢武作昆明池掘地得黑灰東方朔云可問西域道人西域道人佛之徒也又開皇歴代三寶記云劉向稱予覽典籍已見有經可知周時九流釋典秦雖熱除漢興復出則先漢之前逆至於周有佛有經其來也遠范煜胡以為明帝之時佛始入中國邪退之一世大儒非承襲謬誤者將由心惡其教不復詳考其源流所自耳

縣齋有懷

少小尚奇偉平生足悲咤猶嫌子夏儒肯學樊遲稼事業窺皐稷文章蔑曹謝濯纓起江湖綴珮雜蘭麝悠悠指長道去去策高駕誰為傾國媒自許連城價初隨計吏貢屢入澤宫射雖免十上勞何能一戰霸人情忌殊異世路多權詐蹉跎顔遂低摧折氣愈下冶長信非罪

佞生或遣罵慷書出皇都銜淚渡清灞身將老寂寞志
欲死閑暇朝食不盈腸冬衣纔揜骼軍書旣頻召戎馬乃
連跨大梁從相公彭城赴僕射弓箭圍狐兎絲竹羅酒
肉兩府變荒涼三年就休假求官去東洛犯雪過西華
塵埃紫陌春風雨靈臺夜名聲荷朋友援引之姻婭雖
陪彤庭臣詎縱青冥靴寒空聳危闕曉色曜脩架捐軀
辰在丁鍛翮時方措投荒誠職分領邑幸寬赦湖波翻
日車嶺石坼天罅毒霧恒熏晝炎風每燒夏雷威固已

加颶勢仍相借氣象杳難測聲音吁可怕夷言聽未慣
越俗情猶乍指摘兩憎嫌睢盱互猜訝秖緣恩未報豈
謂生足藉嗣皇新繼明率土日流化惟思滌瑕垢長去
事桑柘斸嵩開雲扃壓穎抗風榭禾麥種滿地棗栗栽
繞舍兒童稍長成雀鼠得驅嚇官租日輸納村酒時邀
迓閑愛老農愚歸弄小女姹如今便可爾何用畢婚嫁

仄韻排律名手所希似此組織精工頓挫悲壯在集中
亦自成一格　塵埃紫陌一聯與梅花灞水句同一風
致　顧嗣立曰公詩句句有來歷而能務去陳言者全在
於反用如醉贈張祕書詩本用嵇紹鶴立鷄羣語偏
云張籍學古淡軒鶴避雞羣送文暢詩本用老杜每
愁夜中自足蝎句偏云照壁喜見蝎薦士詩本用漢
書強弩之末力不能入魯縞語偏云强箭射魯縞嶽
廟詩本用謝靈運猿鳴誠知曙句偏云猿鳴鍾動不
知曙此詩結語本用向平婚嫁畢事偏云如今便可爾

何用畢婚嫁真令舊事翻新解得此祕則臭腐皆化
為神奇矣

某氏曰貞元十九年十二月公以監察御史上天時
久旱人民飢饉疏斥貶為陽山令辰正值丁謂上疏
之日也

陪杜侍御遊湘西兩寺獨宿有題一首因獻楊常
侍

長沙千里平勝地猶在險況當江濶處斗起勢匪漸深

林高玲瓏青山上琬琰路窮臺殿闢佛事煥且儼剖竹
走泉源開廊架崖广是時秋之殘暑氣尚未歛羣行忘
後先朋息棄拘檢客堂喜空凉華榻有清簟澗蔬煮蒿
芹水果剥菱芡伊余夙所慕陪賞亦云忝幸逢車馬歸
獨宿門不掩山樓黑無月漁火燦星點夜風一何喧杉
檜屢磨颭猶疑在波濤怵惕夢成魘静思屈原沉遠憶
賈誼貶椒蘭爭妒忌絳灌共讒諂誰令悲生腸坐使淚
盈臉翻飛乏羽翼指摘困瑕玷珥貂藩維重政化類分

陝禮賢道何優奉己事苦儉大厦棟方隆巨川檝行剡
經營誠少暇遊宴固已歉旅程愧淹留徂歲嗟荏苒平
生每多感柔翰遇頻染展轉嶺猿鳴曙燈青睒睒

從獨宿寫景生情先以客堂華榻引起猿鳴燈睒仍就
獨宿上結章法一綫

岳陽樓别竇司直

洞庭九州間厥大誰與讓南匯羣崖水北注何奔放瀦
為七百里吞納各殊狀自古澄不清環混無歸向炎風
日搜攪幽怪多冗長軒然大波起宇宙隘而妨巍峩拔
嵩華騰踔較健壯聲音一何宏轟輵車萬兩猶疑帝軒
轅張樂就空曠蛟螭露笋簴縞練吹組帳鬼神非人世
節奏頗跌踼陽施見誇麗陰閉感悽愴朝過宜春口極
北缺堤障夜纜巴陵洲叢芮纔可傍星河盡涵泳俯仰
迷下上餘瀾怒不已喧聒鳴甕盎明登岳陽樓輝煥朝
日亮飛廉戢其威清晏息纖纊泓澄湛凝綠物影巧相
况江豚時出戲驚波忽盪瀁時當冬之孟隙竅縮寒漲

前臨指近岸側坐眇難望渚濯神魂醒幽懷舒以暢主
人孩童舊握手乍忻悵憐我竄逐歸相見得無恙開筵
交履舄爛漫倒家釀盃行無留停高柱送清唱中盤進
橙栗投擲傾脯醬歡窮悲心生婉孌不能忘念昔始讀
書志欲干霸王屠龍破千金為藝亦云亢愛才不擇行
觸事得讒謗前年出官由此禍最無妄公卿採虛名擢
拜識天仗姦猜畏彈射斥逐恣欺誑新恩移府庭逼側
厠諸將于嗟苦駑緩但懼失宜當追思南渡時魚腹甘

所藥嚴程迫風帆劈箭入高浪顛沈在須臾忠鯁誰復諒生還真可喜剋己自懲創庶從今日後粗識得與喪事多改前好趣有獲新尚誓耕十畝田不取萬乘相細君知蠶織稚子已能餉行當掛其冠生死君一訪

寫景兩段陽開陰閉范希文岳陽樓記似從此脫胎

說文云芮芮草生貌又水涯也詩芮鞫之即箋水内曰芮水外曰鞫此云叢芮謂洲渚之地水草之間也

俞瑒曰此詩前半首寫景後半首述事却用追思南

渡時數語挽轉真有千鈞之力且有此一段才見前此鋪張非漫然也可見公布局運筆之妙

送文暢師北遊

昔在四門館晨有僧來謁自言本吳人少小學城闕已窮佛根源粗識事輗軏攣拘屈吾真戒轄思遠發薦紳東筆徒聱謷耀前閲從來送行詩屢造忍顛蹶今成十餘卷浩汗羅斧鉞先生閲窮巷未得窺剖劚又聞識大道何路補剠刖出其囊中文滿聽實清越謂僧當少安草序頗排訐上論古之初所以施賞罰下開迷惑胄寧豁斸株櫱僧時不聽瑩苦飲水救暍風塵一出門時日多如髮三年竄荒嶺守縣坐深樾徵租聚異物詭製怛巾韈幽窮共誰語思想甚含噦昨來得京官照壁喜見蝎況逢舊親識無不比鶼蟨長安多門户弔慶少休歇而能勤來過重惠安可揭當今聖政初恩澤完臧獄胡為不自暇飄戾逐鶚鷹僕射領北門威德壓胡羯相公鎮幽都竹帛爛勲伐酒場舞閨姝獵騎圍邊月開張筐

中寶自可得津筏從茲富裘馬寧復茹藜蕨余期報恩後謝病老耕垡庇身指蓬茅逞志縱獫猲僧還相訪來山藥煮可掘

就北道主人作歆動語純是聲色貨利事昌黎胸次何等乃作此腐鼠之嚇耶緣其惡異學甚於鄙俗情也

李光地曰先叙文暢求言而當日作序極陳古義以破其惑即今集中送文暢序是也中言被貶陽山自幸還見親識而僧之往來尤密後乃勸其逃墨來歸

以詩文為緣足以自致且與為異日相從之約
俞瑒曰公諸長篇用險韻都不傍借正所謂因難見
巧不獨贈張十八一首也但江字韻為尤窄耳
聞見錄曰歐陽公於詩主退之不主子美劉仲原父
每不然之公曰子美老夫清晨梳白頭元都道士來
相訪有俗氣退之決不道也仲原父曰亦退之昔在
四門館晨有僧來謁之句之類耳公賞其辯
樊汝霖曰蘇内翰聞騾馱試筆余謫居黃州五年今

日離泗州北行岸上騾馱聲空籠意亦欣然蓋不聞
此聲久矣退之照壁喜見蝎不虛語也又嶺南歸云
已脫問鵬之變行有見蝎之喜皆取諸此

答張徹

辱贈不知報我歌爾其聆首叙始識面次言後分形道
途綿萬里日月垂十齡浚郊避兵亂睢岸連門停肝膽
一古劒波濤兩浮洋瀆墨竄舊吏磨丹注前經義苑手
秘寶文堂耳驚霆暄晨躡露緝暑夕眠風櫺結友子讓
抗請師我懃丁初味猶嗷蕨遂通斯建瓴搜奇日有富
嗜善心無寧石梁平侹侹沙水光泠泠乘枯摘野豔沈細
抽潛腥遊寺去陟巘尋徑返穿汀緣雲竹竦竦失路麻
冥冥淫潦忽翻野平蕪眇開溟防泄塹夜塞懼衝城晝
扃及去事戎轡相逢宴軍伶觥秋縱兀兀獵旦馳駉駉
從賦始分手朝京忽同舲急時促暗棹戀月留虛亭畢
事驅傳馬居安守聰瑩梅花灞水別宮燭驪山醒省選逮
投足鄉賓尚摧翎塵袪又一摻淚背還雙熒洛邑得休

告華山窮絕陘倚巖睨海浪引袖拂天星日駕此迴轄
金神所司刑泉紳拖修白石劍攢高青磴蘚澾拳跼梯
飇颭伶俜悔狂已咋指垂誡仍鐫銘峨豸忝備列伏蒲
愧分涇微誠慕横草瑣力摧撞筳疊雪走商嶺飛波航
洞庭下險疑墮井守官類拘囹荒餐茹獠蠱幽夢感湘
靈刺史肅蓍蔡吏人沸蝗螟點綴簿上字趨蹌閤前鈴
賴其飽山水得以娛瞻聽紫樹雕斐亹碧流滴瓏玲映
波鋪遠錦插地列長屏愁狖酸骨死怪花醉魂馨潛苞

綷實圻幽乳翠毛零赦行五百里月夔三十蓂漸階羣
振鷺入學誨螟蛉革甘謝鳴鹿罍滿慙罄缾冏冏抱瑚
璉飛飛聯鵷鴒魚鬣欲脫背虬先先照硎豈獨出醜類方
當動朝廷勤來得悟語匆憚宿寒飈

律[illegible]擬體[illegible]變[illegible]調古而詞艷不徒叙致之工

筆墨閒錄曰劉偁云答張徹一詩尤奇麗梅花灞水
一對極有風味

顧嗣立曰此詩通首用對句而以生峭之筆行之便
與律詩大別少陵橋陵詩便是此種

隱居詩話曰李肇國史補載韓愈游華山窮極幽險
心悸目眩不能下發狂號哭投書與家人別華陰令
百計取之方能下沈顏作聱書以為肇妄載豈有賢
者輕命如此余觀退之贈張籍詩云洛邑得休告華
山窮絕陘悔狂已咋指垂戒仍鐫銘則知肇記為信
然而沈顏為妄辯也

御選唐宋詩醇卷二十八

欽定四庫全書

集部

御選唐宋詩醇卷二十九 三十

詳校官山東道御史臣温常綬

總校官編修臣朱鈐

校對官編修臣劉汝恭

謄錄監生臣楊熙

欽定四庫全書

御選唐宋詩醇卷二十九

昌黎韓愈詩三

薦士

周詩三百篇雅麗理訓誥曾經聖人手議論安敢到五言出漢時蘇李首更號東都漸瀰漫派別百川導建安能者七卓犖變風操逶迤抵晉家氣象日凋耗中間數鮑謝比近最清奧齊梁及陳隋衆作等蟬噪搜春摘花

卉沿襲傷剽盜國朝盛文章子昂始高蹈勃興得李杜萬類困陵暴後來相繼生亦各臻閫奧有窮者孟郊受材實雄驚冥觀洞古今象外逐幽好横空盤硬語妥帖力排奡敷柔肆紆餘奮猛卷海潦榮華肖天秀捷疾逾響報行身踐規矩甘辱恥媚竈孟軻分邪正眸子看瞭眊杳然粹而清可以鎮浮躁酸寒溧陽尉五十幾何耄孜孜營甘旨辛苦久所冒俗流知者誰指注競嘲慠聖皇索遺逸髦士日登造廟堂有賢相愛遇均覆燾況承歸輿張二公迭嗟悼青冥送吹噓強箭射魯縞胡為久無成使以歸期告霜風破佳菊嘉節迫吹帽念將決焉去感物增戀嫪彼微水中荇尚煩左右芼魯侯國至小廟鼎猶納郜幸當擇珉玉寧有棄珪瑁悠悠我之思擾擾風中纛上言愧無路日夜惟心禱鶴翎不天生變化在啄抱通波非難圖尺地易可漕善善不汲汲後時徒悔懊救死具八珍不如一簞犒微詩公勿誚愷悌神所勞

孟郊一詩派之幽逸者耳殊未足踵武諸大家而退之說士乃甘於肉其自謂嗜善心無寧者此也　横空盤硬語妥帖力排奡十字中尤妙在妥帖二字樊宗師文最奇崛而退之以文從字順許之其亦異乎世之所謂妥帖者矣

王安石曰吟詩各有所得清水出芙蓉天然去雕飾此李白所得也或看翡翠蘭苕上未掣鯨魚碧海中此杜甫所得也横空盤硬語妥帖力排奡此韓愈所得也

齊周詩話曰六朝詩人之詩不可不熟讀如芙蓉露下落楊柳月中疎鉚鍊至此自唐以來無人能及也退之云齊梁及陳隋衆作等蟬噪此語吾不敢議亦不敢從

又曰退之云横空盤硬語妥帖力排奡葢能殺縛事實與意義合最難能之知其難則可與論詩矣此所以稱東野也

隱居詩話曰孟郊詩蹇澀窮僻琢削不暇真苦吟而

成觀其句法格力可見矣其自謂夜吟曉不休苦吟鬼神愁如何不自閒心與身為仇而退之薦其詩云榮華肖天秀捷疾逾響報何也

竹坡詩話曰韓退之薦士詩云孟軻分邪正眸子看瞭眊杳然粹而清可以鎮浮躁余嘗讀東野下第詩云棄置復棄置情如刀劍傷及登第則自謂春風得意馬蹄疾一日看盡長安花一第之得失喜憂至於如此宜其難得之而不能享也退之謂可以鎮浮躁恐未免過情

李光地曰此薦孟郊之詩而首段叙詩源委極其簡盡李太白便謂建安之詩綺麗不足稱杜子美則自陳梁以下無貶詞故惟韓公之論最得其衷雖然陶靖節詩蟬蛻汚濁六代孤唱韓公畧無及之何也此與論文不列董賈者同病猶未免於以辭為主爾

顧嗣立曰公此詩歴叙詩學源流自三百篇後漢魏止取蘇李建安七子六朝止取鮑謝餘子一筆抹倒

眼明手辣識力最高唐初格律變於子昂至李杜二公而極所謂李杜文章在光燄萬丈長知公平生最得力於此也後以東野繼之似猶未足當此若公之才大而力雄思沈而筆鋭則庶乎可以配李杜而無慙矣

全唐詩話曰李翺薦孟郊於張建封云兹有平昌孟郊正士也伏聞執事舊知之郊為五言詩自前漢李都尉蘇屬國及建安諸子南朝二謝郊能兼其體而

有之李觀薦郊於梁肅補闕書曰郊之五言詩其有髙處在古無上其有平處下顧兩謝韓送郊詩曰作詩三百首杳然咸池音彼三子皆知言也豈欺天下之人哉

古風

今日曷不樂幸時不用兵無曰旣饜矣乃尚可以生彼州之賦去汝不顧此州之役去我奚適一邑之水可走而違天下湯湯曷其而歸好我衣服甘我飲食無念百

年聊樂一日

史記韓信傳曰農夫莫不輟耕釋耒褕衣甘食索隱曰恐滅亡不久故廢止作業而事美衣甘食此篇結意類此可謂長歌之哀深於痛哭矣

胡渭曰詩云幸時不用兵此必貞元十四年以前作也十五年則吳少誠反而大發諸道兵以討之矣本議賦役之困民無所逃卻言時不用兵正宜甘食好衣相與爲樂辭彌婉而意彌痛山樞蟋蟀之遺音也

樊汝霖曰安史亂後方鎮相望於內地大者連州十餘小者不下三四兵驕則逐帥帥强則叛上不廷不貢往往而是故託古風以寓意觀詩意當在德宗之世與烽火詩意相爲表裏云

嗟哉董生行

淮水出桐柏山東馳遙遙千里不能休淝水出其側不能千里百里入淮流壽州屬縣有安豐唐貞元時縣人董生召南隱居行義於其中刺史不能薦天子不聞名

聲爵祿不及門門外惟有吏日來徵租更索錢嗟哉董生朝出耕夜歸讀古人書盡日不得息或山而樵或水而漁入廚具甘旨上堂問起居父母不慼慼妻子不咨咨嗟哉董生孝且慈人不識惟有天翁知生祥下瑞無時期家有狗乳出求食雞來哺其兒啄啄庭中拾蟲蟻哺之不食鳴聲悲彷徨躑躅久不去以翼來覆待狗歸嗟哉董生誰將與儔時之人夫妻相虐兄弟爲讐食君之祿而令父母愁亦獨何心嗟哉董生無與儔

神味古淡節族自然集中寡二少雙唯琴操間有近之者

俞瑒曰古詩長短句盛於太白如蜀道難遠别離等篇實為公所取法者其奇横偏在用韻處貫下一筆然後截去以足上意如盡日不得息亦獨何心等句是也

山石

山石犖确行徑微黄昏到寺蝙蝠飛昇堂坐階新雨足

芭蕉葉大支子肥僧言古壁佛畫好以火來照所見稀鋪床拂席置羹飯疏糲亦足飽我飢夜深靜卧百蟲絶清月出嶺光入扉天明獨去無道路出入高下窮烟霏山紅澗碧紛爛熳時見松櫪皆十圍當流赤足蹋澗石水聲激激風吹衣人生如此自可樂豈必局束為人鞿嗟哉吾黨二三子安得至老不更歸

以火來照所見稀與嶽廟作神縱欲福難為功畧同於法則隨手撇脱於意則素所不滿之事即隨處自然流露也

某氏曰東坡詩云犖确何人似退之意行無路欲從誰宿雲解駮晨光漏獨見山紅澗碧時皆采公此篇中語也

顧嗣立曰七言古詩易入整麗而亦近平熟自老杜始為拗體如杜鵑行之類公之七言皆祖此種而中間偏有極鮮麗處不事雕琢更見精采有聲有色自是大家元遺山論詩絶句云有情芍藥含春淚無力

薔薇卧晚枝拈出退之山石句始知渠是女郎詩真篤論也

汴泗交流贈張僕射

汴泗交流郡城角築場千步平如削短垣三面繚逶迤擊鼓騰騰樹赤旗新秋朝凉未見日公早結束來何為分曹決勝約前定百馬攢蹄近相映毬驚杖奮合且離紅牛纓紱黄金羈側身轉臂著馬腹霹靂應手神珠馳超遥散漫兩閑暇揮霍紛紜爭變化發難得巧意氣粗

譟聲四合壯士呼此誠習戰非為劇豈若安坐行良圖
當今忠臣不可得公馬莫走須殺賊

神采飛動結有忠告便此雉帶箭高一格

顧嗣立曰曹子建白馬篇仰手接飛猱俯身散馬蹄杜子美詩走馬脫轡頭首中挑青絲控下萬仞岡俯身試搴旗側身轉臂語意本此　發難得巧即雉帶箭所謂將軍欲以巧伏人盤馬彎弓惜不發是也舊注難作去聲引張良發八難解大謬

某氏曰公集有諫張僕射擊毬書此詩云此誠習戰非為劇豈若安坐行良圖蓋諷之也

鳴鴈

嗷嗷鳴鴈鳴且飛窮秋南去春北歸去寒就暖識所依
天長地闊棲息稀風霜酸苦稻粱微毛羽摧落身不肥
徘徊反顧羣侶違哀鳴欲下洲渚非江南水闊朝雲多
草長沙軟無網羅閑飛靜集鳴相和違憂懷惠性匪他
凌風一舉君謂何

王伯大曰公在徐州與孟東野書有曰去年脫汴州之亂遂來於此主人與余有故居余符離睢水上及秋將辭去云云主人謂建封公在徐鬱鬱不得志見於書與詩者如此蓋託鴈以自喻也

雉帶箭

原頭火燒靜兀兀野雉畏鷹出復沒將軍欲以巧伏人
盤馬彎弓惜不發地形漸窄觀者多雉驚弓滿勁箭加
衝人決起百餘尺紅翎白鏃隨傾斜將軍仰笑軍吏賀
五色離披馬前墮

篇幅有限而盤屈跳盪生氣遠出故是神筆

容齋三筆曰昌黎雉帶箭詩東坡嘗大字書之以為妙絕予讀曹子建七啓論羽獵之美云人稠網密地逼勢脅乃知韓公用意所來處

野雉畏鷹出復沒方嵩卿本作伏欲沒朱子考異云雉出復沒而射者彎弓不肯輕發正是形容持滿命中之巧毫釐不差處改作伏欲神采索然矣

顧嗣立曰將軍欲以巧伏人盤馬彎弓惜不發二句無限神情無限頓挫公益示人以運筆作文之法也至其全首波瀾委曲細微熨貼王留耕所謂寫物之妙其狀如在目前信然信然

沈德潛曰李將軍度不中不發發必應弦而倒審量於未彎之先此矜惜於已彎之候抱不肯輕見其技也作詩作文亦須得此意

條山蒼

條山蒼河水黄浪波沄沄去松柏在山岡

桃源圖

神仙有無何眇芒桃源之說誠荒唐流水盤迴山百轉
生綃數幅垂中堂武陵太守好事者題封遠寄南宮下
南宮先生忻得之波濤入筆驅文辭文工畫妙各臻極
異境恍惚移於斯架巖鑿谷開宮室接屋連牆千萬日
嬴顛劉蹶了不聞地坼天分非所恤種桃處處惟開花
川源近遠烝紅霞初來猶自念鄉邑歲久此地還成家
漁舟之子來何所物色相猜更問語大蛇中斷喪前王
羣馬南渡開新主聽終辭絶共悽然自說經今六百年
當時萬事皆眼見不知幾許猶流傳爭持酒食來相饋
禮數不同罇俎異月明伴宿玉堂空骨冷魂清無夢寐
夜半金雞啁哳鳴火輪飛出客心驚人間有累不可住
依然離別難為情船開棹進一迴顧萬里蒼蒼煙水暮
世俗寧知偽與真至今傳者武陵人

一起一結善占地步

彥周詩話曰退之桃源行云種桃處處皆開花川源近遠烝紅霞狀花卉之盛古今無人道此語

俞瑒曰公七言古詩少用對句此篇諧對亦甚奇偉

沈德潛曰玉堂即金堂玉室意以神仙目之

東方半明

東方半明大星沒獨有太白配殘月嗟爾殘月勿相疑
同光共影須臾期殘月暉暉太白睒睒雞三號更五點

與鐘鳴漏盡意同

韓醇曰此詩與煌煌東方星與寄頤同蓋指順宗即位不能親政而憲宗在東宮之時也

某氏曰時賈耽鄭珣瑜二相皆天下重望王叔文用事相繼引去此詩所以喻東方半明大星没也韋執誼為叔文汲引此詩所以喻獨有太白配殘月也順宗已厭機政執誼叔文尚以私意更相猜忌所以有嗟爾殘月勿相疑同光共影須臾期也及憲宗立而叔文執誼竄猶東方明而殘月大白滅此詩所以喻

殘月暉暉太白睒睒雞三號更五點也意微而顯誠得詩人之旨

謁衡嶽廟遂宿嶽寺題門樓

五嶽祭秩皆三公四方環鎮嵩當中火維地荒足妖怪天假神柄專其雄噴雲泄霧藏半腹雖有絕頂誰能窮我來正逢秋雨節陰氣晦昧無清風潛心默禱若有應豈非正直能感通須臾靜掃衆峰出仰見突兀撐青空紫蓋連延接天柱石廩騰擲堆祝融森然魄動下馬拜松柏一逕趨靈宮粉牆丹柱動光彩鬼物圖畫填青紅升階傴僂薦脯酒欲以菲薄明其衷廟令老人識神意睢盱偵伺能鞠躬手持盃珓導我擲云此最吉餘難同竄逐蠻荒幸不死衣食纔足甘長終侯王將相望久絕神縱欲福難為功夜投佛寺上高閣星月掩映雲朣朧猿鳴鐘動不知曙杲杲寒日生於東

東坡所謂能開衡山之雲者本此

沈德潛曰橫空盤硬語妥帖力排奡此詩足當此語

王伯大曰公兩謫南方初自陽山北還過衡在永貞元年八月過潭適當殘秋陪杜侍御遊湘西寺詩云是時秋向殘是也今云我來正逢秋雨節故知此詩是陽山還時作後自潮州還移刺袁州則元和十五年十月蓋未嘗過衡據袁州謝表云去年正月貶授潮州刺史其年十月準例量移云云即自潮徑當來袁又未嘗遇秋雨節時也蘇東坡觀市詩云潮陽太守南遷歸喜見石廩堆祝融猶言之耳

永貞行

君不見太皇亮陰未出令小人乘時偷國柄北軍百萬虎與貔天子自將非他師一朝奪印付私黨懍懍朝士何能為狐鳴梟噪爭署置睗睒跳踉相嫵媚夜作詔書朝拜官超資越序曾無難公然白日受賄賂火齊磊落堆金盤元臣故老不敢語晝卧涕泣何汍瀾董賢三公誰復惜侯景九錫行可歎國家功高德且厚天位未許庸夫干嗣皇卓犖信英主文如太宗武高祖膺圖受禪

登明堂共流幽州鯀死羽四門肅穆賢俊登數君匪親豈其朋郎官清要為世稱荒郡迫野嗟可矜湖波連天日相騰蠻俗生梗瘴癘烝江氛嶺祲昏若凝一蛇兩頭見未曾怪鳥鳴喚令人憎蠱蟲羣飛夜撲燈雄虺毒螫墮股肱食中置藥肝心崩左右使令詐難憑慎勿浪信常兢兢吾嘗同僚情可勝具書目見非妄徵嗟爾既往宜為懲

前幅天昏地暗中間日出氷消閱至後幅又如淒風苦雨文生於情變幻如是

蔡寬夫詩話曰子厚禹錫於退之最厚善然退之貶陽山不能無疑赴江陵途中寄三學士云同官盡才俊偏善柳與劉或慮語言泄傳之落寃讎二子不宜爾將疑斷還不及其為永貞行憤疾至云數君匪親豈其朋又曰吾嘗同僚情可勝則亦見其坦夷尚義待朋友始終也

困學紀聞曰少陵善房次律而悲陳陶一詩不為之

隱昌黎善柳子厚而永貞行一詩不為之諱公議之不可掩也如是

顧嗣立曰此詩前半言小人放逐之為快後半言數君貶謫之可矜蓋為劉柳諸公也舊注專指夢得似未必然然夢得貶連州而公曾令陽山只具書目見句為證於義亦通姑存其說以俟考

鄭羣贈簟

蘄州笛竹天下知鄭君所寶尤瓌奇攜來當晝不得卧

一府傳看黃琉璃體堅色淨又藏節盡眼疑滑無瑕疵
法曹貧賤衆所易腰腹空大何能為自從五月困暑濕
如坐深甑遭烝炊手磨袖拂心語口慢膚多汗真相宜
日暮歸來獨惆悵有賣直欲傾家資誰謂故人知我意
卷送八尺含風漪呼奴埽地鋪未了光彩照耀驚童兒
青蠅側翅蚤虱避肅肅疑有淸飈吹倒身甘寢百疾愈
却顧天日恒炎曦明珠青玉不足報贈子相好無時衰

僚伃怨歌云常恐秋節至涼風奪炎熱此云却顧天日

恒炎曦同一語妙

顧嗣立曰此詩每用反襯意見奇如擕來當晝不得卧却顧天日恒炎曦等句也賦物之妙直從細瑣處體貼而出

沈德潛曰却顧天日恒炎曦與擕來當晝不得卧俱透過一層法

樊汝霖曰唐孔戣私記去退之豐肥善睡每來吾家必命枕簟而沈存中筆談亦云世畫韓退之小面而美須着紗帽此乃江南韓熙載爾熙載謚文靖江南人謂為韓文公因此遂誤以為退之退之肥而少須此詩有腰腹空大及慢膚多汗之語二說信然

贈崔立之評事

崔侯文章苦捷敏高浪駕天輸不盡曾從關外來上都
隨身卷軸車連軫朝為百賦猶鬱怒暮作千詩轉遒緊
搖毫擲簡自不供頃刻青紅浮海蜃才豪氣猛易語言
往往蛟螭雜螻蚓知音自古稱難遇世俗乍見那妨哂

勿嫌法官未登朝猶勝赤尉長趨尹時命雖乖心轉壯
技能虛富家逾窘念昔塵埃兩相逢爭名齟齬持矛楯
子時專場誇觜距余始張軍嚴韅靷爾來但欲保封疆
莫學龐涓怯孫臏竄逐新歸厭聞鬧齒髮早衰嗟可閔
頻蒙怨句刺棄遺豈有賢官敢推引深藏篋笥時一發
戢戢已多如束筍可憐無益費精神有似黃金擲虛牝
當今聖人求侍從拔擢杞梓收楛箘東馬嚴徐已奮飛
枚皐即召窮且忍復聞王師西討蜀霜風冽冽摧朝菌

走章馳檄在得賢燕雀紛拏要鷹隼竊料二塗必處一
豈比恒人長蠢蠢勸君韜養待徵招不用雕琢愁肝腎
牆根菊花好沽酒錢帛縱空衣可準暉暉簷日暖且鮮
械械井梧踈更殞高士例須憐麴蘖丈夫終莫生畦畛
能來取醉任喧呼死後賢愚俱泯泯
可憐無益費精神為千古文人喟息
漁隱叢話曰立之詩有不工處故退之以蛟螭雜螻
蚓譏之

送區宏南歸
穆昔南征軍不歸蟲沙猿鶴伏以飛泃泃洞庭莽翠微
九疑鑱天荒是非野有象犀水貝璣分散百寶人士稀
我還於南日周圍來見者衆莫依俙爰有區子熒熒暉
觀以斐訓或從違我念前人譬葑菲落以斧引以纆徽
雖有不逮驅騑騑或採於薄漁於磯服役不辱言不譏
從我荊州來京畿離其母妻絶因依嗟我道不能自肥
子雖勤苦終何希王都觀闕雙巍巍騰蹋衆駿事鞍鞿
佩服上色紫與緋獨子之節可嗟唏母附書至妻寄衣
開書拆衣淚痕晞雖不勅還情庶幾朝暮盤羞惻庭闈
幽房無人感伊威人生此難餘可祈子去矣時若發機
蜃沈海底氣昇霏彩雉野伏朝扇翬處子窈窕王所妃
苟有令德隱不腓況今天子鋪德威蔽能者誅薦受禨
出送撫背我涕揮行行正直慎脂韋業成志樹來頎頎
我當為子言天扉
分散百寶人士稀道盡西南邊徼地脉風氣柳州所謂
少人而多石也雖不勅還情庶幾語意深婉遊子讀此
可以聽於無聲矣

張耒曰古人作七言詩其句脉多上四字而下以三
字成之退之乃變句脉以上三下四如落以斧引以
纆徽雖欲悔舌不可捫是也
方崧卿曰九疑言鑱天洪濤言舂天皆奇語也
李光地曰公在陽山有區冊在江陵又有區宏皆相從不
忍舍故宏之從公於京而歸也詩以送之惓惓訓勗

歸於正直可咏可感

三星行

我生之辰月宿南斗牛奮其角箕張其口牛不見服箱斗不挹酒漿箕獨有神靈無時停簸揚無善名已聞無惡聲已讙名聲相乘除得少失有餘三星各在天什伍東西陳嗟汝牛與斗汝獨不能神

俞瑒曰奇趣却從大東之詩來變化自妙用韻凡五轉似古歌謡

東坡志林曰韓退之詩我生之辰月宿南斗乃知退之以磨蝎為身宫僕以磨蝎為命宫平生多得謗譽殆同病也

剥啄行

剥剥啄啄有客至門我不出應客去而嗔從者語我子胡為然我不厭客困於語言欲不出納以堙其源空堂幽幽有秸有莞門以兩版叢書於間窅窅深塹其墉甚完彼寧可隳此不可干從者語我嗟子誠難子雖云爾其口益蓄我為子謀有萬其全凡今之人急名與官子不引去與為波瀾雖不開口雖不開關變化咀嚼有鬼有神今去不勇其如後艱我謝再拜汝無復云往追不及來不有年

方崧卿曰韓文與多作以他文見者非一詩之子歸不我以注以猶與也朱子考異云按陸宣公奏議亦然如云未審云云以否之類是也然當作與為正

某氏曰公被讒出為陽山至是召還又有謗之者故

三星行云名聲相乘除得少失有餘剥啄行云我不厭客困於語言欲不出納以堙其源各有所激云爾歐陽文忠擬剥啄行寄趙少師云剥剥復啄啄柴門驚烏雀故人千里駕信士百金諾云云公遠讒避謗欲謝客以堙其源故深其塹堅其墉要為不可干者而歐陽則歸老故鄉欣然喜客之至是以其辭不同如此

孟東野失子 并序

東野連生三子不數日輒失之幾老念無後以悲其
友人昌黎韓愈懼其傷也推天假其命以喻之
失子將何尤吾將上尤天女實主下人與奪一何偏彼
於女何有乃令蕃且延此獨何罪辜生死旬日間上呼
無時聞滴地淚到泉地祇為之悲瑟縮久不安乃呼大
靈龜騎雲款天門問天主下人薄厚胡不均天曰天地
人由來不相關吾懸日與月吾繫星與辰日月相噬齧
星辰踣而顛吾不女之罪知非女由因且物各有分孰

能使之然有子與無子禍福未可原魚子滿母腹一一
欲誰憐細腰不自乳舉族長孤鰥鴟梟啄母腦母死子
始翻蝮蛇生子時拆裂腸與肝好子雖云好未還恩與
勤惡子不可說鴟梟蝮蛇然有子且勿喜無子固勿歎
上聖不待教賢聞語而遷下愚聞語惑雖教無由悛大
靈頓頭受帥日以命還地祇謂大靈女往告其人東野
夜得夢有夫玄衣巾闖然入其戶三稱天之言再拜謝
元夫收悲以歎忻

龜筴傳祝詞云假之玉靈夫子而上行於天下行於淵
詩以大靈發端本此

王伯大曰黃魯直嘗書此詩遺石君美君美失子云
時以觀覽可用亂思而舒哀究觀物理其實如此大
槩因果耳退之救世弊故并因果不言然此一段文
意乃是涅槃經中佛語退之嘗言不能無所不讀未
有能為大儒者其弗信矣乎魯直所云如此

俞瑒曰用韻本主先字兼入真文元寒刪諸韻是古
韻也與此日足可惜一首同法

顧嗣立曰按孟東野集有悼幼子詩云負我十年恩
欠爾千行淚杏殤詩畧云兒生月不明兒死月始光
此誠天不知翦棄我子孫又云病叟無子孫獨立猶
東柴其詞甚可哀也

御選唐宋詩醇卷二十九

欽定四庫全書

御選唐宋詩醇卷三十

昌黎韓愈詩四

陸渾山火和皇甫湜用其韻

皇甫補官古賁渾時當元冬澤乾源山狂谷很相吐吞風怒不休何軒軒擺磨出火以自燔有聲夜中驚莫原天跳地踔顛乾坤赫赫上照窮崖垠截然高周燒四垣神焦鬼爛無逃門三光弛隳不復暾虎熊麋豬逮猴猿水

龍鼉龜魚與黿鴉鴟鵰鷹雉鵠鵾燖炰煨爊孰飛奔祝融告休酌卑尊錯陳齊玫闢華園芙蓉披猖塞鮮繁千鐘萬鼓咽耳喧攢雜啾嚄沸箎塤彤幢絳旃紫纛旛炎官熱屬朱冠褌髹其肉皮通髀臀頹胃垤腹車掀轅緄顏䫜股豹两鞬霞車虹靷日轂轓丹蕤縓蓋緋繙帑紅帷赤幕羅脤膰衁池波風肉陵屯谽呀鉅壑頗黎盆豆登五山瀛四瀆淟淟醻酢笑語言雷公擘山海水翻齒牙嚼齧舌腭反電光䃢磹頹目暖項冥收威避元根斥棄輿馬背厥孫縮身潛喘拳肩跟君臣相憐加愛恩命黑螭偵焚其元天關悠悠不可援夢通上帝血面論側身欲進叱於閽帝賜九河湔涕痕又詔巫陽反其魂徐命之前問何冤火行於冬古所存我如禁之絕其飧女丁婦壬傳世婚一朝結讎奈後昆時行當反慎藏蹲視桃著花可小騫月及申酉利復怨助汝五龍從九鯤溺厥邑囚之崑崙皇甫作詩止睡昏辭誇出真遂上焚要余和增怪又煩雖欲悔舌不可捫

只是詠野燒耳寫得如此天動地岋憑空結撰心花怒生

韓醇曰詳此詩始則言火勢之盛次則言祝融之御火其下則水火相尅相濟之說也

樊汝霖曰從公學文者多矣惟李習之得公之正皇甫持正得公之奇持正嘗語人曰書之文不奇易可謂奇矣豈礙理傷聖乎如龍戰于野其血元黃見豕負塗載鬼一車突如其來如焚如死如棄如何等語

也今此詩黑螭五龍九鶠等語其與易龍戰於野何
異
筆墨閑録曰無逸云鵶鵶鵰鷹雉鵠鶻句正柏梁體
後山作七字詩上東坡襲此體
劉石齡曰公詩根柢全在經傳如易說卦離為火其
於人也為大腹故於炎官熱屬以頹胸垤腹擬諸其
形容非臆說也又彤幢紫纛日轂霞車虹靷豹韔電
光頳目等字亦從為日為雷為甲冑為戈兵句化出

造語極奇必有依據以理考索無不可解者世儒於
此篇每以怪異目之且以不可解置之吁此亦未深
求其故耳豈真不可解哉
中山詩話曰唐詩賡和有次韻先後無易有依韻同
在一韻有用韻用彼韻不必次韓吏部和皇甫陸渾
山火是也今人多不曉
洪興祖曰丁火也壬水也火女也水男也丁女而為
婦於壬故曰女丁婦壬一作夫丁婦壬亦通夫丁者
壬也言壬為丁夫也婦壬者丁也言丁為壬婦也朱
子曰按丁為陽中之陰壬為陰中之陽故言女之丁
者為婦於壬以見水火之相配今術家亦言丁與壬
合洪武二說皆是

苦寒

四時各平分一氣不可兼隆寒奪春序顓頊固不廉太
昊弛維綱畏避但守謙遂令黃泉下萌牙夭勾尖草木
不復抽百味失苦甜凶飇攪宇宙鋩刃甚割砭日月雖

云尊不能活烏蟾羲和送日出恇怯頻窺覘炎帝持祝
融呵噓不相炎而我當此時恩光何有沾肌膚生鱗甲
衣被如刀鐮氣寒鼻莫嗅血凍指不拈濁醪沸入喉口
角如銜箝將持匕箸食觸指如排籤侵爐不覺暖熾炭
屢已添探湯無所益何況纊與縑虎豹僵穴中蛟螭死
幽潛熒惑喪躔次六龍冰脫髯芒碭大包內生類恐盡
殲啾啾窗間雀不知已微纖舉頭仰天鳴所願晷刻淹
不如彈射死卻得親炰燖鸞皇苟不存爾固不在占其

餘蠢動儔侶死誰恩嫌伊我稱最靈不能女覆苫悲哀
激憤歎五藏難安恬中宵倚牆立淫淚何漸漸天王哀
無辜恵我下顧瞻褰流去耳纊調和進梅鹽賢能日登
御黜彼傲與憸生風吹死氣豁達如褰簾懸乳零落墮
晨光入前簷雪霜頓銷釋土脉膏且黏豈徒蘭蕙榮施
及艾與蕭日萼行鑠鑠風條坐襜襜天乎苟其能吾死
意亦厭

銳思鑱刻字帶刀鋒不數晋人危語了語結意與少陵吾廬獨破受凍死亦足正同

王伯大曰此詩意葢有所諷德宗貞元十九年春公為四門博士作

朱氏曰按舊唐書韋渠牟傳自陸贄免相後德宗不復委成宰相廟堂備員行文書而已所狎而取信者裴延齡李齊運王紹李實韋執誼洎渠牟等皆權傾相府姦欺多端此詩所以諷也

胡渭曰唐書五行志貞元十九年三月大雪豈即所謂苦寒邪

和虞部盧四酬翰林錢七赤藤杖歌

赤藤為杖世未窺臺郎始攜自滇池滇王埽宮避使者
跪進再拜語嗢咿繩橋拄過免傾墮性命造次蒙扶持
途經百國皆莫識君臣聚觀逐旌麾共傳滇神出水獻
赤龍拔鬚血淋漓又云羲和操火鞭暝到西極睡所遺
幾重包裹自題署不以珍怪誇荒夷歸來捧贈同舍子
浮光照手欲把疑空堂晝眠倚牖戶飛電著壁搜蛟螭

南宮清深禁闈密唱和有類吹塤篪妍辭麗句不可繼
見寄聊且慰分司

沈德潛曰赤龍羲和云云此種奇傑昌黎獨造

送湖南李正字歸

長沙入楚深洞庭值秋晚人隨鴻鴈少江共蒹葭遠歷
歷余所經悠悠子當返孤游懷耿介旅宿夢婉娩風
土稍殊音魚蝦日異飯親交俱在此誰與同息
偃

風神緜邈絶似韋柳是昌黎集中變調唯南溪三首近之

沈德潛曰昌黎五言難得此清遠之格

寄盧仝

玉川先生洛城裏破屋數間而已矣一奴長鬚不裹頭一婢赤脚老無齒辛勤奉養十餘人上有慈親下妻子先生結髮憎俗徒閉門不出動一紀至今鄰僧乞米送僕忝縣尹能不恥俸錢供給公私餘時致薄少助祭祀

勸參留守謁大尹言語纔及輒掩耳水北山人得名聲去年去作幕下士水南山人又繼往鞍馬僕從塞閭里少室山人索價高兩以諫官徵不起彼皆刺口論世事有力未免遭驅使先生事業不可量惟用法律自繩己春秋三傳束高閣獨抱遺經究終始往年弄筆嘲同異怪辭驚衆謗不已近來自說尋坦塗猶上虛空跨緑駬去歲生兒名添丁意令與國充耘耔國家丁口連四海豈無農夫親耒耜先生抱才終大用宰相未許終不仕假如不在陳力列立言垂範亦足恃苗裔當蒙十世宥豈謂貽厥無基阯故知忠孝生天性潔身亂倫安足擬昨晚長鬚來下狀隔牆惡少惡難似每騎屋山下窺闞渾舍驚怕走折趾憑依婚媾欺官吏不信令行能禁止先生受屈未曾語忽此來告良有以嗟我身為赤縣令操權不用欲何俟立召賊曹呼伍伯盡取鼠輩尸諸市先生又遣長鬚來如此處置非所喜況又時當長養節都邑未可猛政理先生固是余所畏度量不敢窺涯涘放

縱是誰之過歟效尤戮僕媿前史買羊沽酒謝不敏偶逢明月曜桃李先生有意許降臨更遣長鬚致雙鯉

玉川垂老尚依時宰致罹甘露之難其人固非高隱退之何以傾倒乃爾觀詩中所敘特與鄰人搆訟而以情面聽其起滅耳却寫得壁立千仞有執鞭欣慕之意乃知唐時處士類能作聲價如此

隱居詩話曰退之李花詩云夜領張徹投盧仝乘雲共到玉皇家長姬香御四羅列縞裙練帨無等差反

贈盧仝詩曰買羊沽酒謝不敏偶逢明月曜桃李即
此時也李渤石洪溫造為處士純盜虛名韓愈雖與
之遊而多侮薄之所謂水北山人得名聲去年去作
幕下士水南山人又繼往鞍馬僕從塞閭里少室山
人索價高兩以諫官徵不起彼皆剌口論世事有力
未免遭驅使夫為處士乃剌口論世事希聲名願驅
使又要索高價似玉飾僕御以誇閭里此何等人也
其侮薄之甚矣班固云春秋五傳謂左邱明公羊高

穀梁赤鄒氏夾氏又云鄒氏無書夾氏未有書而韓
愈贈盧仝詩云春秋五傳束高閣獨抱遺編究終始
不知此二傳果何等書

彥周詩話曰玉川子春秋傳僕家舊有之今亡矣辭
簡而遠得聖人之意為多後世有深於經而見盧傳
者當知退之不妄許人也

酬司門盧四兄雲夫院長望秋作

長安雨洗新秋出極目寒鏡開塵函終南曉望蹋龍尾
倚天更覺青巉巉自知短淺無所補從事久此穿朝衫
歸來得便即遊覽暫似壯馬脫重銜曲江荷花蓋十里
江湖生目思莫緘樂遊下矚無遠近綠槐萍合不可芟
白首寓居誰借問平地寸步扃雲巖雲夫吾兄有狂氣
嗜好與俗殊酸鹹日來省我不肯去論詩說賦相諵諵
望秋一章已驚絕猶言低抑避謗讒若使乘酣騁雄怪
造化何以當鐫劖嗟我小生值強伴怯膽變勇神明鑒
馳坑跨谷終未悔為利而止真貪饞高揖羣公謝名譽

遠追甫白感至誠樓頭完月不共宿其奈就缺行攕攕

誰氏子

非癡非狂誰氏子去入王屋稱道士白頭老母遮門啼
挽斷衫袖留不止翠眉新婦年二十載送還家哭穿市
或云欲學吹鳳笙所慕靈妃媲蕭史又云時俗輕尋常
力行險怪取貴仕神仙雖然有傳說知者盡知其妄矣
聖君賢相安可欺乾死窮山竟何俟嗚呼余心誠豈弟
願往教誨究終始罰一勸百政之經不從而誅未晚耳

誰其友親能哀憐寫吾此詩持送似

原注曰呂氏子炅見李素墓誌

本集河南少尹李素墓誌曰素拜河南少尹行大尹事呂氏子炅棄其妻著道士衣冠謝母曰當學仙王屋山去數月復出闕詣公公立之府門外使吏卒脫道士服給冠帶送付其母

送無本師歸范陽

無本於為文身大不及膽吾嘗示之難勇往無不敢蛟

龍弄角牙造次欲手攬衆鬼囚大幽下戲蘘玄窞天陽熙四海注視首不頷鯨鵬相摩窣兩舉快一噉夫豈能必然固已謝黯黮狂詞肆滂葩低昂見舒慘姦窮怪變得往往造平澹蜂蟬碎錦纈綠池披菡萏芝英擢荒蓁孤翮起連荒家住幽都遠未識氣先感來尋吾何能無殊嗜昌歜始見洛陽春桃枝綴紅糝遂來長安里時卦轉習坎老懶無鬬心久不事鉛槧欲以金帛酬舉室常顑頷念當委我去雪霜刻以憯獰飈攪空衢天地與頓撼勉率吐歌詩慰女別後覽

獎賞之中諷喻深遠正不獨為浪山說法也　身大不及膽妙於翻用

俞瑒曰凡昌黎先生論文諸作極有關係其中次第俱從親身歷過故能言其甘苦親切乃耳如此詩云無本於為文身大不及膽吾嘗示之難勇往無不敢作詩入手須要膽力全在勇往上見其造詣之高又云姦窮怪變得往往造平澹得於能變之後所謂漸

近自然也此境夫豈易到公之指點來學者深矣微矣

石鼓歌

張生手持石鼓文勸我試作石鼓歌少陵無人謫仙死才薄將奈石鼓何周綱陵遲四海沸宣王憤起揮天戈大開明堂受朝賀諸侯劍珮鳴相磨蒐於岐陽騁雄俊萬里禽獸皆遮羅鐫功勒成告萬世鑿石作鼓隳嵯峨從臣才藝咸第一揀選撰刻留山阿雨淋日炙野火燎

鬼物守護煩撝呵公從何處得紙本毫髮盡備無差訛
辭嚴義密讀難曉字體不類隷與科年深豈免有缺畫
快劍斫斷生蛟鼉鸞翔鳳翥衆仙下珊瑚碧樹交枝柯
金繩鐵索鎖紐壯古鼎躍水龍騰梭陋儒編詩不收入
二雅褊迫無委蛇孔子西行不到秦掎摭星宿遺羲娥
嗟余好古生苦晚對此涕淚雙滂沱憶昔初蒙博士徵
其年始改稱元和故人從軍在右輔為我量度掘臼科
濯冠沐浴告祭酒如此至寶存豈多氈包席裹可立致

十鼓秖載數駱駝薦諸太廟比郜鼎光價豈止百倍過
聖恩若許留太學諸生講解得切磋觀經鴻都尚填咽
坐見舉國來奔波剜苔剔蘚露節角安置妥帖平不頗
大廈深簷與蓋覆經歷久遠期無佗中朝大官老於事詎肯感
激徒媕婀牧童敲火牛礪角誰復著手為摩挲日銷月鑠
就埋沒六年西顧空吟哦羲之俗書趁姿媚數紙尚可
博白鵝繼周八代爭戰罷無人收拾理則那方今太平
日無事柄任儒術崇丘軻安能以此上論列願借辯口

如懸河石鼓之歌止於此嗚呼吾意其蹉跎

典重瑰奇良足鑄之金而磨之石後半旁皇珍惜更見
懷古情深厥後石鼓升沈不一竟得依聖人之居其文
與六籍並垂永世則退之請留太學之說實有力焉此
詩亦不為空作矣

容齋隨筆曰文士為文有矜夸過實雖韓文公不能
免如石鼓歌極道宣王之事偉矣至云孔子西行不
到秦掎摭星宿遺羲娥陋儒編詩不收入二雅褊迫

無委蛇是謂三百篇皆如星宿獨此詩如日月也二
雅褊迫之語尤非所宜言今世所傳石鼓之詞尚在
豈能出吉日車攻之右安知非經聖人所删乎
困學紀聞曰致堂云韓退之賦石鼓曰孔子西行不
到秦故不見録孔子編詩豈必身歷而後及哉信斯
言也車鄰駟鐵胡為而收之也
集古録曰石鼓久在岐陽初不見稱於前世至唐人
始盛稱之而韋應物以為周文王之鼓至宣王刻詩

韓退之直以爲宣王之鼓在今鳳翔孔子廟中鼓有十先時散棄於野鄭餘慶始置之於廟而亡其一皇祐四年向傳師求於民間得之十鼓乃足其文可見者四百六十五磨滅不可識者過半然其可疑者三退之好古不妄者予姑取以爲信耳至于字畫亦非史籀不能作也

鏖史曰右軍書多不講偏旁此退之所謂羲之俗書趁姿媚者也

蔡寛夫詩話曰退之石鼓歌云羲之俗書趁姿媚數紙尚可博白鵞觀此語便知退之非留意於書者今洛中尚有石刻題名信不甚工

石鼓文音訓曰初在陳倉野中唐鄭餘慶始遷之鳳翔夫子廟中徙開封靖康末金人取之以歸於燕元皇慶癸丑始置大成至聖文宣王廟門之左右

沈德潛曰陋儒指當時采風者言二雅不載孔子無從采取也　隸書風俗通行別於古篆故云俗書無貶右軍意

題炭谷湫祠堂

萬生都陽明幽暗鬼所寰嗟龍獨何智出入人鬼間不知誰爲助若執造化關厭處平地水巢居插天山列峰若攢指石盂仰環環巨靈高其捧保此一掬慳森沈固含蓄本以儲陰姦魚鼈蒙擁護羣嬉傲天頑翮翮棲託禽飛飛一何閑祠堂像侔真擢玉紆烟鬟羣怪儼伺候恩威在其顏我來日正中悚惕思先還寄立尺寸地敢言來途艱吁無吹毛刃血此牛蹄殷至今乘水旱鼓舞

寡與鰥林叢鎮冥冥窮年無由删妍英雜豔實星瑣黄朱班石級皆險滑顛躋莫牽攀龙區雖衆碎付與宿己頑棄去可李何吾其死茅菅

感時託諷不覺義形於色秋懷已發其端此更淋漓盡致　按唐書王叔文傳順宗不能聽政深居施幄坐以牛昭容宦人李忠言侍側羣臣奏事從帷中可其奏大抵叔文因伾伾因忠言忠言因昭容更相依仗又王伾傳叔文入止翰林而伾至柿林院見牛昭容等此詩擢

王紆炟爨云云蓋借澄源以喻昭容也

果氏曰按宋敏求長安志云炭谷在萬年縣南六十里又云澄源夫人湫廟在終南山炭谷公南山詩有云因縁窺其湫即此湫龍所居也

胡渭曰公詠南山云捐官詩日月欲進不可又因縁窺其湫凝湛閟陰嘼此為四門博士時事也時天晦大雪淚目苦濛皆此赴陽山過藍田時事也昨來逢清霽宿願忻始副此江陵入至藍田時事也題炭谷

湫詩蓋貞元十九年京師旱祈雨湫祠公往觀焉故曰因縁窺其湫因縁謂以事行非特遊也篇中饒有諷刺時徳宗幸臣李齊運李實韋執誼等與王叔文交通亂政漸甚故公因所見以起興湫龍澄源喻幸臣魚鼈禽鳥及羣怪喻黨人也秋懷欲罾寒蛟而是詩恨不血此牛蹄剛腸疾惡情見乎辭劉柳洩言羣小側目陽山之譴所自來矣上疏云乎哉

聽頴師彈琴

昵昵兒女語恩怨相爾汝劃然變軒昂勇士赴敵場浮雲柳絮無根蔕天地闊遠隨飛揚喧啾百鳥羣忽見孤鳳凰躋攀分寸不可上失勢一落千丈強嗟余有兩耳未省聽絲篁自聞頴師彈起坐在一旁推手遽止之濕衣淚滂滂頴乎爾誠能無以冰炭置我腸

寫琴聲之妙實為得髓槃休伯稱車子柳子厚誌箏師皆不能及永叔善琴乃用此為譏議耶　躋攀二語千古詩文妙訣

西清詩話曰六一居士嘗問東坡琴詩孰優坡荅以退之聽頴師琴公曰此秖是琵琶耳吳僧義海以琴名世或以六一語問海海曰歐陽公一代英偉然斯語誤矣昵昵兒女語恩怨相爾汝言輕柔細屑真情出見也劃然變軒昂勇士赴敵場精神餘讙聳觀聽也浮雲柳絮無根蔕天地闊遠隨飛揚縱横變態浩乎不失自然也喧啾百鳥羣忽見孤鳳凰又見頴孤絶不同流俗下俚聲也躋攀分寸不可上失勢一落

千丈強起伏柳揚不主故常也皆指下絲聲妙處惟
琴為然琵琶格上聲烏能爾耶退之深得其趣未易識
評也

彥周詩話曰退之聽穎師琴詩云浮雲柳絮無根蒂
天地濶遠隨飛揚此泛聲也謂輕非絲重非木也喧
啾百鳥羣忽見孤鳳凰泛聲中寄指聲也躋攀分寸
不可上吟繹聲也失勢一落千丈強順下聲也善琴
者云此數聲最難工自文忠公與東坡論此詩作聽
琵琶之後後生隨例云云故論之少為退之雪冤

調張籍

李杜文章在光焰萬丈長不知羣兒愚那用故謗傷蚍
蜉撼大樹可笑不自量伊我生其後舉頸遥相望夜夢
多見之晝思反微茫徒觀斧鑿痕不矚治水航想當施
手時巨刃磨天揚垠崖劃崩豁乾坤擺雷硠惟此兩夫
子家居率荒涼帝欲長吟哦故遣起且僵翦翎送籠中
使看百鳥翔平生千萬篇金薤垂琳琅仙官勅六丁雷
電下取將流落人間者太山一豪芒我願生兩翅捕逐
出八荒精誠忽交通百怪入我腸刺手拔鯨牙舉瓢酌
天漿騰身跨汗漫不著織女襄顧語地上友經營無太
忙乞君飛霞珮與我高頡頏

此亦籍以詩派正宗言已所手追心慕惟有李杜雖不
可幾及亦必升天入地以求之籍有志於此當相與為
後先也其景仰之誠直欲上通孔夢其運量之大不減
遠績禹功所以推崇李杜者至矣

魏仲舉曰退之有取於李杜如薦士醉留東野望秋
石鼓等詩每致意焉然未若此詩之專美也

雪浪齋日記曰退之叅李杜透機關處於調張籍詩
見之自我願生兩翅捕逐出八荒以下至乞君飛霞
珮與我高頡頏此領會語也從退之言詩者多而獨
許籍者以有見處可以傳衣耳

竹坡詩話曰元微之作李杜優劣論謂太白不能窺杜
甫之藩籬況堂奧乎唐人未嘗有此論而稹始為之至退

之云李杜文章在光焰萬丈長不知羣兒愚那用故謗傷則不復為優劣矣洪慶善作韓文辨證著魏道輔之言謂退之此詩為微之作也微之雖不當自作優劣然指稹為愚兒豈退之之意乎

盧郎中雲夫寄示送盤谷子詩兩章歌以和之

昔尋李愿向盤谷正見高崖巨壁爭開張是時新晴天井溢誰把長劍倚大行衝風吹破落天外飛雨白日灑洛陽東蹈燕川食曠野有饋木蕨芽滿筐馬頭溪深不

可厲偕車載過水入箱平沙綠浪榜方口雁鴨飛起穿垂楊窮探極覽頗恣橫物外日月本不忙歸來辛苦欲誰為坐令再往之計墮眇芒閉門長安三日雪推書撲筆歌慨慷旁無壯士遣屬和遠憶盧老詩顛狂開緘忽覩送歸作字向紙上皆軒昂又知李侯竟不顧方冬獨入崔嵬藏我今進退幾時決十年蠢蠢隨朝行家請官供不報答無異雀鼠偷太倉行抽手版付丞相不待彈劾還耕桑

字向紙上皆軒昂正是此篇評語高詠數番令人增長意氣

漁隱叢話曰東坡云歐陽文忠言晉無文章惟陶淵明歸去來一篇而已余亦謂唐無文章惟韓退之送李愿歸盤谷序一篇而已平生欲效此作一文每執筆輒罷因自笑曰不若且放教退之獨步退之尋常詩自謂不逮李杜至於昔尋李愿向盤谷一篇獨不減子美

病中贈張十八

中虛得暴下避冷卧北窗不蹋曉鼓朝安眠聽逢逢籍也處閭里抱能未施邦文章自娛戲金石日擊撞龍文百斛鼎筆力可獨扛談舌久不掉非君亮誰雙扶几導之言曲節初摐摐半塗喜開鑿派別失大江吾欲盈其氣不令見麾幢牛羊滿田野解旆束空杠傾罇與斟酌四壁堆罌缸玄帷隔雪風照鑪釘明釭夜闌縱捭闔哆口疎眉厖勢侔高陽翁坐約齊橫降連日挾所有形軀

頓胯肛將歸乃徐謂子言得無吪迴軍與角逐斫樹収
窮龐雌聲吐欸要酒壺綴羊腔君乃崑崙渠籍乃嶺頭
瀧譬如蟻垤微詎可陵崆峴幸願終賜之斬拔枿與椿
從此識歸處東流水淙淙

此篇當就用韻處玩其苦心巧思大畧以軍事進退為比皆就韻之所近而詞義乃各得其儕如前有高陽一喻而後之窮龐乃以類從不為强押凡鮮狏廻軍約降吐欸前後俱一綫穿成於此見長篇險韻之須慘淡經

營不可恃才鹵莽也　按顧嗣立謂諸家舊注不無舛錯如病中贈張十八云龍文百斛鼎孫汝聽不知出自班孟堅寶鼎詩而漫引史記秦武王與孟説舉龍文之鼎此其謬更甚嗣立但見史記秦本紀有王與孟説舉鼎事而無龍文字面遂疑其説謬而改注之不知秦武王與孟説舉龍文赤鼎自在趙世家中詩本用此孫注式久詳晰而於義未為失也若不引舉鼎而泛引寶鼎於下句力扛何涉舊注固時有舛錯此則改注反成謬特為正之

韓醇曰公始也扶杌導籍使之言且逞其麾幢解旆東杠而示之弱籍乃縱其捭闔如酈生之下齊既連日挾其所有其後軀病語婉乃為公敗是猶孫臏之收龐涓也籍既為公所敗乃自以為嶺頭之瀧不足以方崑崙之渠蟻垤之微不足以陵崆峴之山願終受教於公而公於是導其所歸也

寄崔二十六立之

西城員外丞心跡兩屈奇往歲戰詞賦不將勢力隨下
驢入省門左右驚紛披傲兀坐試席深叢見孤羆文如
翻水成初不用意為四座各低面不敢捩眼窺升階揖
侍郎歸舍日未敧佳句喧衆口考官敢瑕疵連年収科
第若摘頷底髭廻首卿相位通途無佗岐豈論校書郎
袍笏光參差童稚見稱説祝身得如斯儕輩妒且熱喘
如竹筒吹老婦願嫁女約不論財貲老翁不量分累月
笞其兒攪攪爭附託無人角雌雌由來人間事翻覆不

可知安有巢中鷇揷翅飛天陲駒麛著爪牙猛虎借與皮汝頭有韁繫汝脚有索縻陷身泥溝間誰復稟指撝不脫吏部選可見偶與奇又作朝士貶得非命所施客居京城中十日營一炊逼迫走巴蠻恩愛座上離昨來漢水頭始得完孤羇桁掛新衣裳盎棄食殘糜苟無飢寒苦那用分高卑憐我還好古宦途同險巇每旬遺我書竟歲無差池新篇奚其思風幡肆逶迤又論諸毛功劈水看蛟螭雷電生睒睗角鬣相撐披屬我感窮景抱

華不能擒倡來和相報愧歎俾我疵又寄百尺綵緋紅相盛衰巧能喻其誠深淺抽肝脾開展放我側方餐涕垂匙朋交日凋謝存者逐利移子寧獨迷誤綴綴意益彌舉頭庭樹豁狂飈卷寒曦迢遞山水隔何由應塤篪別來就十年君馬記騧驪長女當及事誰助出帨縭諸男皆秀朗幾能守家規文字銳氣在輝輝見旌麾摧腸與感容能復持酒卮我雖未耋老髮禿骨力羸所餘十九齒飄颻盡浮危元花著兩眼視物隔褷纚燕席謝不詣將鞍懸莫騎款敦凭書案譬彼鳥黏黐且吾聞之師不以物自隳孤豚眠糞壤不慕太廟犧君看一時人幾輩先騰馳過半黑頭死陰蟲食枯骴歡華不滿眼咎責塞兩儀觀名計之利詎足相陪裨仁者恥貪冒受祿量所宜無能食國惠豈異哀癃罷久欲辭謝去休令衆睢睢況又嬰瘵疾寧保軀不貲不能前死罷內實慙神祇舊籍在東都茅屋枳棘籬還歸非無指灞滻揚春澌生兮耕吾疆死也埋吾陂文書自傳道不仗史筆垂夫子

固吾黨新恩釋銜羈去來伊洛上相待安罛箄我有雙飲盞其銀得朱提黃金塗物象雕鐫妙工倕乃令千里鯨幺麽微螽斯猶能爭明月擺掉出淼瀰野草花葉細不辨薋菉葹綿綿相糾結狀似環城陴四隅芙蓉樹擢豔皆猗猗鯨以興君身失所逢百罹月以喻夫道僶俛勵莫虧草木明覆載妍醜齊榮萎願君恒御之行止雜燧觿異日期對舉當如合分支

叙崔如小傳叙自如尺牘雜沓覼縷似破碎而實渾成

其詞意懇欵下筆不能自休可想見交誼之厚

隐居詩話曰詩惡蹈襲古人之意亦有襲而愈工若出於己者葢思之愈精則造語愈深也魏人章疏云福不盈眥禍将溢世韓愈則曰歡華不滿眼咎責塞兩儀葢工於前也

李光地曰前叙崔之登第謫官中道與崔唱酬之事而因訊其安侯後乃自述其志而欲與崔偕隐未方及其所以報崔之貽者與前巧喻其誠相應

御選唐宋詩醇卷三十

欽定四庫全書

集部

御選唐宋詩醇卷三十一 二

詳校官山東道御史臣温常綬

總校官編修臣朱鈐
校對官編修臣劉汝𦍑
謄録監生臣楊熙

欽定四庫全書

御選唐宋詩醇卷三十一

昌黎韓愈詩五

短燈檠歌

長檠八尺空自長短檠二尺便且光黄簾緑幕朱戶閉風露氣入秋堂涼裁衣寄遠淚眼暗搔頭頻挑移近牀太學儒生東魯客二十辭家來射策夜書細字綴語言兩目眵昏頭雪白此時提攜當案前看書到曉那能眠一朝富貴還自恣長檠高張照珠翠吁嗟世事無不然牆角君看短檠棄

貧賤糟糠諷諭深切

病鴟

屋東惡水溝有鴟墮鳴悲青泥掩兩翅拍拍不得離羣童叫相召瓦礫爭先之計校生平事殺却理亦宜奪攘不愧恥飽滿盤天嬉晴日占光景高風送追隨遂凌紫鳳羣肯顧鴻鵠卑今者運命窮遭逢巧丸兒中汝要害處汝能不得施於吾乃何有不忍乘其危丐汝將死命浴以清水池朝餐輟魚肉暝宿防狐貍自知無以致蒙德久猶疑飽入深竹叢飢來傍階基亮無責報心固以聽所為昨日有氣力飛跳弄藩籬今晨忽徑去曾不報我知僥倖非汝福天衢汝休窺京城事彈射豎子豈易欺勿諱泥坑辱泥坑乃良規

顧嗣立曰此詩每虛頓一二語用深一步法如計較生平事殺却理亦宜亮無責報心固以聽所為是也通首是比分明為負心人寫照與老杜義鶻行正相反

華山女

街東街西講佛經撞鐘吹螺鬧宮庭廣張罪福資誘脅聽衆狎恰排浮萍黃衣道士亦講說座下寥落如明星華山女兒家奉道欲驅異教歸仙靈洗粧拭面著冠帔白咽紅頰長眉青遂來昇座演真訣觀門不許人開扃不知誰人暗相報訇然振動如雷霆掃除衆寺人跡絶

驊騮塞路連輜軿觀中人滿坐觀外後至無地無由聽抽釵脱釧解環珮堆金叠玉光青熒天門貴人傳詔召六宮願識師顔形玉皇頷首許歸去乘龍駕鶴來青冥豪家少年豈知道來繞百帀脚不停雲窗霧閣事慌惚重重翠幔深金屏仙梯難攀俗縁重浪憑青鳥通丁寧

漁隐叢話曰類苑云退之見神仙亦不伏云我寧屈曲自世間安能從汝巢神山賦謝自然則曰童騃無所識作誰氏子則曰不從而誅未晚耳惟華山

女詩頗假借不知何以得此

朱子曰或怪公排斥佛老不遺餘力而於華山女獨假借如此非也此正譏其衒姿色假仙靈以惑衆又譏時君不察使失行婦人得入宮禁耳觀其卒章豪家少年雲窗霧閣翠幔金屏青鳥丁寧等語褻慢甚矣豈真以神仙處之哉

彦周詩話曰詩人寫人物態度至不可移易元微之李娃行云髻鬟峨峨高一尺門前立地看春風此定為娼婦退之華山女詩云洗粧拭面著冠帔白咽紅頰長眉青此定是女道士東坡作芙蓉城詩亦用長眉青三字云中有一人長眉青炯如微雲淡疎星便有神仙風度

瀧吏

南行逾六旬始下昌樂瀧險惡不可狀船石相舂撞往問瀧頭吏潮州尚幾里行當何時到土風復何似瀧吏垂手笑官何問之愚譬官居京邑何由知東吳東吳遊

宦鄉官知自有由潮州底處所有罪乃竄流儂幸無負犯何由到而知官今行自到那遽妄問為不虞卒見困汗出愧且駭吏曰聊戲官儂嘗使往罷嶺南大抵同官去道苦遼下此三千里有州始名潮惡溪瘴毒聚雷電常洶洶鰐魚大於船牙眼怖殺儂州南數十里有海無天地颶風有時作掀簸真差事聖人於天下於物無不容比聞此州囚亦有生還儂官無嫌此州固罪人所徙官當明時來事不待説委官不自謹慎宜即引分往胡

為此水邊神色久懭慌施大飛覺小所任自有宜官何不自量滿溢以取斯工農雖小人事業各有守不知官在朝有益國家不得無虱其間不武亦不文仁義飾其躬巧姦敗羣倫叩頭謝吏言始慙今更羞歷官二十餘國恩並未酬凡吏之所訶嗟實頗有之不即金木誅敢不識恩私潮州雖云遠雖惡不可過於身實已多敢不持自賀

欲寫貶地遠惡却設為問荅又借吳音俚語以致真切

之意助荒陋之態格調全祖古樂府來 君子以恐懼修省瀧吏篇之謂也莫道英雄氣短

沈德潛曰音節氣味得之漢人樂府韓詩中推為別調 借吏言以規諷主意在此

除官赴闕至江州寄鄂岳李大夫

盆城去鄂渚風便一日耳不枉故人書無因帆江水故人辭禮闈旌節鎮江圻而我竄逐者龍鍾初得歸別來已三歲望望長迢遞咫尺不相聞平生那可計我齒落且盡君鬢白幾何年皆過半百來日苦無多少年樂新知衰暮思故友譬如親骨肉寧免相可不我昔實愚惷不能降色辭子犯亦有言臣猶自知之公其務貰過我亦請改事桑榆儻可收願寄相思字

情致纏緜詞氣遜順使人之意也消

南山有高樹行贈李宗閔

南山有高樹花葉何衰衰上有鳳凰巢鳳凰乳且棲四旁多長枝羣鳥所託依黃鵠據其高眾鳥接其卑不知何

山鳥羽毛有光輝飛飛擇所處正得眾所希上承鳳凰恩自期永不衰中與黃鵠羣不自隱其私下視眾鳥羣汝徒竟何為不知挾丸子心默有所規彈汝枝葉間汝翅不覺摧或言由黃鵠黃鵠豈有之慎勿猜眾鳥眾鳥不足猜無人語鳳凰汝屈安得知黃鵠得汝去婆娑弄毛衣前汝下視鳥各議汝瑕疵汝豈無朋匹有口莫肯開汝落蒿艾間幾時復能飛哀哀故山友中夜思汝悲路遠翅翎短不得持汝歸

韓醇曰據詩意鳳凰謂裴度鈌丸子謂李德裕李紳元稹也新書李宗閔傳云裴度伐蔡引為彰義觀察判官拜平知制誥長慶初錢徽典貢舉宗閔託所親於徽李德裕李紳元稹共白徽取士不以實宗閔坐貶劒州刺史俄復為中書舍人由是嫌怨顯結縉紳之禍四十餘年不解又云宗閔初為裴度引用及度薦李德裕可為宰相宗閔遂與為怨韓愈為作南山猛虎行規之按度薦德裕在公没後五年新書誤矣

漁隱叢話曰退之宗閔俱裴晉公征淮西時幕客也退之作南山有高樹及猛虎行贈宗閔皆畧盡其終身所為然退之無恙時宗閔纔為中書舍人所為尚未暴自錢徽貶後牛李之憾始結至其為相則退之死久矣遂有封川之行所謂前汝下視鳥各議汝瑕疵鳥鵲從噪之虎不知所歸者何其明驗也

方崧卿曰心黙有所規規圖也東坡五禽言去年麥不熟挾彈規我肉本公語也

猛虎行

猛虎雖云惡亦各有匹儕羣行深谷間百獸望風低身食黃熊父子食赤豹麋擇肉於熊豹肯視兎與狸正晝當谷眠眼有百步威自矜無當對氣性縱以乖朝怒殺其子暮還食其妃匹儕四散走猛虎還孤棲狐鳴門兩旁烏鵲從噪之出逐猴入居虎不知所歸誰云猛虎惡中路正悲啼豹來銜其尾熊來攫其頤猛虎死不辭但慙前所為虎坐無助死况如汝細微故當結以信親當

結以私親故且不保人誰信汝為

二詩皆哀矜涕泣而道寓雅之遺則也

方崧卿曰蜀本總題誤以上題贈李宗閔四字綴猛虎行之上後人因之其實後詩不為宗閔作猛虎行樂府舊題非前詩類也新書又謂裴度薦李德裕宗閔怨之為作此詩薦事在太和三年公没久矣不可據

雪後寄崔二十六丞公

藍田十月雪塞關我興南望愁羣山攢天嵬嵬凍相映
君乃寄命於其間秩卑俸薄食口衆豈有酒食開容顔
殿前羣公賜食罷驊騮蹋路驕且閑稱多量少鑒裁密
豈念幽桂遺榛菅幾欲犯嚴出薦口氣象硉兀未可攀
歸來殞涕揜關卧心之紛亂誰能删詩翁憔悴斸荒棘
清玉刻佩聨玦環腦脂遮眼卧壯士大弨挂壁無由彎
乾坤惠施萬物遂獨於數子懐偏慳朝欷暮唶不可解
我心安得如石頑

起調激越極似同谷歌

某氏曰斯立是時爲藍田縣丞其曰藍田十月元和十年十月也孟郊已死張籍病眼故有詩翁壯士之句有懷立之且念朋友之不振也

奉酬盧給事雲夫四兄曲江荷花行見寄并呈上錢七兄閣老張十八助教

曲江千頃秋波淨平鋪紅雲蓋明鏡大明宮中給事歸
走馬來看立不正遺我明珠九十六寒光映骨睡驪目
我今官閑得婆娑問言何處芙蓉多撑舟昆明度雲錦
脚敲兩舷叫吳歌太白山高三百里負雪嵬嵬插花裏
玉山前却不復來曲江汀瀅水平盃我時相思不覺一
迴首天門九扇相當開上界真人足官府豈如散仙鞭
笞鸞鳳終日相追陪

紅雲明鏡中特有雪山倒影便寫得異樣精采結似洒脱正恐不能忘情

樊汝霖曰公時自中書舍人降太子右庶子

記夢

夜夢神官與我言羅縷道妙角與根挈攜陬維口瀾翻
百二十刻須臾間我聽其言未云足捨我先度橫山腹
我徒三人共追之一人前度安不危我亦平行蹋䟶䟶
神完骨蹻脚不掉側身上視溪谷盲杖撞玉版聲彭䡴
神官見我開顔笑前對一人壯非少石壇坡陀可坐卧
我手承頦肘拄座隆樓傑閣磊嵬高天風飄飄吹我過
壯非少者哦七言六字常語一字難我以指撮白玉丹

行且咀噍行詰盤口前截斷第二句綽虐顧我頗不歡乃知仙人未賢聖護短憑愚邀我敬我能屈曲自世間安能從女巢神山

只是寓言勿真謂與鬼爭義

黄庭堅曰六字常語一字難只前句中哦字便是所難此乃為詩之法也

樊汝霖曰蘇內翰嘗曰太白詩云遺我鳥跡書讀之了不閑太白尚氣乃自招不識字不如退之倔強云

我能屈曲自世間安能隨女巢神山又云退之性氣雖出世間人亦不能容也

蔡氏曰此詩蓋有託諷意公忤執政左遷為右庶子時作前酬盧公荷花詩末云豈如散仙鞭笞鸞鳳終日相追陪而此詩末亦云我能屈曲自世間安能從女巢神山皆有不能俯仰隨人之意可知其為左遷之時也

顧嗣立曰按金居敬云羅縷道妙三句意皆本參同契角根斂維謂青龍處房六白虎在昴七朱雀在張二皆朝於元武盡危之位也迎一陽之氣以進火妙用始於虛危在一日言正當子半故曰須臾間又云百二十刻須臾間如參同契以十二卦十二律配十二時陽火陰符之候然一日之間有之一刻之間亦有之也公蓋深得金丹之旨乃倔強世間耶

南內朝賀歸呈同官

薄雲蔽秋曦清雨不成泥罷賀南內衙歸涼曉淒淒綠

槐十二街渙散馳輪蹄余惟戇書生孤身無所齎三黜竟不去致官九列齊豈惟一身榮珮玉冠簪犀滉蕩天門高著籍朝廁妻文才不如人行又無町畦問之朝廷事略不知東西況於經籍深豈究端與倪君恩太山重不見酬稗稊所職事無多又不自提撕明庭集孔鸞曷取於鳧鷖樹以松與柏不宜間蒿藜婉孌自媚好幾時不見擠貪食以忘軀尠不調鹽醯法吏多少年磨淬出角圭將舉汝愆尤以為己階梯收身歸關東期不到死迷

戒心法吏始擬收身則已有為而為矣中間省躬引分乃足為朝士座右銘

雜錄曰唐都城有三大内太極宮在西故名西内大明宮在東故名東内别有興慶宮號南内也

洪興祖曰中朝事跡云天街兩畔樹槐俗號為槐衙白樂天禁遊園詩云下視十二街緑槐間紅塵即此也

讀東方朔雜事

嚴嚴王母宮下維萬仙家噫欠為飄風濯手大雨沱方朔乃豎子驕不加禁訶偷入雷電室輷輘掉狂車王母聞以笑衛官助呀呀不知萬萬人生身埋泥沙簸頓五山踣流漂入維蹉曰吾兒可憎奈此狡獪何方朔闖不喜褫身絡蛟蛇瞻相北斗柄兩手自相挼羣仙急乃言百犯庸不科向觀睥睨處事在不可赦欲不布露言外口實諠譁王母不得已顏嚬口齎嗟頷頭可其奏送以紫玉珂方朔不懲創挾恩更矜誇詆欺劉天子正晝溺殿衙一旦不辭訣攝身凌蒼霞

俞瑒曰此詩洪興祖以為譏矣權者觀結語云云殊不然也意亦指文人播弄造化如雙鳥詩云爾不然何獨取方朔而擬之稚倖耶

顧嗣立曰按漢書東方朔傳贊曰朔之詼諧逢占射覆其事浮淺行於衆庶童兒牧豎莫不眩燿而後世好事者因取奇言怪語附著之公詩皆本經史而此作獨轉取内傳亦偶然戲筆故題之曰雜事也

漢武帝内傳曰帝好長生七夕西王母降其宮有頃索桃七枚以四枚與帝自食三枚曰此桃三千年一實時東方朔從殿東廂朱鳥牖中窺母母謂帝曰此窺牖兒嘗三來偷吾此桃昔為太山宮令到方丈擅弄雷電激波揚風風雨失時陰陽錯迕致令蛟鯨陸行海水暴竭黄鳥宿淵於是九源丈人乃言於太上遂謫人間其後朔一日乘雲龍飛去不知所在

庭楸

庭楸止五株共生十步間各有藤繞之上各相鉤聯下葉各垂地樹顛各雲連朝日出其東我常坐西偏夕日在其西我常坐東邊當晝日在上我在中央閒仰視何青青上不見纖穿朝暮無日時我且八九旋濯濯晨露香明珠何聯聯夜月來照之蒨蒨自生烟我已自頑鈍重遭五楸牽客來尚不見肯到權門前權門衆所趨有客動百千九牛亡一毛未在多少閒往既無可顧不往自可憐

歷叙東西朝暮縈而不殺彌有古意

南溪始泛三首

榜舟南山下上上不得返幽事隨去多孰能量近遠陰沈過連樹藏昂抵横坂石巃肆磨礪波惡厭牽挽或倚偏岸漁竟就平洲飯點點暮雨飄梢梢新月偃餘年懔無幾休日愴已晚自是病使然非由取高蹇

南溪亦清駛而無檝與舟山農驚見之隨我觀不休不惟兒童輩或有杖白頭饋我籠中瓜勸我此淹留我云以病歸此已頗自由幸有用餘俸置居在西疇囷倉米穀滿未有旦夕憂上去無得得下來亦悠悠但恐煩里閭時有緩急投願爲同社人雞豚燕春秋

足弱不能步自宜收朝蹟羸形可與致佳觀安可擲即此南坂下久聞有水石拕舟入其間溪流正清激隨波吾未能峻瀨乍可驚鷺起若導吾前飛數十尺亭亭柳帶沙團團松冠壁歸時還盡夜誰謂非事役

三首神似陶公所謂姦窮變怪得往往造平淡者

蔡寬夫詩話曰退之詩豪健雄放自成一家世特恨其深婉不足南溪始泛三篇乃末年所作獨爲閑遠有淵明風氣

王直方詩話曰洪龜父言山谷於退之詩少所許可最愛南溪始泛以爲有詩人句律之深意

隐居詩話曰南溪始泛詩將死病中作也句有足弱不能步自宜收朝蹟又云餘年懔無幾休日愴已晚張籍哭退之詩畧曰去夏公請告養病城南莊籍時

休官罷雨月同遊翔移船入南溪東西縱篙撐公作
遊溪詩詠唱多慨慷又曰偶有賈秀才來茲亦同并
秀才謂賈島也

題楚昭王廟

邱墳滿目衣冠盡城闕連雲草樹荒猶有國人懷舊德
一間茅屋祭昭王

顧嗣立曰按公外集有記宜城驛云驛東北有井傳
是昭王井井東北數十步有楚昭王廟高木萬株舊

廟屋極宏盛今惟草屋一區然問左側人尚云每歲
十月民相率聚祭其前元和十四年二月二日題蓋
與此詩同作也

答張十一功曹

山淨江空水見沙哀猿啼處兩三家篔簹競長纖纖筍
躑躅閒開豔豔花未報恩波知死所莫令炎瘴送生涯
吟君詩罷看雙鬢斗覺霜毛一半加

任子淵曰斗覺詩中健語也前輩多使退之詩有此
句東坡詩黄昏斗覺羅裳薄後山詩斗覺丈字生清
新

題木居士

火透波穿不計春根如頭面幹如身偶然題作木居士
便有無窮求福人

道破世情

張芸叟木居士詩序耒陽縣北沿流二三十里鼇口寺
即退之所題木居士在焉元豐初以禱旱不應為

邑令祈而薪之今存者乃僧道符更刻

和歸工部送僧約

早知皆是自拘囚不學因循到白頭汝既出家還擾擾
何人更得死前休

振威一喝三日耳聾

入關詠馬

歲老豈能充上駟力微當自慎前程不知何故翻驤首
牽過關門妄一鳴

木芙蓉

新開寒露叢遠比水間紅豔色寧相妒嘉名偶自同株

江官渡晚搴木古祠空願得勤來看無令便逐風

朱子曰此詩言荷花與木芙蓉生不同處而色皆美名又同故以採江搴木二事相對言其生處而九歌者祭神之辭故曰古祠也

奉和庫部盧四兄曹長元日朝迴

天仗宵嚴建羽旄春雲送色曉雞號金爐香動螭頭暗

玉佩聲來雉尾高戎服上趨承北極儒冠列侍映東曹

太平時節難身遇郎署何須歎二毛

沈德潛曰入價岑倡和作中可以伯仲

奉和裴相公東征途經女几山下作

旗穿曉日雲霞雜山倚秋空劒戟明敢請相公平賊後

暫携諸吏上峥嵘

洪興祖曰以我之旗況彼雲霞以彼之山況我劒戟詩家謂廻鸞舞鳳格

桀寛夫詩話曰退之和裴晉公征淮西時過女几山詩云云而晉公之詩無見惟白樂天集載其一聯云待平賊壘報天子莫指仙山示老夫方時意氣自信不疑如此宜令孫楚輩沮撓乎

次潼關先寄張十二閣老使君

荆山已去華山來日出潼關四扇開刺史莫辭迎候遠

相公親破蔡州廻

沈德潛曰沒石飲羽之枝不必以尋常絶句法求之

晉公破賊回重拜台司以詩示幕中賔客愈奉和

南伐旋師太華東天書夜到册元功将軍舊壓三司貴

相國新兼五等崇鵷鷺欲歸仙仗裏熊羆還入禁營中

長慙典午非材職得就閑官即至公

嚴重蒼渾直逼杜陵

石林詩話曰七言難於氣象雄渾句中有力而紆徐不失言外之意自老杜錦江春色來天地玉壘浮雲變古今與五更鼓角聲悲壯三峽星河影動摇等句

之後常恨無復繼者韓退之筆力最為傑出然每苦
意與語俱盡和裴晉公破蔡州回詩所謂將軍舊壓
三司貴相國新兼五等崇非不壯也然意亦盡於此
矣不若劉禹錫賀晉公留守東都云天子旌旗分一
半八分風雨會中州語遠而體大也
沈德潛曰莊重得體

左遷至藍關示姪孫湘

一封朝奏九重天夕貶潮州路八千欲為聖明除弊事

肯將衰朽惜殘年雲橫秦嶺家何在雪擁藍關馬不前
知汝遠來應有意好收吾骨瘴江邊
李光地曰佛骨一表孤忠千古而此詩配之尤妙在
許大題目而以除弊事三字了却

晚次宣溪辱韶州張端公使君惠書敘別酬以絕
句二章

韶州南去接宣溪雲水蒼茫日向西客淚數行先自落
鷓鴣休傍耳邊啼

兼金那足比清文白首相隨愧使君俱是嶺南巡管內
莫欺荒僻斷知聞
筆墨閒錄曰潮州以後詩最哀深宣溪絕句等詩絕
有味

量移袁州張韶州端公以詩相賀因酬之

明時遠逐事何如遇赦移官罪未除北望詎令隨塞鴈
南遷纔免葬江魚將經貴郡煩留客先惠高文謝起予
暫欲繫船韶石下上賓虞舜整冠裾

李光地曰末句取諸離騷所謂跪敷衽以陳辭者有
蒙難正志氣象

奉和兵部張侍郎酬鄆州馬尚書祗召途中見寄
開緘之日馬帥已再領鄆州之作

來朝當路日承詔改轅時再領須句國仍遷少昊司暖
風抽宿麥清雨卷歸旗賴寄新珠玉長吟慰我思
石林詩話曰蔡天啟言嘗與張文潛論韓柳五字警
句文潛舉退之暖風抽宿麥清雨卷歸旗子厚壁空

殘月曙門掩候蟲秋皆集中第一

奉酬天平馬十二僕射暇日言懷見寄之作

天平篇什外政事亦無雙威令加徐土儒風被魯邦清為公論重寛得士心降崴晏偏相憶長謡坐北窗

奉使鎮州行次承天行營奉酬裴司空

竄逐三年海上歸逢公復此著征衣旋吟佳句還鞭馬恨不身先去鳥飛

詔許遲留而奮迅如此仁者之勇庶無愧焉

新書詔愈宣撫既行眾皆危之元稹言韓愈可惜穆宗亦悔詔愈度事從宜無必入愈曰安有受君命而滞留自顧遂疾驅入

奉和僕射裴相公感恩言志

文武成功後居為百辟師林園窮勝事鐘鼓樂清時擺落遺高論雕鐫出小詩自然無不可范蠡爾其誰

按詩話云慶歴中西師未解晏元獻為樞密使會大雪置酒西園歐陽永叔賦詩云須憐鐵甲冷徹骨四十餘萬屯邊兵晏曰昔韓愈亦能作言語赴裴度會但云林園窮勝事鐘鼓樂清時不曾如此作鬧夫裴度之優游緑野乃不得已而與世浮沉故愈詩云云晏殊所處不同聞永叔諷厲正應改容謝之顧猶怫然於中耶

和僕射相公朝迴見寄

盡瘁年將久公今始暫閑事隨憂共減詩與酒俱還放意機衡外收身矢石間秋臺風日迥正好看前山

退之與中立雅契同涉艱危樹功業其於當時朝局

元老苦心有知之最深者二詩能曲傳之諷詠殊有餘味

御選唐宋詩醇卷三十一

欽定四庫全書

御選唐宋詩醇卷三十二

眉山蘇軾詩一

詩自杜韓以後唐季五代纖佻薄弱日即淪胥宋初楊億劉筠錢惟演之徒崇尚崑體秖是溫李後塵嗣是蘇舜欽以豪放自異梅堯臣以高淡為宗雖志於古矣而神明變化之功少未有能驂駕杜韓卓然自成一家而雄視百代者必也其蘇軾乎軾之器識學問見於政事

發於文章史稱言足以達其有猷行足以遂其有為節義足以固其有守皆志與氣為之也惟詩亦然地負海涵不名一體而核其音要之所在如云我詩雖云拙心平聲韻和此軾自評其詩者也作詩熟讀毛詩國風離騷曲折盡在是此軾自以其所得教人者也且夫精深華妙則蘇轍稱之矣公如大國楚吞五湖三江則黃庭堅稱之矣天才宏放宜與日月爭光則蔡絛稱之矣屈注天潢倒連滄海變眩百怪終歸渾雅則敖陶孫稱之矣前之曹劉陶謝後之李杜韓白無所不學亦無所不工同時歐陽王黃猶俱遜謝焉洵乎獨立千古非一代一人之詩也而陳師道顧謂其初學劉禹錫晚學李太白毋乃一知半解歟但其詩氣豪體大有非後哲所易學步者是以元好問論詩有云只知詩到蘇黃盡滄海橫流却是誰又云蘇門果有忠臣在肯放坡詩百態新蓋非用此為譏議乃正以見其不可摹擬耳其與軾並世之人漫為評論者如張舜民有仔細檢點不無利鈍

之言而楊時至謂其不知風雅之意後來嚴羽更以其自出己意為詩之大戹創大言以欺世夫豈可為篤論哉是編所錄掄菁拔萃審擇再三殆無遺憾其生平豐功亮節與夫兄弟朋友過從離合之跡及一時新法之廢興時事之遷變靡不因之以見詩凡五百餘首古體則五言稍多於七言近體則七言數倍於五言要歸本於六義之旨亦非有成見也

辛丑十一月十九日既與子由別於鄭州西門之

外馬上賦詩一篇寄之

不飲胡為醉兀兀此心已逐歸鞍發歸人猶自念庭闈今我何以慰寂寞登高回首坡壠隔惟見烏帽出復沒苦寒念爾衣裘薄獨騎瘦馬踏殘月路人行歌居人樂僮僕怪我苦悽惻亦知人生要有別但恐歲月去飄忽寒燈相對記疇昔夜雨何時聽蕭瑟君知此意不可忘慎勿苦愛高官職（自注嘗有夜雨對牀之言故云爾）

軾與其弟轍友愛特至時軾赴鳳翔簽判之任既別而作此詩起句突兀有意味前敘既別之深情後憶昔年之舊約亦知人生要有別轉進一層曲折道宕軾是時年甫二十六而詩格老成如是

許顗詩話曰燕燕于飛差池其羽之子于歸遠送于野瞻望弗及泣涕如雨此真可泣鬼神矣東坡詩云登高回首坡壠隔惟見烏帽出復沒寔能紹其意

王方直詩話曰東坡喜韋蘇州詩寧知風雨夜復此對牀眠之句故在鄭別子由云寒燈相對記疇昔夜

雨何時聽蕭瑟又初秋子由與坡相從彭城賦詩云誤喜對牀尋舊約不知飄泊在彭城子由使遼在神水館賦詩云夜雨從來對榻眠茲行萬里隔湖天坡在御史獄有云他年夜雨獨傷神在東府有云對牀定悠悠夜雨今蕭瑟其同轉對有云對牀貪聽連宵雨又曰對牀欲作連夜雨又曰對牀老兄弟夜雨鳴竹屋此其兄弟所賦也相約退休可謂無日忘之然竟不能成其約其意見於逍遙堂詩叙云

過宜賓見夷中亂山

江寒晴不知遠見山上日朦朧含高峯晃蕩射峭壁橫雲忽飄散翠樹紛歷歷行人挹孤光飛鳥投遠碧蠻荒誰復愛穠秀安可適豈無避世士高隱鍊精魄誰能從之遊路有對虎迹

孤兮巉削具縋幽鑿險之能

紀年錄曰嘉祐四年荊州上王兵部書曰自蜀至楚舟行六十日過郡十一縣二十有六公由水路至嘉

州入嘉陵江由瀘渝涪忠夔等州入峽江故作過宜賓泊牛口入峽出峽等詩

夜泊牛口

日落江霧生繫舟宿牛口居民偶相聚三四依古柳負薪出深谷見客喜且售煑蔬為夜飱安識肉與酒朔風吹茅屋破壁見星斗兒女自咿嚘亦足樂且久人生本無事苦為世味誘富貴耀吾前貧賤獨難守誰知深山子甘與麋鹿友置身落蠻荒生意不自陋今予獨何者

汲汲强奔走

不見可欲使心不亂於此悟出艱難中骨力孰謂陋室荒村不可以學道

夜行觀星

天高夜氣嚴列宿森就位大星光相射小星鬧若沸天人不相干嗟彼本何事世俗强指摘一一立名字南箕與北斗乃是家人器天亦豈有之無乃遂自謂迫觀知何如遠想偶有似茫茫不可曉使我長歎喟

搔首問天通以元解是即道不可名强名曰道之旨也

八陣磧

平沙何茫茫髣髴見石蕝縱横滿江上歲歲沙水齧孔明死已久誰復辨行列神兵非學到自古不留訣至人已心悟後世徒妄說自從漢道衰蠭起盡姦傑英雄不相下禍難久連結驅民市無知戰野江流血萬人賭一擲殺盡如沃雪不為久遠計草草常無法孔明最後起意欲掃羣孽崎嶇事節制隱忍久不決志大遂成迂歲

月去如瞥六師分未整一旦英氣折惟餘八陣圖千古壯夔峽

後幅評論孔明數語惜之至服之至也八陣圖皇人所共知其箕張翼舒之形無煩鋪叙放懷今古歷歷千年氣成虹霓詞出金石意豈獨為武侯嘆絶

水經注曰江水又東逕諸葛圖壘南石磧平曠望之兼川陸有亮所作八陣圖東跨故壘皆累細石為之自壘西去聚石八行行間相去二丈因曰八陣

入峽

自昔懷幽賞今茲得縱探長江連楚蜀萬派瀉東南合水來如電黔波綠似藍餘流細不數遠勢競相參入峽初無路連山忽似龕縈紆收浩淼蹙縮作淵潭風過如呼吸雲生似吐含墜崖鳴窣窣垂蔓綠毿毿冷翠多崖竹孤生有石楠飛泉飄亂雪怪石走驚驂絕澗知深淺樵僮忽兩三人烟偶逢郭沙岸可乘籃野戍荒州縣郊

君古子男放衙鳴晚鼓留客薦霜柑聞道黄精草叢生綠玉篸盡應充食飲不見有彭聃氣候冬猶暖星河夜半涵遺民悲昶衍（自注：孟昶從此入觀王衍亦蜀主）舊俗接魚蠶版屋漫無瓦嵓居窄似菴伐薪常冒嶮得米不盈甔歎息生何陋劬勞不自慚葉舟輕遠泝大浪固嘗諳矍鑠空相視嘔啞莫與談蠻荒安可駐幽邃信難妉獨愛孤棲鶻高超百尺嵐橫飛應自得遠颺似無貪振翮游霄漢無心顧雀鶴塵勞世方病局束我何堪盡解林泉好多為富貴酣試看飛鳥樂高遁此心甘

用險韻作長律盡如其意之所出最稱擅長首二句虛籠以作起局長江六句又作總挈其入峽十二句峽中之景物也絕澗十二句峽中之人事也氣候八句則言入居峽之陋歎息八句則言已入峽之勞至獨愛孤棲鶻以下十二句前六句寫孤鶻橫飛自得之樂後六句寫自已局束塵勞之態兩相對照作開闔之勢知高超之樂則知高遁之甘矣章法明爐如觀遠岫列秀青青

太平寰宇記曰瞿塘峽在夔州府城東舊名西陵峽

兩崖對峙中貫一江灧澦堆當其口乃三峽之門巫峽在巫山縣明月峽在夷陵州懸崖間白石如月黄牛峽在夷陵州西

三峽記曰三峽連亘七百里重巖疊嶂隱蔽天日非亭午夜分不見日月水經云杜宇所鑿

出峽

入峽喜巉巖出峽喜平曠吾心淡無累遇境即安暢東西徑千里勝處頗屢訪幽尋遠無厭高絕每先上前詩

尚遺畧不録久恐忘憶從巫廟回中路寒泉漲汲歸真可愛翠碧光滿盎忽驚巫峽尾岩腹有穿壙仰見天蒼蒼石室開南嚮宣尼古廟宇叢木作幃帳鐵楯横半空俯瞰不計丈古人誰架構下有不測浪石竇見天囷瓦棺悲古葬新灘阻風雪村落去攜杖亦到龍馬溪茅屋沽村釀玉虚悔不至實爲舟人誑聞道石最奇窮寐見怪狀峽山富奇偉得一知幾喪苦恨不知名歷歷但想像今朝脱重險楚水漸平蕩魚多客庖足風順行意王

追思偶成篇聊助舟人唱

險境發以雄詞須看其意思閒暇蕭散處

神女廟

大江從西來上有千仞山江山自環擁恢詭富神姦深淵鼉鼉横巨壑蛇龍頑旌陽斬長蛟雷雨移蒼灣蜀守降老蹇至今帶連鏁縱横若無主蕩逸侵人寰上帝降瑶姬來處荆巫間神仙豈在猛玉坐幽且閒飄蕭駕風馭弭節朝天關倏忽巡四方不知道里艱古粧具法服邃殿羅烟鬟百神自奔走雜沓來趨班雲輿靈怪聚雲散鬼神還茫茫夜潭静皎皎秋月彎還應摇玉珮來聽水潺潺

徐徊神境彷像仙蹤不費用玉色頳顔及望帷褰幬一切猥瑣漫褻之語芟戒大巫山圖及巫山高二詩疊疊力辨何不録軾詩巫山神女二作爲証耶

吳船録曰下巫峽三十五里至神女廟十二峰皆在北岸前後映帶不能足其數所謂陽臺高唐觀在來

鶴峯上亦未必是神女之事據宋玉賦本以諷襄王後世不察一切以兒女子褻之今廟中石刻引庸城記瑶姬西王母之女稱雲華夫人助禹今鬼神斬石疏流有功見紀今封妙用真人

巫山

瞿塘迤邐盡巫峽崢嶸起連峰稍可怪石色變蒼翠天工運神巧漸欲作奇偉塊軋勢方深結構意未遂旁觀不暇瞬步步造幽邃蒼崖忽相逼絶壁凜可悸仰觀八

九頂俊爽凌顥氣晃蕩天宇高崩騰江水沸孤超兀不謙直拔勇無畏攀緣見神宇憩坐就石位巉巉隔江波一一問廟吏遥觀神女石綽約誠有以俯首見斜鬟拖霞弄修帔人心隨物變遠覺含深意野老笑吾儕少年嘗屢至去隨猿猱上反以繩索試笮笮倚孤峰突兀殊不類世人喜神怪論說驚幼稚楚賦亦虛傳神仙安有是次問掃壇竹云此今尚爾翠葉紛下垂婆娑緑鳳尾風來自偃仰若為神物使絶頂有三碑詰曲古篆字老

人那解讀偶見不能記窮探到峰背採斫黄楊子黄楊生石上堅瘦文如綺貪心去不顧澗谷千尋絶山高虎狼絶深入坦無忌洪濛草樹密葱蒨雲霞膩石竇有洪泉甘滑如流髓終朝自盥漱冷冽清心胃浣衣挂樹梢磨斧就石鼻徘徊雲日晚歸意念城市不到今十年衰老筋力憊當時伐殘木牙蘖已如臂忽聞老人說終日為歎喟神仙固有之難在忘勢利貧賤爾何爱棄去如脫屣嗟爾若無還絶糧應不死

帶阜縈紆屯雲積氣析之則句鍊字琢合之則悠悠乎與顥氣以俱而莫得其涯

入蜀記曰巫山峰巒上入霄漢山脚直插江中議者謂太華衡廬皆無此奇然十二峰者不可悉見所見八九峰惟神女峰最為纖麗奇峭宜為仙真所託

荊州十首　錄三首

南方舊戰國慘澹意猶存慷慨因劉表淒涼為屈原廢城猶帶井古姓聚成村亦解觀形勝昇平不敢論

朱檻城東角高王此望沙江山非一國烽火畏三巴戰國淪秋草危樓倚斷霞百年豪傑盡擾擾見魚蝦

柳門京國道驅馬及春陽野火燒枯草東風動緑芒北行連許鄧南去極衡湘楚境橫天下懷王信弱王

俯仰陳跡懷古者所同悲壯慷慨則唐賢得意筆也嘉祐庚子軾侍其父洵自荊州浮大梁此詩當在鄭州西門作之前

太白山下早行至橫渠鎮書崇壽院壁

馬上續殘夢不知朝日昇亂山橫翠幛落月淡孤燈奔走煩郵吏安門愧老僧再游應眷眷聊亦記吾曾

次聯是早行景色妙從首句殘夢二字生出故日月字不嫌雜見王世貞之論似密實疎

藝苑巵言曰劉駕馬上續殘夢境頗佳下云馬嘶而復驚遂不成語矣蘇子瞻用其語下云不知朝日昇亦未是至復改為瘦馬兀殘夢愈墜惡道

留題延生觀後山小堂

溪山愈好意無厭上到巉巉第幾尖深谷野禽毛羽怪上方仙子鬢眉纖不慙弄玉騎丹鳳應遂嫦娥駕老蟾澗草巖花自無主晚來胡蝶入踈簾

三句觀後之景四句小堂之景唐時文安潯陽平恩卻陽永嘉永安義昌安陽諸主皆先後丐為道士築觀在外玉真師事道士史崇元此詩中二聯較之李義山不逐蕭史休回首莫見洪涯又拍肩之句更為語隱而意微

青城山記曰玉真公主肅宗之姑也築室丈人觀玉真金仙二公主真容見在

趙次公曰延生觀後上小山有堂是唐玉真公主修道遺跡

石鼻城

平時戰國今無在陌上征夫自不閒北客初來試新險蜀人從此送殘山獨穿暗月朦朧裏愁渡奔河蒼茫間

漸入西南風景變道邊修竹水潺潺

揮霍如意五六一聯深沈雄健景中有情　蒼茫二字俱讀從上聲前人所未有此自軾詩創用唐人如韓詩讀張王為去聲白詩讀朧聰為上聲後人不審所出遂謂前賢自我作古恐不盡然耳

趙次公曰石鼻寨即武成鎮也戰國指言蜀與魏也諸葛亮作此城以拒郝昭自北來而入蜀者至此漸入山故曰試新險自蜀來而趨京洛者至此已出山故曰送殘山自此地前往寶雞為入西南矣

病中大雪數日未嘗起觀虢令趙薦以詩相屬戲

用其韻答之

經旬臥齋閣終日親劑和不知雪已深但覺寒無奈飄蕭牕紙明堆壓簷板墮（自注：關中皆以板為簷）風飈助凝冽幛幔困掀簸惟思近醇醲未敢窺璨瑳何時反炎赫卻欲躬臼磨誰言坐無氈尚有裘充貨西鄰歌吹發促席寒威挫崩騰踏成逕繚繞飛入座人歡瓦先融飲儁餠屢臥嗟予獨愁寂空室自困坷欲為後日賞恐被遊塵涴寒

更報新霽皎月懸半破有客獨苦吟清夜默自課詩人例窮蹇秀句出寒餓何當暴霜雪庶以蹋如賀

和韻詩峻拔瀏利如彈丸脫手大蘇所長

歲晚相與饋問為饋歲酒食相邀呼為別歲至除夜達旦不眠為守歲蜀之風俗如是余官於岐下歲暮思歸而不可得故為此三詩寄子由

饋歲

農功各已收歲事得相佐為歡恐無及假物不論貨山川隨出產貧富稱小大寘盤巨鯉橫發籠雙兔臥富人事華靡綵繡光翻座貧者愧不能微摯出舂磨官居故人少里巷佳節過亦欲舉鄉風獨唱無人和

別歲

故人適千里臨別尚遲遲人行猶可復歲行那可追問歲安所之遠在天一涯已逐東流水赴海歸無時東鄰酒初熟西舍彘亦肥且為一日歡慰此窮年悲勿嗟舊

歲別行與新歲辭去去勿回顧還君老與衰

即古詩所遇無故物焉得不速老意而暢言之頗挫淋漓有對此茫茫百端交集之概

守歲

欲知垂盡歲有似赴壑蛇修鱗半已沒去意誰能遮況欲繫其尾雖勤知奈何兒童彊不睡相守夜讙譁晨雞且勿唱更鼓畏添撾坐久燈燼落起看北斗斜明年豈無年心事恐蹉跎努力盡今夕少年猶可誇

前六句比中六句賦結句猶可誇者非幸詞正以見去

日之苦多而盛年之不再也此與别歲一首佳處不減魏武短歌

和子由論書

吾雖不善書曉書莫如我苟能通其意常謂不學可貌妍容有矉璧美何妨橢端莊雜流麗剛健含婀娜好之每自譏不謂子亦頗書成輒棄去繆被旁人裹體勢本闊落結束入細麼子詩亦見推語重未敢荷邇來又學射力薄愁官笴（自注官笴十二把吾能十一把箭耳）多好竟無成不精安

用夥何當盡屏去萬事付懶惰吾聞古書法守駿莫如跛世俗筆苦驕衆中强嵬騀鍾張忽已遠此語與時左

論書實自道其所得端莊剛健一聯及體勢結束一聯宛然見軾書法也中間插入學射一段軒然波起復屬無前

韻語陽秋曰東坡與子由論書云吾雖不善書曉書莫如我苟能通其意常謂不學可故其子叔黨跋公書云吾先君子豈以書自名哉特以其至大至剛之氣發於胸中而應之以手故不見其有刻畫嫵媚之態而端乎章甫若有不可犯之色少年喜二王書晚乃喜顔平原故時有二王風氣俗手不知妄謂學徐浩陋矣觀此則知初未嘗規規然出於翰墨積習也

鳳翔八觀　并序　錄五首

鳳翔八觀詩記可觀者八也昔司馬子長登會稽探禹穴不遠千里而李太白亦以七澤之觀至荆州二子蓋悲世悼俗自傷不見古人而欲一觀其遺蹟故

其勤如此鳳翔當秦蜀之交士大夫之所朝夕往來此八觀者又皆跬步可至而好事者有不能徧觀焉故作詩以告欲觀而不知者

石鼓歌

冬十二月歲辛丑我初從政見魯叟舊聞石鼓今見之文字鬱律蛟蛇走細觀初以指畫肚欲讀嗟如箝在口韓公好古生已遲我今況又百年後强尋偏傍推點畫時得一二遺八九我車既攻馬亦同其魚維鱮貫之柳

自注其詞云我車既攻我馬亦同又云其魚維何維鱮維鯉何以貫之維楊與柳惟此六句可讀餘多不可通

古器縱橫猶識鼎衆星錯落僅名斗模糊半已似瘢胝詰曲猶能辨跟肘娟娟缺月隱雲霧濯濯嘉禾秀莨莠漂流百戰偶然存獨立千載誰與友上追軒頡相唯諾下揖冰斯同鷇鷇憶昔周宣歌鴻鴈當時籀史變蝌蚪厭亂人方思聖賢中興天為生耆耇東征徐虜闞虓虎北伏犬戎隨指嗾象胥雜沓貢狼鹿方召聯翩賜圭卣遂因鼓鞞思將帥豈為考擊煩矇瞍何人作頌比崧高

萬古斯文齊岣嶁勲勞至大不矜伐文武未遠猶忠厚欲尋年歲無甲乙豈有名字記誰某自從周衰更七國竟使秦人有九有掃除詩書誦法律投棄俎豆陳鞭杻當年何人佐祖龍上蔡公子牽黄狗登山刻石頌功烈後者無繼前無偶皆云皇帝巡四國烹滅彊暴救黔首六經既已委灰塵此鼓亦當遭擊掊傳聞九鼎淪泗上欲使萬夫沈水取暴君從欲窮人力神物義不汙秦垢是時石鼓何處避無乃天工令鬼守興亡百變物自閑富貴一朝名不朽細思物理坐歎息人生安得如汝壽

雄文健筆句奇語重氣魄與韓退之作相埒而硏鍊過之細玩通篇以冬十二月四句起以興亡百變四句結起倣北征詩體結亦悠然不盡若韓詩起四句未免平率結云嗚呼吾意其蹉跎又何衰颯也中間分三大段第一段自細觀初以指畫肚至下揖冰斯同鷇鷇鋪敘石鼓之文詞字蹟實景實事所與韓公不同者在此故詳述於前且正是初見時情狀古器縱横六句詳寫石

鼓之奇古固非文字鬱律蛟蛇走一句所能盡缺月嘉禾視韓詩鸞翔鳳翥珊瑚碧樹之詞又出一奇也漂流百戰四句作轉軸起下二段意憶昔周宣歌鴻鴈至豈有名字記誰某推原溯委鋪述典重自從周衰更戰國至無乃天工令鬼守慿弔古今却以六經九鼎作陪襯翻無竭筆力馳驟中章法乃極嚴謹真足嗣響少陵

苕溪漁隱叢話曰韋蘇州石鼓歌云乃是宣王之臣史籀作退之石鼓歌初不指言史籀所作永叔集古

録云至於字畫亦非史籀不能作此蓋原蘇州之歌而云爾蘇長公石鼓詩云憶昔周宣歌鴻鴈當時籀史變蝌蚪亦原於蘇州也

趙次公曰先生詩後段云憶昔周宣歌鴻鴈當時籀史變蝌蚪則石鼓之字蓋蝌蚪之變韓愈有科斗書後記一篇云李陽氷之子服之授余以其家科斗孝經漢衛宏官書兩部合一卷且曰古書得其據依蓋可讀如是則退之宜識科斗書者石鼓歌乃云辭嚴義密讀難曉字體不類隸與科而先生今詩乃能道其六句則先生為精於字學矣歐陽集古跋尾蓋謂韋應物以為文王之鼓韓退之以為宣王之鼓不知何所據而然卒以退之好古不妄者為可信然未嘗載其文至子由和先生詩乃云形雖不具意可知有云楊柳貫魴鱮先生詩注云維鱮維鯉而子由云魴鱮豈各以所辨之字言之乎

朱彝尊曰楊用修謂從李賓之所得唐人拓本多至七百有二字又言及見東坡之本人多惑焉攷賓之石鼓歌中云家藏舊本出黎棗楮墨輕虚不盈握拾殘補缺能幾何以一涓埃裨海嶽夫以歐陽薛胡諸家所見止四百餘字若賓之本有七百餘字拾殘補缺亦已多矣賓之不應為是言也子瞻之詩曰韓公好古生已遲我今況又百年後强尋偏旁推點畫時得一二遺八九子由和之有云形骸偃蹇任苔蘚文字皴剝困風雨字形漫汗隨石缺蒼蛇生角龍折股夫用修之本既得自賓之傳自子瞻是子瞻克見其全子由亦得縱觀子瞻子由又不應為是言也

王維吳道子畫

何處訪吳畫普門與開元開元有東塔摩詰留手痕吾觀畫品中莫如二子尊道子實雄放浩如海波翻當其下手風雨快筆所未到氣已吞亭亭雙林間彩暈扶桑暾中有至人談寂滅悟者悲涕迷者手自捫蠻君鬼伯千萬萬相排競進頭如黿摩詰本詩老佩芷襲芳蓀今

觀此壁畫亦若其詩清且敦祇園弟子盡鶴骨心如死
灰不復溫門前兩叢竹雪節貫霜根交柯亂葉動無數
一一皆可尋其源吳生雖妙絶猶以畫工論摩詰得之
於象外有如仙翮謝籠樊吾觀二子皆神俊又於維也
歛衽無閒言

以史遷合傳論贊之體作詩開合離奇音節疎古道子
下筆入神篇中摹寫亦不遺餘力將言吳不如王乃先
於道子極意形容正是尊題法也後稱王維只云畫如

其詩而所以譽其畫筆者甚淡顧其妙在筆墨之外者
自能使人於言下領悟更不必似畫斷鑿鑿指為神品
妙品矣

許顗詩話曰老杜作曹將軍丹青引云一洗萬古凡
馬空東坡觀吳道子畫壁云筆所未到氣已吞吾不
得見其畫矣斯評也二公之句各可以當之

東湖

吾家蜀江上江水綠如藍迴來走塵土意思殊不堪况
當岐山下風物尤可慙有山禿如赭有水濁如泔不謂
郡城東數步見湖潭入門便清奥恍如夢西南泉源從
高來隨波走涵涵東去觸重阜盡為湖所貪但見蒼石
螭開口吐清甘借汝腹中過胡為目耽耽新荷弄晚涼
輕棹極幽探飄飄忘遠近偃息遺佩簪深有龜與魚淺
有螺與蚶曝晴復戲雨戢戢多於蠶浮沈無停餌倏忽
遽滿籃絲緡雖強致瑣細安足戡聞昔周道興翠鳳棲
孤嵐飛鳴飲此水照影弄毿毿自注此古飲鳳池也至今多梧桐

合抱如彭聃彩羽無復見上有鸛摶鶴嗟予生雖晚好
古意所妉圖書已漫漶猶復訪僑郯卷阿詩可繼此意
久已含扶風古三輔政事豈汝諳聊為湖上飲一縱醉
後談門前遠行客劫劫無留驂問胡不回首無乃趁朝
參予今正疎懶官長幸見函不辭日遊再行恐歲滿三
暮歸仍倒載鐘鼓已韽韽

前幅寫東湖之勝而曰湖所貪曰目耽耽匪直摹景而
已入後自寫閒遊實有懷抱觀古今之意扶風古三輔

政事宜汝諳二句意最深厚得簡兮詩人之旨沈屈下僚勾檢簿書無由得盡其才不得已而為湖上之遊誰與尋蹤探勝者比放是時軾為鳳翔判官陳希亮為府帥以屬禮待之或謁入不得見軾壯年氣盛不相下其客位假寐作有云同僚不解事愠色見髯鬚雖無性命憂且復忍須臾此詩末復云予今正疎懶官長幸見函無聊不平時一發露於辭氣故必知其人論其世而後可與言詩後人注詩者俱未見及此客位之作編入通

守錢塘時併其年譜中次序亦錯謬矣

真興寺閣

山川與城郭漠漠同一形市人與鴉鵲浩浩同一聲此閣幾何高何人之所營側身送落日引手攀飛星當年王中令斫木南山赬寫真留閣下鐵面眼有稜身強八九尺與閣兩崢嶸古人雖暴恣作事今世驚登者尚呀喘作者何以勝曷不觀此閣其人勇且英

蒼蒼莽莽意到筆隨中間側身送落日引手攀飛星十字奇警奪目可與老杜七星在北戶河漢聲西流相匹敵

趙燮曰此詩用古人意而不取其字杜子美登慈恩寺塔詩云秦山忽破碎涇渭不可求俯視但一氣焉能辨皇州

李氏園 自注李茂貞園也今為王氏所有

朝遊北城東回首見修竹下有朱門家破牆圍古屋舉鞭叩其戶幽鸎答空谷入門所見影千步九移目異花

兼四方野鳥喧百族其西引溪水活活轉牆曲東注入深林林深窻戶綠水光兼竹淨時有獨立鵠林中百尺松歲久蒼鱗蹙豈惟此地少意恐關中獨小橋過南圃夾道多喬木隱如城百雉挺若舟千斛陰陰日光淡黯黯秋氣蓄盡東為方池野鴈雜家鶩紅黎驚合抱映島孤雲馥春光水溶漾雪陣風翻撲其北臨長溪波聲卷平陸北山卧可見蒼翠間磽禿我時來周覽問此誰所築云昔李將軍負險乘衰叔抽錢算閒口但未搉羹粥

當時奪民田失業安敢哭誰家美園囿籍没不容贖此亭破千家鬱鬱城之麓將軍竟何事蟣虱生刀鞘何嘗載美酒來此駐車轂空使後世人聞名頸猶縮自注俗猶呼皇后園葢茂貞謂其妻也我今官正閒屢至因休沐入生營居止竟為何人卜何當辦一身永與清景逐

鋪叙園中景物委折詳盡自西而南而東而北一一點金睛宛似柳州小記後以感慨之情寓通曠之見令人意愜

五代史李茂貞本姓宋名文通唐禧宗間以功拜鳳

翔隴右節度使賜姓名昭宗景福元年反犯京師加拜尚書令封岐王後唐莊宗同光二年卒

七月二十四日以久不雨出禱磻溪是日宿虢縣二十五日晚自虢縣渡渭宿於僧舍曾閣閣故曾氏所建也夜久不寐見壁有前縣令趙薦留名有懷其人

龕燈明滅欲三更欹枕無人夢自驚深谷留風終年響亂山銜月半牀明故人漸遠無消息古寺空來看姓名欲向磻溪問姜叟僕夫屢報斗杓傾

夜色蒼涼撫景懷人想見竟夕裵回之致

二十七日自陽平至斜谷宿於南山中蟠龍寺

横槎晚渡碧澗口騎馬夜入南山谷谷中暗水響瀧瀧嶺上踈星明煜煜寺藏嵓底千萬仞路轉山腰三百曲風生饑虎嘯空林月黑驚麏竄修竹入門突兀見深殿照佛青熒有殘燭媿無酒食待游人旋斫杉松煑溪蔌板閣獨眠驚旅枕木魚曉動隨僧粥起觀萬瓦鬱參差

日亂千巖散紅緑門前商賈負椒荈山後咫尺連巴蜀何時歸耕江上田一夜心逐南飛鵠

顔謝以後古詩多有對偶終篇者入唐遂以有聲病者為律無聲病者為古至於七言古體亦時一有之若少陵之霜皮溜雨四十圍黛色參天二千尺子規夜啼山竹裂王母晝下雲旗翻昌黎之大蛇中斷喪前王羣馬南渡開新主何人有酒身無事誰家種竹門可款硬語排奡視唐初四子及元白諸家之宛然律調者不可同

日語也若其自首至尾無句不裁對無對不瑰偉絶特則惟軾集中有之實爲創格此作亦其一也其中寫景處語刻畫而句渾成讀之可怖可喜筆力奇絶

是日至下馬磧憩於北山僧舍有閣曰懷賢南直斜谷西臨五丈原諸葛孔明所從出師也

南望斜谷口三山如犬牙西觀五丈原鬱出如長蛇有懷諸葛公萬騎出漢巴吏士寂如水蕭蕭聞馬檛公才與曹丕豈止十倍加顧瞻三輔間勢若風捲沙一朝長星墜竟使蜀婦髽山僧豈知此一室老烟霞往事逐雲

散故山依渭斜客來空弔古清淚落悲笳

不著議論而鬱拔縱橫之氣自寓語滄味長最是高格

邵長蘅曰蕭蕭聞馬檛詩車攻篇蕭蕭馬鳴毛傳言不讙譁也公詩用此意

三國志曰建興十二年諸葛亮悉大衆由斜谷出以流馬運據武功五丈原與司馬仲達對於渭南分兵屯田爲久住之基耕者雜於渭濱之間而百姓安堵軍無私焉

趙次公曰案長安志引水經注曰斜水北歷斜谷過五丈原亦謂之武功水又曰武功蓋在渭水南郿縣北是今先生禱雨於虢縣之磻溪故所經由望見郿縣之五丈原

和子由記園中草木十一首　錄五首

荒園無數畝草木動成林春陽一已敷妍醜各自矜蒲萄雖滿架困倒不能任可憐病石榴花如破紅襟葵花雖粲粲蒂殘不勝簪叢蓼晚可喜輕紅隨秋深物生感

時節此理等廢興飄零不自由盛亦非汝能

種柏待其成柏成人已老不如種叢篲春種秋可倒陰陽不擇物美惡隨意造柏生何苦艱似亦費天巧天工巧有幾肯盡爲汝耗君看藜與藿生意常草草

萱草雖微花孤秀能自拔亭亭亂葉中一一芳心插牽牛獨何畏詰曲自牙蘗走尋荆與榛如有宿昔約南齋讀書處亂草曉如潑偏工貯秋雨歲歲壞籬落

蘆笋初似竹稍開葉如蒲方春節抱甲漸老根生鬚不愛當夏緑愛此及秋枯黄葉倒風雨白花揺江湖江湖不可到移植苦勤劬安得雙野鴨飛來成畫圖

我歸自南山山翠猶在目心隨白雲去夢遶山之麓汝從何方來笑齒粲如玉探懐出新詩秀語奪山緑覺來已茫昧但記說秋菊有如揉樵子入洞聽琴筑歸來寫遺聲猶勝人間曲自注八月十一日夜宿府學方和此詩夢與弟游南山出詩數十篇夢中甚愛之及覺唯記一句云蟋蟀悲秋菊

前四首俱是雜寫花木隨處拈出妙諦非見道忘山者不能獲此圖通也末首則別為一調秀語奪山緑一句情味備至每於稱許輒處想見其友于式好有怡怡之樂此數詩格調柴桑淡遠修武佩奇殆兼擅其勝

司竹監燒葦園因召都巡檢柴貽勗左藏以其徒會獵園下

官園刈葦留枯槎深冬放火如紅霞枯槎燒盡有根在春雨一洗皆萌芽黄狐老兔最狡捷賣侮百獸常務誇年年此厄竟不悟但愛蒙密爭來家風迴焰卷毛尾熱欲出已被蒼鷹遮野人來言此最樂徒手曉出歸滿車巡邊將軍在近邑呼來颯颯從矛叉戍兵久閒可小試戰鼓雖凍猶堪撾雄心欲搏南澗虎陣勢頗學常山蛇霜乾火烈聲爆野飛走無路號且呀迎人截來砉逢箭避犬逸去窮投罝擊鮮走馬殊未厭但恐落日催棲鴉弊旗仆鼓坐數獲鞍挂雉兔肩分麚主人置酒聚狂客紛紛醉語晚更譁燎毛燔肉不暇割飲啖直欲追羲媧

青丘雲夢古所咤與此何啻百倍加苦遭諫疏說夷羿又被賦客嘲淫奢豈如閒官走山邑放曠不與趨朝衙農工已畢歲云暮車騎雖少賓殊佳酒酣上馬去不告獵獵霜風吹帽斜

從燒園指出物性愚迷語直而曲巡邊將軍以下十四句以議論敘事颯颯灑灑具有聲色此段既極奇橫故主人置酒以下更為紆徐以暢其氣結用獨孤側帽事恰合會獵情景而役使無痕但覺有餘韻逸趣其才真

能吞若雲夢者八九其於胸中曾不芥蔕也

秀州僧本瑩靜照堂

鳥囚不忘飛馬繫嘗念馳靜中不自勝不若聽所之君看厭事人無事乃更悲貧賤苦形勞富貴嗟神疲作堂名靜照此語子謂誰江湖隱淪士豈無適時資老死不自惜扁舟自娛嬉從之恐莫見況肯從我為

厭事人無事更悲説來絶倒即就起動相以証真諦之寂然何必坐斷千崖乃得慧眼無見

送安惇秀才失解西歸

舊書不厭百回讀熟讀深思子自知他年名宦恐不免今日棲遲那可追我昔家居斷還往著書不復窺園葵朅來東遊慕人爵棄去舊學從兒嬉狂謀謬算百不遂惟有霜鬢來如期古山松柏皆手種行且拱矣歸何時萬事早知皆有命十年浪走寧非癡與君未可較得失臨別惟有長嗟咨

送其失解歸而乃勉以讀書朋友切偲之義莫過於此董遇百遍見義熟讀之謂也王筠重覽與深深思之謂也讀書之法亦莫過於此　安惇初從軾遊末流乃與元祐諸賢為難當時至有童謡曰大惇小惇殃及子孫益大惇謂章惇小惇謂安惇也然則安惇乃正世之狂謀謬算者此詩知其他年名宦恐不免而始終以熟讀舊書為箴規固早有以窺其微矣

許彦周詩話曰古人文章不可輕易反覆熟讀加意思索庶幾其見之東坡詩云舊書不厭百回讀熟讀

深思子自知僕嘗以此語銘座右而書諸紳也

送劉道原歸覲南康

晏嬰不滿六尺長高節萬仞陵首陽青衫白髮不自歎富貴在天那得忙十年閉戸樂幽獨百金購書收散亡朅來東觀弄丹墨聊借舊史誅姦強孔融不肯下曹操汲黯本自輕張湯雖無尺箠與寸刃口吻排擊含風霜自言靜中閲世俗有似不飲觀酒狂衣巾狼籍又屢舞傍人大笑供千場交朋翩翩去畧盡惟我與子猶彷徨

世人共弃君獨厚豈敢自愛恐子傷朝來告别驚何速
歸意已逐征鴻翔臣盧先生古君子挂冠兩紀鬢未蒼
定將文度置膝上喜動隣里烹猪羊君歸為我道姓名
幅巾他日容登堂

謂恕借舊史以誅姦強即是軾借舊史以刺執政恕乃
剛直者詩固不嫌明目張膽而道之至於恕歸而臣盧
色喜言外有直道難容之嘆非直幸其無恙遄歸也
按恕為渙之子治平間司馬光編纂資治通鑑薦恕為

局僚詩内所指舊史者此也臣盧先生則指其父渙言
之

施元之曰劉道原名恕筠州人介甫執政道原在館
閣欲引置條例司固辭是時介甫權震天下人不敢
忤而道原憤憤欲與之較又條陳所更法令不合衆
心者至面刺其過介甫怒變色道原不以為意或稠
人廣座對其門生誦言得失無所避遂與之絶此詩
端為介甫而發以孔融汲黯比道原曹操張湯況介
甫又云雖無尺箠與寸刃口吻排擊含風霜益著其
面折之實也

次韻張安道讀杜詩

大雅初微缺流風困暴豪張為詞客賦變作楚臣騷展
轉更崩壞紛綸閲俊髦地偏蕃怪産源失亂狂濤粉黛
迷真色魚鰕易豢牢誰知杜陵傑名與謫仙高掃地收
千軌爭標看兩艘詩人例窮苦天意遣奔逃塵暗人亡
鹿溟翻帝斬鼇艱危思李牧述作謝王褒失意各千里
哀鳴聞九皐騎鯨遁滄海捋虎得綈袍巨筆屠龍手微

官似馬曹迂疎無事業醉飽死遊遨簡牘儀刑在兒童
篆刻勞今誰主文字公合抱旌旄開卷遥相憶知音兩
不遭般斤思郢質鯤化陋儵濠恨我無佳句時蒙致白
醪殷勤理黄菊未遣没蓬蒿

初讀之但覺鋪叙排比詞氣不減少陵耳詳味其詞乃
見下筆矜慎之至蓋題是次張安道韻則先有張詩在
意中非泛然為少陵作贊頌也地偏四句但將從來詩

道之弊廣譬曲喻轉入杜陵只用傑字一言之褒而其起衰式靡立極千古者已意無不盡此下只是既其遭際更不論詩即軾平日所云發於情止於忠孝者亦不一及又俱借謫仙為陪以與下開卷知音一聯情事相映合結仍用此喻以應前文大含元氣細入無間其一一次韻天然又不過汗漫之餘技矣

傅堯俞濟源草堂

微官共有田園興老罷方尋隱退廬栽種成陰十年事

倉皇欲買百金無先生卜築臨清濟喬木如今似畫圖鄰里亦知偏愛竹春來相與護龍雛

堯俞本鄆州須城人徙居孟州濟源嘗有讀書詩云吾屋雖隘卑頗不甚蕪穢置席屋中間坐卧羣書內觀此則知詩稱畫圖良非虛譽

頴州初別子由二首

征帆挂西風別淚滴清頴留連知無益惜此須臾景我生三度別此別尤酸冷念子似先君木訥剛且靜寡辭真吉人介石乃機警至今天下士去莫如子猛嗟我久病狂意行無坎井有如醉且墜幸未傷輒醒從今得閒暇默坐消日永作詩解子憂持用日三省

近別不改容遠別涕霑胸咫尺不相見實與千里同人生無離別誰知恩愛重始我來宛丘牽衣舞兒童便知有此恨留我過秋風秋風亦已過別恨終無窮問我何年歸我言歲在東離合既循環憂喜迭相攻語此長太息我生如飛蓬多憂髮早白不見六一翁

前首留連知無益惜此須臾景即李陵長當從此別且復立斯須之意用作發端語覺悲愴切至更為過之後首本是直抒胸臆讀之乃覺中心苑結之至者此漢魏人絕調也

烏臺詩案曰此詩云至今天下士去莫如子猛為弟轍曾差在制置三司條例司充檢詳文字爭議新法不合而罷既美弟轍去之果決則意亦是譏新法不便也

施元之曰神宗青苗法旣行子由度不能救以書抵
介甫指陳其決不可者且請補外介甫大怒將加以
罪同列止除河南推官會張安道知陳州辟為教授
東坡是時所以論新法為介甫所嫉通判杭州出都
來陳子由送至潁且同謁歐陽公而别盖熙寧四年
也

歐陽少師令賦所蓄石屏

何人遺公石屏風上有水墨希微蹤不畫長林與巨植

獨畫峨眉山西雪嶺上萬歲不長之孤松崖崩澗絶可
望不可到孤烟落日相溟濛含風偃蹇得真態刻畫始
信天有工我恐畢宏韋偃死葬虢山下骨可朽爛心難
窮神機巧思無所發化為烟霏淪石中古來畫師非俗
士摹寫物象畧與詩人同願公作詩慰不遇無使二子
含憤泣幽宫

真可叵敵杜陵

御選唐宋詩醇卷三十二

欽定四庫全書

集部

御選唐宋詩醇卷三十三

詳校官山東道御史臣温常綬

總校官編修臣朱鈐
校對官編修臣劉汝藩
謄錄監生臣楊熙

欽定四庫全書

御選唐宋詩醇卷三十三

眉山蘇軾詩二

十月二日將至渦口五里所遇風留宿

長淮久無風放意弄清快今朝雪浪滿始覺平野隘兩山控吾前吞吐久不噫孤舟繫桑本終夜舞澎湃舟人更傳呼弱纜恃菅蒯平生傲憂患久矣恬百怪鬼神欺吾窮戲我聊一噫缾中尚有酒信命誰能戒

刻畫山水如謝公而去其棘澁

出潁口初見淮山是日至壽州

我行日夜向江海楓葉蘆花秋興長長淮忽迷天遠近青山久與船低昂壽州已見白石塔短棹未轉黃茆岡波平風軟望不到故人久立烟蒼茫

宛是初體律詩別饒古趣

施元之曰東坡嘗縱筆書此詩且題云予年三十六赴杭倅過壽作此詩今五十九南遷至虔烟雨淒然頗有年也

壽陽岸下

街東街西翠幙成池南池北綠錢生幽人獨來帶殘酒偶聽黃鸝第一聲

泗州僧伽塔

我昔南行舟繫汴逆風三日沙吹面舟人共勸禱靈塔香火未收旗脚轉回頭頃刻失長橋卻到龜山未朝飯至人無心何厚薄我自懷私欣所便耕田欲雨刈欲晴去得順風來者怨若使人人禱輒遂造物應須日千變

我今身世兩悠悠去無所逐來無戀得行固願留不惡每到有求神亦倦退之舊云三百尺澄觀所營今已換不嫌俗士汙丹梯一看雲山遶淮甸

至理奇文只是眼前景物口頭語透闢無碍是廣長舌

潛溪詩眼曰句法之學自是一家工夫昔嘗問山谷耕田欲雨刈欲晴去得順風來者怨山谷云不如千巖無人萬壑靜十步回頭五步坐此專論句法不論義理蓋七言詩四字三字作兩節也此句法出黃庭

經自上有黃庭下闕元已下多此體張平子四愁詩句句如此

困學紀聞曰劉夢得何卜賦云同涉於川其時在風沿者之吉泝者之凶同藝於野其時在澤伊穜之利乃稑之厄東坡詩耕田欲雨刈欲晴去得順風來者怨本此意

容齋四筆曰俚語笑林謂兩商人入神廟其一陸行欲晴許賽以猪頭其一水行欲雨許賽以羊頭神顧

小鬼言晴乾喫猪頭雨落喫羊頭有何不可坡詩云若使人人禱輒應造物應須日千變此意未易為庸俗道也

志林曰泗州大聖僧伽傳云和尚何國人也又世云莫知其所從來云不知何國人也近讀隋書西域傳乃有何國余在惠州忽被命責儋耳太守方子容自攜告身來且語余曰此固前定無可恨吾妻沈素事僧伽謹甚一夕夢和尚告別沈問所往答曰當與蘇子瞻同行後七十二日當有命今適七十二日矣豈非前定乎予以謂事之前定者不待夢而知然予何人也而和尚辱與同行得非夙世有少緣契乎

龜山

我生飄蕩去何求再過龜山歲五周身行萬里半天下僧卧一菴初白頭地隔中原勞北望潮連滄海欲東游元嘉舊事無人記故壘摧頹今在不（自注宋文帝遣將拒魏太武築城此山）

萬里句闊遠一菴句靜閒妙作對偶熙寧甲寅軾自杭倅移知密州至元豐己未移知湖州故云再過龜山歲五周結寓感嘆以見兵戎事往并故壘亦不復存不獨無人記憶已也

明道雜記曰蘇公詩云身行萬里半天下僧卧一菴初白頭黃九云初日頭問其義但云若此僧負暄於初日耳余不然黃甚不平曰豈有用白對天乎余異日問蘇公公曰若是黃九要改作日頭也不奈何他

十月十六日記所見

風高月暗雲水黃淮陰夜發朝山陽山陽曉霧如細雨炯炯初日寒無光雲收霧卷已亭午有風北來寒欲僵忽驚飛雹穿戶牖迅駛不復容遮防市人顛沛百賈亂疾雷一聲如頹墻使君來呼晚置酒坐定已復日照廊恍疑所見皆夢寐百里變怪旋消亡共言蛟龍厭舊穴魚鼈隨徙空陂塘愚儒無知守章句論說黑白推何祥惟有主人言可用天寒欲雪飲此觴

游金山寺

我家江水初發源宦游直送江入海聞道潮頭一丈高天寒尚有沙痕在中冷南畔石盤陀古來出沒隨濤波試登絕頂望鄉國江南江北青山多羈愁畏晚尋歸楫山僧苦留看落日微風萬頃靴文細斷霞半空魚尾赤是時江月初生魄二更月落天深黑江心似有炬火明飛焰照山棲鳥驚悵然歸臥心莫識非鬼非人竟何物（自注：是夜所見如此）江山如此不歸山江神見怪驚我頑我謝江神豈得已有田不歸如江水

一往作縹緲之音覺自來賦金山者極意著題正無從得此遠韻起二句將萬里程半生事一筆道盡恰好由岷山導江至此處海門歸宿為入題之語中間望鄉國句故作羈望語以環應首尾後思及江神見怪而終之以歸田矜奇之語見道之言想見登眺徘徊俯視一切

自金山放船至焦山

金山樓觀何耽耽撞鐘擊鼓聞淮南焦山何有有修竹

採薪汲水僧兩三雲霾浪打人迹絕時有沙戶祈春蠶（自注：吳人謂水中可田者為沙）我來金山更留宿而此不到心懷慚同游盡返決獨往賦命窮薄輕江潭清晨無風浪自湧中流歌嘯倚半酣老僧下山驚客至迎笑喜作巴人談（自注：焦山長老中江人也）自言久客忘鄉井只有彌勒為同龕困眠得就紙帳暖飽食未厭山蔬甘山林饑臥古亦有無田不退寧非貪展禽雖未三見黜叔夜自知七不堪行當投劾謝簪組為我佳處留茆菴

金山作已極登高望遠之勝故焦山作只寫見聞歌嘯之景彼以雄放稱奇此以閒寂入妙結處無田不退寧非貪則又為前篇有田不歸如江水之句進一解矣

甘露寺 自注欲遊甘露寺有二客相過遂與偕行寺有石如羊相傳謂之很石云諸葛亮孔明坐其上與孫仲謀論曹公也大鐵鑊二梁武帝所鑄畫師子一菩薩二陸探微筆衛公所留祠堂在寺手植柏合抱矣近寺僧發古殿基得舍利七粒并石記乃衛公為穆宗皇帝造福所瘞者也

江山豈不好獨遊情易闌但有相攜人何必素所歡我

欲訪甘露當途無閒官二子舊不識欣然肎聯鞍古郡山為城層梯轉朱欄樓臺斷崖上地窄天水寬一覽吞數州山長江漫漫卻望大明寺惟見烟中竿很石卧庭下穹隆如伏獸緬懷卧龍公挾策事琱鑽一談收猘子再說走老瞞名高有餘想事往無留觀蕭公古鐵鑊相對空團團陂阤受百斛積雨生微瀾泗水逸周鼎渭城辭漢盤山川失故態怪此能獨完僧繇六化人霓衣挂冰紈隱見十二疊觀者疑夸謾破板陸生畫青猊戲盤跚上有二天人揮手如翔鸞筆墨雖欲盡典刑垂不刊赫赫贊皇公英姿凜以寒古柏手親種挺然誰敢干枝撐雲峰裂根入石窟蟠蘸草得斷碑斬崖出金棺瘞藏豈不牢見伏理可歎四雄皆龍虎遺迹儼未刓方其盛壯時爭奪肎少安廢興屬造物遷逝誰控摶況彼妄庸子而欲事所難古今共一軌後世徒辛酸聊興廣武歎不待雍門彈

就寺中所見器物撫時懷古每事各為段落而感慨深

情別有規連矩洩之妙

志林曰昔先友史經臣彦輔謂余阮籍登廣武而嘆曰時無英雄使豎子成其名豈謂沛公豎子乎余曰非也傷時無劉項也豎子指魏晉閒人耳其後余遊潤州甘露寺寺有孔明孫權梁武李德裕之遺跡余感之賦詩則猶此意也嗣宗雖放蕩本有意於世以晉魏閒多故故一放於酒何至以沛公為豎子乎

玉壺清話曰潤州甘露寺熙寧四年春江中漁者見

神光累夕起於溷厠間一旦其厠無故自圮長老應
夫再營之方築基壓土去地數尺一礎覆土中刻曰
有唐太和三年正月二十四日於上元縣禪衆寺舊
塔基下獲舍利石函以其年二月十五日重瘞葳於
丹徒縣甘露寺東塔下金棺一銀槨一錦襆九重皆
余之施也余創甘露寺寶刹重瘞舍利以資穆皇之
冥福也江浙西道觀察等使兼潤州刺史李德裕記

臘日游孤山訪惠勤惠思二僧

天欲雪雲滿湖樓臺明滅山有無水清出石魚可數林
深無人鳥相呼臘日不歸對妻孥名尋道人實自娱道
人之居在何許寶雲山前路盤紆孤山孤絶誰肎廬道
人有道山不孤紙牕竹屋深自暖擁褐坐睡依團蒲天
寒路遠愁僕夫整駕催歸及未晡出山廻望雲木合但
見野鶻盤浮圖兹游淡薄歡有餘到家怳如夢蘧蘧作
詩火急追亡逋清景一失後難摹

結句清景二字一篇之大旨雲雪樓臺遠望之景水清
林深近接之景未至其居見盤紆之山路既造其屋有
坐睡之蒲團至於僕夫整駕廻望雲山寒日將晡宛焉
入畫野鶻句於分明處寫出迷離正與起五句相對照
語語清景亦語語自娱而道人有道之處已於言外得
之栩栩欲仙何必滌筆於冰甌雪椀

蘇長公外紀曰惠勤惠思者皆居孤山子瞻以臘日
訪之作詩此詩惟孥蘧二韻艱澀而公三疊之原韻
孥字乃東方朔臘日早歸之事

施元之曰惠勤餘杭人東坡通守錢塘見歐陽文忠
公於汝陰而南公曰西湖僧惠勤甚文而長於詩子
求人於湖山間而不可得則往從勤乎東坡到官三
日訪勤於孤山之下遂賦此詩

戲子由

宛邱先生長如邱宛邱學舍小如舟常時低頭誦經史
忽然欠伸屋打頭斜風吹帷雨注面先生不愧旁人羞
任從飽死笑方朔肎為雨立求秦優眼前勃谿何足道

處置六鑿須天游讀書萬卷不讀律致君堯舜知無術
勸農冠蓋鬧如雲送老虀鹽甘似蜜門前萬事不挂眼
頭雖長低氣不屈餘杭別駕無功勞畫堂五丈容旂旄
重樓跨空雨聲遠屋多人少風騷騷平生所慙今不恥
坐對疲氓更鞭箠道逢陽虎呼與言心知其非口諾唯
居高志下真何益氣節消縮今無幾文章小技安足程
先生別駕舊齊名如今衰老俱無用付與時人分重輕

前後平列兩段末以四句作結宛郎低頭讀書而有昂藏磊落之氣別駕畫堂高坐而有氣節消縮之嫌其所齊名並驅者獨文章耳而文章固無用也中間以畫堂五丈容旂旄對宛邱學舍小如舟以重樓跨空雨聲遠對斜風吹帷雨注面以平生所慙今不恥對先生不愧傍人羞以坐對疲氓更鞭箠對門前萬事不挂眼以居高志下真何益對頭雖長低氣不屈故作喧寂相反之勢不獨氣節消縮者難云自達即安坐誦讀者豈云得時文則跌宕昭彰情則欷歔悒鬱

烏臺詩案曰任從飽死笑方朔肯為雨立求秦優意取東方朔傳侏儒飽欲死及滑稽傳優旃謂陛楯郎汝雖長何益乃雨立我雖短幸休居言弟家貧官卑而身材長大所以比東方朔陛楯郎而以當今進用之人比侏儒優旃也讀書萬卷不讀律致君堯舜知無術是時新興律學軾意非之以為法律不足以致君於堯舜今時又專學法律而忘詩書故言我讀萬卷書不讀法律蓋法律之中無致君堯舜之術也勸農

冠蓋鬧如雲送老虀鹽甘似蜜以譏新差提舉官所至苛細生事發擿官吏惟學官無吏責也弟轍為學官故有是句生平所慙今不恥坐對疲氓更鞭箠是時多徒配犯鹽之人例皆饑貧言鞭箠此等貧民軾生平所慙今不復恥矣以譏諷鹽法太急也道逢陽虎呼與言心知其非口諾唯是時張靚俞希旦作監司意不喜其為人然不敢與爭議故毀詆之為陽虎也

越州張中舍壽樂堂

青山偃蹇如高人常時不肎入官府高人自與山有素不待招邀滿庭戶卧龍蟠屈半東州萬室鱗鱗枕其股背之不見與無同狐裘反衣無乃魯張君眼力覷天奥能遣荆棘化堂宇持頤宴坐不出門收攬奇秀得十五才多事少厭閒寂卧看雲烟變風雨笋如玉筯椹如簪强飲且爲山作主不憂兒輩知此樂但恐造物怪多取春濃睡足午牕明想見新茶如潑乳

句句奇闢軾每以人事牖景物筆端出奇無窮真乃仁智之性共山水効深矣

雨中遊天竺靈感觀音院

蠶欲老麥欲黄前山後山雨浪浪農夫輟耒女廢筐白衣仙人在高堂

如古謠諺精悍遒古　考天竺觀音祈禱晴雨見於史者始自高宗紹興然張去華禱雨之事已始自咸平初靈感之額則賜於治平此詩輟耒廢筐之詞似含諷集中有杭州禱觀音祈晴祝文蓋自熙寧間習俗盛行矣

咸淳臨安志曰後晉天福四年僧道翊結廬山中夜有光就地視得奇木命孔仁謙刻觀音像會僧勲從洛陽持古佛舍利來因納之頂間妙相具足錢忠懿王夢白衣人求治其居王感悟乃即其地創佛廬號天竺看經院咸平初郡守張去華以旱迎大士至梵天寺致禱即日雨自是遇水旱必謁焉

六月二十七日望湖樓醉書五首 録三首

黑雲飜墨未遮山白雨跳珠亂入船卷地風來忽吹散望湖樓下水如天

放生魚鼈逐人來無主荷花到處開水枕能令山俯仰風船解與月裴回

獻花游女木蘭橈細雨斜風濕翠翹無限芳洲生杜若吳兒不識楚辭招

七月一日出城舟中苦熱

凉飇呼不來流汗方被體稀星乍明滅暗水光瀰瀰香
風過蓮芡驚枕裂魴鯉欠伸宿酒餘起坐濯清泚火雲
勢方壯未受月露洗身微欲安適坐待東方啟

驚枕裂魴鯉五字警絶筆端有風泠然

宿臨安淨土寺

鷄鳴發餘杭到寺已亭午參禪固未暇飽食良先務平
生睡不足急掃清風宇閉門羣動息香篆起烟縷覺來
烹石泉紫筍發輕乳晚凉沐浴罷衰髮稀可數浩歌出

門去暮色入村塢微月半隱山圓荷爭瀉露相擣石橋
上夜與故人語明朝入山房石鏡炯當路昔照熊虎姿
今為猿鳥顧廢興何作弔萬世一仰俯

別有一種清腴幽異之趣無心刻琢自造元微

自淨土步至功臣寺

落日岸葛巾晚風吹羽扇松間野步穩竹外飛橋轉神
功鑿横嶺巖石得巨片直度千人溝下有微流泫罔巒蔚
回合金碧爛明絢細懷異姓王負擔此鄉縣長蓬跨下
辱屢乞桑間飯誰謂山石頑識此希世彥凜然英氣逼
屹起猶聳戰他年萬騎歸父老恣歡宴錦繡被原野金
珠散貧賤寶融既入朝吳芮空記面榮華坐銷歇閲世
如郵傳惟有長明燈依然照金殿

寫步至之景琢句近六朝人風骨後幅即事寄慨正以
不横使議論為高

五代史曰錢鏐字具美杭州臨安人也以販鹽為盜
天復二年封越王昭宗詔圖形凌烟閣升衣錦營為

衣錦城石鑑山為衣錦山大官山曰功臣山鏐游衣
錦城宴故老山林皆覆以錦梁太祖即位封吳越王
兼淮南節度使作還鄉歌曰三節還鄉兮挂錦衣父
老遠來相追隨牛斗無孛人無欺吳越一王駟馬歸

游徑山

衆峰來自天目山勢若駿馬奔平川中途勒破千里足
金鞭玉鐙相回旋人言山住水亦住下有萬古蛟龍淵
道人天眼識王氣結茆宴坐荒山巔精誠貫山石爲裂

天女下試顔如蓮寒䏶暖足来朴朔夜鉢吼水降蜿蜒雪眉老人朝扣門願為弟子長參禪爾來廢興三百載奔走吳會輸金錢飛樓湧殿壓山破朝鐘暮鼓驚龍眠晴空偶見浮海蜃落日下數投村鳶有生共處覆載内擾擾膏火同烹煎近來愈覺世議隘每到寬處差安便嗟余老矣百事廢郤尋舊學心茫然問龍乞水歸洗眼欲看細字銷殘年（自注：龍井水洗病眼有效）

只是叙述徑山事奇文崛起紙上如有金碧照耀躡杜

陵之高蹤導渭南之先路

烏臺詩案曰熙寧六年游徑山留題云近來愈覺世議隘以議近日進用之人多是刻薄議論偏夋不少容人過失故見山中寛閑之處為樂也

徑山山門事狀曰徑山乃天目東北峰也中有徑路以通天目故謂之徑山有大師諱法欽吳郡崑山人初隱此山有素衣老人前致拜曰我龍也自師到此吾屬五百皆不安息我將挈歸天目願捨此地為師立錫之所師許之乃請師登山絶頂入五峰之間中有大湫指謂師曰吾家若去此湫當漲留一穴水慎勿堙之我將時至衛師焉今此一穴尚存謂之龍井永泰中師坐石屏下見白衣儒士拜於前自言天目巾子山人也長安佛法有難聞師道行高邈願度為沙彌往救師曰汝有何術曰我誦俱胝觀音呪功力無比師欲驗之乃曰吾坐後石屏汝能呪之令破否曰可遂叱之石屏裂為三片今謂之喝石巖師知神

異為雉髮給衣賜名惠崇至京師與術士競惠崇告勝云

夜泛西湖五絶

新月生魄迹未安纔破五六漸盤桓今夜吐艷如半璧游人得向三更看

三更向闌月漸垂欲落未落景特奇明朝人事誰料得看到蒼龍西没時

蒼龍已没牛斗横東方芒角昇長庚漁人收筒及未曉

船過惟有菰蒲聲自注湖上禁漁音盜釣者也
菰蒲無邊水茫茫荷花夜開風露香漸見燈明出遠寺
更待月黑看湖光
湖光非鬼亦非仙風恬浪靜光滿川須臾兩兩入寺去
就視不見空茫然

五絕蟬聯而下體製從三百篇出清蒼突兀三四兩作寫景之妙尤為脫盡恒蹊昔陳思贈白馬王彪詩藝苑卮言謂其體全倣大雅文王之什至謝康樂登臨海嶠

四章文選直合為一首注亦更不分其一其二若此詩亦必作一首讀乃見其妙耳

監試呈諸試官

我本山中人寒苦盜寸廩文詞雖少作勉強非天稟既得旋廢忘懶惰今十稔麻衣如再著墨水真可飲每聞科詔下白汗如流瀋此邦東南會多士敢題品芻蕘盡蘭蓀香不數葵荏賁家見珠貝眩晃自難審緬懷嘉祐初文格變已甚千金碎全璧百衲收寸錦調和椒桂釅咀嚼沙礫磣廣眉成半額學步歸踔踸維時老宗伯氣壓群兒凜蛟龍不世出魚鮪初驚淰至音久乃信知味猶食椹至今天下士微管幾左衽謂當千載後石室祠高朕爾來又一變此學初誰諗權衡破舊法芻豢笑凡飪高言追衛樂篆刻鄙曹沈先生周孔出弟子淵騫寢欲顧老鈍軀頑朴謝鐫鋟諸君況才傑容我懶且噤聊欲廢書眠秋濤春午枕

熙寧五年軾在杭州通判任是年科塲監試故有呈試官及試院諸詩此其第一作也以自述起以自述終中

間極論文章之變嘉祐黃軋之習文變而弊得歐陽為之力返於古逮王安石一變科舉之法是又變而之衰之候矣括以二言曰先生周孔出弟子淵騫寢而自傷老鈍無與迴瀾豈惟論文實以慨世

趙次公曰衛玠樂廣言其時尚虛無之學也曹植沈約言時以詩賦為篆刻而不用也

石林詩話曰至和嘉祐間場屋舉子為文尚奇澀讀

或不能成句歐陽文忠公力欲革其弊既知貢舉凡文涉雕刻者皆黜之時范景仁王禹玉梅公儀等同事而梅聖俞為參詳官及放榜平時有聲如劉煇輩皆不預選士論頗洶洶然是榜得蘇子瞻為第二人子由與曾子固皆在選中不可謂不得人矣

邵長蘅曰先生以嘉祐六年辛丑中制科入第三等至熙寧五年壬子在杭州監試蓋十二年矣今十稔舉成數云

望海樓晚景五絕 録三首

海上濤頭一線來樓前指顧雪成堆從今潮上君須上更看銀山二十回

橫風吹雨入樓斜壯觀應須好句誇雨過潮平江海碧電光時掣紫金蛇

青山斷處塔層層隔岸人家喚欲譍江上秋風晚來急為傳鐘鼓到西興

試院煎茶

蟹眼已過魚眼生颼颼欲作松風鳴蒙茸出磨細珠落眩轉遶甌飛雪輕銀缾瀉湯誇第二未識古人煎水意自注古語云煎水不煎茶君不見昔時李生好客手自煎貴從活火發新泉又不見今時潞公煎茶學西蜀定州花瓷琢紅玉我今貧病常苦飢分無玉盌捧蛾眉且學公家作茗飲塼爐石銚行相隨不用撐腸拄腹文字五千卷但願一甌常及睡足日高時

獨寫煎茶妙處於集中諸詠茶詩別出一奇語不必深

而精采自露此與汲江一篇在古近體中各推絕唱

任居實曰蔡君謨作茶辨辨水泉煮啜等極為詳備有蟹眼魚眼用湯之法茶經云凡候湯有三沸如魚眼微有聲為一沸四向如涌泉連珠為第二沸騰波鼓浪為三沸則湯老

趙次公曰銀缾瀉湯誇第二此乃是尋常點茶時先略傾缾中湯方點謂之第二湯也

孫莘老求墨妙亭詩

蘭亭璽紙入昭陵世間遺跡猶龍騰顏公變法出新意
細筋入骨如秋鷹徐家父子亦秀絶字外出力中藏稜
嶧山傳刻典刑在千載筆法留陽冰杜陵評書貴瘦硬
此論未公吾不憑短長肥瘦各有態玉環飛燕誰敢憎
吳興太守真好古購買斷缺揮縑繒龜趺入坐螭隱壁
空齋晝靜聞登登奇蹤散出走吳越勝事傳説誇友朋
書來乞詩要自寫為把栗尾書溪藤後來視今猶視昔
過眼百世如風燈他年劉郎憶賀監還道同時須服膺

軾論書大旨不外前和子由作所云端莊雜流麗剛健
含婀娜二語故每不取少陵瘦硬通神之説此詩就亭
中所列李顏二徐諸刻加之評論軾之書其源出於顏
徐詩中細筋入骨如秋鷹及字外出力中藏稜二句非
惟道古乃其自道蓋直以金針度與人矣

復齋漫錄曰山谷次韻子瞻和子由觀韓幹馬因論
伯時畫天馬云曹霸弟子沙苑丞喜作肥馬人笑之
李侯論幹獨不爾妙畫骨相遺毛皮翰林評書乃如
此賤肥貴瘦渠未知蓋謂東坡嘗作孫莘老墨妙亭
詩云杜陵評詩貴瘦硬此論未公吾不憑短長肥瘦
各有態玉環飛燕誰敢憎意屬此也

軾墨妙亭記曰熙寧四年十二月高郵縣孫莘老自
廣德移守吳興其明年二月作墨妙亭於府第之北
逍遥堂之東取凡境內自漢以來古文遺刻以實之
當是時朝廷方更化立法使者旁午以為莘老當日
夜治文書赴期不能復雍容自得如故事而莘老亦

蓋喜賓客賦詩飲酒為樂又以其餘暇網羅遺逸得
前人賦詠數百篇為吳興新集其刻畫尚存而僵仆
斷缺於荒陂野草之間者又皆集於此亭是歲十二
月余以事至湖周覽嘆息而莘老求文為記

催試官考較戲作

八月十五夜月色隨處好不擇茅簷與市樓況我官居
似蓬島鳳咮堂前野橘香劍潭橋畔秋荷老八月十八
潮壯觀天下無鵾鵬水擊三千里組練長驅十萬夫紅

旗青蓋互明滅黑浪白浪相吞屠人生會合古難必此景此行那兩得願君聞此添蠟燭門外白袍如立鵠

寫月高朗寫潮雄奇鶤鵬組練二語可括枚乘七發觀濤一篇

秋懷二首

苦熱念西風常恐來無時及茲遂淒凜又作徂年悲蟋蟀鳴我牀黄葉投我幃牕前有棲鵬夜嘯如狐狸露冷梧葉脱孤眠無安枝熠燿亦有偶高屋飛相追定知無

幾見迫此清霜期物化逝不留我與爲嗟咨便當勤秉燭爲樂戒暮遲

海風東南來吹盡三日雨空堦有餘滴似與幽人語念我平生歡寂寞守環堵壺漿慰作勞裹飯救寒苦今年秋應熟過從飽雞黍嗟我獨何求萬里涉江浦居貧豈無食自不安畝畆念此生達晨殘燈翳復吐

前作感愴後作乃導以沖和起乎悲止乎樂蓋猶是優游卒歲之旨

梵天寺見僧守詮小詩清遠可愛次韻

但聞烟外鐘不見烟中寺幽人行未已草露濕芒屨惟應山頭月夜夜照來去

峭蒨高潔韋柳遺音

竹坡詩話曰余讀東坡和梵天寺僧守詮詩嘗喜其清絶過人晚遊錢塘始得詮詩云落日寒蟬鳴獨歸林下寺柴扉夜未掩片月隨行屨時聞犬吠聲更入青蘿去乃知其幽深清遠自有林下一種風流東坡

雖欲回三峽倒流之瀾與溪壑爭流終不近也

湖壖雜記曰梵天寺石幢高建皆鐫吳越名號其寺之伽藍乃東坡也禪家取東坡溪聲便是廣長舌山色不離清淨身二語以爲見道不若其題梵天五古色相俱空已臻上乘其成佛當不在靈運下也矧伽藍乎

冷齋夜話曰東吳僧惠詮佯狂垢汚而詩語清婉嘗書一詩於湖上山寺壁東坡一見爲和其後詮竟以

此詩知名

次韻孔文仲推官見贈

我本麋鹿性諒非伏轅姿君如汗血馬作駒已權奇齊驅大道中並帶鑾鑣馳聞聲自決驟那復受縶維謂君朝發燕秣楚日未歌云何中道止連蹇驢騾隨金鞍冒翠錦玉勒垂青絲旁觀信美矣自揣良厭之均爲人所勞何必陋鹽輜君看立仗馬不敢鳴且窺調習因鞭箠僅存骨與皮人生各有志此論我久持他人聞定笑聊

與吾子期空階卧積雨病骨煩撑支秋草上垣墻霜葉鳴堦墀門前自無客敢作楊雄麾候吏報君來弭節江之湄一對高人談稍忘俗吏卑今朝枉詩句粲如鳳來儀上山絕梯磴墮海迷津涯憐我枯槁質借潤生華滋豈效世俗人洗刮求瘢痍賢明日登用清廟歌緝熙胡不學長卿預作封禪詞

起處八句以我與君並說爲雙提之勢謂君朝發燕以下言孔也空堦卧積雨以下自言也而中以人生各有志四句聯絡上下繆帶有情此是一篇關鍵處至於候吏報君來以下不過敘述贈答之因體勢故應爾爾

湯村開運鹽河雨中督役

居官不任事蕭散羨長卿胡不歸去來滯留愧淵明鹽事星火急誰能卹農耕薨薨曉鼓動萬指羅溝坑天雨助官政泫然淋衣纓人如鴨與猪投泥相濺驚下馬荒堤上四顧但湖泓線路不容足又與牛羊爭歸田雖賤辱豈失泥中行寄語故山友慎毋厭藜羹

職役之勞與夫妨農病民之實歷歷如繪所以指陳得失有國風小雅之遺其云羨長卿而愧淵明特托言耳

烏臺詩案曰是時盧秉提舉鹽事擘畫開運鹽河差夫千餘人某於大雨中部役其河只爲般鹽既非農事而役農民秋田未了有妨農事又其河中間有涌沙數里意言開得不便自嘆泥雨勞苦羨司馬長卿居官而不任事又愧陶淵明不早棄官歸去也農事未休而役千人故云鹽事星火急誰能恤農耕又言

百姓已勞苦不意天雨又助官政之勞民轉致百姓疲弊役人在泥水中辛苦無異鴨與豬又言某亦在泥中與牛羊爭路而行若歸田豈至此哉故云寄語故山友慎不可厭藜羹而思仕宦以譏開運鹽河不當又妨農事也

是日宿水陸寺寄北山清順僧二首 録一首

草没河堤雨暗村寺藏修竹不知門拾薪煑藥憐僧病掃地焚香淨客魂農事未休侵小雪佛燈初上報黄昏

年來漸識幽居味思與高人對榻論

杳窱迴合如坐虛白而閉重元

竹坡詩話曰東坡遊西湖於僧舍壁間見小詩云竹暗不通日泉聲落如雨春風自有期桃李亂深塢問誰所作或告以錢塘僧清順即日求得之一見甚喜而順之名出矣

朱壽昌郎中少不知母所在刺血寫經求之五十年去歲得之蜀中以詩賀之

嗟君七歲知念母憐君壯大心愈苦羨君臨老得相逢喜及無言淚如雨不羨白衣作三公不愛白日昇青天愛君五十著彩服兒啼却得償當年烹龍為炙玉為酒鶴髮初生千萬壽金馬詔書錦作囊白藤肩輿簾蹙繡感君離合我酸辛此事今無古或聞長陵朅來見大姊仲孺豈意逢將軍開皇苦桃空記面建中天子終不見西河郡守誰復譏潁谷封人羞自薦

前十二句稱述本事於離合情狀曲折無不盡矣然讀之但覺情餘於詞者以有嗟君憐君羨君愛君等字為之點睛便俱是作詩之旨與傳記體裁迥别也感君離合二句忽念及今無古有作一轉軸以下遂歷陳古事不復再加論斷截然而止此格尤為創見然正是漢魏人遺意低手不能為亦不敢為也　七言轉韻古詩凡轉韻之首句未有不用韻者七言音節自不可與五言一例嘗考杜陵全集其中亦有三四首出韻若醉時歌之先生有道出羲皇哀江頭之憶昔霓旌下南苑等句

是也此詩不羨白衣作三公句無韻蓋亦如少陵之偶
亦有之而自來詩人從無論及於此者何耶
司馬溫公日錄曰朱壽昌父任諫議大夫壽昌母素微生壽昌歲餘遣出之因是不知所在壽昌既長求之不得乃棄官尋之刺血書懺以散與人至是得之於同州迎以歸錢子飛知永興軍奏其事乞加旌賞故召之壽昌以同母弟妹皆在同州乃折資授河中通判

東軒筆錄曰司農少卿朱壽昌在襁褓所生母被出治平中棄官入關中尋訪得於陝州蘇子瞻作詩序且譏切世之不養者李定見之大恨會為中丞劾軾作詩訕謗將至不測賴上保持之止黜為黃州團練副使

和致仕張郎中春晝

投紱歸來萬事輕消磨未盡秪風情舊因專菜求長假
新為楊枝作短行不禱自安緣壽骨深藏難沒是詩名
淺斟盃酒紅生頰細琢歌詞穩稱聲蝸殼卜居心自放
蠅頭寫字眼能明盛衰閱過君應笑寵辱年來我亦平
跪履數從圯上老逸書閒問濟南生東風屈指無多日
只恐先春鶗鴂鳴

集中七言長律甚少此體在唐如杜白諸公亦不多見以其傷氣也是作格度渾成音調諧美錄此一首以見才大無所不可耳

畫魚歌 自注湖州道上作

天寒水落魚在泥短鉤畫水如耕犁渚蒲拔折藻荇亂
此意豈復遺鰍鯢偶然信手皆虛擊本不辭勞幾萬一
一魚中刃百魚驚蝦蟹奔忙誤跳擲漁人養魚如養雛
插竿冒笠驚鵜鶘豈知白梃鬧如雨攪水覓魚嗟已疎

時新法盛行故即短鉤畫水以為喻所言此意豈復遺鰍鯢與一魚中刃百魚驚者似皆指新法之病民王呂輩壞法亂制豈異拔渚蒲而亂藻荇哉其請罷條例司疏有云造端宏大民實驚疑創法新奇吏皆惶惑正與

詩意相同而其繪事如畫筆端有神雖寥峭短章讀其詞如有千百言在腕下

趙次公曰鯢有鯨鯢之鯢有魚子之鯢此意豈復鯫鯫鯢言魚子也

邵長蘅曰畫胡麥切音義並同劃以鈎劃魚今三吳水鄉往往有之

游道場山何山

道場山頂何山麓上徹雲峰下幽谷我從山水窟中來

尚愛此山看不足陂湖行盡白漫漫青山忽作龍蛇盤山高無風松自響誤認石齒號驚湍山僧不放山泉出屋底清池照瑤席階前合抱香入雲月裏仙人親手植出山回望翠雲鬟碧瓦朱欄縹緲間白水田頭問行路小溪深處是何山高人讀書夜達旦至今山鶴鳴夜半我今廢學不歸山山中對酒空三嘆

道場山頂何山麓總寫四句此下詳於道場而畧於何山乃偏於詳處更作出山回望二語搖蕩入情何山只緬懷高人之讀書不復模山範水意盡而止無往不以自然為工

汪藻何氏書堂記曰寺有何氏書堂圖記相承以何氏為晋何楷嘗讀書此山後為吳興太守以其居為寺而名其山

贈孫莘老七絶 録三首

嗟予與子久離羣耳冷心灰百不聞若對青山談世事當須舉白便浮君

天目山前淥浸裾碧瀾堂下看銜艫作堤捍水非吾事閒送苕溪入太湖

烏程霜稻襲人香釀作春風霅水光時復中之徐邈聖毋多酌我次公狂

前兩作憤懣之詞以快利出之後一首復使成語如天造地設前無古人

烏臺詩案曰任杭州通判日轉運司差往湖州相度堤岸利害因與知湖州孫覺相見作詩與之某是時

約孫覺并坐客如有言及時事者罰一大盞雖不指
言時事是非意言時事多不便不得說也次首某為
先曾言水利不便却被轉運使差相度堤岸意言本
非興水利之人以譏諷水利之不便也
趙次公曰天目山在湖州按樂史寰宇記湖州安吉
縣天目山三萬六千尺而水經浙江水出吳興郡於
潛縣北天目山按王存九域志湖州南至杭州界首
十五里故天目山於寰宇記則係之湖州於水經則

係之於潛而於潛雖屬杭州與湖州接境先生倅杭
以開運鹽河至湖其言作堤捍水非吾事意謂於此
可以為隄而事不在已也

王復秀才所居雙檜二首 錄一首

凜然相對敢相欺直幹臨空未要奇根到九泉無曲處
世間惟有蟄龍知

石林詩話曰元豐間蘇子瞻繫御史獄神宗本無意
深罪之時相進呈忽言蘇軾於陛下有不臣之意神
宗改容曰軾固有罪然於朕不應至是卿何以知之
時相因舉軾檜詩云陛下飛龍在天軾以為不知己
而求地下之蟄龍非不臣而何神宗曰詩人之詞安
可如此論彼自詠檜何預朕事時相語塞章子厚亦
從旁解之遂薄其罪子厚嘗以語余且以醜言詆時
相曰人之害物無所忌憚有如是也
苕溪漁隱叢話曰東坡在御史獄獄吏問云雙檜詩
根到九泉無曲處世間惟有蟄龍知有無譏諷答曰

王安石詩天下蒼生待霖雨不知龍向此中蟠是也
吏亦為之一笑

法惠寺橫翠閣

朝見吳山橫暮見吳山從吳山多故態轉側為君容幽
人起朱閣空洞更無物惟有千步岡東西作簾額春來
故國歸無期人言秋悲春更悲已泛平湖思濯錦更看
橫翠憶峨眉雕欄能得幾時好不獨憑欄人易老百年
興廢更堪哀懸知草莽化池臺遊人尋我舊遊處但覓

吳山橫處來

作初唐體清麗芊眠神韻欲絶

風水洞二首和節推 録一首

風轉鳴空穴泉幽寫石門虛心聞地籟妄意覓桃源過
客詩難好居僧語不繁歸瓶得氷雪清冷慰文園

好景宜得好詩乃偏以詩之難好見其景之絶奇工於
翻案

西湖遊覽志曰風水洞舊名恩德洞上洞立夏清風

自生立秋則止下洞流水潺潺大旱不涸

自普照遊二菴

長松吟風晚雨細東菴半掩西菴閉山行盡日不逢人
裹裹野梅香入袂居僧笑我戀清景自厭山深出無計
我雖愛山亦自笑獨往神傷後難繼不如西湖飲美酒
紅杏碧桃香覆髻作詩寄謝採薇翁本不避人那避世

清幽之趣微妙之音司空圖詩品中未曾道及

新城道中二首 録一首

東風知我欲山行吹斷簷間積雨聲嶺上晴雲披絮帽
樹頭初日掛銅鉦野桃含笑竹籬短溪柳自搖沙水清
西崦人家應最樂煑葵燒筍餉春耕

絮帽銅鉦未免著相矣有野桃溪柳一聯鑄語神來常
人得之便足以名世

方回曰東坡為杭倅時詩熙寧六年癸丑二月循行
屬縣由富陽至新城有此作三四乃是早行詩也起
句十四字妙五六亦佳

於潛女

青裙縞袂於潛女兩足如霜不穿屨觰沙鬢髮絲穿柠
蓬沓障前走風雨老濞宮粧傳父祖至今遺民悲故主
苕溪楊柳飛初絮照溪畫眉渡溪去逢郎樵歸相嫵媚
不信姬姜有齊魯

村粧野境寫出脩然自得練響選和可入樂府

李厚曰老濞吳王濞也杜牧之詩老濞即山鑄後庳
千蛾眉此指吳越王錢氏也

趙次公曰鱐沙鬚鬘絲穿杼退之月蝕詩云赤烏司南方尾禿翅鱐沙杼當作杼字書杼同楮字耳於絲穿之下無義說文曰杼機之持緯者絲穿杼言鬚如絲之穿杼也

僧清順新作垂雲亭

江山雖有餘亭榭著難穩登臨不得要萬象各偃蹇惜哉垂雲軒此地得何晚天功爭向背詩眼巧增損路窮朱欄出山破石壁很海門浸坤軸湖尾抱雲巘葱葱城

郭麗淡淡烟村遠紛紛鳥鵲去一一漁樵返雄觀快新獲微景收昔遁道人真古人嘯詠慕嵇阮空齋卧蒲褐芒屨每自捫天憐詩人窮乞與供詩本我詩久不作荒澀旋鋤壟從君覓佳句咀嚼廢朝飯

煆煉之工字字創獲至天功爭向背以下十二句忽作排對而風骨益覺峻聳詩有排對自晉有之二陸顏謝已屠見疊出至於王褒庾信之篇但畧研聲病即成唐律而詩體日趨靡曼矣此作刻削傲岸具體昌黎若僅謂體格似少陵渼陂西南臺等篇則猶未盡其風力也

綠陰繁不礙清度閑於石上眠落葉不知數一鳥忽飛來啼破幽絶處坡與之遊甚多酬唱

冷齋夜話曰西湖僧清順頤然清苦多佳句嘗有自題北山垂雲菴詩云久從林下遊頗識林下趣縱然

會客有美堂周邠長官與數僧同泛湖往北山湖中聞堂上歌笑聲以詩見寄因和二首時周有服

藹藹君詩似嶺雲從來不許醉紅帬不知野屐穿山翠

惟見輕橈破浪紋頗憶呼盧袁彥道難邀罵坐灌將軍自注皆取其有服也晚風落日元無主不惜清涼與子分載酒無人過子雲掩關晝卧客書帬歌喉不共聽珠貫醉面何因作纈紋僧侶且陪香火社詩壇欲斂鸛鵝軍憑君遍遠湖邊寺漲淥晴來已十分

邠原作見咸淳臨安志結云留至夜分前詩結蓋答其意

漫叟詩話曰東坡最善用事既顯而易讀又切當若招特服人游湖不赴云却憶呼盧袁彦道難邀罵坐灌將軍天然奇作

庚溪詩話曰錢塘吳山有美堂迺仁宗朝梅摯公儀出守杭上賜之詩有曰地有吳山美東南第一州梅以上詩名堂士大夫留題甚衆東坡倅杭因令筆吏盡録之

御選唐宋詩醇卷三十三

欽定四庫全書

集部

御選唐宋詩醇卷三十四

詳校官山東道御史臣温常綬

總校官編修臣朱鈐
校對官編修臣劉汝𦶜
謄録監生臣楊熙

欽定四庫全書

御選唐宋詩醇卷三十四

眉山蘇軾詩三

韓子華石淙莊

絳侯百萬兵尚畏書牘背功名意不已數與危機會我公抱絕識凜凜鎮横潰欲收伊吕迹遠與巢由對誓言雖未從义已斷諸内區區為懷祖頗覺羲之隘此身隨造物一葉舞澎湃田園不早定歸宿終安在彼美石淙

莊每到百事廢泉流知人意屈折作濤瀨寒光洗肝鬲清響跨竽籟我舊門前客放言不自外園中亦何有蒼蔚可勝計請公試回首歲晚餘蒼檜

此蓋嫉世之貪位冒禄者軾通道藏嘗撰廣成子解故有取乎老莊知足不辱之旨非為韓絳有手疏之詞遂順其意而稱道之也

施元之曰韓獻肅公名絳字子華父忠憲公名億平日嘗語子弟進取在於止足寵禄不可過溢以故子華服闋誓墓年五十遽請謝事最後手疏言昔晉王羲之去郡不仕嘗自誓於父母墓前朝廷以其誓苦不復召之臣今志願雖與羲之頗殊然誓於先臣墓前則無異矣區區之志中外士大夫多有知者即非臣今日輕有去就妄干退閑也章屢上終不允後拜觀文殿學士元祐二年以司空檢校太尉致仕此詩多用子華表意

立秋日禱雨宿靈隱寺同周徐二令

百重堆案掣身閑一葉秋聲對榻眠牀下雪霜侵户月

枕中琴筑落堦泉崎嶇世味嘗應遍寂寞山栖老漸便惟有憫農心尚在起占雲漢更茫然

禱雨而曰百重堆案掣身閑幾與嵇康書中言性不耐煩而以游山澤觀魚鳥為樂者無異矣有末二句一證出心事遂覺滿紙閒情俱成警色

病中游祖塔院

紫李黄瓜村路香烏紗白葛道衣涼閉門野寺松陰轉欹枕風軒客夢長因病得閑殊不惡安心是藥更無方

道人不惜堦前水借與匏樽自在嘗

不須矜才使氣興會所到後人自百摹不到筆底定有神力護持

徐一夔曰大慈定慧禪寺者唐寰中禪師之道場也宋太平興國中寺以南泉願臨濟元無著喜趙州諗巖頭奯雪峰存俱至茲山與中禪師激揚宗旨故又名祖塔院元祐間蘇長公守杭有詩見於家集

栢堂

道人手種幾生前鶴骨龍姿尚宛然雙幹一先神物化

九朝三見太平年忽驚華構依巖出乞與佳名到處傳

此栢未枯君記取灰心聊伴小乘禪

雙幹句人所能道也九朝句對法不測之至九朝施注謂自陳隋唐五代至宋也

孤山二詠序曰孤山有陳時栢二株其一為人所薪山有老人自為兒已見其枯矣然堅悍如金石愈於未枯者僧志詮作堂於其側名之曰栢堂堂與白公居易竹閣相連屬

與述古自有美堂乘月夜歸

娟娟雲月稍侵軒潋潋星河半隱山魚鑰未收清夜永

鳳簫猶在翠微間淒風瑟縮經絃柱香霧淒迷著髻鬟

共喜使君能鼓樂萬人爭看火城還

起二句乃月夜恒有之景寫來却自引人入勝魚鑰二句夜歸也淒風二句乘月也讀之氣和

音雅令人神游於時世之昇平覺詩中魚鑰鳳簫絃柱髻鬟等都無一字泛設而以萬人爭看使君之歸作結又見為政風流極一時之勝賞矣

有美堂暴雨

游人腳底一聲雷滿座頑雲撥不開天外黑風吹海立

浙東飛雨過江來十分潋灩金樽凸千杖敲鏗羯鼓催

喚起謫仙泉灑面倒傾鮫室瀉瓊瑰

寫暴雨非此傑句不稱但以用杜賦中字為采藻鮮新淺之乎論詩矣且亦必有浙東句作對情景乃合有美堂在郡城吳山其地正與海門相望故非率爾操觚者唐賢名句中惟駱賓王靈隱寺詩樓觀滄海日門對浙江潮一聯足相配敵

西清詩話曰少陵文自古奥如九天之雲下垂四海之水皆立其語磊落驚人東坡有美堂詩云天外黑風吹海立蓋出此也

容齋四筆曰東坡在杭州作有美堂會客詩頷聯云天外黑風吹海立浙東飛雨過江來讀者疑海不能立黄魯直曰是蓋為老杜所誤因舉三大禮賦朝獻太清宫云九天之雲下垂四海之水皆立以告之二者皆句語雄傑前無古人坡和陶停雲詩有雲屯九河雪立三江之句亦用此也

登玲瓏山

何年僵立兩蒼龍瘦脊盤盤尚倚空翠浪舞翻紅罷亞白雲穿破碧玲瓏三休亭上工延月九折巖前巧貯風脚力盡時山更好莫將有限趁無窮

用紅罷亞對碧玲瓏集内律詩每用此體遂為後人開一門逕三休九折即是山中巖亭之名故緊接玲瓏句為題正面結處别作喚醒語流韻悠然

臨安圖經曰玲瓏山兩山屹起盤曲九折上通絶頂名曰九折巖行百許步有亭下瞰百里名三休亭

宿九仙山

風流王謝古仙真一去空山五百春玉室金堂餘漢士桃花流水失秦人困眠一榻香凝帳夢遶千巖冷逼身夜半老僧呼客起雲峰缺處湧氷輪

後四句磊砢安帖便入錢劉集中亦稱警策

宿海會寺

籃輿三日山中行山中信美少曠平下投黄泉上青冥綫路每與猿猱爭重樓束縛遭澗坑兩股酸哀飢腸鳴北渡飛橋踏彭鏗繚垣百步如古城大鐘横撞千指迎

高堂延客夜不扃杉槽漆斛江河傾本來無垢洗更輕
倒牀鼻息四鄰驚紞如五鼓天未明木魚呼粥亮且清
不聞人聲聞履聲

自行路而宿自宿而天明直記叙一時事耳不聞人聲聞履聲寫幽寂之致颯颯紙上

漫叟詩話曰嘗見陳本明論詩云前輩謂作詩當言用勿言體則意深矣若東坡詩言冷則云可嚥不可漱言靜則云不聞人聲聞履聲之類本明何從得此

徑山道中次韻荅周長官兼贈蘇寺丞

年來戰紛華頗覺夫子勝欲求五畝宅灑掃樂清淨學
道恨日淺問禪嬾聽瑩聊為山水行遂此麋鹿性獨游
吾未果覓伴誰復聽吾宗古遺直窮達付前定餔糟醉
方熟灑面呼不醒奈何效燕蝠屢欲爭晨暝不如從我
游高論發犀柄溪南渡横木山寺稱小徑幽尋自兹始
歸路微月映南望功臣山雲外盤飛磴三更渡錦水再
宿留石鏡緬懷周與李能作洛生詠明朝三子至詩律
嚴號令籃輿置紙筆得句輕千乘玲瓏苦奇秀名實巧
相稱九仙更幽絶笑語千山應空巖側破甕飛溜灑浮磬
山前見虎迹候吏鐃鼓競我生本艱奇塵土滿釜甑山
禽與野獸知我久蹭蹬笑謂候吏還禦虎吾有命徑山
雖云遠行李稍可併頗訝王子猷忽起山陰興但報菊
花開吾當理歸榜自注太平寺俗號小徑山

一往平叙不復作沈鬱頓挫之勢後忽從山前見虎迹發出議論奇文蔚起匪夷所思

初自徑山歸述古召飲介亭以病先起

西風初作十分涼喜見新橙透甲香遲暮賞心驚節物
登臨病眼怯秋光慣眠處士雲菴裏醉倚佳人錦瑟傍
猶有夢回清興在卧聞歸路樂聲長

九日尋臻闍棃遂泛小舟至勤師院二首錄一首

湖上青山翠作堆葱葱鬱鬱氣佳哉笙歌叢裏抽身出
雲水光中洗眼來白足赤髭迎我笑拒霜黄菊為誰開
明年桑苧煎茶處憶著衰翁首重迴自注皎然有九日與陸羽煎茶詩羽

自號呆亭翁余來
年九日去此久矣

此篇乃已至勤師院而作承前一首結句扁舟又截平湖去欲訪孤山支道林說來但前首東閣郎君之句殊嫌無著不似此篇之開拓頗宕也笙歌雲水一聯尤為卓立傑出

九日舟中望見有美堂上魯少卿飲以詩戲之二首 錄一首

指顧雲間數點紅笙歌正擁紫髯翁誰知愛酒龍山客

卻在漁舟一葉中

西湖志曰咸淳臨安志有美堂錢氏初建江亭於此當在吳山最高處左江右湖故為登臨之勝東坡有舟中望見有美堂上魯少卿飲處詩言舟中望見則必西湖舟中也舊志言堂在郡城內又可見古城介在吳山外矣此堂故址當在吳山無疑西湖游覽志載有美堂在鳳凰山者誤也

次韻周長官壽星院同餞魯少卿

瑠璃百頃水仙家風靜湖平響釣車寂歷疎松欹晚照伶俜寒蝶抱秋花困眠不覺依蒲褐歸路相將踏桂華更著綸巾披鶴氅他年應作畫圖誇

寶山新開徑

藤梢橘刺元無路竹杖棕鞋不用扶風自遠來聞笑語水分流處見江湖回觀佛骨青螺髻踏遍仙人碧玉壺野客歸時山月上棠梨葉戰暝禽呼

明雋清圓兼得象外之趣

和錢安道寄惠建茶

我官於南今幾時嘗盡溪茶與山茗胸中似記故人面口不能言心自省為君細說我未暇試評其畧差可聽建溪所產雖不同一一天與君子性森然可愛不可慢骨清肉膩和且正雪花雨腳何足道啜過始知真味永縱復苦硬終可錄汲黯少戇寬饒猛草茶無賴空有名高者妖邪次頑懭體輕雖復强浮泛性滯偏工嘔酸冷其間絕品豈不佳張禹縱賢非骨鯁葵花玉銙不易致

道路幽嶮隔雲嶺誰知使者來自西開緘磊落收百餅
嗅香嚼味本非别透紙自覺光炯炯粃糠團鳳友小龍
奴隷日注臣雙井收藏愛惜得佳客不敢包裹鑽權倖
此詩有味君勿傳空使時人怒生癭

建茶以比君子草茶以比小人君子和且正者也和故
可愛正故不可慢小人體輕而性滯但有妖邪頑懭而
己記曰其言明且清易曰其言曲而中詩兼有之

烏臺詩案曰錢顗在秀州監税舊曾作臺官始於秀

州與之相見後錢顗作詩送茶來某作詩謝之草茶
無賴二句以譏世之小人若不諂媚妖邪須頑懭狠
劣也體輕性滯二句以譏小人體輕浮而性滯泥也
其間絶品二句以譏小人如張禹雖有學問細行謹
飭終非骨鯁之人也收藏愛惜四句以譏小人有以
好茶鑽求富貴權要者見此詩當大怒也

歸田録曰臈茶出於建劍草茶盛於兩浙兩浙之品
日注為第一自景祐以後洪州雙井白芽漸盛近歲
製作尤精囊以紅紗不過一二兩以常茶十數斤養
之用避暑濕之氣其品遠出日注上遂為草茶第一

夜至永樂文長老院文時卧病退院

夜聞巴叟卧荒村來打三更月下門往事過年如昨日
此身未死得重論老非懷土情相得病不開堂道益尊
惟有孤栖舊時鶴舉頭見客似長言

善説無生可知坐在立忘未是西來大意

除夜野宿常州城外二首

行歌野哭兩堪悲遠火低星漸向微病眼不眠非守歲
鄉音無伴苦思歸重衾脚冷知霜重新沐頭輕感髮稀
多謝殘燈不嫌客孤舟一夜許相依

南來三見歲云徂直恐終身走道塗老去怕看新歷日
退歸擬學舊桃符烟花已作青春意霜雪偏尋病客鬚
但把窮愁博長健不辭醉後飲屠蘇

令節羈情孤燈遥夜所感愴者深而以温柔敦厚出之
依依脉脉味以淡而彌長

容齋續筆曰今人元日飲屠蘇酒自小者起相傳已
久然固有來處後漢李膺杜密以黨人同繫獄值元
日於獄中飲酒曰正旦從小起時鏡新書晉董勛云
正旦飲酒先從小者何也勛曰俗以小者得歲故先
酒賀之老者失時故後飲酒幼學記載四民月令云
正旦飲酒次第當從小起以年小者起先顧況云還
丹寂寞羞明鏡手把屠蘇讓少年方干云纔酌屠蘇
定年齒坐中皆笑鬢毛斑然則尚矣東坡亦云但把

窮愁博長健不辭最後飲屠蘇其義亦然

古纓頭曲

鵾絃鐵撥世無有樂府舊工惟尚叟一生喙硬眼無人
坐此困窮今白首翠鬟女子年十七指法已似呼韓婦
驚帆渡海風掣迴滿面塵沙和淚垢青衫不逢湓浦客
紅袖謾揮曹綱手爾來一見哀駘陀便著臂韝躬井臼
我慚貧病百不足强對黄花飲白酒轉關䕭索動有神
雷輥空堂戰窗牖四絃一抹擁袂立再拜十分為我壽
世人只解錦纓頭與汝作詩傳不巧
亦為琵琶女子而作却不規橅江州琵琶行古有名作
須變調以勝之并題目亦隱其名曰古纓頭曲特於結
處表出作詩之意以見實有其人與事不是寓言十九
也白以排蕩宛轉入情此以簡淨遒鍊入古

惠山謁錢道人烹小龍團登絶頂望太湖

踏遍江南南岸山逢山未免更留連獨攜天上小團月
來試人間第二泉石路縈回九龍脊水光翻動五湖天

孫登無語空歸去半嶺松聲萬壑傳
有橫絶太空之概灑落襟抱亦如聽蘇門長嘯響動林
谷

虎邱寺

入門無平田石路穿細嶺陰風生澗壑古木翳潭井湛
盧誰復見秋水光耿耿鐵花秀巖壁殺氣禁蛙黽幽幽
生公堂左右立頑礦當年或未信異類服精猛胡為百
歲後仙鬼互馳騁竊然留清詩讀者為悲哽東軒有佳

致雲水麗千頃熙熙覺生物春意破淒冷我來屬無事暖日相與永喜鵲翻初旦愁鳶蹲落景坐見漁樵還新月溪上影悟彼良自咍歸田行可請

作虎邱詩者多是綠情綺靡若此詩則但見其幽折閒靜耳是非時會不同乃其命筆取材別開生徑觀前此白居易於東武邱有怪石千僧坐靈池一劍沈之句於西武邱有揺曳雙紅旆娉婷十翠娥之句鳥鵲黃鸝紅欄綠浪唐時已極繁華艷冶矣故知此詩是有意避喧力求岑寂也

趙次公曰清遠道士與沈恭子同遊虎邱寺有詩歷論商周及近代二千年事顔真卿為之刻石又鬼詩云青松多悲風蕭蕭清且哀白日徒昭昭不照長夜臺李昌道為刺史奏其事陸龜蒙皮日休松陵唱和皆及之

常潤道中有懷錢塘寄述古五首 錄一首

草長江南鶯亂飛年來事事與心違花開後院還空落燕入華堂怪未歸世上功名何日是樽前點檢幾人非去年柳絮飛時節記得金籠放雪衣 自注杭人以放鴿為太守壽

慨當以慷憂思難忘 此詩結句集內有放鴿為壽之自注趙堯卿遂引唐譚賓録言天寶宮中呼白鸚鵡為雪衣此詩借呼鴿為雪衣然考田汝成西湖志稱東坡有真蹟云杭州營妓周韶能詩子容過杭述古飲之韶泣求落籍子容曰可作一絕韶援筆立成曰隴上巢空歲月驚忍看回首自梳翎開籠若放雪衣女長念觀音般若經韶時有服衣白一坐嗟歎遂落籍此詩寄述古

蓋指此事故曰記得金籠放雪衣雪衣正用白鸚鵡事不必借呼放鴿也詩作如是解與前後數詩亦正相類然軾自注故作隱語豈其避謗歟

金山寺與柳子玉飲大醉臥寶覺禪榻夜分方醒書其壁

惡酒如惡人相攻劇刀箭頹然一榻上勝之以不戰詩翁氣雄拔禪老語清軟我醉多不知但覺紅綠眩醒時

江月墮撼撼風響變惟有一龕燈二豪俱不見

豪放精悍全是規倣頌酒之篇

大風留金山兩日

塔上一鈴獨自語明日顛風當斷渡朝來白浪打蒼崖
倒射軒牕作飛雨龍驤萬斛不敢過漁艇一葉從掀舞
細思城市有底忙卻笑蛟龍為誰怒無事久留童僕怪
此風聊得妻孥許灊山道人獨何事夜半不眠聽粥鼓

明日顛風當斷渡七字即鈴語也奇思得自天外軒牕

飛雨寫風浪之景真能狀丹青所莫能狀末忽念及灊山道人不眠而聽粥鼓想其濡墨揮毫真有御風蓬萊汎彼無垠之妙

冷齋夜話曰對句法詩人窮盡其變不過以事以意以出處具備謂之妙如荆公曰平日離愁寬帶眼迄今歸思滿琴心又曰欲寄荒寒無善畫賴傳悲壯有能琴乃不若東坡徵意特奇如曰見說騎鯨游汗漫也曾捫虱話酸辛又曰龍驤萬斛不敢過漁艇一葉從掀舞以鯨為虱對以龍驤為漁艇對大小氣焰之不等其意若玩世謂之秀傑之氣終不沒者此類是也

游鶴林招隱二首

郊原雨初霽春物有餘妍古寺滿修竹深林聞杜鵑睡
餘柳花墮目眩山櫻然西牕有病客危坐看香烟

行歌白雲嶺坐詠修竹林風輕花自落日薄山半陰澗
草誰復識聞香杳難尋時見城市人幽居惜未深

二作風格清腴絕似韋柳

無錫道中賦水車

翻翻聯聯銜尾鴉犖犖确确蛻骨蛇分疇翠浪走雲陣
刺水綠鍼抽稻芽洞庭五月欲飛沙鼉鳴窟中如打衙
天公不見老翁泣喚取阿香推雷車

只是體物著題觸處靈通別成奇光異彩想當施手時巨刃摩天揚此之謂也賦物得此神力罕匹

過永樂文長老已卒

初驚鶴瘦不可識旋覺雲歸無處尋三過門間老病死

一彈指頃去來今存亡慣見渾無淚鄉井難忘尚有心欲何錢塘訪圓澤葛洪川畔待秋深

寄感嘆於解脫輓長老合作如是語

聽僧昭素琴

至和無攫醳至平無按抑不知微妙聲究竟從何出散我不平氣洗我不和心此心知有在尚復此微吟

是真識琴中意者朱絃疏越可以釋躁平矜

僧惠勤初罷僧職

軒軒青田鶴欝欝在樊籠旣為物所縻遂與吾輩同今來始謝去萬事一笑空新詩如洗出不受外垢蒙清風入齒牙出語如風松霜髭茁病骨饑坐聽午鐘非詩能窮人窮者詩乃工此語信不妄吾聞諸醉翁

能不為外垢所蒙不待罷職而詩乃工也惠勤先為歐陽所知故又舉詩窮益工之語以諷之與序惠勤詩集同意

遊靈隱高峰塔

言遊高峰塔蓐食治野裝火雲秋未衰及此初旦涼霧霏巖谷暗日出草木香嘉我同來人久便雲水鄉相勸小舉足前路高且長古松攀龍蛇怪石坐牛羊漸聞鐘磬音飛鳥皆下翔入門空有無雲海浩茫茫惟見聾道人老病時絶糧問年笑不荅但指穴藜牀心知不復來欲歸更徬徨贈別留匹布今歲天蚤霜

霧霏日出未舉足而景象旣殊古松怪石及經行而應接不暇漸聞鐘磬音飛鳥皆下翔十字畫出古寺清晨

登高覽勝之妙入門以後但記一時與道人留連贈荅語盡便住象外傳神正復無際

部長蘅曰三國管寧常坐一木榻積五十餘年未嘗箕股榻上當膝處皆穿按穴藜牀似用其意故王注引此存之

志林曰靈隱寺後高峰塔一上五里上高僧不下三十餘年矣

新城陳氏園次晁補之韻

荒凉廢圃秋寂歷幽花晚山城已窮僻况與城相遠我來亦何事徙倚望雲巘不見苦吟人清樽為誰滿

淡而能腴王韋後絕無僅有

與毛令方尉游西菩提寺二首

推擠不去已三年魚鳥依然笑我頑人未放歸江北路天教看盡浙西山尚書清節衣冠後處士風流水石間一笑相逢那易得數詩狂語不須删

路轉山腰足未移水清石瘦便能奇白雲自占東西嶺

明月誰分上下池黑黍黄粱初熟後朱柑緑橘半甜時人生此樂須天賦莫遣兒郎取次知

首作不露刻斲經營之迹自成高唱五六用毛玠方干貼二人姓此本古法少陵集中多有之曾祖可謂毛令是毛玠之後或并疑方尉是方干後人妄矣次作白雲句承石瘦來明月句承水清來黑黍黄粱池旁之所見也朱柑緑橘嶺上之所植也錯雜寫來自然合拍惟其才大而氣雄故雖清白黑黄等字疊見不嫌其複

張安國曰案於潛縣圖經毛君寶同尉方君武與東坡於熙寧七年八月廿七日同游西菩提山明智院石刻存焉

聽賢師琴

大絃春温和且平小絃廉折亮以清平生未識宮與角但聞牛鳴盎中雉登木門前剝啄誰叩門山僧未閒君勿嗔歸家且覓千斛水淨洗從前箏笛耳

聽穎師琴詩曲中疾徐之節聽賢師琴詩别傳離合之

神兩詩足以並峙義海俗工譽韓毀蘇復齋漫録直以不學斥之最堪砭愚擊蒙

西清詩話曰三吳僧義海以琴名世六一居士嘗問東坡琴詩孰優東坡荅以退之聽穎師琴公曰此祇是聽琵琶耳或以問海海曰歐陽公一代英偉然斯語誤矣退之深得其趣未易譏評也東坡後有聽惟賢琴詩詩成欲寄歐公而公亡每以為恨客復以問海海曰東坡詞氣倒山傾海然亦未知琴春温和且平

廉折亮以清凡絲聲皆然何獨琴也又特言大小絃聲不及指下之韻牛鳴盎中雉登木槩言宫角耳八音宫角皆然何獨絲也聞者以海為知言余嘗考今昔琴譜謂宫者非宫角者非角又五調迭犯特宫聲為多與五音之正者異此又坡所未知也

復齋漫録曰元微之詩爾生不我待我願裁為琴宫絃春似君君若春日臨商絃廉似臣臣作旱天霖蓋取史記騶忌子聞齊威王鼓琴而為說曰大絃濁以

春温者君也小絃廉折以清者相也西清詩話乃云東坡聽惟賢琴有大絃春温和且平小絃廉折亮以清之句至謂東坡未知琴趣不獨琴為然殊不知亦取騶琴之事耳可謂不學

除夜病中贈段屯田

龍鍾三十九勞生已强半歲暮日斜時還為昔人歎自注樂天詩云行年三十九歲暮日斜時今年一線在那復堪把玩欲起强持酒故交雲雨散惟有病相尋空齋為老伴蕭條燈火冷寒夜何時旦倦僕觸屏風飢鼯嗅空案數朝閉閤卧霜髪秋蓬亂傳聞使者來策杖就梳盥書來苦安慰不怪造請緩大夫忠烈後高義金石貫要當擊權豪未肯覷衰懦此生何所似暗盡灰中炭歸田計已決此邦聊假館三徑麤成資一枝有餘暖願君更信宿庶奉一笑粲

除夜無聊病中落寞因得段書遂一氣寫出讀暗盡灰中炭五字尤覺黯然神凄

容齋五筆曰白樂天作述懷好紀年歲蘇公素重樂天故間亦効之如龍鍾三十九勞生已强半歲暮日斜時還為昔人歎正引用其語又四十豈不知頭顱畏人不出何其愚我今四十二衰髪不滿梳憶在錢塘正如此回頭四十二年非行年四十九還此北牕宿吾年四十九賴此一笑喜嗟我與君皆丙子四十九年窮不死五十之年初過二衰顔記我今如此白髪蒼顔五十三家人强遣試春衫先生年來六十化道眼已入不二門紛紛華

髮不足道當返六十過去䰟我年六十一頹景薄西山結髮事丈史術仰六十踰與君皆丙子各已三萬日翫味莊重便如閲年譜也

喬太守見和復次韻荅之

百年三萬日老病常居半其間互憂樂歌笑雜悲歎顛倒不自知直為神所玩須臾便堪笑萬事風雨散自從識此理久謝少年伴逝將遊無何豈暇讀城旦非才更多病二事可并案愧煩賢使者弭節整紛亂喬侯瑚璉質清廟嘗薦盥奮髯百吏走坐變齊俗緩未遭甘鵠退並進耻魚貫每聞議論餘凜凜激貪懦莫耶當自躍豈復煩爐炭便應朝秣越未暮刷燕館胡為守故邱眷戀桑榆暖為君叩牛角一詠南山粲

二公再和亦再荅之

寒雞知將晨饑鶴知夜半亦知老病客遇節嘗感歎光陰等敲石過眼不容玩親友如摶沙放手還復散羈孤每自笑寂寞誰肎伴元達號神君高論森月旦紀明本賢將汩沒事堆案欣然肎相顧夜闌燈火亂盤空愧不飽酒薄僅堪盥雍容詳著帽不怪安石緩雖無窮寵人清唱弄珠貫幸有縱橫舌說劍起慵懦二豪沈下位暗火埋濕炭豈似草元人嘿嘿老儒館行看富貴逼炙手借餘暖應念苦思歸登樓賦王粲

雪後書北臺壁二首

黃昏猶作雨纖纖夜靜無風勢轉嚴但覺衾裯如潑水不知庭院已堆鹽五更曉色來書幌半夜寒聲落畫簷試掃北臺看馬耳未隨埋沒有雙尖

城頭初日始翻鵶陌上晴泥已沒車凍合玉樓寒起粟光摇銀海眩生花遺蝗入地應千尺宿麥連雲有幾家老病自嗟詩力退空吟氷柱憶劉叉

尖叉韻詩古今推為絕唱數百年來和之者亦指不勝屈矣然在當時王安石六和其韻用及諸天夜叉交戟叉頭等字支湊勉强貽人口實即軾謝人見和因再用韻二詩亦未能如原作之精采方回謂再和尤佳者非

也至於玉樓銀海典故流傳其説不一蓋皆得自傳聞而所稱作道書者究無人知其出何道書方同稱是黄庭一種亦臆度語耳軾嘗讀道藏千函有詩紀其事要之玉樓為肩銀海為目必作如是解詩意乃通若集中詩尚有雪中過淮謁客詩云萬頃穿銀海次韻仲殊雪中遊西湖詩云玉樓已峥嶸則又不當與此一例解也

石林詩話曰詩禁體物語此學者類能言之歐公聚星堂雪詩舉此令坐客皆閣筆但非能者耳若能者

則出入縱横何可拘礙鄭谷亂飄僧舍茶烟溼密洒歌樓酒力微非不去體物語而氣格如此之卑蘇子聽凍合玉樓寒起粟光摇銀海眩生花超然飛動何害其言玉樓銀海

苕溪漁隱叢話曰蝗遺子於地若雪深一尺則入地一丈麥得雪則資茂而成稔歲此老農之語也東坡皆收拾入詩句殆無餘藴矣

方回曰坡知密州時作年三十九歲偶然用韻甚險而再和尤佳或謂坡詩律不及古人然才高氣雄下筆前無古人也觀此雪詩亦冠絶古今矣雖王荆公亦心服屢和不已終不能壓倒

侯鯖録曰東坡作雪詩後見荆公道家以兩肩為玉樓目為銀海是用使此事否坡曰惟荆公方知此出處

次韻章傳道喜雨 自注禱常山而得

去年夏旱秋不雨海畔居民飲鹹苦今年春暖欲生蝝地上戢戢多於土預憂一旦開兩翅口吻如風那肎吐

前時渡江入吳越布陣横空如項羽 自注去歲錢塘見飛蝗自西北來極可畏 農夫拱手但垂泣人力區區固難禦撲緣孌毛困牛馬咬嚙衣服穿房户坐觀不救亦何心秉畀炎火傳自古荷鋤散掘誰敢後得米濟饑還小補常山山神信英烈撝駕雷公訶電母應憐郡守老且愚欲把瘡痍手摩撫山中歸時風色變中路已覺商羊舞夜窗騷騷鬧松竹朝畦泫泫流膏乳從來蝗旱必相資此事吾聞老農

語庶將積潤掃遺孽收拾豐歲還明主縣前已窖八千斛自注今春及今得蝗子八千餘斛率以一升完一畝更看蠶婦過初眠自注蠶一眠則蝗不復生矣未用賀客來旁午先生筆力吾所畏蹙踏鮑謝跨徐庾偶然談笑得佳篇便恐流傳成樂府陋邦一雨何足道吾君盛德九州普中和樂職幾時作試何諸生選何武

古語時情錯雜寫來可謂博誕空類至結穴推本盛德寓規於頌盡遺奇詭與古俱歸雅頌之音

惜花

吉祥寺中錦千堆自注錢塘花最盛處前年賞花真盛哉道人勸我清明來腰鼓百面如春雷打徹涼州花自開沙河塘上插花回醉倒不覺吳兒咍豈知如今雙鬢摧城西古寺沒蒿萊有僧閉門手自栽千枝萬葉巧剪裁就中一叢何所似馬腦槃盛金縷杯而我食菜方清齋對花不飲花應猜夜來雨雹如李梅紅殘綠暗吁可哀自注錢塘吉祥寺花為第一壬子清明賞會最盛金盤綵籃以獻於座者五十三人夜歸沙河塘上觀者如山爾後無復繼也今年諸家園圃花亦極盛而龍興僧房一叢亦奇但衰病牢落自無以發興耳昨日雨雹如此花之存者有幾可為歎息也

語不斷削似無意求工而頹放處正復滔滔清絕

送春和子由

夢裏青春可得追欲將詩句絆餘暉酒闌病客惟思睡蜜熟黃蜂亦懶飛芍藥櫻桃俱掃地自注病過此二物鬢絲禪榻兩忘機憑君借取法界觀一洗人間萬事非自注來書云近看此書余未嘗見也

酒闌句是賦蜜熟句是比對句却從上句生出作手大家即一屬對不易測識如是

方回曰酒闌病客惟思睡我也情也蜜熟黃蜂亦懶飛物也景也芍藥櫻桃俱掃地景也鬢絲禪榻兩忘機情也一輕一重一來一往所謂四實四虛前後虛實又當何如下手至此則知繫風捕影未易言矣坡妙年詩力頗寛至晚年乃神妙流動

西齋

西齋深且明中有六尺牀病夫朝睡足危坐覺日長昏昏既非醉踽踽亦非狂褰衣竹風下穆然中微涼起行西園中草木含幽香榴花開一枝桑棗沃以光鳴鳩得美蔭困立忘飛翔黃鳥亦自喜新音變圓吭杖藜觀物化亦以觀我生萬物各得時我生日皇皇

目見耳聞具有萬物各得其所氣象昔人稱淵明為古閒淡之宗此則升堂入室矣

寄劉孝叔

君王有意誅驕虜椎破銅山鑄銅虎聯翩三十七將軍走馬西來各開府南山伐木作車軸東海取鼉漫戰鼓汗流奔走誰敢後恐乏軍興汙資斧保甲連村團未遍方田訟牒紛如雨爾來手實降新書抉剔根株窮脉縷詔書惻怛信深厚吏能淺薄空勞苦平生學問止流俗衆裏笙竽誰比數忽令獨奏鳳將雛倉卒欲吹那得譜況復連年苦饑饉剗鬵草木啖泥土今年雨雪頗應時又報蝗蟲生翅股憂來洗盞欲強醉寂寞虛齋臥空甁公厨十日不生烟更望紅裙踏筵舞故人屢寄山中信只有當歸無別語方將雀鼠偷太倉未肯衣冠挂神武吳興丈人真得道平日立朝非小補自從四方冠蓋鬧歸作二浙湖山主高蹤已自雜漁釣大隱何曾棄簪組去年相從殊未足問道已許談其粗逝將棄官往卒業俗緣未盡那得覩公家只在霅谿上上有白雲如白羽應憐進退苦皇皇更把安心教初祖

始陳政令之弊繼悼饑饉之臻而中以詔書惻怛吏能

淺薄為詞可謂立言有體後言已不能如孝叔之高蹈蓋其志在救時有未肯挂冠神武者特詩中不可以顯言乃以雀鼠太倉故作懟謝故人之語溫厚和平與詩人之旨宛合一切譏誚躁妄之詞其不可同年而語明矣

烏臺詩案曰此詩君王有意四句為是時朝廷遣使諸路點檢軍器及置三十七將官多張皇不便也南山伐木十句以譏諷法令屢變事目煩多吏不能

辨也況復連年十二句意言近日饑饉蝗蟲之甚以譏諷政事闕失并新法不便之所致也又言酒食無備齋厨索然以譏諷新法減削公使太甚也公事既多旱蝗又甚公使窘廹所以言山中故人寄語令歸其貪禄未能便挂衣冠而去也又云自從西方冠蓋閙歸作二浙湖山主以譏諷近日提舉官所至苛碎生事故劉述乞宫觀歸湖州也

施元之曰劉孝叔名述神宗擢侍御史知雜數論事

剴切會與王安石爭獄事不合出知江州踰歲提舉崇禧觀東坡倅杭與孝叔會虎邱有詩紀事吳興六客堂孝叔其一人也此詩首言征伐之意熈寧三年十一月詔京畿河北京東西路置三十七將將官遂與州郡長吏爭衡故云聯翩三十七將軍走馬西來各開府又立保甲法令諸州籍保甲聚民而教之禁令苛急往往去為盜郡縣不敢以聞故云保甲連村團未遍五年立方田均税法詔司農以條約并式頒之天下歲以九月委令佐分地計量乃書戶帖連莊帳付之以為地符故云方田訟牒紛如雨七年呂惠卿建手實法從使民自上其家之物產而官為注籍奉使者至析秋毫天下病之至八年十月乃罷故曰爾來手實降新書又曰平生學問止流俗者是時安石凡議其新政者皆以流俗謂之也

邵長蘅曰資斧資字當是質字之訛質與鑕通史記范雎傳臣之胸不足以當椹質而要不足以待斧鉞

又一語無効請伏斧質又石慶傳罪當伏斧質又漢書梅福傳雖伏質横分臣之願也諸本既譌資舊注因並作資斧解極無謂

懷西湖寄鼂美叔同年

西湖天下景游者無愚賢淺深隨所得誰能識其全嗟我本狂直早為世所捐獨專山水樂付與寧非天三百六十寺幽尋遂窮年所至得其妙心知口難傳至今清夜夢耳目餘芳鮮君持使者節風采爍雲烟清流與碧

巇安冐為君妍胡不屏騎從暫借僧榻眠讀我壁間詩
清涼洗煩煎策杖無道路直造意所便應逢古漁父葦
間自延緣問道若有得買魚勿論錢

知其妙處難傳便是能識其全者妙處既不可傳故令讀壁間詩使自得之又令直造意所便以庶幾所至有得耳

祭常山回小獵

青蓋前頭點皂旗黃茅岡下出長圍弄風驕馬跑空立

趁兔蒼鷹掠地飛回望白雲生翠巘歸來紅葉滿征衣
聖明若用西涼簿白羽猶能效一揮

此似規橅右丞風勁角弓鳴一詩馬立鷹飛宛然草枯鷹眼疾雪盡馬蹄輕之句也白雲紅葉亦是千里雲平遺意特其才大不露青藍氷水之迹耳結以謝艾自況想見下筆時顧盼自雄躊躇滿志

烏臺詩案曰知密州日因祭山回與同官習騎射放鷹作詩意取西涼州主簿謝艾本是書生却善用兵意以自比言聖朝若用某為將不減謝艾也

和文與可洋川園池三十首 録七首

湖橋

朱闌畫柱照湖明白葛烏紗曳履行橋下龜魚晚無數
識君拄杖過橋聲

橫湖

貪看翠蓋擁紅粧不覺湖邊一夜霜卷却天機雲錦段
從教匹練寫秋光

荷盡而水益光明寫得景色澄靜不似老杜斫却月中桂清光應更多徒豪語耳

蓼嶼

秋歸南浦蟪蛄鳴霜落橫湖沙水清卧雨幽花無限思
抱叢寒蝶不勝情

待月臺

月與高人本有期挂簷低户映蛾眉只從昨夜十分滿
漸覺氷輪出海遲

過谿亭

身輕步穩去忘歸四柱亭前野彴微忽悟過谿還一笑

水禽驚落翠毛衣

篔簹谷

漢川修竹賤如蓬斤斧何曾赦籜龍料得清貧饞太守

渭川千畒在胸中

文與可畫篔簹谷偃竹記曰篔簹谷在洋川與可嘗令予作洋川三十詠篔簹谷其一也予詩云云與可

是日與妻遊谷中燒筍晚食發函得詩失笑噴飯滿案

寒蘆港

溶溶晴港漾春暉蘆筍生時柳絮飛還有江南風物否

桃花流水鮆魚肥

寄題刁景純藏春塢

白首歸來種萬松待看千尺舞霜風年抛造物陶甄外

春在先生杖履中楊柳長齊低户暗櫻桃爛熟滴堦紅

何時卻與徐元直共訪襄陽龎德公

三四一聯句法獨創後人效之未免學步邯鄲至五六一聯軾乃脫化張謂春園家宴詩櫻桃解結垂檐子楊柳能低入户枝之句今注詩者乃引白居易夢游春五言云門柳暗全低簷櫻紅半熟而不引張詩既為未諳源委且奈何舍盛唐而述中唐也

王直方詩話曰東坡作藏春塢有年抛造物陶甄外春在先生杖履中而秦少游作俞充哀詞乃云風生

使者旌旄上春在將軍俎豆中余以為依倣太甚

寄黎眉州

膠西高處望西川應在孤雲落照邊瓦屋寒堆春後雪

峨眉翠掃雨餘天治經方笑春秋學好士今無六一賢（自注：君以春秋受知歐陽文忠公公自號六一居士）且待淵明賦歸去共將詩酒

趁流年

施元之曰王介甫素不善春秋目為斷爛朝報時介市方得志故云治經方笑春秋學公為眉人黎方守

眉故有淵明歸去之句

志林曰黎希聲治春秋有家法然為人質木遲緩劉貢父戲為黎檬子黎以為指其德不知檬子真是木也一日联騎出市人有鬻之者大笑幾落馬

次韻周邠寄鴈蕩山圖二首

指點先憑採藥翁丹青化出大槐宮眼明小閣浮烟翠齒冷新詩嚼雪風二華行觀雄陜右九仙今已歷京東自注將赴河中塗過太華九仙在東武奇秀不減鴈蕩也此生自有尋山分已覺溫

台落手中

西湖三載與君同馬入塵埃鶴入籠東海獨來看出日石橋先去踏長虹遙知別後添華髮時向樽前說病翁所恨蜀山君未見他年攜手醉郫筒

鴈蕩為自古圖牒所不記祥符中因採官木始見之此雖覽圖未歷其地故但以小閣浮烟翠一語形容其妙以所得見之二華九仙作陪按周邠生於西湖而官於鴈蕩軾生於蜀山而官於西湖次作稱西湖同遊蓋因其所見以致未見之思結更以蜀山君未見為恨匪自矜以傲人蓋其交誼反覆纏綿盎然言表

施元之曰周邠字開祖錢塘人東坡倅杭三年與開祖數從湖山之游見於酬唱故云西湖三載與君同是時開祖為樂清令鴈蕩山實在境內

和鼂同年九日見寄

仰看鸞鵠刺天飛富貴功名老不思病馬已無千里志騷人長負一秋悲古來重九皆如此別後西湖付與誰

遣子窮愁天有意吳中山水要清詩

以西湖對重九一時湊泊其妙不當於字句求之

賀裳曰譚友夏評此詩云游止山水好景每尋替人不得況坡老閑濟西湖何等關情決不忍交付與俗人矣此評亦好但作詩時子瞻自杭州通守轉密州西湖尚未聞也

送喬施州

恨無負郭田二頃空有載行書五車江上青山橫絕壁

雲間細路躡飛蛇雞號黑暗通蠻貨蜂鬧黃連採蜜花
共怪河南門下客不應萬里向長沙自注喬受知於吳丞相而施州風土大類長沙

[illegible]宗元在柳州諸詩

董儲郎中嘗知眉州與先人游過安卯訪其故居見其子希甫留詩屋壁

白髮郎潛舊使君至今人道最能文隻雞敢忘橋公語
下馬來尋董相墳冬月負薪雖得免鄰人吹笛不堪聞

死生契濶君休問灑淚西南向白雲

[illegible]意無語不典核而出以便

[illegible]按[illegible]史補云舊說董仲舒墓門下人至皆下馬謂之下馬陵故東坡詩云下馬來尋董相墳

御選唐宋詩醇卷三十四

欽定四庫全書

集部

御選唐宋詩醇卷三十五 六

詳校官山東道御史臣溫常綬

臣紀昀覆勘

總校官編修臣朱鈐
校對官編修臣劉汝藩
謄錄監生臣楊熙

欽定四庫全書

御選唐宋詩醇卷三十五

眉山蘇軾詩四

除夜大雪留濰州元日早晴遂行中途雪復作

除夜雪相留元日晴相送東風吹宿酒瘦馬兀殘夢葱曨曉光開旋轉餘花弄下馬成野酌佳哉誰與共須臾晚雲合亂灑無缺空鵝毛垂馬騣自怪騎白鳳三年東方旱逃戶連欹棟老農釋耒歎淚入饑腸痛春雪雖云晚

春麥猶可種敢怨行役勞助爾歌飯甕

即雪霽以致重粟勤民之意壯厲忼慨不藉倖色揣稱矜抽秘騁姸之殊絕

送范景仁游洛中

小人真闇事閒退豈公難道大吾何病言深聽者寒憂時雖蚤白住世有還丹得酒相逢樂無心所遇安去年行萬里蜀路走千盤投老身彌健登山意未闌西游為櫻筍東道盡鵷鸞杖屨攜兒去園亭借客看折花斑竹寺弄水石樓灘鬻馬衰憐白驚雷怯笑韓蘇書標洞府自注歐陽永叔嘗游嵩山日暮於絕壁上見苔蘚成文云神清之洞明日復尋不見松蓋偃天壇自注劉几云曾見人嵩山幽絕處眼光如猫意其為靖長官也靖長官唐末五代人得道不死試與劉夫子重尋靖長官

景仁能累疏詆王安石致安石持其疏而手顫固是豪傑之士而通篇乃盛稱洛中之勝舉仙蹤神境以導之語值元微然正是詩人溫柔敦厚遺意

烏臺詩案曰此詩言小人真闇事閒退豈公難意以

譏今時之小人闇於事理以進為榮以退為辱范鎮賢者難進而易退小人不知也又云言深聽者寒謂范鎮舊日多論時事其言深切聽者為恐意言范鎮所言為當時事多不便也

苕溪漁隱叢話曰東坡送范景仁游洛中詩蘇書標洞府松蓋偃天壇注云歐陽永叔嘗遊嵩山日暮於絕壁上苔蘚成文云神清之洞明日復尋不見又六一居士集有戲占唐山隱者詩我昔曾為洛陽客偶

向岩前生盤石四字丹書萬仞崖神清之洞瑣樓臺
蓋紀此事余謂二公人物文章俱為天下第一自是
神仙中人應居紫府閬苑固宜所夢所見之異也

次韻景仁留别

公老我亦衰相見恨不數臨行一杯酒此意重山嶽歌
詞白紵清琴奏黄鐘濁詩新眇難和飲少僅可學欲參
兵部選有力誰如犖且作東諸侯山城雄鼓角南游許
過我不憚千里邈會當閗公來倒屣髮一握

書韓幹牧馬圖

南山之下汧渭之間想見開元天寶年八方分屯隘秦川
四十萬匹如雲烟騅駓駰駱驪騮騵白魚赤兔騂皇鶬龍
顱鳳頸獰且妍奇姿逸德隱駑頑碧眼胡兒手足鮮歲時
翦刷供帝閑柘袍臨池侍三千紅粧照日光流淵樓下玉
螭吐清寒往來蹙踏生飛湍衆工舐筆和朱鉛先生曹霸
弟子韓廐馬多肉尻脽圓肉中畫骨誇尤難金羈玉勒繡
羅鞍鞭箠刻烙傷天全不如此圖近自然平沙細草荒芊綿
驚鴻脫兔爭後先王良挾策飛上天何必俯首服短轅

馬詩有杜甫諸作後人無從著筆矣千載獨有軾詩數
篇能别出一奇於浣花之外骨幹氣象實相等埒

篇中騅駓駰駱驪騮騵蓋本昌黎陸渾山火詩鴉鴟鵰
鷹雉鵠鵾之句王士正謂並是學急就篇句法由其氣大
故不見其累重之迹即如此詩本是則傚少陵而此二
句乃全似昌黎亦不覺也

烏臺詩案曰意以騏驥自比譏執政大臣無能盡我
才如王良之御者何必折節干求進用也

送曾元翰少卿知衢州

凡士無處著寄身范公園桃花忽成陰薺麥秀已繁閉
門春晝永惟有黄蜂喧誰人肯攜酒共醉榆柳村髯卿
獨何者一月三到門我不往拜之髯來意彌敦堂堂元
老後亹亹仁人言憶在錢塘歲情好均弟昆時於冰雪
中笑語作春温欲飲徑相覓夜開叢竹軒搜尋到篋笥
鮓醢無復存每愧烟火中玉腕親炮燔别來今幾何相

對如夢䰟告我當北渡新詩侑清樽坡陁太行麓洶湧黄河翻仕宦非不遇王畿西北垣斯民如魚耳見網則驚奔皎皎千丈清不如尺水渾刑政雖首務念當養其源一聞襦袴音盜賊安足論

始述近事中叙舊遊末段見網驚奔等語本指新法言之亦是元翰本事然却隱而不言但以作贈行者勸勉之詞氣味深厚如此而龜山語録乃謂坡詩只是譏誚怨罵何耶

施元之曰公自密移守河中至京師改徐州時有旨不許入國門寓城外范蜀公園故首句云云魯元翰名有開乃肅簡公之姪自知南康代還王介甫問江南如何元翰對新法當為異日患介甫怒僅得倅杭公時亦為杭倅與魯同官魯先代去前有壽星院餞魯少卿詩即元翰也

和李邦直沂山祈雨有應

高田生黄埃下田生蒼耳蒼耳亦已無更問麥有幾蛟龍睡足亦解慙二麥枯時雨如洗不知雨從何處來但聞呂梁百步聲如雷試上城南望城北際天菽粟青成堆飢火燒腸作牛吼不知待得秋成否半年不雨坐龍慵共怨天公不怨龍今朝一雨聊自贖龍神社鬼各言功無功日盜太倉穀嗟我與龍同此責勸農使者不汝容因君作詩先自劾

每於轉接處見其筆力之奇矯如二麥枯時雨如洗以下忽接不知雨從何處來際天菽粟以下忽接饑火燒

腸作牛吼神鬼言功以下忽接無功日盜太倉穀波詭雲屬殆是莫可思議　昌黎云不待彈劾還耕桑此詩云因君作詩先自劾賢者惟時深食禄之耻所以政事多卓然可觀

烏臺詩案曰此詩言本因龍神懶惰不行雨却使人怨天公以譏執政大臣不任職不能調理陰陽却使人怨天子以天公比天子以龍神社鬼比執政大臣及百執事某自言無功竊禄與大臣無異

東欄梨花

梨花淡白柳深青柳絮飛時花滿城惆悵東欄二株雪人生看得幾清明

濃至之情偶於所見發露絕句中幾與劉夢得爭衡

容齋隨筆曰張文潛好吟東坡梨花絕句每吟一過必擊節賞嘆不能已文潛蓋有省於此云

次韻答邦直子由四首 錄二首

簿書顛倒夢魂間知我疎慵肯見原閑作閉門僧舍冷

病聞吹枕海濤喧忘懷杯酒逢人共引睡文書信手翻欲吐狂言喙三尺怕君嗔我卻須吞 自注邦直屢以此見戒

君雖為我此遲留別後凄涼我已憂不見便同千里遠退歸終作十年遊恨無揚子一區宅懶卧元龍百尺樓聞道鵷鴻滿臺閣網羅應不到沙鷗

自寫疎慵潦倒令人意惻

司馬君實獨樂園

青山在屋上流水在屋下中有五畝園花竹秀而野花香襲杖屨竹色侵盞斝樽酒樂餘春棋局消長夏洛陽古多士風俗猶爾雅先生卧不出冠蓋傾洛社雖云與衆樂中有獨樂者才全德不形所貴知我寡先生獨何事四海望陶冶兒童誦君實走卒知司馬持此欲安歸造物不我捨名聲逐吾輩此病天所赭撫掌笑先生年來效瘖啞

言景如畫言情如話令人神遊其地想見其人

時錢公輔在鄞縣建衆樂亭司馬光贈以詩曰使君如

獨樂衆庶必深顰蓋獨樂之與衆樂道本同然此詩云雖云與衆樂中有獨樂者最得其意

兒童誦君實走卒知司馬二句以姓對字唐賢所未有然非無本也劉越石詩云宣尼悲獲麟西狩泣孔某謝惠連詩云雖好相如達不學長卿慢正此詩所則傚其他史傳所載如萬事不理問伯始天下中庸有胡公甑中生塵范史雲釜中生魚范萊蕪之類尤不勝指數矣

烏臺詩案曰司馬光在西京葺一園名獨樂園作詩

寄之此詩言四海望光執政陶冶天下以譏見任執政不得其人又言兒童走卒皆知其姓字終當進用緣光曾言新法不便某亦曾言新法不便既言終當進用光意亦譏新法不便終用光改變此法也又言光却瘖默不言意望光依前上言攻擊新法也

澠水燕談曰司馬文正公高才全德大得中外之望士大夫識與不識稱之曰君實下至閭閻畝畝匹夫匹婦莫不能道司馬公身退十餘年而天下之人日

冀其復用於朝子瞻獨樂園詩蓋紀實也

子由將赴南都與余會宿於逍遥堂作兩絶句讀之殆不可為懷因和其詩以自解余觀子由自少曠達天資近道又得至人養生長年之訣而余亦竊聞其一二以為今者宦游相别之日淺而異時退休相從之日長既以自解且以慰子由云

别期漸近不堪聞風雨蕭蕭已斷䰟猶勝相逢不相識形容變盡語音存

但令朱雀長金花此别還同一轉車五百年間誰復在會看銅狄兩咨嗟

二詩惟語語解慰乃益見别恨之深低回欲絶

冷齋夜話曰用事琢句妙在言其用而不言其名此詩云猶勝相逢不相識形容變盡語音存是用事而不言其名也

蘇轍逍遥堂詩序曰轍幼從子瞻讀書未嘗一日相舍既壯將遊宦四方讀韋蘇州詩至那知風雨夜復此

對牀眠惻然感之乃相約早退為閑居之樂故子瞻始為鳳翔幕府留詩為别曰夜雨何時聽蕭瑟其後子瞻通守餘杭復移守膠西而轍滯留於淮陽濟南不見者七年熙寧十年二月始復會於澶濮之間相從彭城留百餘日時宿於逍遥堂追感前約為作二小詩

容齋隨筆曰東坡守彭城子由來訪之留百餘日而去作二小詩曰逍遥堂後千尋木長送中宵風雨聲誤喜對牀尋舊約不知漂泊在彭城秋來東閣涼如

水客去山翁醉似泥困卧北窗呼不醒風吹松竹雨淒淒東坡以為讀之殆不可為懷乃和其詩以自解至今觀之尚能使人淒然也

過雲龍山人張天驥

郊原雨初足風日清且好病守亦欣然肩輿白門道荒田咽蚯蚓村巷懸梨棗下有幽人居閉門空雀噪西風高正厲落葉紛可掃孤童卧斜日病馬放秋草墟里通有無垣墻任摧倒君家本冠蓋絲竹鬧鄰保脱身聲利

中道德自濯澡躬耕抱羸疾奉養百歲老詩書膏吻頰菽水媚翁媪饑寒天隨子杞菊自頭芼慈孝董邵南雞狗相乳抱吾生如寄耳歸計失不蚤故山豈敢忘但恐迫華皓從君好種秫斗酒時自勞

垣墻任摧倒以上村落園林摹繪如見昔人謂詩中有畫畫猶有所不能到詩則無所不到也然非具四通六明之力亦豈能以達之

初别子由

我少知子由天資和而清好學老益堅表裏漸融明豈獨為吾弟要是賢友生不見六七年微言誰與賡常恐坦率性放縱不自程會合亦何事無言對空枰使人之意消不善無由萌森然有六女包裹布與荆無憂賴賢婦藜藿等大烹使子得行意青衫陋公卿明日無晨炊倒牀作雷鳴秋眠我東閣夜聽風雨聲懸知不久別妙理難細評昨日忽出門孤舟轉西城歸來北堂上古屋空峥嶸退食悮相從入門中自驚南都信繁會人事水

火爭念當閑閤坐頹然寄聾盲妻子亦細事文章固虛名會須掃白髮不復用黄精

轍為軾題像贊則云人曰吾兄我曰吾師軾此詩亦云豈獨為吾弟要是賢友生想見兄弟間自相師友極天倫之樂事也至於不見而恐放縱不自程既見而使不善無由萌讀之令人凛然若無此數句而但有後幅叙述家常之詞即與凡俗何異

趙次公曰南都則南京也時子由從張文定簽

書南京判為此別也

河復并序

熙寧十年秋河決澶淵注鉅野入淮泗自澶魏以北皆絕流而濟楚大被其害彭門城下水二丈八尺七十餘日不退吏民疲於守禦十月十三日澶州大風終日既止而河流一枝已復故道聞之喜甚庶幾可塞乎乃作河復詩歌之道路以致民願而迎神休蓋守土者之志也

君不見西漢元光元封間河決瓠子二十年鉅野東傾淮泗滿楚人恣食黃河鱣萬里沙回封禪罷初遣越巫沈白馬河公未許人力窮薪芻萬計隨流下吾君仁聖如帝堯百神受職河神驕帝遣風師下約束北流夜起澶州橋東風吹凍收微淥神功不用淇園竹楚人種麥滿河淤仰看浮槎棲古木

賦古事以證時事不更加論斷而於中間入題處提曰吾君仁聖如帝堯則知瓠子築宮有不足道矣更挽一筆云神功不用淇園竹以與前文相叫應其沈雄雅健要與瓠子二歌不同其音調而同其氣骨

王宗稷東坡先生年譜曰熙寧十年徐州水患大作七月十七日河決澶州曹州村埽八月二十一日及徐州城下先生治水有功至十月五日水漸退城以全朝廷降詔奬諭作河復詩

黃河

活活何人見混茫崑崙氣脈本來黃濁流若解汚清濟

驚浪應須動太行帝假一源神禹跡世流三患梗堯鄉靈槎果有仙家事試問青天路短長

黃河渾渾泡泡從天而來非此才筆賦之不稱

韓幹馬十四匹

二馬並驅攢八蹄二馬宛頸騣尾齊一馬任前雙舉後一馬却避長鳴嘶老髯奚官騎且顧前身作馬通馬語後有八匹飲且行微流赴吻若有聲前者既濟出林鶴後者欲涉鶴俛啄最後一匹馬中龍不嘶不動尾搖風

韓生畫馬真是馬蘇子作詩如見畫世無伯樂亦無韓此詩此畫誰當看

韓子畫記只是記體不可以入詩杜子觀畫馬圖詩只是詩體不可以當記杜韓開其端蘇乃盡其極叙次歷落妙言奇趣觸緒横生真堪獨立千載

容齋五筆曰韓公人物畫記其叙馬處云馬大者九匹於馬之中又有上者下者馬行者牽者奔者涉者陸者翹者顧者鳴者寢者訛者立者齕者飲者溲者

陟者降者痒磨樹者噓者嗅者喜而相戲者怒相踶齧者秣者騎者驟者走者載服物者載狐兔者凡馬之事二十有七馬馬大小八十有三而莫有同者馬秦少游謂其叙事該而不煩坡公賦韓幹十四馬詩之與記其體雖異其為布置鋪寫則同誦坡公之語蓋不待見畫也

贈寫御容妙善師

憶昔射策干先皇珠簾翠幄分兩廂紫衣中使下傳詔跪奉冉冉聞天香仰觀眩晃目生暈但見曉色開扶桑迎陽晚出步就坐絳紗玉斧光照廊野人不識日月角彷彿尚記重瞳光三年歸來真一夢橋山松檜淒風霜天容玉色誰敢畫老師古寺晝閉房夢中神授心有得覺來信手筆已忘幅巾常服儼不動孤臣入門涕自滂元老侑坐鬚眉古虎臣立侍冠劍長平生慣寫龍鳳質肯顧草間猿與麞都人踏破鐵門限黄金白璧空堆牀爾來摹寫亦到我謂是先帝白髮郎不須覽鏡坐自了

明年乞身歸故鄉

許顗論此詩似深實淺詩以射策干先皇起以先帝白髮郎結老嘉祐辛丑軾應制科其冬赴鳳翔簽判任及治平甲辰還朝不得復見仁宗故中有三年歸來真一夢之語詩雖為妙善而作而意則眷戀先皇無句不是惓惓忠愛之忱此即軾所謂發乎情止乎忠孝而不僅止乎禮義者也

許顗詩話曰此詩美甚美矣然不若丹青引微而顯

得春秋之法

哭刁景純

讀書想前輩每恨生不蚤紛紛少年場猶得見此老此老如松栢不受霜雪槁直從毫末中自養到合抱宏村之近用千載自枯倒文章餘正始風節貫華皓平生為人耳自為薄如縞是非雖難齊反覆看愈好前年旅吳越把酒慶壽考扣門無晨夜百過迹未掃但知從德公未省厭邱嫂別時公八十後會知難保昨日故人書連年

喪翁媼自注景純妻先亡傷心范橋水漾漾舞寒藻華堂不見人瘦馬空戀阜我欲江東去匏樽酌行潦鏡湖無賀監慟哭稽山道忍見萬松岡荒池没秋草

老成凋謝為世道之憂不僅一人交情而已此詩言之最為真切沈痛按刁約齒長於軾者四十二年而相與為友忘年之義不同流俗前有寄題景純藏春塢詩云白首歸來種萬松又和岡字韻贈景純詩有為翁栽揷萬松岡之句萬松岡即在所居藏春塢前是詩稱此老如松柏而結之以忍見萬松岡非但不忘其居亦緣其人實有卓爾貞松之操故足悼也

施元之曰刁景純名約丹徒人少卓越刻苦學問能文章始應舉京師與歐陽永叔富彥國聲譽相高下天聖二年登進士第屈於為郎施不大耀士友歎惜而景純未嘗以為恨好急人之難海內識與不識多歸之不治產業賓客故人常滿其門尊酒燕娛無虛時重義輕施有古人之風壽八十四

答呂梁仲屯田

亂山合沓圍彭門官居獨在懸水村自注懸水村呂梁地名居民蕭條雜麇鹿小市冷落無雞豚黃河西來初不覺但訝清泗流奔渾夜聞沙岸鳴甕盎曉看雪浪浮鵬鶤呂梁自古喉吻地萬頃一抹何由吞坐觀入市卷閭井吏民走盡餘王尊計窮路斷欲安適吟詩破屋愁鳶蹲歲寒霜重水歸壑但見屋瓦留沙痕入城相對如夢寐我亦僅免為魚黿旋呼歌舞雜詼笑不惜飲釂空缾盆念君

官舍氷雪冷新詩美酒聊相温人生如寄何不樂任使絳蠟燒黄昏宣房未築淮泗滿故道堙滅瘡痍存明年勞若應更甚我當畚鍤先黥髡付君萬指伐頑石千鎚雷動蒼山根高城如鐵洪口决談笑卻掃看崩奔農夫掉臂免狼顧秋穀布野如雲屯還須更置軟脚酒為君擊鼓行金樽

全詩分列三段黄河西来以下紀河决也歲寒霜重以下紀河復也宣房未築以下則言將伐石築城為民捍

禦尤為淋漓盡致或疑詩有歌舞詼笑之句謂不於此時殷憂惻怛而以行樂為言似為失體然此語乃在河復之後幸不勉為魚鼈因而飲醻固是人情所有正見其率真不作妄語耳

張寺丞益齋

張子作齋舍而以益為名吾聞之夫子求益非速成譬如遠游客日夜事征行今年適燕薊明年走蠻荆東觀盡滄海西涉渭與涇歸來閉戸坐八方在軒庭又如學醫人識病由飽更風雨晦明淫跛躄瘖聾盲虚實在其脉静躁在其情榮枯在其色壽夭在其形苟能閲千人望見知死生為學務日益此言當自程為道貴日損此理在既盈願言書此詩以為益齋銘

似記似銘核其大旨只是老子為學日益為道日損二句而已却先以遠游譬之又以學醫譬之此文章離合變化之法

送李公恕赴闕

君才有如切玉刀見之凜凜寒生毛願隨壯士斬蛟蜃不願腰間纒錦縧用違其才志不展坐與胥吏同疲勞忽然眉上有黄氣吾君漸欲収英髦立談左右俱動色一語徑破千言牢我頃分符在東武脫畧萬事惟嬉遨盡壞屏障通内外仍呼騎曹為馬曹君為使者見不問反更對飲持雙螯酒酣箕坐語驚衆雜以嘲諷窮詩騷世上小兒多忌諱獨能容我真賢豪為我買田臨汶水逝將歸去誅蓬蒿安能終老塵土下俯仰隨人如桔槹

選詞琢句多出昌黎激宕雄竒得骨得髓不可皮相也

虔州八境圖八首 録六首

濤頭寂寞打城還章貢臺前暮靄寒勸客登臨無限思
孤雲落日是長安

白鵲樓前翠作堆縈雲嶺路若為開故人應在千山外
不寄梅花遠信來

朱樓深處日微明皁蓋歸時酒半醒薄暮樵漁人去盡
碧谿青嶂遶螺亭

卻從塵外望塵中無限樓臺烟雨濛山水照人迷向背
只尋孤塔認西東

烟雲縹緲鬱孤臺積翠浮空雨半開想見之罘觀海市
絳宮明滅是蓬萊

回峰亂嶂鬱參差雲外高人世得知誰向空山弄明月
山中木客解吟詩

漫叟詩話曰東坡作虔州八境詩云山中木客解吟詩十道四蕃志記虔州上洛山有木客鬼與人交甚信未嘗言能作詩也後得續法帖記木客詩云酒盡君莫沽壺傾我當發城市多囂塵還山弄明月方知得句之因徐鉉謂鄱陽山中有木客自言秦時造阿房宮採木者豈鉉未嘗見十道四蕃志耶

讀孟郊詩二首

夜讀孟郊詩細字如牛毛寒燈照昏花佳處時一遭孤芳擢荒穢苦語餘詩騷水清石鑿鑿湍激不受篙初如食小魚所得不償勞又似煮彭蟹竟日嚼空螯要當鬬

僧清未足當韓豪人生如朝露日夜火消膏何苦將兩耳聽此寒蟲號不如且置之飲我玉色醪

我憎孟郊詩復作孟郊語饑腸自鳴喚空壁轉飢鼠詩從肺腑出出輒愁肺腑有如黃河魚出膏以自煑尚愛銅斗歌鄙俚頗近古桃弓射鴨罷獨速短蓑舞不憂踏船翻踏浪不踏土吳姬霜雪白赤脚浣白紵嫁與踏浪兒不識別離苦歌君江湖曲感我長羈旅

郊詩佳處惟此言之親切前作孤芳水清四句道其體

格風調纔乃比之食小魚煮彭蜞聽寒蟲號者軾蓋直以韓豪自居也後作自云作孟郊語讀之宛然郊詩如詩從肺腑出出輒愁肺腑二語非郊不能道觀銅斗歌全用其語愛之深矣郊寒島瘦千古奉軾語為定評顧島豈得與郊抗衡哉

隱居詩話曰孟郊詩寒澁窮僻琢削不暇真苦吟而成觀其句法格力可見矣其自謂夜吟曉不休苦吟鬼神愁如何不自閒心與身為仇而退之薦士詩云榮華肖天秀捷疾愈響報何也

與梁左藏會飲傅國博家

將軍破賊自草檄論詩說劍俱第一彭城老守本虛名
識字劣能欺項籍風流別駕貴公子欲把笙歌暖鋒鏑
紅旆朝開猛士噪翠帷暮卷佳人出東堂醉臥呼不起
啼鳥落花春寂寂試教長笛傍耳根一聲吹裂階前石

欲把笙歌暖鋒鏑語奇而未亮得紅旆二句以申言之精彩煥發矣後來作過城將少年行等詩者每彷彿其詞總不逮是詩之豪岸逸蕩

續麗人行　自注李仲謀家有周昉畫背面欠伸內人極精戲作此詩

深宮無人春日長沈香亭北百花香美人睡起薄梳洗
燕舞鶯啼空斷腸畫工欲畫無窮意背立東風初破睡
若教回首卻嫣然陽城下蔡俱風靡杜陵饑客眼長寒
蹇驢破帽隨金鞍隔花臨水時一見只許腰肢背後看
心醉歸來茅屋底方信人間有西子君不見孟光舉案
與眉齊何曾背面傷春啼

題是背面欠伸詩卻以回首嫣然想見其情致更不用殊壓腰衱字面尤工於避俗

苕溪漁隱叢話曰東坡續麗人行詩韓子蒼用此意題伯時所畫宮女云睡起昭陽暗淡粧不知緣底背斜陽若教轉盼一回首三十六宮無粉光終不及東坡之偉麗也

菊坡叢話曰陳後山寄曹州晁大夫詩云墮絮隨風化作塵黃樓桃李不成春只今容有名駒子困倚闌

干一欠伸自注云周昉畫美人有背立欠伸者最為妍絶東坡所賦麗人行也

起伏龍行 并引

徐州城東二十里有石潭父老云與泗水通增損清濁相應不差時有河魚出焉元豐元年春旱或云置虎頭潭中可以致雷雨用其說作起伏龍行

何年白竹千鈞弩射殺南山雪毛虎至今顱骨帶霜牙尚作四海毛蟲祖東方久旱千里赤三月行人口生土

碧潭近在古城東神物所蟠誰敢侮上歆蒼石擁巖竇下應清河通水府眼光作電走金蛇鼻息為雲擢烟縷當年負圖傳帝命左右羲軒詔神禹爾來懷寶但貪眠滿腹雷霆瘖不吐赤龍白虎戰明日自注是月丙辰明日庚寅倒卷黄河作飛雨嗟我豈樂鬬兩雄有事徑須煩一怒

興雨是龍致雨是虎首四句從虎說起更不說及雷雨次點出久旱次言龍之神靈而以懷寶貪眠二句煞住突接赤龍白虎戰明日四句結盡全篇怪怪奇奇不可方物

嘉話録曰南中久旱即以長繩繫虎頭骨投有龍處入水即掣不定俄頃雲起潭中雨亦隨降龍虎敵也雖枯骨猶能激動如此

次韻荅劉涇

吟詩莫作秋蟲聲天公怪汝鉤物情使汝未老華髮生芝蘭得雨蔚青青何用自燔以出馨細書千紙雜真行新音百變口如鶯異義蠭起弟子爭舌翻濤瀾卷齊城

萬卷堆胸兀相撐以病為樂子未驚我有至味非煎烹是中之樂吁難名緑槐如山闇廣庭飛蟲繞耳細而清敗席展轉卧見經亦自不嫌翠織成意行信足無溝坑不識五郎呼作卿吏民哀我老不明相戒無復煩鞭刑時臨泗水照星星微風不起鏡面平安得一舟如葉輕卧聞郵籤報水程蓴羹羊酪不須評一飽且救飢腸鳴

固是源泉滀湧然無字不經稱量而出柏梁體詩最難似此精渾

聞辯才法師復歸上天竺以詩戲問

道人出山去山色如死灰白雲不解笑青松有餘哀忽聞道人歸鳥語山容開神光出寶髻法雨洗浮埃想見南北山花發前後臺寄聲問道人借禪以為詼何所聞而去何所見而回道人笑不荅此意安在哉昔年本不住今者亦無來此語竟非是且食白楊梅

昔本不住今亦無來說來真是無縛無脫較聞所聞而來見所見而去更上一層矣鳥語山容開五字尤有神

助

咸淳臨安志曰嘉祐末守沈文通以為天竺起於司馬晉時踰七百載而觀音發跡西峰甫及百年遂分為二所謂上天竺也住持海月以辯才法師元淨為其主仍請於朝以教易禪賜名靈感觀音院　元淨於潛人十歲出家年二十五賜紫衣及辯才號沈遘治杭命住上天竺師增室至萬礎重樓傑閣冠于浙西學者數倍居十七年有奪之者遂還於潛逾年復歸天竺三年謝去老於南山龍井之上

僕曩於長安陳漢卿家見吳道子畫佛碎爛可惜其後十餘年復見之於鮮于子駿家則已裝背完好子駿以見遺作詩謝之

貴人金多身復閑爭買書畫不計錢已將鐵石充逸少（自注法帖大王書中有殷鐵石字鐵石梁武帝時人）更補朱繇為道元（自注世所收吳道子畫多朱繇筆也）烟薰屋漏裝玉軸鹿皮蒼壁知誰賢吳生畫佛本神授夢中化作飛空仙覺來落筆不經意神妙獨到

秋毫顛昔我長安見此畫歎息至寶空潸然素絲斷續不忍看已作蝴蝶飛聯翩君能收拾為補綴體質散落嗟神全誌公髣髴見刀尺修羅天女猶雄妍如觀老杜飛鳥句脫字欲補知無緣問君乞得良有意欲將俗眼為洗湔貴人一見定羞怍錦囊千紙何足捐不須更用博麻纏付與一炬隨飛烟

以殷鐵石為王逸少以朱繇為吳道子書畫鑒賞之難今古同然真不值一笑盤也覺來落筆不經意神妙獨

到秋毫顛寫吳生神授處洞入元微末云不須更用博麻縷似用孟子麻縷輕重同之語若云不須更論價之輕重耳王注謂博麻縷似祖語麻三斤之類未免曲解

書畫史曰蘇子瞻家收吳道子畫佛及侍者誌公十餘人破碎甚而當面一手精彩動人點不加墨口淺深暈成故最如活

雨中過舒教授

疎疎簾外竹瀏瀏竹間雨牕扉靜無塵几硯寒生霧美

人樂幽獨有得緣無慕坐依蒲褐禪起聽風甌語客來淡無有灑掃涼冠屨濃茗洗積昏妙香淨無慮歸來北堂闇一一微螢度此生憂患中一餉安閑處飛鳶悔前笑黃犬悲晚悟自非陶靖節誰識此閒趣

一種逸趣閑情煅鍊而出自具無上妙諦

次韻答舒教授觀余所藏墨

異時長笑王會稽野鶩膻腥汙刀几暮年卻得庾安西自厭家雞題六紙二子風流冠當代顧與兒童爭愠喜秦王十八已龍飛嗜好晚將蛇蚓比我生百事不挂眼時人謬說云工此世間有癖念誰無傾身障簏尤堪鄙一生當著幾緉屐定心肯為微物起此墨足支三十年但恐風霜侵髮齒非人磨墨墨磨人缾應未罄罍先恥逝將振衣歸故國數畝荒園自鋤理作書寄君君莫笑但覓來禽與青李一螺點漆便有餘萬竈燒松何處使君不見永寧第中擣龍麝列屋閑居清且美倒暈連眉秀嶺浮雙鴉畫鬢香雲委時聞五斛賜蛾綠不惜千金求

獺髓聞君此詩當大笑寒牕冷硯冰生水

脫然畦徑處處作感觸喚醒之語善談元理何必晉宋間人

苕溪漁隱叢話曰東坡云阮生言未知一生當著幾兩屐吾有嘉墨七十枚而猶求取不已不近愚耶是可嗤也右吕言蓄李廷珪墨不許人磨或戲之云子不磨墨墨將磨子余嘗有詩曰非人磨墨墨磨人此語殆可凄然云東坡前詩乃和舒教授觀所藏墨又云吾蓄墨多矣其間數枚云是廷珪所造雖形色

異衆然歲久墨之亂真者多皆疑而未決也
容齋四筆曰東坡題渾帖云庾征西初不服逸少有家雞野鶩之論後乃以為伯英再生今觀其書乃不逮子敬遠甚正可比羊欣耳案庾亮及弟翼俱為征西將軍坡所引者翼也坡又有詩曰暮年却得庾安西自厭家雞題六紙蓋指翼前所歷官云
施元之曰永寧第中擣龍䴙唐永寧里王涯第也或云李駙馬第今士大夫家有墨其上有永寧賜第四字即是也意或用此

答仲屯田次韻

秋來不見渼陂岑千里詩盟忽重尋大木百圍生遠籟朱絃三歎有餘音清風卷地收殘暑素月流天掃積陰欲遣何人賡絕唱滿堦桐葉候蟲吟

芙蓉城并引

世傳王迥子高與仙人周瑶英游芙蓉城元豐元年三月余始識子高問之信然乃作此詩極其情而歸之正亦變風止乎禮義之意也

芙蓉城中花冥冥誰其主者石與丁珠簾玉案翡翠屏雲舒霞卷千娉婷中有一人長眉青炯如微雲淡疏星往來三世空鍊形竟坐誤讀黃庭經天門夜開飛爽靈無復白日乘雲軿俗緣千劫磨不盡翠被冷落淒餘馨因過緱山朝帝廷夜聞笙簫弭節聽飄然而來誰使令皎如明月入牕櫺忽然而去不可執寒衾虛幌風泠泠仙宮洞房本不扃夢中同蹋鳳凰翎徑度萬里如奔霆玉樓浮空聳亭亭天書雲篆誰所銘遶樓飛步高竛竮

仙風鏘然韻流鈴蘧蘧形開如醉醒芳卿寄謝空丁寧一朝覆水不返缾羅巾別淚空熒熒春風花開秋葉零世間羅綺紛羶腥此身流浪隨滄溟偶然相值兩浮萍願君收視觀三庭勿與嘉穀生蝗螟從渠一念三千齡下作人間尹與邢

大指採摭傳略而歸之於收視三庭保生嘉穀首言石與丁見福地之有宰持終言尹與邢恐塵寰之多墮落

中間叙述處仙踪縹緲夢景迷離覺入不言兮出不辭
乘回風兮載雲旗未足踰其超詣
許顗詩話曰詩人寫人物態度至不可移易元微之
李娃行云髻鬟峨峨高一尺門前立地看春風此定
為娼婦退之華山女詩云洗粧拭面著冠帔白咽紅
頰長眉青此定是女道士東坡芙蓉城詩亦用長眉
青三字云中有一人長眉青炯如微雲淡疎星便有
神仙風度

苕溪漁隱叢話曰東坡此詩最為流麗故秦太虚與
東坡簡云素紙一軸敢冀醉後揮掃近文并芙蓉城
詩時得把玩以慰馳情
六一居士詩話曰石曼卿卒後其故人有見之者云
恍惚如夢中言我今為神仙也所主芙蓉城欲呼故
人往游不得忿然騎一素騾去如飛括異志曰慶歷
中有朝士將曉赴朝見美女三十餘人靚粧麗服兩
兩並馬而行丁度觀文按轡於其後朝士驚曰丁素
儉約何姬之衆耶有一士最後行朝士問曰觀文將
宅眷何往曰非也諸女御迎芙蓉館主俄聞丁卒
胡微之芙蓉城傳略曰王迥字子高初遇一女自言
周太尉女語王曰我於人間嗜欲未盡緣以宴契當
侍巾幘自是朝去夕至凡百餘日周云即預朝列王曰
朝帝耶不言其詳由此倏去不來者數日忽一夕夢
周道服而至謂王曰我居幽僻君能一往否喜而從
之但覺其身飄然與周同舉須臾過一嶺及一門珍

禽佳木清流怪石殿閣金碧相照遂與王自東廂門
入循廊至一殿亭甚雄壯下有三樓相視而聳廊間
半闢周忽入王少留須臾周與一女即至周曰三山
之事息乎曰雖已息奈情何於是拊掌而去逡巡東
廊之門啟有女流道裝而出者百餘人立於庭下俄
聞殿上捲簾有美丈夫一人朝服凴几而庭下之女
循次而上少頃凴几者起簾復下諸女流亦復不見
周遂命王登東廂之樓上有酒具凴欄縱觀山川清

秀梁上有碑題曰碧雲其字則真誥八龍雲篆王未及下一女郎復登是樓年可十五容色嬌媚亦周之比周曰此芳卿也與我最相愛芳卿蓋其字耳蓼之明日周來王語以蓼周笑曰芳卿之意甚勤也王問何地周曰芙蓉城也曰憑几者誰三山之事何謂周皆不對問芳卿何姓曰與我同王感其事作詩遺周周臨別留詩云夂事屏幃不暫闗今朝離意尚闌珊臨行惟有相思淚滴在羅衣一半斑

和鮮于子駿鄆州新堂月夜二首 自注前次韻後不次

去歲游新堂春風雪消後池中半篙水池上千尺柳佳人如桃李胡蝶入衫袖山川今何許疆野已分宿歳月不可思駛若船放溜繁華真一夢寂寞兩榮朽惟有當時月依然照杯酒應憐船上人坐穩不知漏

明月入華池反照池上堂堂中隱几人心與水月涼風螢已無迹露草時有光起觀河漢流步屧響長廊名都信繁會千指調絲簧先生病不飲童子為燒香獨作五字詩清絶如韋郎詩成月漸側皎皎兩相望

新堂之勝在池故兩首皆以池為言前言春雪之消後言秋月之入而以惟有當時月二句為兩首通脈絡寫池月返照之景清沁脾腑　宋文鑑載有鮮于侁新堂夜坐詩云秋風動微涼天雨新霽後閑齋獨隱几明月在高柳新堂景色與此所言畧同前一首即次夜坐韻也

中秋月三首

殷勤去年月瀲灧古城東憔悴去年人卧病破窻中徘徊巧相覔窈窕穿房櫳月豈知我病但見歌樓空撫枕三歎息扶杖起相從天風不相哀吹我落瓊宫白露入肺肝夜吟如秋蟲坐令太白豪化為東野窮餘年知幾何佳月豈屢逢寒魚亦不睡竟夕相喁喁

六年逢此月五年照離別 自注中秋有月凡六年矣惟去歳與子由會於此 歌君別離曲滿坐為凄咽留都信繁麗此會豈易擷鎔銀百頃湖挂鏡千尋闕三更歌吹罷人影亂清樾歸來北

堂下寒光翻露葉喚酒與婦飲念我向兒説豈知衰病後空盞對梨栗但見古河東莪麥如鋪雪欲和去年曲復恐心斷絶

舒子在汶上閉門相對清自注舒煥試舉人鄆州 鄭子向河朔自注鄭僅赴北京户曹 孤舟連夜行頓子雖咫尺兀如在牢扃自注頓起來徐試舉人 趙子寄書來水調有餘聲自注今日得趙杲卿書猶記余在東武中秋所作水調歌頭 悠哉四子心共此千里明明月不解老良辰難合并回頭坐上人聚散如流萍嘗聞此宵月萬里同

陰晴自注故人史生為余言嘗見海賈云中秋有月則是歲珠多而圓賈人常以此候之雖相去萬里他日會合相問則陰晴無不同者 天公自著意此會那可輕明年各相望俯仰今古情

首作雖以郊寒自況嘯歌褒回其風流則頡頏乎太白矣次篇專為懷轍而作三作雜述所思不避紛沓翻成錯落

苕溪漁隱叢話曰漫叟詩話云南唐僧謙明中秋得句云此夜一輪滿光清何處無先得上句次年秋方得下句嘗見使燕録云惟中秋天色陰晴中外皆同東坡中秋詩云嘗聞此宵月萬里同陰晴説與使燕録相合

中秋見月寄子由

明月未出羣山高瑞光萬丈生白毫一杯未盡銀闕涌亂雲脱壞如崩濤誰為天公洗眸子應費明河千斛水遂令冷看世間人照我湛然心不起西南大星如弾丸角尾奕奕蒼龍蟠今宵注眼看不見更許螢火爭清寒何

人艤舟臨古汴千燈夜作魚龍變曲折無心逐浪花低昂赴節隨歌板自注是夜賈客舟中放水燈 青熒滅没轉前山浪颭風迴豈復堅明月易低人易散歸來呼酒更重看堂前月色愈清好咽咽寒螿鳴露草卷簾推戶寂無人牕下咿啞惟楚老自注近有孫名楚老 南都從事莫羞貧對月題詩有幾人明朝人事隨日出怳然一夢瑶臺客

起四句寫月未出初出之景著紙生輝次乃言星次乃言燈以至寒螿露草無非旁側鋪襯而一片澄明之境

與對景懷人之情令人諷誦流連而不能已蓋月不可摹摹其在月中者自見即謝莊月賦其佳處固在木葉風篁數韻一切鏡光輪影之詞反是滓穢太虛耳　此亦次韻和轍之詩轍自南京寄詩有云南都從事老更貧著見青天月照人此詩云南都從事莫羞貧對月題詩有幾人所以答其意今集作寄子由者誤

與頓起孫勉泛舟探韻得未字

牕前堆梧桐牀下鳴絡緯佳人尺書到客子中夜喟朝

來一樽酒晤語聊自慰秋繩已無聲霜蟹初有味當為壯士飲皆裂須磔蝟勿作兒女懷坐念蠨蛸畏山城亦何有一笑瀉肝胃泛舟以娛君魚鼈多可饋縱為十日飲未遽主人費吾儕俱老矣耿耿知自貴寧能傍門户啼笑雜猩狒要將百篇詩一吐千丈氣蕭條歲行暮迫此霜雪未明朝出城南遺跡觀楚魏西風迫吹帽金菊亂如沸願君勿言歸輕別吾所諱

潦倒多才起四句尤淒其動色軾詩工於發端每以偶語標其峻整

御選唐宋詩醇卷三十五

欽定四庫全書

御選唐宋詩醇卷三十六

眉山蘇軾詩五

九日黄樓作

去年重陽不可説南城夜半千漚發水穿城下作雷鳴
泥滿城頭飛雨滑黄花白酒無人問日暮歸來洗靴韈
豈知還復有今年把琖對花容一呷莫嫌酒薄紅粉陋
終勝泥中千柄鍤黄樓新成壁未乾清河已落霜初殺

朝來白露如細雨南山不見千尋刹樓前便作海茫茫
樓下空聞櫓鵶軋薄寒中人老可畏熱酒澆腸氣先壓
煙消日出見漁村遠水鱗鱗山齾齾詩人猛士雜龍虎
自注坐客三十餘人多知名之士 楚舞吳歌亂鵞鴨一杯相屬君勿辭
此景何殊泛清霅

去年今年兩夕晴朝各寫得淋漓盡致驅濤湧雲負出千古

王宗稷東坡先生年譜曰元豐元年改築徐州外小城西即徐州城之東門為大樓堊以黄土名之曰黄樓實勝水故也子由作黄樓賦先生跋云元豐元年八月癸丑樓成九月庚辰大合樂以落之九日黄樓詩云去年重陽不可説南城夜半千漚發以去年重陽大水未退故有是語

次韻王鞏獨眠

居士身心如槁木旅館孤眠體生粟誰能相思琢白玉服
藥千朝償一宿天寒日短銀燈續欲往從之車脱軸何人

吹斷參差竹泗水茫茫鴨頭緑

次韻僧潛見贈

道人胸中水鏡清萬象起滅無逃形獨依古寺種秋菊
要伴騷人餐落英人間底處有南北紛紛鴻鴈何曾冥
閉門坐穴一禪榻頭上歲月空崢嶸今年偶出為求法
欲與慧劍加礱硎雲衲新磨山水出霜髭不剪兒童驚
公侯欲識不可得故知倚市無傾城秋風吹夢過淮水
想見橘柚垂空庭故人各在天一角相望落落如晨星

彭城老守何足顧橐林桑野相邀迎千山不憚荒店遠
兩脚欲趁飛猱輕多生綺語磨不盡尚有宛轉詩人情
猿吟鶴唳本無意不知下有行人行空堦夜雨自清絶
誰使掩抑啼孤惸我欲仙山掇瑶草傾筐坐歎何時盈
簿書鞭扑晝塡委煮茗燒栗宜宵征乞取摩尼照濁水
共看落月金盆傾

潛雖詩僧而能明心寂守故此詩不甚稱其工詩特以次韻見贈之作宜及於詩但比之猿吟鶴唳想見其高致至後有送參寥師一首專與説詩軾嘗以書告文同謂其詩句清絶與林逋上下而通了道義見之令人蕭然此軾所為樂與從游而酬答歟

冷齋夜話曰吳僧道潛有標置常自姑蘇歸西湖經臨平道中作詩東坡赴官錢塘過而見之大稱賞已而相尋於西湖一見如舊相識及坡移守東徐潛往訪之館於逍遥堂士大夫爭識之

百步洪 幷引

王定國訪余於彭城一日棹小舟與顏長道携盼英卿三子游泗水北上聖女山南下百步洪吹笛飲酒乘月而歸余時以事不得往夜著羽衣佇立黄樓上相視而笑以為李太白死世間無此樂三百餘年矣定國既去逾月復與參寥師放舟洪下追懷曩游已為陳迹喟然而歎故作二詩一以遺參寥一以寄定國且示顏長道舒堯文邀同賦云

長洪斗落生跳波輕舟南下如投梭水師絶叫鳧鴈起
亂石一線爭磋磨有如兎走鷹隼落駿馬下注千丈坡
斷絃離柱箭脱手飛電過隙珠翻荷四山眩轉風掠耳
但見流沫生千渦嶮中得樂雖一快何異水伯夸秋河我
生乘化日夜逝坐覺一念逾新羅紛紛爭奪醉夢裏豈
信荆棘埋銅駝覺來俯仰失千刼回視此水殊委蛇君
看岸邊蒼石上古來篙眼如蜂窠但應此心無所住造
物雖駛如吾何回船上馬各歸去多言譊譊師所呵

用譬喻入詩文是軾所長此篇摹寫急浪輕舟奇勢迭

出筆力破餘地亦真是險中得樂也後幅寛舒以養氣猶時見警策

容齋三筆曰韓蘇二公為文章用譬喻處重複聯貫至有七八轉者韓公送石洪序云論人高下事後當成敗若河決下流東注若駟馬駕輕車就熟路而王良造父為之先後也若燭照數計而龜卜也盛山詩序云儒者之於患難其拒而不受於懷也若築河隄以障屋霤其容而消之也若水之於海氷之於夏日其翫而忘之以文辭也若奏金石以破蟋蟀之鳴蟲飛之聲

蘇公百步洪詩云長虹斗落生跳波輕舟南下如投梭水師絕叫鳬鴈起亂石一線爭磋磨有如兔走鷹隼落駿馬下注千丈坡斷絃離柱箭脫手飛電過隙珠翻荷之類是也

佳人未肯回秋波幼輿欲語防飛梭輕舟弄水買一笑
醉中盪槳肩相磨不學長安閭里俠貂裘夜走臙脂坡
獨將詩句擬鮑謝涉江共採秋江荷不知詩中道何語但
覺兩頰生微渦我時羽服黄樓上坐見織女初斜河歸
來笛聲滿山谷明月正照金叵羅奈何捨我入塵土擾擾毛羣
欺卧駝不念空齋老病叟退食誰與同委蛇時來洪上看
遺跡忍見屐齒青苔窠詩成不覺雙淚下悲吟相對惟
羊何欲遣佳人寄錦字夜寒手冷無人呵

疊韻愈出愈奇百鍊剛化為繞指柔古今無敵手此篇與前篇合看益見其才大而肆

容齋五筆曰白樂天為河南尹日有答舒員外云員外游香山寺數日不歸兼辱手書大誇勝事時正值坐衙慮囚之際走筆題長句以贈之歐陽公官洛陽

與謝希深同游嵩山歸暮抵龍門香山雪作留守錢文僖公遣吏以厨傳歌妓至此勞之曰山行良勞當少留龍門賞雪府事簡無遽歸也王定國訪東坡於彭城游泗水南下百步洪東坡以事不得往既去適月追憶作詩曰輕舟弄水買一笑醉中盪槳肩相摩歸來笛聲滿山谷明月正照金叵羅此三游之勝今之燕賓者寧復有之蓋亦值知己也

送參寥師

上人學苦空百念已灰冷劍頭惟一吷焦穀無新穎胡為逐吾輩文字爭蔚炳新詩如玉屑出語便清警退之論草書萬事未嘗屏憂愁不平氣一寓筆所騁頗怪浮屠人視身如邱井頹然寄淡泊誰與發豪猛細思乃不然真巧非幻影欲令詩語妙無厭空且靜靜故了羣動空故納萬境閱世走人間觀身卧雲嶺鹹酸雜衆好中有至味永詩法不相妨此語當更請

取韓愈論高閑上人草書之旨而反其意以論詩盡得詩法三昧者其後嚴羽遂專以禪喻詩至為分别宗乘此篇早已為之點出光明王士禛嘗謂李杜如來禪蘇黄祖師禪不妄也

夜過舒堯文戲作

先生堂上霜月苦弟子讀書喧兩廡推門入室書縱横蠟紙燈籠晃雲母先生骨清少眠卧長夜默坐數更鼓耐寒石研欲生冰得火銅餅如過雨郎君欲出先自贊坐客斂衽誰敢侮明朝阮籍過阿戎應作羲之羡懷祖

寫教授情景逼肖逼真然俗塵已去而千似

祈雪霧豬泉出城馬上作贈舒堯文

三年走吳越踏遍千重山朝隨白雲去暮與棲鴉還翩如得木狖飛步誰能攀一為符竹累坐老敲榜閑此行亦何事聊散腰腳頑浩蕩城西南亂山如玦環山下野人家桑柘雜榛菅歲晏風日暖人牛相對閑薄雪不蓋土麥苗稀可删願君發豪句嘲詼破天慳

遠景近村歷歷在目何嘗置身圖畫中

臺頭寺步月得人字

風吹河漢掃微雲步屧中庭月趁人浥浥爐香初泛夜離離花影欲摇春遥知金闕同清景想見𨍏車碾暗塵回首舊遊真是夢一簪華髮岸綸巾

石林詩話曰詩下雙字極難須使七言五言之間除去五字三字外精神興致全見於兩言方為工妙唐人記水田飛白鷺夏木囀黄鸝為李嘉祐詩摩詰竊

取之非也此兩句好處正在添漠漠陰陰四字嘉祐本句但是詠景耳要之當令如老杜無邊落木蕭蕭下不盡長江衮衮來與江天漠漠鳥雙去風雨時時龍一吟乃為超絶近世蘇子瞻浥浥爐香初泛夜離離花影欲摇春此可以追配前作也

種松得徠字　自注其四在懷古堂其六在石經院

春風吹榆林亂莢飛作堆荒園一雨過戢戢千萬栽青松種不生百株望一枚一枚已有餘氣壓千畝槐野人

易斗粟云是魯徂徠魯人不知貴萬竈飛青煤束縛同一車胡為乎來哉注然解其縛清泉洗浮埃枝傷葉尚困生意未肯回山僧老無子養護如嬰孩坐待走龍蛇清陰滿南臺孤根裂山石直幹排風雷我今百日客自注時去替不百日養此千歲材茯苓無消息雙鬢日夜摧古今一俛仰作詩寄餘哀

青松本是難生而魯人又不知貴一枚之氣何時而伸詩中始如嬰孩之養終成千歲之材隱然儲才愛才一叚真摯其所寓意者微矣

以雙刀遺子由子由有詩次其韻

寶刀匣不見但見龍雀環何曾斬蛟蛇亦未切琅玕胡為穿窬輩見之要領寒吾刀不汝問有媿在其肝念此力自藏包之虎皮斑湛然如古井終歲不復瀾不憂無所用憂在用者難佩之非其人匣中自長歎我老衆所易屢遭非意干惟有王元通階庭秀芝蘭知子後必大故擇刀所便屠狗非不用一歲六七刓欲試百錬剛要須

更泥蟠作詩銘其背以待知者看

用王覽事作骨前路波翻雲騰曲折如意更無有一閑字厠其間

烏臺詩案曰此詩胡為穿窬輩四句以譏當時邪佞之人耳

月夜與客飲杏花下

杏花飛簾散餘春明月入戶尋幽人褰衣步月踏花影炯如流水涵青蘋花間置酒清香發爭挽長條落香雪

山城薄酒不堪飲勸君且吸杯中月洞簫聲斷月明中惟憂月落酒杯空明朝卷地春風惡但見緑葉棲殘紅

清幽超遠乃所謂自然高妙者方嶽妄以杏花影下着此為辱真是囈語

深雪偶談曰坡公月夜與客飲酒杏花下詩流水青蘋之喻景趣盡矣前人未嘗道也獨杏花影下洞簫聲中着此句辱耳及志林所記徐州時冬夜解衣欲睡月色入户欣然起行念無與樂者遂至承天寺尋

張懐民亦未寝相與步於中庭庭下如積水空明水中荇藻交横蓋竹柏影也何夜無月何處無竹柏但少閑人如吾兩人耳使施前句於斯時豈非稱歟

志林曰僕在徐州王子立子敏皆館於官舍而蜀人張師厚來過二生方年少吹洞簫飲酒杏花下明年余謫黄州對月獨飲嘗有詩云去年花落在徐州對月酣歌美清夜蓋憶與二王飲時也

答郡中同僚賀雨

水旱行十年饑疫遍九土奇窮所向惡歲歲祈晴雨雖非為己求重請終愧古神鬼亦知我老病入腰膂何曾拜向人此意難不許重雲萋已合微潤先流礎蕭蕭止還作坐聽及三鼓天明將吏集泥土滿鞾屨登城望麰麥緑浪風掀舞愧我賢友生雄篇鬬新語君看大熟歲風雨占十五天地本無功祈禳何足數渡河不入境豈若無蝗虎而況刑白鵞下策君勿取

天地本無功四句此議論絶正絶大然非一切諉之於

數可以坐觀成敗也詩特論其大原而以下策自居志懃謝之意於答賀者體固應爾　前叚老病入腰膂何曾拜向人十字本是相連皆承知我二字說下而却以一句屬上一句屬下此如杜詩不薄今人愛古人乃是今人愛古人五字相連韓詩為此座上客及余各能文乃是為此座上客及余七字相連皆極句法變化之妙

罷徐州往南京馬上走筆寄子由五首 録二首

吏民莫扳援歌管莫淒咽吾生如寄耳寧獨為此别别

離隨處有悲惱緣愛結而我本無恩此涕誰為設紛紛等兒戲鞭轡遭割截道邊雙石人幾見太守發有知當解笑撫掌冠纓絶

父老何自來花枝裊長紅洗盞拜馬前請壽使君公前年無使君魚鼈化兒童舉鞭謝父老正坐使君窮窮人命分惡所向招災凶水來非吾過去亦非吾功

截鞾留鞭扳轅擁路去任作疑愧之語不必賢者能道也首作之奇正在道邊雙石人一轉雜以詼諧含蘊靡盡次作使君問之父老答之使君復謝謝畢便住不增益一字章法古直非近時手筆所能

舟中夜起

微風蕭蕭吹菰蒲開門看雨月滿湖舟人水鳥兩同夢大魚驚竄如奔狐夜深人物不相管我獨形影相嬉娛暗潮生渚弔寒蚓落月挂柳看懸蛛此生忽忽憂患裏清境過眼能須臾雞鳴鐘動百鳥散船頭擊鼓還相呼

一片空明通神入悟情性所至妙不自尋

遊惠山并引

余昔為錢塘倅往來無錫未嘗不至惠山既去五年復為湖州與高郵秦太虛杭僧參寥同至覽唐處士王武陵竇群朱宿所賦詩愛其語清簡蕭然有出塵之姿追用其韻各賦三首

夢裏五年過覺來雙鬢蒼還將塵土足一步漪瀾堂俯窺松桂影仰見鴻鶴翔炯然肝肺間已作氷玉光虛明中有色清淨自生香還從世俗去永與世俗忘

薄雲不遮山踈雨不濕人蕭蕭松徑滑策策芒鞵新嘉我二三子皎然無緇磷勝游豈殊昔清句仍絶塵弔古泣舊史疾讒歌小旻哀哉扶風子難與巢許鄰自注謂竇羣

敲火發山泉烹茶避林樾明牕傾紫盞色味兩奇絶吾生眠食耳一飽萬想滅頗笑玉川子飢弄三百月豈如山中人睡起山花發一甌誰與共門外無來轍

贈惠山僧惠表

行遍天涯意未闌將心到處遣人安山中老宿依然在

案上楞嚴已不看欹枕落花餘幾片閉門新竹自千竿
客來茶罷空無有盧橘楊梅尚帶酸

語經妙悟所謂羚羊挂角無迹可求者

冷齋夜話曰東坡云淵明詩初看若散緩熟讀有奇趣如大匠運斤無斧鑿痕不知者疲精力至死不悟東坡作對如山中老宿依然在案上楞嚴已不看之類更無齟齬之態細味之對偶親的而字不露也此其得淵明之遺意耳　客來茶罷空無有盧橘楊梅

尚帶酸張嘉甫問東坡盧橘何種果類荅曰枇杷是也又問何以驗之荅曰事見相如賦嘉甫曰盧橘夏熟黃甘橙榛枇杷橪柿亭奈厚朴則盧橘果類賦不應四句重用應劭注曰伊尹書曰箕山之東青馬之所有盧橘常夏熟不據依何也東坡曰意不欲耳

與秦太虛參寥會於松江而關彥長徐安中適至分韻得風字二首　錄一首

吳越溪山興未窮又扶衰病過垂虹浮天自古東南水送客今朝西北風絕境自忘千里遠勝游難復五人同舟師不會留連意擬看斜陽萬頃紅

端午遍遊諸寺得禪字

肩輿任所適遇勝輒留連焚香引幽步酌茗開淨筵微雨止還作小牕幽更妍盆山不見日草木自蒼然忽登最高塔眼界窮大千卞峰照城郭震澤浮雲天深沈既可喜曠蕩亦所便幽尋未云畢墟落生晚煙歸來記所歷耿耿清不眠道人亦未寢孤燈同夜禪

微雨小牕深沈可喜也卞峰震澤曠蕩所便也寓目輒書詳畧各盡其致

東坡詩話曰僕為吳興有游飛英寺詩云微雨止還作小窻幽更妍盆山不見日草木自蒼然自非至吳越不見此境也

和孫同年卞山龍洞禱晴

吳興連月雨釜甑生魚蛙往問卞山龍曷不安厥家梯空尚巉絕俯視驚谽谺神井湧雲蓋陰崖垂蘚花交流

百道泉赴谷走羣蛇不知落何處隱隱如繅車我來叩石戸飛鼠翻白鴉寄語洞中龍睡味豈不嘉兩師少弭節雷師亦停撾積水得反壑稻苗出泥沙農夫免菜色龍亦飽豚豭看君擁黄紬高卧放晚衙

水光山色搖漾筆端通體作告龍之詞而以安厥家詰之以睡味勸之以飽豚豭利之語諧而肅

李厚曰看君擁黄紬高卧放晚衙文潞公為榆次縣令嘗題詩縣樓鼓云置向譙樓一任撾撾多撾少不知他如今幸有黄紬被努出頭來放早衙蓋用本朝故事云

與客遊道場何山得烏字

清溪到山盡飛路盤空小紅亭與白塔隱見喬木杪中休得小菴孤絶寄雲表洞庭在北户雲水天渺渺菴僧俗緣盡淨業洗未了十年畫鵠竹蓋以詩自繞高堂儼像設禪室各深窈奔泉何處來華屋過谿沼何山隔幽谷去路清且悄長松度翠蔓絶壁挂啼鳥我友自杭來尚歎所歷少歸途風雨作一洗紅日燎俄驚萬竅號黑霧卷蓬蓼舟人紛變色坐羨輕鷗矯我獨喚酒杯醉死勝流殍書生例强很造物空煩擾更將掀舞勢把燭畫風篠美人為破顔正似腰支嫋明朝更陳迹清景墮空杳作詩記餘歡萬古一昏曉

集中登臨諸作無不名句紛披而意象各别此與前遊道場山何山一詩既無一筆相犯篇中兩言畫竹文外曲致情性興來

泛舟城南會者五人分韻賦詩得人皆苦炎字四首

城中樓閣似魚鱗不見清風起白蘋試選苕谿最深處仍呼我輩不羈人窺船野鶴何曾下見燭飛蟲空自馴遶郭荷花一千頃誰知六月下塘春

施元之曰誰知六月下塘春今震澤以南派太湖之水亂苕霅二溪以通舟揖東盡吳西盡餘杭名之曰下塘

苦熱誠知處處皆何當危坐學心齋海鳌要共詩人把
谿月行遭霧雨霾鄉國飄零斷書信弟兄流落隔江淮
便應築室苕谿上荷葉遮門水浸堦
紫蟹鱸魚賤如土得錢相付何曾數碧筩時作象鼻彎
白酒微帶荷心苦運肘風生看斫鱠隨刀雪落驚飛縷
不將醉語作新詩飽食應懸腹如鼓
橋上遊人夜未厭共依水檻立風簷樓中煮酒初嘗芡
月夜新粧半出簾南郭清游繼顏謝北窻歸卧等羲炎

人間寒熱無窮事自笑疎頑不受痁

境本平近賦出閑情四詩思如湧泉趣昭而理舉

次韻李公擇梅花

詩人固長貧日午飢未動偶然得一飽萬象困嘲弄尋
花不論命愛雪長恐凍天公非不憐聽飽即喧鬨君為
三郡守所至滿賓從江湖常在眼詩酒事豪縱奉使今
折磨清比於陵仲永懷茶山下攜妓修春貢更憶檻泉
亭插花雲髻重蕭然卧灊麓愁聽春禽哢忽見早梅花
不飲但孤諷詩成獨寄我字字愈頭痛嗟君本侍臣筆
橐從上雍脫韡吟芍藥給札賦雲夢何人慰流落嘉鵲
天為種杯傾笛中吟帽拂果下鞚感時念羈旅此意吾
儕共故山亦何有桐花集么鳳君亦憶匡廬歸掃藏書
洞何當種此花各抱漢陰甕

胸次鬱勃隨處激發其言感飢貧念羈旅似無當於梅
花觸緒濡毫忽深感慨固知文必本於情也

李氏山房藏書記曰余友李公擇少時讀書於廬山

五老峰下白石菴之僧舍公擇既去而山中之人思
之指其所居為李氏山房藏書凡九千餘卷公擇將
以遺來者供其無窮之求是以不藏於家而藏於其
所故居之僧舍此仁者之心也

趙次公曰茶山春貢湖州事也張君房脞說云湖州
長城縣啄木嶺金沙泉每歲造茶之所

與王郎昆仲及兒子邁遶城觀荷花登峴山亭晚
入飛英寺分韻得月明星稀四首

昨夜雨鳴渠曉來風襲月蕭然欲秋意谿水清可啜環
城三十里處處皆佳絶蒲蓮浩如海時見舟一葉此間
真避世青蒻低白髮相逢欲相問已逐驚鷗没
清風定何物可愛不可名所至如君子草木有嘉聲我
行本無事孤舟任斜横中流自偃仰適與風相迎舉杯
屬浩渺樂此兩無情歸來兩谿間雲水夜自明
苕水如漢水鱗鱗鴨頭青吳興勝襄陽萬瓦浮青冥我
非羊叔子愧此峴山亭悲傷意則同歲月如流星從我

兩王子高鴻摧脩翮湛輩何足道當以德自銘
吏民憐我懶鬬訟日已稀能為無事飲可作不夜歸復
尋飛英遊盡此一寸暉撞鐘履聲集顛倒雲山衣我來
無時節杖屨自推扉莫作使君看外似中已非

此與人皆苦炎分韻詩體製不同而精爽入神虚明獨
照並是杜詩所云炯如一段清水出萬壑置在迎風含
露之玉壺者也

與胡祠部游法華山

陂湖欲盡山為界始見寒泉落高派道人未放泉出山
曲折虚堂瀉情快使君年老尚兒戲緑棹紅船舞澎湃
一笑翻杯水濺帬餘歡濯足波生隘長松攙天龍起立
蒼藤倒谷雲崩壞仰穿蒙密得清曠一覽震澤吁可怪
誰云四萬八千頃渺渺東盡日所曬歸途十里盡風荷
清唱一聲聞露薤自注是日樂工有作此聲者嗟予少小慕真隱白
髮青衫天所械忽聞佳士與名山何異枯腸便馬疥君
猶鸞鶴偶飄墮六翮如雲豈長鎩不將新句紀兹遊恐

負山中清淨債

揚袂風山舉袖陰澤曲折清快四字即可移以評此詩

趙次公曰挽歌有薤里薤露之曲言薤頭露也今先
生却壓露薤字蓋緣杜詩有盈筐承露薤句也

趙閱道高齋

見公奔走謂公勞聞公隱退云公高公心底處有高下夢
幻去來隨所遭不知高齋竟何義此名之設緣吾曹公
年四十已得道俗緣未盡餘伊皋功名富貴俱逆旅黄

金知繫何人袍起然已了一大事掛冠而去真秋毫坐看猿猱落罝罔兩手未肯置所操乃知賢達與愚陋豈直相去九牛毛長松百尺不自覺企而羡者邈與嵩欲羸糧往問道未應舉臂辭盧敖

奔走隱退二語道盡庸耳俗目矣超然已了一大事者謂與佛慧為友也長松百尺二句借比喻托出高字與前不知高齋竟何義句相呼應

冷齋夜話曰趙閱道休官歸老三衢作高齋居之與

鍾山佛慧禪師為方外交

趙夔曰趙清獻公年未七十告老於朝不許請之不已元豐二年二月加太子少保致仕年七十二矣退居於衢有溪石松竹之勝東南高士多從之遊朝廷有事郊廟再起公侍祠不至其子岏通判溫州從公游天台雁蕩吳越間榮之岏提舉浙東西常平復侍公遊杭始公自杭致仕杭人留公不得行公曰六年當復來至是適六歲矣杭人得公如見父母以疾還衢

予以事繫御史臺獄獄吏稍見侵自度不能堪死獄中不得一别子由故作二詩授獄卒梁成以遺子由

聖主如天萬物春小臣愚暗自亡身百年未滿先償債十口無歸更累人是處青山可埋骨他年夜雨獨傷神與君世世為兄弟又結來生未了因

栢臺霜氣夜淒淒風動琅璫月向低夢遶雲山心似鹿魂飛湯火命如鷄眼中犀角真吾子身後牛衣愧老妻

百歲神遊定何處桐鄉知葬浙江西自注獄中聞杭湖間民為余作解危道場者累月故有此句

此時已無復生全之望而詞不怨懟獨戀戀於兄弟之間預結來生詩意極痛切深厚軾有惠政於浙末以朱邑奉嘗桐鄉自喻固自信不疑也

十二月二十八日蒙恩責授檢校水部員外郎黄州團練副使復用前韻

百日歸期恰及春餘年樂事最關身出門便旋風吹面

走馬聯翩鵲啅人卻對酒杯渾是夢試拈詩筆已如神此災何必深追咎竊祿從來豈有因

平生文字爲吾累此去聲名不厭低塞上縱歸他日馬城東不鬬少年雞休官彭澤貧無酒隱几維摩病有妻堪笑睢陽老從事爲予投檄下江西 自注子由聞子下獄乞以官爵贖子罪貶筠州監酒

詩獄甫解又矜詩筆如神殆是豪氣未盡除在次首特爲詩筆如神下一轉語城東不鬬少年雞進乎道矣

行營雜録曰東坡直史館神宗朝以議新法不合補外李定之徒媒孽其詩文有訕上語下詔獄欲寘之死上獨庇之得出

孫公談圃曰子瞻得罪時有朝士賣一詩策內有使墨君事者遂下獄李定何正臣劾其事以指斥論謂蘊曰學士素有名節何不與他招了蘊曰軾爲人臣不敢萌此心卻未知何人造此意一日禁中遣馮宗道按獄止貶黃州團練副使

過淮

朝離新息縣初亂一水碧暮宿淮南村已渡千山赤麏鼯號古戍霧雨暗破驛回頭梁楚郊永與中原隔黃州在何許想像雲夢澤吾生如寄耳初不擇所適但有魚與稻生理已自畢獨喜小兒子少小事安佚相從艱難中肝肺如鐵石便應與晤語何止寄衰疾 自注時家在子由處獨與兒子邁南來

不必作坐愁行嘆語但寫荒涼景色而遷謫之感已是

淒然言下

梅花二首

春來幽谷水潺潺的皪梅花草棘間一夜東風吹石裂半隨飛雪渡關山

何人把酒慰深幽開自無聊落更愁幸有清谿三百曲不辭相送到黃州

少年時嘗過一村院見壁上有詩云夜涼疑有雨院靜似無僧不知何人詩也宿黃州禪智寺寺僧

皆不在夜半雨作偶記此詩故作一絶
佛燈漸暗饑鼠出山雨忽來修竹鳴知是何人舊詩句
已應知我此時情
境真則情味自深欷歔欲絶　壁上之詩乃潘閬所作
潘閬夏日宿西禪寺題曰此地絶炎蒸深疑到不能夜
凉知有雨院静若無僧枕潤連雲榻牕明照佛燈浮生
多賤骨時日恐難勝詩見宋文鑑今注蘇詩者多未引
及此

初到黄州
自笑平生為口忙老來事業轉荒唐長江繞郭知魚美
好竹連山覺筍香逐客不妨員外置詩人例作水曹郎
只慚無補絲毫事尚費官家壓酒囊 自注檢校官例折支多得退酒袋
因江而知魚美見竹而覺筍香確是初到情景員外水
曹則新授頭銜也末句承腹聯説下亦是初任事之詞
方回曰東坡元豐二年冬責授檢校水部員外郎黄
州團練使本州安置明年二月到郡何遜張籍孟賓
于三詩人皆水部

定惠院寓居月夜偶出
幽人無事不出門偶逐東風轉良夜參差玉宇飛木末
繚繞香煙來月下江雲有態清自媚竹露無聲浩如瀉
已驚弱柳萬絲垂尚有殘梅一枝亞清詩獨吟還自和
白酒已盡誰能借不辭青春忽忽過但恐懽意年年謝
自知醉耳愛松風會揀霜林結茅舍浮浮大甑長炊玉
溜溜小槽如壓蔗飲中真味老更濃醉裏狂言醒可怕

閉門謝客對妻子倒冠落佩從嘲罵
清遊勝賞一往作氣象澄鮮之語忽念及懽意日謝又
説到醉裏狂言醒可怕謫居中情緒若揭

次韻前篇
去年花落在徐州對月酣歌美清夜 自注去年花下對月與張君厚王子中兄弟飲酒作蘋字韻詩
今年黄州見花發小院閉門風露下萬事如花
不可期餘年似酒那禁瀉憶昔扁舟泝巴峽落帆樊口
高桅亞長江衮衮空自流白髮紛紛寧少借竟無五畝

繼沮溺空有千篇凌鮑謝至今歸計負雲山未免孤衾眠客舍少年辛苦真食蓼老境安閑如啖蔗饑寒未至且安居憂患已空猶夢怕穿花踏月飲村酒免使醉歸官長罵

字字鎔鍊而出食蓼啖蔗尤為見道之言次韻較原作為更創獲長慶因繼松陵倡和猶當遜謝何況餘子

軾作王子立墓誌云子立子敏皆從余學於吳興學道日進東南之士稱之又云予得罪於吳興親戚故人皆

驚散獨兩王子不去送予出郊曰死生禍福天也公其如天何返取予家致之南都二王於軾情分如此故切切念之非直以對月酣歌追懷勝遊已也

安國寺尋春

臥聞百舌呼春風起尋花柳村村同城南古寺修竹合小房曲檻欹深紅看花歎老憶年少對酒思家愁老翁病眼不羞雲母亂鬢絲强理茶烟中遥知二月王城外玉仙洪福花如海薄羅匀霧蓋新粧快馬爭風鳴雜珮玉川先生真可憐一生耽酒終無錢病過春風九十日獨抱添丁看花發

尋春寫爛漫之景宜也乃因看花而嘆老因嘆老而憶年少又因對酒而思家因思家而愁老翁一句三折含毫邈然

復齋漫録曰玉仙觀在京城東南宣化門七八里間仁宗時陳道士所修葺花木亭臺四時遊客不絶東坡詩所謂玉仙洪福花如海是也

寓居定惠院之東雜花滿山有海棠一株土人不知貴也

江城地瘴蕃草木只有名花苦幽獨嫣然一笑竹籬間桃李漫山總麤俗也知造物有深意故遣佳人在空谷自然富貴出天姿不待金盤薦華屋朱唇得酒暈生臉翠袖卷紗紅映肉林深霧暗曉光遲日暖風輕春睡足雨中有淚亦悽愴月下無人更清淑先生食飽無一事散步逍遥自捫腹不問人家與僧舍拄杖敲門看脩竹

忽逢絕艷照衰朽歎息無言揩病目陋邦何處得此花無乃好事移西蜀寸根千里不易到銜子飛來定鴻鵠天涯流落俱可念為飲一樽歌此曲明朝酒醒還獨來雪落紛紛那忍觸

朱脣二句繪其態林深二句傳其神雨中二句寫其韻不染鉛粉不涉描摹乃得是追魂攝魄之筆倘中無寫發但一味作嘆息流落之詞豈復有此

容齋五筆曰白樂天琵琶行一篇直欲攄寫天涯淪

落之恨爾東坡謫黃州賦定惠院海棠詩有陋邦何處得此花無乃好事移西蜀天涯流落俱可念為飲一尊歌此曲之句其意亦爾也或謂殊無一話一言與之相似是不然此真能用樂天之意者何必效常人章摹句寫而後已哉

苕溪漁隱叢話曰此詩詞格超逸不復蹈襲前人元豐間東坡謫黃州寓居定惠院院之東小山上有海棠一株特繁茂每歲盛開時必為攜客置酒已五醉其下矣故作此長篇平生喜為人寫蓋人間刊石者自有五六本云軾平生得意詩也

雨中看牡丹三首

霧雨不成點映空疑有無時於花上見的皪走明珠秀色洗紅粉暗香生雪膚黃昏更蕭瑟頭重欲相扶

明日雨當止晨光在松枝清寒入花骨肅肅初自持午景發濃艷一笑當及時依然暮還斂亦自惜幽姿

幽姿不可惜後日東風起酒醒何所見金粉抱青子千

花與百草共盡無妍鄙未忍汙泥沙牛酥煎落蘂

首作句句有雨在次作言明日此作言後日又從雨中而想雨後之景層見疊出章法如列眉

賀裳曰雨中看牡丹詩依然暮還斂亦自惜幽姿二句尤有雅人深致

武昌銅劍歌并引

供奉官鄭文嘗官於武昌江岸裂出古銅劍文得之以遺余冶鑄精巧非鍛冶所成者

雨餘江清風卷沙雷公躡雲捕黃虵虵行空中如枉矢
電光熤熤燒虵尾或投以塊鏗有聲雷飛上天虵入水
水上青山如削鐵神物欲出山自裂細看兩脅生碧花
猶是西江老蛟血蘇子得之何所爲剷侯彈鋏詠新詩
君不見凌煙功臣長九尺腰間玉具高拄頤

文之奇偉恠譎固由才思天然然無根之談作者弗尚故世謂杜詩韓筆無一字無來歷也如此篇全是廣異記來加之鎔鍊遂成奇光異彩豈後人臆說者所能彷

像其萬一

廣異記曰唐開元末武勝之爲宣州司士知靜江軍事忽然灘中見雷公戰黴雲逐小黃蛇盤繞灘上靜江之夫戲以石投之中蛇鏗然作金聲雷公乃飛去使人往視之得一銅劍有文曰許旌陽斬蛟第三劍云

曉至巴口迎子由

去年御史府舉動觸四壁幽幽百尺井仰天無一席隔
牆聞歌呼自恨計之失留詩不忍寫苦淚漬紙筆餘生
復何幸樂事有今日江流鏡面淨烟雨輕冪冪孤舟如
鳧鷖點破千頃碧聞君在磁湖欲見隔咫尺朝來好風
色旗尾西北擲行當中流見笑眼清光溢此邦疑可老
修竹帶泉石欲買柯氏林茲謀待君必

元豐庚申五月轍來齊安故有迎之之作前半追憶在御史臺有授獄卒梁成以遺之之作不勝其戚後半則因其將至而預期會晤之樂不勝其懽卻以餘生復何

幸樂事有今日二句於中作轉軸敏妙絕倫

與子由同遊寒谿西山

散人出入無町畦朝遊湖北暮淮西高安酒官雖未上
兩脚垂欲穿塵泥與君聚散若雲雨共惜此日相提攜
千搖萬兀到樊口一箭放溜先鳧鷖層層草木暗西嶺
瀏瀏霜雪鳴寒谿空山古寺亦何有歸路萬頃青玻瓈
我今漂泊等鴻鴈江南江北無常棲幅巾不礙過城市
欲踏徑路開新蹊（自注：路有直入寒谿不過武昌者）郤憂別後不忍到

見子行迹空餘悽吾儕流落豈天意自坐迂濶非人擠行遊山水輒羞歎此去未免勤鹽虀何當一遇李八百（自注李八百宅在筠州）相哀白髮分刀圭

軾以詩獄謫黄州轍亦謫筠州監鹽酒稅相見宜不勝感愴者而詩云吾儕流落豈天意自坐迂濶非人擠詩人忠厚之旨

次韻子由病酒肺疾發

憶子少年時肺病疲坐卧喊呀或終日勢若風雨過虛

陽作浮漲客冷仍下隨妻孥恐悵望瘤炙不登坐終年禁晚食半夜發清飢胃強鬲苦滿肺斂腹輒破三彭恣咳嚼二豎肯逋播寸田可治生誰勸耕黄𥝌（自注新法方田謂黄𥝌為上腴）探懷得真藥不待君臣佐初如雪花積漸作櫻桃大隅牆闈三噫隱隱如轉磨自茲失故疾陽唱陰輒和神仙多歷試中路或坎坷平生不盡器痛飲知無奈舊人眼看盡老伴餘幾個殘年一斗粟待子同春簸云何不自珍醉病又一挫真源結梨棗世味等糠𥻗耕耘當待穫願子勤自課相將賦遠遊仙語不用此

少時病狀曲述情形已乃幸其疾愈計及殘年老伴斗粟同春意思無不盡矣醉病一挫陡然入題而以不自珍重一語歸於切切入情

正月廿日往岐亭郡人潘古郭三人送余於女王城東禪莊院

十日春寒不出門不知江柳已揺村稍聞決決流氷谷盡放青青没燒痕數畝荒園留我住半瓶濁酒待君温去

年今日關山路細雨梅花正斷魂

一結含蘊無窮彷彿少陵東閣官梅之作

苕溪漁隱叢話曰東坡詩云去年今日關山路細雨梅花正斷魂韓子蒼詩云只度關山魂已斷何須疎雨濕梅花此蓋反東坡之意但為關山斷魂却無佳思也

志林曰讀隋書地里志黄州乃永安郡今黄州東十五里許有永安城而俗謂之女王城其説甚鄙野

御選唐宋詩醇卷三十六

欽定四庫全書

集部

御選唐宋詩醇卷三十七

詳校官山東道御史臣温常綬

總校官編修臣朱鈐
校對官編修臣劉汝蕃
謄録監生臣楊熙

欽定四庫全書

御選唐宋詩醇卷三十七

眉山蘇軾詩六

東坡八首 并引

余至黄州二年日以困匱故人馬正卿哀予乏食為於郡中請故營地數十畝使得躬耕其中地既久荒為茨棘瓦礫之場而歲又大旱墾闢之勞筋力殆盡釋耒而歎乃作是詩自愍其勤庶幾来歲之入以忘其勞焉

廢壘無人顧頹垣滿蓬蒿誰能捐筋力歲晚不償勞獨有孤旅人天窮無所逃端来拾瓦礫歲旱土不膏崎嶇草棘中欲刮一寸毛喟然釋耒歎我廪何時高

荒田雖浪莽高庳各有適下隰種秔稌東原蒔棗栗江南有蜀士桑果已許乞好竹不難栽但恐鞭横逸仍須卜佳處規以安我室家童燒枯草走報暗井出一飽未敢期瓢飲已可必

因耕田而及桑果竹木以至築室穿井各成倖願想見隨寓而安

自昔有微泉來從遠嶺背穿城過聚落流惡壯蓬艾去為柯氏陂十畝魚蝦會歲旱泉亦竭枯萍粘破塊昨夜南山雲雨到一犁外泫然尋故瀆知我理荒薈泥芹有宿根一寸嗟獨在雪芽何時動春鳩行可膾自注蜀人貴芹芽膾雜鳩肉為之

種稻清明前樂事我能數毛空暗春澤鍼水聞好語自注

蜀人以細雨為雨毛稻初生時農夫相語稻鍼出矣分秧及初夏漸喜風葉舉月明看露上一一珠垂縷秋来霜穗重顛倒相撑住但聞畦隴間蚱蜢如風雨自注蜀中稻熟時蚱蜢羣飛田間如小蝗狀而不害稻新舂便入甑玉粒照筐筥我久食官倉紅腐等泥土行當知此味口腹吾已許

悉數四時田事風霜月露宛轉關情王孟田家雜詩所未經道

良農惜地力幸此十年荒桑柘未及成一麥庶可望投

種未逾月覆塊已蒼蒼農父告我言勿使苗葉昌君欲
富餅餌要須縱牛羊再拜謝苦言得飽不敢忘
此首專言種麥述農父問答有情
種棗期可剥種松期可斵事在十年外吾計亦已慼十
年何足道千載如風雹舊聞李衡奴此策疑可學我有
同舍郎官居在灊岳自注李公擇也遺我三寸甘照坐光卓犖
百栽儻可致當及春氷渥想見竹籬間青黄垂屋角
豈誠願學李衡亦因遺甘而懷李公擇耳預想到屋角
青黄拙樸語益徵高曠

潘子久不調沽酒江南村郭生本將種賣藥西市垣古
生亦好事恐是押牙孫家有十畝竹無時容叩門我窮
交舊絶三子獨見存從我于東坡勞餉同一飧可憐杜
拾遺事與朱阮論吾師卜子夏四海皆弟昆自注潘名大臨字邠
老滎陽人郭生名遘汾陽人古生名耕道新平人
馬生本窮士從我二十年日夜望我貴求分買山錢我
今反累生借耕輟兹田刮毛龜背上何時得成氈可憐
馬生癡至今夸我賢衆笑終不悔施一當獲千
軾答秦太虚書曰所居對岸武昌山水佳絶有蜀人
王生在邑中往往為風濤所隔不能即歸則王生能
為殺雞炊黍至數日不厭又有潘生者作酒店樊口
棹小舟徑至店下村酒亦自醇釅
施元之曰先生倩耳手澤云杞人馬正卿作太學生清
苦有氣節學者既不喜博士亦忌之余少時偶至其
齋中書杜子美秋雨嘆壁上初無意也而正卿即日
辭歸不復出至今白首窮餓守節如故詩中馬生即

其人也　江南有蜀士謂王文甫也文甫嘉州犍為
縣人居於武昌
容齋三筆曰蘇公責居黄州始自稱東坡居士詳考
其意蓋專慕白樂天而然白公有東坡種花二詩云
持錢買花樹城東坡上栽又云東坡春向暮樹木今
何如又有步東坡詩云朝上東坡步夕上東坡步東
坡何所愛愛此新成樹又有别東坡花樹詩云何處

殷勤重回首東坡桃李種新成皆為忠州刺史時所作也蘇公在黃正與白公忠州相似因憶蘇詩如贈寫真李道士云他時要指集賢人知是香山老居士贈善相程傑云我似樂天君記取華顛賞遍洛陽春送程懿叔云我甚似樂天但無素與蠻入侍邇英云定是香山老居士世緣終淺道根深而跋曰樂天自江州司馬除忠州刺史旋以主客郎中知制誥遂拜中書舍人某雖不敢自比然謫居黃州起知文登召

為儀曹遂忝侍從出處老少大畧相似庶幾復享晚節閒適之樂去杭州云出處依稀似樂天敢將衰朽較前賢序曰平生自覺出處老少粗似樂天則公之所以景仰者不止一再言之非東坡之名偶爾暗合也

姪安節遠來夜坐三首

南來不覺歲峥嶸坐撥寒灰聽雨聲遮眼文書元不讀伴人燈火亦多情嗟予潦倒無歸日今汝蹉跎已半生免使韓公悲世事白頭還對短燈檠

心衰面改瘦峥嶸相見惟應識舊聲永夜思家在何處殘年知汝遠來情畏人默坐成癡鈍問舊驚呼半死生夢斷酒醒山雨絕笑看饑鼠上燈檠

落第汝為中酒味吟詩我作忍饑聲便思絕粒真無策苦說歸田似不情腰下牛閑方解佩洲中奴長足為生大弨一弛何緣彀已覺翻翻不受檠

家常語愈淺愈真安節以下第來黃州大全集雜說有

姪安節遠來飲酒樂甚以識一時盛事之言此三詩但作喟歎未見其樂也然以謫居岑寂之中有骨肉遠來聚首秉燭寒宵絮語不倦悲之所發即其樂之所形此與冬至日贈安節詩所云詩成起然老淚不成滴者情懷約畧相似

岐亭道上見梅花戲贈季常

蕙死蘭枯菊亦摧返魂香入嶺頭梅數枝殘綠風吹盡一點芳心雀啅開野店初嘗竹葉酒江雲欲落豆稭灰

行當更向釵頭見病起烏雲正作堆
陳慥喜蓄聲妓此作體近香奩似有所指者故謂之戲
贈軾與慥交好詩文無所拘忌若河東君秀英君之名
因而流布非是輕薄為文正可見其忘形無間也
方回曰一點芳心雀啅開此句最佳坡天人也作詩
不拘法度而自有生意雀之為物嘗凍啅梅開本無
情於梅下此語乃若不勝情者尾句盖謂季常侍兒
病起新粧行當於釵頭見此花欲其出以侑樽也豆

稭灰出文酒清話王勉雪詩上天燒下豆稭灰烏李
從教作白梅亦俚語世傳以為戲者
苕溪漁隱叢話曰東坡云龍邱子自洛之蜀載二侍
女戎裝駿馬至溪山佳處輒留數日見者以為異人
後十年築室黃岡之北號靜菴居士作臨江仙贈之
云細馬遠馱雙侍女青巾玉帶紅靴溪山好處便為
家誰知巴蜀路却是洛城花面旋落英飛玉蕊人間
春日初斜十年不見紫雲車龍邱新洞府鉛鼎養丹
砂龍邱子即陳季常也

太守徐君猷通守孟亨之皆不飲酒以詩戲之
孟嘉嗜酒桓温笑徐邈狂言孟德疑公獨未知其趣爾
臣今時復一中之風流自有高人識通介寧隨薄俗移
二子有靈應撫掌吾孫還有獨醒時
苕溪漁隱叢話曰此詩不止天生此對其全篇用事
因姓援古以着題古人所有也只詠孟嘉徐邈二人事
承說到底章法獨創後人亦未見有效之者

親切尤為可喜皆徐孟二人事也
方回曰全用徐孟二人飲酒事以其泉下有靈却笑
厥孫不飲善滑稽者

次韻和王鞏六首 錄一首

平生我亦輕餘子晚歲人誰念此翁巧語屢曾遭薏苡
廋詞聊復託芎藭子還可責同元亮妻卻差賢勝敬通
若問我貧天所賦不因遷謫始囊空
俯視一切交集百端起二句匪由作意所能得

志林曰昔為鳳翔幕過長安見劉原父留吾劇飲數日酒酣謂吾曰昔陳季弼告陳元龍曰聞遠近之論謂明府驕而自矜元龍曰夫閨門雍穆有德有行吾敬陳元方兄弟淵清玉潔有禮有法吾敬華子魚清修疾惡有識有義吾敬趙元達博聞強記奇逸卓犖吾敬孔文舉雄姿傑出有王霸之畧吾敬劉元德所敬如此何驕之有餘子瑣瑣亦安足録哉因仰天太息此亦原父之雅趣也吾後在黄州作詩云平生我亦輕餘子晚歲人誰念此翁盖記原父語也

江上值雪效歐陽體限不以鹽玉鶴鷺絮蝶飛舞之類為比仍不使皓白潔素等字

縮頸夜眠如凍龜雪來惟有客先知江邊曉起浩無際樹杪風多寒更吹青山有似少年子一夕變盡滄浪髭方知陽氣在流水沙上盈尺江無澌隨風顛倒紛不擇下滿坑谷高陵危江空野闊落不見入户但覺輕絲絲沾裳細看若刻鏤豈有一一天工為霍然一麾遍九野吁此權柄誰執持世間苦樂知有幾今我幸免沾膚肌山夫只見壓樵擔豈知帶酒飄歌兒天王臨軒喜有麥宰相獻壽嘉及時凍吟書生筆欲折夜織貧女寒無幃高人著屐踏冷冽飄拂巾帽真仙姿野僧斫路出門去寒液滿鼻清淋漓灑袍入袖溼靴底亦有執版趨堦墀舟中行客何所愛願得獵騎當風披草中咻咻有寒兎孤隼下擊千夫馳敲氷煮鹿最可樂我雖不飲強倒巵楚人自古好弋獵誰能往者我欲隨紛紜旋轉從滿面馬上操筆為賦之

巖壑高卑人物錯雜大處浩渺細處纖微無所不盡可抵一幅王維江干初雪圖　六一詩話稱有進士許洞嘗會諸僧分題出一紙約曰不得犯此一字其字乃山水風雲竹石花草霜雪星日禽鳥之類諸僧皆閣筆廬陵集潁州雪詩其序則曰玉月梨梅練絮白舞鵝鶴等字皆請勿用禁體物語非是歐陽創之也特以潁州賓主一時之盛遂成佳話耳

是日同至女王城作詩乃和前韻

東風未肯入東門走馬還尋去歲村人似秋鴻來有信事如春夢了無痕江城白酒三杯釅野老蒼顏一笑溫已約年年為此會故人不用賦招魂

紅梅三首 錄一首

怕愁貪睡獨開遲自恐氷容不入時故作小紅桃杏色尚餘孤瘦雪霜姿寒心未肯隨春態酒暈無端上玉肌詩老不知梅格在更看綠葉與青枝 自注石曼卿紅梅詩云認桃無綠葉辨杏有青枝

不著意紅字則泛衍然一落色相則又如塗塗附矣石延年句豈不精切而詩謂其不知梅格知此者可與言詩

陳季常見過三首 錄二首

仕宦常畏人退居還喜客君來輒館我未覺雞黍窄東坡有奇事已種十畝麥但得君眼青不辭奴飯白

送君四十里只使一帆風江邊千樹柳落我酒杯中此行非遠別此樂固無窮但願長如此來往一生同

寒食雨二首

自我來黃州已過三寒食年年欲惜春春去不容惜今年又苦雨兩月秋蕭瑟臥聞海棠花泥汙燕脂雪暗中偷負去夜半真有力何殊病少年病起頭已白

春江欲入戶雨勢來不已小屋如漁舟濛濛水雲裏空庖煑寒菜破竈燒濕葦那知是寒食但感烏銜紙君門深九重墳墓在萬里也擬哭塗窮死灰吹不起

二詩後作尤精絕結四句固是長歌之悲起四句乃先極荒涼之境移村落小景以作官居情況大可想矣後人乃欲將此四句裁作絕句以爭勝王韋是乃見山忘道也

賀裳曰黃州詩尤多不羈小屋如漁舟濛濛水雲裡一篇最為沉痛

魚蠻子

江淮水為田舟楫為室居魚鰕以為糧不耕自有餘異

哉魚蠻子本非左衽徒連排入江住竹瓦三尺廬於焉長子孫戚施且侏儒擘水取魴鯉易如拾諸塗破釜不著鹽雪鱗芼青蔬一飽便甘寢何異獺與狙人間行路難踏地出賦租不如魚蠻子駕浪浮空虛空虛未可知會當算舟車蠻子叩頭泣勿語桑大夫

分明指新法病民出賦租者不如魚蠻之樂也忽又念及算舟車者筆下風生凛凛史記平準書述卜式之言以結全篇曰烹宏羊天乃雨不更益一字而意已顯

此詩結云蠻子叩頭泣勿語桑大夫亦不待明言其所以然可稱詩史

弔李臺卿并引

李臺卿字明仲廬州人貌陋甚性介不羣而博學彊記罕見其比好左氏有史學考正同異多所發明知天文律歷千載之日可坐數也軾謫居黄州臺卿為麻城主簿始識之既罷居於廬而曹光州演甫以書報其亡臺卿光州之妻黨也

我初未識君人以君為笑垂頭老鸛雀煙雨霾七竅袢衣來過我危坐若持釣褐寬半面新辭茂一語妙徐徐步其瀾極望不可徼卻觀原嫵媚士固難輕料看書眼如月罅隙靡不照我老多遺忘得君如再少縱橫通雜藝甚博且知要所恨言無文至老幽不耀其生世莫識己死誰復弔作詩遺故人庶解俗子誚

看書眼如月數語可謂心折膺服矣卻先從人所共笑處為之寫生傳神可笑處實是可笑可敬處實是可敬

寫來俱不遺餘力洵稱一人知己

曹既見和復次其韻

造物本兒嬉風噫雷電笑誰令妄驚怪失匕號萬竅人人走江湖一一操網釣偶然連六鼇便為此手妙空令任公子三歲蹲海徼長貧固不辭一死實未料難將著草算除用佛眼照何人嗣家學恨子兒尚少嗟我與曹君衰老世不要空言今無救奇志後必耀吟君五字詩義重千金弔收藏慎勿出免使羣兒誚

笑臺卿者多是偶然釣鼇之人此詩要不專為臺卿一人長太息也

次韻孔毅父集古人句見贈五首 錄三首

羡君戲集他人詩指呼市人如使兒天邊鴻鵠不易得便令作對隨家雞退之驚笑子美泣問君久假何時歸世間好句世人共明月自滿千家墀

紫駝之峰人莫識雜以雞豚真可惜今君坐致五侯鯖盡是猩脣與熊白路旁拾得半段槍何必開鑪鑄矛戟

用之如何在我耳入手當令君喪魄

天下幾人學杜甫誰得其皮與其骨劃如太華當我前跛牂欲上驚崷崒名章俊語紛交衡無人巧會當時情前生子美只君是信手拈得俱天成

集句詩創自北宋著於石延年而工於王安石至黄庭堅則目之為百家衣言如小兒文褓也是匪富有胸中豈能親切貫串然終非詩家所貴觀此數詩所以譽之者至矣言外正自有意在

王直方詩話曰荆公始為集句多者至數十韻往往對偶親於本詩蓋以誦古今人詩多或坐中率然而成始可以為貴也其後多有效之者孔毅父嘗集句贈東坡

六年正月二十日復出東門仍用前韻

亂山環合水侵門身在淮南盡處村五畝漸成終老計九重新掃舊巢痕豈惟見慣沙鷗熟已覺来多釣石温長與東風約今日暗香先返玉梅魂

詞旨温厚意味深長在集内近體詩中更上一層

陸游曰昔祖宗以三館養士儲將相材及官制行罷三館而東坡蓋嘗直史館然自謫為散官削去史館之職久矣至於史館亦廢故云新掃舊巢痕其用事之嚴如此而鳳巢西隔九重門則又李義山詩也

方回曰東坡初貶黄州之年即細雨梅花關山斷魂之時也次年正月二十日往岐亭見陳慥季常是以為女王城之詩又次年正月二十日與潘郛老等尋

春是以有事如春夢了無痕之詩又次年正月二十日尚在黄州復出東門仍和此韻亂山環合四句謂元豐官制行罷廢祖宗館職立秘書省以正字校書郎等為差除資序而儲士之意淺矣觀此等語豈惟可以考大賢之出處亦可見時事之更張仁廟之所以遺燕安於後世者何其盛熙豐之政所以大有可恨者何其頡衰坡下句云豈惟見慣沙鷗熟已覺来多釣石温又可痛坡翁一謫數年甘心於漁樵而忘

返也

南堂五首 録一首

掃地燒香閉閣眠簟紋如水帳如煙客来夢覺知何處
挂起西窻浪接天

邢居實曰東坡此詩嘗題於余扇山谷初讀以為是劉夢得所作

齊安拾遺曰夏澳口之側本水驛有亭曰臨臯郡人以驛之高陂上築南堂為先生游息

次韻孔毅父久旱已而甚雨三首

饑人忽夢飯甑溢夢中一飽百憂失只知夢飽本来空
未悟真饑定何物我生無田食破硯爾来硯枯磨不出
去年太歲空在酉傍舍壺漿不容乞今年旱勢復如此
歲晚何以黔吾突青天蕩蕩呼不聞況欲稽首號泥佛
甕中蝍蛆尤可笑跂跂脈脈何等秩陰陽有時雨有數
民自天民天自卹我雖窮苦不如人要亦自是民之一
形容雖是喪家狗未肯弭耳争投骨倒冠落幘謝朋友

獨與蚊雷共圭蓽故人嗔我不開門君視我門誰肯屈
可憐明月如潑水夜半清光翻我室風從南来非雨候
且為疲人洗蒸鬱褰裳一和快哉謠未暇饑寒念明日

先將旱勢寫得淋漓極致以待下二章轉闗反覆詳盡清絶滔滔呼作快哉謠不虛也

去年東坡拾瓦礫自種黄桑三百尺今年刈草蓋雪堂
日炙風吹面如墨平生懶惰今始悔老大勤農天所直
沛然例賜三尺雨造化無心怳難測四方上下同一雲

甘霔不為龍所隔（自注：俗有分龍日）蓬蒿下濕迎曉来燈火新
涼催夜織老夫作罷得甘寢卧聽牆東人響屐奔流未
已坑谷平折葦枯荷恣漂溺腐儒麤糲支百年力耕
不受衆目憐破陂漏水不耐旱人力未至求天全會當
作塘徑千步横斷西北遮山泉四鄰相率助舉杵人人
知我囊無錢明年共看决渠雨饑飽在我寧關天誰
能伴我田間飲醉倒惟有支頭甎

旱而得雨因雨而籌及於破陂之漏水思作塘以遮泉

由去年今年而并預筭明年絕不為愁霖計者三詩
如各自成章乃正其神明於斷續合離之法

東坡先生年譜曰元豐壬戌先生在黄州寓居臨皐
亭就東坡築雪堂自號東坡居士以東坡圖考之自
黄州門南至雪堂四百三十步堂以大雪中為之因
繪雪於四壁之間無容隙其名蓋起於此先生自書
東坡雪堂四字以榜之先生自臨皐遷雪堂在壬戌
十月之後和孔毅父詩云去年太歲空在酉乃指去
年辛酉言之也

天公號令不再出十日愁霖併為一君家有田水冒田
我家無田憂入室不如西州楊道士萬里隨身惟兩膝
沿流不惡泝亦佳一葉扁舟任飄突山芎麥麯都不用
泥行露宿終無疾夜来饑腸如轉雷旅愁非酒不可開
楊生自言識音律洞簫入手清且哀不須更待秋井塌
見人白骨方銜杯

前兩章言旱言雨已各詞意周浹此章言甚雨君家有

田水冒田我家無田憂入室二句情狀已盡下只就楊
道士為言與雨旱都不相值張弛無所不妙也楊萬里
獨賞結二句不須更待秋井塌見人白骨方銜杯謂其
用杜詩得翻案法抑亦末矣　首作以饑人忽夢起
以未暇饑寒念明日結次作云饑飽在我寧關天三
作云夜来饑腸如轉雷微作呼應之語縷帶無痕

施宿曰先生為楊道士書一帖云僕謫居黄岡綿竹
武都山道士楊世昌子京自廬山来過余其人善畫

山水能鼓琴曉星歷通知黄白藥術可謂藝矣又一帖云十月十五日夜與楊道士泛舟赤壁按次毅父韻第三首載西州楊道士凡數聯因此帖知為世昌詩中又言善吹洞簫其自廬山從公盖壬戌之夏前赤壁賦云客有吹洞簫者殆是楊也

初秋寄子由

百川日夜逝物我相隨去惟有宿昔心依然守故處憶在懷遠驛閉門秋暑中藜羹對書史揮汗與子同西風忽淒厲落葉穿戶牖子起尋裌衣感歎執我手朱顏不可恃此語君莫疑别離恐不免功名定難期當時已悽斷況此兩衰老失塗既難追學道恨不早買田秋已議築室春當成雪堂風雨夜已作對牀聲

五言轉韻能一氣旋折筆愈轉而情愈深味愈長此等詩他人不能為在集中亦惟與子由往復數章僅見之

林子仁曰懷遠驛盖先生與子由應制京師時嘗寓於此是歲嘉祐五年也黄州東南三十里地名沙湖先生嘗買田其間故云買田秋已議

和蔡景繁海州石室

芙蓉仙人舊游處自注石曼卿也蒼藤翠壁初無路戲將桃核裹黄泥石間散擲如風雨坐令空山作錦繡倚天照海花無數花間石室可容車流蘇寶盖窺靈宇何年霹靂起神物玉棺飛出王喬墓當時醉卧動千日至今石縫餘糟醑山人一去五十年花老室空誰作主手植數松今偃蓋蒼髯白甲低瓊户我来取酒酹先生後車仍載胡琴女一聲氷鐵散巖谷海為瀾翻松為舞爾来心賞復何人持節中郎醉無伍獨臨斷岸呼日出紅波碧巘相吞吐徑尋我語覓餘聲拄杖彭鏗叩銅鼓長篇小字遠相寄一唱三歎神悽楚江風海雨入牙頰似聽石室胡琴語我今老病不出門海山巖洞知何許門外桃花自開落牀頭酒甕生塵土前年開閤放柳枝今年洗心參佛祖夢中舊事時一笑坐覺俯仰成今古顧君不用刻此詩東海桑田真旦暮

青泥赤日午相烘走訪船窻柳影中輟我東坡無限睡
賞君南浦不貲風坐觀邸報談迂叟閑説滁山憶醉翁
此去澄江三萬頃只應明月照還空自注鄭滁人也是日坐中觀邸報云叟入下省

酒坐劇談嘯傲之槪可想

過江夜行武昌山上聞黄州鼓角

清風弄水月銜山幽人夜度吴王峴黄州鼓角亦多情
送我南來不辭遠江南又聞出塞曲半雜江聲作悲健
誰言萬方聲一槪鼉憤龍愁為余變我記江邊枯柳樹
未死相逢真識面他年一葉泝江來還吹此曲相迎餞

已去之地鼓角多情新至之處曲聲悲健妙是半雜江聲通彼我之懷覺行役宵中有聲有色

自興國往筠宿石田驛南廿五里野人舍

谿上青山三百疊快馬輕衫來一抹倚山修竹有人家
横道清泉知我渴芒鞋竹杖自輕軟蒲薦松牀亦香滑
夜深風露滿中庭惟有孤螢自開闔

石延年通判海州使人以泥裹桃核彈擲山嶺之上一二歲間花發滿山誠為勝舉詩援此説入自首句至蒼髯白甲低瓊户以上皆言石事繼述舊遊而以和詩之意終焉舒展春容有大海廻波生紫瀾之妙

施元之曰蔡景繁名承禧臨川人中嘉祐進士第知雩都縣擢監察御史裏行後出為淮南轉運副使置使楚州東坡謫黄實在部内獨拳拳慰藉行部訪之東坡有荅景繁帖云朐山臨海石室信如所諭前某嘗攜家一游時有胡琴婢就室中作濩索涼州凜然有冰車鐵馬之聲婢去久矣因公復起一念若果游此必有新篇當破戒奉和也又云海上奇觀恨不與公同遊大篇或可追賦景繁往游既賦詩坡為屬和前所述皆指石曼卿後車胡琴云云皆帖中語意又前年開閣云云即所謂婢去久矣因公復起一念用此帖為証而詩乃粲然

小飲公瑾舟中

孤螢開闔之句較暗飛螢自照更泠然善也

圓通禪院先君舊遊也四月二十日晚至宿焉明日忌日也乃手寫寶積獻蓋頌佛一偈以贈長老僊公僊撫掌笑曰昨夜夢寶蓋飛下着處輙出火豈此祥乎乃作是詩院有蜀僧宣逮事訥長老識先君云

石耳峰頭路接天梵音堂下月臨泉此生初飲廬山水他日徒參雪竇禪袖裏寶書猶未出夢中飛蓋已先傳

何人更識嵇中散野鶴昂藏未是仙

詩簡於題題中之意詩無剩語題外之意詩有餘情體瞻律調咀味無盡

題西林壁

橫看成嶺側成峰遠近高低各不同不識廬山真面目只緣身在此山中

能作如是語始是認取真面目者妙高峰三日不見而見之别峰與此參看

黃庭堅曰此老人於般若橫說豎說了無剩語非其筆端有口亦安能吐此不傳之妙

廬山二勝 并引

余遊廬山南北得十五六奇勝殆不可勝紀而懶不作詩獨擇其尤佳者作二首

開先漱玉亭

高巖下赤日深谷來悲風擘開青玉峽飛出兩白龍亂沫散霜雪古潭摇青空餘流滑無聲快瀉雙石缺我來

不忍去月出飛橋東蕩蕩白銀闕沈沈水精宮願隨琴高生脚踏赤鯶公手持白芙渠跳下清泠中

寫瀑布奇勢迭出曲盡其妙此巨靈開山手徐凝惡詩誠不足道耳

廬山記曰山中瀑布十餘處香鑪峰與雙劔峰在瀑布旁水源在五老峰頂西入康王谷為水簾東為開先之瀑布

王注正譌曰開先漱玉亭王本訛作開元題下注云

開元禪院舊傳梁昭明太子之居棲隱也唐元宗即位始號開元有招隱橋元宗所作按黃庭堅開先禪院修造記略曰南唐中主年少好文無經世意慕物外之名問舍五老峰下有野夫獻地買之萬金以為書堂及即位以為寺以野夫獻地為已有國之祥故名開先後遷洪都蓋嘗弭節故榻與畫像存焉又山志稱中主讀書臺在寺後世以為李後主者誤以為梁昭明者尤誤開先寺本末甚明無可疑者王本既

訛開先為開元又訛南唐之元宗為唐開元天寶之元宗又云唐元宗即位始號開元其杜撰踳駁乃爾梅溪何至是想後人偽託耶

栖賢三峽橋

吾聞太山石積日穿綫溜况此百雷霆萬世與石鬭深行九地底嶮出三峽右長輸不盡谿欲滿無底竇跳波翻潛魚震響落飛狖清寒入山骨草木盡堅瘦空濛烟靄間澒洞金石奏彎彎飛橋出瀲瀲半月彀玉淵神龍近雨雹亂晴晝垂缾得清甘可嚥不可漱

奇景以精理通之發為高談結為幽艷絡繹間起使人應接不暇

苕溪漁隱叢話曰三峽橋詩清寒入山骨草木盡堅瘦此等語精研絕韻真他人道不到也

蘇轍棲賢僧堂記曰元豐三年余過廬山入棲賢谷谷中多大石岌嶪相倚水行石間其聲如雷霆又如千乘車行者震掉不能自持雖三峽之險不過也故

橋曰三峽

廬山前錄曰過栖賢路稍崎嶇然不妨觀山也約十餘里至三峽橋蘇黃門所記殆非誇詞自此行石衢至玉淵亭澗水披石陡落匯為龍湫雪濺雷吼不減三峽

岐亭五首 并引 錄三首

元豐三年正月余始謫黃州至岐亭北二十五里山上有白馬青蓋來迎者則余故人陳慥季常也為留

五日賦詩一篇而去明年正月復往見之季常使人勞余於中塗余久不殺恐季常之為余殺也則以前韻作詩為殺戒以遺季常自爾不復殺而岐亭之人多化之有不食肉者其後數往見之往必作詩詩必以前韻凡余在黄四年三往見季常季常七來見余蓋相從百餘日也七年四月余量移汝州自江淮徂雒送者皆止慈湖而季常獨至九江乃復用前韻通為五首以贈之

昨日雲陰重東風融雪汁遠林草木暗近舍烟火濕下有隱君子嘯歌方自得知我犯寒來呼酒意頗急撫掌動鄰里遶村捉鵝鴨房櫳鏘器聲蔬果照巾冪久聞蔞蒿美初見新芽赤洗盞酌鵝黄磨刀削熊白須臾我徑醉坐睡落巾幘醒時夜向闌唧唧銅瓶泣黄州豈云遠但恐朋友缺我當安所主君亦無此客朝來靜菴中惟見峰巒集

從呼酒說到徑醉醉而復醒寫出嘯傲自適頽然兀然真不知何者是主何者是客

詩人玉屑曰嘗論對偶如枸杞因吾有雞栖奈汝何蓋借枸杞以對雞栖冬温蚊蚋在人遠鳧鴨亂人遠如鳧鴨然又直以字對而不對意此皆例子不可不知子瞻岐亭詩云洗盞酌鵝黄磨刀切熊白是用例者也

我哀籃中蛤閉口護殘汁又哀網中魚開口吐微濕刳腸彼交病過分我何得相逢未寒温相勸此最急不見

盧懷慎烝壺似烝鴨坐客皆忍笑髠然發其冪不見王武子每食刀几赤琉璃載烝㹠中有人乳白盧公信寒陋衰髮得滿幘武子雖豪華未死神已泣先生萬金璧護此一蟻缺一年如一夢百歲真過客君無廢此篇嚴詩編杜集

通篇俱為戒殺而作未死神已泣一語尤惻惻動人中用鄭餘慶事誤作盧懷慎藝苑雌黄指摘之然未足為此詩病也

許顗詩話曰東坡贈李常詩戒其殺生末云君無廢此篇嚴詩編杜集謂嚴武也工部集中有武倡和數首

枯松強鑽膏槁竹欲瀝汁兩窮相值遇相哀莫相濕不知我與君交遊竟何得心法幸相語頭然未為急願為穿雲鶻莫作將雛鴨我行及初夏煮酒映疎幕故鄉在何許西望千山赤茲遊定安歸東泛萬頃白一歎寧復再起舞花墮幘將行出苦語不用兒女泣吾非固多矣

君豈無一缺各念別時言閉戶謝衆客空堂淨掃地虛白道所集

臨別互相勸勉匡其所不及不徒作依依戀戀之詞同心之言其誼古其情深矣

緗素雜記曰世俗相傳古詩不必拘於用韻余謂不然如杜少陵早發射洪縣及宇韻詩皆用緝字一韻未嘗用外韻也又觀東坡與陳季常汁字韻一篇詩而用六韻殊與老杜異其他側韻詩多如此以其名重當世無敢訾議

苕溪漁隱叢話曰黃朝英之言非也老杜側韻詩何嘗不用外韻今若以一篇詩偶不用外韻遂為定格則老杜何以謂之能兼衆體也黃既不細考老杜諸詩又且輕議東坡尤為可笑

郭祥正家醉畫竹石壁上郭作詩為謝且遺二古銅劍

空腸得酒芒角出肝肺槎牙生竹石森然欲作不可回

吐向君家雪色壁平生好詩仍好畫書牆涴壁長遭罵不瞋不罵喜有餘世間誰復如君者一雙銅劍秋水光兩首新詩爭劍芒劍在牀頭詩在手不知誰作蛟龍吼

畫從醉出詩特為醉筆洗別精神讀起四句森然動魄也句句嶢絕在集中另闢一格

龍尾硯歌 并引

余舊作鳳咮石硯銘其畧云蘇子一硯名鳳咮坐令龍尾羞牛後已而求硯於歙歙人云子自有鳳咮何

以此為盖不能平也奉議郎方君彦德有龍尾大硯奇甚謂余若能作詩少解前語者當奉餉乃作此詩

黄琮白琥天不惜顧恐貪夫死懷璧君看龍尾豈石材玉德金聲寓於石與天作石来幾時與人作硯初不辭詩成鮑謝石何與筆落鍾王硯不知錦茵玉匣俱塵垢擣練支牀亦何有況瞋蘇子鳳咮銘戲語相嘲作牛後碧天照水風吹雲明窗大几清無塵我生天地一閒物蘇子亦是支離人麤言細語都不擇春蚓秋虵隨意畫

願隨蘇子老東坡仁者不用生分别

前用解嘲後更諷以通人之論雄恣逸態奇矯無前集中鳳咮硯三銘各以道錬為工不可無此作蕩滴之氣

次韻杭人裴維甫

餘杭門外葉飛秋尚記居人挽去舟一别臨平山上塔五年雲夢澤南州凄凉楚些緣吾發邂逅秦淮為子留寄謝西湖舊風月故應時許夢中游

同王勝之遊蔣山

到郡席不暖居民空悵然好山無十里遺恨恐他年欲款南朝寺同登北郭船朱門收畫戟紺宇出青蓮（自注荆公以宅為寺）夾路蒼髯古迎人翠麓偏龍腰蟠故國鳥爪寄曾巔竹杪飛華屋松根泫細泉峰多巧障日江遠欲浮天畧彴横秋水浮屠插暮煙歸來踏人影雲細月娟娟

次第寫景不必作崚嶒鬱屈之勢而斲削精潔神彩欲飛不獨峰多江遠一聯差肩杜老

西清詩話曰元豐中王荆公在金陵東坡自黄北遷

日與公遊盡論古今文字間即俱味禪悅公嘆息謂人曰不知更幾百年方有如此人物東坡渡江至儀真賦此詩公亟取讀之至峰多巧障日江遠欲浮天乃撫几曰老夫平生作詩無此二句

送沈逵赴廣南

嗟我與君皆丙子四十九年窮不死君隨幕府戰西羌夜渡冰河斫雲壘飛塵漲天箭灑甲歸對妻孥真夢耳我謫黄岡四五年孤舟出沒煙波裏故人不復通問訊

疾病饑寒疑死矣相逢握手一大笑白髮蒼顏略相似
我方壯渡脫重江君復南行輕萬里功名如幻何足計
學道有牙真可喜句漏丹砂已付君汝陽甕盎吾何恥
君歸趁我雞黍約買田築室從今始
説兩人境遇不同處抒寫盡致而以道牙日就作無
聊解脫之詞覺滿紙毫飛墨噴一時怡然冰釋

豆粥

君不見虖沱流澌車折軸公孫倉黄奉豆粥濕薪破竈
自燎衣饑寒頓解劉文叔又不見金谷敲冰草木春帳

下烹煎皆美人萍虀豆粥不傳法咄嗟而辦石季倫干
戈未解身如寄聲色相纏心已醉身心顛倒自不知更
識人間有真味豈如江頭千頃雪色蘆茅簷出沒晨煙
孤地碓舂秔光似玉沙缾煮豆軟如酥我老此身無著
處賣書來問東家住卧聽雞鳴粥熟時蓬頭曳履君家
去
起伏開闔氣偉采奇青蓮無以過

苕溪漁隱叢話曰東坡於飲食作詩賦以寫之往往
皆臻其妙如老饕賦豆粥詩是也

秦少游夢發殯而葬之者云是劉發之柩是歲發
首薦秦以詩賀之劉涇亦作因次其韻

君看三代士執雉本以殺身為小補居官死職戰死綏
夢尸得官真古語五行勝已斯為官官如草木吾如土
仕而未禄猶賓客待以純臣蓋非古餽焉曰獻稱寡君
豈比公卿相爾汝世衰道微士失已得喪悲歡反其故

草袍蘆箠相嫵媚飲食嬉游事羣聚曲江船舫月燈毬
是謂舞殯而歌墓看花走馬到東野餘子紛紛何足數
二生年少兩豪逸詩酒不知軒冕苦故令將仕夢發棺
勸子勿為官所腐塗車芻靈皆假設著眼細看君勿誤
時來聊復一飛鳴進隱不須煩伍舉
説得通透使人心融神釋凡經史傳記百家之言信手
拈來無不貫穿協合前古詩人未嘗有此此所謂詩到
蘇黃盡也

徐大正閑軒

冰蠶不知寒火鼠不知暑知閑見閑地已覺非閑侶君看東坡翁懶散誰比數形骸墮醉夢生事委塵土臺眠不見燈晚食或欺午卧看龜取盜坐視麥漂雨語希舌頰強行少腰腳僂五年黃州城不蹋黃州鼓人言我閑客置此閑處所問閑作何味如眼不自覩顧詩徐孝廉得閑能幾許介子願來使翁歸備文武應緣不耐閑名字挂庾宇我詩為閑作更得不閑語君如汗血駒轉盼

略燕楚莫嫌鑾輅重終勝鹽車苦

為閑字下轉語轉轉無竭是問是答兩無縛脫以偈頌體入詩自雪堂始也

施元之曰徐大正因其先君猷守黃州始從公游秦少游為作閑軒記

高郵陳直躬處士畫鴈二首

野鴈見人時未起意先改君從何處看得此無人態無乃槁木形人禽兩自在北風振枯葦微雪落璀璀慘澹雲水昏晶熒沙礫碎弋人悵何慕一舉渺江海

衆禽事紛爭野鴈獨閑潔徐行意自得俯仰若有節我衰寄江湖老伴雜鵝鴨作書問陳子曉景畫苦雪依依聚圓沙稍稍動斜月先鳴獨鼓翅吹亂蘆花雪

色斯舉矣語隱而不發前作更從未起時見其意之先改後作又於安翔徐徊處見其意之自得詩中畫畫中詩二難併矣

次韻王定國南遷回見寄

土暈銅花蝕秋水要須悍石相礱砥十年冰蘖戰膏粱萬里煙波濯紈綺歸來詩思轉清激百丈空潭數魴鯉逝將桂浦擷蘭蓀不記槐堂收劍履却思庾嶺今何在更說彭城真夢耳自注來詩述彭城舊游君知先竭是甘井我顧得全如苦李妄心不復九回腸至道終當三洗髓廣陵陽羨何足較自注余買田陽羨來詩以為不如廣陵只有無何真我里樂全老子今禪伯自注謂張安道也定國其壻掣電機鋒不容擬心通豈復問云何印可聊須答如是相逢為我話留滯桃花

春漲孤舟起

盤空硬語具體昌黎

王定國詩集叙曰定國以余故得罪貶海上三年一子死貶所一子死於家定國亦病幾死余意其怨我甚不敢以書相聞而定國歸至江西以其嶺外所作詩數百首寄余皆清平豐融藹然有治世之音其言與志得道行者無異幽憂憤歎之作蓋亦有之矣特恐死嶺外而天子之恩不及報以忝其父祖耳孔子曰

不怨天不尤人定國且不我怨而肯怨天乎余然後廢卷而嘆自恨其人之淺也

墨莊漫録曰王定國寄詩於東坡答書云新詩篇篇皆奇老拙此回真不及矣窮人之具輙欲交割與公魏道輔見而笑曰定國亦難作交代只是且權攝耳

御選唐宋詩醇卷三十七

御選唐宋詩醇卷三十八

眉山蘇軾詩七

泗州南山監倉蕭淵東軒二首

偶隨樵父採都梁（自注南山名都梁山出都梁香故也）竹屋松扉試乞漿但見東軒堪隱几不知公子是監倉谿中亂石牆垣古山下寒蔬匕箸香我是江南舊游客挂冠知有老蕭郎

北望飛塵苦晝霾洗心聊復寄東齋珍禽聲好猶思越

野橘香清未過淮有信徵泉來遠嶺無心明月轉空階一官倉庾真堪老坐看松根落斷崖

有幽邃之趣蕭條高寄盡得風流　前首結句用老蕭郎亦本香山能文好飲老蕭郎之句容齋引老元為例而不引此踈矣

容齋三筆曰東坡賦詩用人姓名多以老字足成句蕭淵東軒云挂冠知有老蕭郎壽州龍潭云觀魚并記老莊周病不赴會云空對親春老孟光看潮云猶

似浮江老阿童贈黃山人云說禪長笑老浮屠元長老衲裙云乞與佯狂老萬回侍立邇英云定是香山老居士贈李道士云知是香山老居士蒜山亭云奇逸多聞老敬通汶公東堂云一帖空存老遂良次韻韶守云華髮蕭蕭老遂良游羅浮云還須略報老同叔贈辯才云中有老法師寄子由云青山老從事贈眼醫云忘言老尊宿謝惠酒云青州老從事謝餉魚云誰似老方朔贈吳子野扇云得之老月師次韻李

端叔云此是老牛戲是皆以為助語非真謂其老也大抵七言則於第五字用之五言則於第三字用之若其他錯出如再說走老瞞故人餘老龐老濞宮粧傳父祖便腹從人笑老韶老可能為竹寫真不知老奘幾時歸之類皆隨語勢而然白樂天云每被老元偷格律蓋亦有自來矣

寄蘄簟與蒲傳正

蘭谿美箭不成笛離離玉筋排霜脊千溝萬縷自生風入手未開先慄慄公家列屋閑蛾眉珠簾不動花陰移霧帳銀牀初破睡牙籤玉局坐彈碁東坡病叟長羈旅凍卧饑吟似饑鼠倚賴春風洗破衾一夜雪寒披故絮火冷燈青誰復知孤舟兒女自嚘咿皇天何時反炎燠愧此八尺黃琉璃願君靜掃清香閣卧聽風漪聲滿榻習習還從兩腋生請公秉此朝閶闔

蒲性奢靡故因寄簟而特作饑寒之語以諷之古人之誼也昔鄭羣當暑濕之時贈簟與昌黎而韓詩有倒身

甘寢百疾愈卻願天日恒炎曦之句妙想獨造此則當春寒之候寄簟與傳正乃云皇天何時反炎燠愧此八尺黃琉璃命筆略同然一則美其適用一則愧其無用雖脫胎仍是翻案也

施元之曰蒲傳正名宗孟嘗以書寄東坡云晚年學道有所得坡答之曰聞所得甚高然有二事持勸一曰慈二曰儉此詩云霧帳銀牀牙籤玉局亦可見其奉養矣

贈眼醫王生彦若

鍼頭如麥芒氣出如車軸間關絡脈中性命寄毛粟而況清淨眼内景含天燭琉璃貯沆瀣輕脆不任觸而子於其間来往施鋒鏃笑談紛自若觀者頸為縮運鍼如運斤去翳如拆屋常疑子善幻他技雜符祝子言吾有道此理君未矚形骸一塵垢貴賤兩草木世人方重外妄見瓦與玉而我初不知刺眼如刺肉君看目與翳是翳要非目目翳苟二物易分如麥菽寧聞老農夫去草

更傷穀鼻端有餘地肝膽分楚蜀吾於五輪間蕩蕩見空曲如行九軌道並驅無擊轂空花誰開落明月自朏朒請問樂全堂忘言老尊宿自注彦若樂全先生門下醫也

一意翻騰發難送解險語奇詞絡繹奔會令人可怖可喜忘其為有韻之文李之儀所謂極天地之變化者此種是也

觀杭州鈐轄歐育刀劍戰袍

青綾衲衫暖襯甲紅線勒帛光遶脅秃襟小袖雕鶻盤大刀長劍龍蛇柙兩軍鼓譟屋瓦墜紅塵白羽紛相雜將軍恩重此身輕笑履鋒鋩如一揷書生只肯坐帷幄談笑毫端弄生殺叱呼擊鼓催上竿猛士應憐小兒黠試問黄河夜偷渡掠面驚沙寒霎霎何如大艦日高眠一枕清風過苕霅

將軍輕履鋒鋩而書生帷幄談笑似為文史牽掣深其扼腕者黄河驚沙掠面不如苕霅一枕清風豈誠閒寂為高乃其歎息痛恨之至也筆力崢嶸殆如弩發於硎

王伯敭所藏趙昌花四首

梅花

南行渡關山沙水清練練行人已愁絶日暮集微霰殷勤小梅花髣髴吳姬面暗香隨我去回首驚千片至今開畫圖老眼淒欲泫幽懷不可寫歸夢君家倩

黄葵

弱質困夏永奇姿蘇曉涼低昂黄金盃照曜初日光檀心自成暈翠葉森有芒古来寫生人妙絶誰似昌晨妝

與午醉真態含陰陽君看此花枝中有風露香

芙蓉

清飈已拂林積水漸收潦溪邊野芙蓉花木相媚好坐看池蓮盡獨伴霜菊槁幽姿強一笑暮景迫摧倒淒涼似貧女嫁晚驚衰早誰寫少年容樵人歛南老

於衰落處寫其丰韻貧女之喻淒然感懷

山茶

蕭蕭南山松黃葉隕勁風誰憐兒女花散火氷雪中能

傳歲寒姿古來惟邵翁趙叟得其妙一洗膠粉空掌中調丹砂染此鶴頂紅何須誇落墨獨賞江南工

書林逋詩後

吳儂生長湖山曲呼吸湖光飲山綠不論世外隱君子傭奴販婦皆氷玉先生可是絕俗人神清骨冷無由俗我不識君曾夢見瞳子瞭然光可燭遺篇妙字處處有步遶西湖看不足詩如東野不言寒書似西臺差少肉平生高節已難繼將死微言猶可録自言不作封禪書更肯悲吟白頭曲我笑吳人不好事好作祠堂傍修竹不然配食水仙王一盞寒泉薦秋菊

將以稱美林逋乃至謂吳儂之傭販皆如氷玉深一層說入而林之神清骨冷其為高節難繼處不待羅縷矣軾論文章嘗有郊寒島瘦之目其讀孟郊詩有云何苦將兩耳聽此寒蟲號又嘗論西臺御史李建中之書以為雖可愛終可鄙雖可鄙終不可棄若此篇所言則謂其詩如東野而不能至於寒書似西臺而又不嫌於肉

是兼有孟李之所長盡去孟李之所短也後人多於西臺句誤會其意此未深考耳

歸田録曰處士林逋居於杭州西湖之孤山逋工書畫善為詩如草泥行郭索雲木叫鉤輈頗為士大夫所稱又梅花詩云踈影横斜水清淺暗香浮動月黃昏評詩者謂前世詠梅者多矣未有此句也又其臨終為句云茂陵他日求遺草猶喜初無封禪書尤為人稱誦自逋之後湖山寂寞未有繼者

香祖筆記曰郎瑛七脩類纂舉東坡跋林和靖詩詩如東野不言寒書似西臺差少肉以西臺為南唐李建中謬甚南唐太弟太傅李建勲非建中也建中宋初人為西京御史故稱西臺其書與楊風子先後齊名蘇黄常稱之郎未知耶

溪陰堂

白水滿時雙鷺下緑槐高處一蟬吟酒醒門外三竿日卧看溪南十畝陰

高齋詩話曰子美詩曰兩箇黄鸝鳴翠柳一行白鷺上青天窓含西嶺千秋雪門泊東吴萬里船東坡題真州范氏溪堂詩蓋用老杜詩意也

送穆越州

江海相忘十五年羨公松柏蔚蒼顔四朝耆舊氷霜後兩郡風流水石間舊政猶傳蜀父老先聲已振越溪山樽前俱是蓬萊守莫放高樓雪月閒

趙次公曰蓬萊守蓋穆既守越而先生將守登越謂之蓬萊者元微之守越以州宅誇白樂天詩云我是玉皇香案吏謫居猶得在蓬萊今越州有蓬萊閣及以酒名也登州有萊山倚郭乃蓬萊縣故越登皆可稱蓬萊守

金山妙高臺

我欲乘飛車東訪赤松子蓬萊不可到弱水三萬里不如金山去清風半帆耳中有妙高臺雲峰自孤起仰觀初無路誰信平如砥臺中老比丘碧眼照窻几巉巉玉

為骨凜凜霜入齒機鋒不可觸千偈如翻水何須尋德雲即此比丘是長生未暇學請學長不死

若先談妙高之勝而别稱赤松蓬萊以作波瀾便是人人意中所有妙在於未入題之前作破空而來之勢遠望嵾嵾若攢圖之托霄上

贈杜介　并引

元豐八年七月二十五日杜幾先自浙東還與余相遇於金山話天台之異以詩贈之

我夢遊天台橫空石橋小秋風吹茼露翠濕香嫋嫋應真飛錫過絕澗度雲鳥舉意欲從之倏然已松杉微言粲珠玉未說意先了覺來如墮空耿耿牕戶曉羣生陷迷網獨達從古少杜叟子何人長嘯萬物表妻孥空四壁振策忽輕矯遂為赤城遊飛步凌縹緲問禪不歸舍屢為瓠壺繞何人識此志佛眼自照瞭我夢君見之卓爾非魔嬈仙葩發茗椀翦刻分葵蓼從今更不出閉戶閉騣裹時從佛頂巖馳下雙蓮沼

不述杜介之話而自述夢遊使實境從空中出筆端玲瓏縹緲不落塵凡

趙次公曰仙葩發茗椀翦刻分葵蓼此言其所點茶之詳也先生十八羅漢頌後跋云軾家藏十六羅漢像每設茶供則化為白乳或凝為花木桃李芍藥僅可指名

送楊傑并引

無為子嘗奉使登太山絕頂雞一鳴見日出又嘗以事過華山重九日飲酒蓮花峰上今乃奉詔與高麗僧統游錢塘皆以王事而從方外之樂善哉未曾有也作是詩以送之

天門夜上賓出日萬里紅波半天赤歸來平地看跳丸一點黃金鑄秋橘太華峰頭作重九天風吹灩黃花酒浩歌馳下腰帶鞓醉舞崩崖一揮手神游八極萬緣虛下視蚊雷隱汙渠大千一息八十返笑厲東海騎鯨魚三韓王子西求法鑿齒彌天兩勍敵過江風急浪如山

寄語舟人好看客

直叙三事奔盪之音鬱為壯偉昔李白登華山落雁峰曰恨不攜謝眺驚人詩來搔首問青天此詩奇勝亦真足與泰華爭巍哉矣

趙夔曰元祐二年高麗僧義天航海問道至明州傳云義天棄王位出家上疏乞徧歷叢林問法受道有詔朝奉郎楊傑次公館伴所至吳中諸剎皆迎餞如王臣禮

次韻送徐大正 自注：嘗與余約卜鄰於江淮間將赴登州同舟至山陽以詩見送留別

別時酒醆照燈花知我歸期漸有涯去歲渡江萍似斗今年並海棗如瓜多情明月邀君共無價青山為我賒千首新詩一竿竹不應空釣漢江槎

因有卜鄰之約故曰無價青山為我賒因與同舟故曰多情明月邀君共運實於虛鈞綿秀絕

楊康功有石狀如醉道士為賦此詩

楚山固多猿青者黠而壽化為狂道士山谷恣騰蹂誤入華陽洞竊飲茅君酒君命囚巖間巖石為械杻松根絡其足藤蔓縛其肘蒼苔眯其目叢棘哽其口三年化為石堅瘦敵瓊玖無復號雲聲空餘舞杯手樵夫見之笑抱賣易升斗楊公海中仙世俗那得友海邊逢姑射一笑微俛首胡不載之歸用此頑且醜求詩紀其異本末得細剖吾言豈妄云得之亡是叟

猿化石石化道士都是課虛責有此特偶爾以文為戲非武昌銅劍歌等可比也故結出吾言豈妄云得之亡是叟見所謂妄者乃不妄不妄者乃妄耳

呂氏童蒙訓曰此詩窮極思致出新意於法表前賢所未到然學者專力於此則亦失古人作詩之意

韓駒曰東坡作文如天花變現初無根葉不可揣測如作醉石道士詩共二十八句却二十六句作假說惟用兩句收拾及作鶴嘆則又替鶴分明

海市 并引

予聞登州海市舊矣父老云常出於春夏今歲晚不復見矣予到官五日而去以不見為恨禱於海神廣德王之廟明日見焉乃作此詩

東方雲海空復空羣仙出沒空明中蕩搖浮世生萬象豈有貝闕藏珠宮心知所見皆幻影敢以耳目煩神工歲寒水冷天地閉為我起蟄鞭魚龍重樓翠阜出霜曉異事驚倒百歲翁人間所得容力取世外無物誰為雄率然有請不我拒信我人厄非天窮潮陽太守南遷歸

喜見石廪堆祝融自言正直動山鬼豈知造物哀龍鍾信眉一笑豈易得神之報汝亦已豐斜陽萬里孤鳥沒但見碧海磨青銅新詩綺語亦安用相與變滅隨東風

海市只是重樓翠阜此固不盡形容亦正不能形容也從未見之前既見之後與歲晚得見之異結撰至思煒煒精光欲奪人目

文昌雜録曰余見光禄卿解賓王説登州每晴霽烟霧中有城闕樓閣人物車馬鷄犬往來之狀彼人謂之海市

過萊州雪後望三山

東海如碧環西北卷登萊雲光與天色直到三山回我行適冬仲薄雪收浮埃黄昏風絮定半夜扶桑開參差太華頂出沒雲濤堆安期與羨門乘龍安在哉茂陵秋風客勸爾麾一杯帝鄉不可期楚些招歸來

次韻胡完夫

青衫别淚尚斕斑十載江湖困抱關老去上書還北闕朝來拄笏看西山相從杯酒形骸外笑説平生醉夢間萬事會須咨伯始白頭容我占清閑

送范純粹守慶州

才大古難用論高常近迂君看趙魏老乃為滕大夫浮雲無根蔕黄潦能須臾知經幾成敗得見真賢愚羽旄照城闕談笑安隅隅當年老使君赤手降於菟諸郎更何事折箠鞭其雛吾知鄧平叔不鬬月支胡

舊德之思良友之誼懃懃懇懇意餘於詞

施元之曰范純粹字德孺文正公之季子哲宗即位以直龍圖閣京東轉運副使代其兄忠宣公守慶請棄所侵西夏地曰争地未棄則邊隙無時可除於是還四砦而夏人服此詩言文正公在仁宗時李元昊叛命訖以計降之德孺守慶州竟如先生所期云

惠崇春江晚景二首 録一首

竹外桃花三兩枝春江水暖鴨先知蔞蒿滿地蘆芽短正是河豚欲上時

苕溪漁隱叢話曰東坡題惠崇畫詩此正是二月景致是時河豚已盛矣欲上之語似乎未穩

圖畫見聞志曰建陽僧惠崇尤工小景為寒汀遠渚蕭灑虛曠之象人所難到

清波雜志曰崇非但能詩畫亦有名世謂惠崇小景者是也

次韻完夫再贈之什某已卜居毗陵與完夫有廬里之約云

柳絮飛時笋籜斑風流二老對開關雪芽為我求陽羨乳水君應餉惠山竹簟水風眠晝永玉堂制草落人間應容緩急煩閭里桑柘聊同十畝閑

軾始因免汝州居住而居宜興其後海外北還無以為歸復暫至常州纔兩月而已是詩應作於元豐乙丑春故歸陽羨之時故以柳絮飛時發興其住常州亦止兩月餘閭里之約蓋終不遂其樂也

次韻朱光庭初夏

朝罷人人識鄭崇直聲如在履聲中卧聞疎響梧桐雨獨詠微涼殿閣風諫苑君方續承業醉鄉我欲訪無功陶然一枕誰呼覺牛蟻初除病後聰

唐人傳誦之語一經裁剪對仗輒覺別調氤氳

藝苑雌黄曰陳輔之以新唐書改柳公權殿閣生微涼為殿桷生餘涼此兩字有功於修詞予謂輔之此語無甚意義今世所傳多只用公權舊語故東坡詩云獨詠微涼殿閣風不聞有殿桷餘涼之說

困學紀聞曰諫苑君方續承業隋樂運字承業録夏殷以來諫爭事名諫苑文帝覽而嘉焉注謂南史李承業作諫苑誤矣

送賈訥倅眉二首 録一首

老翁山下玉淵回手植青松三萬栽父老得書知我在蓬蒿親手為君開試看一一龍虵舞更聽蕭蕭風雨哀便與甘棠同不剪蒼髯白甲待歸來 自注先君葬於蟇頤山之東二十餘里地名老翁泉君許為一往感歎之深故及之也

為情造文通篇獨說青松迴環往復語淺而思深

題文與可墨竹并引

故人文與可為道師王執中作墨竹且謂執中勿使他人書字待蘇子瞻來令作詩其側與可旣沒八年而軾始還朝見之乃賦一詩

斯人定何人游戲得自在詩鳴草聖餘兼入竹三昧時時出木石荒怪軼象外舉世知珍之賞會獨余最知音古難合奄忽不少待誰云生死隔相見如龔槐

集中有書文與可墨竹絕句序曰與可有四絕詩一楚辭二草書三畫四與可嘗云世無知我者惟子瞻一見識吾妙處而詩有空遺運斤質却予斷絃人之句蓋作於為王執中題畫之前一年其作墨君堂記謂與可能以墨象君之形容作堂以居君而屬余為文以頌君德又稱其畫竹之工以為與可獨能得君之深而知君之所以賢雍容談笑揮灑奮迅而盡君之德稚壯枯老之容披折偃仰之勢風雪凌厲以觀其操崖石犖确以致其節得志遂茂而不驕不得志瘁瘠而不辱羣居不倚獨立不懼與可之於君可謂得其情而盡其性矣由此文觀之軾自謂賞會獨余最者良非虛語而文同必待軾來令作詩其側亦見知己惟此一人豈特筆墨相推重已哉

武昌西山并引

嘉祐中翰林學士承旨鄧公聖求為武昌令常游寒溪西山山中人至今能言之軾謫居黃岡與武昌相望亦常往來谿山間元祐元年十一月二十九日考

試館職與聖求會宿玉堂偶話舊事聖求嘗作元次山窪樽銘刻之巖石因為此詩請聖求同賦當以遺邑人使刻之銘側

春江淥漲蒲萄醅武昌官柳知誰栽憶從樊口載春酒步上西山尋野梅西山一上十五里風駕兩腋飛崔嵬同遊困卧九曲嶺褰衣獨到吳王臺中原北望在何許但見落日低黃埃歸來解劍亭前路蒼崖半入雲濤堆

浪翁醉處今尚在石臼抔飲無樽罍爾来古意誰復嗣公有妙語留山隈至今好事除草棘常恐野火燒蒼苔當時相望不可見玉堂正對金鑾開豈知白首同夜直卧看椽燭高花摧江邊曉夢忽驚斷銅鐶玉鎖鳴春雷山人帳空猿鶴怨江湖水生鴻鴈来請公作詩遺父老往和萬壑松風哀

述舊遊則中原迷於落日叙會宿則曉夢驚於江邊連互鈎貫情文相生健筆圓機開出劔南一派

趙令晏崔白大圖幅徑三丈

扶桑大璽如甕盎天女織綃雲漢上往来不遣鳳銜梭誰能鼓臂投三丈人間刀尺不敢裁丹青付與濠梁崔風蒲半折寒鴈起竹間的皪横江梅畫堂粉壁翻雲幙十里江天無處着好卧元龍百尺樓笑看江水拍天流

有蔚然之光有蒼然之色有鏗然之韻不徒為是大言炎炎

藝苑雌黄曰吟詩喜作豪句須不畔於理方善如東坡觀崔白驟雨圖扶桑大繭如甕盎四句此語豪而甚工石敏若咏雪詩有燕南雪花大於掌氷柱懸簷一千丈之語豪則豪矣然安得爾高屋耶

苕溪漁隱叢話曰東坡集載此詩是題趙令晏崔白大圖幅徑三丈故云往来不遣鳳銜梭誰能鼓臂投三丈可謂善造語能形容者也畫品中止有李營邱驟雨圖從無崔白者兼東坡此詩又云風蒲半折寒雁起竹間的皪横江梅乃是崔白冬景圖藝苑以為驟雨圖誤矣

次韻劉貢父西省種竹

要知西掖承平事記取劉郎種竹初舊德終呼名字外後生誰續笑談餘（自注昔李公擇種竹館中戲語同舍後人指此竹必云李文正手植貢父笑曰文正不獨繫筆亦知種竹耶時有筆工李文正）成陰障日行當見取笋供庖計已疎白首林間望天上平安時報故人書

軾以去歲春夏侍立邇英而秋冬之交子由相繼入侍次韻絶句四首各述所懷（録二首）

曈曈日腳曉猶清細細槐花暖自零坐閲諸公半廊廟自注僕射李公門下韓公右丞劉公皆自講席大用時看黄色起天庭微生偶脱風波地晚歲猶存鐵石心定是香山老居士世緣終淺道根深自注樂天自江州司馬除忠州刺史旋以主客郎中知制誥遂拜中書舍人輒不敢自比然謫居黄州起知文登召為儀曹遂忝侍從出處老少大畧相似庶幾復享此翁晚節閑適之樂焉

俯仰今昔有激昂頹波之情

郭熙畫秋山平遠自注文潞公為跋尾

玉堂晝掩春日閑中有郭熙畫春山鳴鳩乳燕初睡起白波青嶂非人間離離短幅開平遠漠漠踈林寄秋晚恰似江南送客時中流回頭望雲巘伊川佚老鬢如霜卧看秋山思洛陽為君紙尾作行草炯如嵩洛浮秋光我從公游如一日不覺青山映黄髮為畫龍門八節灘待向伊川買泉石

秋山平遠只是離離短幅四句却先以玉堂之春江曉景為秋山先導復因文彦博跋尾致其纏綿鄭重之情而熙畫之入妙已不待更加讚嘆矣

蔡居厚詩話曰學士院舊與宣徽院相隣今門下後省乃其故地玉堂兩壁有巨然畫山董羽水宋宣獻公為學士時燕穆之復為六幅山水屏寄之遂置於中間元豐末既修兩後省遂移院於今樞密院之後今玉堂中屏乃待詔郭熙所作春江曉景禁中官局多熙筆迹而此屏獨深妙意若欲追配前人者蘇儋州嘗賦詩云玉堂晝掩春日閑中有郭熙畫春山今遂為玉堂一佳物也

次韻張昌言喜雨

千里黄流失故居年來赤地到青徐遂聞爭誦十行詔無異親巡六尺輿精貫天人一言足雲興嶽瀆萬靈趨愛君誰似元和老賀雨詩成即諫書

寓諷於頌又援古為説真能以三百篇諫者

白居易元和三年賀雨詩曰君以明為聖臣以直為忠敢賀有其始亦願有其終

書晁補之所藏與可畫竹三首錄二首

與可畫竹時見竹不見人豈獨不見人嗒然遺其身其身與竹化無窮出清新莊周世無有誰知此凝神若人今已無此竹寧復有那將春蚓筆畫作風中柳君看斷崖上瘦節蛟虵走何時此霜竿復入江湖手

讀其身與竹化一語覺墨君堂記為繁次作見畫而思其人卻因人亡而歎其畫不復得珍惜之至

李衎畫竹譜曰文湖州教東坡訣云竹之始生一寸之萌耳而節葉具焉自蜩腹蛇蚹至於劍拔十尋者

生而有之也今畫竹者乃節節而為之葉葉而累之豈復有竹乎故畫竹必先得成竹於胸中執筆熟視乃見其所欲畫者急起從之振筆直遂以追其所見如兔起鶻落少縱則逝矣坡云與可之教予如此予不能然也夫既心識所以然而不能然者內外不一心手不相應不學之過也且坡公尚以為不能然者不學之過況後之人乎

書李世南所畫秋景二首 錄一首

野竹參差落漲痕疏林欹倒出霜根扁舟一棹歸何處家在江南黃葉村

書鄢陵王主簿所畫折枝二首

論畫以形似見與兒童鄰賦詩必此詩定非知詩人詩畫本一律天工與清新邊鸞雀寫生趙昌花傳神如何此兩幅疎淡含精勻誰言一點紅解寄無邊春

瘦竹如幽人幽花如處女低昂枝上雀搖蕩花間兩雙翎決將起衆葉紛自舉可憐採花蜂清蜜寄兩股若人

富天巧春色入毫楮懸知君能詩寄聲求妙語

軾嘗言善畫者畫意不畫形善詩者道意不道名語本歐陽古畫畫意不畫形梅詩詠物無隱情之句若此詩言詩畫一律又與軾他詩所云韓生畫馬真是馬蘇子作詩如見畫以及少陵翰墨無形畫韓幹丹青不語詩等句互相印可然彼猶曰此詩此畫誰當看又曰此畫此詩今已矣嘆索解人不得也豈若此詩直以詩畫三昧舉示來哲乎次首言竹言花言雀言蜂又言花之枝

花之蘂花間之雨雀之翎蜂之蜜濃淡淺深得意兼能
得格
王直方詩話曰論畫以形似六句若論詩畫於此盡
矣每誦數過殆欲常以為法也
漫叟詩話曰世有青衿集一編以授學徒可以諭蒙
若天詩云戴盆徒仰止測管詎知之席詩云孔堂曾
子避漢殿戴馮重可謂着題乃東坡所謂賦詩必此
詩也

呂氏蒙童訓曰東坡詩云賦詩必此詩定非知詩人
此或一道也魯直作詠物詩曲當其理如猩猩筆詩
平生幾兩屐身後五車書其必此詩哉
故李誠之待制六丈挽詞
青青一寸松中有梁棟姿天驥蹋地走萬里端可期世
無阿房宮下建五丈旗又無穆天子西征燕瑤池才大
古難用老死亦其宜丈夫恐不免豈患莫己知公如松
與驥少小稱偉奇俯仰自廊廟笑談無羌夷清朝竟不
用白首仍憂時頷斬橫行將請烹乾沒兒言雖不見省
坐折姦雄窺嗟我去公久江湖生白髭歸來耆舊盡零
落存者誰比公嵇中散龍性不可羈疑公李北海慷慨
多雄詞淒涼五君詠沈痛八哀詩邪正久乃明人今屬
公思九原不可作千古有餘悲
比之於物則松也驥也擬之於人則嵇康也李邕也然
而其身不見用其言不見行而死則其宜矣明白道出
那得不千古餘悲

九月十五日邇英講論語終篇賜執政講讀史官
燕於東宮又遣中使就賜御書詩各一首臣軾得
紫薇花絕句其詞云絲綸閣下文章靜鐘鼓樓中刻
漏長獨坐黃昏誰是伴紫薇花對紫薇郎翌日各
以表謝又進詩一篇臣軾詩云
黼裳畫袞雲垂地不作成王剪桐戲日高黃繖下西清
風動槐龍舞交翠（自注邇英閣前有雙槐樛然屬地如龍形）壁中蠹簡今千
年漆書科斗光射天諸儒不復憂吻燥東宮賜酒如流

泉酒酣復拜千金賜一紙鸞鷟回鳳字蒼顔白髮便生光袖有驪珠三十四（自注臣所賜書并題目及臣姓名凡三十四字）歸來車馬已喧闐争看銀鈎墨色鮮人間一日傳萬口喜見雲章第一篇（自注上前此未嘗以御書賜羣臣）玉堂晝掩文書静鈴索不搖鐘漏永莫言弄筆數行書須信時平由主聖犬羊散盡沙漠空捷烽夜到甘泉宫似聞指揮築上郡已覺談笑無西戎（自注時熙河新獲鬼章是日涇原復奏夏賊數十萬人遁去）文思天子師文母終閉玉關辭馬武小臣願對紫薇花試草尺書招贊普（自注按唐制翰林學士帶知制誥許綴中書舍人班今臣以知制誥待罪禁林故得以紫薇為故事）

敘紀恩私切合時事無不莊雅有體爛漫之才又於此等詩見其識敬之學

資治通鑑曰元祐二年秋宴近臣於資善堂出所書唐人詩分賜

邵長蘅曰按年譜先生以元祐元年自中書舍人為翰林學士知制誥二年兼侍讀通典唐置中書舍人六人其内一人知制誥天寶元年改中書為紫薇省舍人曰紫薇郎

獲鬼章二十韻

青唐有逋冦白首已窮妖竊據臨洮郡潛通講渚橋廟謨周召虎邊帥漢班超堅壘千兵破連航一炬燒擒姦從窟穴奏捷上煙霄詭異人圖像驩娛路載謠千誅非一事代叛自先朝取道經陵寢前期告廟祧西來開幾日面縛見今朝二聖臨雲陛千官溢海潮載囚車轣轆失主馬蕭條横拜如蹲犬胡裝尚衣貂理卿辭具服譯長舌初調緩死恩殊厚求生尾屢搖慈仁達太母寛厚

戴唐堯赤手真擒虎和羹未賜梟藁街虚授首東市偶全腰困獸何須殺遺雛或可招威聲西振夏武節北通遼帝道有強弱天時或長消羌情防報復軍勝忌矜驕慎重關西將奇功勿再要

鬼章之獲在元祐二年本集内奏議有論擒獲鬼章稱賀太速劄子又因擒鬼章論西羌夏人事宜劄子又乞詔邊吏無進取及論鬼章事宜劄子又乞約鬼章討阿

里骨劄子大吉欲使其部族與温溪心欽氊等合以討阿里骨而納趙純忠然後許其請命自新而深以將驕卒惰後無以使為可慮此詩先陳偏師獨克俘獲醜虜之功繼述請命乞憐之狀終稱放還不殺之德至其歸宥乃曰羌情防報復則固後兩劄子意也曰軍勝忌矜驕則又前兩劄子意也而又申言之曰慎重關西將奇功勿再要其所以為緝治邊防整肅驕慢計者剴切周詳誠一不二如此

軾因擒鬼章論西羌夏人事宜劄子曰夫阿里骨董氊之賊臣也挾契丹公主以弒其君之二妻董氊死匿喪不發逾年衆定乃詐稱嗣子偽書鬼章温溪心等名以請於朝當時執政若且令邊臣審問鬼章等以阿里骨當立不立若朝廷從汝請遂授節鉞阿里骨直汝主矣汝能臣之如董氊乎若此等無詞則是諸羌心服既立之後必能統一都部吾又何求若其不服則釁端自彼爵命未下曲不在吾彼既一國三公則吾分其恩禮各以一近上使額命之鬼章等各得所欲宜亦無患當時執政不深慮此專以省事為安因其妄請便授節鉞阿里骨自知不當立而憂鬼章之討也故欲借力於西夏以自重於是始有解仇結好之謀而鬼章亦不平朝廷之以賊臣君我也故怒而盜邊夏人知諸羌之叛也故起而和之此臣所謂前後致寇之由明主不可以不知者也

宋史阿里骨傳曰董氊病革名諸酋領至青唐謂曰

吾一子已死惟阿里骨母嘗事我我視之如子今將以種落付之諸酋聽命既嗣事遣使修貢元祐元年封寧塞郡公二年遂逼鬼章使率衆拒洮州羌結藥密者使所部怯陵來告里骨執怯陵結藥密懼攜妻子南歸鬼章又使其子結吪龊入寇八月鬼章就擒檻送京師尋赦之聽招其子以自贖元祐三年里骨奉表謝罪詔西河無復出兵許貢奉如故鬼章死詔焚付其骨

和王晉卿 并引

元豐二年予得罪貶黃州而駙馬都尉王詵亦坐累遠謫不相聞者七年予既召用而詵亦還朝相見殿門外感歎之餘作詩相屬詞雖不甚工然託物悲慨阨窮而不怨泰而不驕憐其貴公子有志如此故和其韻欲使詵姓名附見予詩集中然亦不以示詵也詵字晉卿功臣全斌之後云

先生飲東坡獨舞無所屬當時把明月對影三人足醉

眠草棘間蟲虺莫予毒醒來送歸鴈一寄千里目悵然懷公子旅食久不玉欲書加飡字遠託西飛鵠謂言相濡沫未足寄溝瀆吾生如寄耳何者為禍福不如兩相忘昨夢那可逐上書得自便歸老湖山曲躬耕二頃田自種十年木豈知垂老眼對此金蓮燭公子亦生還仍分刺史竹賢愚有定分尊俎守尸祝文章何足云執技等瞖卜朝廷方西顧羌鹵驕未伏遙知重陽酒白羽落黃菊羨君真將家浮面氣可掬何當請長纓一戰河湟復

似不經意而出然句如堅城而氣極和厚蓋其老年詩境漸造平淡如此

劉克莊西園雅集圖跋曰本朝戚畹惟李端愿王晉卿二駙馬好文喜士世傳孫巨源三通鼓眉山公金釵墜之詞想見一時風流醞藉未幾烏臺鞫詩案賓主俱謫

邵長蘅曰唐書令狐綯為學士承旨夜對禁中撤金

蓮花炬送還院按先生時為學士嘗召對便殿宣仁撤御前金蓮燭送歸院或即自述其事歟

次韻劉貢父叔姪扈駕

玉堂孤坐不勝清長羨枚鄒接長卿只許隔牆聞置酒時因議事得聯名機雲似我多遺俗廣受如君不治生共託屬車塵土後鈞天一餉夢中榮

和子由除夜元日省宿致齋三首

江湖流落豈關天禁省相望亦偶然等是新年未相見

此身應坐不歸田

白髮蒼顏五十三家人遠遣試春衫朝回兩袖天香滿頭上銀幡笑阿咸

當年踏月走東風坐看春闈鏁醉翁白髮門生幾人在郤將新句調兒童

次韻黃魯直畫馬試院中作

少年鞍馬勤遠行卧聞齕草風雨聲見此忽思短策橫十年髀肉磨欲透那更陪君作詩瘦不如芋魁歸飯豆

門前欲斷御史驄詔恩三日休老翁羨君懷中雙橘紅自注黃有老母

此格乃禁臠所謂促句換韻者唐詩惟岑參有之後人遂以此為岑嘉州體要其源固出於秦碑也是須適然得之不由作意令轉換承接不可增減方稱入妙此篇次韻自然又且奇氣勃窣實較黃庭堅原唱為更勝

余與李廌方叔相知久矣領貢舉事而李不得第愧甚作詩送之

與君相從非一日筆勢翩翩疑可識平生謾說古戰場過眼終迷日五色我慙不出君大笑行止皆天子何責青袍白紵五千人知子無怨亦無德買羊沽酒謝玉川為我醉倒春風前歸家但草凌雲賦我相夫子非臞仙

養痾漫筆之語似不足取信觀詩中筆勢翩翩疑可識一句可證以軾正人豈肯於糊名易書之時暗通關節以示恩者乎委之於天而勉之以無怨且期之以夫子非臞仙切磋之誼愛戀之忱不當如是耶

養痾漫筆曰元祐中東坡知貢舉李方叔就試將鎖院坡緘封一簡令叔黨持與方叔值方叔出其僕受簡置几上有頃章子厚二子曰持曰援者來取簡竊觀乃揚雄優於劉向論一篇二章驚喜攜之以去方叔歸求簡不得知為二章所竊悵惋不敢言已而果出此題二章皆模倣坡作方叔幾於閣筆及拆號坡意魁必方叔也乃章援第十名文意與魁相似乃章持坡失色二十名間一卷頗奇坡謂同列曰此必方

叔視之乃蔔敏修而方叔竟下第拔出院聞其故大
嘆恨作詩送其歸所謂平生漫說古戰場過眼空迷
日五色者是也

慶源宣義王丈以累舉得官為洪雅主簿雅州户
掾遇吏民如家人人安樂之既謝事居眉之青神
瑞草橋放懷自得有書來求紅帶既以遺之且作
詩為戲請黄魯直秦少游各為賦一首為老人光
華

青山半作霜葉枯遇民如兒吏如奴吏民莫作官長看
我是識字耕田夫妻啼兒號刺史怒時有野人來挽須
拂衣自注下下考芋魁飯豆吾豈無歸來瑞草橋邊路
獨游還佩平生壺慈姥巖前自喚渡青衣江畔人爭扶
今年蠶市數州集中有遺民懷袴襦邑中之黔相指似
白髯紅帶老不癯我欲西歸卜鄰舍隔牆拊掌容歌呼
不學山王乘駟馬回頭空指黄公壚

分明表出陽城何易于一輩人物非此筆力莫能傳其
人

王直方詩話曰與王慶源詩起六句山谷云庭堅最
愛此數韻

林子仁曰謹按蘇叔黨所作王元直墓表云初季父
慶源官於雅州以論事不合取官長怒即謝病去詩
中云刺史怒指此

送錢穆父出守越州二首

簿書常苦百憂集樽酒今應一笑開京兆從教思廣漢

會稽聊喜得方回

若耶溪水雲門寺賀監荷花空自開我恨今猶在泥滓
勸君莫棹酒船回

錢勰出守越州因坐奏獄空不實亦由與安石輩不相
能故前作以趙廣漢郗愔為比次作黜竄李詩語無窮
清新

卧病逾月請郡不許復直玉堂十一月一日鎖院
是日苦寒詔賜官燭法酒書呈同院

微霰疎疎點玉堂詞頭夜下攬衣忙分光玉燭星辰爛
拜賜宮壺雨露香醉眼有花書大字老人無睡漏聲長
何時卻逐桑榆暖社酒寒燈樂未央

方回曰中四句氣燄逼人

木山 并引

吾先君子嘗蓄木山三峰且為之記與詩詩人梅二丈聖俞見而賦之今三十年矣而猶子千乘又得五峰益奇因次聖俞韻使并刻之其側

木生不願回萬牛願終天年仆沙洲時來幸逢河伯秋
掀然見怪推不流蓬婆雪嶺巧雕鏤蟄蟲行蟻為豪酋
阿咸大膽忽持去河伯好事不汝尤城中古沼浸坤軸
一林瘦竹吾菟裘二頃良田不難買三年檀木行可樛
會將白髮對蒼巘魯人不厭東家邱

次梅詩韻即效其體格烱烱清立

藝苑雌黄曰木山詩三年檀木行可樛檀字人少有識者遍尋字書亦皆無之蜀中多此木詢之蜀人則相傳以為區宜切按杜陵有覓檀木詩云飽聞檀木三年大注蜀人以檀為薪三年可燒又堂成詩云檀林礙日吟風葉注檀木下材止可充薪而已惟蜀地最宜種

送千乘千能兩姪還鄉

治生不求富讀書不求官譬如飲不醉陶然有餘歡
君看龎德公白首終泥蟠豈無子孫念顧獨遺以安
鹿門上冢回林下拜龍鸞躬耕竟不起耆舊節獨

完念汝少多難冰雪落綺紈五子如一人奉養真色
難烹鷄獨饋母自饗首蓿盤口腹雖累人寧我食無
肝西來四千里敝袍不言寒秀眉似我兄亦復心閑
寬忽然捨我去歲晚留餘酸我豈軒冕人青雲意先
闌汝歸蒔松菊環以青琅玕檀陰三年成可以挂吾
冠清江入城郭小圃生微瀾相從結茅舍曝背談金
鑾

一篇大旨起四句道盡預想歸田之樂說到曝背談

金鑾津津有味

欽定四庫全書

御選唐宋詩醇　卷三十八　四十

御選唐宋詩醇卷三十八

欽定四庫全書

集部

御選唐宋詩醇　卷三十九 四十

詳校官山東道御史臣温常綬

總校官編修臣朱鈐

校對官編修臣劉汝藻

謄錄監生臣楊熙

御選唐宋詩醇卷三十九

眉山蘇軾詩八

次韻王定國得晉卿酒相留夜飲

短衫壓手氣橫秋更著仙人紫綺裘使我有名全是酒從他作病且忘憂詩無定律君應將醉有真鄉我可侯且倒餘樽盡今夕睡蛇已死不須鈎

書王定國所藏烟江疊嶂圖（自注王晉卿畫）

江上愁心千疊山浮空積翠如雲烟山耶雲耶遠莫知烟空雲散山依然但見兩崖蒼蒼暗絕谷中有百道飛來泉縈林絡石隱復見下赴谷口為奔川川平山開林麓斷小橋野店依山前行人稍度喬木外漁舟一葉江吞天使君何從得此本點綴毫末分清妍不知人間何處有此境徑欲往買二頃田君不見武昌樊口幽絕處東坡先生留五年春風搖江天漠漠暮雲卷雨山娟娟丹楓翻鴉伴水宿長松落雪驚醉眠桃花流水在人世武陵豈必皆神仙江山清空我塵土雖有去路尋無緣還君此畫三歎息山中故人應有招我歸來篇

竟是為畫作記然摹寫之神妙恐作記反不能如韻語之曲盡而有情也君不見以下烟雲卷舒與前相稱

許顗詩話曰畫山水詩少陵數首無人可繼者惟東坡烟江疊障圖一首差近之

王晉卿所藏著色山二首（錄一首）

縹緲營邱水墨仙浮空出沒有無間爾來一變風流盡

誰見將軍著色山

王晉卿作烟江疊嶂圖僕賦詩十四韻晉卿和之語特奇麗因復次韻不獨紀其詩畫之美亦為道其出處契闊之故而終之以不忘在莒之戒亦朋友忠愛之義也

山中舉頭望日邊長安不見空雲烟歸來長安望山上時移事改應潸然管絃去盡賓客散惟有馬埒編金泉渥洼故自千里足要飽風雪輕山川屈居華屋啗棗脯

十年俯仰龍旂前郤因瘦病出奇骨鹽車之厄寧非天
風流文采磨不盡水墨自與詩爭妍畫山何必山中人
田歌自古非知田鄭虔三絶君有二筆勢挽回三百年
欲將巖谷亂窈窕眉峰修嫮誇連娟人間何有春一夢
此身將老蠶三眠山中幽絶不可久要作平地家居仙
能令水石長在眼非君好我當誰緣願君終不忘在莒
樂時更賦囚山篇（自注：柳子厚有囚山賦）

王銑和詩有云愛詩好畫本天性輞口先生疑宿緣會

當別寫一匹烟霞境更應消得玉堂醉筆揮長篇蓋亦自得意於詩畫之工也及軾復和此詩銑亦復有答謝之作有云玉堂故人相與厚意使嫫母齊聯娟豈知憂患耗心力讀書嬾去但欲眠又云更得新詩寫珠玉勸我不作區中緣佩服忠言匪論報短章重次木瓜篇特以答其不忘在莒之戒焉銑自遠謫還朝詩故舉囚山賦以相戒勉其云鄭虔三絶君有二筆勢挽回三百年則所以譽之者亦至矣

夜直玉堂攜李之儀端叔詩百餘首讀至夜半書其後

玉堂清冷不成眠伴直難呼孟浩然暫借好詩消永夜
每逢佳處輙參禪愁侵硯滴初含凍喜入燈花欲鬬妍
寄語君家小兒子他時此句一時編

能使人愁能使人喜非好詩那得有此故曰可以參禪

詩人玉屑曰東坡跋李端叔詩卷云暫借好詩消永夜每逢佳處輙參禪蓋端叔詩用意太過參禪之語

所以警之云

方回曰李之儀詩得意趣頗深晦非東坡不之察故有是佳句以孟浩然待之非誇也

次韻秦少章和錢蒙仲

碧畦黄壠稻如京歲美人和易得情鑑裏移舟天外思
地中鳴角古來聲山圍故國城空在潮打西陵意未平
二子有如雙白鷺隔江相照雪衣明

鑑裏句即是老杜春水船如天上坐之意地中句即是

元微之鼓角聲從地底廻之意鑪錘在胸森秀別出

容齋隨筆曰劉夢得山圍故國周遭在潮打空城寂寞回之句白樂天以為後之詩人無復措詞坡公倣之曰山圍故國城空在潮打西陵意未平坡公天才出語驚世如追和陶詩真與之齊驅獨此比夢得為不侔豈非絶唱寡和理自應爾耶

石林詩話曰讀古人詩多意所喜處誦憶之久往往不覺誤用為己語若子瞻山圍故國二句此非誤用直是取舊句縱横役使莫彼我為辨耳

去杭州十五年復游西湖用歐陽察判韻

我識南屏金鯽魚重來拊檻散齋餘還從舊社得心印
似省前生覓手書葑合平湖久蕪没人經豐歲尚凋疎
誰憐寂寞高常侍老去狂歌憶孟諸

蕪没凋疎人地依然如故而俯仰已成今昔感愴何限軾自再至杭值水旱迭逢饑疫並作於是免上供米糶常平義倉作饘粥設病坊浚二河完六井去葑田築湖堤凡所惠養杭民者至周且備而蕪没者使之通凋疎者令之起此其為君子之用心不徒寄之感歎者也趙堯卿謂公游壽星院入門便悟有前生我已到杭州之句引之以與此詩似省前生覓手書一語相印証稱為異人抑思君子之所以異於人者以其存心初不在此即是省前生詩人之語豈必徵實他日到惠州亦有彷彿曾遊之句何獨無解耶

冷齋夜話曰東坡錢塘詩曰我識南屏金鯽魚似童稚語然是記一時之事西湖南屏山興教寺池有鯽十餘尾金色道

人齋餘爭倚檻投餅餌為戲東坡習西湖久故寓於詩詞耳

復齋漫録曰誰憐寂寞高常侍老去狂歌憶孟諸高適有兩詩言孟諸其一云朝臨孟諸上忽見芒碭閒赤帝終已矣白雲長不還其後又有封邱詩云我本漁樵孟諸野一生自是悠悠者乍可狂歌草澤中寧堪作吏風塵下東坡所用乃後一篇也

東坡先生年譜曰元祐四年三月内累章請郡除龍圖閣學士知杭州以七月三日到杭州任謝表云江山故國所至如

歸父老遺民與昆相問以先生去杭州十五年故有是語耳

蘇長公外紀曰錢塘西湖壽星寺先生作郡倅日始與參寥子同登方丈即顧謂參寥曰某生平未嘗至此而眼界所視皆若素所經歷者自此上至懺堂當有九十二級遣人數之果如其言即謂參寥子曰某前生山中僧也今日寺僧皆吾法屬耳後每至即解衣盤礴久而始去

送子由使契丹

雲海相望寄此身那因遠適更沾巾不辭驛騎凌風雪

要使天驕識鳳麟沙漠回看清禁月湖山應夢武林春單于若問君家世莫道中朝第一人

末用唐李揆事非以第一人相矜誇正是臨别而望其遄歸之意

文登蓬萊閣下石壁千丈為海浪所戰時有碎裂淘灑歲久皆圓熟可愛土人謂此彈子渦也取數枚以養石菖蒲且作詩遺垂慈堂老人

蓬萊海上峯玉立色不改孤根捍滔天雲骨有破碎陽侯殺廉角陰火發光采纍纍彈丸間瑣細或珠琲闌浮一漚耳真妄果安在我持此石歸袖中有東海垂慈老人眼俯仰了大塊置之盆盎中日與山海對明年菖蒲根連絡不可解儻有蟠桃生旦暮猶可待

黄庭堅曰我持此石歸袖中有東海此詩謂之句中眼學者不知此妙韻終不勝

袖中東海語至奇而理至平進於易則天在山中通於禪則一毫端現寶王刹也

參寥上人初得智果院會者十六人分韻賦詩得心字

漲水返舊壑飛雲思故岑念君忘家客亦有懷歸心三間得幽寂數步藏清深攢金盧橘塢散火楊梅林茶笋盡禪味松杉真法音雲崖有淺井玉醴常半尋遂名參寥泉可濯幽人襟相攜橫嶺上未覺衰年侵一眼吞江湖萬象涵古今願君更小築歲晚解吾簪

僧潛臨平道中詩軾一見而刻諸石其後謫黄則潛自

武陵訪之軾館之東坡至是又為卜精舍居潛及軾南
遷猶有專使往返且有欲轉海相訪之意墨莊漫錄云
呂溫卿為浙漕屢起大獄復欲網羅參寥參寥本名曇
潛東坡改之曰道潛呂索牒戡驗竟坐刑還俗編管兖
州蓋亦以湖上懷軾之詩坐語含刺譏故也建中靖國
間始因曾子開得還初服歸老江湖軾平生多方外交
而於潛猶有深契焉故此詩有歲晚解吾簪之言而惠州
寄詩猶云未嘗一日忘湖山也

參寥泉銘序曰余謫居黃參寥子不遠數千里從余
於東坡留期年嘗與同遊於武昌之西山夢相與賦
詩有云寒食清明都過了石泉槐火一時新語甚美
而不知其所謂其後七年余出守錢塘參寥子在焉
明年卜智果精舍居之又明年新居成而余以寒食
去郡實來告行舍下舊有泉出石間是月又鑿石得
泉加洌參寥子擷新茶鑽火煮泉而瀹之笑曰是見
於夢九年衛公之為靈也久矣坐人皆悵然歎息有

知命無求之意乃名之參寥泉
參寥集曰余初入智果院蘇翰林率賓客相送者十
六人各賦詩一章用圓覺經云以大圓覺為我伽藍
身心安居平等為韻

故周茂叔先生濂谿

世俗眩名實至人疑有無怒移水中蟹愛及屋上烏坐
令此谿水名與先生俱先生本全德廉退乃一隅因抛
彭澤米偶似西山夫遂即世所知以為谿之呼先生豈
我輩造物乃其徒應同柳州柳聊使愚谿愚

作詩以頌大儒風格倍加峻潔如曰先生本全德廉退
乃一隅不煩言而得其體要前後布置嚴然韻流無一
毫道學詩習氣也周子自題濂溪書堂詩曰吾樂蓋易
足名濂以自箴詩蓋本此為說
林下偶談曰山谷稱周濂谿胸次如光風霽月又云
西風壯士淚多為程顥灑東坡為濂溪詩云夫子豈
我輩造物乃其徒蓋蘇氏師友未嘗不起敬於周程

如此惜乎後因嘻笑而成仇敵也

宋史道學傳曰周敦頤字茂叔道州營道人熙寧初為廣東轉運判官提點刑獄以疾求知南康軍因家廬山蓮花峯下前有溪合於湓江取營道所居濂溪以名之

施元之曰周茂叔先生子壽字次元公守杭次元為兩浙轉運同在錢塘為賦此詩

次韻子由使契丹至涿州見寄四首 錄二首

胡羊代馬得安眠窮髮之南共一天又見子卿持漢節遥知遺老泣山前

氊毳年來亦甚都時時鴂舌問三蘇（自注余與子由入京時北使已問所在後余館伴北使屢誦三蘇文）那知老病渾無用欲問君王乞鏡湖

轍寄詩云誰將家集過燕都每被行人問大蘇莫把文章動蠻貊恐妨談笑臥江湖軾和之語語相呌應古人和詩有不次韻而但和其意者未有次韻而各不相顧者此詩亦其一証也

宋史蘇轍傳曰其使契丹也館客能誦其茯苓賦及洵軾文云

澠水燕談曰張芸叟奉使大遼宿幽州館中有題蘇子瞻老人行於壁間者聞范陽書肆亦刻子瞻詩數十篇謂之大蘇集子瞻名重當代至遠人敬服如此

香祖筆記曰昔閱高麗史愛其臣金富軾之文又兄弟一名軾一名轍疑其當宣和時去元祐未遠何以已竊取眉山二公之名讀遊宦記聞云徐兢以宣和六年使高麗密訪其兄弟命名之意蓋有所慕文章動蠻貊語不虛云

次韻劉景文周次元寒食同游西湖

絮飛春減不成年老境同乘下瀨船藍尾忽驚新火後遨頭要及浣花前（自注成都太守自正月二日出遊謂之遨頭至四月十九日浣花乃止）山西老將詩無敵洛下書生語更妍共向北山尋二士畫橈鼉鼓聒清眠

湘素雜記曰蘇鶚演義云今人以酒巡匝為啉尾即

再命其爵也云南朝有異國進貢藍牛其尾長三丈一云藍頰水牛其尾三丈時人傚之以爲酒令令兩盞從其簡也此皆非正行酒巡匝即重其盞蓋慰勞其得酒在後也又啉云者貪也謂處於座末得酒最晚腹癢於酒既得酒巡匝更貪婪之故曰啉尾啉字從口是明貪婪之意此說近之余觀宋景文公守歲詩云迎新送故只如此且盡燈前婪尾盃又云稍倦持螯手猶殘婪尾觴又東坡寒食詩云藍尾忽驚新

火後遨頭要及浣花前注引樂天寒食詩云三杯藍尾酒一楪膠牙餳乃用藍字蓋婪藍一也

次韻林子中王彥祖唱酬

蚤知身寄一漚中晚節尤驚落木風自注近聞莘老公擇皆逝故有此句昨夢已論三世事歲寒猶喜五人同自注余與子中彥祖子敦完夫同試舉人景德寺今皆健雨餘北固山圍坐春盡西湖水映空差勝四明狂監在更將老眼犯塵紅

軾帥杭代林希及去杭希復來替其去杭時希蓋守潤也北固在潤西湖在杭點綴無一泛設

壽星院寒碧軒

清風肅肅搖窗扉窗前修竹一尺圍紛紛蒼雪落夏簟冉冉綠霧沾人衣日高山蟬抱葉響人靜翠羽穿林飛道人絶粒對寒碧爲問鶴骨何緣肥

語語兀傲自喜拔俗千尋

二老堂詩話曰蘇文忠公詩初若豪邁天成其實闗

鍵甚密再來杭州壽星院寒碧軒詩句句切題而未嘗拘清風肅肅四句寒碧各在其中第五句日高山蟬抱葉響頗似無意而杜詩云抱葉寒蟬静併葉言之寒亦在其中矣人靜翠羽穿林飛固不待言末句却說道破人絶粒對寒碧爲問鶴骨何緣肥其妙如此

題楊公春蘭

春蘭如美人不採羞自獻時聞風露香蓬艾深不見丹

青寫真色欲補離騷傳對之如靈均冠佩不敢褻

態濃意遠餘味曲包故得騷經之流韻

次韻曹輔寄壑源試焙新芽

仙山靈草濕行雲洗遍香肌粉未勻明月來投玉川子

清風吹破武林春要知玉雪心腸好不是膏油首面新

戲作小詩君勿笑從來佳茗似佳人

豔體作茶詩似不相稱者結句特為點出

方回曰此謂壑源新茶自如玉雪不似餅茶團茶外

若膏油之沃也故云佳茗似佳人

苕溪漁隱叢話曰壑源諸處私焙茶其絕品亦可敵

官焙自昔至今亦皆入貢其流販四方悉私焙茶耳

東坡和曹輔詩稱道壑源茶蓋壑源與北苑為鄰山

阜相接纔二里許其茶甘香特在諸私焙之上

次韻劉景文登介亭

澤國梅雨餘衰年困蒸溽高堂磨新塼峒覺利腰足松

根百尺井兩綆飛淨淥流觴聚兒童一笑為捧腹清風

信可御剛氣在巖麓始知共此世物外無三伏長歌入

雲去不待絃管逐西湖真西子烟樹點眉目濤江少醞

藉高浪翻飛屋俛仰拊四海百世飛鳥速遠追錢氏餘

近弔祖侯躅吾生如寄耳寸晷輕尺玉誰似劉將軍逸

韻謝邊幅千言一揮手五車不再讀春崖彩雞舞月峽

哀猿哭朝先鵯鵊起暮與寒螿續我老廢吟哦賴君時

擊觸從今事遠覽發軔此幽谷清游得三昧至樂謝五

欲莫作狂道士氣壓劉師服

長篇次韻觸撥如志中閒題品江湖復有此卓傑之詞

抑何秀氣磅礴

咸淳臨安志曰介亭在鳳凰山熙寧中郡守祖無擇

作天風泠然有縹緲憑虛之意

袁公濟和復次韻答之

昏昏墮醉夢奈此六月溽君詩如清風吹我朝睡足登

臨得佳句江白照湖淥袖手獨不言默藁已在腹是時

風雨過蓊蓊雲歸麓疎星帶微月金火爭見伏惜哉此

清景變滅不可逐歸來讀君詩耿耿猶在目卻思少年日聲價爭場屋文如翻水成賦作义手速秋風起鴻雁我亦繼華躅那知君蹭蹬獨泣荊山玉相見南新道青衫垂破幅蚤知事大謬恨不十年讀莫嫌馮唐老終勝賈誼哭今年復為僚舊好許重續升沉何足道等是蠻與觸共為湖山主出入窮澗谷衆馳君不爭人棄我所欲何時神武門相約挂冠服

此作專就和詩上用意與前作無一筆相犯衆馳君

不爭二句收束通篇神完氣足

安州老人食蜜歌 自注贈僧仲殊

安州老人心似鐵老人心肝小兒舌不食五穀惟食蜜笑指蜜蜂作檀越蜜中有詩人不知千花百草爭含姿老人咀嚼時一吐還引世間癡小兒小兒得詩如得蜜蜜中有藥治百疾正當狂走捉風時一笑看詩百憂失東坡先生取人廉幾人相歡幾人嫌恰似飲茶甘苦雜不如食蜜中邊甜因君寄與雙龍餅鏡空一照雙龍影三吳六月水如湯老人心似雙龍井

游戲三昧掣電機鋒合之以成絕世奇作昔軾嘗引佛言譬如食蜜中邊皆甜之語以論陶柳詩謂人食五味知其甘苦皆是能分別其中邊者百無一二也如此篇其亦詩之中邊皆甜者乎

志林曰蘇州仲殊師利長老能文善詩及歌詞皆操筆立就予曰此僧胸中無一毫髮事故與之遊

中吳紀聞曰殊初為士人嘗與鄉薦其妻以藥毒之

遂棄家為僧工於長短句東坡先生與之往來甚厚時時食蜜解其藥人號蜜殊

老學菴筆記曰族伯父彥遠言少時識仲殊長老東坡為作安州老人食蜜歌者一日與數客過之所食皆蜜也豆腐麪筋牛乳之類皆漬蜜食之客多不能下箸惟東坡性亦酷嗜蜜能與之共飽

次韻蘇伯固主簿重九

雲間朱袖拂雲和知是長松挂女蘿髻重不嫌黃菊滿

淺語適情

手香新喜緑橙槎墨翻衫袖吾方醉紙落雲烟子患多
只有黄雞與白日玲瓏應識使君歌
苕溪漁隱叢話曰商玲瓏餘杭歌者樂天作郡日賦
歌與之云誰道使君不解歌聽唱黄雞與白日黄雞
催唱丑時鳴白日催年酉前沒東坡用此歌夜飲次
韻畢推官云紅燭照庭嘶騕褭黄雞催曉唱玲瓏又
次韻蔣伯固云只有黄雞與白日玲瓏應識使君歌

次韻楊公濟梅花十首 録二首

相逢月下是瑶臺藉草清樽連夜開明日酒醒應滿地
空令飢鶴啄莓苔
縞帬練帨玉川家肝膽清新冷不邪穠李爭春猶辦此
更教踏雪看梅花

贈劉景文

荷盡已無擎雨蓋菊殘猶有傲霜枝一年好景君須記
最是橙黄橘緑時
苕溪漁隱叢話曰最是一年春好處絶勝烟柳滿皇
都此退之早春詩也一年好景君須記最是橙黄橘
緑時此子瞻初冬詩也二詩意同而詞殊皆曲盡其
妙

再和楊公濟梅花十絶 録二首

人去殘英滿酒尊不堪細雨濕黄昏夜寒那得穿花蝶
知是風流楚客魂
春入西湖到處花帬腰芳草抱山斜盈盈解佩臨烟浦

脉脉當壚傍酒家

予去杭十六年而復來留二年而去平生自覺出
處老少麤似樂天雖才名相遠而安分寡求亦庶
幾焉三月六日來别南北諸道人而下天竺惠淨
師以醜石贈行作三絶句

當年衫鬢兩青青强說重臨慰别情衰髮祇今無可白
故應相對話來生
出處依稀似樂天敢將衰朽較前賢便從洛社休官去

猶有閑居二十年

在郡依前六百日山中不記幾回來還將天竺一峰去欲把雲根到處栽

三詩宛轉關生情曲意密綿邈尺素　軾以己巳七月至杭以辛未三月去杭却是六百日其贈唐坰詩云我在錢塘六百日山中暫來不煖席意與此同皆用白詩語意也

王直方詩話曰東坡平日最愛樂天之為人而坡在錢塘與樂天所留歲月略相似其詩云在郡依前六

百日者是也

趙次公曰在錢塘六百日雖是紀實暗使白樂天詩在郡六百日遊山十二回也

西湖遊覽志曰杭州之美得白蘇而益章考其治績性情往往酷似樂天詩云閭里固宜勤撫恤樓臺亦要數躋攀子瞻亦云細雨晴時一百六畫梗鼉鼓莫違民樂天詩云笙歌委曲聲入耳金翠光揺彩照身子瞻亦云剩看新翻眉倒暈未應泣别臉消紅樂天詩云故伎數人頻問訊新詩兩首倩流傳子瞻亦云休驚歲歲年年貌且對朝朝暮暮人樂天取天竺奇石受代詩云唯向天竺山取得兩片石子瞻亦云還將天竺一峰去欲把雲根到處栽蓋子瞻景慕惟在樂天故摹擬之詞比比歌詠如云出處依稀似樂天敢將衰朽較前賢殆有夢寐羹牆之想矣

贈武道士彈賀若

清風終日自開簾涼月今宵肯挂簷琴裏若能知賀若

詩中定合愛陶潛

以不説破解人之頤耦句共逸韻俱發

續湘山野録曰宫詞中十小調子乃隋賀若弼所撰其聲與意及用指取聲之法古今無能加者十調者一曰不博金二曰不换玉三曰夾泛四曰越溪五曰越江吟六曰孤猿吟七曰清夜吟八曰葉下聞蟬九曰三清外一調最優古忘其名琴家祇命曰賀若

元祐六年六月自杭州召還汶公館我於東堂閲

舊詩卷次諸公韻三首

半熟黄粱日未斜玉堂陰合手栽花卻尋三十年前味

未飯鐘時已飯茶

夢覺還驚屧響廊故人來炷影前香鬢須白盡成何事

一帖空存老遂良

尺一東來喚我歸衰年已迫故山期文章曾植今堪笑

卻卷波瀾入小詩

西湖秋涸東池魚窘甚因會客呼網師遷之西池

為一笑之樂夜歸被酒不能寐戲作放魚一首

東池浮萍半黏塊裂碧跳青出魚背西池秋水尚涵空

舞瀾揺深吹荇帶吾僚有意為遷居老守縱饞那忍膾

縱橫爭看銀刀出潑濺初驚玉花碎但愁數罟損鱗鬣

未信長堤隔濤瀨濊濊發發須臾間圉圉洋洋尋丈外

安知中無蛟龍種尚恐或有風雲會明年春水漲西湖

好去相忘渺淮海

忽想到蛟龍雲雨覺通篇字鍊句琢盡成澎湃之觀

復次放魚韻答趙承議陳教授

擾擾萬生同一塊槍榆不羨培風背青邱已吞雲夢芥

黄河復繞天門帶長譏韓子隘且陋一飽鯨魚何足膾

東坡也是可憐人披抉泥沙收細碎逝將歸修八節灘

又欲往釣七里瀨正似此魚逃網中未與造物遊數外

且將新句調二子湖上秋高風月會為君更喚木腸兒

腳扣兩舷歌小海

現身說法又一變以遊方之外為高是前篇好去相忘渺淮海一句轉語也

藝苑雌黄曰次韻滕元發詩云坐看青邱吞澤芥按子虛賦云秋田乎青邱傍徨乎海外吞雲夢者八九於其胸中曾不芥蔕芥蔕刺鯁也非草芥之芥西湖詩亦有青邱已吞雲夢芥之說皆非也

容齋四筆曰坐看青邱吞澤芥青邱已吞雲夢芥用芥字可謂工新乃以為出處曾不芥蔕非草芥之芥如

此論文章其意見亦淺矣

九月十五日觀月聽琴西湖示坐客

白露下衆草碧空卷微雲孤光為誰來似為我與君水天浮四坐河漢落酒樽使我氷雪腸不受麴蘖醺尚恨琴有絃出魚亂湖紋哀彈奏舊曲妙耳非昔聞良時失俯仰此見寧朝昏懸知一生中道眼無由渾

月色之明琴聲之清誦詩以當卧遊亦得

泛穎

我性喜臨水得潁意甚奇到官十日來九日河之湄吏民笑相語使君老而癡使君實不癡流水有令姿遶郡十餘里不駛亦不遲上流直而清下流曲而漪畫船俯明鏡笑問汝為誰忽然生鱗甲亂我須與眉散為百東坡頃刻復在茲此豈水薄相與我相娛嬉聲色與臭味顛倒眩小兒等是兒戲物水中少磷緇趙陳兩歐陽同參天人師觀妙各有得共賦泛穎詩

楞嚴圓覺之理栗里香山之筆昔沈教謨引傳燈録良价禪師過水覩影偈曰我今獨自往處處得逢渠渠今正是我我今不是渠以釋此詩散為百東坡頃刻復在茲二語最為得之　篇末趙陳兩歐陽句時趙令畤在軾幕府陳師道教授潁州歐陽棐歐陽辯則修之二子皆適在潁也

韓退之孟郊墓銘云以昌其詩舉此問王定國當昌其身耶昌其詩也來詩下語未契作此答之

昌身如飽腹飽盡還復飢昌詩如膏面為人作容姿不

如昌其氣鬱鬱老不衰雖云老不衰劫壞安所之不如昌其志志一氣自隨養之塞天地孟軻不吾欺人言魏勃專股栗向小兒何如魯連子談笑卻秦師慎勿怨謗讒乃我得道資淤泥生蓮花糞壤出菌芝賴此善知識使我枯生荑吾言豈須多冷煖子自知

志一氣隨固是本諸孟子而謗讒得道則已與西銘憂戚玉成之旨協合矣豈惟可與言詩

困學紀聞曰謹勿怨謗讒數句此尹和靜所謂困窮

拂鬱能堅人之志而熟人之仁也詩曰它山之石可
以攻玉

施元之曰王定國與吳正憲充馮文簡京素善而師友東坡舒亶輩欲傾二公因坡詩獄羅織定國遂南行萬里三年而歸司馬温公當國深器遇之東坡在翰林以人言力請郡去未幾定國亦報罷此詩自慎忽怨謗譏以下端為定國發也

聚星堂雪 并引

元祐六年十一月一日禱雨張龍公得小雪與客會飲聚星堂忽憶歐陽文忠公作守時雪中約客賦詩禁體物語於艱難中特出奇麗爾來四十餘年莫有繼者僕以老門生繼公後雖不足配先生而賓客之美殆不減當時公之二子又適在郡故輒舉前令各賦一篇

牕前暗響鳴枯葉龍公試手行初雪映空先集疑有無作態斜飛正愁絶眾賓起舞風竹亂老守先醉霜松折恨無翠袖點横斜秖有微燈照明滅歸來尚喜更鼓暗晨起不待鈴索掣未嫌長夜作衣稜却怕初陽生眼纈欲浮大白追餘賞幸有回飈驚落屑糢糊檜頂獨多時歷亂瓦溝裁一瞥汝南先賢有故事醉翁詩話誰續説當時號令君聽取白戰不許持寸鐵

苕溪漁隱叢話曰六一居士守汝陰日因雪會客賦詩詩中玉月梨梅練絮白舞鵝鶴銀等字皆請勿用

賦雪者多以悠揚飄蕩取其韻致此獨用生劖之筆作硬盤之語擺脱常態匪徒以禁體物語標奇競勝

其後東坡居士出守汝陰聚星堂雪輒舉前令自二

公賦詩之後未有繼之者豈非難措筆乎

次前韻送劉景文

白雲在天不可呼明月豈肯留庭隅怪君西行八百里清坐十日一事無路人不識呼尚書但見凛凛雄千夫（自注君一馬兩僕索然相訪逆旅多呼尚書意謂君都頭也）豈知 骨愛詩酒醉倒正欲蛾眉扶一篇向人寫肝肺四海知我霜鬢須歐陽趙陳皆我有豈謂夫子駕復迂遍來又見三黜柳共此

煖熱餐氊蘇酒肴酸薄紅粉暗祇有獨水清而姝一朝寂寞風雨散對影誰念月與吾（自注郡中日與歐陽叔弼趙景貺陳履常相從而景文復至不數日柳戒之亦見過窗客之盛頃所未有然又數日叔弼景文戒之皆去矣）何時歸帆泝江水春酒一變甘棠湖（自注景文近卜居九江近甘棠湖）

情事曲折裁約以入有韻之言俳徊俯仰逸趣橫生

石林詩話曰劉季孫能作七字詩家藏書數千卷為杭州鈐轄子瞻作守深知之後嘗以詩寄子瞻云四海共知霜鬓滿重陽曾插菊花無子瞻大喜在潁州和季孫詩所謂一篇向人寫肝肺四海知我霜鬢鬚蓋記此也

次韻趙景貺春思且懷吳越山水

歲華來無窮老眼久矣靜春風如繫馬未動意先騁西湖忽破碎烏落魚動鏡縈城理枯瀆放閘起艂艇顧君營此樂官事何時竟（自注清河西湖三閘皆君成之）思吳信偶然出處付前定飄然不繫舟乘此無盡興醉翁行樂處草木皆可敬明朝游北渚急掃黃葉徑白酒真到齊紅帬已故鄭（自注酒尚有香泉一壺為樂全先生服不作樂也）

行樂處至於可敬於此見賢者之澤長是乃詩之有關名教者前路名句紛沓尤是窮力追新

小飲西湖懷歐陽叔弼兄弟贈趙景貺陳履常

歲暮自急景我閑方緩觴歡飲西湖晚步轉北渚長地坐略少長意行無澗岡久知薺麥青稍喜榆柳黃盎盎春欲動瀲瀲夜未央水天鷗鷺靜月霧松檜香撫景方畹晚懷人重淒涼豈無一老兵坐念兩歐陽我意正麋

鹿君才亦圭璋此會不可再此歡不可忘

寫景以駢語入情劉勰所謂儷采百字之偶者可移以評此

送路都曹 并引

乖崖公在蜀有録曹參軍老病廢事公責之曰胡不歸明日參軍求去且以詩留别其略曰秋光都似宦情薄山色不如歸意濃公驚謝之曰吾過矣同僚有詩人而吾不知因留而慰薦之予幼時聞父老言恨

不問其姓名今都曹路公以小疾求致仕予誦此語留之不可乃採前人意作詩送之并邀趙德麟陳履常同賦一篇

積雪困桃李春心誰為容淮光釀山色先作歸意濃我亦倦遊者君恩繫疎慵欲留耿介士伴我衰遲蹤吏課升斗積崎嶇等鉛舂那將露電身坐待收千鍾結髮空百戰市人看先封誰能搔白首抱關望夕烽子意亮已成我言寧復從恨無乖崖老一洗芥蔕胸我田荊谿上

伏臘亦麤供懷哉江南路會作林下逢

一片愛才求友之意津津亹亹序雖援張詠為說然詠特不知泰軍為詩人耳既知則能留而慰薦之軾知都曹矣而於其致仕留之不可故尤悃悵切情

容齋三筆曰碑志之作本孝子慈孫欲以稱述其父祖之功德播之當時而垂之後世當直存其名字無所隱避然東海諸銘載其先代多只書官自唐及本朝名人文集所志往往只稱君諱某字某至於記序之文亦然殆與求文揚名之旨為不相契東坡先生送路都曹大略云結髮空百戰市人看先封誰人搔白首抱關望夕烽則路君之賢而不遇可知矣然亦不書其名使之少獲表見又為可惜也

施元之曰荊溪在常州宜興縣先生嘗買田於此

送運判朱朝奉入蜀

藹藹青城雲娟娟峨眉月隨我西北來照我光不滅我在塵土中白雲呼我歸我游江湖上明月濕我衣岷峨

天一方雲月在我側謂是山中人相望了不隔夢尋西南路默數長短亭似聞嘉陵江跳破吹錦屏送君無一物清江飲君馬路穿慈竹林父老拜馬下不用驚走藏使者我友生聽訟如家人細說為汝評若逢山中友問我歸何日為話腰腳輕猶堪踏泉石

五言換韻體製最古而後人少效之者以其氣易斷而情韻反減耳此則纍纍然如貫珠清妙之音讀之百回不厭

淮上早發

澹月傾雲曉角哀小風吹水碧鱗開此身定向江湖老
黙數淮中十往來

在潁州與德麟同治西湖未成改揚州三月十六
日湖成德麟有詩見懷次其韻

太山秋毫兩無窮鉅細本出相形中大千起滅一塵裏
未覺杭潁誰雌雄（自注來詩云與杭爭雄）我在錢塘拓湖淥大堤
士女爭昌丰六橋横絶天漢上北山始與南屏通忽驚

二十五萬丈老葑席卷蒼雲空揭來潁尾弄秋色一水
縈帶昭靈宮坐思吳越不可到借君月斧修曈曨二十
四橋亦何有換此十頃玻璨風雷塘水乾禾黍滿寶釵
耕出餘鸞龍明年詩客來弔古伴我霜夜號秋蟲（自注德麟見約來揚寄居亦有意求揚倅）

六橋横絶四句都是實事卻寫來異様警動前以杭之
西湖陪説潁之西湖後以歐陽之自揚移潁比己之自
潁改揚都有天然證佐會作佳談構成絶唱

侯鯖録曰歐公自揚州移汝州作西湖詩云都將二
十四橋月換得西湖十頃秋後東坡復自汝移揚作
詩云二十四橋亦何有換此十頃玻璃風用歐公詩
也

鶴林玉露曰杭有西湖而潁亦有西湖皆為遊賞之
勝而東坡連守二州其初得潁也有潁人在坐云内
翰但只消游湖中便可以了郡事蓋言其訟簡也秦
少章因作一絶獻之云十里荷花菡萏初我公所至

有西湖欲將公事湖中了見説官閑事亦無東坡到
潁有謝執政啟亦云入參兩禁每玷北扉之榮出典
二邦輒為西湖之長

咸淳臨安志曰元祐中東坡既奏開浚湖水因以所
積葑草築為長堤起南訖北横跨湖面綿亘數里夾
道雜植花柳中為六橋行者便之坡嘗賦詩云六橋
横絶天漢上北山始與南屏通忽驚二十五萬丈老葑
席捲蒼烟空嗣郡守林希榜曰蘇公堤

楊慎曰東坡先生在杭州潁州許州皆開西湖而杭之西湖尤偉其詩我在錢塘拓湖淥六句此詩史也而注殊略今按宋長編云杭本江海之地水泉鹹苦唐刺史李泌始引西湖水作六井故井邑日富及白居易復浚西湖所溉千餘頃然湖水多葑近歲廢而不理湖中葑田積二十五萬餘丈而水無幾矣運河失湖水之利則取給於江潮潮渾濁多淤河行闤闠三年一淘為市井大患而六井亦幾廢公始至浚茅

山鹽橋二河以茅山一河專受江潮以鹽橋一河專受湖水復造堰閘以為湖水蓄洩之限然後潮不入市間至湖上周視良久曰今願去葑田葑田如雲將安所置之湖南北三十里環湖往來終日不達若取葑草積之湖中為長堤以通南北則葑田去而行者便矣堤成杭人名之曰蘇公堤云合是觀之則公之有功杭人大矣今閱公詩注甚略故詳注之

雙石 并引

至揚州獲二石其一綠色岡巒迤邐有穴達於背其一玉白可鑑漬以盆水置几案間忽憶在潁州日夢人請住一官府榜曰仇池覺而誦杜子美詩曰萬古仇池穴潛通小有天乃戲作小詩為僚友一笑

夢時良是覺時非汲井埋盆故自癡但見玉峰橫太白便從鳥道絕峨眉秋風與作煙雲意曉日令涵草木姿一點空明是何處老人真欲住仇池

次韻蘇伯固遊蜀岡送李孝博奉使嶺表

新苗未沒鶴老葉方翳蟬綠渠浸麻水白板燒松煙笑窺有紅頰醉卧皆華顛家家機杼鳴樹樹梨棗懸野無佩犢子府有騎鶴仙觀風嶠南使出相山東賢渡江予恨石過嶺酌貪泉與君步從倚望彼修連娟願及南枝謝早隨北鴈翩歸來春酒熟共看山櫻然

離離蔚蔚雲霞澄鮮

苕溪漁隱叢話曰遊蜀岡詩造語全效退之城南聯句新苗八句雖退之筆力殆無以過之

行宿泗閒見徐州張天驥次舊韻

二年三蹦過淮舟款段還逢馬少遊無事不妨長好飲著書自要且窮愁孤松早偃原非病倦鳥雖還豈是休更欲河邊幾來往祇今霜雪已蒙頭

近以月石硯屏獻子功中書公復以涵星硯獻純父侍講子功有詩純父未也復以月石風林屏贈之謹和子功詩并求純父數句

紫潭出元雲翳我潭中星獨有潭上月倒挂紫翠屏我

老不看書默坐養此昏花睛時時一開眼見此雲月眼自明久知世界一泡影大小真偽何足評笑彼三子歐梅蘇無事自作雪羽爭（自注：事見三人詩集）故將屏硯送兩范要使珠璧棲牕櫺大范忽長謠語出月脇令人驚小范當繼之說破星心如雞鳴牀頭復一月下有風林橫急送小范家護此涵星泓願從少陵博一句山木盡與洪濤傾

起八句連絡硯屏瑰偉絕特中間行以迤邐紓而不迫却用少陵詩語一句結住讀之更如有千百言在腕下也

次韻范純父涵星硯月石風林屏詩

月次於房歷三星斗牛不神箕獨靈簸摇桑榆盡西靡影落蘇子硯與屏天工與我兩厭事孰居無事為此形與君持橐侍帷幄同到温室觀堯蓂自憐太史牛馬走伎等卜祝均倡伶欲留衣冠挂神武便擊雲水歸南溟陶泓不稱管城沐醉石可助平泉醒故持二物與夫子

欲使妙質留天庭但令滋液到枯槁勿遣光景生晦冥上書挂名豈待我獨立自可當雷霆我時醉眠風林下夜與漁火同青熒撫物懷人應獨嘆作詩寄予誰當聽

起局得勢後乃紓緩其氣以副之不煩繩削而自合

御選唐宋詩醇卷三十九

欽定四庫全書

御選唐宋詩醇卷四十

眉山蘇軾詩九

次韻穆父尚書侍祠郊丘瞻望天光退而相慶引滿醉吟

千章杞梓蔭雲天樗散誰收老鄭虔喜氣到君浮白裏豐年及我挂冠前令嚴鐘鼓三更月野宿貔貅萬竈烟太息何人知帝力歸來金帛看頳肩

氣偉采奇望之又蔚然深秀厥由風力之道

復齋漫錄曰東坡言古今七言偉麗之句永叔一聯云蒼波萬古流不盡白鳥雙飛意自閑上句取李太白長波瀉萬古之句東坡一聯云令嚴鐘鼓三更月野宿貔貅萬竈烟上句取杜子美中天懸明月令嚴夜寂寥之句也

苕溪漁隱叢話曰東坡云七言之偉麗者子美云旌旗日煖龍蛇動宮殿風微燕雀高五更鼓角聲悲壯三峽星河影動摇爾後寂寥無聞焉直至永叔云蒼波萬古流不盡白鳥雙飛意自閑萬馬不嘶聽號令諸番無事著耕耘可以並驅爭先矣先生亦云令嚴鐘鼓三更月野宿貔貅萬竈烟亦庶幾焉耳

郊祀慶成詩

帝出乘昌運天心予太平文章三代繼制作七年成大祀乾坤合剛辰日月明泰壇朝掃地䰟寶夜垂精仰御圖蒼蓋環觀海嶽城北流吞朔易西極落欃槍升燎靈

光荅回鑾瑞霧迎需雲徧枯槁解雨達勾萌可頌非天德因箴亦下情民言知有酌帝謂本無聲富國由崇儉蘄年在好生無心斯格物克己自銷兵化國安新政孤臣反舊耕還將清廟什留與野人賡

自元豐元年詳定郊祀禮文至六年冬至親祀圜丘以太祖配始罷天地合祭之禮元祐五年廷臣集議復定南郊並祀之儀七年親郊始行合祭宋制三年一郊軾以兵部尚書為南郊鹵簿使疏請嚴整儀仗一時稱盛

合祭之禮至紹聖元年仍議罷而軾則主合祭之說然合祭亦僅行於是年耳時宰執侍從進詩以賀故有是詩詩共十四韻而自可頌非天德以下俱作箴規之語此所謂因事納規不藉揭厲鋪張以矜其華藻也

僕所藏仇池石希代之寶也王晉卿以小詩借觀意在於奪不敢不借然以此詩先之

海石來珠宮秀色如蛾綠坡陀尺寸間宛轉陵巒足連

娟二華頂空洞三茅腹初疑仇池化又恐瀛洲蹙殷勤嶠南使餽餉淮東牧自注僕在揚州程德孺自嶺南解官還以此石見遺得之喜無寐與汝交不瀆盛以高麗盆藉以文登玉自注僕以高麗所餉大銅盆貯之又以登州海石如碎玉者附其足幽光先五夜冷氣壓三伏老人生如寄茅舍久未卜一夫幸可致千里常相逐風流貴公子竄謫武當谷見山應已厭何事奪所欲欲留嗟趙弱寧許負秦曲傳觀慎勿許閒道歸應速

希代之寶實是寫得出末用秦歸趙璧恰與情事此附意隨筆轉如脫彈丸

趙次公曰連娟二華頂空洞三茅腹二華太華少華也古人謂造化削成故於二華言頂三茅一名句曲山其腹中空虛別有天地日月載在真誥故於三茅則言腹也

詩說雋永曰李贊皇好石有謝臨海守寄石詩牛奇章亦好石洛中關地多得之刻文可辨近世東坡亦好之有仇池石程德孺所遺其詩云殷勤嶠南使餽餉淮東牧即今英石也

王晉卿示詩欲奪海石錢穆父王仲至蔣穎叔皆次韻穆至二公以為不可許獨穎叔不然今日穎叔見訪親睹此石之妙遂悔前語僕以謂晉卿豈可終閉不予者若能以韓幹二散馬易之者蓋可許也復次前韻

相如有家山縹緲在眉綠誰云千里遠寄此一顰足平生錦繡腸蚤歲藜莧腹從教四壁空未遣兩峰蹙吾今況衰病義不忘樵牧逝將仇池石歸泝岷山瀆守子不

貪寶完我無瑕玉故人詩相戒妙語予所伏一篇獨異論三占從兩卜君家畫可數天驥紛相逐風鬉掠原野電尾梢澗谷君如許相易是亦我所欲今朝安西守來聽陽關曲勸我留此峰他日來不速

丹經墨史拈出畫歸妙諦筆上生花

趙次公曰故人詩相戒指錢穆父王仲至之不欲予也一篇獨異論指蔣穎叔之欲予也書曰三人占則從二人之言故以錢王可從而蔣可違也來聽陽關曲頴叔將別而行故云耳

欲以石易畫晉卿難之穆父欲兼取二物頴叔欲焚畫碎石乃復次前韻并解二詩之意

春冰無真堅霜葉失故綠鷃疑鵬萬里蚿笑夔一足二豪爭攘袂先生一捧腹明鏡既無臺淨瓶何用蹙盆山不可隱畫馬無由牧聊將置庭宇何必棄溝瀆焚寶真愛寶碎玉未忘玉久知公子賢出語耆年伏欲觀博物妙故以求馬卜維摩既復捨天女還相逐授之無盡燈照此久幽谷定心無一物法樂勝五欲三峨吾鄉里萬馬君部曲卧雲行歸休破賊看神速自注晉卿將種常有此意

因有欲焚畫碎石者乃別為踢淨瓶燒木佛添出一重公案言下如有白毫大光應念來感豈止次韻之態怪變百出

趙次公曰三峩吾鄉里言真山萬里君部曲言真馬我有真山則將卧雲王有真馬則用破賊如此則假山不必愛畫馬不必取也

生日劉景文以古畫松鶴為壽且貺佳篇次韻為謝

問予一室間寧有千里廓塵心洗長松遠意發孤鶴生朝得此壽死籍疑可落微言在象同妙契藏九籥故人有奇趣逸想寄幽壑霜枝謝寒暑雲翮無前卻何須構明堂未羨巢阿閣緬懷別時語復作數日惡詩腴固堪飡字瘦還可愕高標忽在眼清夢了如昨君今嗜等伍志與湛輩各豈待相顧言方為不朽託予雲老執戟長

孺終主爵吾嘗追松喬子亦鄙衛霍

松鶴為壽近於俗情乃寫得古趣洋溢固知才人之筆無所不可

程德孺惠海中柏石兼辱佳篇輒復和謝

嵐薰瘴染卻敷腴笑飲貪泉獨繼吳未欲連車收薏苡肯教沈網取珊瑚不知庾嶺三年别收得曹溪一滴無但指庭前雙柏石要予臨老識方壺

施元之曰德孺名之元持節嶺南歸惠此石故詩皆用嶺南事德孺時為主客郎中

送蔣穎叔帥熙河 并引

穎叔出使臨洮與穆父仲至同餞之各賦詩一篇以今我來思為韻致遄歸之意得我字

西方猶宿師論將不及我苟無深入計緩帶我亦可承明正須君文字粲藻火自薦雖云數留行終不果正坐喜論兵臨老付邊瑣新詩出談笑僚友困掀簸我欲歌杕杜楊柳方婀娜邊風事首虜所得葢公麼願為魯連書一射聊城笴陰功在不殺結草酬魏顆

積其憤激發以詼諧起四句似謔似莊言語妙天下

次韻吳傳正枯木歌

天公水墨自奇絕瘦竹枯松寫殘月夢回疎影在東牕驚怪霜枝連夜發生成變壞一彈指乃知造物初無物古來畫師非俗士妙想實與詩同出龍眠居士本詩人能使龍池飛霹靂君雖不作丹青手詩眼亦自工識拔龍眠胸中有千駟不獨畫肉兼畫骨但當與作少陵詩

或自與君拈禿筆東南山水相招呼萬象入我摩尼珠盡將書畫散朋友獨與長鋏歸來乎

因吳詩而及李畫因歌枯木而及畫馬軒然而來翩然而往隨意所到總入元微

苕溪漁隱叢話曰東坡題伯時畫馬云龍眠胸中有千駟議者謂譏其無德而稱余意其不然如文與可善作墨竹故和篔簹谷云料得清貧饞太守渭濱千畝在胸中豈亦是譏之耶又山谷咏伯時虎脊天馬

圖亦云筆端那有此千里在胸中蓋言畫馬之妙得之於心應之於手若輪扁之斲輪也

送范中濟經畧侍郎分韻賦詩得先字且贈以魚枕杯四馬箠一以元戎十乘以先啓行為韻

梁李久樂禍自焚豈非天兩鼠鬬穴中一勝亦偶然謀初要百慮善後乃萬全廟堂選世將范氏真多賢仁風被宿麥綠浪搖秦川號令聳毛羽先聲落虛弦我家天一方去路城西偏投竿困障日貴劍行歸田贈君荊魚杯副以蜀馬鞭一醉可以起毋令祖生先

謀初善後有無限經濟在中濟能不負此詩又以見其言必有中也

施元之曰中濟以應歷官元祐八年知慶州中濟祖雍仁宗時為副樞李元昊叛拜鎮武節度使知延州又知永興軍故曰廟堂選世將范氏真多賢中濟在慶廣儲蓄城柵嚴守備羈縻羌推誠待下人樂為用

書晁説之考牧圖後

我昔在田間但知羊與牛川平牛背穩如駕百斛舟舟行無人岸自移我臥讀書牛不知前有百尾羊聽我鞭聲如鼓鼙我鞭不妄發視其後者而鞭之澤中草木長草長病牛羊尋山跨坑谷騰趠筋骨强烟蓑雨笠長林下老去而今空見畫世間馬耳射東風悔不長作多牛翁

小雅無羊之詩宣王考牧也牛羊寢訛之狀牧人蓑笠之容僛焉而麾忽然而夢維魚維旟變幻莫測詩格之

奇無踰於此矣不襲其詞而能得其意遥遥千古斯作之外誰其嗣音

七年九月自廣陵召還復館於浴室東堂八年六月乞會稽將去汶公乞詩乃復用前韻三首

乞郡三章字半斜廟堂傳笑眼昏花上人問我遲留意待賜頭綱八餅茶（自注尚書學士得賜頭綱龍茶一斤今年綱到最遲）

夢繞吳山卻月廊白梅盧橘覺猶香（自注杭州梵天寺有月廊數百間寺中多白楊梅盧橘）會稽且作須臾意從此歸田策最良

東南此去幾時歸倦鳥孤飛豈有期斷送一生消底物
三年光景六篇詩

首作託言待賜戀闕情深三作只是把詩消歲月之意
道破便可發深省

苕溪漁隱叢話曰細色茶五綱凡四十三品形製各異
共七千餘餅又有粗色茶七綱凡五品大小龍鳳併
揀芽悉入龍腦和膏為團餅茶共四萬餘餅東坡題
文公詩卷云待賜頭綱八餅茶即今粗色紅綾袋餅
八者是也

東府雨中別子由

庭下梧桐樹三年三見汝前年適汝陰見汝鳴秋雨去
年秋雨時我自廣陵歸今年中山去白首歸無期客去
莫歎息主人亦是客對牀定悠悠夜雨空蕭瑟起折梧
桐枝贈汝千里行歸來知健否莫忘此時情

空清如話而情味無窮此較前初秋寄子由一章尤入
神品

書丹元子所示李太白真

天人幾何同一漚謫仙非謫乃其游麾斥八極隘九州
化為兩鳥鳴相酬一鳴一止三千秋開元有道為少留
縻之不可矧肯求西望太白橫峨岷眼高四海空無人
大兒汾陽中令君小兒天台坐忘身平生不識高將軍
手污吾足乃敢瞋作詩一笑君應聞

筆歌墨舞實有手弄白日頂摩青穹之氣概足為白寫
照矣　後人刊詩有將此作分為兩首者特以平韻承
接之故然分則意象不昌豈惟不諳詩法且并其佳處
失之觀集內儋州夜夢一詩猶用此體可以為証

天廚禁臠曰太白贊一韻七句方換韻又是平聲其
法不得雙殺雙殺者不得此法也

賀裳曰文人有一言使人升九天墮九淵者此類是
也亦公自寫其傲岸之趣却令太白生面重開勝碑
陰記一段文字遠甚

次韻滕大夫雪浪石

太行西來萬馬屯勢與岱嶽爭雄尊飛狐上黨天下脊
半掩落日先黄昏削成山東二百郡氣壓代北三家村
千峰石卷矗牙帳崩崖鑿斷開土門揭來城下作飛石
一礮驚落天驕魂承平百年烽燧冷此物僵卧枯榆根
畫師爭摹雪浪勢天公不見雷斧痕離堆四面繞江水
坐無蜀士誰與論老翁兒戲作飛雨把酒坐看珠跳盆
此身自幻孰非夢故國山水聊心存

勁氣不可斷來則山岑競舉止則壁岸無階

墨莊漫錄曰東坡帥中山得黑石白脈如蜀孫位孫知微所畫石間奔流盡水之變又得白石曲陽為大盆以盛之激水其上名其室曰雪浪齋公自銘曰玉井芙蓉丈八盆伏流飛空漱其根時有英州之命後謫惠州又徙海外故中山後政以公遷謫雪浪之名遂廢元符中始被北歸之命將至吳中張芸叟守中山葺治雪浪齋重安盆石

趙次公曰古所謂山東乃今之河北晉地蓋太行山之東也山東二百郡正謂太行以東冀州之域矣代北則燕趙以往之地也

鶴歎

園中有鶴馴可呼我欲呼之立坐隅鶴有難色側睨予
豈欲臆對如鵩乎我生如寄良畸孤三尺長脛閣瘦軀
俛啄少許便有餘何至以身為子娛驅之上堂立斯須
投以餅餌視若無戛然長鳴乃下趨難進易退我不如

難進易退我不如此鶴歎所以作也却只於結處一

句收住中云豈欲臆對如鵩乎乃疑而問鶴之詞我生如寄四句便直代鶴作臆對語章法奇絕是為善學賈誼者

唐庚語録曰東坡作病鶴詩嘗寫三尺長脛瘦軀闕其一字使任德翁輩下之數十字東坡徐出其稿蓋閣字也此字既出儼然如見病鶴矣

壽一首

子由生日以檀香觀音像及新合印香銀篆槃為

旃檀婆律海外芬西山老檘柏所薫香螺脫黶來相羣能結縹緲風中雲一燈如螢起微焚何時度盡繆篆紋繚繞無窮合復分緜緜浮空散氤氳東坡持是壽卯君君少與我師皇墳旁資老聃釋迦文共厄中年點蠅蚊晚遇斯須何足云君方論道承華勳我亦旗鼓嚴中軍國恩未報敢不勤但願不為世所醺爾來白髮不可耘問君何時返鄉枌收拾散亡理放紛此心實與香俱焄聞思大士應已聞

香難以形容偏為形容曲盡平時好以禪語入詩此詩偏只結句大士已聞一點真有如天花變現不可測識者在詩道中殆以從聞思修而入三摩地矣

王直方詩話曰蘇黃門以己卯生故東坡有卯君之語其以檀香觀音像遺黃門云持是壽卯君其出局偶書云傾杯不能飲待得卯君來其送王鞏詩云淚濕粉牋書不得憑君送與卯君看

過高郵寄孫君孚

過淮風氣清一洗塵埃容水木漸幽茂菰蒲雜游龍可憐夜合花青枝散紅茸美人遊不歸一笑當誰供故園在何處已偃手種松我行忽失路歸夢千山重聞君有負郭二頃收橫從卷野畢秋穫殷牀聞夜舂樂哉何所憂社酒粥面醲宦游豈不好毋令到千鍾

極言景物清幽留連不能去而其人之足思自見感舊懷人風格最古　此詩出於南遷之時孫升亦遭貶謫篇中絶不露牢騷抑鬱之意津津乎其有遺味矣

劉延世孫公談圃序曰紹聖之改元也凡仕於元祐而貴顯者例皆竄貶湖南嶺表相望而錯趾惟閩郡獨孫公一人遷於臨江公元祐時歷三院遷左史入中書為舍人危言讜論內外憚之已而忤時宰意以集賢院修撰留守南都後遷天章閣待制其謫官也自南都為歸州遂以散秩謫臨汀公諱升字君孚高郵人

慈湖夾阻風五首 錄四首

捍索桅竿立嘯空篙師酣寢浪花中故應菅蒯知心腹
弱纜能爭萬里風

此生歸路愈茫然無數青山水拍天猶有小船來賣餅
喜聞虛落在山前

日輪亭午汗珠融誰識南訛長養功暴雨過雲聊一快
未妨明月却當空

卧看落月横千丈起喚清風得半帆且並水村欹側過
人間何處不巉巖

荒灣旅泊却寫得即事皆可喜讀此數詩足以開豁塵
襟

過廬山下 并引

予過廬山下雲物騰湧黙有禱焉未午衆峰凜然故
作是詩

亂雲欲霾山勢與飄風南羣𪗶相應和勇往爭驂驔可
憐脊蔚中時出紫翠嵐𠐊沒失東嶺龍騰見西龕一峙
供坐笑百態變立談暴雨破坱北清飈掃渾酣廓然歸
何處陋矣安足戡亭亭紫霄峰窈窈白石菴五老數松
雪雙溪落天潭雖云黙禱應顧有移文慙

雲巒斬齊氣象萬千列秀青青已見廬山真面目矣

壺中九華詩 并引

湖口人李正臣蓄異石九峰玲瓏宛轉若窗櫺然予
欲以百金買之與仇池石為偶方南遷未暇也名之
曰壺中九華且以詩記之

清溪電轉失雲峰夢裡猶驚翠掃空五嶺莫愁千嶂外
九華今在一壺中天池水落層層見玉女窗明處處通

念我仇池太孤絶百金歸買碧玲瓏

詩亦宛轉玲瓏與題恰稱

趙次公曰劉禹錫有歌云九華山自是造化一尤物
焉能籍甚乎人間今先生以石有九峰遂以名之其
在一壺中則神仙壺公之壺也中別有天地山川故
云耳

秧馬歌 并引

過廬陵見宣德郎致仕曾君安止出所作禾譜文既温雅事亦詳實惜其有所缺不譜農器也予昔遊武昌見農夫皆騎秧馬以榆棗為腹欲其滑以楸桐為背欲其輕腹如小舟昂其首尾背如覆瓦以便兩髀雀躍於泥中繫束藁其首以縛秧日行千畦較之傴僂而作者勞佚相絶矣史記禹乘四載泥行乘橇解者曰橇形如箕擿行泥上豈秧馬之類乎作秧馬歌一首附於禾譜之末云

春雲濛濛雨凄凄春秧欲老翠剡齊嗟我婦子行水泥朝分一壠暮千畦腰如箜篌首啄雞筋煩骨殆聲酸嘶我有桐馬手自提頭尻軒昂腹脇低背如覆瓦去角圭以我兩足為四蹄聳踊滑汰如鳧鷖纖纖束藁亦可齎何用繁纓與月題欲從畦東走畦西山城欲閉聞鼓鼙忽作的盧躍檀溪歸來挂壁從高棲了無芻秣飢不啼少壯騎汝逮老黧何曾蹶軼防顛隮錦韉公子朝金閨笑我一生蹋牛犂不知自有木駃騠

直以馬喻非馬瑰偉連犿其說能解人頤

碧溪詩話曰東坡遊武昌嘗作秧馬歌唐子西至羅浮始識此器作詩云擬向明時受一廛著鞭嘗恐老農先行藏已問吾能識從此馳名四十年亦巧於用事

周必大農器譜序曰紹聖初元蘇文忠公軾南遷過太和邑人宣德郎致仕曾公安止獻所著禾譜文忠美其温雅詳實為作秧馬歌又惜其不譜農器時曾

公已喪明不暇為也後百餘年其姪孫耒陽令之謹始績成之凡耒耜耨鎛車戽蓑笠銍刈篠蕢杵臼斗斛釜甑倉庾厥類惟十附以雜記勒成三卷皆考之經傳參合今制無不備者是可補伯祖之書成蘇公之志矣

八月七日初入贛過惶恐灘

七千里外二毛人十八灘頭一葉身山憶喜懽勞遠夢（自注蜀道有錯喜懽鋪在大散關上）地名惶恐泣孤臣長風送客添帆腹

積雨浮舟減石鱗更合與官充水手此生何止畧知津

起二句固是同調柳州書作發端乃更警策按十八灘自下而上第一灘在萬安縣前名黄公灘東坡改作惶恐以對喜歡其後文文山更以惶恐對零丁遂成典故結處云充水手者應是暗用何易于腰笏引舟事也

碧溪詩話曰柳詩十一年前南渡客四千里外北歸人又一身去國六千里萬死投荒十二年蘊詩七千里二毛人十八灘頭一葉身不約而合句法使然故也

鬱孤臺 自注以下四首皆虔州

八境見圖畫鬱孤如舊游山為翠浪湧水作玉虹流日麗崆峒曉風酣章貢秋丹青未變葉鱗甲欲生洲嵐氣昏城樹灘聲入市樓烟雲侵嶺路草木半炎州故國千峰外高臺十日留他年三宿處準擬繫歸舟

廉泉

水性故自清不清或撓之君看此廉泉五色爛摩尼廉者謂我廉我以此名為有廉則有貪有慧則有癡誰為柳宗元孰是吳隱之漁父足豈潔許由耳何淄紛然立名字此水了不知毀譽有時盡不知無盡時朅來廉泉上捋鬚看鬢眉好在水中人到處相娛嬉

有盡在人無盡在我維摩經言有法門名無盡燈此詩所本

塵外亭

楚山澹無塵贛水清可厲散策塵外遊麾手謝此世山高惜人力十步輙一憩却立浮雲端俯視萬井麗幽人

宴坐處龍虎為斬薙馬駒獨何疑豈墮山鬼計夜垣非助我謙敬欲其逝戲留一轉語千載起攘袂

韓詩云崎嶇上軒昂始得觀覽富未及此之圓妙也正諦既得故後幅但就馬祖事言之不更為山水饒舌

趙次公曰幽人宴坐處以下八句皆是馬祖事馬祖始居此山山鬼為築垣自謂修行不至為鬼所識乃舍去今先生詩語高馬祖一着也

天竺寺 并引

予年十二先君自虔州歸謂予言近城山中天竺寺
有樂天親書詩云一山門作兩山門兩寺元從一寺
分東澗水流西澗水南山雲起北山雲前臺花發後
臺見上界鐘清下界聞遥想吾師行道處天香桂子
落紛紛筆勢奇逸墨跡如新今四十七年予來訪之
則詩已亡有刻石存耳感涕不已而作是詩

香山居士留遺跡天竺禪師有故家空詠連珠吟疊壁
已亡飛鳥失驚蛇林深野桂寒無子雨浥山薑病有花
四十七年真一夢天涯流落淚横斜

點染處極其古秀揭朗標華較香山聯珠體詩更進一
格

月華寺 自注寺鄰岑水場施者皆坑戶也百年間蓋三焚矣

天公胡為不自憐結土融石為銅山萬人採斲富媪泣
祇有金帛資豪姦脱身獻佛意可料一瓦坐待千金還
月華三火豈天意至今茇舍依榛菅僧言此地本龍象
興廢反掌曾何艱高巖夜吐金碧氣曉得異石青斕斑
坑流窟發錢湧地莫施百鎰朝千鍰此山出寶以自賊
地脈已斷天應慳我願銅山化南畝爛漫黍麥蘇惸鰥
道人修道要底物破鐺煮飯茆三間

亦是左傳象齒焚身莊子山木自寇之意説來警動倍
覺氣象崢嶸

李必恒曰智度論云水行中龍陸行中象故荷大法
力比之龍象按月華寺智樂三藏真身在焉故有龍

象之語

碧落洞

槎牙亂峰合晃蕩絶壁横遥知紫翠間古來仙釋并陽
崖射朝日高處連玉京陰谷吅白月夢中遊化城果然
石門開中有銀河傾幽龕入窈窕別戶穿虛明泉流下
珠琲乳滴交縵纓我行畏人知恐為仙者迎小語輒響
答空山自雷驚策杖歸去來治具煩方平

氣交沖漠與神為徒小語響荅二句寫巖洞之景未經

人道

苕溪漁隱叢話曰題碧落洞詩云小語輒響答空山白雲驚此語全類李太白今印本誤作白雷驚不惟無意味兼與上句重疊也

李必恒曰一統志云洞多懸石如霓旌羽蓋旁有小洞號雲華深不可測按詩所云幽龕别戶即指其處也

峽山寺 自注傳奇所記孫恪袁氏事即此寺至今有人見白猿者

天開清遠峽地轉凝碧灣我行無遲速攝衣步孱顏山僧本幽獨乞食况未還雲碓水自舂松門風為關石泉解娛客琴筑鳴空山佳人劍翁孫遊戲暫人間忽憶嘯雲侶賦詩留玉環林深不可見霧雨霾髻鬟

空山無人水流花開良由妙造自然匪關思索而致

裴硎傳奇曰廣德中有孫恪者遊洛中遇袁氏女遂納為室後十餘年同至峽山寺袁氏欣然改服理鬟詣老僧乃持一碧玉環獻僧曰此是院舊物僧初不曉及齋罷有野猿數十悲嘯捫蘿而躍袁氏惻然俄命筆題詩云無端變化幾湮沉剛被恩情役此心不如逐伴歸山去長嘯一聲煙霧深詩罷遂裂衣化為老猿追嘯者躍樹而去老僧方悟曰乃貧道為沙門時所養者碧玉環則胡人所施繫於其頸者

舟行至清遠縣見顧秀才極談惠州風物之美

到處聚觀香案吏此邦宜著玉堂仙江雲漠漠桂花濕梅雨翛翛荔子然聞道黄柑常抵鵲不容朱橘更論錢

恰從神武來弘景便向羅浮覓稚川

八句屬對律詩正格筆力積健為雄頡頏杜老

廣州蒲澗寺 自注地産菖蒲十二節相傳安期生之故居始皇訪之於此

不用山僧導我前自尋雲外出山泉千章古木臨無地百尺飛濤瀉漏天昔日菖蒲方士宅後來薝蔔祖師禪而今只有花含笑笑道秦王欲學仙 自注山中多含笑花

浴日亭 自注在南海廟前

劍氣崢嶸夜插天瑞光明滅到黄灣坐看暘谷浮金暈

遥想錢塘涌雪山已覺滄涼蘇病骨更煩沆瀣洗衰顔忽驚烏動行人起飛上千峰紫翠閒

前六句猶是滄滄涼涼之勢忽驚烏動一轉陡然而上筆勢奇絶

游羅浮山一首示兒子過

人間有此白玉京羅浮見日雞一鳴（自注劉夢得有詩記羅浮夜半見日事山不甚高而夜見日此可異也）南樓未必齊日觀欝儀自欲朝朱明（自注山有二石樓今延祥寺在南樓下朱明洞在沖虚觀後云是蓬萊第七洞天）東坡之師抱

樸老真契久已交前生玉堂金馬久流落寸田尺宅今誰耕道華亦嘗啖一棗（自注唐永樂道士侯道華竊食鄧天師藥仙去永樂有無核棗人不可得道華獨得之予在岐下亦嘗得食一枚）契虚正欲仇三彭（自注唐僧契虚遇人導游稚川仙府真人問曰汝絶三彭之仇乎契虚不能答）鐵橋石柱連空横（自注山有鐵橋石柱人罕至者）杖藜欲趁飛猱輕雲溪夜逢瘖虎伏（自注山有啞虎巡山）斗壇畫出銅龍吟（自注沖虚觀後有朱真人朝斗壇近於壇上獲銅龍六銅魚一）小兒少年有奇志中宵起坐存黄庭近者戲作凌雲賦筆勢彷彿離騷經負書從我盍歸去羣仙正草新宮銘汝應

奴隷蔡少霞我亦季孟山元卿（自注唐有夢書新宮銘者云紫陽真人山元卿撰其畧曰良常西麓原澤東泄新宮宏宏崇軒轍轍又有蔡少霞者夢人遣書碑畧曰昔乘魚車今履瑞雲躅空仰塗綺輅輪囷其末題云五雲書閣吏蔡少霞書）還須畧報老同叔贏糧萬里尋初平（自注子由一字同叔）

森蔚璀偉以御風凌雲之氣行之是亦新宮銘所稱天籟虚徐鳳簫冷徹者耶

容齋隨筆曰東坡遊羅浮山作詩示叔黨其末負書從我四句坡自注用山元卿撰名蔡少霞夢書碑二

事予按薛用弱集異記載蔡少霞夢人召去令書碑題云蒼龍溪新宮銘紫陽真人山元卿撰其詞三十八句不聞有五雲閣吏之説魚車瑞雲之語乃逸史所載陳幼霞事云蒼龍溪主歐陽某撰蓋坡公誤以幼霞為少霞耳

十月二日初到惠州

彷彿曾遊豈夢中欣然雞犬識新豐吏民驚怪坐何事父老相攜迎此翁蘇武豈知還漢北管寧自欲老遼東

嶺南萬户皆春色自注嶺南萬户酒會有幽人客寓公

貶謫之地見如舊遊有終焉之志賢者固隨寓而安

白水山佛跡巖自注羅浮之東麓也在惠州東北二十里

何人守蓬萊夜半失左股浮山若鵬蹲忽展垂天羽根株互連絡崖嶠爭吞吐神工自爐鞴融液相緻補至今餘隙罅流出千斛乳方其欲合時天匠麾月斧帝鵬分餘瀝山骨醉后土峰巒尚開闔澗谷猶呼舞海風吹未凝古佛來布武當時汪罔氏投足不蓋拇青蓮雖不見

千古落花雨雙溪匯九折萬馬騰一鼓奔雷濺玉雪潭洞開水府潛鱗有飢蛟掉尾取渴虎我來方醉後濯足聊戲侮回風卷飛雹掠面過彊弩山靈莫惡劇微命安足賭此山吾欲老慎勿厭求取谿流變春酒與我相賓主當連青竹竿下瀧黄精圃

山記謂浮山即蓬萊別島洪水浮至依羅而止二山合體謂之羅浮本是不根之談前八句據此翻騰而入無非為佛跡二字取勢以跌落古佛來布武一句耳後紀浴於湯池從飢蛟渴虎飛雹強弩數句之中參以醉後濯足二語忽然動魄驚心忽然掉臂徐步羅浮以風雨為合離匪此神筆莫傳其妙

唐庚語錄曰東坡詩叙事言簡而意盡惠州有潭潭有潛蛟人未之信也虎飲水其側蛟尾而食之俄而浮骨水上人方知之東坡以十字道盡云潛鱗有飢蛟掉尾取渴虎言渴則知虎以飲水而召災言飢則蛟食其肉矣

志林曰紹聖元年十月十二日與幼子過遊白水佛跡院浴於湯池熱甚其源殆可熟物循山而東少北有懸水百仞山八九折折處輒為潭深者磓石五丈不得其所止雪濺雷怒可喜可畏水厓有巨人迹數十所謂佛跡也

軾答陳季常書曰今日遊白水佛跡山山上布水三十仞雷輥電散未易名狀大略如項羽破章邯時也

十一月二十六日松風亭下梅花盛開

春風嶺上淮南村昔年梅花曾斷魂自注予昔赴黄州春風嶺上見梅花有兩絶句明年正月往岐亭道上賦詩云去年今日關山路細雨梅花正斷魂豈知流落復相見蠻風蜑雨愁黄昏長條半落荔枝浦卧樹獨秀桄榔園豈惟幽光留夜色直恐冷艷排冬温松風亭下荆棘裏兩株玉蘂明朝暾海南仙雲嬌墮砌月下縞衣來扣門酒醒夢覺起繞樹妙意有在終無言先生獨飲勿歎息幸有落月窺清尊

秀色孤姿涉筆如融風彩露集中梅花詩有以清空入

妙者如和秦觀梅花詩云竹外一枝斜更好是也有以使事傳神者此詩海南仙雲嬌墮砌月下縞衣來扣門是也軾嘗稱秦觀詩有云西湖處士骨應槁只有此詩君壓倒觀詩豈能過之毋亦自道其所得耳題尚有和韻兩篇第二篇有紛紛初疑月桂樹耿耿獨與參横昏二句最為洪邁所稱胡仔亦云三首皆擺落陳言古今人未嘗經道者第二首尤奇然細玩前篇寔是不逮原唱也

避齋閑覽曰凡詩之詠物雖平淡巧麗不同要能以隨意造語為工東坡在嶺南有暾字韻詠梅詩韻險而語工非大手筆不能到也

苕溪詩話曰用自己詩為故事須作詩多者乃有之太白云滄浪吾有曲相子棹歌聲樂天云須知菊酒登高會從此多無二十場明年云去秋共數登高會又被今年減一場坡赴黄州過春風嶺有絶句後詩云去年今日關山路細雨梅花正斷魂至海外又云春風

嶺上淮南村昔年梅花曾斷魂

新釀桂酒

搗香篩辣入瓶盆盎盎春溪帶雨渾收拾小山藏社甕招呼明月到芳樽酒材已遣門生致菜把仍叨地主恩爛煮葵羹斟桂醑風流可惜在蠻村

桂酒頌作於釀成之後有云釀為我醪淳而清甘終不壞醉不醒此詩乃作於方釀之時故但以搗香篩辣為言耳收拾小山藏社甕造語神奇

軾桂酒頌序曰吾謫居海上法當數飲酒以禦瘴而嶺南無酒禁有隱者以桂酒方授吾釀成而玉色香味超然非人間物也東坡先生曰酒天祿也其成壞美惡世以兆人主之吉凶吾得此豈非天哉故為之頌以遺後之有道而居夷者其法蓋刻石置之羅浮鐵橋之下非忘世求道者莫至焉

江郊 并引

惠州歸善縣治之北數步抵江少西有盤石小潭可以垂釣作江郊詩云

江郊蔥矓雲水蒨絢碕岸斗入洄潭輪轉先生悅之布席閒燕初日下照潛鱗俯見意釣忘魚樂此竿綫優哉悠哉玩物之變

琢句全摹水經注碕岸二句乃從斗聳曲池及洄湍電轉環濤轂轉等句化出潛鱗俯見亦從新安江潭不掩鱗一句得來

正月二十四日與兒子過賴仙芝王原秀才僧曇穎行全道士何宗一同遊羅浮道院及棲禪精舍過作詩和其韻寄邁迨一首

斷橋隔勝踐脫屨欣小揭瘴花已繁紅官柳猶踈細斜川二三子悼歎我年逝淒涼羅浮館風壁顏雨砌黃冠常苦飢迎客羞破袂仙山在何許歸鶴時墮毳崎嶇食松黃欲救齒髮弊坐令禪客笑一夢等千歲棲禪晚置酒蠻果粲蕉荔齋廚釜無羹野餉籃有蕙嬉游趁時節俯仰了此世猶當洗業障更作臨水禊寄書陽羨兒并

語長頭弟門戶各努力先期畢租稅

從荒寂處生情韻動崖谷

趙次公曰陽羨兒言邁也長頭弟則言迨也陽羨乃常州二子在常州也迨之長頭先生前集有詩可見其實

贈王子直秀才

萬里雲山一破裘杖端閑挂百錢遊五車書已留兒讀二頃田應為鶴謀（自注子直住鶴田山）水底笙歌蛙兩部山中奴

婢橘千頭幅巾我欲相隨去海上何人識故侯

用詞多以數目字大小相形清艷兩絶

藝苑雌黄曰水底笙歌蛙兩部山中奴婢橘千頭雖愛其語之工然南史孔德璋門庭之内草萊不翦中有蛙鳴或問之曰欲為陳蕃乎曰我以此當兩部鼓吹何必效陳蕃邪無笙歌之説

石林詩話曰子瞻常兩用孔稚圭鳴哇事如水底笙歌蛙兩部雖以笙簧易鼓吹不礙其為意同至已遣

亂蛙成兩部則兩部不知為何物故用事寧與出處語小異而意同不可盡牽出處語而意不顯也

遊博羅香積寺 并引

寺去縣七里三山犬牙夾道皆美田麥禾甚茂寺下谿水可作碓磨若築塘百步閘而落之可轉兩輪舉四杵也以屬縣令林抃使督成之

二年流落蜑魚鄉朝來喜見麥吐芒東風搖波舞淨綠初日泫露酣嬌黄汪汪春泥已没膝剡剡秋穀初分秧誰言萬里出無友見此二美喜欲狂三山屏擁僧舍小一谿雷轉松陰涼要令水力供臼磨與相地脉增隄防霏霏落雪看收麪隱隱疊鼓聞舂糠散流一啜雲子白炊裂十字瓊肌香豈惟牢九薦古味 自注束晳餅賦饅頭薄持起搜牢九 要使真一流天漿詩成捧腹便絶倒書生説食真膏肓

固是硬語排奡須看其字字鎔鑄而成有回萬牛之力有轉丸珠之巧

苕溪漁隱叢話曰老杜自我作古其詩體不一在人所喜取而用之如東坡在嶺外遊博羅香積寺同正輔游白水山皆古詩而終篇對屬精切語意貫穿此亦是老杜體如岳麓道林二寺行追酬故高蜀州人日見寄入衡州奉贈李八丈判官晚登瀼上堂之概可見矣

李必恒曰按束晳餅賦有饅頭薄壯起溲牢九之名而先生詩用作牢九又自注中薄壯作薄持起溲作起搜又真一酒歌亦用起搜字想别有所據

連雨漲江二首

越井岡頭雲出山牂牁江上水如天牀牀避漏幽人屋浦浦移家蜑子船龍卷魚蝦并雨落人隨雞犬上墻眠只應樓下平堦水長記先生過嶺年

急雨蕭蕭作晚涼卧聞榕葉響長廊微明燈火耿殘夢半濕簾帷浥舊香高浪隱牀吹甕盎闇風驚樹擺琳瑯先生不出晴無用留向空堦滴夜長

四月十一日初食荔支

南村諸楊北村盧（自注謂楊梅盧橘也）白華青葉冬不枯垂黃綴紫烟雨裏特與荔支為先驅海山仙人絳羅襦紅紗中單白玉膚不須更待妃子笑風骨自是傾城姝不知天公有意無遣此尤物生海隅雲山得伴松檜老霜雪自困櫨梨麤先生洗盞酌桂醑氷盤薦此赬虬珠似聞江鰩斫玉柱更洗河豚烹腹腴（自注予嘗謂荔支厚味高格兩絶果中無比惟江鰩柱河豚魚近之耳）我生涉世本為口一官久已輕蓴鱸人間何者非夢幻南來萬里真良圖

絳羅紅紗語不露刻鏤之迹而形容備至江鰩河豚之比特以其同為異味非有深意陳敏政駁之固無謂胡仔辨之亦強作解事耳

遯齋閑覽曰東坡食荔枝詩云海上仙人絳羅襦紅紗中單白玉膚予誦之未嘗不愛其體物之工然其後云似聞江鰩斫玉柱更洗河豚烹腹腴予意東坡未嘗至閩中亦不識真荔枝其曰四月十一日是特廣南火山者耳故其比類僅與魏文帝庾信同科

苕溪漁隱叢話曰詩人詠物形容之妙近世為最東坡海上仙人四句誦此則知其詠荔支也東坡詩自注云予嘗謂荔支厚味高格兩絶果中無比惟江瑶柱河豚魚近之耳又曰僕嘗問荔支何所似或曰荔支似龍眼客皆笑其陋實無所似也僕曰荔支似江珧柱應者皆憮然僕亦不解此所謂善於比類者若魏文帝庾信之葡萄乃至謬耳遯齋閑覽殊無鑒裁若言閩廣荔支高下不同則可若言東坡不善比類

則不可也

六月十二日酒醒步月理髮而寢

羽蟲見月爭翾翻我亦散髮虛明軒千梳冷快肌骨醒風露氣入霜蓬根起舞三人謾相屬停杯一問終無言曲肱薤簟有佳處夢覺瓊樓空斷魂

語簡而靜紙上有涼氣撲人

荔支歎

十里一置飛塵灰五里一候兵火催顛坑仆谷相枕藉

知是荔支龍眼來飛車跨山鶻橫海風枝露葉如新採宮中美人一破顏驚塵濺血流千載永元荔支來交州天寶歲貢取之涪至今欲食林甫肉無人舉觴酹伯游自注漢永元交州進荔支龍眼十里一置五里一候奔騰死亡罹猛獸毒蟲之害者無數唐羌字伯游為林武長上書言狀和帝罷之唐天寶中蓋取涪州荔支自子午谷路進入我願天公憐赤子莫生尤物為瘡痏雨順風調百穀登民不飢寒為上瑞君不見武夷溪邊粟粒芽前丁後蔡相籠加自注大小龍茶始於丁晉公成於蔡君謨歐陽永叔聞君謨進小龍團驚歎曰君謨士人也何至作此事爭新買寵各出意今年鬬品充官茶自注今年閩中監司乞進鬬茶許之吾君所乏豈此物致養口體何陋邪洛陽相君忠孝家可憐亦進姚黃花自注洛下貢花自錢惟演始

君不見一段百端交集一篇之奇橫在此詩本為荔支發歎忽說到茶又說到牡丹其胸中鬱勃有不可以已者惟不可以已而言斯至言至文也

碧溪詩話曰錢惟演為洛師留守置驛貢花識者鄙之坡作荔支嘆云洛陽相君忠孝家可憐亦進姚黃

花補世之語不能易也

容齋三筆曰東坡先生作文引用史傳必詳述本末有至百餘字者蓋欲使讀者一覽而得之不待復尋繹書策也如勤上人詩集敘引翟公罷廷尉賓客反覆事晁君成詩集敘引李郃漢中以星知二使者事上富丞相詩引左史倚相美衛武公事荔枝歎詩引唐羌言荔支事是也

苕溪漁隱叢話曰武夷漢邊粟粒芽誤指其地武夷未嘗有茶茶之精絕者乃在北苑自有一溪南流至

富沙城下方興西來武夷溪水合流東去劍浦囯不可雷同言之　建安北苑茶始於太宗朝太平興國二年遣使造之取象於龍以别庶飲由此入貢至道間仍添造石乳其後大小龍茶又起於丁謂而成於蔡君謨謂之將漕閩中實董其事社前十五日即採其芽日數千工聚而造之逼社即入貢工甚大造甚精皆載於所撰建陽茶録

御選唐宋詩醇卷四十

欽定四庫全書

集部

御選唐宋詩醇　卷四十一

詳校官山東道御史臣温常綬

總校官編修臣朱鈐
校對官中書臣王學海
謄録監生臣汪永炯

欽定四庫全書

御選唐宋詩醇卷四十一

眉山蘇軾詩十

同正輔表兄游白水山

偉哉造物真豪縱攫土摶沙為此弄擘開翠峽走雲雷截破奔流作潭洞因隨化人履巨迹得與仙兄躡飛鞚曳杖不知巖谷深穿雲但覺衣裘重坐看驚鳥救霜葉知有老蛟蟠石甕金沙玉礫粲可數古鏡寶奩寒不動

念兄獨立與世踈絶境難到惟我共永辭角上兩蠻觸一洗胸中九雲夢浮來山高田望失武陵路絶無人送筠籃擷翠爪甲香素綆分碧銀缾凍歸路霏霏湯谷暗野堂活活神泉湧解衣浴此無垢人身輕可試雲間鳳

直從瀑布發處寫到波平水静與前佛跡巖詩別是一般境象游跡不同詩亦隨異可知絶唱高蹤不由强索而得

與正輔遊香積寺

越山少松竹常苦野火厄此峯獨蒼然感荷佛祖力茯苓無人採千歲化琥珀幽光發中夜見者惟木客我豈無長鑱真贋苦難識靈苗與毒草疑似在毫髮把玩竟不食棄置長太息山僧類有道辛苦嘗谷汲我慚作機舂鑿破混沌穴幽尋恐不繼書板記歲月

真贋疑似之難辨偶借採藥以發長歎其感人者微矣

次韻正輔同遊白水山

祇知楚越為天涯不知肝膽非一家此身如綫自縈繞

左旋右轉隨繅車誤抛山林入朝市平地咫尺千褒斜欲從稚川隱羅浮先與靈運開永嘉首參虞舜款韶石次謁六祖登南華仙山一見五色羽雪樹兩摘南枝花赤魚白蟹箸屢下黄柑緑橘籩常加糖霜不待蜀客寄荔支莫信閩人誇恣傾白蜜收五稜細斸黄土栽三椏（自注正輔分人參歸種韶陽來詩本用砸字惠州無書不見此字所出故且從木奉和）朱明洞裏得靈草翩然放杖凌蒼霞豈無軒車駕熟鹿亦有鼓吹號寒蛙仙人勸酒不用勺石上自有樽罍窪徑從此路

朝玉闕千里莫遣毫釐差故人日夜望我歸相迎欲到長風沙豈知乘槎天女側獨倚雲機看織紗世間誰似老兄弟篤愛不復相疵瑕相攜行到水窮處庶幾一見留子嗟千年枸杞常夜吠無數草棘工藏遮但令凡心一洗濯神人仙藥不我遐山中歸來萬想滅豈復回顧

雙雲鴉

離却白水别作虛空縹緲之想層巒疊浪與會淋漓屈子遠遊之遺也

李必恒曰雙雲鴉似指失偶事先生前迎正輔詩有萬里倘同歸兩鰥當對擾之句自注某喪婦已三年矣正輔近亦有亡嫂之戚故云洗濯凡心及萬想滅二語可見雲鴉即所云雲鬟鴉鬢矣

章質夫送酒六壺書至而酒不達戲作小詩問之

白衣送酒舞淵明急掃風軒洗破觥豈意青州六從事化為烏有一先生空煩左手持新蟹漫繞東籬嗅落英南海使君今北海定分百榼餉春耕

青州烏有偶然拈作對偶集中尚有以通印子魚對披綿黄雀以日斜庚子對歲在巳辰並為宋詩人所稱其實軾詩卓絶處不盡在此

復齋漫録曰文之所以貴對偶者謂出於自然非假於牽强也王禹玉元豐間以錢二萬酒十壺餉吕夢得夢得作啟謝之有白水真人青州從事禹玉歎賞為其切題至若東坡得章質夫書遺酒六瓶書至而酒無因寄詩云豈意青州六從事化為烏有一先生

二句渾然一意絶無斧鑿痕更覺有功

詩人玉屑曰天下未嘗無對東坡以章質夫寄酒不至作詩云豈意青州六從事化為烏有一先生或以緑研寄楊誠齋為人以栢木簡攜去誠齋用此意作詩謝云如何緑玉含風面化作青銅溜雨枝二事可為奇對亦善用坡詩也

雨後行菜

夢回聞雨聲喜我菜甲長平明江路濕並岸飛兩槳天

公真富有乳膏瀉黃壤霜根一蕃滋風葉漸俯仰未任筐筥載已作盃盤想艱難生理窄一味敢專饗小摘飯山僧清安寄真賞芥藍如菌蕈脆美牙頰響白菘類羔豚冒土出蹯掌誰能視火候小竈當自養

質而實綺癯而實腴得陶公田園諸詩神髓

殘臘獨出二首 錄一首

江邊有微行詰曲背城市平湖春草合步到栖禪寺堂空不見人老稚掩關睡所營在一食食已寧復事客來

豈無得施子靜掃地風松獨不靜道我作鼓吹

通首酷寫靜境結云風松獨不靜此是反托之法元微窅㝠妙處可尋

容齋三筆曰東坡初赴惠州過峽山寺不值主人故其詩云山僧本幽獨乞食況未還雲碓水自舂松門風為關石泉解娛客琴筑鳴空山既至惠州殘臘獨出至栖禪寺亦不逢一僧故其詩云江邊有微行詰曲背城市平湖春草合步到栖禪寺堂空不見人老稚掩關睡後在儋耳作觀棊詩記游廬山白鶴觀觀中人皆闔戶晝寢獨聞棊聲云我時獨游不逢一士誰歟棊者戶外屨二不聞人聲時聞落子其寂寞冷落之味可以想見句語之妙一至於此

新年五首 錄一首

曉雨暗人日春愁連上元水生挑菜渚煙濕落梅村小市人歸盡孤舟鶴踏翻猶堪慰寂寞漁火亂黃昏

次韻高要令劉湜峽山寺見寄

新聞妙無多舊學閑可束猶當隱季主未遽逃梅福空腸吐餘思靜似蠶綴族寸田結初果秀若銅生綠荊棘掃誠盡梨棗憂不熟高人寧鑄金下士乃服玉君看嶺嶠隘我欲巾筍蓄曾攀羅浮頂亦到朱明谷旋觀真歷塊歸卧甘破屋故人老猶仕世味薄如縠偶從越女笑不怕蠻江浴驚聞尺書到喜有新詩辱應憐五管客曾作八州督骨銷讒口鑠膽破獄吏酷隴雲不易寄江月乃可掬遙知清遠寺不稱空明腹蹇驢步武碎短琵絃

柱促仰看泉落珮俯聽石響轂千峯瀉清駛一往無回
躅狂雷失晤語過電不容目要知僧長飢正坐山少肉
人間無南北蝸角空出縮仇池九十九自注仇池有九十九泉余嘗夢至有詩嵩少三十六自注子由近買田陽翟北望嵩少甚近天人同一夢仙
凡無兩録陋邦真可老生理亦麤足便田熱天焰長作
照海燭自注黄魯直寄詩云蓮花合裏一寸燭北馬海中燒百川魯直蓋近有得也
雋語清談引人入勝而竟體裁對絶不見排比之迹故
由筆妙　應憐五管客曾作八州督二句宋援則引莊

子上有五管之説李原則引韓詩五管編歷之句王注
兼採而並録之古人之虚衷如此援説誠為未當李必
恒補注是李原而非宋援可也其所作王注正偽直斥
王注為杜撰是沒其寔矣至曽作八州督句李原但引
晉書只能解釋字面此則補注得之然觀軾賀子由生
第四孫詩結云早謀二頃田莫待八州督有自注云吾
前後典八州此乃八州督三字之確注補注但引八州
憐我往來頻之句猶未為得也

惠州近城數小山類蜀道春與進士許毅野步會
意處飲之且醉作詩以記適參寥專使欲歸使持
此以示西湖之上諸友庶使知余未嘗一日忘湖
山也

夕陽飛絮亂平蕪萬里春前一酒壺鐵化雙魚沉遠素
劍分二嶺隔中區花曾識面香仍好鳥不知名聲自呼
夢想平生消未盡滿林烟月到西湖

渥采流熏觸物圓覽夢想之切洋溢於詞端

冷齋夜話曰韓子蒼曰丁晉公海外詩云草解忘憂
憂底事花名含笑笑何人世以為工及讀東坡詩云
花曾識面香仍好鳥不知名聲自呼便覺才力相去
遠矣

風月堂詩話曰東坡南遷參寥居西湖智果院交游
無復曩時之盛作湖上絶句云去歲春風上苑行爛
窺紅紫厭平生而今眼底無姚魏浪蘂浮花嬾問名
城隈野水綠逶迤臬臬輕舟掠岸過欲採芸蘭無覓

處野花汀草占春多詩既出遂坐譏刺得罪返初服

軾惠州荅參寥書曰專人遠來辱手書并示近詩如獲一笑之樂數日喜慰忘味也某到貶所半年凡百粗適更不能細說大略祇似靈隱天竺和尚退院後却在一箇小村院子折足鐺中罨糙米飯喫便過一生也得

食荔支二首 録一首

羅浮山下四時春盧橘楊梅次第新日啖荔支三百顆

不辭長作嶺南人

還居 并引

吾紹聖元年十月十二日至惠州寓合江樓是月十八日遷於嘉祐寺二年三月十九日復遷於合江樓三年四月二十日復歸於嘉祐寺時方卜築白鶴峯之上新居成庶幾其少安乎

前年家水東回首夕陽麗去年家水西溼面風雨細東西兩無擇緣盡我輙逝今年復東徙舊館聊一憩已買白鶴峯規作終老計長江在北戶雪浪舞吾砌青山滿墻頭鬖髿幾雲髻雖慚抱朴子金鼎陋蟬蛻猶賢柳柳州廟俎薦丹荔吾生本無待俯仰了此世念念自成劫塵塵各有際下觀生物息相吹等蚊蚋

柳州貶謫詩多憂鬱淒楚之音軾嘗評其南磵中詩引老杜云王侯與螻蟻同盡隨邱墟儀曹何憂之深也若惠州諸作無不寬然有餘地此其所得深矣

軾和陶集曰去歲三月自水東嘉祐寺遷合江樓迫

今一年多病鮮歡頗懷水東之樂得歸善縣後隙地數畝父老云此古白鶴觀也意欣然欲居之 白鶴峯新居成自嘉祐寺遷入詠淵明時運詩云斯晨斯夕言息其廬似為余發也

兩橋詩 并引

惠州之東江溪合流有橋多廢壞以小舟渡羅浮道士鄧守安始作浮橋以四十舟為二十舫鐵鎖石矴隨水漲落榜曰東新橋州西豐湖上有長橋屢作屢

壞栖禪院僧希固築進兩岸為飛樓九間盡用石鹽
木堅若鐵石榜曰西新橋皆以紹聖三年六月畢工
作二詩落之

東新橋

羣鯨貫鐵索背負横空霓首摇翻雪江尾插崩雲谿機
牙任信縮漲落隨高低轆轤卷巨索青蛟挂長堤奔舟
免狂觸脱筏防撞擠一橋何足云護傳廣東西父老有
不識喜笑爭攀躋魚龍亦驚逃雷電生馬蹄嗟此病涉

久公私困留稽姦民食此險出没生鳧鷖似賣失船壺
如去登樓梯不知百年來幾人隕沙泥豈知濤瀾上安
若堂與閨往來無晨夜醉病休扶攜使君飲我言妙割
無牛雞不云二子勞歎我捐腰犀自注二士造橋予嘗助施犀帶我亦
壽使君一言聽扶藜常當修未壞勿使後噬臍

先寫浮橋之狀次言橋成之利而以常當修未壞終之
驚采絶豔直是為浮橋作贊頌前賢詩中無此倔奇

西新橋

昔橋木千柱挂湖如斷霓浮梁陷積淖破板隨奔谿笑
看遠岸没坐覺孤城低聊因三農隙稍進百步隄炎州
無堅植潦水輕推擠千年誰在者鐵柱羅浮西獨有石
鹽木白蟻不敢躋似開銅駝峯如鑿鐵馬蹏岌岌類鞭
石山川非會稽嗟我久閣筆不書紙尾鷖蕭然無尺箠
欲構飛空梯百夫下一杙椓此百尺泥自注橋柱石𥓓之下皆有堅木椓入泥中丈餘謂之頂樁探囊賴故侯寶錢出金閨自注子由之婦史頃入内得賜黄金錢數十以助施父老喜雲集簞壺無空攜三日飲不散殺盡

西村雞似聞百歲前海近湖有犀自注橋下舊名鰐湖蓋嘗有蛟鰐之類
那知陵谷變枯瀆生茭藜後來勿忘今冬涉水過臍

序記事跡與東橋體格不同而波瀾意度曲折恣肆獨
以和韻顯其奇

白鶴峯新居欲成夜過西鄰翟秀才二首

林行婆家初閉戶翟夫子舍尚留關連娟缺月黄昏後
縹緲新居紫翠間繫悶豈無羅帶水割愁還有劍鋩山
自注韓退之云水作青羅帶山如碧玉簪柳子厚云海上尖峯若劍鋩秋來處處割愁腸皆嶺南詩也中

原北望無歸日鄰火村春自往還甕間畢卓防偷酒壁後匡衡不點燈待鑿平江百尺井要分清署一壺水佐卿恐是歸來鶴次律寧非過去僧他日莫尋王粲宅夢中來往本何曾

首作兀傲鮮妍揮毫卓犖次作以意貫串故役事繁而思不隅不善學之不轉成點鬼簿耶

石林詩話曰詩篇當有操縱不可拘用一律蘇子瞻詩林行婆家初閉戶翟夫子舍尚留關始讀殆不可

測其意蓋下有連娟缺月四句則入頭不怕放行寧傷初拙也

縱筆

白頭蕭散滿霜風小閣藤牀寄病容報道先生春睡美道人輕打五更鐘

王十朋曰按此詩執政聞而怒之再貶儋耳

種茶

松間旅生茶已與松俱瘦茨棘尚未容蒙翳爭交構天公所遺棄百歲仍稚幼紫筍雖不長孤根乃獨壽移栽白鶴嶺土軟春雨後彌旬得連陰似許晚遂茂能忘流轉苦戢戢出鳥咮未任供臼磨且可資摘嗅十團輸大官百餅衒私鬬何如此一啜有味出吾囿

茶根移種經雨而生謫居殆用自況故曰天公所遺棄曰能忘流轉苦詞旨了然可見

白鶴山新居鑿井四十尺遇磐石石盡乃得泉

海國困蒸溽新居利高寒以彼陟降勞易此寢處乾但

苦江路峻常懃汲腰酸砣砣頰四夫磽磽鑿層巒彌旬得尋丈下有青石盤終日但迸火何時見飛瀾豐我粲與醪利汝椎與鑽山石有時盡我意殊未闌今朝僮僕喜黃土復可摶晨瓶得雪乳莫甕停冰湍我生類如此何適不艱難一勺亦天賜曲肱有餘歡

艱難二字為通首點睛處借題抒寫奧美無窮

三月二十九日二首

南嶺過雲開紫翠北江飛雨送凄涼酒醒夢回春盡日

閉門隱几坐燒香
門外橘花猶的皪墻頭荔子已斕斑樹暗草深人静處
捲簾欹枕卧看山

吾謫海南子由雷州被命即行了不相知至梧廼
聞尚在藤也旦夕當追及作此詩示之

九疑聯緜屬衡湘蒼梧獨在天一方孤城吹角烟樹裏
落日未落江蒼茫幽人拊枕坐歎息我行忽至舜所藏
江邊父老能說子白須紅頰如君長莫嫌瓊雷隔雲海

聖恩尚許遥相望平生學道真實意豈與窮達俱存亡
天其以我為箕子要使此意留要荒他年誰作輿地志
海南萬古真吾鄉

水天景色離合情懷極排觧乃極沉痛

鶴林玉露曰子瞻謫儋州子由謫雷州皆章惇取其字之偏傍而謔之當時有術士曰儋字從立人子瞻其北歸乎雷字雨在田上承天之澤子由其未艾乎後皆驗

行瓊儋間肩輿坐睡夢中得句云千山動鱗甲萬
谷酣笙鍾覺而遇清風急雨戲作此數句
四州環一島百洞蟠其中我行西北隅如渡月半弓登
高望中原但見積水空此生當安歸四顧真途窮眇觀
大瀛海坐詠談天翁茫茫太倉中一米誰雌雄幽懷忽
破散永嘯來天風千山動鱗甲萬谷酣笙鍾安知非羣
仙鈞天宴未終喜我歸有期舉酒屬青童急雨豈無意
催詩走羣龍夢雲忽變色笑電亦改容應怪東坡老顔

衰語徒工久矣此妙聲不聞蓬萊宫

行荒遠僻陋之地作騎龍弄鳳之思一氣浩歌而出天風浪浪海山蒼蒼足當司空圖豪放二字

苕溪漁隱叢話曰幽懷忽破散四句蓋風來則千山草木俱動如動鱗甲萬谷號呼有聲如酣笙鏞耳

次前韻寄子由
我少即多難邅回一生中百年不易滿寸寸彎强弓老
矣復何言榮辱今兩空泥洹尚一路 自注古語云十方薄伽梵一路涅槃

門梵語泥洹此云涅槃所向餘皆窮似閶崆峒西仇池迤此翁胡為適南海復駕垂天雄下視九萬里浩浩皆積風回望古合州屬此琉璃鐘離別何足道我生豈有終渡海十年歸方鏡照兩童還鄉亦何有暫假壺公龍峩眉向我笑錦水為君容天人巧相勝不獨數子工指點昔遊處蒿萊生故宫

其胸次實為天空海濶非是無聊解免之詞

遷居之夕聞鄰舍兒誦書欣然而作

幽居亂鼃黽生理半人禽覺然已可喜況聞弦誦音兒聲自圓美誰家兩青衿且欣集齊咻未敢笑越吟九齡起韶石姜子家日南吾道無南北安知不生今海闊尚挂斗天高欲橫參荆榛短墻缺燈火破屋深引書與相和置酒仍獨斟可以侑我醉琅然如玉琴

謫居荒陋聞誦讀而欣然乃是恒情所同最愛海濶數句寫出一時情景别具興會文采欲飛

觀棊

予素不解棊嘗獨游廬山白鶴觀觀中人皆闔户晝寢獨聞棊聲於古松流水之間意欣然喜之自爾欲學然終不解也兒子過迺麤能者儋守張中日從之戲予亦隅坐竟日不以為厭也

五老峯前白鶴遺趾長松蔭庭風日清美我時獨游不逢一士誰歟棊者户外屨二不聞人聲時聞落子紋枰坐對誰究此味空鉤意釣豈在魴鯉小兒近道剝啄信指勝固欣然敗亦可喜優哉游哉聊復爾耳

軾嘗論司空圖棊聲花院閉幡影石幢高之句以為吾嘗獨入白鶴觀松陰滿地不見一人惟聞棊聲然後知此句之工但恨其寒儉有僧態數語可謂定評矣此四言一章則甚似規撫二十四品之文者清幽静妙真得味外之味然何嘗帶一毫寒儉氣耶

深雪偶談曰四言自韋孟司馬遷相如班固束晳陶潛韓愈柳宗元梅堯臣歐陽修王安石蘇軾工拙畧見嘗怪五言而上世人往往極其才之所至而四言

雖文詞鉅伯輙不能工水心有是言矣劉潛夫亦以四言尤難三百五篇在前之故余思四言如律以三百五篇則韋氏為工世殊體異後之銘詩莫非四言也安石以上諸公未暇深論如蘇公所撰范蜀公誌銘余每展卷輙為擊節在儋耳作觀碁詩其寂寒冷落之味可以想見坡公四言於古近體中句語無適而不高妙也

困學紀聞曰觀碁詩誰歟碁者用檀弓文法

苕溪漁隱叢話曰夢得觀碁歌云初疑磊落曙天星次見搏擊三秋兵雁行布陣衆未曉虎穴得子人皆驚余嘗愛此數語能摹寫奕碁之趣夢得必高於手談也至東坡觀碁則云勝固欣然敗亦可喜優哉游哉聊復爾耳蓋東坡素不解碁不究此味也

糴米

糴米買束薪百物資之市不緣耕樵得飽食殊少味再拜請邦君願受一廛地知非笑昨夢食力勉内愧春秋幾時花夏稗忽已穟帳焉撫耒耜誰復識此意

此與陶潛詩云田家豈不苦弗獲辭此難四體誠乃疲庶無異患干同為學道有得之語

擷菜并引

吾借王參軍地種菜不及半畝而吾與過子終年飽菜夜半飲醉無以解酒輙擷菜煮之味含土膏氣飽風露雖梁肉不能及也人生須底物而更貪耶乃作四句

秋來霜露滿東園蘆菔生兒芥有孫我與何曾同一飽不知何苦食雞豚

見到之言不嫌直遂

次韻子由月季花再生

幽芳本長春暫瘁如蝕月且當付造物未易料枯枿也知宿根深便作紫筍茁乘時出婉娩為我暖栗烈先生蚤貴重廟論推英拔而今城東瓜不記召南茇陋居有遠寄小圃無闗闢還為久處計坐待行年匝自注子由明年六十

臘果綴梅枝春杯浮竹葉誰言一萌動已覺萬木活聊
將王藥新（自注世謂此玫瑰花也）揷向綸巾折

誰言一萌動二語覺春風太和自在襟抱閒

次韻子由浴罷

理髮千梳淨風晞勝湯沐閒息萬竅通霧散名乾浴頽
然語默喪靜見天地復時令具薪水漫欲濯腰腹陶匠
不可求盆斛何由足（自注海南無浴器故常乾浴而已）老雞卧糞土振
羽雙暝目倦馬驟風沙奮鬛一噴玉垢淨各殊性快愜

聊自沃雲母透蜀紗琉璃瑩蘄竹稍能夢中覺漸使生
處熟楞嚴在牀頭妙偈時仰讀反流歸照性獨立遺所
矚未知仰山禪已就季主卜安心會自得助長毋相督

觸處圓通了無罣礙

十二月十七日夜坐達曉寄子由

燈燼不挑垂暗蘂爐灰重撥尚餘薰清風欲發鴉翻樹
缺月初升犬吠雲閉眼此心新活計隨身孤影舊知聞
雷州別乘應危坐跨海幽光與子分

淒寂之境寫得雞犬皆仙超然元著

子由生日

上天不難知好惡與我一方其未定間人力破陰隲小
忍待其定報應真可必季氏生而仁觀過見其實端如
柳下惠焉往不三黜天有時而定壽考未易畢兒孫七
男子（自注子由三子四孫）次第皆逢吉遥知設羅門獨掩懸罄室
田思十年事無愧篋中筆但願白髮兄年年作生日

語語朴摯祝頌乃弟之體故當如是

以黄子木拄杖為子由生日之壽

靈壽扶孔光菊潭飲伯始雖云閑草木豈樂蒙此耻一
時偶收用千載相瘢疻海南無嘉植野果名黄子堅瘦
多節目天材任操倚嗟我始剪裁世用或緣此貴從老
夫手往配先生几相從歸故山不愧仙人杞（自注本草枸杞一名仙人杖）

從老夫手配先生几嗟余寡兄弟四海一子由此語老
而益信

儋耳

霹靂收威暮雨開獨憑欄檻倚崔嵬垂天雌霓雲端下快意雄風海上來野老已歌豐歲語除書欲放逐臣回殘年飽飯東坡老一壑能專萬事灰

峭峠雄姿經挫折而不稍損抑養浩然之氣於此見其心聲

蘇轍曰東坡居士謫居儋耳寘家羅浮之下獨與幼子過負擔渡海葺茅竹而居之日啗諸芋而華屋玉食之念不存於胸中平生

無所嗜好以圖史為園囿文章為鼓吹至是亦皆罷去猶獨喜為詩精深華妙不見老人衰憊之氣

馮景曰唐書吳武陵與孟簡書云雷砰電射天怒也不能終朝柳宗元之貶已十二年矣聖人在上安有畢世而怒人臣耶公起句暗用其意

新居

朝陽入北林竹樹散疎影短籬尋丈間寄我無窮境舊居無一席逐客猶遭屏結茅得兹地翳翳村巷永數朝風雨涼畦菊發新穎俯仰可卒歲何必謀二頃

幸得一廛蕭條高寄仁智所樂不勝娛衆散賞非夫澄懷觀道曷克有此

軾答程全父推官書曰初至僦官屋數椽近復遭迫逐不免買地結茅僅免露處而囊為一空困厄之中何所不有置之不足道聊為一笑而已

施元之曰東坡至儋耳軍使張中請館於行衙又別飾官舍為安居計朝廷命湖南提舉常平董必者察訪廣西遣使臣過海逐出之中坐黜死雷州監司悉

鐫秩遂買地築室為屋五間潮人王介石為客於儋躬泥水之役其勞甚於家隸故詩有逐客猶遭屏句

倦夜

倦枕厭長夜小牕終未明孤村一犬吠殘月幾人行衰鬢久已白旅懷空自清荒園有絡緯虛織竟何成

虛廓寂寥具臻妙境

縱筆三首　録一首

寂寂東坡一病翁白須蕭散滿霜風小兒誤喜朱顏在

一笑那知是酒紅

容齋五筆曰樂天詩云醉貌如霜葉雖紅不是春坡則曰小兒誤喜朱顏在一笑那知是酒紅采舊公案而機杼一新前無古人於是為至

貧家淨掃地

貧家淨掃地貧女好梳頭下士晚聞道聊以拙自修扣門有佳客一飯相邀留春炊勿草草此客未易媮慎勿用勞薪感我如薰猶德人抱衡石銖黍安可廋

起一語暫空而入是詩家興體

庚辰歲人日作時聞黄河已復北流老臣舊數論

此今斯言乃驗二首　錄一首

老去仍棲隔海村夢中時見作詩孫天涯已慣逢人日歸路猶欣過鬼門三策已應思賈讓孤忠終未赦虞翻典衣剩買河源米屈指新篘作上元

方回曰前輩論詩文謂子美夔州後詩東坡嶺外文老筆愈勝少作而中年亦未若晚年也此詩元符三年東坡年六十五謫居儋耳所作人日鬼門之對極工

劉辰翁曰夢中時見作詩孫此句為仲虎發也陸務觀云在蜀見蘇山藏公墨迹疊韻詩後題云寄作詩孫符符字仲虎

施元之曰神宗元豐四年澶州言河決小吳埽詔東行河道已填淤不可復更不修閉哲宗元祐三年安燾等疏議回河東流文忠烈呂正愍從而和之力主

其議子由在西掖言於呂正獻曰河決而北先帝不能回而諸公欲回之是自謂過先帝也正獻曰當與公籌之然竟莫能奪其役遂興議論紛然至於累歲公嘗侍上讀祖宗寶訓因及時事曰黄河勢方北流而强之使東當局者恨之老臣舊數論此指此事也

庚辰歲正月十二日天門冬酒熟予自漉之且漉且嘗遂以大醉二首　錄一首

自撥牀頭一甕雲幽人先已醉濃芬天門冬熟新年喜

麴米春香並舍聞自注杜子美詩云聞道雲安麴米春蓋酒名也菜圃漸疎花
漠漠竹扉斜掩雨紛紛擁裘睡覺知何處吹面東風散
纈紋

花雨於醉中見之别饒情趣

汲江煎茶

活水還須活火烹自注唐人云茶須緩火炙活火煎自臨釣石取深清
大瓢貯月歸春甕小杓分江入夜缾茶雨已翻煎處脚
松風忽作瀉時聲枯腸未易禁三椀坐聽荒城長短更

舒促離合若風湧雲飛楊萬里輩曲為疏解似反失其
趣旨

苕溪漁隱叢話曰此詩奇甚道盡烹茶之要且茶非活水則不
能發其鮮馥東坡深知此理矣楊萬里曰東坡煎茶詩云活
水還須活火烹自臨釣石汲深清第二句七字而具五意水
清一也深處取清者二也石下之水非有泥土三也石乃釣
石非尋常之石四也東坡自汲非遣卒奴五也大瓢貯月歸
春甕小杓分江入夜瓶其狀水之清美極矣分江二字此尤
難下雪乳已翻煎處脚松風忽作瀉時聲此倒語也尤為詩家
妙法即少陵紅稻啄餘鸚鵡粒碧梧棲老鳳凰枝也枯腸未
易禁三椀卧聽山城長短更又翻却盧仝公案仝喫到七
椀坡不禁三椀山城更漏無定長短二字有無窮之味

子來儋耳得吠狗曰烏觜甚猛而馴隨予遷合浦
過澄邁泅而濟路人皆驚戲為作此詩

烏喙本海獒幸我為之主食餘已飫肥終不憂鼎俎晝
馴識賓客夜悍為門戶知我當北還掉尾喜欲舞跳浪

趁童僕吐舌喘汗雨長橋不肎躡徑渡清深浦拍浮似
鵜鶘登岸劇虓虎盜肉亦小疵鞭箠當貰汝再拜謝厚
恩天不遣言語何當寄家書黄耳定乃祖

一時戲筆摹繪入情至盜肉亦小疵鞭箠當貰汝二句
其寓意者深矣

澄邁驛通潮閣二首

倦客愁聞歸路遥眼明飛閣俯長橋貪看白鷺横秋浦
不覺青林没晚潮

餘生欲老海南村帝遣巫陽招我魂杳杳天低鶻沒處青山一髮是中原

鼇望深情含藴無際

苕溪漁隱叢話曰通潮閣詩云杳杳天低鶻沒處青山一髮是中原伏波將軍廟碑有云南望連山若有若無杳杳一髮耳其語倔奇兩用之蓋得意也

六月二十日夜渡海

參横斗轉欲三更苦雨終風也解晴雲散月明誰點綴

天容海色本澄清空餘魯叟乗桴意麤識軒轅奏樂聲九死南荒吾不恨茲遊奇絶冠平生

高濶空明非實身有仙骨莫能有其隻字

方回曰紹聖四年丁丑東坡在惠州年六十二矣五月再謫瓊州别駕昌化軍安置即儋耳也以六月二十日夜渡海七月十三日至儋州或謂尾句太過無省愆之意殊不然也章子厚蔡卞欲殺之而處之怡然當此老境無怨無怒以為茲遊奇絶真了生死輕

得喪天人也

次韻王鬱林

晚塗流落不堪言海上春泥手自翻漢使節空餘皓首故侯瓜在有頹垣平生多難非天意此去殘年盡主恩誤辱使君相抆拭寧聞老鶴更乗軒

忠厚悱惻大雅遺音

藤州江下夜起對月贈邵道士

江月照我心江水洗我肝端如徑寸珠墮此白玉盤我

心本如此月滿江不湍起舞者誰歟莫作三人看嶠南瘴毒地有此江月寒乃知天壤間何人不清安牀頭有白酒盎若白露漙獨醉還獨醒夜氣清漫漫仍呼邵道士取琴月下彈相將乗一葉夜下蒼梧灘

舒元輿序白一篇只辦形容擬議猶是日下孤燈伎倆此詩乃能証出妙明心直是照天照地

廣倅蕭大夫借前韻見贈復和答之二首　録一首

生還麤勝虞番退不如踈𤨏死初聞道平生誤信書風

濤驚夜半疾病送災餘賴有蕭夫子幽懷得少攄

軾詩好用古人姓壓韻前人有譏之者若此詩起二句亦是習氣未除而格韻則高堅於晚節矣

次韻韶倅李通直二首 錄一首

一篇瀧吏可書紳莫向長沮更問津老去常憂伴新鬼歸來且喜是陳人曾陪令尹蒼髯古又見郎君白髮新回首天涯一惆悵卻登梅嶺望楓宸

李伯時畫其弟亮功舊隱宅圖

樂天蚤退今安有摩詰長閒古亦無五畝自栽池上竹十年空看輞川圖近聞陶令開三徑應許揚雄寄一區晚歲與君同活計如雲鵝鴨散平湖

池上承樂天句輞川承摩詰句陶令比李揚雄自喻一意直下舒展自如斯為律詩神境

贈嶺上老人

鶴骨霜髯心已灰青松合抱手親栽問翁大庾嶺頭住曾見南遷幾箇回

高朗得青蓮之一體

娛書堂詩話曰東坡還至庾嶺上少憩村店有一老翁出問從者曰官為誰曰蘇尚書曰是蘇子瞻歟曰是也乃前揖坡曰我聞人害公者百端今日北歸是天祐善人也東坡笑而謝之因題此詩於壁

予昔過嶺而南題詩龍泉鐘上今復過而北次前韻

秋風卷黃落朝雨洗綠淨人貪歸路好節近中原正下嶺獨徐行艱嶮未敢忘遙知叔孫子已致魯諸生

刻意斲削節短而味長

陸游曰建中初韓曾二相得政盡収用元祐人其不名者亦補大藩惟東坡兄弟猶領宮祠末句蓋寓所謂不能致者二人意深語緩尤未易窺測

過嶺一首

暫著南冠不到頭卻隨北雁與歸休平生不作兔三窟今古何殊貉一丘當日無人送臨賀至今有廟祀潮州

劍關西望七千里乘輿真為玉局游

七年來往我何堪又試曹溪一勺甘夢裡似曾遷海外
醉中不覺到江南波生濯足鳴空澗霧繞征衣滴翠嵐
誰遣山雞忽驚起半嵒花雨落毵毵

視遷謫猶醉夢中知其胸中别有澄定者在

方回曰紹聖元年甲戌貶惠州四年丁丑貶儋耳明年元豐戊寅改元三年庚辰量移廉州永州自便凡七年楊憑貶臨賀尉惟徐晦送之此事極切夢裏似

曾遷海外此聯甚佳殊不以遷謫為意也

留題顯聖寺

渺渺疎林集晚鴉孤村烟火梵王家幽人自種千頭橘
遠客來尋百結花浮石已乾霜後水焦坑閑試雨前茶
秖疑歸夢西南去翠竹江村遶白沙

歇白塔鋪

甘山廬阜欝長望林隙依稀漏日光吳國晚蠶初斷業
占城蚤稻欲移秧迢迢澗水隨人急冉冉巖花撲馬香
望眼儘從飛鳥遠白雲深處是吾鄉

欝孤臺 自注再過虔州和前韻

吾生如寄耳嶺外亦閑游贛石三百里寒江尺五流楚
山微有霰越瘴久無秋望斷横雲嶠魂飛咤雪洲曉鐘
時出寺暮鼓各鳴樓歸路迷千嶂勞生閱百州不隨猿
鶴化甘作賈胡留秖有貂裘在猶堪買釣舟

深穩之至彌出清新　吾生如寄耳一句集中屢見其横溢固不屑屑於此也

次韻江晦叔二首 録一首

鐘鼓江南岸歸來夢自驚浮雲世事改孤月此心明雨
已傾盆落詩仍翻水成二江争送客木杪看橋横

冲襟内蘊見於文詞無不邃然入理

苕溪漁隱叢話曰東坡自嶺外歸次韻江晦叔云浮雲世事改孤月此心明語意高妙如參禪悟道之人吐露胸襟無一毫窒礙也

困學紀聞曰浮雲世事改孤月此心明坡公晚年所

造深矣　更無柳絮隨風起惟有葵花向日傾見司馬公之心浮雲世事改孤月此心明見東坡公之心

寒日與器之游南塔寺寂照堂

城南鐘鼓鬬清新端為投荒洗瘴塵總是鏡空堂上客誰為寂照境中人紅英掃地風驚曉綠葉成陰雨洗春記取明年作寒食杏花曾與此翁鄰

花落木榮不言人事而人事之變遷自見寄慨良深

贈詩僧道通

雄豪而妙苦而腴孫有琴聰與蜜殊（自注錢塘僧思聰總角善琴後捨琴而學詩復棄詩而學道其詩似皎然而加雄放安州僧仲殊詩敏捷立成而工妙絕人殊辟穀常啖蜜）語帶烟霞從古少（自注李太白云他人之文如山無烟霞春無草木）氣含蔬筍到公無（自注謂無酸餡氣也）香林乍喜聞薝蔔古井惟愁斷轆轤為報韓公莫輕許從今島可是詩奴

氣含蔬筍祇是以諧語入詩遂成千古名論世之開堂為人者能得斯意定知兎園四六敗麓時文撮合補綴不足為支那撰述而具正法眼藏者即如不搽紅粉也

風流只要檀郎認得聲等句皆為解第一義也

石林詩話曰唐詩僧中葉以後其名字班班為時所稱者甚多然詩皆不傳如經來白馬寺僧到赤烏年數聯僅見文士所錄而已陵遲至貫休齊己之徒其詩雖存然無足言矣中間惟皎然最為傑出故其詩十卷獨全亦無甚過人處近世僧學詩者極多皆無超然自得之氣往往反拾掇摸倣士大夫所殘棄又自作一種體格律尤凡俗世謂之酸餡氣子瞻贈惠通詩云語帶烟霞從古少氣含蔬筍到公無嘗語人曰頗解蔬語否為無酸餡氣也聞者莫不大笑

西清詩話曰東坡言僧詩要無蔬筍氣固詩人龜鑑今時誤解便作世網中語殊不知本分家風水邊林下氣象蓋不可無若盡洗去清拔之韻便與俗同科又何足尚

竹坡詩話曰思聰杭州孤山僧東坡倅杭令和參寥子昏字韻詩云千點亂山橫紫翠一鉤新月掛黃昏

大加稱賞大觀政和間挾琴游梁日登中貴人之門久之遂還俗為御前使臣方其將冠巾也蘊叔黨因浙僧入都送詩云試誦北山移為我拾琴聽詩至已無反矣

予昔作壺中九華詩其後八年復過湖口則石已為好事者取去乃和前韻以自解云

江邊陣馬走千峯問訊方知冀北空尤物已隨清夢斷自注劉夢得以九華為造物一尤物真形猶在畫圖中自注道藏有五岳真形圖歸來晚

歲同元亮郤掃何人伴敬通賴有銅盆修石供仇池玉色自瓌瓏自注家有銅盆貯仇池石正綠色有洞水達背予又嘗以怪石供佛印師作怪石供一篇

次韻郭功甫二首錄一首

蚤知臭腐即神奇海北天南總是歸九萬里風安稅駕雲鵬今悔不卑飛

以摘官為搏扶擬卑飛於厚祿偶露不平之鳴猢案獨絕

林子仁曰功甫觀先生畫雪雀有感作詩寄惠州云平生才力信瓌奇今在窮荒豈易歸正似雪林枝上畫羽翰雖好不能飛後先生北歸又用前韻寄詩云秋霜春雨不同時萬里今從海外歸已出網羅毛羽在却尋雲跡帖天飛今次其韻也

宋復古畫瀟湘晚景圖三首

西征憶南國堂上畫瀟湘照眼雲山出浮空野水長舊游心自省信手筆都忘會有衡陽客來看意渺茫

落落君懷抱山川自屈蟠經營初有適揮灑不應難江

市人家少烟村古木攢知君有幽意細細為尋看

咫尺殊非少陰晴自不齊徑蟠趨後崦水會赴前溪自說非人意曾經入馬蹄他年宦遊處應話劍山西

首篇言畫之梗概終篇言畫之曲折中篇乃以前四句承上後四句起下結構森嚴不但霞絢冰瑩獨標瓌穎

嘲子由

堆几盡埃簡攻之如蠹蟲誰知聖人意不在古書中

正是讀書萬卷人語不悅學者不能道通雅稱馮開之

云讀書太樂則漫太苦則澁董遇之百遍考亭之半日
則[illegible]之每事一過其各得於輪扁之
昔者子數語可為此詩注脚

第五橋

白露淒風洗瘴烟夢田相對兩淒然雀羅廷尉非當日
鳩杖先生愈少年世事飽諳思縮手主恩未報恥歸田
誰憐第五橋東水獨照台州老鄭虔

五六一聯詞意深厚

軒牕

東鄰多白楊夜作雨聲急牕下獨無眠秋蟲見燈入

魚

湖上多魚子初生不畏人自從識釣餌欲見更無因

欽定四庫全書

集部

御選唐宋詩醇卷四十二 四十三

詳校官山東道御史臣温常綬

總校官編修臣朱鈐
校對官中書臣王學海
謄録監生臣汪永炯

欽定四庫全書

御選唐宋詩醇卷四十二

山陰陸游詩一

[illegible]魏六朝以至於唐而詩之變盡[illegible]以時異故宋人繼唐之後不規[illegible]一家而止然其體製雖殊而波[illegible]未窺古人門戶於一代大家橫生訾議而不善學者又徒襲其聲貌亦兩失之矣宋自南渡以後必以陸游為冠當時稱大家者曰蕭楊范陸楊萬里則曰尤蕭范陸至劉克莊乃曰放翁學力似杜甫又曰南渡而下放翁故為一大宗朱子與徐賡載書放翁詩讀之爽然近代惟見此人為有詩人風致今諸家詩具在可與游匹者誰也觀游之生平有與杜甫類者少歷兵間晚棲農畝中間浮沉中外在蜀之日頗多其感激悲憤忠君愛國之誠一寓於詩酒酣耳熱跌蕩淋漓至於漁舟樵徑茶椀爐熏或雨或晴一草一木莫

不著為味歌以寄其意此與甫之詩何以異哉詩至萬首瑕瑜互見評者以為譬之深山大澤包含者多不暇剪除蕩滌非如守半畝之宮一木一石可屈指計數可謂知言矣若捐疵纇存英華畧纖巧可喜之詞而發其閎深微妙之指何嘗不與李杜韓白諸家異曲同工可以配東坡而無愧者哉茲所存者僅逾二十之一直使天青木響水落石出其有以破拘士之見而守劍南門戶者亦知所取則也夫

寄酬曾學士學宛陵先生體比得書云所寓廣教僧舍有陸子泉每對之輙奉懷

庭中下乾鵲門外傳遠書小印紅屈蟠兩端黄蠟塗開緘展矮紙滑細疑卵膚首言勞良苦後問逮妻孥中間勉以仕語意極勤渠字如老瘠竹墨淡行疏疏詩如古鼎篆可愛不可摹快讀醒人意垢癢逢爬梳細讀味益長炙轂出膏腴行吟坐卧看廢食至日晡想見落筆時萬象聽指呼亦知題詩處緑井石髮麤公閑計有客煎

茶罝風爐倘公無客時濯纓亦足娱并名本李疵思人
理豈無居然及賤子媿謝恩意殊幾時得從公舊學鋤
荒蕪古文講聲形誤字辨魯魚時時酌并泉露芽奉瓢
盂不知公許否因風報何如

送曾學士赴行在

二月侍燕觴紅杏寒未坼四月送入都杏子已可摘流
年不貸人俯仰遂成昔事賢要及時感此我心惻欲書
加餐字寄之西飛翮念公為民起我得怨乖隔遥遥跂

前旌去去望車軛亭郭鬱將暮落日澹陂澤敢忘國士
風涕泣效臧獲敬輸千一慮或取二三策公歸對延英
清問方側席民瘼公所知願言寫肝膈向來酷吏横至
今有遺螫織羅士破膽白著民碎魄詔書已屢下宿蠧
或未革期公作醫和湯劑窮絡脉士生恨不用得位忍
辭責併乞謝諸賢努力光竹帛

前篇學宛陵此遂并近工部道義相勗辭意俱古

唐書劉晏傳州縣取富人督漕輓謂之船頭主郵遞
謂之捉驛稅外横取謂之白著

新夏感事

百花過盡緑陰成漠漠爐香睡晚晴病起兼旬疏把酒
山深四月始聞鶯近傳下詔通言路已卜餘年見太平
聖主不忘初政美小儒惟有涕縱横

風調清蒼立言得體直是通達治理非尋常嘲風弄月
者比

王士正曰劉公戫論詩云七律較五律多二字耳其

難什倍譬開硬弩祗到七分若到十分滿古今亦罕
矣予因思唐宋以來為此體者何翅千百人求其十
分滿者唯杜甫李頎李商隱陸游及明之空同滄溟
二李數家耳

文集曾文清公志銘太上懲秦氏専政之後開言路
獎孤直應詔論事者甚衆

留題雲門草堂

小住初為旬月期二年留滯未應非尋碑野寺雲生屨

送客溪橋雪滿衣親滌硯池餘墨漬卧看爐面散煙霏
他年遊宦應無此早買漁蓑未老歸

度浮橋至南臺

客中多病廢登臨聞說南臺試一尋九軌徐行怒濤上
千艘横繫大江心寺樓鐘鼓催昏曉墟落雲煙自古今
白髪未除豪氣在醉吹横笛坐榕陰

頷聯寫浮橋語頗偉麗五六雄渾中興象自遠有涵蓋一切之氣

還縣

霽色清和日已長綸巾蕭散意差强飛飛鷗鷺陂塘緑
鬱鬱桑麻風露香南陌東村初過社輕裝小隊似還鄉
哦詩忘却登車去枉是人言作吏忙

三四閒雅可愛畫手有不能寫處

航海

我不如列子神遊御天風尚應似安石悠然雲海中卧
看十幅蒲彎彎若張弓潮來湧銀山忽復磨青銅飢鶻
掠船舷大魚舞虚空流落何足道豪氣蕩肺胸歌罷海
動色詩成天改容行矣跨鵬背弭節蓬萊宫

東陽道中

風欹烏帽送輕寒雨點春衫作碎斑小吏知人當著句
先安筆硯對溪山

送七兄赴揚州帥幕

初報邊烽照石頭旋聞胡馬集瓜州諸公誰聽芻蕘策
吾輩空懷畎畝憂急雪打窗心共碎危樓望遠涕俱流

豈知今日淮南路亂絮飛花送客舟

五句承上但覺忠憤填胸不復論其造句之警此子美嫡嗣他人不能到也

以石芥送劉韶美禮部劉比釀酒勁甚因以為戲

古人重改陽城驛吾輩欣聞石芥名風味可人終骨鯁
尊前真見魯諸生

草木名物見好賢之意風人微旨可以風世厲俗

元微之陽城驛詩商有陽城驛名同陽道州陽公没

已久感我淚交流祠曹諱羊祜此驛何不倂我欲避
公諱名為避賢驛

寄張真父舍人

諸公方袞袞無地着斯人萬里夔州守中朝禁省臣孤
帆秋上峽五馬曉班春想見懷明主登臨白髮新

病中簡仲彌性唐克明蘇訓直

移疾還家暫曲肱依然耐久北窓燈心如澤國春歸雁
身是雲堂旦過僧細雨佩壺尋廢寺夕陽下馬弔荒陵

小留莫厭時追逐勝社年來冷欲氷原註三君皆有歸志故云

晚泊慈姥磯下

山斷峭崖立江空翠靄生漫多來往客不盡古今情月
碎知流急風高覺笛清兒曹笑老子不睡待潮平

格力殊健起勢尤為挺拔

夜宿陽山磯將曉大雨北風甚勁俄頃行三百餘
里遂抵雁翅浦

五更顛風吹急雨倒海翻江洗殘暑白浪如山潑入船
家人驚怖篙師舞此行十日苦滯留我亦蘆叢厭鳴艣
書生快意輕性命十丈蒲帆百夫舉星馳電騖三百里
坡隴聯翩雜平楚船頭風浪聲愈厲助以長笛撾鼉鼓
豈惟澎湃震山嶽直恐澒洞連后土起看草木盡南靡
水鳥號鳴集洲渚稽首龍公謝風伯區區未禱煩神許
應知老去負壯心戲遣窮途出豪語

王士正曰南渡惟陸務觀為大宗七言遜杜韓蘇黃
諸大家正坐沈鬱頓挫少耳要非餘人所及

送全州趙都曹

霜葉無停聲脂車有行色正悲南浦秋又送清湘客啼
飢兒頰紅待養親髮白努力事上官世路日已迫

發端清妙後幅語帶憤激矣

病中作

豫章瀕大江氣候頗不令孟冬風薄人十室八九病外
寒客肺胃下濕攻腳脛俗巫醫不藝嗚呼安託命我始
屏藥囊治疾以清靜幻妄消六塵虛白全一性三日體

遂輕成此不戰勝長年更事多苦語君試聽

醉中歌

吾少貧賤真臞儒貪食嗜味老不除折腰斂版日走趨歸來聊以醉自娱長鉼巨榼羅盃盂不須漁翁勸三閭牛尾膏美如凝酥猫頭輪囷欲專車黄雀萬里行頭顱白鷺作鮓天下無潯陽糖蟹徑尺餘吾州之䱒尤嘉蔬珍盤餖飣百味俱不但項臠與腹腴悠然一飽自笑愚顧為口腹勞形軀投劾行矣歸園廬莫厭糲飯嘗黄葅

上巳臨川道中

二月六夜春水生陸子初有臨川行溪深橋斷不得渡城近臥聞吹角聲三月三日天氣新臨川道中愁殺人纖纖女手桑葉綠漠漠客舍桐花春平生怕路如怕虎幽居不肯遊城府鶴軀若瘦坐長飢龜息無聲惟默數如今自憐還自笑斂版低心事年少儒冠未恨終自誤刀筆最驚非素料五更敧枕一悽然夢裏扁舟水接天紅蕖綠芰梅山下白塔朱樓禹廟邊

隨意

隨意上漁舟幽尋不預謀清溪欣始泛野寺憶前遊豐歲雞豚賤霜天柿栗稠餘生知有幾且置萬端憂

起句之妙正以不著意得之

遊山西村

莫笑農家臘酒渾豐年留客足雞豚山重水複疑無路柳暗花明又一村簫鼓追隨春社近衣冠簡朴古風存從今若許閒乘月拄杖無時夜叩門

有如彈丸脫手不獨善寫難狀之景

雨霽出遊書事

十日苦雨一日晴拂拭拄杖西村行清溝泠泠流水細好風習習吹衣輕四鄰蛙聲已閣閣兩岸柳色爭青青辛夷先開半委地海棠獨立方傾城春工遇物初不擇亦秀燕麥開蕪菁薺花如雪又爛熳百草紅紫那知名小魚誰取置道側細柳穿頰危將烹欣然買放寄吾意草萊無地蘇疲氓

閑閑即目有鳶飛魚躍之意末句一轉便追風人非大家烏能有此

上虞逆旅見舊題歲月感懷

舴艋為家東復西今朝破曉下前溪青山缺處日初上孤店開時鶯亂啼倦枕不成千里夢壞墻閒覓十年題漆園傲吏猶非達物我區區豈足齊

題十八學士圖

隋日昏曀東南傾雷塘風吹草木腥平時但忌黑色兒

不知乃有虬鬚生晉陽龍飛雲瀰瀰闕洛萬里即日平東征歸來朊金甲天策開府延豪英琴書閑暇永清晝簪履光彩明華星高參伊吕列佐命下者才氣猶崢嶸但餘一恨到千載高陽繆公來竊名老奸得志國幾喪李氏誅徙連孤嬰向令丞念履霜戒危亂安得存勾萌衆賢一佞[illegible]尚爾掩卷涕淚臨風横

自古知人不易一經指出便為炯戒此詩之有關政治者筆亦勁直無比

唐書秦王使閻立本圖像文學褚亮為之贊題名爵里號十八學士圖

夜聞松聲有感

清晨放船落星石大風吹颿如箭激回頭已失廬山雲却上吳城觀落日夜深龍歸擘祠門入木數寸留爪痕明朝就視心尚慄腥風卷地雷霆奔歸船買酒持自慰性命平生驚屢戲固知神怒有定時波紋蹙作魚鱗細如今衰病卧林坰霜覆茆簷月滿庭松聲驚破三更夢

猶作當時風浪聽原註余丙戌七月自京口移官豫章月風濤自星子解舟不半日至吳城山小龍廟

十二月一日

東風吹斗柄暖律變嚴凝草色迷殘燒溪流帶斷氷兒書春日牓女剪上元燈莫笑蒲龕睡山翁怯歲增

宿楓橋

七年不到楓橋寺客枕依然半夜鐘風月未須輕感慨巴山此去尚千重

所謂一番拈起一番新也

雨中泊趙屯有感

歸燕羈鴻共斷魂荻花楓葉泊孤村風吹暗浪重添纜雨送新寒半掩門魚市人煙橫慘淡龍祠簫鼓鬧黄昏此身且健無餘恨行路雖難莫更論

潘閬奇曰三四風景颯然五六亦稱

入蜀記大風解船經皖口至趙屯未朝食已行百五十里而風益大乃泊夾中趙屯有戍兵亦小市聚也夜雨

秋風

秋風吹客檣節物嘆遐方歲事忽云莫吾行殊未央霜清漢水緑日落楚山蒼此去三巴路無猿亦斷腸

前四句踈宕五六撐拄得起結有餘力逼真盛唐格律

重陽

照江丹葉一林霜折得黄花更斷腸商略此時須痛飲細腰宫畔過重陽

王士正曰偶與友人論宋人絶句若放翁照江丹葉一林霜舟中一雨掃飛蠅江上荒城猿鳥悲諸篇皆可直追唐音

入蜀記九日泊塯子磯求菊花於江上人家得數枝芬馥可愛為之頽然徑醉

沙頭

游子行愈遠沙頭逢莫秋孫劉鼎足地荆益犬牙州鼓角風雲慘江湖日夜浮此生應衮衮高枕看東流

雄渾悲壯直摩浣花之壘

移船

沙際舟銜尾相依作四隣暮年多感慨分路亦酸辛析竹占行日吹簫賽水神無勞問亭驛久客自知津

將離江陵

莫莫過渡頭旦旦走堤上舟人與關吏見熟識顏狀癡頑久不去常恐遭誚讓昨日倒檣竿今日賸百丈買薪備雨雪儲米滿瓶盎明當遂去此障袂先側望即今孟冬月波濤幸非壯潦收出奇石霧卷見疊嶂地嶮多崎

嶇峽束少平曠從來樂山水臨老愈跌宕皇天憐其狂擇地令自放山花白似雪江水綠於釀竹枝本楚些妙句寄悽愴何當出清詩千古續遺唱

入蜀記九月二十日倒檣竿立艣牀盖上峽惟用艣及百丈不復張帆矣百丈以巨竹四破為之大如人臂予所乘千六百斛船用艣六枝百丈兩車

滄灘

百夫正讙助鳴艣舟中對面不得語須臾人散寂無譁

惟聞百丈轉兩車嘔嘔啞啞車轉急舟人已在沙際立霧斂蘆村落照紅雨餘漁舍炊煙濕故鄉回首已千山上峽初經第一灘少年亦慕宦遊樂投老方知行路難

松滋小酌

西遊六千里此地最淒涼騷客久埋骨巴歌猶斷腸風聲撼雲夢雪意接瀟湘萬古茫茫恨悠然付一觴

五六翛然意遠兼有沈雄之氣孟浩然云獵響驚雲夢漁歌激楚詞妙處故應遜此

晚泊松滋渡口

小灘拍拍鸕鷀飛深竹蕭蕭杜宇悲看鏡不堪衰病後繫船最好夕陽時生涯落魄惟耽酒客路蒼茫自詠詩莫問長安在何許亂山孤店是松滋

繫舟下牢溪遊三遊洞二十八韻

舊觀三峽圖常謂非人情意疑天壤間豈有此崢嶸畫師定戲耳聊欲窮丹青西遊過沔鄂莽莽千里平昨日到峽州所見始可驚乃知畫非妄却恨筆未精及兹下

牢戍峰嶂畢自呈下入裂坤軸高騫插青冥角勝多列峙擅美有孤撐或如釜上甑或如坐後屏或如倨而立或如喜而迎或深如螺房或疎如窗櫺峨巍冠冕古婀娜髻鬟傾其間絕出者虎搏蛟龍獰崩崖凜欲墮修梁架空橫懸瀑瀉無底終古何時盈幽泉莫知處但聞珩珮鳴怪怪與奇奇萬狀不可名久聞三遊洞疾走忘病嬰竇穴初漆黑傴僂捫壁行方虞觸螫蛇頫見一點明扶接困僮奴恍然出瓶罌穹窿厦屋寬滴乳成微泓題

名歐與黃雲蒸蒼蘚平穿林走驚麏拂面逢飛鼯息倦
盤石上拾樵買茶鐺長嘯酓谷響清吟和松聲辭卑不
堪刻猶足寄友生

語奇句老頗近昌黎視南山蓋具體而微爾

秋風亭拜寇萊公遺像

江上秋風宋玉悲長官手自葺茆茨人生窮達誰能料
蠟淚成堆又一時

感慨繫之其風調最佳

王士禎曰詩意以蠟淚成堆為公貴後事按后山叢
談所記則自其微時已然旣為宰相乃所謂無地起
樓臺相公也此萊公英雄本色所以不可及

入蜀記巴東謁寇萊公祠登秋風亭下臨江山是日
重陰微雪天氣飂飄復觀亭名使人悵然始有流落
天涯之歎

聞猿

瘦盡腰圍不為詩良辰流落自成衰也知客裏偏多感
誰料天涯有許悲漢塞角殘人不寐渭城歌罷客將離
故應未抵聞猿恨況是巫山廟裏時

排宕開闔波瀾無限格調自李商隱得之故自青出於
藍

瞿塘行

四月欲盡五月來峽中水漲何雄哉浪花高飛暑路雪
灘石怒轉晴天雷千艘萬舸不敢過篙工柂師心膽破
人人陰拱待勢衰誰敢輕行犯奇禍一朝時去不自由

山腹空有沙痕留君不見陸子歲莫來夔州瞿塘峽水
平如油

入蜀記入瞿塘峽兩壁對聳上入霄漢其平如削成
仰視天如疋練然水已落峽中平如油盎

蹋磧

鬼門關外逢人日蹋磧千家萬家出竹枝慘戚雲不動
劍器聯翩日將夕行人十有八九瘦見慣何曾羞顧影
江邊沽酒沙上卧峽口月出風吹醒人生未死信難知

顱頷夔州生鬢絲何日畫船揺桂檝西湖却賦探春詩

鄉中每以寒食立夏之間省墳客夔適逢此時悽然感懷

手持綠酒酹蒼苔今歳何由匹馬來清淚不隨春雨斷孤吟欲和暮猿哀皂貂破弊歸心切白髪淒凉老境催壟墓只思長不出松門日日手親開

風雨中望峽口諸山奇甚戲作短歌

白鹽赤甲天下雄拔地突兀摩蒼穹凜然猛士撫長劍

空有豪健無雍容不令氣象少渟滀常恨天地無全功今朝忽悟始歎息妙處元在煙雨中太陰殺氣横慘澹元化變態含空濛正如奇材遇事見平日乃與常人同安得朱樓高百尺看此疾雨吹横風

奇思横出傑語迭見

晚晴聞角有感

暑雨初收白帝城小荷新竹夕陽明十年塵土青衫色萬里江山畫角聲零落親朋勞遠夢淒凉鄉社負歸耕議郎博士多新奏誰致當時魯二生

游嘗與范成大論東坡遥知叔孫子已致魯諸生句謂為意深語緩此詩結意雖顯亦有不盡之致

畏虎

滑路滑如苔澀路澀若梯更堪都梁下一雪三日泥泥深尚云可委身餓虎蹊心寒道上跡魄碎茆葉低常恐不自免一死均豬雞老馬亦甚畏惝惝不敢嘶吾聞虎雖暴未嘗窺汝棲孤行莫不止取禍非排擠彼讒實有

心平地生溝谿哀哉馬新息薏苡成珠犀

得詩人激刺之旨截然徑住彌健彌深

躡水延福寺早行

化蝶方酣枕聞雞又著鞭亂山徐吐日積水遠生煙淹泊真衰矣登臨獨惘然桃花應笑客無酒到愁邊（原註：酒禺盡市酤不可飲）

著語之工視四更山吐月殘夜水明樓一警健一細緻

大安病酒留半日王守復來招不往送酒解酲因

小飲江月館

江驛春酲半日留吏煩送酒為扶頭柳花漠漠嘉陵岸別是天涯一段愁

曉發金牛

客枕何時穩忽忽又東裝快晴生馬影新暵坼花房沮水春流綠嶓山曉色蒼阿瞞狼狽地千古有遺傷 原註自金牛以西皆明皇幸蜀路

山南行

我行山南已三日如繩大路東西出平川沃野望不盡

麥隴青青桑鬱鬱地近函秦氣俗豪鞦韆蹴鞠分明曹皆宿連雲馬蹄健楊柳夾道車聲高古來歷歷興亡處舉目山川尚如故將軍壇上冷雲低丞相祠前春日暮國家四紀失中原師出江淮未易吞會看金鼓從天下却用關中作本根

和高子長參議道中

梁州四月晚鶯啼共憶扁舟罨畫谿莫作世間兒女態明年萬里駐安西

翩翩有俠氣

次韻張季長題龍洞

我昔謁紫皇騎鳳驂虬龍俯不見塵世浩浩萬里空謫墮尚遠遊忽到漢始封西望接蜀道北顧連秦中壯哉形勝區有此蜿蜒宮雷霆自鞺鞳環玦亦瑽瓏石屋如建章萬戶交相通來者各有得盡取知無從憑高三歎息自古幾英雄老我文字衰揮毫看諸公

慨然遠望落想在耳目之外

太息 原註宿青山鋪作

太息重太息吾行無終極冰霜迫殘歲鳥獸號落日秋砧滿孤村枯葉擁破驛白頭鄉萬里墮此虎豹宅道邊新食人膏血染草棘平生鐵石心忘家思報國即今冒九死家國兩無益中原久喪亂志士淚橫臆切勿輕書生上馬能擊賊

閬中作

殘年作客遍天涯下馬長亭便似家三疊淒涼渭城曲
數枝閑澹閬中花襞牋授管相逢晚理鬢熏衣一笑譁
俱是邯鄲枕上夢墜鞭不用憶京華

遊錦屏山謁少陵祠堂

城中飛閣連危亭處處軒窗臨錦屏涉江親到錦屏上
却望城郭如丹青虛堂奉祠子杜子眉宇高寒照江水
古來磨滅知幾人此老至今元不死山川寂寞客子迷
草木搖落壯士悲文章垂世自一事忠義凜凜令人思

夜歸沙頭雨如注北風吹船橫半渡亦知此老憤未平
萬竅爭號泄悲怒

傷今懷古懷抱畧同愾焉寤歎如見其人亦以寫其胸
臆爾

歸次漢中境上

雲棧屏山閱月遊馬蹄初喜蹋梁州地連秦雍川原壯
水下荊揚日夜流遺虜孱孱寧遠略孤臣耿耿獨私憂
良時恐作他年恨大散關頭又一秋

才氣慷慨不詭風人

南沮水道中

磴舍臨湍瀨檣船聚小潭山形寒漸瘦雪意莫方酣久
客情懷惡頻來道路諳家山空悵望無夢到江南

長木夜行抵金堆市

夜行長木村重霧雜零雨溼螢粘野蔓寒犬吠雲塢道
壞交細泉亭廢立遺堵時時過農家燈火照鳴杼嗟予
獨何事無歲得安處即今窮谷中性命寄豺虎三更投

小市買酒慰羈旅高詠東山詩悵望懷往古

赴成都泛舟自三泉至益昌謀以明年下三峽

詩酒清狂二十年又摩病眼看西川心如老驥常千里
身似春蠶已再眠莫雪烏奴停醉帽秋風白帝放歸船
飄零自是關天命錯被人呼作地仙

頷聯自佳近人朱彝尊乃謂比興之體可以偶見摭其
相類之句以為前後稠疊何乃吹毛求疵

王士正曰蜀道廣元縣蜀王弟葭萌所封古苴侯國

城西二里有烏奴山陸游詩莫雪烏奴停醉帽秋風
白帝放歸船是也

雪晴行益昌道中頗有春意

杜陵雁下歲將殘疋馬西遊雪擁關顛頹敢忘雙闕路
淹遲遍看兩川山春回柳眼梅鬚裏愁在鞭絲帽影間
安得黄金成大藥為人千載駐頳顏

劍門道中遇微雨

衣上征塵雜酒痕遠遊無處不消魂此身合是詩人未

細雨騎驢入劍門

盧世潅曰筆墨之氣脱化殆盡

劍門城北回望劍關諸峰青入雲漢感蜀亡事慨
然有賦

自昔英雄有屈信危機變化亦逡巡陰平窮寇非難禦
如此江山坐付人

劉禪庸主譙周庸臣七字中含多少感慨

綿州魏成縣驛有羅江東詩云芳草有情皆礙馬
好雲無處不遮樓戲用其韻

老夫發興忽西遊遠跨秦吳萬里秋尊酒登臨遍山寺
歌辭散落滿江樓孤城木葉蕭蕭下古驛灘聲濺濺流
未許詩人誇此地茂林修竹憶吾州

東津

歲莫涪江水歸壑白沙渺然石犖角蜀天常燠少雪霜
綠樹青林不搖落闌干詰曲臨官道煙靄參差望城郭
打魚斫膾脩故事豪竹哀絲奉歡樂樂莫樂於新相知

美人一笑回春姿四方本是丈夫事安用一生無別離

深情老筆視少陵二作雖未敢旗鼓中原亦當鴈行同
時諸子豈敢望其項背

東山

今日之集何佳哉入關劇飲始此回登山正可小天下
跨海何用尋蓬萊青天肯為陸子見妍日似趣梅花開
有酒如涪綠可愛一醉直欲空千罍駝酥鵝黄出隴右
熊肪玉白黔南來眼花耳熱不知夜但見銀燭高花摧

京華故人死太半歡極往往潸生哀聊將豪縱壓憂患
鼓吹動地聲如雷

高風跨俗真骨凌霜高作也

綿州録參廳觀姜楚公畫鷹少陵為作詩者

我來訪古涪之濆不辭百罔冀一真走馬朝尋海樓館
斫膾夜醉魴魚津越王高樓亦已換俯仰今古堪悲辛
督郵官舍最卑陋棟橈楹腐知幾春巋然此壁獨亡恙
老槎勁翮完如新向來劫火何自免叱呵守護疑有神

妖狐九尾穴中國共置不問如越秦天時此物合致用
下韝指呼端在人會當原野灑毛血坐令萬里清煙塵
老眼還憂不及見詩成肝膽空輪囷

西郊尋梅

西郊梅花矜絶艷走馬獨來看不厭似羞流落紫市塵
寧墮荒寒傍菰店脩然自是世外人過去生中差一念
淺顰常鄙桃李學獨立不容鶯蝶覘山礬水仙晚角出
大是春秋吳楚僭餘花豈無好顏色病在一俗無由砭
朱欄玉砌渠有命斷橋流水君何欠嗟余相與頗同調
身客劍南家在剡淒涼萬里歸無日蕭颯二毛衰有漸
尚能作意晚相從爛醉不辭盃瀲灩

因險出奇卻不落小家數

海棠 原註范希元圃

誰道名花獨故宮 原註謂故蜀燕王宮 東城盛麗足爭雄橫陳錦
障闌干外盡吸紅雲酒醆中貪看不辭持夜燭倚狂直
欲擅春風拾遺舊咏悲零落瘦損腰圍擬未工 原註老杜不應

無海棠詩意其失傳爾

孫勷曰末句妙於翻案如此著意自爾無陳非新

驛舍見故屏風畫海棠有感

猒煩只欲長面壁此心安得頑如石杜門復出歎習氣
止酒還開懸定力成都一月海棠開錦繡裏城迷巷陌
燕宮最盛號花海霸國雄豪有遺迹猩紅鸚綠極天巧
疊萼重跗眩朝日繁華一夢忽吹散閉眼細思猶歷歷
憂樂相尋豈易知故人應記醉中詩夜闌風雨嘉州驛

愁向屏風見折枝

結尾點題含情無限通首俱成波瀾矣夜聞松聲有感與此同調蓋其作用熟也

登荔枝樓

平羌江水接天流涼入簾櫳已似秋歎作主人元是客知非吾土強登樓閒憑曲檻常忘去欲下危梯更小留公事無多厨醸美此身不負負嘉州 原註辭能詩不負嘉州只負身

凌雲醉歸作

峨嵋月入平江水歎息吾行俄至此謫仙一去五百年至今醉魂呼不起玻瓈春滿琉璃鍾 原註玻瓈春眉州酒名 宦情苦薄酒興濃飲如長鯨渴赴海詩成放筆千觴空十年看盡人間事更覺麴生偏有味君不見蒲萄一斗換得西涼州不如將軍告身供一醉

醉中感懷

早歲君王記姓名只今顦顇客邊城青衫猶是鵷行舊白髮新從劍外生古戍旌旗秋慘澹高城刁斗夜分明

壯心未許全消盡醉聽檀槽出塞聲

盧世㴶曰三四無限感慨

玻瓈江 原註眉州共飲亭蓋取東坡共飲玻瓈江之句追懷舊遊戲作以補西州樂府

玻瓈江水千尺深不如江上離人心君行未過青衣縣妾心先到峨嵋陰金罇共醻不知曉月落煙渚天橫參車輪無角那得住馬蹄不方何處尋空憑尺素寄幽恨縱有綠綺誰知音愁來只欲掩屏睡無柰夢斷聞疎砧 原註古樂府安得雙車輪一夜生四角唐人詩云長安塵土中馬蹄團重重郎馬蹄不方何處認郎蹤

清便宛轉別成風調視范成大作奚啻牀上下之別

送客至江上

多事經旬不出城今朝送客此閑行郊外遠帶新晴色人語中含樂歲聲天際斂雲山盡出江流收漲水初平故園社友應惆悵五歲無端棄耦耕

如此領聯較之繞郭烟嵐滿山樓閣以相跨耀者獨有雅人深致

九月十六日夜夢駐軍河外遣使招降諸城覺而

有作

殺氣昏昏横塞上東並黄河開玉帳晝飛羽檄下列城夜脫貂裘撫降將將軍櫪上汗血馬猛士腰間虎文韔階前白刃明如霜門外長戟森相向朔風卷地吹急雪轉盼玉花深一丈誰言鐵衣冷徹骨感義懷恩如挾纊腥臊窟穴一洗空太行北嶽原無恙更呼斗酒作長歌要遣天山健兒唱

成都行

倚錦瑟擊玉壺吳中狂士遊成都成都海棠十萬株繁華盛麗天下無青絲金絡白雪駒日斜馳遣迎名姝燕脂褪盡見玉膚綠鬟半脫嬌不梳吳綾便面對客書斜行小草密復踈墨君秀潤瘦不枯風枝雨葉筆筆殊月浸羅襪清夜徂滿身花影醉索扶東來此歡墮空虛坐悲新霜點鬢鬚易求合浦千斛珠難覔錦江雙鯉魚

一結見意詩體如是

初寒

江路常逢雨山城早得寒蘭凋初解佩菊老尚加餐原註（嘉陽有崇蘭以八九月盛開）節物知何負情懷自鮮歡浮生看已熟不必夢邯鄲

木山

枯楠千載遺風雷披枝折幹吁可哀輪囷無用天所赦秋水初落浮江來嵌空宛轉若耳鼻峭瘦拔起何崔嵬珠宫貝闕留不得忽出洲渚知誰推書窗正對雲洞啟皷菊初傍幽篁栽是間著汝頗宜稱摩挲朝莫真千回

天公解事雨十日洗盡泥滓滋莓苔一邱一壑吾所許不須更慕明堂材

十月一日浮橋成以故事宴客凌雲

陰風吹雨白晝昏誰掃雲霧升朝暾三江水縮獻洲渚九頂秀色欲塞門西山下竹十萬箇江面便可馳車轅巷無居人亦何怪釋耒來看空山村竹枝宛轉秋猿苦桑落瀲灩春泉渾衆賓共醉忘燭跋一徑却下緣雲根走沙人語若潮卷爭橋炬火如星繁肩輿睡兀到東郭

空有醉墨留衫痕十年萬事俱變滅點檢自覺惟身存
寒燈夜永照耿耿臥賦長句招羈魂

觀大散關圖有感

上馬擊狂胡下馬草軍書二十抱此志五十猶癯儒大散陳倉間山川鬱盤紆勁氣鍾義士可與共壯圖坡陁咸陽城秦漢之故都王氣浮夕靄宫室生春蕪安得從王師汎掃迎皇輿黄河與函谷四海通舟車士馬發燕趙布帛來青徐先當營七廟次第畫九衢偏師縛可汗

傾都觀受俘上壽大安宫復如正觀初丈夫畢此願死與螻蟻殊志大浩無期醉膽空滿軀

忠憤蟠鬱自然形見無意於工而自工

御選唐宋詩醇卷四十二

欽定四庫全書

御選唐宋詩醇卷四十三

山陰陸游詩二

十月十九日與客飲忽記去年此時自錦屏歸山南道中小獵今又將去此矣

去年縱獵韓壇側玉鞭自探南山雪今年痛飲蜀江邊金盃却吸峨眉月竹枝歌舞新教成淒怨傳得三巴聲城頭藥觀出雲雨峨眉正與闌干平酒酣詩就擲盃去

醉蹋玻璃江上路懸知幽硐斷橋邊已有梅花開半樹

長門怨

寒風號有聲寒日慘無暉空房不敢恨但懷歲莫悲今年選後宫連娟千蛾眉早知獲譴速悔不承恩遲聲當徹九天淚當達九泉死猶復見思生當長棄捐

忠厚悱惻深於言怨

斷碑歎 原註興元姚節度園以折碑爲石筍文猶可識蓋梁蕭懿墓碑簡文爲太子時撰書法道美可愛

二蕭同起南蘭陵正如文叔與伯升至今人悲大蕭死齋恨不見梁家興崇崇之陵久為谷豈惟羣盜分珠玉斷碑槎牙棄道邊文字班班猶可讀剝剜苔蘚一悽然俯仰人間幾變遷世人作碑君勿哂千載園林須石筍

簡峭

蜀酒歌

漢州鵝黃鸞鳳雛不騺不搏德有餘眉州玻璃天馬駒出門已無萬里塗病夫少年夢清都曾賜虛皇碧琳腴

文德殿門晨奏書歸局黄封羅百壺十年流落狂不除遍走人間尋酒壚青絲玉瓶到處酤鵝黃玻璃一滴無安得豪士致連車倒瓶不用盃與盂琵琶如雷聒坐隅不愁渴死老相如

醉後草書歌詩戲作

朱樓矯首隘八荒綠酒一舉累百觴洗我堆阜峥嵘之胸次寫為淋漓放縱之詞章墨瀋初若鬼神怒字瘦忽作蛟螭僵寶刀出匣揮雪刃大舸破浪馳風檣紙窮擲筆霹靂響婦女驚走兒童藏往時草檄喻西域颯颯聲動中書堂原註：余嘗草及相鲁公以下與夏國主書於政事堂一收朝迹忽十載西掠三巴窮夜郎山川荒絶風俗異賴有美酒猶能狂醉中自脱頭上幘緑髮未許侵微霜人生得喪良細事孰謂老大多悲傷

醉墨淋漓暢然滿志忽移商調凄焉改色矣柴升所謂浸淫奔放於詞翰之中以遂其放浪蕭散不溺不淄之槪者取諸此也

十二月初一日得梅一枝絶奇戲作長句今年於是四賦此花矣

高標已壓萬花羣尚恐嬌春習氣存月兔擣霜供换骨湘娥鼓瑟為招魂孤城小驛初飛雪斷角殘鐘半掩門盡意端相終有恨夜寒皴玉倩誰温

梅花詩最為難工中四語頗有逸致

十二月十一日視築隄

江水來自蠻夷中五月六月聲摩空巨魚穹黿牙鬚雄

欲取闗市為龍宫横隄百丈卧霽虹始誰築此東平公
今年樂哉適歲豐吏不相倚勇赴功西山大竹織萬籠
船舸載石來無窮横陳屹立相叠重置力尤在水廟東
我登高原相其衝一盾可受百箭攻蜿蜿其長高隆隆
截如長城限羗戎安得椽筆記始終插江石崖堅可礲

游修覺寺

上盡蒼崖百級梯詩囊香椀手親携山從飛鳥行邊出
天向平蕪盡處低花落忽驚春事晚樓高剩覺客魂迷

興闌掃㙮禪房卧清夢還應到剡溪

潘問奇曰第三句真登臨妙語

祖應世曰曲江有一水雲際飛之句竟陵評云若入俗手定作一雲水際飛矣此領聯若作鳥從山邊出更有何味

塞上曲

三尺鐵如意一枝玉馬鞭笑把出門去萬里行無前當
道何崔嵬云是玉門闗方當置屯守征人何時還馬色
如雜花鎧光若流水肅肅不敢譁遥望但塵起日落戍
火青煙重塞垣紫回首五湖秋西風開芡觜

蟠奇氣於簡古著鮮華於老健不徒作悲凉語氣體絶似太白

苦筍

藜藿盤中忽眼明駢頭脱襁白玉嬰極知耿介種性別
苦節乃與生俱生我見魏徵殊嫵媚約束兒童勿多取
人才自古要養成放使干霄戰風雨

周家曰世傳涪翁喜苦筍嘗從斌老乞苦筍詩云南園苦筍味勝肉籜龍稱冤莫採録煩君更致蒼玉束明日風雨吹成竹嘗賦苦筍云苦而有味如忠諫之可活國放翁又從而奬之云我見魏徵殊嫵媚約束兒童勿多取於是世以諫筍目之殊不知翁嘗自跋云余生長江南里人喜食苦筍試取而嘗之氣苦不可於鼻味苦不可於口故嘗屏之未始為客一設及來黔中黔人各掘苦筍萌於土中才一寸許味如蜜

蔗初春則不食惟䖸道人食苦筍四寸餘曰出土尺
餘味猶甘苦相半以此觀之涪翁所食乃取其甘非貴於苦也

月下作

畏暑不巾襪步月揞短笻瘦身髮鬅鬙顧影如孤松徑
幽螢開闔池漲魚噞喁飛泉穿壯垣珠玉相撞舂東湖
更奇絕百畝銀初鎔但能抱琴往絕恨欠鶴從重露傾
荷盤微風墮芙蓉歡言美清夜縹緲吹疎鐘空中飛僊
人粲然冰雪容笑我老塵世不記瑤臺逢

清麗寄意處妙無迹相

過大蓬嶺度繩橋至杜秀才山莊

度笮臨千仭梯山躡半空濕雲朝暮雨陰壑古今風亭
觀參差見闌干詰曲通柳空叢篠出松偃翠蘿蒙負籠
銀釵女鉏畬鶴髮翁何由有餘俸小築此山中

東湖新竹

插棘編籬謹護持養成寒碧映淪漪清風掠地秋先到
赤日行天午不知解籜時聞聲簌簌放梢初見葉離離
官閑我欲頻來此枕簟仍教到處隨

集中詩類此者頗多往往膾炙人口然頷聯不過斷句
工巧作者佳處殊不在此今擇其華淨少累者存之以
備一體其有句無篇者汰之若矜尚字句之巧以為得
放翁家法所謂徹之之識碔砆耳

夏日湖上

烏帽笻枝散客愁不妨胥吏雜沙鷗迎風枕簟平欺暑
近水簾櫳探借秋茶竈遠從林下見釣筒常向月中收

江湖四十餘年夢豈信人間有蜀州

同何元立賞荷花追懷鏡湖舊遊

少狂欺酒氣吐虹一笑未了千觴空凉堂下簾人似玉月色
泠泠透湘竹三更畫船穿藕花花為四壁船為家不須更
踏花底藕但嗅花香已無酒花深不見畫船行天風空吹白
紵聲雙槳歸來弄湖水往往湖邊人已起即今憔悴不堪論
頻有何郎共此尊紅綠疎疎君勿歎漢嘉去歲無荷看

怡齋

東湖仲夏草樹荒屋古無人亭午凉螢房黴呀不見日筍籜自解時吹香野藤蟠屈入窗牖濕菌扶疎生屋梁跨溝數椽最幽翳漲水及檻雨敗墻靜涵青蘋舞藻荇閒立白鷺浮鴛鴦芙蕖雖瘦亦瀰漫照眼翠葢遮紅妝水紋枕簟欲卷郤團團素扇嬾復將天風忽送檐鈴語喚覺清夢遊瀟湘

龍湫歌

環湫巨木老不花淵淪千尺龍所家爪痕入木欲數寸

觀者心掉不敢譁去年大旱綿千里禾不立苗麥垂死林神社鬼無柰何老龍欠伸徐一起隆隆之雷浩浩風倒卷江水傾虛空鱗間出火作飛電金蛇夜掣層雲中明朝父老來賽雨大巫吹簫小巫舞祠門人散月娟娟龍歸抱珠湫底眠

須臾慰滿三農望斂郤神功寂若無此詩亦有其意

蒸暑思梁州述懷

宣和之末予始生遭亂不及遊司并從軍梁州亦少慰土脉深厚泉流清季秋嶺谷浩積雪二月草木初抽萌夏中高凉最可喜不省舉手驅蚊蝱藏氷一出賣滿市玉璞堆積寒崢嶸柳陰夜卧千駟馬沙上露宿連營兵胡笳吹墮漾水月烽燧傳到山南城最思出甲戍秦隴戈戟徹夜相摩聲兩年劍南走塵土肺熱煩促無時平荒池昏夜蛙閣閣食案白日蠅營營何時王師自天下雷雨澒洞収欃槍老生衰病畏暑濕思卜鄠杜開柴荆

古意

紲足飼飢鷹鷹飽意未平伏櫪豈不安老驥終悲鳴士生固欲達又懼徒富貴素願有未伸五鼎澹無味茆屋秋雨漏稻陂春水深長歌傾濁酒舉世不知心

身分極高語亦落落入古

寓驛舍 原註予三至成都皆館於是

閒坊古驛掩朱扉又憩空堂綻客衣九萬里中鯤自化一千年外鶴仍歸遶庭數竹饒新筍解帶量松長舊圍惟有壁間詩句在暗塵殘墨兩依依

題宇文子友所藏薛公鶴

仙人騏驥絶世稀卯生凡禽似而非宫保妙筆窮化機縞衣元裳真令威千年華表聊一歸回首幸脱樂軒譏喙吞不恨秕米微從吾曹遊安得肥

晨至湖上

園古逢秋好身閑與嬾宜空堂貫疎豁重閣望參差竹粉有新意松風含古姿低回慙禄米官事少於詩

聽琴

疎簾曲檻蘋風凉細腰美人藕絲裳緑縢水紋穿矮牀玉指纖纖彈履霜高林鶯囀日正長幽澗泉鳴夜未央哀思不怨和而莊有齊淑女禮自防世人但惑青樓倡琵琶箜篌雜胡羌試聽一曲醒汝狂文姬指法傳中郎

於韓歐蘇黄諸家外自樹一幟泠泠清音欲滿人耳視諸子正未肯作鄭莒

龍眠畫馬

國家一從失西陲年年買馬西南夷瘴鄉所産非權奇邊頭歲入幾番皮崔嵬瘦骨帶火印離立欲不禁風吹圉人太僕空列位龍媒汗血來何時李公太平官京師立仗慣見渥洼姿斷縑歲久墨色暗逸氣尚若不可羈貫奇好古自一癖感事憂國空餘悲嗚呼安得毛骨若此三千匹銜枚夜度桑乾磧

文集跋韓幹馬大駕南幸將十八年秦兵洮馬不復可見志士所共歎也觀此畫使人作關輔河渭之夢殆欲霣涕矣

山中得長句戲呈周輔并簡朱縣丞

鶴鳴山空無鶴來青霞嶂深天壁開千巖角逐互吞吐一峰拔起矜崔嵬日光微漏潭見底原注青霞嶂碧玉潭皆雲中佳處水氣上薄雲成堆幽禽飛鳴報客至奇樹璀璨知誰栽花藤怪蔓白晝暗猢猿落狖無時哀路窮尚躡一千級忽見密竹藏樓臺共言神僧昔住此至今光景如天台揩筇負笠出復没喜動婦人驚提孩高人何至作狡獪無乃翫世聊相詼不然學道窮實際詎捨正大崇奇瓌

儒林丈人學擅世餘事尚壓蔡與崔名山未死可再到
此士一失難重陪賛府摘山事如織擺撥領客何奇哉
境幽神愴不可住歸倩玉手傳金杯 原註朱君有侍兒許為客出

唐書劉建鋒傳髙郁教馬殷教民得自摘山收茗算
募高户置邸閣居茗

長歌行

人生不作安期生醉入東海騎長鯨猶當出作李西平
手梟逆賊清舊京金印煌煌未入手白髮種種來無情

成都古寺卧秋晚落日偏傍僧窗明豈其馬上破賊手
哦詩長作寒螿鳴興來買盡市橋酒大車磊落堆長缾
哀絲豪竹助劇飲如鉅野受黃河傾平時一滴不入口
意氣頓使千人驚國讎未報壯士老匣中寳劍夜有聲
何當凱還宴將士三更雪壓飛狐城

遊三井觀

三井久知名暇日偶一訪棟宇壞欲盡基址尚閎壯畫
牆皆國工煙雲儼天仗旌旄亞戈戟佩玉雜弓韔太古
實傑作筆落九天上吳生名擅世睥睨未肯讓規模遠
有考意象豪不放最奇老癯仙骨立神愈王石恪雖少
怪用筆亦跌宕兩姝澹蛾眉非復火食狀塵埃久侵蝕
風雨無葢障好事未易逢寧能久亡恙雍洛刼火餘妙
迹盡凋喪斯遊恐難繼佇立增悄愴

因畫生慨妙得子美家法筆力樸堅亦復相近

臨別成都帳飲萬里橋贈譚德稱

成都城南萬里橋蘆根蘋末風蕭蕭映花碾草鈿車小

駐坡驀澗青驄驕入門翠徑絶窈窕臨水飛觀何岧嶤
判無功名著不朽惟仗詩酒寛亡聊迎霜早已足雉兎
徹冷便欲思狐貂喜看縷膾映盤箸恨欠斫蟹加橙椒
坐中譚侯天下士龍馬毛骨矜超遥烏犀白紵謪僊樣
但可邂逅不可招今年一戰馘餘子風送六翮凌青霄
美人再拜乞利市醉墨飛落生鮫綃我衰於世百無用
十年不趂含元朝華纓肯傍蕭颯鬢寳帶那束龍鍾腰
祝君好去事明主日望分喜來漁樵遊談引類亦細事

寄酒且解相如消

丈人觀

黄金篆書扁朱門夾道巨竹屯蒼雲崖嶺劃若天地分
千柱耽耽壓其垠纓冠肅謁丈人君廣殿空庭吹寶熏
摩挲畫橋手為皺異哉山菀與土濆物怪醫醫冠邱墳
仙人佩玉雜帨帉手整貂冠最不羣欲去不忍恨日曛
道翁采藥晝夜勤松根茯苓獲兼斤人之植立彊胥筋
狗杞羣吠聲狺狺山爐小甑吹幽芬朱顔不飲常自醺

我亦宿誦五千文一念之差隨世紛逝將從翁走如麋
隐書秘訣何由聞

硬語排奡自見妥帖

本集七律自註丈人觀孫太古畫范長生作舉手整貂蟬像神氣尤奇逸

儲福觀 原註唐玉真公主修真之地

路轉屏風疊雲藏帝子家窮幽行犖确息倦倚槎牙緑
蘚封茶樹青霜折藥花世無勾漏令誰此養丹砂

不少新色亦遍唐調

離堆伏龍祠觀孫太古畫英惠王像

岷山導江書禹貢江流蹴山山為動嗚乎秦守信豪傑
千年遺跡人猶誦決江一支溉數州至今禾黍連雲種
孫翁下筆開生面岌嶪高冠摩屋棟徙木遺風雖峭刻
取材尚足當世用寥寥後世豈乏人尺寸未施讒已衆
要官無責空賦禄軒蓋傳呼真一閧奇勲偉績曠世無
仁人志士臨風慟我游故祠九頓首夜遇神君了非夢

披雲激電從天來赤手騎鯨不施鞚

以騷人之才發志士之慼獨立蒼茫自詠詩正使生平蘊結藉此一攄

登瀼口廟東大樓觀岷江雪山

我生不識栢梁建章之宫殿安得峩冠侍遊宴又不及
身在滎陽京索間擐甲横戈夜酣戰胷中廹隘思遠遊
泝江來倚岷山樓千年雪嶺闌邊出萬里雲濤坐上浮
禹迹茫茫始江漢疏鑿功當九州半丈夫生世要如此

齋志空死能無歎白髮蕭條吹北風手持卮酒酹江中姓名未死終磊磊要與此江東注海

平羌道中望峩眉山慨然有作

白雲如玉城翠嶺出其上異境忽墮前心目久蕩漾别來二百日突兀喜無恙飛僊遥舉手喚我一秫缺此行豈或使屏迹事幽曠何必故山歸更破萬里浪

王士正曰九盤山臨青衣江遥望大峩秀出天半雲嵐萬狀積雪晶然中峩如傴僂少峩如拱揖北來諸

山蜿蜒起伏爭趨峩下放翁詩白雲如玉城翠嶺出其上異境忽墮前心目久蕩漾身未到此不知語意之工

次韻何元立都曹贈行 原註元立用陳後山送蘇公詩韻

嘉榮東西川此别不為遠徘徊凌雲守决去未遽忍登高望故人煙樹參差見懸知今日夢不隔重城鍵平生相從意百年有未剗結巢青城雲期子在歲晚

澄潛入古

初到榮州

亂山缺處城樓呀雙旗蕭蕭晚吹笳煙深緑桂臨絶壑霜落殘瀨鳴寒沙廢臺已無隱士嘯遺宅尚有高人家鈴齋下榻約僧話松陰枕石放吏衙盃羮最珍慈竹筍餅水自養山薑花地爐堆獸熾石炭瓦鼎號蚓煎秋茶少年遠遊無百里一飢能使行天涯豈惟慣見蓬婆雪直恐遂泛星河槎故巢肯作兒女戀異境會向鄉閭誇一盃徑醉幘自墮燈下髮影看鬖髿

醉中懷眉山舊遊

勁酒少和氣哀歌無歡情故鄉不敢思登高望錦城錦城郡得去髣髴墓顧路遥知尊前人指我題詩處我雖流落夜郎天遇酒能狂似少年想見東郊攜手日海棠如雪柳飛綿 原註漢嘉衙者表牧重謂予明年春分後當還西州

如瓶瀉水如珠走盤想見酒間揮灑之樂

齋中夜坐有感

荒山為城溪作壕風鼓巨木聲翻濤鵂梟乘屋彈不去狐狸欺人怒豎毛雨來紅鶴更可惡爭巢一似嬰兒號

城孤屋老草木茂正坐人少此輩豪急呼五百具畚鍤
欲掀窟穴窮腥臊忽然語罷却自笑殘年何至與汝鏖
浣花江色緑如黛春波灔灔浮輕舠行當繫纜柳陰下
仰聽鶯語傾香醪

晚登横溪閣

樓皷聲中日叉斜憑高愈覺在天涯空桑客土生秋草
野渡虚舟集晚鵶瘴霧不開連六詔俚歌相答帶三巴
故鄉可望應添淚莫恨雲山萬疊遮

淒其欲絶哀厲彌長被之歌喉可以繞梁三日

高齋小飲戲作

梅花又發鬼門關坐覺春風萬里寛荔子陰中時縱酒
竹枝聲裏強追歡丁年漢使殊方老子夜呉歌昨夢殘
白帝夜郎俱不惡兩公補處得憑欄 原註子五年間自夔客榮

太液黄鵠歌 有引

漢始元元年春二月黄鵠下建章宫太液池中公卿
上壽賜諸侯王列侯宗室金錢予夜讀漢書追作歌
一首

建章宫裏春風寒太液水生池面寛中人馳奏黄鵠下
龍旗豹尾臨池看芹香藻暖鵠得意左右從官呼萬歲
須臾傳詔宴公卿歡聲如雷動天地時平宫省遊樂多
黄鵠刷羽涵恩波小臣珥筆龍墀下願繼前朝天馬歌

託興深遠承靈威兮障外國猶是夜渡桑乾之意

夜聞浣花江聲甚壯

浣花之東當笮橋奔牛齧橋橋為揺分洪初疑兩蛟舞

觸石散作千珠跳壯聲每挾雷雨横巨勢潛借黿鼉驕
夢回聞之坐太息鐵衣何日東征遼銜枚度磧沙颯颯
槃槊斷隴風蕭蕭不然投檄徑歸去短蓬卧聽錢塘潮

謁諸葛丞相廟 原註彌年八陣原上

漢終四百天所命老賊方持太阿柄區區梁益豈足支
不忍安坐觀異姓遺民亦知王室在閏位那干天統正
公雖已没有神靈猶假賊手誅鍾鄧前年我過沔陽祠
再拜奠俎衰淚迸潔齋請作送迎詩精忠大義神其聽

能道孔明心事辭意警絶善於包舉

醉中長歌

闌干斗柄揺天東人間一夜回春風注桃染柳歲相似惟我衰顔非昔紅可憐逢春不自感更欲使氣驚兒童烟郊射雉錦臆碎水亭供膾金盤空歸穿南市萬人看流星奕過連錢驄高樓作歌醉自寫墨光燭焰交長虹人生未死貴適意萬里作客原非窮故人夜直金鑾殿偃卧獨聽宫門鐘

春感

少時狂走西復東銀鞍駿馬馳如風眼看春去不復惜只道歲月來無窮初遊漢中亦未覺一飲尚可傾千鍾叉魚狼籍漾水濁獵虎蹴蹋南山空射堋命中萬人看毬門對植雙旗紅華堂却來弄筆硯新詩醉草誇坐中劍閣南山纔幾日壯氣摧縮成衰翁雪霜蕭颯已滿鬢蛟龍鬱屈空蟠胸隣園杏花忽爛熳推枕强起隨遊蜂遶看百匝幾嘆息吹紅洗緑行忽忽莫年逢春尚有幾常恐春去尋無蹤青銅三百尚可辦且判爛醉酤郫筒

花時遍遊諸家園

宣華無樹著啼鶯惟有摩訶春水生故老能言當日事直將宫錦裹宫城

於海棠寓荒淫之警獨有深味

題明皇幸蜀圖

天寶政事何披猖使典相國胡奴王弄權楊李不足怪阿瞞手自裂紀綱八姨富貴尚有理何至詒書褒五郎

原註天寶末下詔雪張易之兄弟

盧龍賊騎已洶洶丹鳳神語猶琅琅人知大勢危纍卵天稔奇禍如崩牆臺省諸公獨耐事歌詠功德卑虞唐一朝殺氣横天末疋馬西奔幾不脱向來謟子知幾人賊前稱臣草間活劍南萬里望秦天行殿春寒聞杜鵑老臣九齡不可作魚蠹蛛絲金鑑篇

筆墨老横有如高才大纛堂堂正正摧堅而折鋭一結尤得立言之旨

春殘

石鏡山前送落暉春殘回首倍依依時平壯士無功老
鄉遠征人有夢歸苜蓿苗侵官道合蕪菁花入麥畦稀
倦遊自笑摧頹甚誰記飛鷹醉打圍

盧世㴶曰項聯有髀肉復生之慨

對酒

閑愁如飛雪入酒即消融好花如故人一笑盃自空流
鶯有情亦念我柳邊盡日啼春風長安不到十四載酒
徒往往成衰翁九環寶帶光照地不如留君雙頰紅

遊圜覺乾明祥符三院至暮

成都再見春事殘雖名閑官實不閑門前車馬鬧如市
案上文徽高於山有時投罅輒徑出略似齊客偷秦關
日斜僕夫已整駕顧景欲駐愁嘲訕豈知今朝有此樂
放浪一笑開衰顏抽身黃塵烏帽底得意翠木清泉間
褰裳危磴窮犖确洗耳古澗聽淙潺豈惟頓覺宇宙廣
政爾一散腰脚頑似聞青城縹緲處待我歸綴仙官班
俊鷹解絛即萬里豈比倦翼方知還

食薺

小著鹽醯助滋味微加薑桂發精神風爐歙鉢窮家活
妙訣何曾肯授人

小有風致

幽居晚興

借鉏斸藥喜微香汲井澆花趁晚涼胸次何曾橫一物
尊前尚欲笑千場錦江秋雨芙蓉老笠澤春風杜若芳
歸去自佳留亦樂夢中何處是吾鄉

行雲流水之趣眼前語頗能道出

書歎

三代藏寶器世守參河圖埋湮則已矣可使列市區文
章有廢興蓋與治亂符慶歷嘉祐間和氣扇大鑪數公
實主盟渾灝配典謨開闢始歐王菑畬逮曾蘇大駕初
渡江中原皆避胡吾猶及故老清夜陪坐隅論文有脈
絡千古著不誣俛仰四十年綠髮霜蓬枯孤生尊所聞
秉節不敢渝久幽士固有達售理則無世方亂珉玉吾

其老江湖

文章與時隆汙自古而然後生小子偭規矩而改錯豈知老成之有淵源耶太白歎大雅久不作少陵云文章千古事高情遠識可以並讀

文集荅邢司户書近時頗有不利場屋者退而組織古語剽裂奇字大書深刻以眩世俗讀之使人面熱此等果可言文章乎如唐韓氏柳氏吾宋歐氏王氏蘇氏以文章擅天下者徒以在場屋時苦心耗力凡

陳言淺說之可病者已知厭棄如都市之玉工珉玉雜治積日既久望而識之矣一旦取荆山之璞以為黄琮蒼璧萬乘之寶珉豈可復欺耶凡今不利場屋而名古之文者往往未嘗識珉者也又安知玉哉

月下醉題

黄鵠飛鳴未免飢此身自笑欲何之閉門種菜英雄老
彈鋏思魚富貴遲生擬入山隨李廣死當穿塚近要離
一樽强醉南樓月感慨長吟恐過悲

盧世㴶曰三四自是壯語

銅壺閣望月

銅壺閣上看明月身在千尋白銀闕十年肺渴今夕平
皓然胸次堆冰雪恨無仙掌出雲表更取瑩露和玉屑
夜闌三歎下危梯明日人間火雲熱

夜宴即席作

宣華華路牧牛羊摩訶龍池草茫茫宫殿犁盡餘缭牆
南風遠吹禾黍香草間白骨横秋霜何由唤起醻一觴

癡人走死聲利場我獨感此惜流光蘋花開時風榭凉
美人縹緲如鸞翔尭年舜日樂未央非子之故為誰狂

芳華樓夜宴

射虎將軍老不侯尚能豪縱醉江樓笙歌雜沓娛清夜
風露高寒接素秋少日壯心輕玉塞暮年幽夢墮滄洲
人間清絶沅湘路常笑靈均作許愁

歲晚

歲晚城隅車馬稀偷閒聊得掩荆扉征蓬滿野風霜苦

多稼連雲雁鶩肥報國有心空自信結茅無地竟安歸
浣花道上人誰識華表千年老令威
頷聯真風人語數悅無盡妙有含蓄

數日寒頓減頗有春意感懷賦短歌

微陰寒不力破臘春晴動林梢報梅白水際聞鳥呼鸎
鴻漸螯翮一一勞目送應憐飛蓬客猶作浣花夢平生
江淮閭裘馬事豪縱豈知老畏死齋鉢受蔬供忍饑每
自笑小飲未敢痛何以慰寂寥卧聽壓春甕

梅花

冰崖雪谷木未芽造物破荒開此花神全形枯近有道
意莊色正知無衰高堅跂要飽憂患放棄何遽愁荒遐
移根上苑亦過計竹籬茅屋真吾家平生自嫌亦自許
妙處可識不可誇金尊翠杓未免俗篝火為試江南茶
另開生面全是寓言

萬里橋江上習射

坡隴如濤東北傾胡牀看射及春晴風和漸減雕弓力
野迥遥聞羽箭聲天上欃槍端可落草間狐兔不須驚
丈夫未死誰能料一笥他年下百城

出塞曲

佩刀一刺山為開壯士大呼城為摧三軍甲馬不知數
但見地動銀山來長戈逐虎祁連北馬前曳來血丹臆
却回射雁鴨綠江箭飛雁起連雲黑清泉茂草下程時
野帳牛酒爭淋漓不學京都貴公子唾壺麈尾事兒嬉

偶過浣花感舊遊戲作

憶昔初為錦城客醉騎駿馬桃花色玉人攜手上江樓
一笑鈎簾賞微雪寶釵換酒忽徑去三日樓中香未滅
市人不識呼酒仙異事驚傳一城說至今西壁餘小草
過眼年光如電掣正月錦江春水生花枝缺處小舟横
閑倚胡牀吹玉笛東風十里斷腸聲

樓上醉書

丈夫不虛生世間本意滅虜收河山豈知蹭蹬不稱意
八年梁益凋朱顏三更撫枕忽大呼夢中奪得松亭關

中原機會嗟屢失明日茵席留餘潸益州官樓酒如海我來解旗論日買酒酣博簺為歡娛信手梟盧喝成采牛背爛爛電目光狂殺自謂元非狂故都九廟臣敢忘祖宗神靈在帝旁

縱筆直書却有沈鬱頓挫之妙范成大贈游云高興餘飛動孤忠有照臨非虛語也

初春出遊

春風初來滿刀州江水照人如潑油犢車芳草南陌頭家家傾貲事遨遊萬里橋西繫黃騮為君一登散花樓半年長齋廢觥籌興來忽典千金裘小桃婀娜弄芳柔紅蘭茁芽滿春洲壚邊女兒不解愁鬬草繞罷還藏鉤可憐世人自拘囚盎中乾坤舞蜉蝣百年苦短去日遒問君安用萬戶侯

張園海棠

洛陽春信久不通姚魏開落胡塵中揚州千葉昔曾見已歎造化無餘功西來始見海棠盛成都第一推燕宮池臺掃除凡木盡天地眩轉花光紅慶雲墮空不飛去時有絳雪縈微風蜂蝶成團出無路我亦狂走迷西東此園低樹猶三丈錦繡却在青天上不須更著刀尺裁乞與齊奴鬬步障

不著凡語為海棠生色從來詠海棠者多矣以此為最

登劍南西川門感懷

自古高樓傷客情更堪萬里望吳京故人不見莫雲合容子欲歸春水生瘴癘連年須藥石退藏無地著柴荊諸公勉畫平戎策投老深思看太平

盧世㴶曰此首極似杜陵讀者自辨之

眉州作

扁舟久不泛蓬津常恐黃塵解污人爛醉破除千日醞（原註：予不至眉山三年矣）狂吟判斷四州春（原註：此行自成都歷永康唐安至眉山）汀洲漸數蘋花老風露初嘗荔子新便欲騎鯨東海去勝遊未忍別峩岷

江樓

急雨洗殘瘴江邊閒倚樓日依平野沒水帶斷槎流擣紙荒村晚呼牛古巷秋腐儒憂國意此際又搔頭

隨意詠懷不覺近杜其由來深矣

訪楊先輩不遇因至石室

訪客客已去追涼成獨行衣冠嚴漢殿草木拱秦城古甃蒼苔滑空庭落日明出門懷懭恍列屋打碑聲（原註：墻東即石經堂）

感秋

西風繫杵擣征衣客子關情正此時萬事從初聊復爾百年彊半欲何之畫堂蟋蟀怨清夜金井梧桐辭故枝一枕淒涼眠不得呼燈起作感秋詩

王士正曰王階蟋蟀鬧清夜四語小說載此為蜀中某驛卒女詩放翁見之納以為妾為夫人所逐又有卜算子詞不合盡春山依舊留愁住云云按劒南集此詩乃放翁在蜀時所作本七律玉階作畫堂鬧作怨後人稍竄易數字輒傅會或收入閨秀詩可笑也

白鶴館夜坐

竹聲風雨交松聲波濤翻我坐白鶴館燈青無晤言廓然心境寂一洗吏卒喧袖手哦新詩清寒愧雄渾屈宋死千載誰能起九原中間李與杜獨招湘水魂自此競摹寫幾人望其籓籬苔看翡翠煙雨啼青猿豈知雲海中九萬擊鵾鵬更闌燈欲死此意與誰論

此與書歎一篇見此老識力亦後學良則所以為南渡之冠

南津勝因院亭子

南江平無風如鏡新拂拭漁舟不點破瀲瀲千頃碧闌干西北角雲散山爭出坡陁競南走翠入窗戶窄江山不世情作意娛此客豈無尊中酒豪飲非宿昔明當還成都塵土埋馬迹後巖在眼中飛去無羽翼（原註：後巖在鳳凰山後七八里山水尤奇絶）

書寓舍壁

天與癡頑不解愁未埋病骨且閑遊山於拄杖橫時看

路到芒鞵破處休初擬燒丹住南嶽却因學劍客西州

秋風巾褐添蕭爽又作臨邛十日留

文淵閣寶

御選唐宋詩醇卷四十三

欽定四庫全書

集部

御選唐宋詩醇卷四十四　四十五

詳校官山東道御史臣温常綬

總校官編修臣朱鈐

校對官中書臣王學海

謄録監生臣汪承炯

欽定四庫全書

御選唐宋詩醇卷四十四

山陰陸游詩三

西巖翠屏閣

把酒孤亭半日留西巖獨擅鶴山秋也知絕境終難賦且喜閑身得縱遊鸛起危巢時磔磔鹿鳴深澗暮呦呦人生適意方為樂甲第朱門秖自囚

五六造語幽絕寂歷之境宛然在目

雨中山行至松風亭忽澄霽

煙雨千峰擁髻鬟忽看青嶂白雲間卷藏破墨營邱筆却展將軍著色山

贈宋道人

我不如昔人騎鶴上九天玉簡奏事虛皇前平生嗇養氣龘全兩脚馳走輕如煙鳥道懸崖忽飛騫戲擲短鉶聲鏗然轉盻跳下千仞淵已復取鉶升層巔騰猿俊鶻争後先飢食松花掬飛泉金骨綠髓漸凝堅口哦七字黃庭篇西來欲訪挾彈僊丹經劍訣更精研嗟哉一失五百年作詩付子勿妄傳

獵罷夜飲示獨孤生

白袍如雪寶刀橫醉上銀鞍身更輕帖草角鷹掀兔窟憑風羽箭作鴟鳴關河可使成南北豪傑誰堪共死生欲疏萬言投魏闕燈前攬筆涕先傾

直從肺腑流出如聞撫髀之歎

秋晚登城北門

幅巾藜杖北城頭卷地西風滿眼愁一點烽傳散關信兩行雁帶杜陵秋山河興廢供搔首身世安危入倚樓橫槊賦詩非復昔夢魂猶繞古梁州

神似少陵

莫秋

時序中年速風霜客路長孤愁已月白清夢楚山蒼燈暗秋銜壁鐘殘夜殷床端居有微祿不敢恨殊方

數日暄妍頗有春意予閑居無日不出遊戲作

小春花蕾索春饒已有暄風入紫貂村路雨晴鳩婦喜射塲草緑雉媒驕苑邉結客飛金勒樓上誰家弄玉簫莫怪夕陽歸獨後早梅喚我度谿橋原註蜀宣華苑在摩訶池上

江樓醉中作

淋漓百榼宴江樓秉燭揮毫氣尚遒天上但聞星主酒人間寧有地埋憂生希李廣名飛將死慕劉伶贈醉侯戲語佳人頻一笑錦城已是六年留原註退之詩云越女一笑三年留

甴冢原註遊房國作

葱竹蕭森拱廢臺醉歸甴冢一徘徊紛紛落日牛羊下黯黯長空霰雪來三峽猿催清淚落兩京梅傍戰塵開客懷已是凄凉甚更聽城頭畫角哀

觸緒即来自是此翁忠悃與杜陵無二賞其氣之蒼老

謁漢昭烈惠陵及諸葛公祠宇

雨止風益豪雪作雲不動凄凉漢陵廟衰草卧翁仲畫妓空牮牪土馬闕羈鞚壞沃黄犢耕柏密幽鳥哢尚想忠武公身任社稷重整整渭上營氣已無岐雍少須天意定破賊寧患衆興亡信有數星隕事可痛陵邉四五家茆竹居接棟手皸紙上箔原註居民皆以造紙為業酤熟酒鳴甕雖嗟生理微亦足追飢凍劉葛固雄傑閲世均一夢論高常近迂才大本難用九原不可作再拜臨風慟

潘問奇曰事未必然耶為孔明吐氣

大雪歌原註累日作雪竟不成戲賦此篇

長安城中三日雪潼關道上行人絶黄河鐵牛僵不動承露金盤凍將折虬鬚豪客狐白裘夜来醉眠寶釵樓

五更未醒已上馬衝雪却作南山遊千年老虎獵不得一箭横穿雪皆赤拏空爭死作雷吼震動山林裂崖石甴歸擁路千人觀髑髏作枕皮蒙鞍人間壯士有如此胡不來歸漢天子

一腔豪氣千古奇文覺希逸雪賦直是兒女情多風雲氣少

訪客至西郊

摵摵敗葉飛黯黯寒雲低村墟與市里觸目一慘悽今

日病體輕駕言適城西丹柿滿野店青帘出江陂獵騎載雉兎樵檐懸鶏鶏居人各自得使我念故谿故谿不敢説況復朝金閨傷哉醫雪翁歳晚猶牧羝下愚不自還大惑終身迷君恩何由報力耕愧黔黎

夜寒

清夜焚香讀楚詞寒侵貂褐歎吾衰輕氷滿研風聲急忽記山陰夜雪時

故蜀别苑在成都西南十五六里梅至多有兩大

樹夭矯若龍相傳謂之梅龍予初至蜀嘗為作詩自此歳常訪之今復賦一首丁酉十一月也

昔年曾賦西郊梅茫茫去日如飛埃卽今衰病百事嬾陳迹未忘猶一來蜀王故苑犂已遍散落尚有千雪堆朱樓玉殿一夢破煙蕪牧笛遺民哀兩龍卧穩不飛去鱗甲脫落生莓苔精神最遇雪月見氣力苦戰氷霜開羈臣放士耿獨立淑姬靜女知誰媒摧傷雖多意愈厲直與天地爭春回蒼然老氣壓桃杏笑我白髮心尚孩微風故為作嫵媚一片吹入黄金罍

詩以言情賦物而情不至不足以為詩羈臣放士耿獨立淑姬靜女知誰媒蓋亦黯然自傷矣

閑意

柴門雖設不曾開為怕人行損緑苔妍日漸催春意動好風時捲市聲來學經妻問生疏字嘗酒兒斟灔灔盃安得小園寛半畝黄梅緑李一時栽

書雨

仲冬候始寒丙夜天正黑雨來挾風助吼撃不遺力聲如拔高山勢若伐强國初憂老栢折遂恐石筍踣乾坤本無心百神各効職蛟龍鬭歳暮豪横理莫測農功幸已成龍怒亦會息屋漏何足言袖手姑默默

信手拈來輙成奇語中間接筆尤為健絶

暮冬夜宴

官機錦茵金甖風舞娃釵墮雙鬟重寳爐三尺香吐霧

畫燭如椽風不動主人愛客情無已箏聲未斷歌聲起

亦知百歲等朝露便恐一歡成覆水爐紅酒緑春為回

生上梅花連夜開堂前只尺異氣候氷合平池霜壓階

妙於諷諭風人之遺

謁石犀廟

閼過石犀祠登堂一歎欷江回陵谷變碑斷市朝非原註

有王蜀時修廟碑銘荒園連寒壠斜陽映夕霏興亡俱昨夢惆悵

跨驢歸

江上散步尋梅偶得絶句

小南門原註萬里橋門一名小南門外野人家短短踈籬繚白沙紅

稻不須鸜鵒啄清霜催放兩三花

大醉梅花下走筆賦此

閉門坐歎息不飲輒千日忽然酒興生一醉須一石擔

頭花易老旗亭酒常窄出郊索一笑放浪謝形役把酒

梅花下不覺日既夕花香襲襟袂歌聲上空碧我亦落

烏巾倚樹吹玉笛人間奇事少頗謂三勅敵酒闌江月

上珠樹挂寒壁便疑從此僊朝市長掃迹醉歸亂一水

頓與異境隔終當騎梅龍海上看春色原註梅龍蓋蜀記中故物也

風流清興如在目前

廣都江上作

微波不摇江纖雲不行天我來倚杖立天水相澄鮮平

遠望不盡日落自生煙梅花耿獨立雪樹明前川好風

吹我衣春色已粲然東村聞酒美買醉上漁船

道室夜意

寒泉漱酒醒午夜誦仙經茶鼎聲號蚓香盤火度螢齋

心守元牝閉目得黄寧寄語山中友因人送茯苓

黄庭經何不食氣太和精故能不死入黄寧注即黄

庭也

城南王氏莊尋梅

涸池積槁葉茆屋圍踈籬可憐庭中梅開盡無人知寂

寞終自香孤貞見幽姿雪點滿緑苔零落尚爾奇我來

不頌晴微雨正相宜臨風兩愁絶日暮倚笻枝

骨格不凡

遊諸葛武侯書臺

沔陽道中草離離卧龍往矣空遺祠當時典午稱猾賊氣喪不敢當王師定軍山前寒食路至今人祠丞相墓松風想像梁甫吟尚憶幡然答三顧出師一表千載無遠比管樂蓋有餘世上俗儒寧辦此高臺當日讀何書

警策語故不在多

眉州披風榭拜東坡先生遺像

蜿蜒回顧山有情平鋪十里江無聲孕奇蓄秀當此地鬱然千載詩書城高臺老仙誰所寫仰視眉宇寒崢嶸百年醉魂吹不醒飄飄風袖笻枝橫爾來逢迎厭俗子龍章風姿我眼明北扉南海均夢耳謫墮本自白玉京惜哉畫史未造極不作散髮騎長鯨故鄉歸來要有日安得春江變酒從公傾

南定樓遇急雨

行遍梁州到益州今年又作席瀘遊江山重複爭供眼風雨縱橫亂入樓人語朱離逢峒獠棹歌欸乃下吳舟天涯住穩歸心嬾登覽茫然却欲愁

屬對之妙神韻自然不可湊泊

舟中對月

百壺載酒遊凌雲醉中揮袖別故人依依向我不忍別誰似峨嵋半輪月月窺船窗挂淒冷欲到渝州酒初醒江空裊裊釣絲風人靜翩翩葛巾影哦詩不睡月滿船清寒入骨我欲仙人間更漏不到處時有沙禽背船去

涪州道中

遠客喜歸路清遊逾昔聞雨添山翠重舟壓浪花分洛叟經名世張侯勇冠軍（原註郡境有伊川先生故居及張翼德祠）懷人不可覿袖手對爐熏

北巖（原註有程正叔先生祠堂）

艤船涪州岸携兒北巖遊搖櫓橫大江褰裳躡高樓雨昏山半失江漲地欲浮老矣寧再來為作竟日留烏帽程丈人閉戶本好修駭機一朝發議罪至竄投黨禁久

不解胡塵暗神州修怨以稔禍哀哉誰始謀小人無遠略所懷在私讐後來其鑑兹賦詩識巖幽

持論嚴正所見者大集中如此等作於君子小人之分判若黑白足以觀其所處矣

忠州禹廟

古郡巴蠻國空山夏禹祠鴉歸暗庭栢巫拜薦江蘺草蔓青綠壁苔痕紫滿碑欲歸頻悵望回棹夕陽時

雖非橘柚龍蛇之比亦老氣無敵

龍興寺弔少陵先生寓居

中原草草失承平戍火胡塵到兩京扈蹕老臣身萬里天寒來此聽江聲

雙管齊下一寫兩枝

張完臣曰艸艸二字狀盡衰世景象謂之咏少陵可謂之自咏亦可

遊萬州岑公洞 原註岑公隋時人居此二十年得道仙去

大業征遼發閭左軍興書檄煎膏火此時也復有閒人自引巖泉拾山果後六百歲吾來遊洞中正夏凄如秋乳石床平可坐卧水作珠簾月作鈎十年神遊八極表浮名坐覺秋豪小試問岑公迎我不鶴飛忽下青松杪

萬州放船過下巖小留

畫船四月滿旗風飲散匆匆鷁首東醉裏偏憐江水綠意中已想荔枝紅斷碑零落苺苔遍幽澗淙潺略彴通一疋寧無好東絹憑誰畫此碧玲瓏

楚城

江上荒城猿鳥悲隔江便是屈原祠一千五百年間事只有灘聲似舊時

王士禎曰歸州在江北山巔江南有楚臺山山上有楚王臺及舊秭歸城三閭大夫實產是鄉王龜齡詩城郭舊為夔子國人民多是楚王孫陸放翁詩江上荒城猿鳥悲隔江便是屈原祠一千五百年間事只有灘聲似舊時何仲默詩古郡山頭數家住客舟江上一燈明竹枝慣聽巴人曲鳥道纔通楚國程荒山

寒日江聲怒號獨坐吟此數詩不必猿鳴三聲淚霑裳也

張完臣曰聲味都盡而語氣不斷此之謂詩

舟出下牢關

大舸凌驚濤飛度青玉峽虛壁雲濛濛陰洞風颯颯拂天松蓋偃入水山脚揷炎曦忽摧破亭午手忘箑懸知今夜喜月白宿沙夾曠哉七澤遊盟鷗不須歃

押韻皆穩

峽口夜坐

三峽至此窮兩壁猶峭立估船無時行婦葢有夜汲風生樹影動月碎水流急草根綴微露螢火飛熠熠吾行已四旬纔抵楚西邑浩歌散鬱陶還舟覺衣濕

初到荆州

萬里泛仙槎歸來鬢未華蕭蕭沙市雨淡淡渚宫花斷岸添新漲高城咽晚笳船窗一樽酒半醉落烏紗

阻風

沙市三日風萬鼓鳴船頭欲去不得發卧對青燈幽聽兒誦離騷可以散我愁微言入孤夢怳與屈宋遊睡起銅瓶響欣然喚茶甌吾道無淹速風伯非所尤

小雨極凉舟中熟至夕

舟中一雨掃飛蠅半脫綸巾卧翠籐清夢初回窗日晚數聲柔艣下巴陵

盧世漼曰只末一句有多少藴含在

岳陽樓

身如病鶴短翅翎雨雪飄灑號沙汀天風忽吹不得住東下巴峽泛洞庭軒皇張樂雖已矣此地至今朝百靈雄樓岌嶪鎮吳楚我來舉手捫天星帆檣纔放已隱隱雲氣亂入何冥冥鼋鼍出没蛟鰐横浪花遮盡君山青黄衫仙翁喜無恙袖劒近到城南亭眼前俗子敗人意安得與翁同醉醒

黄鶴樓

手把仙人綠玉枝吾行忽及早秋期蒼龍闕角歸何晚
黃鶴樓中醉不知江漢交流波渺渺晉唐遺跡草離離
平生最喜聽長笛裂石穿雲何處吹
别出機軸遒然清曠結語運化入妙幾於滅盡針線之迹

自雪堂登四望亭因歷訪蘇公遺迹至安國院

我醉飛屐登孱顔拄杖出沒風煙間三山蔥朧鮫鰐靜
九關肅穆虎豹閑幾年金骨煉綠髓此日始得窮躋攀

老僊歸侍紫皇案空有野水流淙潺蜿蜒翠阜圍綠野
似嶺非嶺山非山向來龍蛇滿雪壁雷電下取何時還
名花亦已天上去居人指似題詩處九十一翁不識公
我抱此恨知無窮　原註定惠院已廢海棠亦不復在安國老僧景滋年九十一自言東坡去黃復四年方生

舟行斷黃間雨霽得便風有感

天青雲白十分晴帆飽舟輕盡日行江底魚龍貪晝睡
淮南草木借秋聲好山縹渺何由住華髮蕭條只自驚
莫怪時人笑疎嬾官情元不似詩情

長風沙

江水六月無津涯驚濤駭浪高吹花艣聲已出雁翅浦
荻夾喜入長風沙長風自古三巴路檣竿參差雜煙樹
南船北船各萬里淒涼小市相依住歌呼雜沓燈火明黃
昏風死浪亦平勞苦舟師剩沽酒安穩明朝到池口

登賞心亭

蜀棧秦關歲月遒今年乘興却東遊全家穩下黃牛峽半

醉來尋白鷺洲黯黯江雲瓜步雨蕭蕭木葉石城秋孤
臣老抱憂時意欲請遷都涕已流

將至京口

卧聽金山古寺鐘三巴昨夢已成空船頭坎坎回帆鼓旗
尾舒舒下水風城角危樓晴靄碧林間雙塔夕陽紅銅
瓶愁汲中濡水不見茶山九十翁　原註頃在京口嘗取中濡水寄曾文清公

泝谿

射的峰前禹廟東短篷三扇卧衰翁閑攜清聖濁賢酒

重試朝南莫北風水落痕留紅蓼節雨來聲滿綠蒲叢
衘煙莫作匆匆去擬看溪丁下釣筒

冬夜聞雁有感

從軍昔戍南山邊傳烽直照東駱谷軍中罷戰壯士閑
細草平郊恣馳逐洮州駿馬金絡頭梁州毬場日打毬
玉杯傳酒和鹿血女真降虜彈箜篌大呼拔幟思野戰殺氣當
年赤浮面南遊蜀道已低摧猶據胡牀飛百箭豈知蹭
蹬還江邊病臂不復能開弦夜聞雁聲起太息來時應

過桑乾磧

豪邁一往壓倒高岑

月夕

開戶滿庭雪徐看知月明微風入叢竹復作雪來聲俗
塵不待掃凛然肝肺清村深無漏鼓鶴唳報三更

以雋語寫幽致列子御風泠然善也

自雲門之陶山肩輿者失道行亂山中有茅舍小
塘極幽邃求見主人不可意其隱者也

陂池幽處有茅堂井臼蕭條草樹荒小鴨怯波時聚散
病蔬傷蠹半青黄童兒銜雨收魚網婢子聞鐘上佛香
我亦暮年思屏迹數椽何計得連牆

園中雜書

殘花委地筍掀泥香椀詩囊到處携幽夢欲成誰喚覺半
窗斜日鵓鴣啼

池亭夜賦

池上小亭幽清宵秉燭遊荷盤時瀉露螢火早知秋有

感歲時速無聲河漢流殊方不堪住歸夢繞滄洲

雙清堂夜賦

陸子病少間獨卧谿上堂人靜魚自躍風定荷更香素
月行中天流螢失孤光歸鳥飛有聲度此十里塘嗟我
獨何事邅暮客異鄉太息搔短髮起視夜未央

妙於體物流螢失孤光與螢火早知秋各有妙理風定
荷更香風定池蓮自在香亦復各成妙句前後三詩不
妨並存

橋南納涼

曳杖來追柳外涼畫橋南畔倚胡牀月明船笛參差起風定池蓮自在香半落星河知夜久無窮草樹覺城荒碧筒莫惜頹然醉人事還隨日出忙

初秋夢故山覺而有作

陂水白茫茫草煙濕霏霏牧童一聲笛落日無餘暉遙山已漸隱村巷亞竹扉老翁延我入苦謝柿栗微幸逢歲有秋一醉君勿違念此動中懷命駕吾將歸

別建安

款帽揭鞭晚出城驛亭燈火向人明多情葉上蕭蕭雨更把新涼送客行

紫谿驛 原註信州鉛山縣

雲外丹青萬仞梯木陰合處子規啼嘉陵棧道吾能説略似黄亭到紫谿

筆有天趣此作運化工部下篇又用太白皆極鑪錘之妙

月巖

幾年不作月巖遊萬里重來已白頭雲外連娟何所似平羌江上半輪秋

淡淡自合刻劃即失之矣

聞雁

過盡梅花把酒稀熏籠香冷換春衣秦關漢苑無消息又在江南送雁歸

張完臣曰可謂深至

春雨

冬旱土不膏愛此春夜雨四郊農事興老稚迭歌舞相呼長沮耕分喜樊遲圃豊年已在目亭障靜枹鼓我歸未有期一官寄倉庾幸復寬簡書不敢恨羇旅

平平寫去澹雅可愛豊年十字抵得一篇喜雨亭記

南窗睡起

夢中忘却在天涯一似當年錦里時狂倚寶箏歌白紵醉移銀燭寫烏絲酒來郫縣香初壓花送彭州露尚滋

起坐南窗成絶嘆玉樓乾鵲誤歸期

盧世㴶曰三四俊爽自是佳句

晝漏迢迢暑氣清不妨小倦帶餘酲夢從隴客聲中斷
愁向湘屏曲處生風度簾旌紅浪颭窗明香岫碧雲橫
閑情賦罷憑誰寄悵望壺天白玉京

感舊絶句

鵝黄酒邊緑荔枝（原註：鵝黄廣漢酒名緑荔枝出叙州）摩訶池上納涼時
氷紈不畫驂鸞女郄寫江南白紵辭

夏日晝寢夢遊一院閴然無人簾影滿堂惟燕蹋
箏弦有聲覺而聞鐵鐸風響璆然殆所夢也邪因
得絶句

桐陰清潤雨餘天簷鐸摇風破晝眠夢到畫堂人不見
一雙輕燕蹴箏絃

書懷絶句

不到天台三十年草菴猶記宿雲邊老僧曉出松門去
手挈軍持取澗泉

絶句源出樂府但取神韻趣在有意無意之間唐人推
青蓮龍標二家擅場作者妙處深得風人之致視唐殆
無愧色此不可以時代拘者也

雨後極凉料簡篋中舊書有感

日映小雨不至晡雨雖未足凉有餘細泉泠泠咽幽竇
清吹策策驚高梧笠澤老翁病蘇醒欣然起理西齋書
十年燈前手自校行間顛倒黄與朱區區樸學老自信
要與萬卷歸林盧邇來世俗好變古鑿空飾詐無根株

愀然撫几三太息力薄抱恨何由袪蘭臺漆書非已責
且為鐵勝除蠹魚

秋夜

湖海秋初到房櫳夜轉幽露濃驚鶴夢月冷伴蛩愁生
計依微禄年光墮遠遊嚴灘已在眼早晚放孤舟（原註：去年欲自三衢舟行泛七里瀨歸山陰今竟當為此行也）

雨夜

夜院蕭條秋意深銅爐一炷海南沉幽人聽盡芭蕉雨

獨與青燈話此心

豐城高安之間憩民家景趣幽邃爲之慨然懷歸

數家聚雲根細路入叢薄濺濺石渠水來往一略彴有無鄰里通笑語婦子樂濁醪時相就青蔬缺鹽酪日暮歸閉門績火星煜煸先期畢租稅老不入城郭嗟予獨何事早揷紅塵脚故山未成歸悵望有餘怍

寄奉新高令

小雨催寒著客袍草行露宿敢辭勞歲饑民食糟糠窄

吏惰官倉鼠雀豪只要閭閻寬箠楚不須亭障肅弓刀九重屢下丁寧詔此責吾曹未易逃

此真良二千石矣察吏恤災安民弭盗奉公任職八句中色色具到却一氣渾成不冗不腐風雅遺軌何可多得鶴林玉露載王十朋真德秀二詩命意雖同而氣格相去遠矣

予欲自嚴買船下七里灘謁嚴光祠而歸會灘淺陸行至桐廬始能泛江因得絶句

桐廬縣前艣聲急蒼煙茫茫白鳥雙亂山日落潮未落勝絶不減吳松江

風格絶佳

辛丑正月三日雪

閙歲尚殘冬佳哉雪意濃潤歸千里麥聲亂五更鐘簾隙收初霰牆隅積已重龍團笑羔酒狐腋襲駝茸危檻臨欹竹幽窗聽墮松忽思西戍日憑堞待傳烽原註予從戍日嘗大雪中登興元城上高興亭待平安火至

龍團笑羔酒用陶穀事妙於不覺

雪齋歸湖上過千秋觀少留

縱轡不嫌遠逢山猶一登夕陽陂湫湫殘雪墻層層折竹横遮道飢烏下啄氷欲歸還小駐倚杖對崚嶒

題山家壁

山中無傳漏猿鳴知既夕芳藤上幽援素月照高壁主人殊喜事歡若有夙昔稚子繁竹槃炊黍持餉客卜隣雖未辦清嘯聊自適衰病久廢詩筆端歎荆棘

憶昔

憶昔浮江發劍南夕陽船尾每相銜楠陰暗處尋高寺
荔子紅時宿下巖原註高寺在瀘州下巖在雲安軍硤口烹猪賽龍廟
沙頭伐鼓挂風帆區區陳迹何由記惟有征塵尚滿衫

秋夜

秋氣侵帷夢不成一燈西壁翳還明風高露井無桐葉
雨急煙村有雁聲擊筑誰同燕市飲賃舂方作會稽行
從來自許知何等堪難江湖白髮生

涼風又落南宮木老雁孤鳴漢北州不及頷聯之含蘊

九月三日泛舟湖中作

兒童隨笑放翁狂又向湖邊上野航魚市人家滿斜日
菊花天氣近新霜重重紅樹秋山晚獵獵青帘社酒香隣
曲莫辭同一醉十年客裏過重陽原註予自庚寅至辛丑始見九日於故山

新寒

病怯新寒欲不禁南窗擁褐夜愔愔江湖跌宕送餘日
書劍蕭條孤壯心杜曲新愁隨斷雁遼陽遺恨入疎砧
此懷擬向何人說賴有昏燈伴苦吟

湖村月夕

客路風塵化素衣閑愁冉冉鬢成絲平生不負月明處
神女廟前聞竹枝

盧世㴶曰色相俱空

橫塘

橫塘南北埭西東拄杖飄然樂未窮農事漸興人滿野
霜寒初重雁橫空參差樓閣高城上寂歷村墟細雨中
新買一蓑苔樣綠此生端欲伴漁翁原註是日偶買蓑衣甚妙

蔬圃

山翁老學圃自笑一何愚硗瘠纔三畝勤劬賴兩奴正
方畦畫局徹潤土融酥翦闢荊榛盡鉏犁磊塊無過溝
橫略彴聚甓起浮圖原註拾圃中瓦礫作小塔隙地成瓜援餘功及
芋區如絲細生菜似鴨爛蒸壺此事今真辦東歸不為
鱸

排比瑣事點染閑情雖云游戲亦斐亹可觀

五雲門晚歸

高城帶遠林落日動寒砧行客自朝暮青山無古今衰
遲慙逸氣憂患足危心溪迮滯歸艇何時春水深
　以高韻勝置盛唐人集中不復可辨

　　夜汲井水煮茶

病起罷觀書袖手清夜永四鄰悄無語燈火正淒冷山
童亦睡熟汲水自煎茗鏘然轆轤聲百尺鳴古井肺腑
凜清寒毛骨亦蘇省歸來月滿廊惜踏疎梅影

　　奇朱元晦提舉

市聚蕭條極村墟凍餒稠勸分無積粟告糴未通流民
望甚飢渴公行胡滯留徵科得寬否尚及麥禾秋
惻然仁者之言四十字不愧古人羅大經謂文公於詩
獨取放翁以其氣質渾厚殆未足以盡之
宋史文公本傳淳熙七年浙東大饑易提舉浙東常平茶鹽
事即日單車就道移書他郡募米商蠲其征比至部米已輻
輳與僚屬鈎訪民隱至廢寢食雖深山窮谷狥存不遺事竣
宰相王淮贊於上曰熹荒政乃行其所學民被實惠

　　乍晴風日已和泛舟至扶桑埭徘徊西村久之

十日風雨今日晴衰病忽減思閒行接䍦一幅煙霧薄
舴艋八尺凫鷖輕亭亭孤壇遠天碧曲曲深巷斜陽明
數家茅屋門畫掩不聞人聲聞碓聲身似龐公不入城
東阡南陌餞餘生新年倘有豐年喜買酒漁村看太平

　　擕瘿尊醉梅花下

楠瘿作尊容斗許擁腫輪囷元媚嫵肯從放翁來住山
誰云置身不得所山房寂寞久不飲作意欲就梅花語

我病鮮歡花更甚日暮淒涼泣殘雨人生萬事雲茫茫
一醉常恐俗物妨正須仙人氷雪膚來伴老子鐵石腸
花前起舞花底卧花影漸東山月墮瘿尊未竭狂未休
笑起題詩識吾過

　　城西接待院後竹下作

水邊小邱因古城上有巨竹數百箇一徑蛇蟠不容脚
平處乃可十客坐裊裊共看風枝舞蔌蔌時聽春籜墮
古佛不粧香火冷瘦僧如腊袈裟破門前西去長安路

日夜舳艫銜尾過老夫本乏臺省姿且就清陰曲肱卧

幽居春夜

暮景催人雪鬢雙十年始復反吾邦雲迷佳月每遮舍酒壓閑愁如受降三弄笛聲初到枕一枝梅影正横窗要知清夢遊何許不釣桐江即錦江

頸聯圓妙有彈丸脫手之樂

晨起

小雨濕清曉新鶯啼早春年光驚病眼節物屬閑身已

破東連楚嶠山北控秦遠遊端可繼敢恨素衣塵

春遊

平生樂行役不耐常閑戶今朝新雨霽一笑整巾屨青猿導幽蹊春草伴微步雖云尊酒薄蔬果亦畧具辛夷發高枝楊柳吹墮絮行歌不知遠落日呼野渡横林已棲鴉淺水猶立鷺歸來意頗豪古錦有新句

八月十四日夜湖山觀月

長空露洗玻璃碧紫金之盤徑三尺忽看擘地出人間桂樹扶踈如淡墨攬衣獨立鏡湖邊風露萬頃秋淅然開帆詎必入東海騎鯨便可追飛仙氷壺玉瀣侵骨冷醉看孤鸞舞清影夜闌歸舍人已眠却倩天風為吹醒

奇語得自眼前轉覺出人意表

夜聞秋風感懷

西風一夜號庭樹起攬戎衣淚濺襟殘角聲催關月墮斷鴻影隔塞雲深數篇零落從軍作一寸淒涼報國心莫倚壯圖思富貴英豪何限死山林

草書歌

傾家釀酒三千石閑愁萬斛酒不敵今朝醉眼爛巖電提筆四顧天地窄忽然揮掃不自知風雲入懷天借力神龍戰野昏霧腥奇鬼摧山太陰黑此時驅盡胸中愁槌牀大叫狂墮幘吳牋蜀素不快人付與高堂三丈壁

與醉後草書一篇各成奇致

夜泊水村

腰間羽箭久凋零太息燕然未勒銘老子猶堪絶大漠

諸君何至泣新亭一身報國有萬死雙鬢向人無再青

記取江湖泊船處卧聞新雁落寒汀

率多胸臆兼有氣骨可為南渡君臣慨然太息

自妙相歸將至杜浦堰舟中作

斜陽發東郭初夜轉西城寺閣疎鐘動漁村遠火明蒼茫林靄滅撲漉水禽驚漸喜吾廬近遥聞過埭聲

御選唐宋詩醇卷四十四

欽定四庫全書

御選唐宋詩醇卷四十五

山陰陸游詩四

秋興

樵風溪上弄扁舟濯錦江邊憶舊遊豪竹哀絲真昨夢爽砧繁杵又驚秋墜枝橘熟初堪翦浮甕醅香恰受篘莫道身閑總無事孤燈夜夜寫清愁

三江舟中大醉作

志欲富天下一身常苦飢氣可吞匈奴束帶向小兒天公無由問世俗那得知揮手散醉髮去隱雲海湄風息天鏡平濤起雪山傾輕帆入浩蕩百怪不可名虹竿秋月鉤巨鼇倘可求滅迹從今逝回看隘九州

擬以太白便覺去人不遠

樊江晚泊

碧雲吞日天欲暮城西掠柁城東路蓴羹菰飯香滿船正是江頭落帆處荻洲漁火遠更明煙水蒼茫聞雁聲

不是緣尊能破悶白頭客路若爲情

秋夕

羈魂虛仗些詞招病骨那禁積毀消亂葉打窗寒有信
昏燈照幔夢無聊棧邊老驥心空在爨下殘桐尾半焦
百感忽生推枕起碧霄銀漢正迢迢

深於比興怨而不怒

秋雨排悶十韻

今夏久無雨從秋却少晴空濛迷遠望蕭瑟送寒聲衣
潤香偏著書蒸蠹欲生壞簷聞瓦墮漲水見堤平溝溢
池魚出天低塞雁征螢飛明闇廡蛙鬧雜疎更藥釀時
須焙舟閑任自橫未憂荒楚菊直恐敗吳秔夜永燈相
守愁深酒細傾浮雲會消散鼓笛賽西成

方回曰字字工穩

寄題朱元晦武夷精舍

先生結屋緣巖邊讀易懸知屢絶編不用采芝驚世俗
恐人謗道是神僊

身閑剩覺溪山好心靜尤知日月長天下蒼生未蘇息
憂公遂與世相忘

惟朱子稱此詩惟此詩可寄朱子所云詩中有人者

長安道

千夫登登共版築萬手丁丁供斲木歌樓舞榭高入雲
複幕重簾晝燒燭中使傳宣騎飛鞚達官候見車擊轂
豈惟炎熱可炙手五月瞿唐誰敢觸人生易盡朝露晞
世事無常壞陂復士師分鹿真是夢塞翁失馬猶爲福
君不見野老八十無完衣歲晚北風吹破屋

言抵藥石體合風雅

村舍

空谷人稀到新寒病頓輕晨霜催小獵宿雨潤新耕草
莽秦馳道雲煙越故城千年不磨滅惟有暮山橫

有俯仰千古之感句法亦逼老杜

幽居感懷

偶傍楓林結數椽東歸也復度流年汀洲雁下依殘水

墟里人行破夕煙十月風霜欺客枕五更鼓角滿江天散關清渭應如昨回首功名一愴然

遲暮

遲暮固多感況此歲崢嶸霜霰忽已集夜聞絡緯鳴青燈不解語依依有餘情銅瓶煮寒泉中作笙簫聲沈憂能傷人一夕白髮生蓬萊渺雲海金丹幾時成

自若耶溪舟行杭鏡湖而歸

換馬亭前煙火微鬬牛橋畔行人稀雲山慘澹少顏色霜日清薄無光輝新酒篘成桑正落美人信斷雁空歸

高樓何處吹長笛清淚無端又濕衣

詞意清婉風調致佳

骨相

骨相元知薄功名敢自期病侵彊健日閑過聖明時形勝輪臺地飛騰瀚海師江湖雖萬里猶擬綴聲詩

意自深深非關骨相

感憤

今皇神武是周宣誰賦南征北伐篇四海一家天歷數兩河百郡宋山川諸公尚守和親策志士虛捐少壯年京洛雪消春又動永昌陵上草芊芊

大聲疾呼氣浮紙上諸將五首之嫡嗣也

盧世潅曰南渡樂于偏安誰能念此

晚出偏門

一段新愁帶宿酲半敧烏帽策驢行村墟香動梅初破裘褐寒輕雪未成渡口人爭紅日晚沙邊雁帶碧煙橫

悠然又覓長堤路腸斷城樓畫角聲

過杜浦橋

橋北雨餘春水生橋南日落暮山橫問君對酒胡不樂聽取菱歌煙外聲

莊器之作招隱閣項平父諸人賦詩予亦繼作

諸公共賦反招隱細字斜行肯見傳語到淮南小山作人如江左永和年一窗蘿月禁春瘦萬壑松風撼晝眠我亦尚嫌林谷淺因君更擬斸雲煙

溪上醉吟

行行不知溪路深但怪素月生遙岑不辭醉袖拂花絮
與子更醉青蘿陰

雨中泊舟蕭山縣驛

端居無策散閑愁聊作人間汗漫遊晚笛隨風來倦枕
春潮帶雨送孤舟店家菰飯香初熟市擔蓴絲滑欲流
自笑勞生成底事黃塵陌上雪蒙頭

春潮七字與蘇州各成妙句

初夏遊淩氏小園

水滿池塘葉滿枝曲廊危榭惬幽期風和海燕分泥處
日永吳蠶上簇時閑理阮咸尋舊譜細傾白墮賦新詩
從來夏淺勝春日兒女紛紛豈得知原註庾信詩云夏淺卻勝春驗湖遊人至立夏而止

題少陵畫像

長安落葉紛可掃九陌北風吹馬倒杜公四十不成名
袖裏空餘三賦草車聲馬聲喧客枕三百青銅市樓飲
杯殘炙冷正悲辛仗內鬬雞催賜錦

初冬雜題

莫嫌風雨作新寒一樹青楓已半丹身在范寬圖畫裏
小樓西閣剩憑闌

小雨

細雨濕春光霏霏破夕陽卧聞驚倦枕起看入虛堂映
葉鶯猶囀爭泥燕正忙閑愁無遣處誰與共飛觴

工於賦物不落纖巧

題徐淵子環碧亭亭有茶山曾先生詩

茶山丈人厭囂諠幅巾每訪博士家小亭談笑不知暮
往往城上聞吹笳興來傑作繁珠璧歲久妙墨亡龍蛇
郎君弟子多白髮回頭日月如犇車徐卿赤城古仙子
十年四海推才華覽觀陳迹喜不寐旋補罅漏支傾斜
曲池還浸古來月叢萼忽見當時花重題舊句照高棟
力振風雅排淫哇席間紵袍已散鵠堂上講鼓初停撾
速宜力置竹葉酒不用更瀹桃花茶原註桃花茶見曾公詩

臨安春雨初霽

世味年來薄似紗誰令騎馬客京華小樓一夜聽春雨深巷明朝賣杏花矮紙斜行閑作草晴窗細乳戲分茶素衣莫起風塵嘆猶及清明可到家

頷聯圓轉脫口而出一涉湊泊失此語妙

瞿佑曰陳簡齋詩云客子光陰詩卷裏杏花消息雨聲中陸放翁詩云小樓一夜聽春雨深巷明朝賣杏花皆佳句也葉靖逸詩云春色滿園關不住一枝

紅杏出牆來戴石屏詩云一冬天氣如春暖昨日街頭賣杏花句意亦佳可以追及之

盧世㴶曰三四有唐人風韻

方回曰臨安春雨初霽一首劍南集編在嚴州朝辭時所作後村詩話乃謂妙年行都所賦思陵賞音似誤

飲張公父園戲題扇上

寒食清明數日中西園春事又匆匆梅花自避新桃李不為高樓一笛風

寓意雖刻自足風調

盧世㴶曰翻案妙有諷意

小舟過御園

聖主憂民罷露臺春風別苑晝常開盡除曼衍魚龍戲不禁芻蕘雉兔來水鳥避人横翠靄宮花經雨委蒼苔殘年自喜身强健又作清都夢一回

善于立言

春遊絶句

一百五日春都行三十六溪春水生千秋觀裏逢急雨射的峰前看晚晴原註自秦望山而北合三十六溪水為若耶溪

雨後

磋潤還成雨雲收旋作晴巖花分日發林筍逐番生筆硯行常具軒窗晚更明塵埃幸不到那得廢詩情

夜汲

酒渴起夜汲月白天正青銅瓶響寒泉聞之心自醒井

邊雙梧桐映月影離離上有獨棲鶴細爪握高枝我欲畫圖扇良工不可求三歎拊庭楯浩然風露秋

落落有古意

新霽城南舟中夜興

身是江湖不繫船雨餘隨處一翛然浮雲盡斂出青嶂孤月徐升行碧天收網漁歌移別浦隔城塔影落前川明朝閑就平洲飲巾履追涼又一年

丙午五月大雨五日不止鏡湖渺然想見湖未廢

時有感而賦

朝雨暮雨梅正黃城南積潦入車箱鏡湖無復鹹青秧直浸山脚白茫茫湖三百里漢訖唐千載未嘗廢陂防屹如長城限胡羌嗇夫有秩走且僵旱有灌注水何傷越民歲歲常豐穰泆湖誰始謀不臧使我父子餍糟糠陵遷谷變亦何常會有妙手開湖光蒲魚自足被四方煙艇滿目菱歌長

有關國計民生非尋常歌詠可比

山陰志鏡湖綿跨二縣周迴三百五十八里東漢馬臻始築塘蓄水溉田九千餘頃迄于宋民甚利之祥符以來並湖之民盜湖為田熙寧中遣使至越不能復湖後遂盡廢為田皆已陞科議復古以興水利者常惜之而勢不可行

會稽志張元忭曰忭按諸家所論前乎漢而無海塘則鏡湖不可不築後乎宋而有海塘則鏡湖可以不復迨者三江之閘其益百倍于海塘惟時其啟閉以

常謹水經之大綱而于外塘務完之內流務濬之以時修水利之細目則受利不止一會稽矣又何鏡湖之足論乎

早自烏龍廟歸

殘漏聲中聽曳鈴翩翩吹帽出郊坰雨餘澗落雙虹白雲合山餘一髮青鐵馬蹴冰悲昨夢朱顏辭鏡感頹齡歸來獨對空齋冷鳥迹蒼苔自滿庭

齋中閑咏

風號萬物作濤聲雲截千峰似几平多病支離仍老鏡
暮秋蕭瑟更山城燕鴿久罷塵痕積庭訟全稀蘚暈生
莫到齋中日無事焚香掃地又詩成

六句可謂深穩

秋雨北榭作

秋風吹雨到江濆小閣疎簾曉色分津吏報增三尺水
山僧歸入萬重雲飄零露井無桐葉斷續煙汀有雁羣
了却文書早尋睡檐聲偏愛枕間聞

方回曰此嚴陵郡圃也三四極工而活

焉耆行

焉耆山頭暮煙紫牛羊聲斷行人止平沙風急捲寒蓬
天似穹廬月如水大胡太息小胡悲投鞍欲眠且復起
漢家詔用李輕車萬丈戰雲來壓壘
焉耆山下春雪晴蕣蕣惟有蒺藜生射麋食肉飲其血
五穀自古惟聞名樵蘇切莫近亭障將軍卧護真長城
十年牛馬向南睡知是中原今太平

園中絕句

溪北溪南飛白鷗夕陽明處見漁舟憑誰為剪機中素
畫取天涯一片秋

晨過天慶

蘿月挂團壁松風號急灘孤燈經院曉殘雪醮壇寒臘
欲闌扶杖何妨醉墮冠詩成與不盡萬里跨青鸞

三四語意工絕與棋聲花院靜幡影石壇高不可軒輊

出城

翩翩烏帽出林坰掠面風微酒半醒戍火難尋玉關夢
衣塵空愧草堂靈天晴山雪明城郭水漲江流近驛亭
客鬢不如堤上柳數枝春動又青青

夜登千峯榭

夷甫諸人骨作塵至今黃屋尚東巡度兵大峴非無策
收泣新亭要有人薄釀不澆胷壘塊壯圖空負膽輪囷
危樓插斗山銜月徙倚長歌一愴神

從空而下氣象高遠歸咎王呂自是千古公論

潘問奇曰劍南詩掾觚家奉之如拱璧然一時所為翕然者不過喜其洞寫風雲流連月露而已而其惓惓宗國悱惻纏綿顧未及之者予為一一標識之使知先生當日傷半壁之無依痛兩宮之不返終天悼歎不徒區區景物間也比少陵庶幾一飯不忘之誼云

秋興

孤城寂寞近江干處處疎砧送早寒水落纔餘半篙綠

霜高初染一林丹民租屢減追胥少吏責全輕法令寬偶有一樽聊獨醉強挼黃菊助清歡

余年二十時嘗作菊枕詩頗傳於人今秋偶復采菊縫枕囊悽然有感

采得黃花作枕囊曲屏深幌閟幽香喚回四十三年夢燈闇無人說斷腸

少日曾題菊花詩蠹編殘藁鎖珠絲人間萬事消磨盡只有清香似舊時

黯然自傷與沈園二絕所感同而詞亦並工益發乎情者深也

東吳女兒曲

東吳女兒語如鶯十三不肯學吹笙鏡奩初喜稱蠶出窗眼已看雙繭成庭空日煖花自舞簾捲巢乾燕新乳阿弟貪書下學遲獨揀詩章教鸚鵡

絶似皮陸

有為予言烏龍高險不可到處有僧巖居不知其

年予每登千峯榭望之慨然為作詩

樵子向予說有僧巢翠微巖扉雲共宿錫杖鶴同飛日暮松明火天寒槲葉衣棄官從此逝非子尚誰歸

楚宮行

漢水方城一何壯大路並馳車百兩軍書插羽擁修門楚王正醉章華上璇題藻井窮丹青玉笙寶瑟聲冥冥忽聞命駕遊七澤萬騎動地如雷霆清晨射獵至中夜

蒼兕元熊紛可藉國中壯士力已殫秦冠東來遣誰射

妾命薄 原註太白作此篇言長門宮事予反之

妾命薄早入天家侍帷幄君王勤儉省宴遊寶柱朱弦塵漠漠日長別殿承恩稀旰昃猶聞親萬機宮中雖無珠玉賜塞上不見煙塵飛不須悲傷妾命薄命薄卻令天下樂

高處立濶處行

四皷酒醒起步庭下

酒解夜過半出門步中庭天高河漢白月澹煙霧青重滴竹杪露疎見樹罅星壞甃啼寒螿深竹明孤螢秋晚雖未霜蠹葉時自零四序逝不留慨然感頹齡平生茅一把不博帶萬釘鵠溝謝柏柏鴻路追寘寘

秋霽

灝氣明山川霽色滿天地西風吹我衣忽有萬里意中原運當平所要在得士餘年猶幾何棄置復棄置

短幅森嚴中極頓挫之妙

採藥

篔子編成細箬新獨穿空翠上嶙峋丹砂巖際朝暾日狗杞雲間夜吠人絡石菖蒲蒙綠髮纏松薜荔長蒼鱗金貂謁帝我未暇且作人間千歲身

塞上曲

將軍許國不懷歸又見桑乾木葉飛要識君王念征戍新秋已報賜冬衣

自合唐音

送潘德久使薊門

崑崙東分一枝渾奔蹴砥柱經龍門羲皇受圖撫上古神禹治水開中原三靈實扶藝祖業萬國共仰東都尊羣兒撞壞吁可嘆顧使殘虜今遊魂因君試求出師路孟津白馬應如故不須更議繫河橋北風正可乘冰渡頗聞盧龍已數畫復道飛狐合屯戍轅門尚駐拂雲祠烽火應過明妃墓君歸解鞍藉芳草細談塞北忘予老讀書飲酒待賊平萬丈旗頭方下掃

老驥伏櫪志在千里游豈須臾忘恢復者況觸事感懷耶端莊雜流麗剛健含婀娜可以語此詩之妙

夜歸塼街巷書事

近坊燈火如晝明十里東風吹市聲遠坊寂寂門畫閉只有煙月無人行誰家小樓歌惱儂餘響縹緲縈簾櫳苦心自古乏真賞此恨略與吾曹同歸來空齋卧淒冷燈前病骨巉巉影獨吟古調遣誰聽聊與梅花分夜永

送張野夫寺丞牧滁州

皇天方憂九州裂建隆真人仗黃鉞陣雲冷壓清流關賊壘啁嘐氣如髮通誅猾敵入檻車北風吹乾草頭血一龍上天三百年舊事空聞遺老說金印斗大誰作州公子玉面蒼髯虬賦詩健筆挾風雨論兵辯舌森戈矛別君帳飲灞橋頭長歌為君寬旅愁戰場遺迹儻可畫尺素寄我關河秋

唐之子孫不能以天下取河北志士之慨於言外見之

夜歸偶懷故人獨孤景略

買酒村場半夜歸西山落月照柴扉劉琨死後無奇士獨聽荒雞淚滿衣

觸緒長嗟言在此而意在彼十四字中波瀾甚闊賀裳詩話乃謂務觀才具無多意境不遠惟善寫眼前景物豈非但見方隅者耶

月下小酌

草樹已秋聲郊原喜晚晴風生雲盡散天潤月徐行下箸槎頭美傳杯甕面清追歡猶可勉但歲不須驚

鄰曲有未飯被追入郭者憫然有作

舂得香秔摘綠葵縣符急急不容炊君王日御金華殿誰誦周家七月詩

親民之官莫如守令與人主共養百姓同休戚者其惟良吏乎漢治之稱文景有以也

題湖邊旗亭

春色初回杜若洲佳人又典鷫鸘裘八千里外狂漁父五百年前舊酒樓渡口遠山頻翠黛天邊新月挂瓊鉤

回頭笑向紅塵說也有閒愁到此不

落筆豪俊宋人常問人云君詩中有幾酒樓此一亦酒樓也

寓懷

脫粟未為飢短褐未為寒衆毀心自可身困氣愈完節屋雖三間趺坐則已寬濁酒不滿瓢浩歌有餘歡祿食妻子樂功名後人看成敗兩蝸角貴賤一鼠肝芒芒百年夢底物堪控摶不如學餐霞駐此雙頰丹行披終南

雲飛渡黃河湍歸然過空城人言古長安霜露蒙荆榛喟然增永歎

國恥未雪此老終身大恨固其忠義所結然言之頻數亦為筆墨之累此乃別有波瀾言盡而意不盡

題千秋觀懷賀亭

河湟使典珥左貂曲江相君謝不朝宮中玉環狐作妖黠敵旁窺心已驕天維欲絶地軸摇有識凜凜憂宗祧賀公託言師松喬黃冠徑歸侶漁樵老馬立仗不自聊去如鸞鳳沖煙霄傾都祖餞擁渭橋賢哉大夫脫塵囂揚州渡江木蘭橈入東夜聽錢塘潮我來故祠竹蕭蕭黃冠野服傳生綃詞卑婉匪英瓊瑤空采蘋藻奠桂椒虛堂斷香閉寂寥遺魂零落何由招

論古別有見解

樊江

手中一卷養魚經又向樊江上草亭朝雨染成新漲綠春煙滄盡遠山青榜舟不厭頻來往岸幘常須半醉醒

賦罷新詩自高詠滿汀鷗鷺欲忘形

自饒雅韻

練塘

微風吹頰酒初醒落日舟横杜若汀水秀山明何所似玉人臨鏡暈螺青

歸次樊江

芳草東西路綠楊長短亭人生豈匏繫吾志本鴻冥征袖朝露雨歸帆夜戴星長魚幸能買且復倒殘瓶

泛湖至東涇

春水六七里夕陽三四家兒童收鵝鴨婦女治桑麻地僻衣巾古年豐笑語譁老夫維小艇半醉摘藤花

村居初夏

天遣為農老故鄉山園三畝鏡湖傍嫩莎經雨如秋緑小蝶穿花似繭黄斗酒隻鷄人笑樂十風五雨歲豐穰相逢但喜桑麻長欲話窮通已兩忘

盧世㴶曰此景真不可多得

東關

煙水蒼茫西復東扁舟又繫柳陰中三更酒醒殘燈在臥聽蕭蕭雨打篷

七月一日夜坐舍北水涯戲作

兀傲胡床酒半醒釣筒收盡數舟横風生細葛無三伏月上疎林正四更北斗離離低欲盡明河脉脉去無聲斥仙豈復塵中戀便擬騎鯨返玉京

以星河供點染少加運用便有景有情

以事至城南書觸目

十里西風吹帽帬江城衣杵遠猶聞路如劍閣逢秋雨山似爐峰鎖暮雲原上老翁眠犢背籬根小婦牧羊羣百錢且就村場醉舌本醇醨莫若分

感舊意正以不露為佳

梅花絶句

憶昔西戍日夜宿仙人原風吹野梅香夢繞江南村低空銀一鈎慘野玉三尺愁絶水邊花無人問消息

題瑩上人二畫

天地又秋風鬢山憶剡中孤舟幸閑着借我訪支公

右剡溪

曉聽楓橋鐘暮泊松江月斯人亦可人淡墨寫愁絶

右吴江

山家暮春

遶屋清陰合緣堤緑草纖起蠶初放食新麥已磨鎌苦筍先調醬青梅小蘸鹽佳時幸無事酒盡更須添

瑣事老筆

自詠

萬事不挂眼終年常避人荒畦荷鋤晚環堵結茆新病
馬何勞斥輕鷗未昔馴雖慙市門卒聊作葛天民

蓬萊館午憩

驛門繫馬聽蟬吟翻動平生萬里心橋畔笛聲催日落
城邊草色帶煙深關河歷歷功名晚歲月悠悠老病侵
憶戍梁州如昨日憑闌西望一霑襟

盧世㴶曰悲壯

夢遊散關渭水之間

平生望眼怯天涯客裏何堪度歲華但恨征輪無四角
不愁客路有三义驛窓燈闇傳秋柝關樹煙深宿暮鴉
吒犢老翁頭似雪羨渠生死不離家

完題簡淨

秋夜

清夜不成寐出門還浩歌斷雲徵翳月薄露不傾荷絡
緯知時早梧桐奈汝何非關老懷惡秋物感人多

荷花

風露青冥水面涼旋移野艇受清香猶嫌翠蓋紅粧句
何況人言似六郎

隨手翻新居然佳語

秋興

老子雖貧未易量風流猶在小茆堂蒲萄錦覆桐孫古
鸜鵒螺斟玉瀣香千點荷聲先報雨一林竹影剩分涼
秋來便有欣然處新種蓴絲已滿塘

新晴

積雨已凄冷新晴還少和稼収平野潤木落遠山多土
潤朝畦菜機鳴夜擲梭時清年歲好吾敢歎蹉跎

盧世㴶曰頷聯自是佳句

舍北望水鄉風物戲作絶句

西風沙際矯輕鷗落日橋邊繫釣舟乞與畫工圖扇本
青林紅樹一川秋

禹跡寺南有沈氏小園四十里前嘗題小闋壁間偶復一到而園已易主刻小闋于石讀之悵然

楓葉初丹槲葉黃河陽愁鬢怯新霜林亭感舊空回首泉路憑誰說斷腸壞壁醉題塵漠漠斷雲幽夢事茫茫年來妄念消除盡回向禪龕一炷香

周密曰放翁妻唐氏于其母為姑姪而不相得出後改適趙士程嘗以春日出遊相遇於禹跡寺南之沈氏園唐以語趙遣致酒肴翁悵然久之為賦釵頭鳳

詞題園壁間集中紅酥手黃縢酒一闋是也唐氏見而和之未幾下世

小園

窄窄柴門短短籬山家隨分有園池客因問字來攜酒僧趁分題就賦詩晨露每看花蕊坼夕陽頻見樹陰移原注此二事非閒寂不知也拂衣司諫猶忙在此趣淵明却少知

盧世漼曰閒情逸事惟世外人知之

夜讀范至能攬轡錄言中原父老見使者多揮涕感其事作絕句

公卿有黨排宗澤帷幄無人用岳飛遺老不應知此恨亦逢漢節解沾衣

南渡之不振實由於此扼腕而言自成高調

醉卧松下短歌

披鹿裘枕白石醉卧松陰當月夕寒藤夭矯學草書天風蕭森入詩律忽然夢上百尺顛綠毛邂逅巢雲仙相攜大笑咸陽市俯仰塵世三千年

造語入妙

探梅

我遊東村衝暮煙斷橋流水鳴濺濺欲尋梅花作一笑數枝忽到拄杖邊高標元合著山澤絕豔豈復施丹鉛定知曾授餐玉法不爾恐是凌波仙錦江賦詩忽萬里蓬仙把酒令三年相逢風味宛如昨人生何者非前緣頗思取醉極清賞杖頭幸有百許錢但判揮破烏紗帽莫記吹落黃金船

趣極自然調亦清婉

題四仙像 原注劉子訓

世上年光東逝波咸陽銅狄幾摩挲神仙不死成何事只向秋風感慨多

冬晴閒步東村由故塘還舍作

紅藤拄杖獨相羊路遠東村小嶺傍水落枯萍粘蟹椵原注鄉人植竹以取蟹謂之曰椵雲開寒日上魚梁洛陽二頃言良是光範三書計本狂歷盡危機識天意要令閒健返耕桑

方回曰五六善用事蟹椵句亦新

盧世㴶曰瑣事寫來亦新緻

祖應世曰一路細細領畧淺路人安能有此

夜聞湖中漁歌

夢回一燈翳復明卧聞湖上漁歌聲嗚嗚乍低忽更起娟娟欲斷還微縈初隨缺月墮煙浦已和殘角吹江城悲傷似擊漸離筑忠憤如撫桓伊箏放臣萬里憂國淚戍客白首懷鄉情峽猿失侶方獨宿沙雁垂翅猶遐征巴巫竹枝短亭晚瀟湘欸乃孤舟横世間此恨故相似使我百感何由平

一氣排宕有風雨驟至之勢只用一語收結老氣無敵

村夜

寂寂山村後悠然醉倚門月昏天有暈風軟水無痕迹為遺讒遠身由不仕尊敢嗟車馬絕同社自雞豚

潘問奇曰風軟水無痕未經人道

野意

限長逾十里村小只三家山客弛樵擔溪翁鳴釣車花

深迷蝶夢雨急散蜂衙哀疾新年減青鞵上若耶

憶昔

憶昔西征日飛騰尚少年軍書插鳥羽戍壘候狼煙渭水秋風夜岐山曉雪天金羈馳叱撥繡袂舞嬋娟但恨功名晚寧知老病纏虎頭空有相麒閣竟無緣壯士埋巴峽原注獨孤巢孤身卧海壖安西九千里孫武十三篇裹嘆蘇秦弊鞭憂祖逖先何時聞詔下遣將入幽燕

筆力健舉

感懷

上居鏡湖上一庵環翠屏竹林藏硆砑嶺路蟠青冥騫騰立奇石嶄絶臨危亭車馬雖埽迹猿鳥與忘形我行半九州躡盡芒屩青豈知雪滿鬢於兹敞雲扃丹砂收箭鏃狀斷人形逸天渺歸鶴一瞬三千齡

殘年迫衰謝嬰疾歸鄉枌諸賢渡江初總角幸有聞才非楚倚相亦能讀典墳夫豈或使之後死與斯文世儒

鑿户牖道術將瓜分孤陋守一說百氏殆可焚後來豈無人鼻垩誰揮斤巍巍貞觀治房魏出河汾

文集答劉主簿書前輩之學積小以成大以所有易所無以能聞于不能故其久也浩洋浩博該極百家而不可涯涘諸名勝渡江去前輩尚未甚遠故此風猶不墜三二十年來士自為畦畛甚狹已所未知者輙詆薄之以為不足學詆窮經者則曰傳注已盡矣詆博學者則曰不知無害為君子嗚呼陋哉

御選唐宋詩醇卷四十五

欽定四庫全書

集部

御選唐宋詩醇　卷四十六 卷四十七

詳校官山東道御史臣温常綬

總校官編修臣朱鈐
校對官中書臣王學海
謄録監生臣汪永炯

欽定四庫全書

御選唐宋詩醇卷四十六

山陰陸游詩五

東村散步有懷張漢州

扶杖村東路秋來始此回寒鴉盤陣起野菊卧枝開憂國丹心折懷人雪鬢催房湖八千里那得尺書來

將軍行

將軍入奏平燕策持笏榻前親指畫天山熱海在目中下殿即日名烜赫馳出都門雪初霽直過黄河氷未坼繡旗方掠桑乾渡羽檄已入金臺陌勇士如鷹健欲飛孱王似兎何勞搦戎服押俘獻廟社正衙第賞頒詔册端門賜酺天下慶御觴尚恨滄溟窄從來文吏喜相輕聊遣濡毫書竹帛

古别離

孤城窮巷秋寂寂美人停梭夜歎息空園露濕荆棘枝荒蹊月照狐狸迹憶君去時兒在腹走如黄犢爺未識

紫姑吉語元無據況憑瓦兆占歸日嫁來不省出門前
魂夢何因識酒泉粉綿磨鏡不忍照女子盛時無十年

詞意俱老絕去模擬之迹而與古為化

望夫石

送君遠戍交河北男兒自以身許國不能彎弓騎惡馬
欲隨君去何由得登山矯首西北雲形容雖變心猶存
月明夜夜照淚痕鐵心石腸輸與君

不煩刻劃而意已獨至

古別離

君北遊司并我南適熊湘邂逅淮陰市共飲官道傍丈
夫各有懷窮達詎可量臨別一取醉浩歌神激揚勳業
有際會風雲正蒼茫亂點劍鋒血苦寒芒屨霜死即萬
鬼鄰生當致虞唐丹雞不須盟我非兒女腸

構思深出語警不獨摩浣花之壘亦兼入青蓮之室

偶懷小益南鄭之間悵然有賦

西戍梁州鬢未絲嶓山漾水幾題詩劍分蒼石高皇迹原註嶓冢廟傍有高皇試劍石中分如截巖擁朱門老子祠原註三泉道上有老君洞景趣幽邃燒兎驛亭微雪夜騎驢棧路早梅時登臨不用頻悽
斷未死安知無後期

欲出遇雨

東風吹雨惱遊人滿路新泥換細塵花睡柳眠春自嬾
誰知我更嬾於春

我更嬾於春五字新鮮

看鏡

凋盡朱顏白盡頭神仙富貴兩悠悠胡塵遮斷陽關路
空聽琵琶奏石州

七十衰翁卧故山鏡中無復舊朱顏一聯輕甲流塵積
不為君王戍玉關原註馬正惠公喜功名每曰幸未甚衰若有邊警願預征行得良馬數疋輕甲一聯足矣

盧世㴶曰少陵勳業頻看鏡彼簡而饒此盡而暢

夜分不寐起坐園中至旦

涼氣蘇衰疾幽情入杖藜月驚孤鵲起天帶衆星西松

菊令彭澤山川古會稽清吟殊未愜喔喔已晨雞

頷聯對句似奇語道出可一粲等閒言語變瑰奇殆謂是耶

步至湖上寓小舟還舍

病憊支離境閑尋漫浪遊湖平天鏡曉山峭石帆秋賒酒家家許看花處處留歸途倦扶杖却上釣魚舟

箜篌謡寄季長少卿

庭樹非不榮霜霣萬葉枯朋友豈我棄漸遠勢自踈中

夜起太息發篋覓舊書塵昏蠹蝕損行缺字欲無一讀色已變再讀涕淚濡卷書置篋中寧使飽蠹魚

悶極有作

貴已不如賤狂應又勝癡新寒壓酒夜微雨種花時堂下藤成架門邊枳作籬老人無日課有興即題詩

三峽歌

乾道庚寅予始入蜀上下三峽屢矣後二十五年歸畊山陰偶讀梁簡文巴東三峽歌感之擬作

十二巫山見九峯船頭彩翠滿秋空朝雲暮雨渾虛語一夜猿啼明月中

我遊南賓春暮時蜀船曽繫挂猿枝雲迷江岸屈原塔花落空山夏禹祠

取鏡清絕一洗陽臺慣語為巫山生色

贈道流

憶在長安爛漫遊大明宮闕與雲浮今朝偶上慈恩塔北望芒芒禾黍秋原註唐含元殿與慈恩塔南北相直

贈道流而及此蓋自性情流出者

三盃兀兀復騰騰服氣燒丹總不能借問生涯在何許孤舟風雨伴漁燈

艾如張

錦膺繡羽名山雞清泉可飲林可栖稻粱滿野棄不啄雖有奇禍無階梯東村西村烟雨晚蕭艾離離林薄淺翩然一下駭機發汝雖知悔安能免漢家天子南山下萬騎合圍窮日夜犬牙鷹爪死不辭觸機折頸吁可悲

寓意深至意凡三折李賀作不能及也

郊行夜歸書觸目

老翁病起厭端居隨意東西不問途霜野草枯鷹欲下江天雲濕雁相呼空垣破竈逃租屋青帽紅燈賣酒壚未畏還家蹋泥潦園丁持炬小兒扶

歲暮感懷

我家釋耒起遠自東封前詩書守素業蟬聯二百年長老日零落念之心惕然每恐後生輩或為利欲遷我少

亦知學蹭蹬及華顛訟過豈不力壽非金石堅我壯已早衰晨鏡每惆悵藥物姑自持耆老曷敢望造物有乘除貧悴博無恙歸鄉更多感朋舊盡凋喪客來多避席謂我丈人行此意詎敢忘報子以直諒士生始志學固為聖人徒人人可稷契世世皆唐虞仰事與俯育治道無絕殊孔孟之所傳世俗顧謂迂申韓尚刻薄老莊競虛無爾車非不良盍行九軌途在昔祖宗時風俗極粹美人材兼南北議論忘彼此誰令各植黨更仆而迭起中更夷狄禍此風猶未已臣不難負君生者固賣死儻築太平基請自厚俗始

學有根柢故體製肅括意指宏深大家風力非徒事吟咏者流也

文集論選用西北士大夫劉子天聖以前多取北人南方士大夫沈抑者多仁宗照知其弊公聽並觀兼收博采無南北之異及紹聖崇寧間取南人更多而北方士大夫復有沈抑之歎陳瓘獨見其槩昌言於朝

曰重南輕北分裂有萌嗚呼瓘之言天下之至言也

山園雜詠

殘春終日在林亭散髮披衣醉復醒科斗已成鼃閣閣櫻桃初結子青青魚遊滄海寧濡沫禽慕雕籠即翦翎薄晚東風吹小雨笑攜長鏡伴畦丁

意雖刻露語自新穎

雨夜書感

宦遊四十年歸逐桑榆暖皇恩念黎老一官猶置散春

殘桃李盡風雨閑空館有懷無與陳萬事付酒梡近代固多賢吾意終不滿可憐杜拾遺冒死明房琯慷慨詎非奇經綸恨才短厡胡穴中原令人歎微管

以古喻今當為張浚而發本傳云言者論游力說張浚用兵免歸則浚之罷游未必不為之言故以甫之救琯自比浚之與琯僨事如一富平再敗與陳陶青坂何以異詩深嘆其才短固不誣也

春晚雜興

池面萍初紫牆頭杏已青携兒撑小艇留客坐孤亭相

法無侯骨生年直酒星正須遺萬事莫遣片時醒

方回曰留客坐孤亭雖非奇句却極有味五六亦新異

夜歸

踈鐘渡水來素月依林上烟火認茅廬故倚船蓬望

妙語似王融江皐曲

三月十一日郊行

到處人家可乞漿槐陰巷陌午風涼水陂漫漫新秧綠山壠離離大麥黃父子力耕春漸老婦姑共績夜猶長堯民擊壤雖難繼芹美懷君未敢忘

路傍曲

淒涼路傍曲朱門人不知秋街槐葉落正是斷腸時

秋夜

燈欲殘時酒半消斷碪踈雨共無憀老來萬事渾非昔惟有詩情似灞橋

舍北晚眺

紅樹青林帶暮烟並橋常有賣漁船樊川詩句營邱畫盡在先生拄杖邊

自然入畫

初冬感懷

落葉埽還積斷鴻飛更鳴羸軀得霜健老眼向書明水瘦河聲壯萁枯馬力生竟為農父死白首負功名

聞雁

霜高木葉空月落天宇黑哀哀斷行雁來自關塞北江湖稻粱少念汝安得食蘆深洲渚冷歲晚霰雪逼不知重雲外何處避罼弋我窮思遠征羨汝有羽翼

意入風騷格逼漢魏與杜陵相當真乃不復多讓

枕上偶成

放臣不復望修門身寄江頭黃葉村酒渴喜聞跰雨滴夢回愁對一燈昏河潼形勝寧終棄周漢規模要細論自恨不如雲際雁南來猶得過中原

舍北閑望作六字絕句

潘岳一篇秋興李成八幅寒林舍北偶然倚杖畫見古人用心

善畫似真以對面取之用意微妙

雨夜有懷張季長少卿

放翁雖老未忘情獨臥山村每自驚咄咄百年如電速寥寥一笑抵河清梅初破蕾行江路燈欲成花聽雨聲正用此時思劇飲故交零落愴餘生

潘問奇曰河清如此用形容殊若

客言來自上皐道中以其語作一絕

日曬霜融作淺泥酒家却在斷橋西五陵令代無豪傑獨臥茅簷聽午雞

殘臘

殘臘無多日吾生又一年林塘明夕照墟落淡春烟山色危欄角梅花綠酒邊歲時元自好老病獨悽然

懷舊

翠崖紅棧鬱參差小益初程景最奇誰向豪端收拾得李將軍畫少陵詩

張完臣曰又是一蜀道注詁

幽居初夏

湖山勝處放翁家槐柳陰中野徑斜水滿有時觀下鷺草深無處不鳴蛙籜龍已過頭番筍木筆猶開第一花歎息老來交舊盡睡餘誰共午甌茶

寫得幽字意出

潘問奇曰頸聯對句更勝

晨起

齒豁不可補髮脱無由栽清晨明鏡中老色蒼然來餘年亦自惜未忍付酒杯抽架取我書危坐闔復開萬世見唐堯夔龍獲親陪寥寥三千年氣象挽可回豈以七尺軀顧受世俗哀道在無不可廊廟均蒿萊

約旨植義真力彌滿清晨十字亦有蒼然之氣

六月二十四日夜分夢范至能李知幾尤延之同

集江亭諸公請子賦詩記江湖之樂詩成而覺忘數字而已

露箬霜筠織短蓬飄然來往淡烟中偶經菱市尋谿友却棟蘋汀下釣筒白菡萏香初過雨紅蜻蜓弱不禁風吴中近事君知否團扇家家畫放翁

風流自賞夢中亦應得意五六調新采麗淺薄者議其未穩真可一噱

題韓運鹽竹隱堂絶句

塵埃車馬日駸駸誰解從君一散襟待我清秋有閑日抱琴來寫萬龍吟

舟中詠落景餘清暉輕橈弄溪渚之句盖孟浩然耶溪泛舟詩也因以其句為韻賦詩

獨鶴還故鄉巋然但城郭出門無與遊所至苦寂寞裹飯事幽討此計殊不惡薄暮宿漁家蒼烟帶墟落維舟入谷口信步造異境隔籬雞犬聲滿地梧楸影瓦甑炊香稻石泉汲新井人間苦偪仄愛此須臾景

老圃髮如霜見客能廢鉏與坐使之年自云八十餘老身六朝民草舍數世居力守遠祖言一字不學書沿溪得茅店酒旗出柴荆杖頭錢已空一醉何由成主人語鄭重手把甕面清勸我姑小留溪魚亦可烹秦皇酒甕邊古有釣魚磯我來必竟日時挈雙鯉歸白鷺真可人常先孤棹飛高詠江練句令人憶元暉鏡湖三百里風止鏡面平持以照吾心俗塵安得生散髮鷗鷺閒萬事秋毫輕誰能拂東絹寫我孤舟横

朝發雲根寺暮宿烟際橋泠螢濕不飛潛魚驚自跳菱船歌裊裊荻浦風蕭蕭平明宿鳥起我亦理歸橈古祠照滄波老木閟雲洞輕舟不摇櫓正用一風送汲井漱甘液掃榻寓幽夢所恨山未深城笳聽三弄禹穴探斷簡樵風泛清溪倒影森松桂避船散鳬鷖中有異境十里青玻瓈高塔忽招人湖邊日未低溪行已清秋還舍尚殘暑天公為解圍簾櫳過疎雨青蔬喜小摘紅粒亦新杵一飽坐北軒蘋花泣烟渚

作者詩以萬計閑適之什往往出之率易亦復數見不鮮沙中金屑每苦難披十詩直舉胸情清真古澹妙處在神味之間不可以貌求之

秋夜紀懷

北斗垂莽蒼明河浮太清風林一葉下露草百蟲鳴病入新涼減詩從半睡成還思散關路炬火驛前迎

方回曰中四句語意至工

舍北摇落景物殊佳偶作

屋角成金字溪流作縠紋斜通小橋路半掩夕陽門孤艇衝烟過疎鐘隔塢聞杜門非獨病實自厭紛紛

方回曰放翁此題凡五首所謂筆端有口新冬景物搜抉無遺屋角成金字本出北史斛律金傳以對溪流作縠紋亦奇

夜坐

杳杳霜鐘十里聲娟娟江月半窻明陳編欲絶猶堪讀微火相依更有情九曲烟雲新散吏原註時方被命再領武夷祠祿百

年鉛槧老諸生頽然待旦君無笑尚勝聞雞賦早行原註温岐詩云雞聲茅店月人迹板橋霜蓋唐人早行絶唱也

隴頭水

隴頭十月天雨霜壯士夜挽緑沉槍卧聞隴水思故鄉三更起坐淚數行我語壯士勉自彊男兒墮地志四方裹尸馬革固其常豈若婦女不下堂生逢和親最可傷歲輦金絮輸胡羌夜視太白收光芒報國欲死無戰場

有古直悲涼之氣

書志

往年出都門誓墓志已決况今蒲柳姿俛仰及大耋妻孥厭寒餓鄰里笑迂拙悲歌行拾穗幽憤卧齧雪千歲埋松根陰風蕩空穴肝心獨不化凝結變金鐵鑄為上方劍釁以佞臣血匣藏武庫中出參髦頭列三尺梨星辰萬里靜妖孽君看此神奇醜虜何足滅

幻想奇文不可磨滅

書憤

白髮蕭蕭卧澤中秖憑天地鑒孤忠阨窮蘇武餐氊久憂憤張巡嚼齒空細雨春蕪上林苑頹垣夜月洛陽宮壯心未與年俱老死去猶能作鬼雄

方回曰悲壯感慨不當徒以虛語視之

鏡裏流年兩鬢殘寸心自許尚如丹衰遲罷試戎衣窄悲憤猶爭寶劍寒遠戍十年臨的博壯圖萬里戰皋蘭關河自古無窮事誰料如今袖手看

小舟遊西涇度西岡而歸

小雨重三後餘寒百五前聊乘瓜蔓水閑泛木蘭船雪暗梨千樹烟迷柳一川西岡夕陽路不到又經年

穩中帶秀此境正不易到

王復禮曰較太白梨花千樹雪楊柳萬條煙似勝一籌但水衡記曰以五月為瓜蔓水此屬一時誤用

春行

九日春陰一日晴强扶衰病此閑行猩紅帶露海棠濕鴨綠平堤湖水明 原註杜子美曉看紅濕處花重錦官城李太白蜀江紅且明用濕字明字

可謂奪造化之功世未有拈出者

酒賤柳陰逢醉卧土肥稻壟看深耕山翁莫道渾無用解與明時說太平

方回曰引少陵太白謂奪造化之功都是世未有拈出者前輩用功如此

閑身

炊烟漠漠閉柴荊聊用閑身答太平重碧飛觴心未老硬黄臨帖眼猶明吳蠶滿箔含桃熟壠麥登車摶黍鳴補劓息黥今有地問君何處用虛名

舍北行飲書觸目

落雁昏鴉集遠洲青林紅樹擁平疇意行舍北三义路
閑看橋西一片秋小婦破烟撐去艇了童橫笛喚歸牛
形容野景無餘思自怪癡頑不解愁

盧世㴶曰先寫景而後入事句句宛肖

雪夜感舊

江月亭前樺燭香龍門閣上馱聲長亂山古驛經三折
小市孤城宿兩當晚歲猶思事鞍馬當時那信老耕桑

綠沉金鎖俱塵委雪灑寒燈淚數行

調極清和頷聯斲句工緻可愛

吴喬曰放翁壯時有志經世故有晚歲猶思事鞍馬
當時那信老耕桑之句

雜感

志士山棲恨不深人知已是負初心不須先說嚴光輩
直自巢由錯到今
故舊書來訪死生時聞剝啄叩柴荆自嗟不及東家老
至死無人識姓名

蘭

南巖路最近飯已時散策香來知有蘭遽求乃弗獲生
世本幽谷豈願為世娱無心託階庭當門任君鉏

為幽人寫照寓意深遠作者别調

感舊

夜涉南沮水朝過小益城梯山天一握度棧土微平雨
近秦雲暗霜高隴月明至今孤夢裏唱馬有遺聲原註唱馬

皆七字韻語聞之悲愴動人
凛凛隆中相臨戎遂不還塵埃出師表草棘定軍山壯
氣河潼外雄名管樂閒登堂拜遺像千載愧吾顔
我思杜陵叟處處有遺蹤錦里瞻祠栢綿州弔海棕蹉
跎悲櫪驥感會失雲龍生世後斯士吾將安所從

游久居蜀地於孔明子美企想獨深二詩渾成老健蓋
程形賦音與其人相稱也

露坐原註立秋前五日

旋斫甘瓜進酒巵斷雲漠漠斗離離北臨積水風來壯東恨長林月上遲秋近不堪聞急杵夜凉已復怯輕絺天孫老抱河梁恨豈獨人生事可悲

新秋

殘暑無多日幽居近小江酒醒中夜起松月入山窻秋風昨夜來聲滿梧桐樹故人渺天末此夕誰與度

妙語得自直尋亦清晨登隴首明月照積雪之比

秋夕露坐作

銀河半落露華清南斗闌干北斗明冉冉方悲老將至纖纖又歎月初生酒淋細滴香浮舄衣杵相聞聲滿城萬卷讀書無用處却將耕稼報昇平

感秋

秋色關河外秋聲天地間壯士感此時朝鏡凋朱顔一身寄空谷萬里夢天山噫嗚怒皆裂憤激悲涕潸古來真龍駒未必置天閑長松倒澗壑委棄同蓁菅得志未可測談笑濟時艱凜然出師表一字不可刪

新涼

菰首初離水薑芽淺漬糟粳香等炊玉韭美勝炮羔露下殘螢濕風生萬木號從今更何事痛飲讀離騷

豐歲

豐歲歡聲動四鄰深秋景氣粲如春羊腔酒擔爭迎婦鼉鼓龍船共賽神處處喜晴過甲子家家築屋趁庚申老翁欲伴鄉閭醉先辦長衫紫領巾

點綴嫵媚煞有風致

小舟過吉澤効王右丞

澤國霜露晚孤村烟火微本去官道遠自然人迹稀木落山盡出鐘鳴僧獨歸漁家閑似我未夕閉柴扉

不必似王自饒清致

文集跋王右丞集余年十七八時讀摩詰詩最熟今永晝再取讀之如見舊師友恨間濶之久也

秋晴見天際飛鴻有感

新晴天宇色正青羣鴻高鶱在冥冥兒童相呼共仰視

我亦扶杖來中庭豐年到處稻粱滿胡不暫下栖沙汀
應須江海寄曠快肯為霜雪嗟飄零書生可笑不自喜
憔悴久翦籠中翎鷗波萬里每愧杜鶴化千載知非丁
風前哀號漫激烈月下孤影常竛竮詩成欲寫復懶去
調似溪友聲泠泠

遣調流麗曲盡心手之妙

戊午重九

朋舊相望天一涯登高結伴只鄰家秋風自欲吹紗帽

衰鬢何曾泥菊花藥市神仙思益部鱧盤節物記京華
自憐病後歡悰薄小醉歸來日未斜

舟中

梔邊潮水落還生蓬底寒燈滅復明約束長年牢繫纜
報人風雨有鼉鳴

不必有寄卽事自佳

蕭蕭風雨小江秋不是愁人亦合愁忽聽疎鐘知寺近
笑尋沙路上牛頭

冬日感興十韻

霧雨天昏曀陂湖地阻深蔽空鴉作陣暗路棘成林有
客風埃裏頻年老病侵夢魂來二豎相法欠三壬舊憤
開孤劍新愁感斷砧唐衢惟痛哭莊舄正悲吟瘦跨秋
門馬寒生夜店衾但思全舊壁敢冀訪遺簪樓上蒼茫
眼燈前破碎心長謠傾濁酒慷慨壓層陰

菴中晨起書觸目

暉暉初日上簾鉤漠漠清寒透衲裘雪棘並棲雙鵲瞑

金環斜絆一猿愁廉宣外壑松楠老王子穿林水石幽戲
事自憐除未盡此生行欲散風漚（原註唐希雅畫鵲易元吉畫猿廉宣仲老木王仲信水石皆菴中所挂小軸）

設色妍麗似晚唐人佳句

春日小園雜賦

市塵不到放翁家繞麥穿桑野徑斜夜雨長深三尺水
曉寒留得一分花閑從鄰舍分春甕閑就僧窗試露芽
自此年光應更好日驅秧馬聽繅車

夜雨一聯鬆秀可愛

沈園

城上斜陽畫角哀沈園非復舊池臺傷心橋下春波綠
曽是驚鴻照影來

張完臣曰寫得幽渺動人

夢斷香消四十年沈園柳老不吹綿此身行作稽山土
猶弔遺蹤一泫然

張完臣曰又深一步其痛愈深

紹興郡刻本題下注此放翁憶其前妻作也妻以失歡於姑被遣後於沈園見之未幾下世翁再遊此地追感賦詩凄苦不忍多讀

讀晉書

諸公日飯萬錢厨人乳蒸豚玉食無誰信秋風雒城裏
有人歸棹為蓴鱸

不著議論而指意躍然咏史上乘

春晴自雲門歸三山

乍行春野眼增明漸減春衣體倍輕人賣山茶先穀雨
鵓隨墦祭過清明柳塘水滿雙凫戲稻隴泥深一犢行
晚到三橋泛舟去掩關不復畏重城

夜聞姑惡

湖橋東西斜月明高城漏鼓傳三更釣船夜過掠沙際
蒲葦蕭蕭姑惡聲湖橋南北烟雨昏兩岸人家早閉門
不知姑惡何所恨時時一聲能斷魂天地大矣汝至微
滄波本自無危機秋菰有米亦可飽哀哀如此將安歸

讀前輩詩文有感

我無前輩千鈞筆造物爭功謝不能已分文章歸委靡
可憐意氣尚憑陵鸞旗廣殿晨排仗鐵馬黄河夜踏冰
此事要須推大手蟬嘶分付與吴僧

巧構形似之言要非詰力所臻不能道來親切乃爾

讀隱逸傳

終南處士入都門少室山人補諫垣畢竟只供千載笑
石封三品鶴乘軒

不以議論傷格律比勘亦自允協

秋陰

淡日披朝霧輕雲結暮陰菰蒲溪路暗松竹草堂深妙墨雙鉤帖奇聲百衲琴古人端未遠一笑會吾心

秋懷

皇天本無心萬物各有時飛鴻何預人南翔每如期仰看霜露墜俯歎草木衰英英籬下菊秀色獨滿枝豈無一樽酒相與斟酌之耋老天所佚行歌復何疑

改朔甫再宿月見西南隅纖纖一銀鉤挂空疑有無我行青楓岸遠水浮雙鳧新寒入短衣感此風霜初頽欲呼小艇東村行芋區衣薄且言歸烟火望吾廬

閑淡有味

秋思

日落江城聞擣衣長空杳杳雁南飛桑枝空後醅初熟豆莢成時兎正肥徂歲背人常冉冉老懷感物倍依依平生許國今何有且擬梁鴻賦五噫

冬晴與子坦子聿遊湖上

海山山下百餘家垣屋參差一帶斜我欲往尋疑路斷試沿流水覓桃花

齋中弄筆偶書示子聿

左右琴樽靜不譁放翁新作老生涯焚香細讀斜川集候火親烹顧渚茶書爲半酣差近古詩雖苦思未名家一窻殘日呼愁起裊裊江城咽暮笳

少陵云語不驚人死不休放翁云詩雖苦思未名家文人之豪放自各有著力處今人未涉其境而漫以雕琢

直率置之可乎

祖應世曰放翁七律無一字效顰四唐而獨開蹊徑別有一天何嘗寄人籬下

陳訏曰昔蘇長公教人作詩曰字字覔奇險節節累枚葉又曰法度法前軌後山亦云要當攻石堅勿作搏沙散放翁詩至萬首疑其無復持擇而改詩鍊句每形篇什數公之於詩亦列子御風而行靈均之桂舟

玉車也而其言顧如此

夢中作遊山絶句

霜風吹帽江村路小蹇迢迢委轡行忽到雲山幽絶處穿林啼鳥不知名

北望感懷

滎河温洛帝王州七十年來禾黍秋大事竟為朋黨誤遺民空歎歲時遒乾坤恨入新豐酒霜露寒侵季子裘食粟本同天下責孤臣敢獨廢深憂

有名論非尋常所及

人日東園

歲首未入春風氣已稍和我睡意慵起如此鳴禽何駕言之東園落梅亦已多江南無堅冰綠池生微波挹彼蒲萄醅酌我鸕鷀螺雖無絲與竹倚樹自高歌矯首東南望稽山鬱嵯峩兒書幸力穡老子得婆娑

枕上作

山雨蕭蕭過沙泉咽咽流夢中無遠道醉裏失孤愁貧賣相如騎寒思季子裘兒童報新霽裹飯出閑遊

夢中無遠道五字亦未經人道游又有句云夢移鄉國近則更奇矣

長干行

裊腰綠如草衫色石榴花十二學彈箏十三學琵琶寧嫁與商人夫婦各天涯朝朝問水神夜夜夢三巴聘金雖如山不願入侯家鄭袖庭花下東風吹鬢斜

小橋

漠漠輕陰隱隱雷石榴半落點莓苔小橋西畔闌干角獨岸綸巾待雨來

觀畫山水

古北安西志未酬人間隨處送悠悠騎驢白帝城邊雨挂席黄陵廟外秋大網截江魚可膾高樓臨路酒如油老來無復當年快聊對丹青作卧遊

潘問奇曰頷聯渾成雄健在此老又為一種

示友

道向虛中得文從實處工凌空一鶚上赴海百川東氣
骨真當勉規模不必同人生易衰老君等勿忽忽

十月

十月霜侵季子裘吾詩又送一年秋風回斷續聞樵唱
木落參差見寺樓久已浮雲看富貴固應華屋等山邱
江邊海際多幽致擬跨青騾處處遊

集中有木落寺樓高之句與此頷聯各有佳致

梅花

春信今年早江頭昨夜寒已教清徹骨更向月中看

對酒戲詠

淺傾西國蒲萄酒小嚼南州豆蔻花更拂烏絲寫新句
此翁可惜老天涯

盧世㴶曰儁麗不可名狀

先少師宣和初有贈晁公以道詩云奴愛才如蕭
頴士婢知詩似鄭康成晁公大愛賞今逸全篇偶
讀晁公文集泣而足之

仕不逢時勇退耕閉門自號景迂生遠聞佳士輒心許
老見異書猶眼明奴愛才如蕭頴士婢知詩似鄭康成
早孤遇事偏多感欲續殘章涕已傾

追感往事

諸公可歎善謀身誤國當時豈一秦不望夷吾出江左
新亭對泣亦無人

千年而後如聞歎息之聲善謀身一言尤中庸臣病根

潘問奇曰此詩雖欠含蓄然亦可知南渡後雖周伯

仁亦難得

文集跋呂侍講歲時雜記年運而往士大夫安於江
左求新亭對泣者正未易得撫卷累欷

御選唐宋詩醇卷四十六

欽定四庫全書

御選唐宋詩醇卷四十七

山陰陸游詩六

春遊

春風堤上草萋萋草軟沙平護馬蹄似蓋微雲纔障日如絲細雨不成泥千秋觀裏逢新燕九里山前聽午鷄追憶舊遊愁滿眼綵船曾繫畫橋西

三月二十日兒輩出謁孤坐北牕

園林春已空陂港雨新足泥深黄犢健桑老紫椹熟豐年通負少村社餍酒肉微風吹醉醒起和飯牛曲

樸直有味

西村

亂山深處小桃源往歲求漿憶叩門高柳簇橋初轉馬數家臨水自成村茂林風送幽禽語壞壁苔侵醉墨痕一首清詩記今夕細雲新月耿黄昏

湖塘晚眺

綠樹暗村墟青山繞草廬秦祠神禹舊馳道暴秦餘浦色沈煙網畦聲入雨鉏清秋又如許幽憤若為攄

病起閑無事時來古渡頭煙中賣魚市月下采蓮舟帆皷娥江晚菱歌姚廟秋長吟無傑句聊以散吾愁

氣體高妙在盛中之間

秋夜

老病睡眠少如斯秋夜何長庚未配月織女已斜河莎徑蟲吟苦柴門葉落多誰知窮寓感不作飯牛歌

漁父

千錢買一舟百錢買兩槳朝看潮水落暮看潮水長持魚換鹽酪縣郭時下上亦或得濁醪不復計瓶盎浩歌忘遠近醉夢墮莽蒼元真不可逢悠然寄遐想

梅市

梅市柯山小繫船閑篷驚起醉中眠橋横風柳荒寒外月墮煙鐘縹渺邊客思況經孤驛路詩情又入早秋天如今老病知何限判斷江山六十年

清和宛轉可謂物理俱美情致兼深矣

盧世㴶曰是雲林寫景

郭西

鷗下川原黑船行浦溆空橋燈搖水影樓角散天風野眺飛埃外漁歌冷翠中不須嘲病翼要是脫樊籠

柳橋晚眺

小浦聞魚躍橫林待鶴歸閑雲不成雨故傍碧山飛

有手揮目送之趣

秋社

雨餘殘日照庭槐社鼓䶩䶩賽廟回又見神盤分肉至不堪沙雁帶寒來書因忌作閑終日酒為治聾醉一杯記取鏡湖無限景蘋花零落蓼花開

村舍

生理嗟彌薄吾居久未完蝶飛䆫紙碎龜坼壁泥乾小雨牛欄濕微霜碓舍寒晚禾蟲獨少鄰里共相寬原註今年晚禾苦蟲蛀予鄉獨免

潘問奇曰生叔不肯蹈襲一字

秋日雜詠

菰蒲風起暮蕭蕭煙斂林疎見斷橋白蟹鱸魚初上市輕舟無數去乘潮

竹枝遺調

小立

紅樹園廬晚碧花籬落秋荒陂船護鴨斷岸笛呼牛酒賤村村醉山寒寺寺幽聊須岸烏幘小立埭西頭

秋晚湖上

已過西成賽廟期家家下麥不容遲夕陽遍野人歸去秋水生灘鷺集時靈藥不治懷抱惡好詩空益鬢毛衰從來未識蘇司業愁絶西風滿酒旗

雨後至近村

結聯善於運化有縹緲之韻

夜雨曉方止朝雲猶作陰山餘一寸碧溪長半篙深卧泛白鷗渚行穿黃葉林老農能共語真率會人心

題嚴州王秀才山水枕屏

我行天下路幾何三巴小益山最多翠崖青嶂高嵯峨紅棧如帶縈巖阿下有駭浪千盤渦一跌性命委蛟鼉日馳三百一鳥騾雪壓披氈泥滿鞾驛亭沃酒醉臉酡長笛腰鼓雜巴歌大散關上方橫戈豈料世變如翻波東歸輕舟下江沱回首歲月悲蹉跎壯君落筆寫岷嶓意匠自到非身過偉哉千仞天相摩谷裏人家藏綠蘿使我恍然越關河熟視粉墨頻摩挲

鏗然徹耳煥然奪目意匠自到非身過尤有妙理

追憶征西幕中舊事

小獵南山雪未消繡旗斜捲玉驄驕不如意事常千萬空想先鋒宿渭橋

昨夜王師戍隴回遺民日夜望行臺不論夾道壺漿滿洛筍河魴次第來 原註在南鄭時關中將吏有獻此二物者

解嘲

一壑棲遲久多生習氣消行藏無媿怍夢覺兩逍遥借鶴傳山信疏泉洗藥苗晚來幽興極乘月過溪橋

讀史

民間斗米兩三錢萬里耕桑罷戍邊常使屏風寫無逸應無烽火到甘泉

保泰持盈之指借明皇發之不落言詮自近風雅

遣興

家住城南剡曲傍門前山色蘸湖光三朝執戟悲年往二頃扶犂樂歲穰名姓已隨身共隱文辭終與道相妨子孫勉守東皋業小甑吳粳底樣香

方回曰五六議論最妙

送子龍赴吉州掾

我老汝遠行知汝非得已駕言當送汝揮涕不能止人誰樂離別坐貧至於此汝行犯胥濤次第過彭蠡波橫吞舟魚林嘯獨脚鬼野飯何店炊孤檣何岸艤判司比唐時猶幸免笞箠庭參亦何辱負職乃可恥汝為吉州吏但飲吉州水一錢亦分明誰能肆讒毀聚俸嫁阿惜

擇士教元禮我食可自營勿用念甘旨衣穿聽露肘履
破從見指出門雖被嘲歸舍却睡美益公名位重凛若
喬嶽峙汝以通家故或許望燕几得見已足榮切勿有
所啟又若楊誠齋清介世莫比一聞俗人言三日歸洗
耳汝但問起居餘事勿挂齒希周有世好敬叔乃鄉里
宜惟能文辭實亦堅操履相從勉講學事業在積累仁
義本何常蹈之則君子汝去三年歸我儻未即死江中
有鯉魚頻寄書一紙

以韻語作訓詞真情極切自然成文樸茂渾堅大家本
領

正月五日出遊

久作閑人不慣愁新春天氣更清柔未為遼海千年別
且繼斜川五日遊細柳拂頭穿野徑落梅黏袖上漁舟
此身定去神仙近倚遍江南賣酒樓

初春雜興

水長鷗初泛山寒茗未芽深林聞社鼓落日照漁家渡
遠呼船久橋傾取路斜客愁慵遠眺不是怯風沙

方回曰八句皆佳而三四尤古遠

老病倦遊陟偶尋溪友期殘冰擁魚笱新暖入桑枝山
崦巨然畫煙村摩詰詩何人為収拾媿我不能奇

杜叔高秀才雨雪中相過留一宿而別誦此詩送
之

久客方知行路難關山無際水漫漫風吹欲倒孤城遠
雪落如簁野寺寒暮挈衣囊投土室晨沽村酒挂驢鞍

文章一字無人識胸次徒勞萬卷蟠

用簁字新異可喜

村居書喜

紅橋梅市曉山橫白塔樊江春水生花氣襲人知驟暖
鵲聲穿樹喜新晴坊場酒賤貧猶醉原野泥深老亦耕
最喜先期官賦足經年無吏叩柴荆

別嚴和之

器之魂逝已難招尚有和之慰寂寥今夜月明空歎息

想君孤棹泊溪橋

舟中作

晤語無人與遣愁出門聊復弄輕舟山穿煙雨參差出水赴陂塘散漫流隔葉雄雌鳴谷鳥傍林子母過吳牛數家清絶如圖畫炊黍何妨得小留

盧世漼曰寫景閒雅

夏初湖村雜題

嫩日輕風夏未深曲廊倚杖得閒吟地偏草茂無人迹

一對炎鷄下綠陰

書直舍壁

道山西下路杳杳歷重廊地寂聞傳漏簾疎有斷香渠清水馬健屋老瓦松長欲出重敧枕無何覓故鄉

方回曰水馬瓦松詩人罕用此聯可喜

謝韓寳之直閣送燈

玉作華星綴絳繩樓臺交映暮天澄東都父老今誰在腸斷當時諫浙燈

盧世漼曰詩自謝燈意别有在

張完臣曰無限感慨觸物而流

蘇軾諫浙燈劄子伏見中使傳宣下府市司買浙燈四千餘盞有司具實直以聞陛下又令減價收買見已盡數拘收禁止私買以須上令臣始聞之驚愕不信咨嗟累日竊為陛下惜此舉動也

直舍獨坐思成都

錦城花絮送吳船屈指東歸又幾年羣玉峰頭花老矣

百花潭上夢依然青衫尚記稱狂客白髮寧知作老仙所恨酒腸非復昔閑遊空負杖頭錢

出東城並江而歸

上車容假寐出郭當閑遊遠笛臨風起高帆到岸收人歸花市路客醉酒家樓徑就東牕卧孤燈欲話愁

立春後十二日命駕至郊外戲書觸目

宮雲縹緲漏聲遲夢裏華胥却自疑春淺風光先盎盎時平節物共熙熙畫簾不捲聞人語玉勒徐行避酒旗

閲盡輩流身獨健怳如隨計入都時

河橋晚歸

曲巷連新市層樓近小橋青帘猶濕雨綠浦恰通潮簾影晴方見笙聲冷未調斜陽覓歸路偏愛玉驄驕

筆墨間有香氣似初唐人佳製

後寓歎

貂蟬未必出兜鍪要是蒼鷹憶下鞲彭澤徑歸端爲酒輕舟已老豈須侯千年精衛心平海三日於菟氣食牛

會與高人期物外摩挲銅狄灞城秋

吳喬曰此當有後進妄生長短如韓君在夷門也

與兒輩泛舟遊西湖一日間晴陰屢易

逢著園林即款扉酌泉鬻筍欲忘歸楊花正與人爭路鳩語還催雨點衣古寺題名那復在後生識面自應稀傷心六十餘年事雙塔依然在翠微

寫景最工著語一何娟妙

秋思

烏桕微丹菊漸開天高風送雁聲哀詩情也似并刀快剪得秋光入卷來

小徑登東山繚行自西北至溪上 原註是夕子聿置酒

行穿犖确度巉岈小立風中客袖斜衰草雙雙黠飛蝶長空一一送栖鴉荻洲漸暮收魚網茅舍初寒響緯車誰道老人多感慨未妨尊酒樂年華

感憤

形勝崤潼在英豪趙魏多精兵連六郡要地控山河慷

慨鴻門會悲傷易水歌幾人懷此志送老一漁蓑

野興

掃盡紅塵閉是非舍傍好在舊苔磯壺中春色松肪酒江上秋風槲葉衣一片共知雲偶出千年誰識鶴重歸勿言野外無供給雪後連山藥草肥

五六情事恰合

幽居春晚

老廢讎書病廢詩晝閑惟與睡相宜未尋內史流觴地

又近麗公上塚時花發遊蜂喧院落筍長馴鹿入藩籬
石帆山下春如許野老來招不用辭
盧世㴶曰三四從上轉下機軸一貫

閔雨

歲秋固多雨每恨不及時黃塵蔽赤日苗槁已不遲踏
車聲如雷力盡真何為天宜不念民雲族風散之窮民
守稼泣便恐化棘茨妻子不望活所懼尊老饑我願上
天仁顧哀民語悲鞭龍起風霆尚繼豐年詩

詞旨深厚

書事

北征談笑取關河盟府何人策戰多掃盡烟塵歸鐵馬
剪空荊棘出銅駝史臣歷紀平戎策壯士遙傳入塞歌
自笑書生無寸效十年枉是枕琱戈

明日復理夢中意作

白盡髭鬚兩眥紅頹然自以放名翁客從謝事歸時散
詩到無人愛處工高掛蒲帆上黃鶴獨吹銅笛過垂虹
閑人浪迹由來事那計猿驚蕙帳空
劉克莊曰近歲詩人雜博者堆隊仗空疏者窘材料
出奇者費搜索縛律者少變化惟放翁記問足以貫
通力量足以驅使才思足以發越氣魄足以陵暴南
渡而下故當為一大宗末年詩云客從謝事歸時散
詩到無人愛處工又云外物不移方是學俗人猶愛
未為詩則皮毛落盡矣

舍南野步

枯蔓絡荊籬幽花映荻扉馴麞驚不起歸鶴倦猶飛野
色連收網邊愁入擣衣壯圖空自笑事事與心違
寫入邊愁一句便覺情景混融通體靈妙

出遊

山有籃輿步有舟放翁身健得閑遊羊牛點點日將夕
蒲柳蕭蕭天正秋細雨僧歸雲外寺疎燈人語酒家樓
歸途更愛湖橋月獨倚闌干為小留

山行

山光秀可餐溪水清可啜白雲映空碧突起若積雪我行溪山間靈府為澄澈崚嶒崖角立蟠屈路九折黃楊與冬青鬱鬱自成列其根貫石罅横逆相糾結上捫鶻鶻巢下歷豺虎穴流泉不可見鏘然響環玦出山日已暮林火遠明滅小憩得樵家題詩記幽絶

不失子美家法

感昔

白帝城邊鶯亂啼憶騎瘦馬踏春泥老來感舊多悽愴

孤夢時時到瀼西

風雲晝晦夜遂大雪

大風從北來洶洶十萬軍草木盡偃仆道路暝不分山澤氣上騰天受之為雲山雲如牛馬水雲如魚龜朝闇翳白日暮重壓厚坤高城岌欲動我屋何足掀兒怖牀下伏婢恐堅閉門老翁兩耳聵無地著戚欣夜艾不知雪但覺手足皸布衾冷似鐵燒糠作微溫豈不思一飲流塵暗空樽已矣可奈何凍死向孤村

奇崛

夢華山

古松偃蹇谷谽谺太華峰前野老家久客未歸丹竈冷碧桃八十一番花

道室

簭遇風山第六爻翛然盡謝俗間交謀生舊買雲三頃託宿新分鶴半巢露下丹芽生藥壠月明金粉落松梢眉間喜動君知否借得丹經手自抄

鏗然清響殊有仙靈之氣

倚樓

曲曲闌干縹緲間哦詩本欲破除閑無端又起天涯感淡墨生綃數點山

石帆夏日

短棹飄然信所之茶園漁市到無時風從蘋末蕭蕭起月過花陰故故遲蓴菜煮羹吳舊俗竹枝度曲楚遺辭頻聞項里楊梅熟鄰曲相招莫後期

乙丑夏秋之交小舟早夜往來湖中戲成絶句

橫林渺渺夜生煙野水茫茫遠拍天菱唱一聲驚夢斷始知身在釣魚船

有聲有情迴然高唱

娥江道上月三更垣屋參差閑月明倚棹賦詩無傑思斷腸分付棹歌聲

懷舊

身是人間一斷蓬半生南北任秋風琴書昔作天涯客

蓑笠今成澤畔翁夢破江亭山驛外詩成燈影雨聲中不須强覓前人比道似香山實不同

王世貞論詩以樂天放翁爲廣大教主爲其情事景物之悉備也此老情事頗近于美其意中亦欲與浣花老叟相視而笑故其自道如此

春雨

春陰易成雨客病不驚寒又與梅花別無因一倚欄

梨花

閑向春殘不恨遲綠楊寧地最相宜征西幕府煎茶地一幅邊鸞畫折枝 原註宣司靜鎮堂屏上有邊鸞梨花

盧世㴶曰梨花詩至此又是一種結構

雜感

春晚晴還雨村深醉復醒溪添半篙綠山可一牕青藥品隨長鑱花名記小屏閑身幸無事吟嘯送餘齡

可字雖出唐人自成佳句

出遊歸鞍上口占

渺渺煙波飛槳去迢迢野策驢還寄懷楚水吳山外得意唐詩晉帖間每惜好春如我老誰能長日伴人閑世間自是無兼得勳業元非造物慳

初夏閑居

川雲漠漠雨冥冥濁酒閑傾不滿瓶蠶簇尚寒憂繭薄稻陂初滿喜秧青王師護塞方屯甲親詔憂民已放丁病起自憐猶健在不須求應少微星

琢句工穩而氣格不傷

地僻

地僻臨湍瀨門幽長緑苔客書疑誤達僧刺媿虚來清露蘋花折斜陽燕子回自憐猶有恨佳日對空罍

何其風秀

耒陽令曾君寄禾譜農器譜二書求詩

歐陽公譜西都花蔡公亦記北苑茶農功最大置不録如棄六藝崇百家曾侯奮筆補多稼儋州讀罷深咨嗟一篇秧馬傳海内農器名數方萌芽令君繼之筆何健

古今一一辨等差我今八十歸抱耒兩編入手喜莫涯神農之學未可廢坐使末俗慭浮華

文獻通考陳氏曰禾譜五卷宣德郎温陵曾安止移忠撰東坡所謂賦秧馬歌也謂禾譜文既温雅事亦詳實惜其不譜農器故以此歌附之農器譜三卷續二卷耒陽令曾之謹撰安止之姪孫也追述東坡作歌之意為此編周益公為之序陸務觀亦作詩題其後

晏耒野興

半世天涯倦遠遊還鄉不減旅人愁數聲相應鳩呼雨一片初飛葉報秋山塢風煙僧院路河梁燈火酒家樓絶知雪鬢宜簑笠分付貂蟬與黒頭

訪山家

捨舟步上若耶溪壽櫟修藤路欲迷僧院倚山馴栗鼠野塘灘水下芰鷄草侵古路迢迢遠雲傍行人故故低薄暮但尋遺屨去山家正在鶴巢西

寄隱士

乳竇寒猶滴巖扉夜不扃奇書窺鳥跡靈藥得人形浩浩天風積冥冥海氣清儻逢王内史更為乞黄庭

較少陵押形字更新

春前六日作

夜枕夢回春雨聲曉窻日出春鳥鳴典衣沽酒莫辭醉自有梅花為解酲

贛士曾興宗字光祖以其居貲當谷圖來求詩

高人心虛萬物宗家世常以仕易農買山本愛坡上竹手種已偃巖前松瀑泉三伏凛氷雪谷聲十里酣笙鏞了知自是一邱壑不與金精為附庸（原註：地與金精山青牛峽為鄰）

磊砢多奇宮商悉諧第六句蓋取諸坡仙者

夏日雜題

午夢初回理舊琴竹爐重炷海南沈茅簷三日蕭蕭雨又展芭蕉數尺陰

西村晚歸

小塢花垂盡平隄草次迷日長鶯語久風定絮飛低子響聞碁院舟横傍釣溪歸途不知處依約埭東西

古今得意句難得一瞬悉稱暗牖懸蛛網不如空梁落燕泥傍水見寒花不如出關逢落葉也田藝衡詩談云爾如此詩風定絮飛低五字亦豈易構

雨晴

旱暵常思雨沈陰却喜晴放船蓮蕩遠岸幘竹風清淮浦戍初適興州盜甫平為邦要持重恐復議銷兵

秋夜

落葉鳴還夜啼螿送暮秋不知何許笛故作此時愁青海三年戍黃旗萬里侯何如石帆下煙雨釣滄洲

風格遒上故應笑過鏡郎

累日濃雲作雪不成遂有春意

釀雪經旬竟不成一霜却作十分晴雲歸岫穴十峰立暝入郊原萬耦耕菖葉離離豐歲候梅花眷眷故人情道傍孤店新醅熟已有幽禽一兩聲

野望

偶携一小豎徙倚望南山船笛為誰怨溪雲如我閑洲長歸雁下天迥暮鴉還安得一竿去終年煙水間

春晴

常年春日少春晴拂面今朝暝吹輕水閣家家横小舫園亭處處聽新鶯桃花不管詩人老菖葉空催野叟耕自笑此生餘幾許銅駝荆棘尚關情

恩封渭南伯唐詩人趙嘏為渭南尉當時謂之趙

渭南後來將以予為陸渭南乎戲作長句

老向人間久倦遊君恩乞與渭川秋虛名定作陳驚坐好句真慙趙倚樓棧豆十年疲病馬煙波萬里著浮鷗就封他日輕裘去應過三峰處處留

盧世㴶曰欲遜欲任兩意俱有

山行

山鳥啼孤戍煙蕪入廢亭隄成陂水白雨細稻秧青草市少行旅叢祠多乞靈最憐投宿處微火暮晶熒

初夏書感

春與人俱老花隨夢已空遊蜂黏落蕊輕燕接飛蟲桑悴知蠶起牲肥賽麥豐為農當自力相戒勿悤悤

諸詩皆莫年之作老氣縱橫而格律彌細

對酒作

飲酒豪如卷白波遣愁難似塞黃河多聞自解為身累後死空令見事多未試神仙餐玉法且賡壯士入關歌此心不道無人識雪鬢蕭蕭奈老何

頃歲從戎南鄭屢往來興鳳閒暇日追懷舊遊有賦

昔戍蠶叢北頻行鳳集南烽傳戎壘密驛送客程貪春盡花猶圻雲低雨半含種畬多菽粟蓺木雜松柟婦汲惟陶器民居半草菴風煙迷棧閣雷霆起湫潭城郭秦風近村墟蜀語參快心逢曠野刮目望浮嵐考古時興感無詩日每慚嘉陵最堪憶迎馬柳毿毿

方回曰放翁詩出曾茶山而不專用西江格有晚唐有中唐亦有盛唐此篇雖陳杜沈宋亦不過如此流

麗綿密

異夢

山中有異夢重鎧奮雕戈敷水西通渭潼關北控河凄涼鳴趙瑟慷慨和燕歌此事終當在無如老死何

夜坐小飲

零落槐花已滿溝江湖又見一番秋氷輪有轍淩空上銀漢無聲接地流丹荔甘寒勞遠致玉醅醇冽喜新蒭

移牀坐對西南雹好雨心知不待求

雜感十首之二

吕釣渭水濱說築傅巖野雖曰古盛時得士益亦寡天將啓治亂人才有用舍向非萬牛力孰與成大厦洙泗日已遠儒術日已喪學者稱孔墨為國雜伯王書生幸有聞力薄不能倡默默世俗間汝職無乃曠

詞旨宏深雖筆意微斂却有大篇氣象

仲秋書事

斷雲歸岫雨初收茅舍蕭條古渡頭短褐老人垂九十松枯石瘦不禁秋

秋日徙倚門外久之

舍前煙水似瀟湘白首歸來愛故鄉五畝山園鬱桑柘數椽茅屋映菰蔣翩翩小繖船歸郭渺渺長歌月滿塘却掩柴荆了無事篆盤重點已殘香

聞新雁有感

新雁南來片影孤冷雲深處宿菰蘆不知湘水巴陵路曾記漁陽上谷無

如此寓感亦匪夷所思

小園獨酌

橫林搖落弄微丹深院蕭條作小寒秋氣已高殊可喜老懷多感自無歡鹿初離母斑猶淺橘乍經霜味尚酸小酌一巵幽興足豈須落佩與頹冠

古意

千金募戰士萬里築長城何時青冢月却照漢家營

夜泊武昌城江流千丈清寧為雁奴死不作鶴媒生

工於用古

湖上尋梅

鏡湖渺渺煙波白不與人間通地脉騎龍古仙絕火食慣住空山齧冰雪東皇高之置度外正似人中巢許輩萬木僵死我獨存本來長生非返魂

小雪湖上尋梅時短帽亂插皆繁枝路人看者竊相語此老胸中常有詩歸來青燈耿牕扉心鏡忽入造化機

墨池水淺筆鋒燥笑拂吳箋作飛草

仗氣愛奇遂成異境方回取梅花詩十五篇殊不逮此

湖山

坡陁度小嶺軒豁見平湖但醉梅花下民家酒可沽原註花徑小嶺

故堞無遺跡蕭然數十家茶煙映山起酒斾傍隄斜原註古城

雪晴欲出而路濘未通戲作

欲覓溪頭路春泥不可行歸來小牕下袖手看新晴

春日雜興

行人陌上思悠悠十里斜陽古渡頭一片落花無覓處只教芳草管閑愁

蘭亭道上

湖上青山古會稽斷雲漠漠雨淒淒籃輿晚過偏門市滿路春泥鬪竹雞

箭籠弓𥎞小獵回壯心自笑未低摧前身家近盤閶路曾看吳王射雉來

蘊藉不失唐人風調

初夏雜興

隱趣與誰論深居湖上村避蘭寧改路惜筍不開園庭草遠生意溪沙記漲痕愁來時淺酌隨事有雞豚

山行過僧菴不入

垣屋參差竹塢深舊題名處𡡉重尋茶爐煙起知高興碁子聲疎識苦心淡日暉暉孤市散殘雲漠漠半川陰

長吟未斷清愁起已見橫林宿暮禽

方回曰詩極高勝尤有工夫針線如老杜所謂裁縫滅盡針線迹也殘雲一聯及末句結乃結煞山行一段餘意前輩詩例如此須合别有擺脫老杜縛雞行山谷水仙花皆然

夏日六言

醉面貪承夕露釣竿喜近秋風借問孤舟何處深入芙渠浦中

溪漲清風拂面月落繁星滿天數隻船橫浦口一聲笛起山前

夏夜泛溪至南莊復回湖桑歸

不求奇骨可封侯但喜枯腸不貯愁數點殘燈沽酒市一聲柔艣採菱舟元知澤國偏宜夜已就天公探借秋歸過三更風露重紗巾剩覺髮颼颼

郊行

淒風吹雨過江城緩策羸驂並水行古路初驚秋葉墮

荒郊已放候蟲鳴壯心耿耿人誰識往事悠悠恨未平斜日半竿羌笛怨西陵寂寞又潮生

結有神韻

文章

文章本天成妙手偶得之粹然無疵瑕豈復須人為君看古彝器巧拙兩無施漢最近先秦固已殊淳漓胡部何為者豪竹雜哀絲后夔不復作千載誰與期

深識妙解非淺人所能與游常言詩欲工而工亦非詩之極鍛鍊之久乃失本指斲削之甚反傷元氣觀其所言其自命可知矣李東陽謂宋人之詩但一字一句對偶雕琢之工而天真興致未可與道者不知能識此意否

楊大鶴曰放翁詩至萬首然翁又言文章本天成妙手偶得之粹然無疵瑕豈復須人為自言間為長謠短章楚調唐律酬荅風月煙雨之態度非為娛耳目遣暇日而已此豈粘頭綴尾朝鍛夕琢必待月久歲深以多作為能者哉

思蜀

西遊陳迹浩無窮回首真同一夢中柳拂驛牆思鳳集鼓喧市里憶蠶叢故人邱壠秋蕪碧舊隱園林夕照紅自閔未能忘感慨浩歌彈鋏送飛鴻

江村

江村連夜有飛霜柿正丹時橘半黃轉枕卻尋驚斷夢撥爐偶見爇殘香醫無絕藝空三易死與浮生已兩忘枯得一書還嬾看卧聽孫子誦琅琅

陳訏曰放翁一生精力盡於七律故全集所載最多最佳古詩稍有松處然至其精彩發露自斑駁可愛

示兒

死去原知萬事空但悲不見九州同王師北定中原日家祭無忘告乃翁

祖應世曰放翁易簀嘉定中國弱已極而尚作此想其齋志可悲矣

褚人穫曰示兒一絶有三呼渡河之意

周之麟曰觀於家祭無忘之語千秋而下亦為長慟此其用心與子美何以異哉

圖書在版編目（CIP）數據

御選唐宋詩醇 /（唐）李白等著. -- 揚州：廣陵書社，2015.11
（四庫全書選刊）
ISBN 978-7-5554-0475-0

Ⅰ. ①御… Ⅱ. ①李… Ⅲ. ①唐詩－詩集②宋詩－詩集 Ⅳ. ①I222.74

中國版本圖書館 CIP 數據核字（2015）第 293936 號

四庫全書選刊·御選唐宋詩醇 二冊

作者	（唐）李白 等
出品	揚州國書文化傳播有限公司
策劃	沈波
責任編輯	王志娟
出版發行	廣陵書社
地址	揚州市維揚路三四九號
郵編	二二五〇〇九
網址	www.yzglpub.com
印刷	北京世藝印刷有限公司
開本	185 毫米 ×260 毫米 1/6
版次	二〇一五年十一月第一版第一次印刷
書號	ISBN 978-7-5554-0475-0
定價	壹仟元整 / 套